O mundo conhecido

Edward P. Jones

O mundo conhecido

Tradução
FÁBIO FERNANDES

2ª edição

Rio de Janeiro, 2021

Título do original em inglês
THE KNOWN WORLD

Copyright © Edward P. Jones, 2003
Copyright da tradução © 2009 por José Olympio

Publicado mediante acordo com Amistad, impresso pela HarperCollins, Publishers, Inc.

Reservam-se os direitos desta edição à
EDITORA JOSÉ OLYMPIO LTDA.
Rua Argentina, 171 – 3° andar – São Cristóvão
20921-380 – Rio de Janeiro, RJ – República Federativa do Brasil
Tel.: (21) 2585-2060   Fax: (21) 2585-2086
Printed in Brazil / Impresso no Brasil

ISBN 978-85-03-00937-9

Capa: INTERFACE DESINGERS / SERGIO LIUZZI

Foto: SHUTTERSTOCK IMAGES

Texto revisado segundo o novo Acordo Ortográfico da Língua Portuguesa.

CIP-BRASIL. CATALOGAÇÃO-NA-FONTE
SINDICATO NACIONAL DOS EDITORES DE LIVROS, RJ

J67m 2ª ed.	Jones, Edward P., 1951- O mundo conhecido: romance / Edward P. Jones; tradução Fábio Fernandes. – 2ª ed. – Rio de Janeiro: José Olympio, 2021.
	Tradução de: The known world ISBN 978-85-03-00937-9
	1. Romance americano. I. Fernandes, Fabio. II. Título.

	CDD: 813
09-3163	CDU: 821.111(73)-3

Para meu irmão,
  Joseph V. Jones

e, mais uma vez,

À memória de nossa mãe,
  Jeanette S. M. Jones
que poderia ter feito muito mais em um mundo melhor.

AGRADECIMENTOS

Sou muito grato a: Dawn L. Davis, minha editora, que provavelmente acreditou desde a primeira palavra; Lil Coyne (avó de Steven Mears), mulher de pequena estatura que ficava em pé na margem da noite e segurava a lanterna o mais alto que podia; Shirley Grossman (esposa do falecido Milton), que pegava a lanterna algumas noites para que Lil pudesse se deitar e descansar; Maria Guarnaschelli, editora de *Lost in the City*; à Lannan Foundation e a Jeanie J. Kim; Eve Shelnutt, que, embora a água subisse de hora em hora na sua margem, jamais deixou de atender ao telefone; Eric Simonoff, meu agente, que provavelmente acreditou antes mesmo da primeira palavra; e John Edgar Wideman, um homem gentil e generoso.

Minha alma sempre se pergunta como foi que sobrevivi...

1

Laços. O calor da família. Tempestade.

Na noite em que seu dono morreu, ele trabalhou novamente até bem depois de terminar o dia para os outros adultos, entre os quais sua própria mulher, e os mandou de volta famintos e cansados para suas cabanas. Os jovens, inclusive seu filho, foram mandados para fora dos campos mais ou menos uma hora antes dos adultos para preparar o jantar e, se sobrasse tempo, brincar nos poucos minutos de sol que restassem. Quando ele, Moses, finalmente se desprendeu dos arreios velhos e quebradiços que o ligavam à mula mais velha que seu dono possuía, tudo o que restava do sol era uma lembrança vermelho-alaranjada de dez centímetros disposta em ondas paradas no horizonte entre duas montanhas à esquerda e uma à direita. Ele estava nos campos há quatorze horas inteiras. Fez uma pausa antes de ir embora, enquanto a noite caía e o encobria silenciosa. A mula estremeceu, com vontade de ir para casa descansar. Moses fechou os olhos, abaixou-se, apanhou um punhadinho de terra e comeu-a sem pensar, como se fosse um pedaço de pão de milho. Mastigou a terra de um lado para outro na boca e engoliu, inclinando a cabeça para trás e abrindo os olhos a tempo de ver a faixa de sol se desvanecer num azul-escuro e sumir. Ele era o único homem da região, escravo ou livre, que comia terra, mas enquanto as mulheres em regime de escravidão, particularmente as grávidas, comiam-na por alguma necessidade incompreensível, aquela coisa que bolinhos de cinza,* maçãs e gordura de porco não davam aos seus corpos,

---

*Do original *ash cakes*: espécie de biscoito salgado cozido sob as cinzas quentes de uma fogueira. (*N. do T.*)

ele a comia não só para descobrir as forças e fraquezas do campo, mas porque comê-la o ligava à única coisa em seu mundinho que significava quase tanto quanto a própria vida.

Era julho, e a terra de julho tinha ainda mais gosto de metal adocicado que a terra de junho ou de maio. Alguma coisa nas colheitas que cresciam liberava uma vida metálica que só começava a se dissipar em meados de agosto, e na época da colheita essa vida teria acabado completamente, sendo substituída por um gosto ácido de umidade que associava à chegada do outono e do inverno, o fim de um relacionamento que ele havia iniciado com o primeiro gosto de terra em março, antes das primeiras chuvas fortes de primavera. Agora, depois que o sol se pôs, sem lua, e depois que a escuridão já o abraçara com carinho, ele caminhou até o fim da fileira, segurando a mula pela cauda. Na clareira, ele largou a cauda e direcionou a mula para o celeiro.

A mula o seguiu e, depois de preparar o animal para a noite e sair, Moses sentiu o cheiro de chuva chegando. Respirou fundo, o cheiro percorrendo-o com intensidade. Acreditando estar sozinho ali, ele sorriu. Ajoelhou-se para ficar mais perto da terra e respirou fundo mais uma vez. Por fim, quando o efeito começou a passar, ele se levantou e se afastou, pela terceira vez naquela semana, do caminho que levava para a ruela das cabanas de seu próprio povo e da sua, de sua mulher e seu garoto. Sua esposa o conhecia bem o bastante para não esperar que ele aparecesse para comer com eles. Em noites de lua ele podia ver a fumaça que se elevava do mundo que era a ruela — lar, comida, repouso, o que em muitas cabanas se parecia com uma vida em família. Ele virou ligeiramente a cabeça para a direita e vislumbrou o que achava ser o som de crianças brincando, mas quando girou a cabeça de volta, pôde ouvir com muito mais clareza o último pássaro do dia chilreando na noite da pequena floresta à esquerda.

Seguiu direto em frente, até a outra margem dos milharais, chegando a um trecho de floresta que não tinha dado nada de valor desde o dia em que seu dono a comprou de um branco que havia falido e retornado à Irlanda. "Eu me dei bem lá", esse homem mentiu para seu povo ao chegar à Irlanda, a esposa moribunda em pé, curvada ao lado dele, "mas tive sau-

O MUNDO CONHECIDO 13

dades de todos vocês e da riqueza da minha terra natal." O trecho de floresta de não mais que um hectare tinha uma grama azul macia que nenhum animal tocava e muitas árvores que ninguém conseguia identificar. Logo antes de Moses adentrar a floresta, a chuva começou, e à medida que ele caminhava a chuva ia ficando mais pesada. Bem dentro da floresta, a chuva caía em torrentes por entre as árvores e as exuberantes folhas de verão, e depois de um tempo Moses parou, estendeu as mãos e recolheu um pouco de água, que usou para lavar o rosto. Então se despiu inteiramente e se deitou. Para evitar que a chuva entrasse no nariz, ele enrolou a camisa e a colocou debaixo da cabeça para incliná-la o suficiente para que a chuva corresse rosto abaixo. Quando fosse velho e o reumatismo acorrentasse seu corpo, olharia para trás e culparia as correntes em noites como aquela, e nas noites que em se perdesse completamente, adormecesse e não voltasse até o amanhecer, coberto de orvalho.

O chão estava quase todo encharcado. As folhas pareciam amaciar a chuva dura enquanto ela caía e atingia seu corpo e rosto com a força de suaves batidinhas de dedos. Ele abriu a boca; era raro que ele e a chuva se encontrassem dessa forma. Seus olhos haviam permanecido abertos, e depois de aguentar tudo o que podia sem virar a cabeça, pegou sua coisa e fez aquilo. Quando acabou, depois de algumas carícias, fechou os olhos, virou-se de lado e cochilou. Depois de mais ou menos meia hora, parou de chover abruptamente e tudo mergulhou em silêncio, e foi esse silêncio que o despertou. Ele se levantou com a relutância costumeira. Todo o seu corpo estava coberto de lama, folhas e detritos, pois a chuva havia mandado um vento por entre as árvores. Ele se limpou com as calças e se lembrou de que a última vez em que estivera ali na chuva, ela durou tempo suficiente para lavá-lo e limpá-lo. Daquela vez foi tomado por uma felicidade ainda maior, e então gargalhou e começou a rodopiar no que qualquer pessoa que o visse poderia ter chamado de dança. Ele não sabia, mas Alice, uma mulher de quem as pessoas diziam que havia enlouquecido, o espiava agora, apenas a primeira vez em seis meses de caminhada a esmo na noite em que ela se deparara com ele. Se soubesse que ela estava ali, não teria achado que ela tinha senso o bastante para saber o que estava acontecendo, devido à força com que a mula, assim dizia a história, a escoiceara na plantação de um condado distante cujo nome só ela lembrava. Em seus momentos de maior sanidade, que eram muito raros desde o dia em que o dono de Moses a comprou, Alice podia descrever tudo sobre o domingo em que a mula a chutou na cabeça e mandou todo o bom senso para longe dela. Ninguém a questionava, porque sua história era tão vívida, tão triste: outra escrava sem liberdade, e agora tinha uma mente tão perturbada que vagava pela noite feito uma vaca sem sino. Ninguém sabia o bastante sobre o lugar de onde ela viera para saber que seu ex-dono tinha pavor de mulas e não as admitia em sua propriedade, tendo até banido imagens e livros sobre mulas de seu mundinho.

Moses saiu da floresta e entrou na escuridão ainda maior que levava para sua cabana. Não precisava de lua para iluminar seu caminho. Tinha 35 anos de idade e em cada momento desses anos ele fora escravo de alguém, escravo de um homem branco e depois escravo de outro homem branco e agora, há quase dez anos, escravo que trabalhava de capataz para um dono negro.

CALDONIA TOWNSEND, a mulher de seu dono, não fazia mais do que cochilar de leve nos últimos seis dias e seis noites em que seu marido seguia em seu difícil caminho até a morte. O médico dos brancos aparecera na manhã do primeiro dia, como um favor para a mãe de Caldonia, que acreditava na magia dos brancos, mas aquele doutor só havia pronunciado que o dono de Moses, Henry Townsend, passava por uma fase ruim e iria se recuperar logo. As doenças de brancos e negros eram diferentes, e um homem especializado em uma não costumava entender muito da outra, e isso era algo que ele acreditava que Caldonia deveria saber sem que lhe dissesse. Se o marido dela estava morrendo, o médico não sabia. E ele foi embora no calor do dia, depois de embolsar 75 centavos de Caldonia, 60 por examinar Henry e 15 pelo desgaste dele próprio, de sua charrete e seu cavalo caolho.

Henry Townsend — um negro de 31 anos com 33 escravos e mais de vinte hectares de terra que o colocavam acima de muitas outras pessoas, brancas e negras, no condado de Manchester — se sentara na cama pela maior parte de seus dias de moribundo, comendo uma papa aguada e olhando pela janela sua terra sobre a qual a esposa, Caldonia, não parava de lhe dizer que ele voltaria a caminhar e a cavalgar. Mas ela era jovem e ingenuamente vigorosa, e só havia conhecido uma morte em sua vida, a de seu pai, que fora envenenado em segredo pela própria esposa. No quarto dia de sua trajetória até a morte, Henry teve dificuldade para sentar e deitar. Passou aquela noite tentando reconfortar a mulher.

— Não estou sentindo dor, não — ele disse mais de uma vez naquele dia, um dia de julho de 1855. — Não estou sentindo dor, não.

— Você me diria se estivesse sentindo? — perguntou Caldonia. Eram quase três da manhã, cerca de duas horas depois que ela dispensara Loretta, sua criada pessoal, que viera ao se casar com Henry.

— Não tenho o hábito de não te dizer a verdade — disse Henry naquela quarta noite. — Não posso começar agora. — Ele recebera certa educação aos 21 anos, educação que foi apenas suficiente para apreciar uma esposa como Caldonia, uma mulher de cor nascida livre e que fora educada por toda a vida. Encontrar uma mulher era algo que estivera quase no fim de uma lista de coisas que ele planejara fazer com sua vida. — Por que é que não vai pra cama, meu bem? — perguntou Henry. — Já estou sentindo o sono chegando, e você não devia esperar por isso aqui. — Ele estava no que os escravos que trabalhavam na casa chamavam de "quarto de ficar doente e ficar bom", para onde ele próprio fora naquele primeiro dia da doença para dar a Caldonia um pouco de paz à noite.

— Estou bem aqui — disse ela. A noite esfriara mais, e ele usava roupas de dormir novas; tinha encharcado de suor as que haviam posto nele por volta das nove da noite. — Quer que eu leia para você? — perguntou Caldonia, coberta por um xale de renda que Henry vira em Richmond. Ele pagara a um garoto branco para que entrasse na loja do homem branco e o comprasse para ele, pois a loja não aceitava clientes negros. — Um pouco de Milton? Ou a Bíblia? — Ela sentava-se toda enroscada em uma grande cadeira de crina de cavalo que fora empurrada até a cabeceira dele. De cada lado da cama havia mesinhas grandes o bastante para um livro e um candelabro que continha três velas da grossura do pulso de uma mulher. O candelabro da direita estava apagado, e o da esquerda tinha apenas uma vela queimando. Não havia fogo na lareira.

— Tenho andado muito cansado de Milton — disse Henry. — E a Bíblia me cai bem melhor de dia, quando tem luz e posso ver tudo o que Deus me deu. — Dois dias antes, ele pedira aos pais que voltassem para casa, que ele estava melhorando, e realmente sentira certa melhora, mas no dia seguinte, depois que seu pessoal já havia retornado, Henry voltou a piorar. Ele e o pai não se davam direito há mais de dez anos, mas ele era um homem forte o bastante para colocar de lado a decepção com o filho quando sabia que o sangue de seu sangue estava doente. Na verdade, a única vez em que o pai de Henry aparecera para vê-lo na plantação foi quando o filho passava por maus bocados. Cerca de sete vezes no decorrer de aproximadamente dez anos. Quando a mãe de Henry vinha fazer uma visita sozinha, estivesse ele doente ou bem, ficava na casa, a dois quartos de distância de seu filho e de Caldonia. No dia em que Henry os mandou de volta para casa, seus pais subiram e se despediram dele com um beijo, sua mãe nos lábios e seu pai na testa, do jeito que havia sido desde que Henry era garoto. Como casal, os pais nunca dormiram na casa que ele e o escravo Moses construíram, preferindo ficar em qualquer cabana que houvesse nos alojamentos. E era assim que iam fazer agora que vieram para enterrar seu único filho.

— Quer que eu cante? — perguntou Caldonia, pegando na mão que repousava na lateral da cama. — Quer que eu cante até os pássaros acordarem? — Ela fora educada por uma mulher negra liberta, educada em Washington, D.C., e Richmond. Essa mulher, Fern Elston, havia voltado à própria plantação depois de visitar os Townsend três dias antes para continuar a ganhar parte de seu pão no condado de Manchester, lecionando para as crianças negras libertas cujos pais podiam pagar. Caldonia disse: — Você acha que já ouviu todas as minhas canções, Henry Townsend, mas não ouviu. Não ouviu mesmo. — Fern Elston se casara com um homem que supostamente era fazendeiro, mas vivia na jogatina, e quando ela dizia a si mesma naqueles momentos em que era capaz de colocar o amor de

O MUNDO CONHECIDO   17

lado e ver seu marido como realmente era, ele parecia levar ambos pelo caminho mais longo até a miséria. Fern e seu marido tinham doze escravos em seus nomes. Em 1855, no condado de Manchester, havia 34 famílias negras livres, com pai, mãe e um ou mais filhos, e oito daquelas famílias livres possuíam escravos, e todas conheciam os negócios umas das outras. Quando a Guerra entre os Estados começou, o número de negros donos de escravos em Manchester cairia para cinco, e um desses incluiria um homem extremamente rabugento que, segundo o censo de 1860 nos EUA, era legalmente dono de sua própria esposa, cinco filhos e três netos. O censo de 1860 dizia que havia 2.760 escravos no condado de Manchester, mas o recenseador, um xerife dos EUA temente a Deus, discutira com sua esposa no dia em que enviou seu relatório para Washington, D.C., e toda a sua aritmética estava errada, porque ele esquecera de transportar um algarismo.

Henry disse:

— Não. Melhor guardar a cantoria pra alguma outra vez, querida. — O que ele queria era amá-la, levantar-se do leito de doente, andar com as próprias pernas, levar sua esposa para a cama na qual foram felizes por todos os dias de casados. Quando morreu, no fim da noite do sétimo dia, Fern Elston estaria com Caldonia no quarto do morto.

— Sempre achei que você fez a coisa certa ao se casar com ele — disse Fern, nos primeiros estágios de luto por Henry, seu ex-aluno.

Depois da Guerra entre os Estados, Fern contaria a um escritor de panfletos, um imigrante branco do Canadá, que Henry fora seu aluno mais brilhante, alguém a quem ela teria dado aulas de graça. Loretta, criada de Caldonia, também estava lá quando Henry morreu, mas não disse nada. Limitou-se a fechar os olhos de seu dono depois de algum tempo e cobriu seu rosto com uma colcha de retalhos, presente de Natal de três escravas que a fizeram em quatorze dias.

MOSES DESCEU A RUELA dos alojamentos até sua cabana, a que ficava mais próxima da casa onde viviam seu dono e sua dona. Ao lado da cabana de Moses, Elias estava sentado em um toco de árvore úmido à frente da própria cabana, esculpindo um pedaço de pinho que seria o corpo de uma boneca que estava fazendo para a filha. Era a primeira coisa que ele lhe daria na vida. Colocara um lampião pendurado num prego ao lado da porta, mas a luz estava fraca e ele trabalhava quase sem enxergar. Mas sua filha e seus dois filhos, um deles com apenas um ano e um mês de idade, eram céu e terra para ele, e de algum modo sua faca cortava o pinho do jeitinho exato e começava o que seria o olho direito da boneca.

Moses, já um pouco antes de passar por Elias, disse:

— Você tem que cuidar daquela mula de manhã.

— Eu sei — disse Elias. Moses não interrompeu seu passo. — Não estou fazendo mal nenhum a ninguém aqui — disse Elias. — Só estou mexendo numa madeirinha.

Então Moses parou e disse:

— Não me interessa se você estiver consertando até o trono de Deus. Eu disse que você tem que cuidar daquela mula de manhã. Aquela mula está dormindo agora, então acho que você tinha que estar fazendo a mesma coisa. — Elias não disse nada e também não saiu do lugar. Moses disse:

— Eu só tenho dois minutos de diferença pra você, camarada, e parece que você vive esquecendo disso.

Moses achava Elias um grande incômodo desde o dia em que Henry Townsend veio com ele do mercado de escravos, um evento de um só dia que era realizado a céu aberto duas vezes por ano na margem leste da cidade de Manchester, na primavera e no outono depois da colheita. No mesmo dia em que Elias fora comprado por Henry, alguns brancos haviam falado em construir uma estrutura permanente para o mercado de escravos: esse foi o ano em que choveu em todos os dias da primavera em que o mercado foi realizado, e muita gente branca pegou resfriado por conta disso. Uma mulher morreu de pneumonia. Mas Deus foi generoso com suas bênçãos no outono seguinte e cada um dos dias foi perfeito para comprar e vender escravos, e nenhuma alma sequer disse nada a respeito de se construir um lugar permanente, de tão bom que era o teto que o próprio Deus providenciara para o mercado.

Agora Moses dizia a Elias:

O MUNDO CONHECIDO 19

— Se tu não tiver esperando por mim aqui quando o sol nascer, nem mesmo o sinhô Henry vai te salvar. — Moses continuou a caminhar até sua cabana.

Moses fora o primeiro escravo que Henry Townsend comprara: 325 dólares e uma nota de compra de William Robbins, um homem branco. Moses levou mais de duas semanas para entender que ninguém estava de brincadeira com ele e que de fato um homem negro, dois tons mais escuro que ele próprio, era seu dono e de sua sombra. Dormindo numa cabana ao lado de Henry nas primeiras semanas após a venda, Moses achava que o mundo que fizera dele um escravo de homem branco já era estranho, mas Deus havia mesmo feito tudo ficar ainda mais torto quando colocou gente preta para ser dona de seu próprio povo. Seria possível que Deus tivesse deixado de fazer seu trabalho e desaparecido?

Com um dos pés, Elias varria as aparas do outro pé e recomeçava a esculpir. A perna direita da boneca estava lhe dando trabalho: ele queria colocar a figura em posição de corrida, mas não tinha conseguido fazer com que o joelho dobrasse do jeito certo. Se alguém a visse, podia até pensar que era apenas uma boneca parada em pé, e não era isso que ele queria. Tinha medo de que se o joelho não dobrasse logo, teria de começar novamente com outro pedaço de pau. Encontrar um pedaço bom seria difícil. Mas a perna direita de sua própria esposa, Celeste, também não dobrava do jeito que devia, então quem sabe a longo prazo isso nem importasse tanto assim com a boneca. Celeste mancava desde o primeiro passo que dera neste mundo.

Moses entrou na cabana e deu de cara com a escuridão e uma lareira apagada. Lá fora, a luz do lampião de Elias jogou de um lado para o outro, e ficou ainda mais fraca. Elias nunca acreditou num Deus equilibrado, e por isso nunca questionou um mundo em que gente de cor podia possuir escravos. E, se naquele momento, na quase escuridão, lhe tivessem surgido asas nas costas, ele também não teria questionado isso. Teria simplesmente continuado a fazer a boneca. Dentro da cabana de Elias, sua esposa aleijada e três crianças dormiam e a lareira tinha brasas suficientes para durar a noite inteira, que prometia ser fria mais uma vez. Elias deixou a perna direita da boneca em paz e voltou para a cabeça, que ele já achava a coisa mais perfeita que tinha visto um homem fazer. Ele ficara melhor nisso desde que esculpira o primeiro pente para Celeste. Queria colocar palha de milho na cabeça da boneca, mas o tipo de palha escura sedosa que ele desejava não estaria pronta até o começo do outono. Teria de se virar com palha ainda por amadurecer.

Moses não estava com fome, e por isso não reclamou da escuridão com a esposa ou com o garoto. Deitou-se no catre de palha ao lado da esposa, Priscilla. O filho deles estava do outro lado dela, roncando. Priscilla ficou olhando o marido adormecer lentamente, e quando ele já havia dormido, pegou sua mão, colocou-a no rosto, sentiu o cheiro de todo o mundo exterior que ele trouxera e só então tentou conciliar o sono também.

NAQUELE ÚLTIMO DIA, o dia em que Henry Townsend morreu, Fern Elston retornou cedo em uma charrete dirigida por um escravo de 65 anos que seu marido herdara do pai.

Fern e Caldonia passaram algumas horas na sala de visitas, saboreando uma bebida a base de leite com mel que a mãe de Caldonia gostava de fazer. No andar de cima, durante esse momento, Zeddie, a cozinheira, e depois Loretta, criada de Caldonia, ficaram sentadas cuidando de Henry. Por volta de sete da noite, Caldonia disse a Fern que era melhor ir para a cama, mas Fern não andava dormindo bem, e disse a Caldonia que poderiam ficar juntas com Henry. Fern fora professora não só de Caldonia mas também de seu irmão gêmeo. Não havia assim tantas mulheres livres e cultas no condado de Manchester com as quais passar o tempo, e por isso Fern fez amizade com uma mulher que, quando criança, encontrou muito do que rir nas palavras de William Shakespeare.

As duas mulheres subiram por volta das oito, e Caldonia disse para Loretta que a chamaria se precisasse, e Loretta assentiu e foi para seu quartinho no fim do corredor. Os três, Fern, Henry e Caldonia, começaram a conversar sobre o calor da Virgínia e o jeito como ele desgastava o corpo. Henry tinha estado na Carolina do Norte uma vez e achava que o calor da

O MUNDO CONHECIDO   21

Virgínia não tinha comparação. Aquela última noite foi bastante fria novamente. Henry não precisou mudar as roupas de dormir que havia colocado às seis. Por volta das nove ele adormeceu e não acordou até muito tempo depois. Sua esposa e Fern estavam discutindo um poema de Thomas Gray. Ele achou que sabia de que poema elas falavam, mas quando começou a formar algumas palavras para se juntar à conversa, a morte entrou no quarto e teve com ele: Henry subiu os degraus e entrou na menor das casas, sabendo a cada passo que não era dono dela, mas que a estava apenas alugando. Ficou tão decepcionado; ouviu passos atrás de si e a morte lhe disse que era Caldonia, chegando para registrar sua própria decepção. Quem quer que estivesse alugando a casa para ele havia prometido mil quartos, mas ao percorrer a casa achou menos de quatro quartos, e todos eram idênticos e sua cabeça tocava o teto. Isto não serve, Henry não parava de dizer a si mesmo, e se virou para compartilhar esse pensamento com a esposa, e dizer: "Minha esposa, minha esposa, veja o que fizeram", e Deus lhe disse no mesmo instante: "Esposa não, Henry, viúva."

Vários minutos se passaram até que Caldonia e Fern percebessem que Henry não estava mais ali, e continuaram a conversar sobre uma viúva branca com duas escravas em seu nome em uma fazenda de uma parte distante da Virgínia, num lugar perto de Montross, onde seus vizinhos brancos mais próximos ficavam a quilômetros e quilômetros de distância. As notícias da jovem, Elizabeth Marson, tinham mais de um ano, mas só agora chegavam ao povo do condado de Manchester, e então as mulheres no quarto com Henry morto falaram como se tudo tivesse acontecido a Elizabeth naquela manhã mesmo. Depois que o marido da branca morreu, suas escravas, Mirtha e Destiny, assumiram o controle e fizeram a mulher de prisioneira por meses, fazendo com que ela trabalhasse exaustivamente com apenas algumas horas de descanso por dia até seu cabelo ficar branco e seus poros suarem sangue. Caldonia disse que tinha ouvido dizer que Mirtha e Destiny haviam sido vendidas para tentar compensar Elizabeth, para afastá-la da fazenda com suas memórias, mas Fern disse que tinha ouvido dizer que as escravas foram mortas pela lei. Quando Elizabeth finalmente foi resgatada, ela não se lembrava de que era a dona, e muito tempo se passou até que pudesse aprender isso novamente. Ao reparar o silêncio do marido, Caldonia foi até ele. Deu um grito ao sacudi-lo. Loretta se aproximou silenciosa e pegou um espelho de mão que estava em cima da penteadeira. Enquanto via Loretta colocar o espelho embaixo do nariz de Henry, Caldonia tinha a impressão de que ele só havia se afastado um pouco e que se colocasse a boca bem pertinho do ouvido dele, e o chamasse alto o bastante para que qualquer escravo na região ouvisse, ele poderia voltar e ser seu marido novamente. Pegou a mão de Henry e levou-a ao rosto. Notou que ela estava quente, pensando que talvez ainda houvesse vida suficiente nela para que ele reconsiderasse. Caldonia tinha 28 anos e não tivera filhos.

ALICE, A MULHER ENLOUQUECIDA que vira Moses na floresta, já era propriedade de Henry e Caldonia há cerca de seis meses na noite em que ele morreu. Desde a primeira semana, Alice começara a vagar pela terra à noite, cantando e falando consigo mesma coisas que às vezes faziam os cabelinhos da nuca dos patrulheiros escravos se arrepiarem. Ela cuspia e dava tapas nos cavalos deles por dizerem coisas que não eram verdadeiras sobre ela para os vizinhos, especialmente para o caçula de Elias, "um garotinho semvergonha" com o qual, dizia aos patrulheiros, iria se casar após a colheita. Alice agarrava a virilha dos patrulheiros e implorava para que eles dançassem com ela, porque seu pretendido estava sempre fingindo não saber quem era ela. Chamava os brancos por nomes inventados e lhes dizia o dia e a hora em que Deus os levaria para o paraíso, arrastaria cada membro de suas famílias pelo céu e os jogaria no inferno sem dar a menor atenção, como uma mulher joga morangos numa xícara de creme.

Naqueles primeiros dias depois que Henry comprou Alice, os patrulheiros a arrastavam de volta para a plantação, despertando-o e a Caldonia enquanto um deles cavalgava até a varanda e batia na porta da frente do negro com o cabo de uma pistola.

— Sua propriedade está solta aqui fora e você está dormindo feito um anjinho, como todo mundo — gritavam para ele, com uma Alice dando risinhos, caída no chão de terra depois que eles a levaram até lá. — Venha cá e cuide da sua propriedade.

Henry descia e explicava mais uma vez que ninguém, nem mesmo seu capataz, fora capaz de evitar que ela ficasse vagando. Moses sugeriu amarrá-la à noite, mas Caldonia não aceitou. Alice não tinha com que se preocupar, Henry disse aos patrulheiros, descendo os degraus em seu camisolão e ajudando Alice a se levantar do chão. Ela só tinha metade do raciocínio, ele disse, mas tirando isso, era uma ótima trabalhadora, sem dizer, em momento algum, aos dois ou três patrulheiros que não tinham escravos que uma mulher de meio raciocínio tinha custado muito mais barato que uma com raciocínio inteiro: 228 dólares e dois barris de maçãs que não eram boas o bastante para comer e só prestavam mais ou menos para fazer uma sidra que iria travar os dentes da pessoa que a bebesse. Os patrulheiros acabavam indo embora em seguida. "É isto o que acontece", diziam uns para os outros na estrada, "quando você dá pros crioulos os mesmos direitos de um branco."

Lá pelo meio da terceira semana dela como propriedade de Henry e Caldonia, os patrulheiros se acostumaram a ver Alice vagando por ali, e ela acabou se tornando apenas mais um detalhe na noite deles. Não valia mais atenção do que uma coruja piando ou um coelho atravessando a estrada. Às vezes, quando os patrulheiros se cansavam de suas próprias brincadeiras ou quando pensavam no que iriam fazer quando recebessem o pagamento do xerife John Skiffington, desciam de seus cavalos e ficavam mexendo com ela enquanto ela cantava canções sombrias na estrada. Aquele espetáculo era melhor quando a lua estava no auge de seu brilho, cintilando sobre eles e apaziguando-lhes o medo da noite e de uma escrava louca, e iluminando Alice enquanto ela dançava ao som das canções. A lua dava mais vida à sombra dela, e a sombra quicava com ela de um lado da estrada para o outro, acalmando os cavalos e silenciando os grilos. Mas quando eles estavam de mau humor, ou a chuva desabava e os encharcava e às suas roupas molambentas, e os cavalos escorregavam e a pele embaixo dos seus pés coçava, então a cobriam de xingamentos. Com o tempo, ao longo daqueles seis meses após a compra de Alice por Henry, os patrulheiros ouviram de outros brancos que um escravo negro maluco solto à noite era a mesma coisa que uma galinha de duas cabeças ou uma galinha que crocitasse igual a um corvo. Dava azar. Muito azar, e por isso era melhor tentar manter as pragas neles mesmos.

Na noite de chuva em que seu dono morreu, Alice tornou a sair da cabana que dividia com Delphie e a filha de Delphie, Cassandra. Delphie estava chegando aos 44 anos e acreditava que Deus tinha grandes perigos guardados para todo mundo, mesmo uma mulher negra que tinha ficado maluca, e foi isso o que ela contou à filha, que no começo tinha medo de Alice. Naquela noite Alice saiu e viu Elias em pé na porta de sua cabana com a faca de esculpir e o pedaço de pinho nas mãos, esperando a chuva terminar.

— Vem comigo — ela cantou para Elias. — Vem comigo agora mesmo. Vem cá, rapaz. — Elias a ignorou.

Depois que ela voltou da clareira da floresta, após observar Moses, Alice desceu pela alameda e foi até a estrada. A estrada enlameada foi difícil de percorrer, mas ela seguiu em frente. Assim que chegou à estrada, tomou um rumo para longe da casa de Henry e começou a cantar, ainda mais alto do que quando estava nas terras de seu dono.

Levantando a frente de sua anágua para a lua e quem mais quisesse ver, ela meio que dançou deslizando na estrada e cantou com todas as forças:

I met a dead man layin in Massa lane
Ask that dead man what his name
He raised he bony head and took off his hat
He told me this, he told me that. *

AUGUSTUS TOWNSEND, PAI DE HENRY, finalmente comprou sua alforria aos 22 anos. Era carpinteiro, entalhador de madeira, cujo trabalho as pessoas diziam que podia levar pecadores às lágrimas. Seu dono, William Robbins,

---

*Encontrei um morto na alameda do patrão / Perguntei a esse morto qual era o nome dele / Ele levantou a cabeça ossuda e tirou o chapéu / E me disse isto, e me disse aquilo. (*N. do T.*)

O MUNDO CONHECIDO

um branco com 113 escravos em seu nome, há muito tempo permitira que Augustus trabalhasse para fora, e Robbins ficava com parte do que ele ganhava. O restante, Augustus usava para pagar a si mesmo. Assim que obteve a liberdade, continuou a trabalhar para fora. Conseguia fazer uma cama de carvalho com dossel em três semanas, cadeiras em dois dias, *chiffoniers* em dezessete, um pouco mais, um pouco menos, dependendo do tempo que levasse para arrumar os espelhos. Construiu um barraco — e depois uma casa adequada — na terra que alugou e que em seguida comprou de um branco pobre que precisava de dinheiro mais do que de terra. A terra ficava na extremidade oeste do condado de Manchester, uma faixa bastante grande onde o condado, como se estivesse cansado de empurrar para oeste, mergulhasse abruptamente no sul, na direção do condado de Amherst. Moses, "um imbecil com as coisas do mundo", como Elias o chamaria, se perderia ali em quase dois meses, achando que seguia para o norte. Augustus Townsend gostava daquilo porque ficava na ponta mais distante do condado e o homem branco mais próximo estava a um quilômetro de distância.

Augustus fez o último pagamento por sua esposa, Mildred, quando ela contava 26 anos e ele 25, cerca de três anos depois que comprou a própria liberdade. Uma lei de 1806 da Câmara dos Deputados da Virgínia exigia que ex-escravos deixassem a comunidade até no máximo doze meses após a obtenção da liberdade; negros libertos poderiam transmitir aos escravos muitas "ideias antinaturais", um deputado do condado de Northampton havia observado antes da aprovação da lei, e, acrescentou outro deputado de Gloucester, negros livres careciam dos "controles naturais" colocados em um escravo. Os deputados decretaram que qualquer pessoa liberta que não tivesse deixado a Virgínia depois de um ano poderia ser conduzida de volta à escravidão. Isso aconteceu a treze pessoas no ano da petição de Augustus — cinco homens, sete mulheres e uma criança, uma menina chamada Lucinda, cujos pais morreram antes que a família pudesse deixar a Virgínia. Com base primariamente em suas habilidades, Augustus havia conseguido que William Robbins e outros cidadãos brancos assinassem uma petição pedindo à Assembleia do estado que lhe permitissem ficar. "Nosso condado — de fato, nossa amada comunidade — ficaria bem mais pobre sem os talentos de Augustus Townsend", dizia parte da petição. A sua petição e a de dois outros ex-escravos foram as únicas garantidas naquele ano, dentre um total de 23; uma mulher da cidade de Norfolk que fazia bolos e tortas elaborados para festas e um barbeiro de Richmond, ambos com mais clientes brancos do que negros, também receberam permissão de ficar na Virgínia depois da liberdade. Augustus não procurou uma petição para sua esposa Mildred quando comprou a liberdade dela porque a lei permitia que escravos libertos ficassem no estado em casos onde vivessem como propriedade de outrem, e parentes e amigos muitas vezes tiravam vantagem da lei para manter entes queridos por perto. Augustus não procurou uma petição por Henry, seu filho, e, com o passar do tempo, devido à decência com que William Robbins, seu ex-dono, tratara Henry, as pessoas do condado de Manchester simplesmente não se lembravam de que Henry, na verdade, estava listado para sempre nos registros de Manchester como propriedade do pai.

Henry tinha nove anos quando a mãe, Mildred, obteve a alforria. Nesse dia ela partiu, um dia tranquilo duas semanas após a colheita, segurando a mão do filho, desceu até a estrada onde Augustus, sua carroça e duas mulas esperavam. Rita, parceira de cabana de Mildred, segurava a outra mão do garoto.

Na carroça, Mildred se abaixou até os joelhos e abraçou Henry, que, finalmente percebendo que iria se separar dela, começou a chorar. Augustus se ajoelhou ao lado da esposa e prometeu a Henry que voltariam para buscá-lo.

— Num instantinho — ele disse — você vai voltar pra casa com a gente. — Augustus repetia para si mesmo, e o garoto tentava entender a palavra *casa*. Ele conhecia a palavra, sabia que a cabana com sua mãe e Rita representava a palavra. Ele não conseguia mais se lembrar de quando seu pai fizera parte daquela casa. Augustus continuava falando e Henry puxava Mildred, querendo que ela voltasse para a terra de William Robbins, para a cabana onde a lareira fumegava quando era acesa pela primeira vez.

— Por favor — disse o garoto. — Por favor, vamo voltar.

Nesse momento William Robbins despontou lentamente na estrada, na direção da cidade de Manchester, em seu baio premiado, Sir Guilderham.

O MUNDO CONHECIDO 27

Dando palmadinhas na crina negra do cavalo, ele perguntou a Henry por que estava chorando, e o garoto respondeu:

— Por nada, sinhô. — Augustus se levantou e tirou o chapéu. Mildred continuou segurando o filho. O garoto só conhecia seu dono de longe; era a primeira vez em que ficavam assim tão próximos um do outro. Robbins estava sentado no alto de seu cavalo, uma montanha separando o garoto do sol em toda a sua plenitude.

— Bom, não me faça mais isso — disse Robbins. Balançou a cabeça para Augustus num cumprimento. — Está contando os dias, não está, Augustus? — Olhou para Rita. — Você cuide para que as coisas fiquem direito — disse Robbins.

Com isso ele queria dizer que ela não devia deixar o garoto se afastar muito da propriedade dele. Teria chamado Rita pelo nome, mas ela não havia se distinguido o suficiente na vida para que ele se lembrasse do nome que lhe dera ao nascer. Já lhe bastava que o nome estivesse escrito em algum lugar de seu grande livro de nascimentos e mortes, as idas e vindas de escravos. "Uma verruga de tamanho considerável na bochecha esquerda", ele havia escrito cinco dias após o nascimento de Rita. "Olhos cinzentos". Anos mais tarde, depois que Rita tivesse desaparecido, Robbins colocaria esses fatos no cartaz, oferecendo uma recompensa pela sua devolução, juntamente com a idade dela.

Robbins deu uma última olhada para Henry, cujo nome ele também não conhecia, e partiu num galope, a cauda negra de seu cavalo batendo com graça num lado e depois no outro, como se fosse separada do corpo e tivesse vida própria. Henry parou de chorar. No fim, Augustus precisou arrancar sua mulher do filho à força. Entregou Henry a Rita, que fora amiga de Mildred a vida inteira. Colocou sua mulher na carroça, que cedeu e estalou com o peso dela. A carroça e as mulas não eram tão altas quanto o cavalo de Robbins. Antes de se levantar, Augustus disse ao filho que o veria no domingo, o dia que Robbins permitia visitas agora. Então Augustus disse:

— Vou voltar pra buscar você — e com isso estava falando do dia em que finalmente libertaria o garoto. Mas levou muito mais tempo para comprar a liberdade de Henry do que achava; Robbins ainda descobriria o garoto inteligente que Henry era. O custo da inteligência não era fixo e, por ser fluido, era o que o mercado suportasse, e todo esse peso recairia sobre Mildred e Augustus.

MILDRED DAVA PARA HENRY muitas das coisas que sabia que ele iria gostar de levar com eles nos domingos. Antes da liberdade ela só havia conhecido a comida dos escravos, muito lombo com gordura, bolinhos de cinza, e ocasionalmente um pouco de mostarda ou couve. Mas a liberdade e o dinheiro do trabalho deles ajudava a pôr uma mesa melhor. Mesmo assim, ela não conseguia desfrutar nem mesmo de um bom pedacinho em sua casa nova quando pensava no que Henry tinha de comer. Então preparava um pequeno banquete para ele antes de cada visita. Tortinhas de carne, bolos que ele podia dividir com os amigos ao longo da semana, ocasionalmente um coelho apanhado por Augustus, que ela salgava para durar dias. A mãe e o pai montavam na carroça puxada pelas mulas e chamavam nas terras de Robbins por seu garoto, atraindo-o com o que haviam comprado. Eles esperavam na estrada até que Henry, com seus cambitos finos, surgisse por entre as cabanas e saísse para a alameda, a mansão gigante e eterna de Robbins atrás dele.

Ele estava crescendo rápido, ansioso para mostrar aos pais as coisinhas que havia esculpido. Os cavalos a passo rápido, as mulas descarregadas, o touro com a cabeça virada na posição para olhar atrás dele. Os três se acomodavam sobre uma colcha de retalhos em um pedaço de terra de ninguém do outro lado da plantação de Robbins. Atrás deles e bem para a esquerda, havia um riacho que jamais vira um peixe, mas onde os escravos pescavam mesmo assim, praticando para o dia em que vissem águas melhores. Quando os três acabavam de comer, Mildred se sentava entre Augustus e Henry enquanto eles pescavam. Ela sempre queria saber como ele era tratado, e a resposta era quase sempre a mesma: que o sinhô Robbins e seu capataz o tratavam bem, que Rita era sempre boa para ele.

O outono daquele ano de 1854 durou apenas um dia, e de repente já era inverno. Mildred e Augustus apareciam todo domingo, mesmo quando

O MUNDO CONHECIDO   29

ficava frio demais. Faziam uma fogueira na terra de ninguém e comiam
sem dizer muita coisa. Robbins havia lhes dito para não levar o garoto além
de onde seu capataz pudesse vê-los da entrada para a propriedade dele. As
visitas de inverno eram curtas, porque o garoto costumava reclamar frequentemente do frio. Às vezes, Henry não aparecia, mesmo que o frio estivesse suportável para uma visita de alguns minutos. Mildred e Augustus
esperavam por horas, encolhidos na carroça debaixo de colchas de retalhos e cobertores, ou andando esperançosos para cima e para baixo na estrada, pois Robbins os proibira de entrar em sua terra a não ser quando
Augustus estivesse fazendo um pagamento na segunda e na quarta terças-
feiras de cada mês. Eles esperavam que algum escravo se aventurasse por
ali, indo ou vindo da mansão, para que pudessem gritar para que ele ou
ela fossem buscar seu filho Henry. Mas mesmo quando conseguiam ver
alguém e lhe falar de Henry, ficavam esperando em vão para que o garoto
aparecesse.

        — Eu esqueci — dizia Henry na vez seguinte em que o viam. Quando
criança, Augustus fora muito castigado, mas embora Henry fosse seu filho, ainda não era sua propriedade, e portanto estava além de seu alcance.

        — Faça um esforço para se lembrar, filho. Para fazer a coisa certa —
dizia Augustus, apenas para que Henry fizesse a coisa certa no próximo
domingo e no outro, e depois faltasse mais outro.

        Então, em meados de fevereiro, depois de esperarem duas horas além
da hora em que ele deveria aparecer na estrada, Augustus agarrou o garoto
quando ele apareceu arrastando os pés e o sacudiu, e jogou-o no chão.
Henry cobriu o rosto e começou a chorar.

        — Augustus! — gritou Mildred e ajudou o filho a se levantar. — Está
tudo bem — disse para ele ao abraçá-lo. — Está tudo bem.

        Augustus deu meia-volta e voltou para a carroça, que tinha agora uma
cobertura grossa de lona, algo que ele improvisara não muito depois da
primeira visita no frio. Mildred e o filho logo o seguiram pela estrada, e os
três subiram na carroça debaixo da cobertura e ao redor das pedras que
Mildred havia esquentado. Eram pedras bem grandes, cozidas por horas a
fio em casa nas manhãs de domingo antes de partirem para ver Henry.

Então, logo antes de saírem de casa, as pedras eram enroladas em cobertores e colocadas no centro do vagão. Quando as pedras paravam de transmitir calor e o garoto começava a se queixar do frio, sabiam que estava na hora de ir embora.

Naquele domingo em que Augustus empurrou Henry, os três comeram, mais uma vez, em silêncio.

No domingo seguinte, Robbins estava esperando.

— Ouvi dizer que você fez uma coisa com meu garoto, com minha propriedade — ele disse antes que Augustus e Mildred descessem da carroça.

— Não, sr. Robbins. Não fiz nada não — disse Augustus; já havia se esquecido do empurrão.

— Não mesmo — disse Mildred. — A gente não ia machucar ele por nada neste mundo. Ele é nosso filho.

Robbins olhou-a como se ela lhe tivesse dito que dia era hoje.

— Não admito que toquem no meu garoto, na minha propriedade.

— O cavalo dele, Sir Guilderham, estava dois passos atrás do dono. E assim que o cavalo começou a se afastar, Robbins se virou, pegou as rédeas e montou. — Sem visita por um mês — ele disse, tirando uma lasca de madeira da orelha do cavalo.

— Por favor, sr. Robbins — disse Mildred. A liberdade lhe havia permitido não chamá-lo mais de "Sinhô". — A gente veio este caminho todo.

— Não me interessa — disse Robbins. — Ele vai levar um mês para ficar curado do que você fez a ele, Augustus.

E Robbins foi embora. Henry não havia contado aos pais que havia se tornado criado pessoal de Robbins. Um garoto mais velho, Toby, trabalhava como criado, mas Henry o subornara com a comida de Mildred, e ele começou a dizer para o capataz que não estava à altura da tarefa de arrumação.

— Henry é mió — Toby tanto disse ao capataz que isso acabou se tornando uma verdade na cabeça do branco. Agora, toda a comida que Mildred levava para o filho a cada domingo já havia sido prometida a Toby.

— A gente não ia machucar ele nem que fosse pra salvar o mundo — Mildred disse às costas de Robbins. Ela começou a chorar, porque via à sua frente um mês cheio de dias, que vinham se somar a mais de mil.

Augustus a abraçou e beijou sua cabeça, coberta pela boina, e então a ajudou a subir na carroça. A viagem para casa, no sudoeste do condado de Manchester, sempre levava cerca de uma hora, dependendo do tempo.

HENRY DE FATO ESTAVA melhor como criado, bem mais ávido do que Toby, sem nenhum medo de se levantar muito antes do sol para cumprir suas tarefas. Ele estava sempre esperando por Robbins quando este voltava da cidade, de Philomena, uma mulher negra, e dos dois filhos que tinha com ela. Nesses primeiros dias em que tentava provar seu valor para Robbins, Henry ficava em pé em frente à mansão e via Robbins e Sir Guilderham emergirem da névoa de inverno da estrada, seu coração batendo cada vez mais rápido à medida que o homem e o cavalo ficavam cada vez maiores.

— Dia, sinhô — ele dizia e levantava as duas mãos para pegar as rédeas.

— Bom-dia, Henry. Você está bem?

— Sim, sinhô.

— Então continue assim.

— Sim, sinhô, é o que eu pretendo.

Robbins entrava em sua mansão, para encarar uma esposa branca, que ainda não havia se resignado à perda de seu lugar no coração dele para Philomena. A esposa sabia da primeira filha que o marido tivera com Philomena, Dora, mas não saberia nada a respeito do segundo, Louis, até o garoto ter três anos de idade. Isto aconteceu dias antes que a esposa de Robbins se tornasse amarga e hostil e começasse a passar muito tempo numa parte da mansão que a filha dela havia batizado de Leste, quando era muito pequena e não sabia o que estava fazendo. Quando a esposa ficou amarga e hostil, passou a descontar nas pessoas mais próximas que ela não conseguia amar. Diziam os escravos que era como se ela odiasse o próprio chão em que tinham de pisar.

Henry levava Sir Guilderham para o estábulo, aquele reservado para os animais que Robbins mais considerava, e o escovava até que o animal ficasse calmo e o suor secasse, e ele começasse a fechar os olhos e quisesse ficar sozinho. Então Henry se certificava de que o cavalo tinha feno e água suficiente. Às vezes, se ele achasse que podia escapar às outras tarefas do dia, sentava-se numa banqueta e penteava a crina até as mãos se cansarem. Se o cavalo reconhecia o garoto por todo o trabalho que ele fazia, jamais demonstrou.

HENRY AGUARDAVA ANSIOSO numa das pontas da estrada que Robbins tomava pelo menos três vezes por semana, e na outra ponta, na margem exata da cidade de Manchester, sede do condado, havia outro garoto, Louis, que tinha oito anos em 1840, quando Henry tinha dezesseis e já era um criado competente. Louis, o filho, também era escravo de Robbins, que era como o censo dos EUA naquele ano o listava. O censo observou que a casa na Shenandoah Road onde Louis vivia em Manchester era governada por Philomena, sua mãe, e que ele tinha uma irmã, Dora, três anos mais velha. O censo não dizia que as crianças eram filhas de Robbins e que ele viajava para Manchester porque amava a mãe delas bem mais do que qualquer outra coisa, e em seus momentos mais tranquilos, depois das tempestades em sua cabeça, ele temia que estivesse perdendo o juízo por causa desse amor. O avô de Robbins, que fugira como clandestino na viagem inaugural do *HMS Claxton* à América, não teria aprovado — não o fato de Robbins ter se perdido por uma negra, mas de ter se perdido e ponto. Tendo se entregado tanto assim ao amor, o avô teria dito ao neto, de onde Robbins tiraria a coragem para retornar a Bristol, Inglaterra, de volta para a casa deles?

O censo dos EUA em 1840 continha uma enorme quantidade de acontecimentos, bem mais do que aquele feito pelo deputado estadual alcoólatra em 1830, e todos apontavam para o grande fato de que Manchester era então o maior condado da Virgínia, um lugar de 2.191 escravos, 142 negros livres, 939 brancos e 136 índios, a maioria cherokee, mas com um punhadinho de choctaw. Um tanoeiro correto e admirado por todos, que trabalhava dobrado como xerife dos EUA e que perdera três dedos por causa de ulcerações de congelamento, realizou o censo de 1840 em sete semanas

O MUNDO CONHECIDO   33

e meia do verão. Isso deveria ter lhe tomado menos tempo, mas ele já estava com problemas demais, a começar por pessoas como Harvey Travis, que queriam garantir que seus filhos fossem contados como brancos, embora todo mundo soubesse que sua esposa era cem por cento cherokee. Travis chegava até a chamar os filhos de crioulos e mestiços sujos quando eles e aquele mundo se tornavam pesados demais para ele. O recenseador/tanoeiro/xerife disse a Travis que contaria as crianças como brancas, mas na verdade o que ele escrevera em seu relatório para o governo federal em Washington, D.C., era que elas eram escravas, propriedade do pai delas, e aos olhos da lei, era exatamente o que eram; o recenseador nunca as havia visto antes do dia em que cavalgou até a propriedade de Travis, em uma das duas mulas que o governo americano havia comprado para ele fazer seu trabalho censitário. Ele achou que as crianças eram escuras demais, e o governo federal não iria considerá-las como algo que não fosse negro. Disse ao seu governo que as crianças eram escravas e deixou por isso mesmo, não falando nada a respeito do sangue branco ou índio que elas tinham. O recenseador possuía uma grande crença de que seu governo saberia ler nas entrelinhas. E embora tivesse suspeitas sobre se a mulher de Travis era ou não cem por cento índia, deu a Travis o benefício da dúvida e a listou como "Índia Americana/Cem por Cento Cherokee". O recenseador também teve problemas na hora de tentar calcular quantas milhas quadradas tinha o condado, e no fim enviou cifras muito aquém da marca. As montanhas, disse a um confidente, o desencorajaram, porque ele não era capaz de fazer a medição da terra com as malditas montanhas no caminho. Mesmo sem as montanhas na aritmética final, Manchester ainda era uma vez e meia maior do que o segundo maior condado da Comunidade.

O garoto Louis, em 1840, não cabia em si de contentamento nos dias em que achava que Robbins estava vindo para vê-lo. Ficava aos pulos pela casa que Robbins havia construído quando Philomena estava grávida de Dora, e ele não queria que ela estivesse na plantação perto de uma esposa que já estava suspeitando de que estava perdendo o marido depois de dez anos. O garoto subia correndo as escadas e olhava pelas janelas do segundo andar, que davam para a estrada, mas quando não via sinal da poeira de Sir Guilderham, descia correndo e olhava pela janela da sala de visitas. "Acho que não tô olhando no lugar certo", ele dizia para quem estivesse no aposento antes de subir voando novamente as escadas. A professora Fern Elston já havia dado uma reprimenda em Louis por não falar direito.

Não havia mais ninguém no condado que pudesse ter se saído bem depois de colocar uma negra e seus dois filhos em uma casa no mesmo quarteirão onde viviam pessoas brancas. Em uma das páginas do relatório do censo ao governo federal em Washington, D.C., o recenseador fez uma marca ao lado do nome de William Robbins e uma nota de rodapé na página 113 dizendo que ele era o homem mais rico do condado. Ele era primo distante de Robbins e tinha muito orgulho de que seu parente tivesse se dado tão bem na América.

DORA E LOUIS NUNCA chamavam Robbins de "pai". Dirigiam-se a ele como "sr. William", e quando ele não estava por perto, tratavam-no por "ele". Louis gostava que Robbins o colocasse sobre o joelho, levantando e descendo o joelho rápido. "Meu cavalinho sr. William", era o que ele às vezes o chamava. Robbins o chamava de "Meu principezinho. Meu principezinho pequenino."

O garoto tinha o que as pessoas naquela parte da Virgínia chamavam de olho viajante. Quando ele olhava direto para alguém, seu olho esquerdo muitas vezes seguia algum objeto que se movia externamente e que podia estar exatamente na lateral — uma partícula de poeira próxima ou um pássaro voando a distância. Ele seguia o objeto ou corpo quando este se movia alguns centímetros. Então o olho retornava para a pessoa na sua frente. O olho direito, e sua mente, jamais deixavam a pessoa com a qual estava falando. Robbins sabia que um olho viajante em um menino que tivesse com sua esposa branca teria significado algum tipo de fracasso no garoto branco, que ele teria um futuro questionável e não poderia receber muito amor do pai. Mas na criança cuja mãe era negra e que tinha o coração de Robbins, o olho viajante só servia para fazer com que ele se afeiçoasse

O MUNDO CONHECIDO   35

ainda mais ao pai. Era uma coisa cruel que Deus havia feito a seu filho, ele disse muitas vezes a si mesmo na estrada de volta para casa.

Com o passar do tempo, Louis aprenderia como não deixar o olho se tornar seu destino, pois as pessoas daquela parte da Virgínia achavam que um olho viajante era sinal de um homem desatento e desonesto. Quando ele ficou amigo de Caldonia e de Calvin, o irmão dela, na pequena escola de Fern Elston para crianças negras libertas, logo atrás da sala de visitas dela, seria capaz de dizer o momento exato em que o olho estava vagando só pela expressão de um rosto. Ele piscava e o olho voltava ao lugar. Isto significava olhar completa e longamente nos olhos de uma pessoa, e as pessoas passaram a ver isso como sinal de um homem que se importava com o que estava sendo dito. Ele se tornou honesto aos olhos de muitos, honesto o bastante para Caldonia Townsend dizer sim quando ele a pediu em casamento.

— Nunca achei que fosse digno de você — ele disse, pensando no falecido Henry, quando a pediu para se casar com ele.

— Somos todos dignos uns dos outros — respondeu ela.

ROBBINS TINHA 41 ANOS quando Henry se tornou seu criado. As viagens para a cidade não eram fáceis. Teria sido melhor se ele tivesse viajado de charrete, mas não era homem disso. Sir Guilderham era um cavalo caro e grandioso, feito para ser exibido perante o mundo. Em 1840, quando ainda faltava muito a ser pago pela liberdade de Henry, Robbins já pensava há muito tempo que podia estar enlouquecendo. No caminho para a cidade ou no caminho de volta, ele sofria do que chamava de pequenas tempestades, com raios e trovões, no cérebro. Os raios riscavam a frente de sua testa e explodiam com trovões na base do crânio. Então havia um tipo de chuva calmante que atravessava a cabeça e que ele associava com o retorno à normalidade. Ele perdia fragmentos inteiros de tempo com algumas tempestades. Sir Guilderham às vezes sentia a aproximação dessas tempestades, e então diminuía a marcha e parava por completo até que a tempestade tivesse passado. Se o cavalo nada sentisse, uma tempestade atingia Robbins e ele emergiria quilômetros mais próximo de seu destino, sem nenhuma lembrança de como chegou ali.

Ele via as tempestades como o preço a pagar por Philomena e seus filhos. Em 1841, ao acordar de uma tempestade, encontrou um homem branco na estrada que ia para a plantação que perguntou se ele estava doente. O nariz de Robbins estava sangrando e o homem apontava para o nariz e o sangue. Robbins esfregou o nariz com a manga do casaco. O sangue parou de correr. "Eu levo vosmecê pra casa", disse o homem. Robbins indicou a estrada onde morava e eles cavalgaram lado a lado; o homem se apresentou e disse o que fazia da vida, mas Robbins não fazia questão de saber, estava apenas agradecido pela companhia.

Robbins se sentiu na obrigação de retribuir a gentileza quando o homem viu dois escravos no segundo dia em que ficou com ele. A Bíblia dizia que convidados deveriam ser tratados como reis, pois não se sabe se o anfitrião está recebendo anjos. O homem mal havia saído para fumar um dos charutos de Robbins na varanda quando viu Toby, o ex-criado, e sua irmã. A comida de Mildred havia feito maravilhas pelo garoto e a irmã, coisas maravilhosas aos seus ossos que a comida fraca de Robbins jamais poderia ter feito. O homem entrou e ofereceu 233 dólares pelo par, afirmando que era tudo o que possuía.

Os três, as duas crianças e o homem que podia ter sido um anjo, já haviam ido embora há quatro dias quando Robbins percebeu que péssima venda havia feito, ainda que tivesse dado um desconto e tanto para exprimir sua gratidão a um anjo. Ele logo meteu na cabeça que o homem na verdade era um tipo de abolicionista, nada mais do que um ladrão, o diabo disfarçado. A ideia das patrulhas de escravos começou com aquela venda amarga de que as tempestades o haviam deixado vulnerável e de que os abolicionistas poderiam se insinuar e tapeá-lo para que ele abrisse mão de tudo aquilo pelo qual ele e seu pai e o pai de seu pai haviam trabalhado. Mas a ideia criaria raízes e cresceria com o desaparecimento de Rita, a mulher que havia se tornado uma espécie de mãe para Henry depois que Augustus Townsend comprou a liberdade de sua mulher Mildred. Antes do anjo/homem na estrada e do sumiço de Rita, o condado de Manchester,

O MUNDO CONHECIDO   37

na Virgínia, não tinha muitos problemas com o desaparecimento de escravos desde 1837. Naquele ano, um homem chamado Jesse e quatro outros escravos fugiram uma noite e foram encontrados dois dias depois por um grupo liderado pelo xerife Gilly Patterson. A fuga e a caçada haviam enraivecido tanto o dono de Jesse que ele o matou a tiros no pântano onde o grupo o encontrou. Ele mandou aleijar os outros quatro fugitivos naquela mesma noite — facas bem afiadas cortaram seus tendões de Aquiles —, logo depois de cortar a cabeça de Jesse como aviso a seus outros quatorze escravos, e a enfiou numa estaca feita com um galho de macieira na frente da cabana que Jesse havia dividido com outros três homens. A lei ditava que o assassinato de Jesse era homicídio justificável — embora os escravos fujões seguissem em direção diferente da viúva branca e suas duas filhas adolescentes, os cinco homens estavam a menos de dois quilômetros dessas mulheres quando foram capturados. Nenhum branco queria imaginar o que teria acontecido se aqueles cinco escravos tivessem dado meia-volta, seguindo para o sul e se afastando da liberdade, e chegado ao lugar onde a viúva e as garotas estavam. Jesse mereceu o que teve, o xerife Patterson teorizou quando pensou na viúva e suas filhas. Ele não colocou a questão com essas palavras ao escrever o relatório para o juiz do distrito, um homem conhecido por se opor ao abuso contra escravos. Mas o xerife Patterson escreveu que o dono de Jesse já recebera castigo suficiente por ter de viver agora sabendo que havia jogado fora uma propriedade que valeria facilmente 500 dólares no mercado.

Na verdade, o homem que William Robbins encontrou na estrada não era abolicionista nem anjo, e Toby e sua irmã jamais viram o norte. O homem na estrada vendeu as crianças por 527 dólares para um homem que mastigava sua comida com a boca aberta. Ele encontrou o homem de boca aberta em um bar muito extravagante de Petersburg, que fechava à noite para se tornar um bordel, e esse homem de boca aberta vendera as crianças para um plantador de arroz da Carolina do Sul por 619 dólares. A mãe das crianças não prestou mais para fazer seu trabalho, depois que os filhos foram vendidos, mesmo com o capataz tirando a pele das costas dela com chicotadas para obrigá-la a fazer o que era seu dever. A mãe virou pele e osso. Robbins a vendeu para um homem no Tennessee por 257 dólares e uma mula de três anos de idade, uma venda sem lucro, considerando todo o potencial que a mulher teria se tivesse se recuperado e o que Robbins já pagara por sua manutenção, roupas, comida e um telhado sem goteiras sobre sua cabeça, e sabe-se lá mais o quê. Em seu grande livro sobre as idas e vindas de escravos, Robbins riscou com uma linha o nome da mãe das crianças, uma coisa que ele sempre fazia com gente que morria antes da velhice ou que era vendida sem lucro algum.

Robbins costumava passar a noite na casa de Philomena, suportando todas as suas conversas sobre a vontade de ir morar em Richmond. Ele partia para sua plantação logo antes do amanhecer, se o tempo permitisse. Quase sempre havia uma tempestade em sua cabeça no caminho de volta. Ele preferiria sofrer uma dessas quando estivesse indo para a cidade, para desfrutar de Philomena e de seus filhos, sabendo que o pior ficara para trás. Não importava que tempo Deus desse ao condado de Manchester, Henry estaria esperando. Naquele primeiro inverno depois de ver o garoto tremendo nos trapos que amarrara aos pés, Robbins mandou seu escravo sapateiro fazer alguma coisa boa para os pés dele. Disse aos serviçais que cuidavam de sua mansão que Henry iria comer na cozinha com eles e que dali em diante sempre se vestiria da maneira certa, igual a eles. Robbins passou a depender de ver o garoto acenando de seu lugar à frente da mansão; começou a perceber que a visão de Henry significava que a tempestade havia passado e que estava a salvo de homens maus disfarçados de anjos. Começou a desenvolver uma espécie de amor pelo garoto, e esse amor, construído manhã após manhã, era outro motivo para aumentar o preço de venda que Mildred e Augustus teriam de pagar por ele.

2

O presente de casamento. Primeiro o almoço, depois o desjejum. Preces antes do ofertório.

N a Bíblia, Deus mandou que os homens tivessem esposas, e John Skiffington obedeceu.

Ele sempre tentava viver de modo humilde e obediente à sombra de Deus, mas tinha medo de que, aos 26 anos de idade, não estivesse conseguindo. Para começar, ele desejava coisas mundanas, e dava mais a César do que sabia que seria do agrado de Deus. Sou imperfeito, ele dizia a Deus todas as manhãs quando se levantava da cama. Sou imperfeito, mas ainda sou barro em vossas mãos, andando da maneira que quereis que eu ande. Moldai-me e ajudai-me a ser perfeito a vossos olhos, Ó Senhor.

Deus não colocara na sua cabeça que ele deveria tomar uma esposa para si até aquela tarde de outono de 1840 na sala de visitas do xerife Gilly Patterson. Skiffington, que fora assistente de Patterson por dois anos, chegara aos vinte anos com seu pai em Manchester, uma cidade num condado no meio da Virgínia que o pai só vira uma vez em criança e sonhara duas vezes quando adulto. O pai fora por muitos anos o capataz da plantação da Carolina do Norte de propriedade de seu primo, e foi lá que John Skiffington chegara inquieto à idade adulta, crescera entre cerca de dez pessoas brancas e mais ou menos 209 escravos — os números mudavam ligeiramente ano a ano, por nascimento, compras e vendas, ou pela morte. Na noite anterior à morte da mãe de John Skiffington, o pai dele sonhou que Deus lhe disse que não queria que ele e seu filho tivessem domínio sobre escravos, e dois dias depois deixaram a Carolina do Norte, levando a morta em um caixão de pinho em uma carroça que o primo lhes dera. Não deixe sua esposa na Carolina do Norte, Deus dissera ao pai no final do sonho.

As duas sobrinhas do xerife Patterson vieram da Filadélfia em 1840 para uma temporada de três meses, e o xerife e sua esposa realizaram almoços a uma da tarde em quase todos os domingos enquanto as jovens estavam ali. Os Patterson convidavam pessoas de perto para pequenas reuniões sociais, e naquela tarde de outono foi a vez de John Skiffington e seu pai. A esposa de Patterson era parente distante da esposa de William Robbins, e Robbins e sua esposa também apareceram, embora Robbins visse os Patterson, para não falar dos Skiffington, como estando dois ou três degraus abaixo dele e dos seus.

John Skiffington e o pai chegaram primeiro, e John saiu de um dia cinzento para a sala de visitas azul-clara da sra. Patterson, e a primeira coisa que viu foi Winifred Patterson, produto da Escola para Moças da Filadélfia, instituição com um pé na religião Quaker. Ele não era um homem tímido e tinha a compleição de um urso. Winifred também não era tímida, um resultado inesperado da formação da Escola para Moças da Filadélfia, e não levou muito tempo para que ele e Winifred — depois da chegada dos Robbins — já tivessem se retirado para um canto da sala e começado uma conversa que varou o almoço e durou até o começo da noite. O que mais o surpreendeu foi por que o sexo feminino não o havia interessado antes daquele domingo. Onde Deus havia escondido até então aquela parte de sua cabeça e de seu coração?

Ele passou a vê-la com frequência depois disso, na sala de visitas da sra. Patterson, na igreja, ou em passeios de charrete acompanhados pela sra. Patterson e pela irmã mais nova de Winifred. John se tornou o único visitante regular dos almoços de domingo dos Patterson, e a sra. Patterson precisou lhe dizer algumas vezes, abafando uma risada, que era rude e egoísta levar Winifred para um canto sem que os outros convidados do almoço tivessem tido a chance de desfrutar da mundanidade que a Escola para Moças da Filadélfia havia instilado nela. No começo de janeiro a sra. Patterson disse ao marido que, se as coisas continuassem naquele passo, o

O MUNDO CONHECIDO 41

melhor seria que o sr. Patterson mandasse chamar seu irmão na Filadélfia, que seria bom que tivessem uma conversa. O irmão chegou, os homens conversaram, mas Winifred retornou para a Filadélfia em março, depois da segunda nevasca que fez maravilhas para os jardins naquele ano. Skiffington visitou a Filadélfia duas vezes, e voltou da última vez em maio com a promessa de Winifred de que se casaria com ele.

Casaram-se em junho, um casamento ao qual compareceram até as melhores pessoas brancas do condado, de tão querido que John se tornara em seu tempo em Manchester como assistente de Patterson. O primo de seu pai estava doente na Carolina do Norte, mas enviou o filho, Counsel Skiffington, e sua esposa Belle, produto de uma ótima família em Raleigh. Embora John e Counsel tivessem crescido juntos, íntimos como irmãos, não se gostavam tanto assim. Na verdade, se Counsel não fosse um homem rico, seu leve desprezo por John teria se transformado em algo muito desagradável toda vez que eles se encontrassem. Mas a riqueza o ajudou a elevá-lo acima da condição de ralé da maioria dos outros homens, e portanto ficou mais do que feliz em ir ao casamento de seu primo numa cidade da Virgínia cujo nome sua esposa precisava sempre recordar-lhe. Além disso, Counsel não saía da Carolina do Norte havia cinco meses, e estava doido de vontade para andar debaixo de um céu diferente.

Counsel e sua esposa, com alguma discussão de seu pai moribundo, levaram um presente de casamento da Carolina do Norte para Winifred. Para entregá-lo, esperaram até a recepção para membros da família na casa que John havia comprado perto da periferia da cidade para sua noiva. Por volta de três da tarde, depois que as coisas já tinham se acalmado um pouco, Belle foi até onde sua criada estava no quintal e voltou com uma escrava de nove anos de idade e fez a garota, enfeitada com uma fita azul, ficar em pé e dar uma voltinha para Winifred ver.

— Ela é sua — Belle disse a Winifred. — Uma mulher, especialmente casada, não é nada sem sua criada pessoal. — Todas as pessoas da Filadélfia ficaram em silêncio, como também John Skiffington e seu pai, e as pessoas da Virgínia, especialmente aquelas que conheciam o custo de uma boa carne escrava, sorriram. Belle pegou a franja do vestido da garota e levantou-o para Winifred examinar, como se o vestido fosse ele próprio um bônus.

Winifred olhou para seu marido. Ele assentiu e Winifred disse:

— Obrigada. — O pai de Winifred saiu da sala, acompanhado pelo pai de Skiffington. Counsel continuou sorrindo; estava pensando em todos aqueles primeiros dias na Carolina do Norte, quando seu desgosto pelo primo estava começando a criar raízes. A viagem até aquela cidadezinha de fim de mundo na Virgínia havia valido a pena só para ver a cara do seu primo.

— É uma boa maneira de introduzir a senhora à vida à qual deve se acostumar, sra. Skiffington — Counsel disse a Winifred. Olhou para Belle, sua esposa. — Não é isso, sra. Skiffington?

— É claro, querido — e disse para o presente de casamento: — Diga olá. Diga olá para sua dona.

A menina obedeceu, fazendo uma mesura da forma que haviam lhe mostrado antes de deixar a Carolina do Norte e muitas vezes durante a viagem para Manchester.

— Olá. Olá, sinhá.

— O nome dela é Minerva — disse Belle. — Ela responderá se você chamá-la de Minnie, mas o nome certo dela é Minerva. Contudo, ela atenderá aos dois, a como você quiser chamá-la. Mas o nome próprio dela é Minerva. — Sua primeira criada, recebida quando Belle estava com 12 anos, tinha uma tosse noturna desagradável e teve de ser substituída depois de algumas semanas por uma alma mais quieta.

— Minerva — disse a menina.

— Viu? — disse Belle. — Viu?

Na noite em que Belle Skiffington morreu, aquela primeira criada, Annette, se recuperou de uma tosse que a havia perseguido por anos, abriu uma Bíblia no estúdio de sua casa de Massachussetts, procurando alguns versículos que acalmassem sua mente antes de dormir. De dentro da Bíblia caiu uma folha de macieira da Carolina do Norte que ela, na noite em que fugira com cinco outros escravos, tinha escondido no seio para dar sorte. Ela não via aquela folha há muitos anos, e num primeiro momento não se

O MUNDO CONHECIDO   43

lembrou de onde aquela coisa marrom e quebradiça viera. Mas quando se recordou, quando a folha se desfez em seus dedos, caiu num choro que acordou a todos em sua casa, e ninguém foi capaz de acalmá-la, nem mesmo quando a manhã chegou. A segunda criada de Belle, aquela que nunca ficara doente num dia sequer de sua vida, morreria na noite seguinte à morte de Belle. Seu nome era Patty e tivera três filhos, um falecido e dois ainda vivos, Allie e Newby, um garoto que gostava de tomar leite direto das tetas da vaca. Essas duas crianças morreriam na terceira noite, a mesma noite em que o último dos filhos de Belle morreu, a garotinha bonita com sardas que tocava piano tão bem.

— Viu? — Belle disse novamente para Winifred. — Agora, não quero que você a mime, sra. Skiffington. Muitos já se arruinaram por causa de mimos. E, minha doce Winifred, isso eu simplesmente não vou aceitar. — Belle deu uma risada e tornou a pegar a franja do vestido de Minerva.

— Sim — disse Counsel, piscando para seu primo John. — Minha esposa é a prova viva da ruína que o mimo provoca.

NA MANHÃ SEGUINTE à noite de núpcias, Winifred virou-se para seu marido na cama e lhe disse que escravidão era uma coisa que não queria em sua vida. Ele também não queria, disse; ele e seu pai haviam jurado não ter mais escravos quando saíram da Carolina do Norte, ele lembrou à noiva. Foi assim que seu pai havia interpretado o sonho final, bem como os outros que vinha tendo havia semanas. Lava tuas mãos de toda essa escravidão, Deus dissera em seus sonhos. A morte da mãe de John Skiffington fora apenas a maneira de Deus enfatizar o que queria. *Não deixe sua esposa na Carolina do Norte.*

Skiffington sentou-se na beira da cama de casal. Ele e Winifred ficaram sussurrando, embora Minerva, o presente de casamento e o pai dele estivessem no outro lado da casa. Counsel e Belle iriam embora naquele dia, mas mesmo depois que eles se fossem, Skiffington não via jeito de se livrarem da garota. Vendê-la estaria fora de cogitação, pois não tinham como saber o que aconteceria com ela. Mesmo vendê-la a um dono bom, temente a Deus, não garantia que esse patrão nunca fosse vendê-la a alguém que não temesse a Deus. E dá-la também não era melhor que vendê-la. Winifred sentou-se na cama. Ambos haviam se levantado depois de fazer amor na noite anterior e vestiram suas roupas de dormir, de tão desacostumados que estavam um ao outro. Ela puxou o colarinho da camisola e apertou-o no pescoço, e colocou a mão sobre os botões de cima.

— Eu quase me esqueci de onde estava — Winifred disse, referindo-se ao Sul, ao mundo da propriedade humana. Ela olhou pela janela, por onde nem mesmo as cortinas pesadas conseguiam conter o que prometia ser um dia extraordinariamente lindo. Nesse exato momento, ela se lembrou da mulher e de seu belo marido na Filadélfia que haviam sido presos por manter dois negros livres como escravos. Eles haviam sido mantidos como escravos durante anos, confinados à casa, e todos os vizinhos brancos conheciam os escravos pelo nome, mas as pessoas simplesmente achavam que faziam parte da família. Tinham até o sobrenome da família branca.

— Aquilo foi coisa do Counsel — disse Skiffington, um pouco na defensiva. O Sul era a sua terra natal, e não era nem de longe o inferno que algumas pessoas do Norte pintavam. — Nem todo mundo pode se dar ao luxo de dar um escravo assim sem mais nem menos. Eles são caros, Winifred. Aquilo foi coisa do Counsel para me aporrinhar. Ele pode se dar ao luxo de fazer isso. E eles queriam agradar você de verdade. Fazer você ficar feliz.

— Fico triste só de pensar — disse ela, e começou a chorar. Ele se virou na cama e puxou-a para perto, colocando a mão na parte de trás da cabeça dela. — Por favor, John...

— Shhh — fez ele. Então, depois de algum tempo, beijou-lhe a cabeça e levou a boca ao seu ouvido. — Pode ser que ela esteja bem melhor com a gente do que em outro lugar. — Ele estava pensando não só no que aconteceria se eles a vendessem a Deus sabe quem, mas também no que os vizinhos diriam se a dessem ao pessoal de Winifred para viver no Norte: o assistente de xerife John Skiffington, que um dia já fora um homem de bem, mas agora ficava do lado dos forasteiros, e ainda por cima gente do Norte. Skiffington perguntou à esposa: — Você e eu por acaso não somos gente de bem?

O MUNDO CONHECIDO 45

— Espero que sim — disse Winifred. Tornou a se deitar na cama e Skiffington se levantou para se vestir, pois ainda era assistente de xerife, recém-casado ou não. Ela ainda chorava, mas segurou as lágrimas e preencheu o tempo vendo o marido. Então ele foi embora. Ela voltou a chorar. A três aposentos de distância, o presente de casamento, Minerva, ouviu seu dono sair de casa, e saiu silenciosamente de seu quarto e estudou a janela sem cortinas mais próxima, o corredor e todas as portas ao longo dele. O sol atravessava a janela com toda a sua força e fazia a maior parte das maçanetas de vidro brilhar. Então, diante de seus próprios olhos, pouco a pouco, o sol subiu e o brilho desapareceu. Minerva estava descalça, embora Belle já tivesse avisado à menina mais de uma vez para não ficar passeando por aí sem os chinelinhos noturnos. Entretanto, Minerva havia se lembrado de colocar um dos xales de Winifred sobre os ombros.

— Você vai ficar numa casa adequada — Belle a havia instruído. — E não deve sair por aí com os ombros nus. Agora repita o que acabei de lhe dizer.

Minerva foi até a janela mais próxima, e olhou para a direção em que o sol ainda estava nascendo. Tinha uma irmã mais velha na Carolina do Norte, e todas as manhãs, lá em sua casa, ela podia olhar para onde o sol nascia até a fazenda vizinha onde sua irmã era escrava. Elas conseguiam se visitar uma vez a cada três semanas. Minerva, embora tivesse viajado dias e dias para ir da Carolina do Norte à Virgínia, olhou para onde o sol nascia, acreditando de todo o coração que tinha um longo alcance e que podia ver a fazenda onde estava sua irmã. Ficou decepcionada ao perceber que não era verdade. Embora estivesse a distância de um grito de Belle Skiffington, a sua irmã na Carolina do Norte fugiria à devastação que alcançaria Belle e quase tudo o que Deus lhe dera. Minerva queria levantar a janela, achando que a fazenda com sua irmã ficava apenas a uma olhadela a mais além da vidraça, mas não ousava tocar nela. Minerva e sua irmã não veriam uma a outra por mais de vinte anos. Seria na Filadélfia, a nove quadras da Escola para Moças da Filadélfia. "Tu cresceu", sua irmã diria, com as mãos nas bochechas de Minerva. "Eu queria não ter crescido", Minerva diria. "Eu queria ter esperado você me ver crescer mas não pude fazer nada."

Minerva se afastou da janela, deu um passo na direção do corredor e parou. A criança apurou o ouvido. Deu mais dois passos e estava perto da escadaria que dava para baixo. Ela não tinha coragem suficiente para descer os degraus onde achava que o restante da criadagem da casa poderia estar. Em menos de uma semana teria essa coragem, coragem o bastante até para ir à porta da frente, abri-la e dar um passo para a varanda da manhã. Agora a criança dava mais passos, passando por seu próprio quarto, e chegou a uma porta parcialmente aberta. Ela podia ver o pai de John Skiffington ajoelhado, rezando num canto de seu quarto. Inteiramente vestido e com chapéu na cabeça, o velho, que encontraria outra esposa na Filadélfia, já estava ajoelhado havia quase duas horas: Deus deu tanto e pediu tão pouco em troca. Minerva seguiu em frente e finalmente chegou ao fim do corredor onde Winifred ainda estava chorando na cama e não ouviu a garotinha bater uma vez e depois outra na porta entreaberta. Finalmente, Winifred ouviu.

— Sim. Sim — disse. — Quem está aí?

Minerva encostou os dedos de bebê na porta e ela se abriu um pouco mais. A criança deu uma espiada para dentro do quarto e ficou procurando até achar Winifred. Ela tomou uma medida inocente do tamanho do quarto e então entrou devagar, indo até a beira da cama. Minerva ficou com mais medo do que quando estava no corredor. Estava até sentindo saudade de Belle, porque Belle era para ela uma coisa certa e Winifred podia ver tudo aquilo no seu rosto. Tocou o ombro da garota, reconhecendo o xale que havia trazido da Filadélfia no que brincara com Skiffington como sendo seu "baú do dote". Winifred tocou com suavidade o rosto de Minerva, o primeiro e último ser humano negro que ela tocaria na vida.

— Eu ouvi a senhora chorar — disse Minerva.

— Tive um pesadelo — disse Winifred.

Minerva deu mais uma olhada ao redor do quarto, meio que esperando ver Skiffington. Estava tentando se lembrar de tudo o que lhe havia sido ensinado sobre o decoro adequado com uma dona. A preocupação com o bem-estar dela era certamente uma das coisas sobre as quais Belle lhe contara. — Foi um pesadelo mesmo? — perguntou a menina.

Winifred pensou.

— É, acho que foi bem ruim.

— Ah — disse Minerva. — Ah. — E tornou a olhar ao redor.

— Você está com fome? — perguntou Winifred.

— Sim, senhora — disse Minerva, ambas as mãos agora descansando na cama.

— Então precisamos comer. E precisamos achar um novo nome para você. Mas, antes, você e eu temos que comer.

Três semanas mais tarde, William Robbins e quatro outros grandes latifundiários convocaram o xerife Gilly Patterson e John Skiffington para sua casa. Robbins não conseguira deixar de lado a venda de Toby e sua irmã para o homem que havia conhecido na estrada, e conseguiu convencer os quatro outros de que alguma coisa de ameaçadora estava solta na terra. Ele jamais conseguiu definir ao certo nada disso, mas se William Robbins dizia que uma tempestade estava se aproximando, então não importava o quanto o céu estivesse azul e agradável e o quanto as galinhas ciscassem alegres no quintal.

Robbins expressou insatisfação com a vigilância de Patterson, deu a entender que, enquanto Patterson e Skiffington dormiam, os abolicionistas estavam sequestrando seu ganha-pão para alguma ideia imbecil de um paraíso dos negros no Norte. Ele estava convencido de que o homem da estrada havia entrado no condado deles e esperado para fazer amizade com ele com o único objetivo de roubar Toby e sua irmã. Robbins, pela primeira vez, apresentou a ideia de uma milícia.

— Esta aqui é uma terra de paz, William — disse o xerife Patterson. — Não temos necessidade de nada mais do que já temos. Eu e John estamos fazendo um bom trabalho. — Patterson gostava da pouca autoridade que tinha, e se preocupava com a possível usurpação dela por alguém. E ele jamais gostara da ideia de Robbins cavalgando para a cidade à luz do dia, a qualquer dia da semana, para estar com uma negra e seus filhos negros.

— Gilly, quantos escravos você tem?

— Nenhum, William. Você sabe disso.

Quatro dos homens estavam na varanda de Robbins, incluindo o xerife e três dos latifundiários. Um deles estava em pé ao lado do assistente Skiffington. Skiffington teve de ficar ouvindo as reclamações de Patterson sobre ter que ir à casa de Robbins o caminho inteiro.

— Não sou menino de recados, John — Patterson dissera a Skiffington.

— Mas é isso o que eles estão fazendo que eu seja. Não cruzei o oceano Atlântico pra ser um moço de recados. — Todos os vestígios do sotaque que ele trouxera consigo do outro lado do oceano quando criança desapareceram há muito tempo. Ele falava igual a qualquer homem branco médio da Virgínia, descendo a estrada.

Robbins disse:

— Bem, Gilly, então você não entende. Você não sabe a dificuldade que é manter este mundo direito. Você cavalga por aí mantendo a paz, mas isso não tem nada a ver com comandar uma plantação cheia de escravos.

— Eu nunca disse que sabia, William. Manchester é um lugar pacífico, é isso o que estou dizendo — disse Patterson. Gostava do som da palavra *pacífico* naquele instante, e estava procurando um jeito de usá-la novamente antes de ir embora.

— Isso foi ontem — disse Robbins. — A paz de ontem. Bem no passado. Agorinha mesmo ainda me lembro daquela confusão com aquele crioulo do Turner e os outros. Até hoje, minha esposa fala nisso. Minha esposa chora quando pensa nisso. Ele não poderia ter pensado naquilo sozinho. Aquele abolicionista simplesmente entrou aqui e saiu porta afora com minha propriedade.

— Não foi o que fiquei sabendo — disse Patterson. — Ouvi dizer que foi um negócio feito às claras. Uma venda simples, William.

— Você pode ouvir o vento soprando, mas não sou eu sussurrando no seu ouvido. — Robbins se levantou e caminhou até a beirada da varanda, cruzando os braços. Ele tinha visto Philomena na véspera e saíra de lá com a lembrança amarga dela falando em Richmond e como eles poderiam ser felizes lá. Os outros homens na varanda permaneceram sen-

O MUNDO CONHECIDO   49

tados, e Patterson se curvou para a frente em sua cadeira, estudando o
grão da madeira do piso.

Patterson disse:

— John e eu vamos fazer um trabalho extra, se isso vai ajudar a acalmar todo mundo aqui. Meu trabalho é proteger a todos, garantir que todo
mundo possa dormir bem toda noite de modo pacífico, e se isso não está
acontecendo, então vou fazer acontecer.

Um dos latifundiários na varanda, Robert Colfax, disse:

— Bill, o que você acha disso? — Nem Robbins nem Colfax saberiam
por um longo tempo, mas aquele dia foi o ponto alto da amizade deles.
Agora eles começariam a descer o outro lado da montanha.

Robbins não disse nada.

— Bill? O que você acha, Bill? — perguntou Colfax.

Robbins se virou, descruzou os braços e passou a mão pelo cabelo.

— Vou aceitar isso — disse. — Por ora, vou aceitar. Porém, se mais
alguma coisa acontecer... — Tornou a se sentar e levantou a mão sem a
aliança de casamento e um serviçal apareceu ao seu lado. — Traga alguma
coisa para nós.

— Sim, senhor. — O negro desapareceu e reapareceu logo depois com
bebidas. Patterson disse que não queria beber nada, que ele e Skiffington
precisavam voltar. Levantou-se e, em um momento, Henry apareceu com
seu cavalo e o de Skiffington.

— Prometo paz, e é isso o que eu vou trazer — disse Patterson. — Bom
dia a todos, cavalheiros. — Foi até seu cavalo e Henry lhe entregou as rédeas. Skiffington já estava montado.

Os homens na varanda e o latifundiário agora sozinho no jardim lhe
deram bom-dia.

PATTERSON PERMANECEU como xerife por mais dois anos, até 1845, quando Robbins disse que Patterson não estava fazendo nada quando a propriedade simplesmente desaparecia. Tom Anderson, um escravo de 46 anos,
desapareceu em 1842, mas nunca ficou claro se ele havia realmente fugido.

50 EDWARD P. JONES

Seu dono, um pastor ocasional de mesmo nome, devia 350 dólares a um homem no condado de Albemarle e prometera o escravo em pagamento. Houve quem dissesse que, em vez de pagar a dívida, o pastor Tom provavelmente vendeu o escravo Tom e embolsou os 450 dólares que o mundo inteiro sabia que o escravo valia. O pastor Tom sempre alegou que "meu Tom" havia fugido, e chegou até a culpar os abolicionistas, e sempre alegou pobreza ao seu credor de Albemarle. Como o pastor Tom não tinha mais nada que o homem de Albemarle quisesse, a dívida acabou sendo esquecida, embora em seu testamento — revisado pela última vez em 1871, quando a escravidão não era mais uma questão assim tão discutida — o homem de Albemarle tenha relacionado: "Tom Anderson, ESCRAVO de 46 anos de idade, cabelo ruivo", como um de seus bens. No começo de 1843, depois que quatro outros escravos fugiram ostensivamente, uma garota escrava de 14 anos de idade, muito confiante, Ophelia, desapareceu, também sem uma explicação que satisfizesse a todos. Alguns brancos atribuíram esse desaparecimento à sua dona ciumenta e possivelmente assassina, que fora educada em Paris, Veneza e Poughkeepsie, Nova York, e que retornara para sua terra natal na Virgínia com um marido italiano ignorante que jamais havia visto negros antes de ir para a América. Mas escravos no condado de Manchester disseram que Ophelia havia se encontrado com a mãe de Jesus numa tarde na estrada principal que as pessoas pegavam para chegar até o condado de Louisa e que Maria, ao ouvir Ophelia cantar, decidiu ali mesmo que não queria mais o paraíso se não fosse com Ophelia junto. Maria perguntou a Ophelia se não queria ir com ela e comer pêssegos com creme de leite à luz do sol até o dia do Juízo Final e Ophelia deu de ombros e disse: "Parece bom. Não tenho mesmo nada melhor pra fazer agora. Não tenho nada pra fazer até de noitinha."

Na história do condado de Manchester, o fim do longo mandato do xerife Patterson quando ele tinha apenas 38 anos não seria grande coisa — ficaria lá embaixo na lista de eventos históricos, após a morte em 1820 da virgem sra. Taylor em seus 102 anos, da nevasca que provocou dezoito centímetros de neve no final de maio de 1829, e do garoto escravo Baker e os dois garotos brancos Otis que pegaram fogo espontaneamente na frente

O MUNDO CONHECIDO   51

do armazém de secos e molhados em 1849. Patterson continuou, mas estava depauperado e nunca superou o fato de ter sido chamado à plantação por Robbins como se fosse uma criança, uma criança negra, diga-se de passagem. A gota d'água para todos, de Robbins a Colfax até os homens brancos que não tinham sequer condições para ter escravos, foi a situação de Rita, que cresceu a ponto de se tornar algo maior do que era na verdade, graças a Robbins. Rita, a mulher que se tornou uma segunda mãe para o garoto Henry Townsend. Depois da situação de Rita, todos concordaram que uma mudança faria bem a todo o condado e daria um fim ao que Robbins havia começado a chamar de "hemorragia de escravos". Então Patterson pediu demissão e voltou àquela cidade inglesa perto da fronteira com a Escócia onde seu povo havia vivido por séculos. Passou o resto de seus anos como criador de ovelhas e se tornou famoso como um ótimo pastor, "um homem que nasceu para o ofício". Sua saúde melhorou tremendamente do que havia sido antes na América, embora a saúde de sua esposa, uma escocesa de Gretna Green que não tinha audição muito boa, jamais tivesse retornado ao que era em seus primeiros e felizes anos nos Estados Unidos. Sempre que as pessoas daquela parte do mundo perguntavam a Patterson sobre as maravilhas da América, as possibilidades e a esperança da América, Patterson dizia que era um ótimo lugar, mas que os americanos estavam acabando com ele, e que seria um lugar muito melhor se não tivesse americano nenhum.

Com o tempo, John Skiffington passara a amar e respeitar Patterson, mas ele não levou mais de um dia para considerar a sugestão de Robbins e Colfax para se tornar o novo xerife, que ele, como Robbins disse, "assumisse o manto". De fato, Skiffington acreditava que poderia manter a paz de maneira mais eficiente, dada a irritação cada vez maior de Patterson. Embora tivessem apenas dois anos de casados, ele e Winifred ainda se consideravam recém-casados; dois anos não eram sequer um piscar completo do olho de Deus. Skiffington queria uma boa vida para sua esposa, e achava que a vida de um xerife, e não a de assistente de alguém, lhe traria isso. Achava que poderia construir uma reputação que pudesse levar para um emprego melhor em outro lugar, até mesmo em algo na Filadélfia, para onde Winifred costumava dizer que queria voltar. Um homem que ele conhecia no condado de Halifax passara de assistente para delegado estadual em menos de uma geração, menos tempo do que se levava para um garoto se tornar um homem. Skiffington adorava o Sul, mas sendo um homem com uma mulher do Norte, ele aos poucos foi se afeiçoando à ideia de que poderia viver feliz na Filadélfia ou em qualquer outra parte do país e se considerar apenas mais um americano que havia se tornado o que era por causa do que o Sul lhe dera e lhe ensinara. Sempre que ele e Winifred faziam uma visita aos pais dela na Filadélfia, Skiffington nunca retornava ao Sul sem prestar seus respeitos ao lugar onde Benjamin Franklin havia morrido. Ele considerava Franklin o segundo maior de todos os americanos, depois de George Washington, e na frente de Thomas Jefferson.

Embora o condado de Manchester tivesse dinheiro para isso, Skiffington não aceitou nenhum assistente naquela época; sempre achara que Patterson o aceitara como um favor ao seu pai. Podia muito bem fazer sozinho o que precisasse ser feito. Mas Skiffington, lembrando-se dos césares que controlavam tudo o que não pertencia a Deus, ouviu uma sugestão de Colfax e Robbins e reuniu uma equipe de doze patrulheiros para trabalhar como "ajudantes noturnos" — patrulheiros de escravos. Ele dividiu o condado de Manchester em três partes e indicou uma equipe noturna de três homens para cada seção. À exceção de um homem que era cherokee, os patrulheiros eram todos brancos pobres, e entre eles havia apenas dois que possuíam escravos. Um destes era Barnum Kinsey, considerado na época por todos como o branco mais pobre do condado, que "escapou", como disse um vizinho, "de ser crioulo só pela cor da pele". O único escravo de Barnum, Jeff, tinha 57 anos quando seu dono se tornou patrulheiro; o escravo fizera parte do dote de sua segunda esposa, com cinco metros quadrados de seda verde com fios dourados maravilhosos em sua extensão, uma seda tão fabulosa que as pessoas diziam que dava para uma pessoa montar nela e subir até o sol. Jeff morreu aos 62 anos, depois de ficar incapacitado para o trabalho por quase um ano e depois de ser tratado durante todo esse tempo por Barnum e sua esposa. Para onde quer que ele tivesse ido após a morte, Jeff provavelmente teria ficado grato por, em seus últimos meses de vida, Barnum ler para ele trechos do *Poor Richard's Almanac*, de Franklin.

— O senhor precisa parar de me fazer rir com esse livro, sr. Barnum — dizia Jeff, gargalhando. — O senhor e esse seu livro gozado ainda vão me matar.

Depois que Jeff morreu, Barnum precisou colocar seu primeiro filho daquele segundo casamento para trabalhar em seus campos. A criança tinha 4 anos na época e àquela altura toda a magnífica seda verde com fios dourados já havia sido vendida ou usada. O xerife John Skiffington diria um dia a Barnum Kinsey que ele era um homem bom, incapaz de praticar em um lugar que pudesse ser difícil para as pessoas com seu tipo de religião.

Apesar de ter jurado jamais possuir um escravo, Skiffington não tinha problemas em fazer seu trabalho para manter a instituição da escravatura funcionando, uma instituição que o próprio Deus havia sancionado por intermédio da Bíblia. Skiffington havia aprendido com seu pai o quanto de consolo havia em separar a lei de Deus da lei de César. "Faça com que seu corpo sirva a eles", seu pai lhe havia ensinado, "mas saiba que sua alma a Deus pertence." Enquanto Skiffington e Winifred vivessem dentro da luz que vinha da lei de Deus, da Bíblia, nada na terra, nem mesmo o dever dele como xerife para os césares, poderia lhes negar o reino de Deus. "Nós não teremos escravos", Skiffington prometeu a Deus, e prometia todas as manhãs, quando se ajoelhava para rezar. Embora todos no condado vissem Minerva, o presente de casamento, como propriedade dos Skiffington, eles não se sentiam como donos dela, não da maneira pela qual brancos e alguns negros possuíam escravos. Na verdade, anos depois na Filadélfia, quando pagou por todos aqueles cartazes com o rosto de Minerva, Winifred Skiffington só tinha uma coisa em mente: "Preciso ter minha filha de volta. Preciso ter minha filha de volta."

No tempo dele, o escritório do xerife ficava ao lado do armazém geral na rua principal de Manchester; depois, mudou para uma instalação maior do outro lado da rua e para a loja de ferragens depois da Guerra entre os Estados. Skiffington guardava uma Bíblia na cadeia, no canto noroeste de sua mesa, e outra num alforje em sua sela. Achava reconfortante saber que, onde quer que fosse, a palavra de Deus podia ser apanhada e lida. Completou 29 anos no mês em que se tornou xerife. A cidade e o condado entraram num período de muitos anos do que a historiadora Roberta Murphy, da Universidade da Virgínia, chamou, em um livro de 1979, de "paz e prosperidade". Para as pessoas que dependiam de escravos, isto significou, entre outras coisas, que nenhum escravo fugiu, nenhum depois da morte de Henry Townsend. A historiadora — cujo livro foi rejeitado pela editora da Universidade da Virgínia e finalmente publicado pela editora da Universidade da Carolina do Norte — também chamaria Skiffington de "enviado de Deus" para o condado. Em 1851, observou ela, um homem com dois escravos na divisa leste de Manchester teve cinco galinhas que nasceram no mesmo dia com duas cabeças. Disseram até que duas das galinhas faziam uma espécie de dança quando alguém tocava gaita. Apareceu gente até do Tennessee e da Carolina do Sul para ver as cinco galinhas pelo preço de um centavo. Na história do condado, as galinhas, todas as quais conseguiram viver até 1856, foram um acontecimento de grande importância, mas dez pontos abaixo do mandato de John Skiffington como xerife, segundo essa historiadora, que se tornou professora em tempo integral na Washington and Lee University três anos após a publicação de seu livro.

O PROBLEMA COM RITA, que no fim das contas acabaria levando Skiffington ao trabalho como xerife em 1845, começou quando Mildred e Augustus Townsend compraram seu próprio filho Henry de William Robbins. Augustus e Mildred foram buscar seu garoto alguns dias depois de efetuarem o último pagamento. Eles ficaram esperando na estrada naquele domingo e por volta do meio-dia Rita, a segunda mãe de Henry, apareceu com o garoto. Suas roupas de criado pertenciam a Robbins, e por isso ele foi até seus pais descalço e vestindo roupas usadas que Robbins lhe dera de graça, porque os Townsend nunca atrasaram uma parcela sequer do pagamento. O garoto não tinha nada a fazer a não ser subir na parte de trás da carroça depois de dar um abraço de despedida em Rita.

O MUNDO CONHECIDO

— Te vejo outro dia, Rita — disse Mildred.

— Te vejo depois — disse Rita.

— Até outro dia, Rita — disse Henry.

O que deixaria todos os envolvidos surpresos era que Robbins jamais suspeitou dos Townsend, e Henry, que se tornara tão íntimo de Robbins quanto Louis, o próprio filho do homem, nunca disse uma palavra. Rita foi para a estrada, coisa que ela sabia que não deveria fazer, e ficou ali parada, de braços cruzados quando não acenava para o garoto se despedindo. No instante em que a carroça começou a andar, ela começou a vomitar, e tudo em que ela conseguia pensar, por entre as lágrimas, era do quanto ela havia gostado daquele jantar, agora perdido na estrada. E ela tornou a vomitar — pensando que dessa vez era aquele pequeno desjejum de um ovo roubado e uma fatia de orelha de porco velha que teria ficado verde em mais uma ou duas horas se ela não a tivesse cozido. Ela pegou a ponta do avental e limpou a boca com ela. Era meio-dia, e o sol ia alto no céu. Por um momento o sol foi para trás de uma nuvem e, quando emergiu, ela deu um passo na direção da carroça que partia. Enxugou as lágrimas e então começou a correr, e naqueles instantes que se passaram para o sol se esconder atrás de outra nuvem, ela alcançou a carroça e agarrou a parte de trás dela. Augustus não dirigia a carroça muito rápido porque estava com sua família novamente, e agora todo o tempo do mundo se descortinava diante dele por sobre o vale e as montanhas, para todo o sempre. Henry pegou na hora a outra mão de Rita. Augustus e Mildred olhavam para diante, na direção de casa.

— Papai — disse Henry baixinho, sem tirar os olhos de Rita. As pernas balançando para fora da beirada da carroça, só ele estava olhando para trás, na direção da plantação de Robbins. — Papai.

Augustus se virou e viu Rita.

— O que é que você está fazendo, mulher?

— Não me deixa aqui. Por favor, não me deixa aqui — Rita conseguiu dizer. Ela não aguentava mais correr atrás da carroça e estava sendo arrastada. Henry fazia o que podia para segurá-la. Augustus parou. Ela subiu para dentro da carroça e puxou Henry para seus braços. — Por favor, por favor. Pelo amor de Nosso Senhor Jesus Cristo.

— Volta agora — disse Mildred, e Augustus repetiu suas palavras. O sol retornava com toda a intensidade, e as nuvens se afastaram, de modo que havia ainda mais luz iluminando o que ainda não era um crime, apenas uma pequena contravenção: duas chibatadas nas costas de Rita e um carão na liberta família Townsend, até no garoto, que devia ter pensado melhor, mesmo que seus pais alegassem que não haviam feito nada. — Volta — Mildred e Augustus disseram juntos. Henry, compreendendo o peso do problema, começou a chorar, mas se agarrou a Rita tanto quanto ela a ele. Augustus desceu e puxou Rita.

— Vá embora. Vá embora, mulher — disse ele, olhando ao redor, esperando que Robbins, o capataz ou algum outro escravo aparecesse e testemunhasse aquilo. Augustus tremia, e viu o sol se mover daquele jeito condenado que um homem à beira da morte vê os ponteiros das horas e dos minutos de um relógio se moverem; o pior era a promessa do segundo ponteiro, muito mais rápido que o primeiro, de que as costas de todos ali ficariam em carne viva de tanto levar chibatadas antes que anoitecesse. — Por favor, Rita, vá embora. Por favor.

— Não me deixa aqui, Augustus. Nunca fui má pro Henry, nem um diazinho. Conta pra ele, Henry, conta que mãe boa que eu fui pra você.

— É sim, papai, ela foi uma mãe boa. — Ele se virou e olhou para Mildred. — Mamãe, ela foi uma mãe boa.

— Não interessa. Não mata a gente, Rita. — Augustus levantou as mãos e brandiu-as para o universo inteiro ver. — Mãe ruim, mãe boa, não faz diferença. — Ele se ajoelhou para conter as lágrimas. Mildred desceu da carroça e foi até onde ele estava.

— Augustus — disse ela, seguida por Henry, que não parava de dizer "papai, papai" mais vezes do que dissera em três anos. Augustus se levantou. — Augustus — disse Mildred. Ela pôs a mão em seu peito e ele entendeu.

— Amanhã de manhã vamos estar todos mortos — ele disse. Voltou para a carroça, e depois de pegar as rédeas, ficou em silêncio enquanto via

O MUNDO CONHECIDO

o tempo voltando para ele desde o vale e as montanhas. Mildred mandou Rita ficar abaixada e ela e Henry a cobriram com um cobertor.

Quando Mildred subiu na carroça, seu marido perguntou:

— Você está com sua carta de alforria aí?

— Estou — respondeu ela. — Você está com a sua?

Eram as mesmas perguntas que faziam um ao outro todo domingo antes de saírem de casa, mas desta vez ele acrescentou:

— Você está com a nota de compra do Henry?

— Estou — disse Mildred.

Augustus assentiu e ordenou que as mulas seguissem.

— Vamos — disse ele. — Vamos lá. — Olhou para trás uma vez, e quando viu o calombo cinzento que era Rita e viu mais ao longe o começo da plantação de Robbins onde ele havia estado, sua esposa havia estado e seu filho havia estado, ordenou que as mulas fossem mais rápido.

Ficou a noite inteira sentado, pensando no que poderia fazer. Rita, como se estivesse tentando desaparecer, foi para um canto da cozinha na casa que Augustus havia terminado não muito antes. Ela contou aos Townsend que tinha medo de aceitar uma cama no andar de cima, pois poderia se acostumar com o conforto e depois seria difícil tirar isso da cabeça pelo resto da vida. Ninguém apareceu na segunda-feira e nem na terça-feira. Muito cedo naquela manhã de terça, Augustus começou a recolher as bengalas que havia esculpido e que estava enviando a um comerciante irlandês em Nova York. Enrolou cada uma das bengalas em aniagem. Depois de colocar a terceira na caixa de madeira, parou e olhou para Rita, cochilando sentada no canto.

— Rita — ele sussurrou. Ela acordou e se levantou imediatamente, sentindo que o fim havia chegado. Não viu nenhum dos homens brancos e dos cavalos dos homens brancos que haviam vindo buscá-la, mas mesmo assim levantou as mãos bem alto para se render. — Venha cá — Augustus sussurrou. Ele retirou as três bengalas e mandou que ela entrasse na caixa. O primeiro pensamento que passou pela cabeça de Rita foi que aquilo era um caixão, mas só pessoas brancas tinham caixões tão bonitos.

Quando ela entrou, com a cabeça a pouco mais de um centímetro da parte de cima e os pés um pouco menos que isso da parte de baixo, ele colocou bengalas embrulhadas de cada lado dela. Ele havia planejado enviar pelo menos quarenta bengalas para o comerciante de Nova York, mas calculava agora que a caixa não comportaria mais que dezessete. A gente de Rita sempre tivera mais ossos do que carne ou músculo, e finalmente isso era uma bênção. Augustus sempre se perguntara que tipo de gente de Nova York comprava suas bengalas, a que tipo de lugares eles iam com elas, e essa era uma coisa em sua mente enquanto enrolava bengalas e sorria para Rita. Na base de uma das bengalas, Augustus havia esculpido Adão. Ele abraçava Eva, que segurava Caim, que segurava Abel e assim por diante. Depois de quatorze ou mais outras figuras, incluindo sua concepção de como deveriam ser o rei e a rainha da Inglaterra, havia George Washington. Rita, sem ligar para o que estava na bengala, mas sabendo apenas que poderia ter mais um dia de sol, pegou aquela bengala embrulhada de Adão e seu povo e a segurou.

— Agora sai daí e me deixa fazer uns buracos pro ar entrar. — Assim que terminou, ele tornou a colocá-la lá dentro e encaixou a tampa do caixote. — Que tal? — perguntou a ela por um dos furos depois de colocar a tampa.

— Está bom. Está muito bom, Augustus — disse ela. Antes dele acordá-la no canto, ela estava sonhando com trabalho. Ela plantara sementes em suas fileiras e havia terminado muito antes de todo o restante do pessoal, e estava esperando que o capataz lhe mandasse mais trabalho para fazer. Logo antes de Augustus sussurrar seu nome, ela havia levantado ambas as mãos para que o capataz pudesse ver que ela estava esperando, não fazendo hora.

Quase no final do trabalho de Augustus com o caixote, depois que ele a havia forrado com aniagem, Mildred e Henry desceram e ficaram vendo Augustus trabalhar. Passava um pouco das seis da manhã. Um galo cantou, depois outro, e depois mais outro. As quatro pessoas levaram a caixa e as bengalas até a carroça.

O MUNDO CONHECIDO

59

— Enche esses aqui de água — disse Augustus, entregando dois frascos a Henry antes de dar um passo para trás para olhar melhor o caixote.

Augustus colocou um trapo limpo com alguns biscoitos à direita de onde a cabeça de Rita iria ficar. Se surpreendeu ao ver a facilidade com que trabalhava, sem que as mãos tremessem, como se tivesse nascido simplesmente para colocar uma mulher dentro de um caixote e enviá-la para Nova York. Ele acreditava que assoviar dentro ou fora da casa dava azar, mas naquele momento, enquanto trabalhava, sentiu-se tentado a assoviar. Por fim, voltou-se para Rita, estendeu a mão e ajudou-a a subir na carroça e entrar no caixote. Antes de pregar o caixote com ela dentro, Mildred disse:

— Rita, meu bem, um dia nós vamos nos ver de novo. Se Deus quiser.

Rita disse:

— Mildred, minha querida, um dia nós vamos nos ver de novo. O Senhor não iria deixar que mal nenhum acontecesse com a gente se é pra gente se ver de novo. — Rita se agarrou à bengala que tinha Adão e Eva segurando seus descendentes, e essa foi a última vez que os três a viram. Mildred sonharia muitas vezes com ela. Sonhava que estava andando num cemitério e dava de cara com um corpo que ainda não havia sido enterrado, e esse corpo era o de Rita. "Vejo você mais tarde", a morta Rita diria. "Sim, você prometeu que veria", era tudo o que Mildred conseguia dizer ao pegar uma pá e começar a cavar.

Henry acompanhou o pai até a cidade para encontrar o agente postal, conversando com Rita durante toda a viagem, e por volta das duas da tarde o caixote havia partido. O pai e o filho viram o trem partir, esperando que ele parasse nos trilhos, voltasse e fizesse o mundo inteiro testemunhar o crime de roubar a propriedade de um homem branco. Mas o trem não parou.

— Como ela vai fazer as necessidades dela? — perguntou Henry quando o trem, as pessoas e a fumaça da locomotiva haviam desaparecido.

— Um pouquinho de cada vez — disse Augustus.

Lá pela metade da viagem de volta para casa, o homem percebeu que aqueles eram os primeiros dias de liberdade do filho. Ele e Mildred haviam planejado uma semana de comemoração, culminando com a visita de vizinhos no domingo seguinte. Augustus perguntou:

60 EDWARD P. JONES

— Você está sentindo alguma coisa diferente?

— Diferente por quê? — perguntou Henry. Ele estava segurando as rédeas das mulas.

— Porque está livre. Porque não é mais escravo de ninguém.

— Não, senhor, acho que não. — Ele queria saber se tinha que sentir isso, mas não sabia como perguntar. Ficou pensando em quem estaria agora esperando por Robbins quando ele voltasse pela estrada com Sir Guilderham.

— Não precisa se sentir diferente. Pode sentir o que quiser. — Augustus se lembrava agora que Henry havia contado a Robbins quando ele o empurrara alguns anos antes, e lhe ocorreu que se Robbins algum dia soubesse a respeito de Rita, quem contaria a ele seria Henry. Ficou se perguntando se tudo teria sido diferente se ele tivesse comprado primeiro a liberdade do garoto, antes da de Mildred. — Você não tem que perguntar a ninguém como deve se sentir. Vá e faça o que quiser sentir. Se estiver sentindo tristeza, vá e fique triste. Se estiver sentindo alegria, vá e fique alegre.

— Acho que entendi — disse Henry.

— Ah, sim — disse Augustus. — Eu sei. Também já passei por uma pequena experiência com essa situação de liberdade. É grande e pequeno, sim e não, cima e baixo, tudo ao mesmo tempo.

— Acho que entendi — disse Henry.

O estranho era a segunda pessoa negra que Henry Townsend compraria — não a primeira, não Moses, mais tarde seu capataz — que lhe causaria problemas depois da compra. Àquela altura, ele já conhecia os sentimentos de Augustus e Mildred sobre o que estava fazendo. Aquela segunda pessoa era Zeddie, a cozinheira, e ele a comprou de um homem de Fredericksburg que tinha um lote de cinco escravos para vender e um folheto bastante informativo com toda a história daqueles escravos. Muito do que ele havia escrito não passava de ficção, pois esse era o tipo de vendedores de escravos que Fredericksburg, Virgínia, produzia. Por ser negro, Henry não podia comprar naqueles dias um escravo diretamente no condado de Manchester. Ele conseguiu seu segundo escravo por intermédio de Robbins. Bem poderia ter sido que — além de pensar em seus

O MUNDO CONHECIDO 61

pais — Henry não achasse que Zeddie valesse o dinheiro que Robbins pagara por ela; Robbins estava tentando ensinar a Henry, depois de vender Moses a ele, que todo homem sentia que havia sido tapeado depois de uma compra ou uma venda de escravos. Ela cozinha bem, disse o homem de Fredericksburg — dando palmadinhas na própria barriga, do tamanho de uma melancia — para Robbins a respeito de Zeddie, que mantinha a cabeça coberta por um lenço abaixada, retorcendo as mãos à frente do corpo, os pés calçados em meros vestígios de sapatos que o vento teria soprado para longe se ela não estivesse pisando em cima deles. Henry ficou em pé nos fundos do mercado, e um estranho que passasse por ali e o visse poderia ter achado que ele era criado de alguém e estava esperando o mercado fechar para que seu dono o levasse de volta para casa. Usando o dinheiro de Henry, Robbins fazia todas as compras de escravos antes de 1850, quando um deputado de Manchester mudou a lei. A maioria dos homens brancos sabia que, quando vendiam um escravo para Robbins, estavam na verdade vendendo a Henry Townsend. Alguns se recusavam. Afinal, Henry era apenas um crioulinho que crescera fazendo botinas e sapatos. Quem sabia que tipo de ideias ele tinha na cabeça? Quem sabia o que um crioulo realmente planejava fazer com outros crioulos?

— Pense do jeito que quiser — disse Augustus a Henry quando a carroça ia se aproximando de casa — e tudo vai ficar bem.

QUARENTA E UMA HORAS se passaram antes que Rita no caixote chegasse a Nova York. O caixote foi aberto por um pé de cabra pela mulher do comerciante, uma irlandesa de ombros largos que ele havia conhecido na vigésima viagem do *HMS Thames* para a América. O primeiro marido da irlandesa morrera apenas um dia depois que haviam partido de Cork Harbor, deixando-a sozinha com cinco filhos. O capitão pegou o corpo do marido — envolto apenas nas roupas em que havia morrido, e a cabeça enrolada em um pedaço de renda da família — e jogou no mar depois de dez pai-nossos e dez ave-marias, rezados pelo filho mais velho do homem, um garoto de 8 anos. Esse garoto, Timothy, havia pelejado para rezar dez de cada quando o capitão, um alemão protestante, achava que uma de cada já estava bom. Uma prece irlandesa obviamente valia apenas um décimo de uma prece alemã. O garoto não suportou ver o pai partir, e todos ali reunidos perceberam isso em todas as palavras das orações. Em um mês de viagem, a filha mais nova da irlandesa morreu, uma garota de seus cinco meses — vinte pai-nossos e vinte ave-marias, rezados por Timothy. Um caixão de renda para o bebê Agnes, a renda que era o restante de toda a fortuna que a família tinha.

Mary O'Donnell estava dando de mamar àquele bebê, e no dia seguinte àquele em que Agnes foi posta ao mar, seu leite secou. Ela achou que era apenas um resultado natural do luto por Agnes. Ela teria mais dois ou três filhos com seu segundo marido, o vendedor das bengalas de Augustus Townsend, mas o leite não voltou mais com nenhum dos filhos.

— Cadê meu leite? — Mary perguntava a Deus a cada nascimento de um dos três filhos. — Cadê meu leite? — Deus não lhe respondia, e também não lhe dava uma gota sequer de leite. Com o segundo e o terceiro filhos, ela pediu a Maria, mãe de Jesus, que intercedesse com Deus em seu nome. — Ele não deu leite para seu filho? — perguntou para Maria. — Não havia leite de sobra pra Jesus?

Mary O'Donnell Conlon jamais viveria com conforto na América, jamais chegaria a sentir aquele como sendo seu próprio e querido país. Muito antes que o *HMS Thames* tivesse sequer visto a costa americana, a América, a terra de promessa e esperança, havia estendido suas mãos do outro lado do mar e levado seu marido, um homem que havia roubado seu coração e ficado com ele, e a América havia levado seu bebê — dois seres inocentes na vastidão de um mundo com toda espécie de coisas que podiam ter sido levadas antes. Ela não tinha nada contra Deus. Mas não podia perdoar a América e a via como a causa de toda a sua miséria. Se a América não tivesse seduzido seu primeiro marido, não tivesse cantado para ele, eles poderiam ter ficado em casa e de algum modo conseguido sobreviver naquele campo na Irlanda onde as crianças, até as mais crescidas, tinham as bochechas mais rosadas do mundo.

O cabelo de Mary Conlon permaneceu inteiramente negro até o dia de sua morte. Ela acordava numa manhã como uma velha com alguns fios de cabelo grisalhos, e na manhã seguinte esses fios brancos estavam pretos novamente.

— Cabelo preto tão forte — disse a Deus quando fez 75 anos —, tanto cabelo e tudo o que eu queria era leite. — Os filhos dela permaneceram dedicados à mãe, mas nenhum era mais íntimo e dedicado do que Timothy, que era carinhosamente conhecido como o bichinho de estimação da mãe. Ele havia ficado doente de preocupação no navio para a América, achando que a mãe seria a próxima a morrer. Nem mesmo um milhão de painossos e um milhão de ave-marias teriam deixado que ele pusesse sua mãe no mar.

Foi Timothy, então com 12 anos de idade, quem estava ao lado da mãe quando ela abriu o caixote de Augustus Townsend.

— Não me manda de volta — Rita disse na escuridão quando todos os pregos foram arrancados e a tampa foi sendo gradualmente separada do caixote e a luz fraca começou a iluminá-la pouco a pouco. Cada prego que Mary arrancava fazia um som tão pavoroso para Rita, pavoroso e alto como a chegada de um exército. Quando a luz entrou, Rita começou a sentir vergonha por causa de seus dejetos. Na jornada de sete horas a partir de Baltimore, ela ficou o tempo inteiro de bruços, porque os carregadores ignoraram as palavras do agente postal de Manchester marcadas em tinta preta na tampa: ESTE LADO PARA CIMA COM EXTREMO CUIDADO. Mary não demonstrou expressão alguma quando ouviu pela primeira vez e depois viu a mulher negra através da primeira boa abertura do caixote. Assim que o caixote foi totalmente aberto, Rita cobriu os olhos porque mesmo aquela luz fraca no armazém era demais para ela. — Não me manda de volta. Não me manda de volta. — Rita não sabia se estava em Nova York ou meramente em uma casa apenas a uma plantação de distância de William Robbins. Mal conseguia se mover e sua boca estava seca porque só havia se permitido cinco goles de água durante toda a viagem. Uma jornada para a morte possível poderia levar muito tempo, e por isso não deveria haver desperdício de água. Seu corpo estava seco demais até mesmo para produzir lágrimas, e as palavras saíram como se a boca estivesse entupida com farrapos de tecido. Lentamente, ela abriu os olhos e viu Mary. — Não me manda de volta. — E então, vendo o garoto Timothy pela primeira vez, os braços endurecidos de Rita conseguiram oferecer o bastão de Adão e Eva e seus descendentes para ele. O garoto, cujo rosto estava inexpressivo quanto o da mãe, pegou a bengala como se tivesse esperado por isso a vida inteira.

3

Uma morte na família. De que lado Deus está.
Dez mil pentes.

Loretta, a criada de Caldonia Townsend, desceu da casa ao nascer do sol na manhã seguinte e abriu a porta da cabana de Moses depois de uma batida e lhe disse que o dono deles, Henry, estava morto. Ele coçou as suíças.

— Faz quanto tempo? — perguntou.

— Noite passada — respondeu ela. Priscilla, a mulher de Moses, apareceu atrás dele, a mão na boca.

— Ó, Deus — disse. — O Sinhô tá morto. — Virou-se para seu filho, que estava sentado ao lado da lareira, comendo pão de milho e tomando caldo. — Teve morte na família — ela disse ao garoto. Ele parou por um segundo para pensar no que a mãe tinha dito e voltou a comer. Alguma coisa disse ao garoto que sua mãe, com o dono morto na cabeça, poderia não comer, então ele aproveitou e pegou a porção dela de comida também.

— Loretta, o que vai acontecer com a gente agora? — perguntou Moses, achando que ela saberia mais do que ele pelo fato de morar na casa-grande. Priscilla chegou mais perto do marido e Loretta pôde ver a terça parte de seu corpo que não estava oculta pelo homem.

— Não sei não, Moses. A gente vai ter que esperar pra ver.

Os três estavam pensando nos seis escravos da família branca descendo logo um pouquinho a estrada, os seis escravos que eram tão íntimos que pareciam uma família para os escravos da propriedade de Henry. Aqueles seis eram bons trabalhadores e haviam deixado seu dono bastante rico, rico para um pequeno condado como Manchester. Loretta disse:

— A gente vai ter que esperar pra ver pra que lado o vento sopra.

O homem branco descendo a estrada havia morrido quatro meses antes, e no começo a viúva, terceira esposa dele e mãe de seus dois filhos do seu segundo casamento, disse aos escravos que eles não seriam vendidos. Mas antes que o branco pudesse ter sequer se acomodado na tumba, sua viúva os vendeu para financiar uma vida nova na Europa, que ela conhecia através de dois livros bonitos com figuras que guardava como a um tesouro e escondera por anos do marido dentro da chaminé. Um dos livros mostrava o que um artista afirmava serem as modas de Paris de 1825. Quase trinta anos separavam o ano do livro de figuras de moda do ano em que a viúva finalmente foi para a França, então todo o material dos sonhos dela, as modas de 1825, estavam sem dúvida fora de estilo quando ela chegou lá. As pessoas brancas diziam que ela levou os dois filhos do branco morto consigo para a vida nova em Paris, mas as pessoas de cor, escravas e libertas, diziam que isso não se deu, que a mulher havia vendido as crianças assim que estava em segurança fora da Virgínia. Os negros diziam que em algum lugar do mundo, conhecido ou desconhecido, as pessoas não pensavam duas vezes antes de comprar duas crianças brancas felizes com bochechas gordinhas e que sabiam escrever e cantar como anjos, e fazer alguns cálculos matemáticos.

Agora Priscilla se aproximou ainda mais do marido, e a maior parte do terço dela que Loretta podia ver desapareceu. Priscilla disse:

— Eu ia detestar ter que sair das terra do sinhô Henry. Eu ia detestar tudo isso de não saber de novo onde eu estou neste mundo.

Os seis escravos descendo a estrada, com os animais e a terra e seus equipamentos, renderam à viúva pouco mais que 11.316 dólares, o que complementava os 1.567,39 dólares que seu marido tinha no banco e enterrado no quintal. Somente a terra permanecia onde sempre estivera depois que a viúva vendera tudo; todo o restante, incluindo os escravos, fora espalhado aos ventos mais distantes. Nenhum dos escravos ficou junto um do outro. Cinco deles eram parentes de sangue. Uma, Judy, era casada com

O MUNDO CONHECIDO   67

um jovem de propriedade de Henry Townsend. Outra, Melanie, não tinha sete meses, estava começando a se adaptar a comida sólida, havia começado a engatinhar e por isso tinha de ser vigiada a cada segundo. Apelidada de "Senhorita Ligeirinha" por seu tio por parte de mãe, o bebê Melanie — do que seus pais se vangloriavam a qualquer alma que quisesse ouvir — tinha o espírito de três bebês e engatinhava sem parar por toda parte até que alguém a pegasse no colo ou até gastar as mãos e os joelhos.

Moses voltou a coçar as suíças. Tudo ali estava tão silencioso, além do crepitar do fogo na lareira, que se alguém passasse pela alameda ouviria o roçar dos dedos nas suíças. Foi nesse instante que Elias saiu de sua cabana ao lado, carregando um balde d'água vazio. Deu bom-dia com um aceno de cabeça ao pessoal que estava na porta de Moses, mas ninguém trocou palavra. Loretta repetiu o gesto para Elias; dependia de Moses para contar a ele sobre a morte de Henry.

— Moses — disse Loretta depois que Elias havia passado. — Tudo mais pode esperar até que Henry esteja seguro na cova, até a gente enterrar o patrão. Está ouvindo o que estou dizendo?

— Ouvi — disse Moses. — Ouvi muito bem.

Loretta continuou:

— Alguém aqui está provocando algum problema? Algum problema de alguém que possa estragar a viagem daquele homem ao seu túmulo?

— É melhor você falar a ela do Stamford — disse Priscilla.

Stamford tinha 40 anos, e estava desesperado por qualquer garota em que pudesse colocar as mãos. Um homem havia contado a Stamford quando ele tinha apenas 12 anos que a maneira de um homem sobreviver à escravidão era sempre ter uma mulher jovem, "uma coisinha nova", foi o que homem falou. Sem a "coisinha nova", um homem estava destinado a ter uma morte horrível na escravidão. "Não se comporte desse jeito não, Stamford", o homem havia dito mais de uma vez. "Mantenha sua coisinha nova sempre por perto."

— E qual é o problema do Stamford? — perguntou Loretta, os olhos no topo da cabeça de Priscilla, que era naquele momento tudo o que podia ver dela. — É a Glória de novo? — Glória era a coisinha nova mais recente de Stamford.

Moses respondeu:

— Acho que isso aí acabou. Acho que ela chutou a bunda dele antes de ontem. O Stamford provavelmente está sozinho sem ninguém, e ele não fica feliz quando isso acontece.

— Por favor, vai dar uma olhada nele, Moses — disse Loretta. — Não deixa que ele comece alguma coisa. Depois do funeral a gente pode cuidar do Stamford. Não quero nenhum sururu quando a gente começar a colocar Henry na cova.

— Vou ficar de olho — disse Moses. — Ou vou partir ele ao meio tentando.

— Partir ele ao meio não, Moses — Loretta olhou para a alameda, para um lugar onde uma garotinha estava parada em pé com as mãos nos quadris, olhando fixo para ela. Loretta sabia seu nome, havia ajudado a garota a nascer. *Diz bom-dia pra mim, meu amorzinho. Diz bom-dia pra Loretta, diz.* — Nada de partir o homem ao meio, só ficar de olho. E espero que tu não teja errado com esse negócio de Stamford criar caso, assim como você errou com o Elias.

— Pra mim, Elias ainda é problema sim — disse Moses.

Loretta olhou para a garota e disse a Moses:

— A sinhá Caldonia e a senhorita Fern querem que vocês vão tudo lá pra frente talvez em mais uma hora, depois do café. — E olhou para a alameda novamente, para descobrir que a garotinha havia sumido. Ela havia ficado onde o sol primeiro surgiria sobre o horizonte. — Vai dizer pra eles que Henry morreu. — Ele fez que sim. Estava descalço. Ambos sabiam onde ele se encaixava na lista de quem era e quem não era importante na plantação de Townsend, por isso não se apressava quando ela lhe mandava fazer alguma coisa. Um dia, não muito depois que Henry a havia comprado para ser sua mulher, Loretta havia passado semanas pensando que Moses poderia até dar um bom homem para ela, um marido passável, mas certo dia ela acordara ouvindo-o em algum lugar gritando com alguém ou alguma coisa. Um grito tão alto que todos os pássaros da manhã se calaram.

O MUNDO CONHECIDO   69

Ele continuou gritando até Henry sair e mandá-lo se calar. Naquela manhã em que ele gritou fazia tanto frio que ela machucou a mão quebrando o gelo da água na bacia de lavar o rosto. E, quando colocou as roupas, desejando calor, percebeu que ele não serviria. Agora, Loretta deu as costas para Moses e Priscilla e se afastou da porta deles.

Ao retornar para casa, encontrou Elias, que carregava um balde com água do poço.

— Diz pra Celeste que Henry morreu — disse ela.

— Enfiou uma agulha nele pra ter certeza? — perguntou Elias. — Você espetou ele várias vezes pra ter certeza?

No começo, antes de se lembrar de tudo, ela não entendeu o que ele poderia querer dizer com aquilo, e ela escancarou a boca num pequeno *O* de surpresa. Um dia, muito antes, ele poderia ter sido um homem melhor para ela. Loretta olhou para a água, a maneira como ela chegava certinho à borda do balde. Não havia nem um respingo espalhado atrás dele, o que dizia algo a respeito de como ele andava no mundo, mesmo com a cabeça desequilibrada, faltando parte de uma orelha.

— Ele morreu, é só — disse Loretta. — Eu sei quando uma pessoa está morta, Elias. Não dou uma olhadinha só e digo que ele está morto só porque achei isso. O patrão morreu. — Muitos escravos diziam que os sentimentos de um criado pelo seu dono poderia ser percebido em qualquer ocasião pela forma como o criado o chamava: "Patrão", "Patrãozinho", ou "Sinhô". "Patrãozinho" podia soar como uma maldição se a mulher certa dissesse isso do jeito certo. Alice dizia "Sinhô", mas essa palavra saía dela como um chamado do túmulo. — O patrão morreu — Loretta repetiu e Elias se deu conta de que ele nunca a tinha ouvido dizer "Patrão" antes. Ele sentiu vontade de repetir as palavras que ela havia acabado de dizer, como se para confirmar aquilo de uma vez por todas. "O patrão morreu."

Ela deu a volta por ele e desapareceu na neblina, que o sol começava a dissipar rapidamente. De volta à casa, ela ficou em pé na janela da cozinha vendo o mundo aparecer por entre a névoa. Não havia necessidade de mandar Zeddie, a cozinheira, fazer o café, ou de mandar o homem de Zeddie, Bennett, alimentar a lareira. Naquele momento, quem estava dando as ordens era a morte. Tudo estava em silêncio. Loretta tinha 32 anos. Quando chegou o dia em que todos os escravos deixaram de ser escravos e decidiram que deveriam escolher um sobrenome, ela não pegou nem Townsend nem Blueberry nem Freeman nem Godspeed nem Badmemory, como muitos fizeram. Ela não escolheu nada, e assim permaneceu, mesmo depois que decidiu se casar.

MOSES SE PREPAROU para ir até a alameda de cabanas, oito de um lado e oito do outro, dispostas justinho do jeito como Henry Townsend as havia visto num sonho quando tinha 21 anos e nenhum escravo em seu nome. Num primeiro momento, Moses achou que podia mandar seu filho ou outra criança falar para todo mundo se reunir no quintal da casa, mas quando pôs o pé para fora da cabana e viu o nevoeiro recheado de sol se dissipando aos poucos, percebeu que aquela era uma das últimas coisas que faria para seu dono. Sem saber que Loretta já havia contado a Elias, foi à cabana deste que ele se dirigiu primeiro, a que ficava do seu lado, e Celeste, mulher de Elias, atendeu à porta. Se ela havia sentido alguma coisa ou se ia tomar um pouco de ar fresco da manhã, Celeste abriu a porta antes mesmo que ele batesse.

— O patrão morreu — disse Moses.

— Foi mesmo — disse ela e meteu a cabeça para fora da porta, olhando na direção da casa-grande, como se pudesse haver um sinal na varanda anunciando a notícia.

— A gente temos que ir lá na casa — disse Moses.

— Elias — Celeste chamou o marido, virando-se para encará-lo. — O Henry morreu. — Ela podia dizer só de olhar nos olhos dele que ele já sabia e não havia nem pensado em contar a ela. A menor mancha de sujeira no rosto de um de seus filhos era importante, mas a morte de seu dono não era mais que a morte de uma mosca em um país estrangeiro do qual nunca ouvira falar. Celeste também não morria de amores por Henry, mas a morte lhe havia tomado todo o poder, e agora ela podia se dar ao luxo de sentir um pouco de caridade. — O Henry morreu. Que Deus tenha piedade dele — ela disse e foi mancando até onde estavam Elias e seus três filhos brincando em cima de um catre. Ela mancava horrivelmente, e a outras pessoas doía mais ainda porque achavam que ela devia sentir dor quando andava. Matavam animais por muito menos, pensou Moses um dia depois que Henry a trouxe para casa. Mas ela era uma boa trabalhadora, mancando ou não.

Moses foi de uma ponta à outra da alameda e contou a todo mundo. Todas as cabanas, à exceção de uma, estavam ocupadas. Um homem, Peter, havia morrido nela, e sua viúva, May, a tinha abandonado, para dar ao espírito de Peter tempo e espaço para se preparar e ir para casa. Antes que Moses tivesse chegado à última cabana do seu lado da alameda, aquela que Alice, que ele chamava de "Andadora da Noite", compartilhava com Delphie e sua filha Cassandra, os escravos já estavam enchendo a alameda. Algumas mulheres tinham chorado, lembrando-se da forma como Henry sorria ou como ele se juntava a eles cantando ou pensando que a morte de qualquer pessoa, fosse boa ou ruim, dono ou não, cortava mais uma árvore da floresta da vida que os protegia de suas próprias mortes; mas a maioria não dizia nem fazia nada. O mundo deles havia mudado, mas ainda não tinham como saber de que maneira. Um negro havia sido dono deles, uma coisa estranha para muitos naquele mundo, e agora que ele estava morto, talvez um branco os comprasse, o que não seria tão estranho. Mas, não importava o que acontecesse, o sol nasceria novamente amanhã, seguido pela lua, e os cães correriam atrás de seus próprios rabos e o céu continuaria tão inalcançável quanto antes.

— Não dormi bem — um homem que morava em frente a Elias disse ao seu vizinho de porta.

— Bom, sei que eu dormi bem — disse o vizinho. — Dormi como se estivessem me pagando pra isso, dormi o bastante pra três mulheres brancas sem uma preocupaçãozinha neste mundo.

— Bom — disse o primeiro —, parece que você pegou é um pouco do meu sono. Melhor devolver. Melhor devolver antes que gaste o meu sono usando ele. Devolve ele.

— Ah, vou devolver sim — disse o vizinho, rindo, inspecionando fios soltos no seu macacão. — Vou mesmo. Assim que acabar. Enquanto isso, vou usar eles hoje de noite de novo. Vem buscar de manhã. — E os dois riram.

Acontecia com frequência que Alice, a Andadora da Noite, estivesse bem atrás da porta quando Moses a abria toda manhã, vestida e pronta para o trabalho, como se tivesse ficado ali em pé à porta a noite inteira esperando por ele. Agora ela estava esperando e sorria, o mesmo sorriso que tinha para tudo — da morte do bebê de um vizinho até as quatro laranjas que Henry e Caldonia davam a cada escravo na manhã de Natal. — *Neném morto neném morto neném morto* — ela cantava. — *Laranja de Natal laranja de Natal laranja de Natal de manhã.*

— Não quero besteira de você não, mulher — disse Moses. Virou-se e viu Stamford, aquele que ficava procurando coisinhas jovens, no meio da multidão, olhando de esguelha para Glória, que não queria mais ser sua coisinha nova. — O sinhô tá morto — Moses disse a Alice. — Não quero besteira agora de manhã não, mulher.

Alice não parava de sorrir.

— Sinhô morto sinhô morto sinhô morreu.

— Cala a boca, menina — disse Moses. — Respeita os mortos como eles têm que ser respeitados. — Diziam que a mula que havia chutado Alice na cabeça quando ela era mais nova tinha sido uma mula caolha, porém não mais estúpida por ser caolha do que qualquer outra mula. A história também contava que, quando ela recuperou a consciência, instantes depois do chute, deu um tabefe na mula e xingou-a com um palavrão. Isso foi antes de Henry comprá-la por 228 dólares e dois barris de maças de um branco sem herdeiros e que tinha medo de mulas. Foi o palavrão que fez todo mundo ver que ela tinha ficado maluca, porque antes do chute Alice era conhecida como uma menina meiga, que só falava palavras doces.

— Moses? — Delphie, a parceira de cabana, apareceu atrás de Alice.

— O patrão morreu — disse Moses. — Você e Cassie pega a Alice e vai com todo mundo pra casa-grande.

O MUNDO CONHECIDO 73

— Patrão morreu, Moses? — perguntou Delphie. — O que é que vai ser da gente? — Ela iria fazer 44 anos em poucos meses e já vivera mais do que qualquer ancestral que já tivera, cada um deles. Ela não conhecia essa história de eras a seu respeito; só havia a sensação em seus ossos de que por algum tempo ela tinha se aventurado em um lugar desconhecido, e essa sensação a fazia torcer por uma estrada que não cortasse fundo demais seus pés nem sua alma. Viver para chegar aos cinquenta era um desejo que ela começava a ousar ter. Meu nome é Delphie e tenho 50 anos. Conte eles. Comece com um e vá contando todos. Delphie um, Delphie dois, Delphie três... antes de chegar aos quarenta, seu único desejo era que o mundo fosse bom para com sua filha Cassandra, ou Cassie, como algumas pessoas a chamavam. Agora um segundo desejo estava começando a se formar nela, e tinha medo de que desejar chegar aos cinquenta pudesse fazer Deus dar as costas ao primeiro desejo, aquele com sua filha. Deus poderia dizer: *Pensa direito no que você quer desejar, Delphie, não tenho o dia todo não, e você só tem direito a um desejo, ora.*

Delphie perguntou a Moses:

— A gente vai sair daqui? A gente vai ser vendido?

— Não sei nada, só sei que já é de manhã e que o patrão morreu — disse Moses. — Você e a Cassie pega a Alice e vai até a casa-grande junto com todo mundo.

— Sinhô morto sinhô morto sinhô morreu — Alice cantarolava.

— A gente já vamos — disse Delphie. Ela olhou para a filha e Cassandra curvou os ombros. As duas haviam sido compradas juntas, uma das poucas vezes em que Deus atendera as preces de Delphie. Agora ela se perguntava se devia rezar pela alma de Henry. Ocorreu-lhe, ao sair de casa, que uma oração para um homem que era filho de Deus não seria em vão. Ela rezava todos os dias para que continuasse a colocar comida no estômago, preces muito compridas. Então dez palavrinhas pela alma de Henry Townsend não iam fazer falta. Delphie viu Stamford duas pessoas atrás de Glória, a mulher que não o queria mais. Se ele colocar a mão na Glória, pensou Delphie, vou bater naquele homem idiota aqui mesmo, na frente de todo mundo.

Agora havia uma multidão na alameda e Moses a atravessou lentamente, passando por entre a incerteza de 29 adultos e crianças. Em sua cabana ele encontrou Priscilla e Jamie, seu filho, que fazia brincadeiras de mão com Tessie, a filha mais velha de Elias e Celeste. Moses saiu da casa e os outros foram atrás dele, as crianças dando pulinhos ao longo do caminho como faziam nos domingos, o dia de folga de todos. As crianças, exceto as que estavam no colo dos pais, seguiam à frente dos adultos. Todos encontraram Caldonia em sua varanda, e com ela estavam Augustus e Mildred, os pais de Henry, em um lado; e no outro estava a professora Fern Elston, que segurava a mão de Caldonia. Augustus e Mildred haviam chegado menos de uma hora antes. Atrás de Caldonia estavam sua mãe e seu irmão gêmeo. A criada Loretta se encontrava no umbral da porta e atrás dela estava a cozinheira Zeddie e seu homem, Bennett. A neblina já havia se dissipado e o dia estava mais uma vez amanhecendo bonito.

Caldonia foi até a beira da varanda e levantou a cabeça pela primeira vez desde que havia saído pela porta da frente da casa. Usava o vestido preto de luto e o véu que sua mãe trouxera consigo. O sol batia em cheio no seu rosto, mas ela não cobriu os olhos. Estivera chorando antes de passar pela porta, e sabia que as lágrimas logo voltariam, por isso queria andar depressa e dizer pelo menos algumas palavras. Fern abraçou Caldonia pelos ombros e Caldonia levantou o véu.

— Vocês já estão sabendo que nosso Henry nos deixou — disse a seus escravos. — Nos deixou para sempre, nos deixou e foi para o céu. Rezem por ele. Deem a ele todas as suas preces. Ele gostava de vocês todos, e eu gosto tanto quanto ele gostava. Não amo nenhum de vocês menos.

Ela não havia preparado de antemão o que iria dizer. Nenhuma daquelas palavras era original, era parte de alguma coisa que ela já ouvira antes em algum outro lugar, alguma coisa que seu pai podia ter lhe dito numa história para dormir, alguma coisa que Fern Elston podia há muito tempo ter colocado na cabeça de Caldonia e nas cabeças de dezenas de outros estudantes. Caldonia disse aos escravos:

— Por favor, não se preocupem. Estou aqui e não vou a lugar nenhum. E vocês vão ficar comigo. Vamos passar por tudo isso juntos. Deus está

O MUNDO CONHECIDO 75

conosco. Deus nos dará muitos dias, bons e brilhantes, bons e felizes. O dono de vocês tinha um trabalho a fazer, o dono de vocês queria coisas melhores para vocês e seus filhos e este mundo, e é o que desejo para vocês também. Por favor, não se preocupem. Deus está do nosso lado. — Era algo que ela havia lido num livro, escrito por um homem branco em um tempo diferente, em um lugar diferente. Henry sempre dissera que queria ser um dono melhor do que qualquer homem branco que já havia conhecido. Ele não entendia que o tipo de mundo que desejava criar estava condenado antes mesmo que tivesse pronunciado a primeira sílaba da palavra *dono*.

Caldonia fraquejou e começou a chorar. Augustus, seu sogro, pegou-a nos braços e então, pouco depois, colocou-a nos braços do irmão e o irmão a levou para dentro da casa, acompanhado pela mãe, por Fern Elston e Loretta.

Augustus desceu os degraus e Mildred o seguiu. Eles sabiam o que se passava nos corações dos escravos, sabiam tudo o que estavam pensando. Os escravos foram até onde eles estavam, sem dizer palavra. Augustus havia descido não para aceitar as condolências deles, mas porque sabia agora, depois de ouvir Caldonia falar, que a morte de seu filho não os libertaria. Ele sabia que nenhum deles jamais acreditara que a morte os libertasse — que não era a maneira benevolente pela qual o mundo deles se movia pelo universo. Mas ele próprio havia acreditado, havia esperado desde o momento em que bateram à sua porta às duas daquela madrugada.

— Augustus, eu lamento, mas a patroa mandou dizer pra você que o patrão Henry morreu — dissera Bennett, segurando seu passe numa das mãos e o lampião na outra para que seu rosto pudesse ser visto na escuridão.

Augustus havia acreditado em Caldonia, sempre acreditara nela, pois vira desde o começo uma luz nela que seu próprio filho, nascido escravo, não tivera. Mas aquela luz não estava nas palavras dela. Então ele e Mildred desceram a escada para oferecer suas próprias condolências. Eles atravessaram a multidão, abraçando homens e mulheres, beijando os rostos das crianças, porque eles passaram a conhecer todos ali ao longo dos anos.

Foi antes de chegarem ao fim da multidão que William Robbins chegou à casa-grande em uma carruagem conduzida por seu filho Louis. Louis,

Caldonia e seu irmão gêmeo, Calvin, haviam estudado juntos, todos ensinados por Fern. Robbins estava sentado no banco de trás com Dora, irmã de Louis, outra das colegas de classe de Caldonia. Robbins desceu da carruagem, deu a volta e ajudou Dora a descer. Nenhum dos escravos se mexeu; com um dono e uma dona negros, um homem branco era agora uma raridade para muitos deles. Robbins tirou o chapéu, subiu os degraus e foi até a porta, seguido pelos filhos. Augustus seguiu o branco o tempo todo com os olhos. Robbins não olhara ao redor nem uma vez sequer, mas na porta, uma tempestade explodiu em sua cabeça e o fez se virar.

— Senhor? — perguntou Louis. — Senhor?

Robbins foi até a beira da varanda e olhou para todos.

— O que eu falei a vocês? — perguntou ao grupo ali reunido. — Eu já não disse a vocês todos? — Dora perguntou ao pai o que havia de errado. A não ser pela pele um tom e meio mais escura e as diferenças de idade, Dora era a imagem da filha que Robbins tivera com sua esposa branca. — O que eu falei a vocês todos?

Um vento, suave porém insistente, passou pela cabeça de Robbins e a tempestade arrefeceu, e num instante ele levantou uma das mãos cumprimentando a multidão. As pessoas não reagiram. Robbins sabia que alguma coisa havia acontecido no minuto que acabara de passar, mas não sabia o quê, não podia saber de que jeito poderia ter se desgraçado, até mesmo diante de um bando de escravos. Agora ele se lembrava de que estava ali porque um homem do qual gostava havia morrido. Henry, o bom Henry, estava morto. Dora achegou-se atrás do pai e colocou suavemente a mão no seu ombro.

— Vamos entrar agora — ela disse.

Robbins se virou e abriu a porta de Caldonia sem bater. Seus dois filhos o seguiram. Calvin saiu da casa e desceu para dizer a todos que Caldonia não queria que ninguém trabalhasse naquele dia nem no dia seguinte, para quando o enterro estava sendo planejado.

— Moses — ele disse. — Se alguém precisar de alguma coisa, é só me avisar. — Com isso ele se referia a qualquer um que precisasse fazer um caixão e uma sepultura para Henry. Stamford, tentando impressionar a mulher que não o queria mais, se exibiu, apertando a mão de Calvin e dizendo que lamentava saber do pobre patrão Henry. Calvin concordou com um aceno de cabeça. Calvin queria ficar ali embaixo com eles, mas temia que não fosse bem-vindo como Augustus e Mildred eram. Ele e sua mãe tinham treze escravos em seus nomes, mas ele não era um rapaz feliz. Sempre que ele falava a Maude, sua mãe, sobre libertá-los, o que fazia com frequência, ela dizia que eles eram a herança que ele tinha, e que uma pessoa no seu juízo perfeito não vendia sua herança.

Nenhum outro escravo foi até Calvin e ele fez menção de sair dali. Augustus disse, às suas costas:

— Diga a Caldonia que já estamos subindo. — Calvin tornou a assentir e começou a caminhar até a casa-grande. Seu pai havia morrido lentamente três anos antes, enrugando e secando como uma folha em um dezembro sem chuva, e Calvin sempre suspeitara de que sua mãe o havia envenenado porque seu pai fazia planos para libertar todos os seus escravos — a herança deles. "Minha doce Maude, eu quero ir para minha casa junto de Deus com a consciência limpa", o pai de Calvin vivia dizendo. Depois da morte dele, Calvin continuou com a mãe, na casa deles, cercado pela herança que ele não queria, porque Maude lhe disse que ela também não iria durar muito naquele mundo. Ele ficou também porque queria estar perto de Louis, filho de William Robbins, a quem Calvin amava mas que jamais poderia retribuir seu amor. Agora, Calvin se afastava do grupo de escravos e de Augustus e Mildred, chegou ao alto das escadas e parou, ficando ali em pé por um longo tempo, a menos de um metro da porta.

Os escravos, mais Augustus e Mildred, desceram a alameda até as cabanas. Mesmo agora, sem Henry, especialmente agora, Mildred e Augustus não tinham planos de ficar na casa que seu filho e o escravo dele construíram. Ficariam na cabana da qual haviam partido dias antes, depois que Henry lhes assegurara que estava melhorando.

Os escravos que Henry Townsend deixou para sua esposa eram treze mulheres, onze homens e nove crianças. Os adultos incluíam os criados, Loretta, Zeddie e Bennett, que viviam e trabalhavam na casa. A qualquer hora do dia ou da noite, alguns adultos e crianças poderiam trabalhar na casa, dependendo do tipo de tarefa que precisasse ser executada e se eles seriam necessários ou não nos campos. Quando a multidão começou a voltar para a alameda, algumas das crianças estavam na frente, e na cabeça desse grupo de crianças estava a filha mais velha de Elias e Celeste, Tessie. Ela começou pulando, mas um adulto lhe disse que um ser humano havia morrido e que ela deveria deixar os pulinhos para outro dia. Tessie logo completaria 6 anos de idade e, sendo a filha de seus pais, ela escutou e parou de pular. Tessie viveria até os 97 anos, e a boneca que seu pai estava lhe fazendo permaneceria com ela até seu último momento de vida. Ela e a boneca, que há muito já havia perdido o cabelo de palha de milho que seu pai Elias colocara, sobreviveriam a dois de seus filhos, e a boneca sobreviveria a ela. Além de Tessie, descendo a alameda naquele dia estava Jamie, filho de Priscilla e do capataz Moses. O garoto tinha uma tendência a ser encrenqueiro, e era a criança escrava mais gorda em quatro condados, 8 anos e o melhor amigo de Tessie. Jamie sempre falava que um dia ele e Tessie iriam se casar, mas isso jamais aconteceria.

Grant, o irmão mais velho de Tessie, que tinha 5 anos, segurava a mão dela na descida da alameda. Grant e outro garoto da alameda, Boyd, também de 5 anos, foram perturbados por pesadelos idênticos durante semanas. O que Grant sonhava numa noite, Boyd sonhava na seguinte. E então, anos depois, o contrário passou a acontecer, e o sonho de Boyd atravessava a alameda e entrava na cabeça sonhadora de Grant.

— Você tava tentando fazer o que eu estou tentando — eles provocavam um ao outro sob a segurança do sol.

Ambos tinham pavor na hora de dormir, mas haviam encontrado um estranho prazer em comparar os sonhos, lembrando-se e compartilhando alguns detalhes que o outro garoto pudesse ter esquecido.

— Você viu aquele homem gigante de chapéu azul que tava indo atrás de você?

— Bom, eu vi que era amarelo.

— Você viu errado.

Naquela época os pesadelos já haviam se apaziguado, e se dizia que, com a chegada do outono, os sonhos acabariam por completo. Elias levava no colo seu terceiro filho, Elwood, de um ano e um mês de idade. Celeste mancava ao lado do marido. Ela estava grávida de três meses de seu quarto filho.

Duas outras crianças à frente da multidão naquele dia eram gêmeos de três anos, Caldonia e Henry. Eles tiveram uma doença ruim no ano anterior, apanhados por quase duas semanas por uma moléstia que lhes provocou febre e paralisia e que o médico branco não conseguia compreender e portanto não podia curar. Ele recomendou que toda a plantação fosse posta em quarentena e John Skiffington, o xerife, usou seus patrulheiros para garantir que isso fosse feito. Todo dia e toda noite da doença das crianças Caldonia esteve com eles, saindo somente para subir até a casa-grande para mudar de roupa. Finalmente, Delphie, que entendia alguma coisa de raízes, disse à mãe dos gêmeos que os pusesse para dormir com as cabeças encostando uma na outra, e em dois dias as crianças estavam lépidas e fagueiras. Delphie supôs que um elo fora criado enquanto os gêmeos estavam no ventre da mãe e que aquele elo havia sido cortado em detrimento deles ao nascerem. Somente dormindo com as cabeças encostadas o elo poderia ser reparado, tornando-os inteiros para o restante de suas vidas juntos. Os gêmeos viveriam até os 88 anos. Caldonia morreria primeiro, e embora seu irmão Henry tivesse uma vida boa e feliz com uma boa mulher e muitos filhos que já lhe haviam dado netos, ele decidiu seguir a irmã.

— Ela nunca me deixou perdido em todo esse tempo — disse ao seu melhor amigo ao beberem na noite anterior àquela em que decidiu morrer. — Não acho justo que agora ela fosse me desorientar.

Também à frente da multidão estava Delores, 7 anos, e seu irmão Patrick, três anos mais novo. Delores viveria até os 95 anos, mas o irmão morreria aos 47 anos, com três tiros disparados pelo marido da mulher de cuja janela Patrick acabava de pular. Na noite em que Patrick morreu, ele tinha uma escolha: ir até o fundo e passar a noite jogando cartas ou pular a janela do quarto daquele homem onde a esposa dele o estava esperando, toda molhada, faminta e tudo o mais.

80   EDWARD P. JONES

— Eu preciso do que você tem, P Patrick — a esposa lhe dissera mais cedo naquele dia. — Preciso muito mesmo. — As cartas não estavam indo bem para Patrick naquela semana. Ele já havia perdido 53 dólares e devia a um homem ruim mais onze, então achou que teria melhor sorte com a esposa daquele homem. — Vem me dar o que você tem, P Patrick.

AUGUSTUS E MILDRED ficariam uma vez mais na cabana em que haviam estado ao fazerem a visita durante a enfermidade de Henry. Peter e sua esposa May tinham morado naquela cabana até cerca de cinco semanas antes, quando dois cavalos, apavorados por alguma coisa no celeiro que somente eles podiam ver, atropelaram Peter em seu esforço para escapar. O filho de May tinha agora sete meses e quando todo mundo voltava para a alameda, a criança era levada no colo de uma vizinha da cabana onde Peter e May viveram. Depois de ter sido pisoteado pelos cavalos, Peter fora levado de volta à sua cabana e foi lá que morreu. May havia abandonado a cabana durante o mês inteiro, tempo necessário para o espírito de Peter dizer adeus e depois achar seu caminho para o Paraíso. Mas depois daquele mês ela não retornou. May, conhecida pela sua teimosia, decidiria no dia seguinte ao funeral de Henry Townsend que o fato de Mildred e Augustus ficarem na cabana uma segunda vez era o jeito de Peter dizer a ela que ele estava em casa e acomodado. Ela voltou à cabana.

Embora não houvesse trabalho nos campos naquele dia, havia coisas a ser feitas se quisessem que o mundo seguisse seu rumo. Ordenhar as vacas, dar de comer à mula, recolher os ovos, consertar um arado, varrer as cabanas para não entrar mais terra e poeira e se misturar ao que já estava acumulado do lado de dentro. E os corpos dos escravos e dos animais exigiam nutrição e as lareiras precisavam ser atiçadas. Todos ali, menos as crianças abaixo de 5 anos, foram trabalhar, pois haviam decidido que a comida podia esperar até que as tarefas do dia estivessem cumpridas e então teriam o restante do dia livre. Mildred e Augustus participaram de todo o trabalho, como se não fossem estranhos.

O MUNDO CONHECIDO   81

Por volta do meio-dia, Calvin e Louis desceram e disseram a Moses que a cova tinha de ser cavada. Havia um trecho de terra de bom tamanho nos fundos, à esquerda da casa onde Henry planejara que ele próprio, Caldonia e suas gerações fossem enterrados. Foi no mesmo pedaço de terra em que os escravos eram enterrados, mas separadamente, da maneira que os brancos donos de escravos faziam. O cemitério de escravos quase não tinha adultos, ao contrário das gerações de homens e mulheres que estavam em outros cemitérios de escravos no condado de Manchester. Henry Townsend não fora dono de escravos por tempo suficiente para que seus escravos adultos morressem de velhice e povoassem o cemitério. Naquele cemitério de escravos estava Peter, o homem atropelado por cavalos. As pessoas acreditavam em praticamente duas coisas: ou que os animais sentiram algo profano no celeiro e provocaram um estouro para fugir daquilo, ou que os cavalos haviam sentido alguma coisa sagrada logo além da porta do celeiro e precisavam ficar perto daquela coisa. Fosse qual fosse o caso, Peter, pai de uma menina que ainda não nascera, estava no caminho. O cemitério também tinha Sadie, uma aquisição bem recente de Henry na época em que morreu. Uma mulher alta, de seus 40 anos, que cinco anos antes adormeceu de estômago vazio depois de quatorze horas no campo e nunca mais acordou. Ao lado de Peter na morte, ela fora solitária pela maior parte de sua vida, o que talvez se devesse à sua condição de nova na plantação. Não tivera marido, embora tivesse se deitado duas vezes com um homem de outra plantação. O dono desse homem, um branco com cinco escravos em seu nome, permitiu que o escravo comparecesse ao enterro de Sadie, embora avisasse a Andy que, se o funeral demorasse demais, como às vezes era o caso com funerais de crioulos, ele deveria sair dali e voltar direto para casa. Escreveu um passe para Andy que venceria às duas da tarde. Havia dez crianças no cemitério de escravos, cinco meninas, cinco meninos, apenas dois com relação consanguínea; nenhum deles tinha chegado aos dois anos de vida. Cada um morreu de um jeito. Uma incapacidade de digerir até mesmo o leite da mãe, uma infecção provocada por queimadura de uma brasa de lenha, uma morte silenciosa e inexplicada durante a noite como se fosse para não perturbar o sono da mãe. Um havia morrido amarrado às costas da mãe enquanto a mulher trabalhava nos campos, dois dias antes do fim da colheita, o dia em que a criada Loretta e a dona Caldonia estavam fora e a cozinheira Zeddie ficou doente e não foi capaz de tomar conta do bebê. A única criança acima de 2 anos que estava no cemitério era Luke, de 12, um garoto magrinho de índole tranquila, morto de tanto trabalhar duro numa fazenda para a qual fora alugado por dois dólares por semana. Um garoto que Elias e Celeste haviam adorado. Henry mandou trazer a mãe de Luke para o funeral a dois condados de distância, mas o pai ninguém conseguiu encontrar. Ambos os cemitérios ficavam num morrinho, os dois guardados por árvores, macieiras, cornisos, uma magnólia estonteante de tão bonita e umas árvores que ninguém tinha a menor ideia do que fossem. Os cemitérios estavam separados por um pulo.

Calvin, o gêmeo de Caldonia, foi o primeiro a cavar o chão, mais de trinta centímetros de profundidade, depois subiu e entregou a pá a Louis. Ele, assim como Calvin, não era um homem acostumado a trabalho pesado, mas a maneira como trabalhava não deixava isso óbvio. Louis entregou a pá a Augustus, que trabalhou até Calvin lhe dizer que ele fizera um bom trabalho e que devia entregar a pá a Moses. Assim que Moses entrou no buraco, William Robbins saiu da casa, acompanhado por Dora, sua filha. Robbins ficou de pé à beira do túmulo, sem dizer uma palavra, por quase meia hora, vendo os homens trabalharem. Depois, virou as costas e voltou para dentro de casa com Dora. Após o enterro, no dia seguinte, ele não tornaria a ver a plantação até o dia em que Louis se casou com Caldonia. Lá em cima, na casa, enquanto os homens trabalhavam na cova, Henry Townsend havia sido lavado, vestido e deitado em sua tábua de esfriar no salão.

Elias foi o seguinte, e ele escavou e depois deu a pá para Stamford, 40 anos. Stamford, além de caçar mocinhas, podia ser um homem bastante desagradável se ficasse muito tempo sem ter o que fazer. Quando era honesto consigo mesmo, Stamford percebia que seus dias com Glória estavam chegando ao fim. Agora ele estava de olho era em Cassandra, a colega de cabana de Alice, mas Cassandra já lhe dissera uma vez que não iria ficar com um cachorro velho cheio de pulgas. Glória, 26 anos, adorava biscoitos, adorava quebrá-los e molhá-los em melado quando tinha a oportuni-

O MUNDO CONHECIDO 83

dade. Stamford sabia como cozinhar os biscoitos do jeitinho que ela gostava, mas isso não fora o bastante. Eles brigavam o tempo todo; certa vez, a batalha se estendeu pela noite inteira e eles, machucados e ralados, estavam que não prestavam para o campo no dia seguinte. Depois de uma semana de brigas, Henry mandou Moses separar os dois. Foi uma coisa boa, disseram as pessoas, porque mais uma semana e Glória teria matado o homem. Stamford tinha um plano de fazer com que Cassandra passasse a gostár dele, o terceiro plano seguido naquele verão. Semanas mais tarde, quando Stamford visse os corvos caírem mortos da árvore, antes que ele próprio caminhasse na direção da morte, diria adeus a Glória e também a Cassandra, e a todas aquelas coisinhas novinhas que o homem um dia havia lhe aconselhado que lhe permitiriam sobreviver à escravidão. "Sem todas essas coisas novinhas, Stamford, você vai morrer como escravo. E não vai ser uma morte bonita não."

Quando Stamford acabou, Calvin pegou a pá de volta e em pouco tempo os sete palmos de terra estavam finalmente prontos para Henry. Então os homens pegaram as madeiras da carroça na qual Augustus e Mildred vieram e levaram tudo para o segundo celeiro, onde fizeram um caixão. A madeira era pinho, na qual todo mundo no condado de Manchester, Virgínia, era enterrado. Os escravos às vezes ganhavam pinho, se tivessem sempre feito as coisas certas e seus donos achassem que mereciam.

Um pouco depois das duas da tarde, William Robbins foi embora com Dora e Louis, ele para sua plantação e eles para a casa onde moravam com a mãe fora da cidade. O resto do dia foi passando sozinho e não aconteceu nada de bom nem nada de ruim.

ALICE, A MULHER QUE vagava noite afora, começara a ficar inquieta muito antes da hora de dormir.

— Deixa ela quieta — Cassandra não parava de dizer para sua mãe, Delphie, que procurava algum jeito de acalmar Alice. As três dividiam a cabana com uma adolescente órfã. No fim, deixá-la em paz foi justamente o que Delphie precisou fazer, e ela balançou a cabeça quando Alice saiu porta afora. Alice estava com um corte pequeno no pé ao sair na noite anterior, na noite em que seu dono morreu. Mas o corte não a impedia de passear para cima e para baixo na alameda agora, cantando "Sinhô morto sinhô morto sinhô morreu". Moses não saiu naquela noite para ficar sozinho consigo mesmo na floresta, mas antes de ir para a cama ele foi até a plantação para ter certeza de que estava tudo bem. Por três vezes pediu a Alice para ficar quieta, e da última vez ela ficou, escolhendo então apenas ficar subindo e descendo a alameda. Se Augustus e Mildred na cabana de May ouviram Alice cantando sobre seu filho morto, não deram nenhum sinal. Por fim, Alice foi saracoteando na direção do defumadouro.

Caldonia e Calvin e a mãe dos dois desceram para a alameda uma vez naquela noite para pedir a Augustus e Mildred que por favor subissem e ficassem na casa. Eles declinaram, como haviam feito duas vezes antes naquele dia. Mildred podia ter ido, se não estivesse com Augustus. Fern Elston desceu até a alameda também, a primeira vez que havia feito isso. Antes de agora, antes que mandasse embora o jogador perneta semanas atrás, ela sempre havia ficado na casa em suas visitas, preferindo não se misturar com "qualquer escravo que não fosse domesticado", como ela costumava dizer. Mas o jogador que perdera a perna mudaria tudo, e ela jamais veria o mundo do mesmo jeito novamente. Naquela noite, enquanto caminhava atrás de Caldonia, Maude e Calvin, ela pensou que o jogador, Jebediah Dickinson, deveria estar a mais de metade do caminho até Baltimore àquela altura, se conseguisse, se o cavalo e a carroça que ela lhe dera aguentassem. Em um mundo diferente, pensara dois dias depois que ele partira, ela poderia ter encontrado alguma coisa com ele, uma perna só ou não, pele escura ou não. Ela não teria sequer precisado ensinar-lhe a ler e escrever, porque isso ele já chegara sabendo. *Eu cumpri meu papel de esposa.*

Moses e Priscilla saíram de sua cabana e se juntaram ao pequeno grupo quando ele desceu a alameda. A fumaça noturna das fogueiras que cozinhavam a janta flutuava espessa entre eles. Caldonia, ainda usando o véu, bateu em algumas portas e enfiou a cabeça dentro de uma ou duas cabanas para perguntar se alguém estava precisando de alguma coisa. Todas as

O MUNDO CONHECIDO

crianças gostavam da patroa Caldonia. Sua mãe, Maude, andara dizendo o dia inteiro que ela deveria tomar conta de sua "herança". Mas enquanto Caldonia cumpria o que Henry, seguindo William Robbins, havia chamado de "o negócio do patrão", não achava que estivesse fazendo algo mais do que escapar por um instante da casa que estava duas vezes maior do que na véspera. Moses falou a ela o tempo todo enquanto caminhavam, informando-a do que ele e os outros escravos estariam fazendo quando voltassem ao trabalho, o que o sabor do solo havia lhe dito sobre as colheitas. Sua conversa ininterrupta era um pouco reconfortante, bem mais do que a mão de Calvin no seu ombro ou as crianças sorrindo para ela. A conversa dele lhe dizia, de algum jeito estranho, que um dia a dor seria pelo menos cortada ao meio.

No final da alameda, eles se viraram. Fern parou e ficou ali em pé sozinha, olhando para além da alameda, para os campos. Quando ela se voltou, Alice estava na sua frente, dizendo para Fern que o sinhô estava morto.

— Eu sei — disse Fern. — Nós sabemos.

— Então por que é que tu num tá pronta? — perguntou Alice.

Fern olhou de novo para os campos e quando ela se voltou novamente Alice desaparecera. Em quatro gerações, a família de Fern conseguira produzir pessoas que poderiam facilmente passar por brancas.

— Não se case com nada abaixo de você — sua mãe sempre dizia, referindo-se a ninguém mais escuro do que ela própria, e Fern não fizera isso. Sua mãe não teria aprovado o jogador que perdera uma das pernas.

— Os seres humanos não devem voltar para trás. Eles devem sempre ir para a frente.

Algumas das pessoas da família de Fern ficaram brancas, desaparecendo do outro lado da linha da cor e não olhando nunca mais para trás. Ela via algumas pessoas de sua família de vez em quando, uma irmã, primos, em Richmond, em Petersburg, andando em belas carruagens com bons cavalos pela rua, e os cumprimentava com um aceno de cabeça e eles faziam o mesmo e cada um ia cuidar de sua vida. O marido de Fern também era um jogador e estava perdendo lentamente no jogo a pequena fortuna que possuíam, mas não havia nada que ela pudesse fazer. O jogador perneta

86 EDWARD P. JONES

fora embora. Ela jamais conhecera alguém que tivesse ido a Baltimore e voltado para lhe contar como era. *Eu cumpri meu papel de esposa.*

A alameda silenciou depois que eles voltaram para a casa-grande. Moses e Priscilla entraram em sua cabana e fecharam a porta para dormir. Alice, a que vagava, voltou para a alameda, subindo e descendo. Em sua cabana, Augustus e Mildred estavam deitados e abraçados. Um deles começou a falar — eles não se lembrariam quem — tudo sobre Henry, de seu nascimento até a sua morte, começando um projeto para lembrar tudo o que pudessem sobre o filho. Se soubessem ler e escrever, poderiam ter posto tudo num livro de duas mil páginas. Lá em cima, na casa-grande, Calvin acendeu outro conjunto de velas, preparando-se para passar a noite velando Henry. Enquanto Calvin acendia as velas, Loretta cobriu o rosto de Henry com um pano de seda preta — ela achava que ele precisava descansar antes da viagem na manhã seguinte.

ALICE SAIU E NEM BEM chegou à estrada quando recomeçou a cantar. Alto, como se estivesse tentando alcançar as fronteiras do paraíso. Em pouco mais de um quilômetro de distância da plantação Townsend, os patrulheiros do xerife John Skiffington deram de cara com ela.

— Sinhô morto sinhô morto sinhô morreu.

— O que é que tá fazendo aqui? — perguntou Harvey Travis, o homem da esposa cherokee. Ele sabia que Alice era maluca, mas achava que seu trabalho exigia fazer uma pergunta, mesmo que a resposta não fizesse sentido. Eram três patrulheiros, o mesmo número de sempre para aquela parte do país.

Alice continuou cantarolando, e ainda fez uma dança.

— Ah, deixa ela em paz — disse Barnum Kinsey. — Ela é só aquela mulher maluca da propriedade do Preto Henry.

— Eu faço o que eu quiser, diabos! — disse Travis. Ele gostava mais de Barnum quando o outro bebia, porque assim costumava ficar mais calado.

— Só estou dizendo, Harvey, que você sabe que agora ela não vai fazer mais mal nenhum. Talvez esteja até mais maluca ainda agora que o Henry morreu.

O MUNDO CONHECIDO

— Sinhô morto sinhô morto sinhô morreu.

— Já estou de saco cheio de ver você por aqui assim — disse Travis.

— Eu nunca mais dormi direito depois de ver essa coisa aí dançando na estrada. Eu começo a sentir a pele toda arrepiada. — O terceiro patrulheiro começou a rir, mas Barnum ficou quieto. A lua estava fraca e o terceiro patrulheiro segurava um lampião. Skiffington havia feito um novo rodízio de patrulheiros e o homem da lanterna era novo naquela parte do condado, e embora os outros tivessem lhe garantido que não havia nada com que se preocupar, sua esposa, grávida do segundo filho, havia se despedido dele lhe dando um lampião. — A gente devia era cobrar do Preto Henry toda vez que a gente visse um dos crioulos dele na estrada.

— Henry morreu, eu já te disse — falou Barnum e o patrulheiro com o lampião tornou a rir. Ele era muito novo. — Você não escutou nem uma palavra do que ela tava dizendo. — Naquela manhã, Barnum prometera à esposa que não ia mais beber. Eles haviam chorado juntos e terminado ajoelhados, rezando. Seus filhos apareceram e, ao ver os pais rezando, também se ajoelharam. Aquele era o segundo grupo de filhos de Barnum; o primeiro crescera e saiu mundo afora para esquecer um pai que os amava mas que era, aos olhos daquele mundo, pouco mais que um crioulo.

Alice passou dançando pelo homem na frente com o lampião. Ela apontou para Travis.

— Epa! — gritou ele, apavorado por achar que ela estava fazendo algo de maligno. — Diabos! — Os outros patrulheiros riram dele.

— Sinhô morto sinhô morto sinhô morreu. — Ela dava coices com as pernas e apontava para Travis e seu cavalo.

— Santo Deus! — disse Travis. — Deixa ela, rapazes. Vamos deixar ela. — E saiu cavalgando, contornando a mulher, que ainda dava coices e cantava. Os outros dois patrulheiros também começaram a se movimentar.

Barnum parou.

— É melhor ir pra casa. Quero que você vá pra casa agora. — Alice tornou a lhe dizer que o sinhô estava morto. Ela não parava de dar coices.

— Eu sei — disse Barnum —, mas é melhor você ir pra casa. — Os homens saíram cavalgando.

88   EDWARD P. JONES

Depois de algum tempo, Alice desceu pelo caminho em que os homens haviam chegado. Ela sacudiu a poeira da estrada de sua anágua. Não voltaria à cabana antes das duas e meia da manhã. A lua que antes estivera ali agora havia desaparecido. Ela começou a cantar depois de alguns metros e era tão alto quanto fora no começo. Num certo dia, antes que a mula a chutasse na cabeça, uma mulher africana que falava muito pouco inglês lhe dissera que alguns anjos eram difíceis de ouvir, e que era melhor falar muito alto mesmo na hora de conversar com eles.

> *I met a dead man layin' in Massa lane*
> *Ask that dead man what his name*
> *He raised he bony head and took off his hat*
> *He told me this, he told me that**

ELIAS TERMINOU A BONECA para sua filha Tessie na noite em que enterraram Henry Townsend. Ele colocou a faca de esculpir no chão ao lado do toco de árvore no qual estava sentado e segurou por um momento a boneca com as duas mãos, sentindo-se vazio e inquieto agora que a tarefa estava terminada. Desde seu casamento com Celeste, sempre fora útil ter algo para as mãos fazerem quando ele não podia fechá-las na hora de dormir. Suas pernas nunca se fechavam: elas chutavam e estremeciam enquanto dormiam e Celeste sempre ameaçava amarrá-las durante a noite. "Estou dizendo, marido, tu tá mais é querendo me aleijar com esses pés que num para de correr."

Ele percorreu o rosto da boneca com o dedo e beijou-lhe a testa. Queria que ficasse parecida com Tessie, mas sabia que ficara muito aquém disso. Ele precisava de outra coisa agora para suas mãos, e logo. Talvez alguma figura esculpida para seu filho mais velho, um cavalo. Um dia ele viu um barco, naquele último dia com sua mãe, mas não achava que conseguisse fazer um barco da maneira que o primeiro viveu em sua cabeça, um gigante marrom

---

*Ver tradução p. 24.

O Mundo Conhecido 89

silencioso navegando sob um céu azul. Qualquer barco que ele tentasse esculpir poderia acabar igual àquele primeiro pente para sua esposa Celeste. E, além do mais, onde é que seu garoto ia poder navegar com ele? Lá no fundo de um poço onde ele nem ia poder vê-lo? Ele iria contar a Tessie que a boneca tinha o rosto da própria mãe dele, pois a ideia que ela fazia da cara de sua avó seria provavelmente a mesma da lembrança que ele tinha, e essa lembrança havia se feito em pedaços e desaparecido ao longo de trinta anos.

Elias se levantou e limpou as lascas da camisa e das calças. Estava sozinho na alameda. O pedido silencioso que havia feito a Henry um dia agora não valia mais. Mas isso não importava, estivesse ele morto ou não. Elias levantou a cabeça e viu as estrelas piscantes em um pedaço límpido do céu que deveriam tê-lo guiado para longe. Como ele estivera pronto, tranquilo, pernas poderosas, coração desesperado para bater embaixo de outra lua e outro sol. Tornou a se sentar, colocou a boneca dentro da camisa e se curvou para pegar outro pedaço de madeira. Eram quase nove e meia. Quando pegou a faca, Alice saiu de sua cabana, dançou alameda abaixo e se pôs diante dele com as mãos nas cadeiras. Eles raramente falavam porque nada do que ela dizia jamais fazia sentido.

— O que é que tu tá fazendo agora? — ela perguntou, o que o surpreendeu.

— Um negócio pro meu filho.

— Bom, é bom fazer direito, fazer pra durar — disse Alice.

Ele esperou que ela continuasse, dizendo algumas bobagens, mas ela simplesmente continuou ali parada em pé. Talvez a lua, ou a falta dela, determinasse seu modo de agir.

— Não chega tarde — Elias disse a ela. — Não fica até tarde zanzando por aí.

— Tu também não chega tarde — ela disse e saiu dançando.

Ele ficou olhando para ela, e pela primeira vez sentiu medo por ela. Começaria pela cabeça do cavalo, que seria a parte mais difícil. Nada de barco. Afinal, para que colocar uma ideia dessas na cabeça de um garoto? Colocou o pedaço de pau na mão esquerda e a faca na direita, e então começou a chorar.

— Não chega tarde — ele ficou repetindo. — Não chega tarde.

Dois dias depois de Henry ter comprado Elias em 1847 dos brancos recém-casados que passavam pelo condado de Bath, Elias encontrou Celeste sentada no chão. Ele só conhecia Moses e os homens de sua cabana, mas já a tinha visto de longe, mancando para um lado e para o outro. Parecia que ela estava brincando ou ajudando duas crianças que agora se afastavam aos pulinhos. "Vamos lá, Celeste", as crianças disseram. "Já tô indo", ela respondeu. Lutou para se levantar, e depois de muitas tentativas ficou em pé. Ela ficou parada em silêncio, sem se mover por algum tempo, olhando para os pés cobertos por sua saia verde comprida. As crianças a chamaram, mas ela não se mexeu. Por fim, ela foi, dando um passo manquitolante atrás do outro. Ele viu a cena inteira mas não se moveu para ajudá-la. Fugir era seu único pensamento desde que havia vindo de Bath com os recém-casados que bateram boca um com o outro a viagem toda, e ele não queria ser tocado por nenhuma outra ideia. Virou-se e pensou que estava dando o fora sem que ela o tivesse notado, mas ela primeiro sentira e depois o vira, e não se esqueceria disso. Ela não quis a ajuda dele, mas sentira que ele estava vendo um espetáculo com uma mulher aleijada e havia gostado, e isso não estava certo.

Ela fora comprada por 387 dólares mais ou menos um ano antes dele, mas desde que estivera na plantação, Celeste não fora conhecida por ninguém como sendo uma mulher amarga. Jamais dizia "Senhor" ou "Senhora" para Henry ou Caldonia; apenas "Seu" e "Dona", seu jeitinho de dizer não a tudo. As pessoas diziam que Celeste tinha um grande coração. Mas ao longo das semanas seguintes ela começou a se ressentir de Elias por ser um homem que gostava de ficar olhando mulheres aleijadas e não conseguia evitar tratá-lo mal sempre que podia. Ele estava comendo seu jantar na beira de um campo, sozinho, e ela se desviava de seu caminho para ir mancando até lá e levantar o máximo de poeira que pudesse, só para sujar a comida dele. Ela gostava de trabalhar em uma fileira oposta àquela onde ele ficasse só para mostrar aos outros como ele era lerdo. Ela dizia aos outros que ele era um zé-ninguém muito do preguiçoso e não estava nem aí se ele a ouvisse. Quando descia a alameda e ele estava parado no caminho, ela

O MUNDO CONHECIDO

mancava mais rápido e ele que se atrevesse a não sair da frente. "O que foi que tu fez com aquela mulher?" alguém mexeu com ele depois de ver Elias quase ser atropelado, "pra ela amaldiçoar o dia em que tu nasceu?"

Lá para o fim de sua segunda semana na plantação dos Townsend, Elias ficou doente, sofrendo de dores de cabeça que o martelavam até que desmaiasse. Vomitava tudo o que punha no estômago, e as solas de seus pés se encheram de um número incontável de bolhas. Às vezes, precisava encostar em um arbusto para recuperar as forças, quando alguma dor súbita tomava conta de seu corpo e parecia que queria rasgá-lo ao meio bem ali onde ele estivesse. Ele sabia que, para poder fugir numa noite daquelas, precisava ser visto como confiável, mas seu trabalho passou a ser prejudicado pela doença, e Moses também passou a chamá-lo de preguiçoso. "Era mais negócio o sinhô ter comprado um porco, patrão", ele disse certa vez a Henry. Elias acordava de madrugada e ouvia o vento contando os dias que ele ainda tinha de vida. "Melhor brincar. Melhor brincar", o vento lhe dizia, "porque depois de amanhã eu aqui não vou estar."

Ele nunca fora de acreditar em mandinga, mas começou a sentir que Celeste estava fazendo alguma coisa com ele e que isso levaria à sua morte, o que ficava muito distante da liberdade. Sonhou que ela havia ficado manca por lutar com o diabo. Mas ela não era de mandinga, e por ser o tipo de mulher que era, seu ressentimento contra ele havia na verdade se dissipado depois da terceira semana. Para ela, ele se tornou apenas mais um homem que não podia suportar ficar perto de uma mulher aleijada. Lá pela quarta semana, ela o via se curvar encostado em um arbusto e sentia pena dele.

Então, lá pelo meio da quinta semana, ele começou a melhorar e o vento parou de falar com ele. Ele estava enfraquecido pela doença, entretanto, e tentou se recuperar trabalhando cada vez mais duro e por mais tempo nos campos, muitas vezes ficando lá até muito tempo depois de Moses dizer a ele que o dia havia terminado. Mas mesmo após a nona e a décima semanas, seu corpo não estava mais como antes, e lá pelo quarto mês, ele começou a entrar em desespero. Continuava fazendo planos para fugir, mas receava de não ter a força necessária para correr quilômetros, poderia não ser capaz de se virar e quebrar o pescoço de qualquer cachorro que o caçasse.

Em seu quarto mês ali, ele levantou de seu catre por volta da meia-noite e saiu caminhando, acompanhando as estrelas que apontavam para o norte. Aquela era a época em que os patrulheiros do xerife John Skiffington estavam começando a se adaptar ao novo emprego. Elias conseguiu se afastar cerca de dez quilômetros da propriedade de Townsend quando começou a perder as forças. Comeu a maior parte dos bolos de farinha de milho que trouxe consigo, pensando que o problema fosse um corpo que estava se rebelando devido à fome. Parou tantas vezes quantas precisou para descansar, mas a cada vez que recomeçava estava mais fraco que a anterior. Por volta de quatorze quilômetros de distância, estava quase se arrastando, e no quilômetro dezesseis ele desabou. Acordou, estendido no meio da estrada, quando ouviu um cavalo vindo devagar em sua direção. Sem saber ao certo de que lado vinha o cavalo, ele começou a se arrastar para a margem da estrada, coberta de mato alto. Abriu o mato ao meio e se acomodou, e ouviu o cavalo chegar e parar. Era William Robbins montado em Sir Guilderham.

— Seja quem você for, eu sei que está aí — disse Robbins. — Se for preto, saia, se for branco, diga seu nome e eu deixo você em paz.

Robbins esperou alguns minutos e depois abriu o paletó, tirando sua pistola de um só tiro.

— Então você é preto e não branco — ele disse. Disparou uma vez no mato, pegando de raspão a coxa esquerda de Elias. Elias não se moveu, e depois de um tempo Robbins disse, tirando do paletó outra pistola: — Estou sentindo o cheiro do seu sangue daqui onde estou. Se você não quer derramar mais, levante-se e venha até aqui. — Robbins fez mira e, como ele falou, Elias se levantou, os braços bem alto no ar, os dedos bem abertos. A lua não estava cheia, mas brilhava o suficiente para Robbins ver os dedos de Elias tremendo de nervoso. O sangue descia lentamente por sua perna.

— Você é livre ou escravo?

— Escravo.

— E não tem passe. Isso dá pra ver só pelo cheiro de medo no seu sangue. A quem você pertence?

O MUNDO CONHECIDO

— Ao patrão Henry Townsend, senhor. — O "senhor" foi para que ele não levasse outro tiro de pura maldade.

— Venha cá. O que é que você estava fazendo aqui?

— Não, senhor.

Elias começou a andar, mas sentiu a perna esquerda mergulhada numa poça de sangue, e precisou segurá-la para dar um passo. Quando chegou até onde Robbins estava, o branco se inclinou e deu-lhe o soco mais forte que pôde no queixo. Elias caiu no chão. Então ele deu dois passos rápidos na direção de Robbins, pensando que se matasse o branco, não haveria testemunhas a não ser o cavalo. Mas Robbins ergueu a segunda arma e a apontou. Elias parou.

— Conheço Henry Townsend — Robbins disse —, e se eu tiver que pagar por um morto, então é isso o que eu vou fazer. Venha cá. — Levantou a arma a alguns centímetros do rosto de Elias e deu-lhe outro soco. Elias caiu. — Se você viver até os cem anos, aprenda a não correr de um homem branco.

A NOTÍCIA SE ESPALHOU entre os escravos da propriedade de Henry antes mesmo que a maioria deles saísse de suas cabanas: alguém tinha fugido. Era domingo, e Moses dormiu até tarde e foi o último a saber. As pessoas ficaram felizes por Elias.

— A alma de alguém voou pra longe. Uuuuuuussssshhh... Sintam só a brisa dessas asas. Deus todo-poderoso. — Stamford não conseguia ver o rosto de Elias e achou que ele era aquele sujeito de pele escura com uma verruga do tamanho de uma joaninha na bochecha esquerda, até Delphie lembrá-lo de que Henry vendera aquele homem porque o homem da verruga gostava de brigar com todo mundo.

— Brigava desde a hora que levantava até a hora de fechar os olhos. Era capaz até de bater na sombra se ela incomodasse ele. Coitado. Deus... Ele ia brigar até contigo, Stamford — disse Delphie.

— Hum-hum! — fez Stamford. — Então essa ele ia perder. Devia ter batido a cabeça, por isso que ele foi vendido. Não tinha cabeça e não podia trabalhar. Tiveram que vender aquele idiota por quase nada.

Delphie retrucou:

— Não é isso que eu lembro, não.

— Então tu tá lembrano errado — disse Stamford e estendeu os punhos para ela para mostrar com o que o homem da verruga ia ter de lutar. Isso foi nos dias em que Stamford tinha outra coisinha nova, nos dias antes de Glória.

— Sai de perto de mim com esse negócio, homem — disse Delphie. As poucas crianças que estavam então na propriedade Townsend se divertiam muito com os adultos, e começaram a mexer com Stamford. O condenado Luke, na época com 11 anos, o garoto que iria trabalhar até morrer, ensinou uma canção que aprendera com a mãe: "I'm over here, I'm over there, I ain't nowhere..."* Celeste ouviu falar do fugitivo Elias quando terminava de comer o último dos seus bolinhos de cinza. Ela não gostava de Elias, mas também ficou feliz por ele. Como sempre desejara para os outros as coisas que ela própria não podia fazer, sua comida desceu bem naquela manhã. Depois que espalhou a notícia, depois de comer seu desjejum, Moses subiu e foi contar a Henry:

— Patrão, tem negro novo no vento.

Aos domingos, um pastor, um homem livre de nome Valtims Moffett, aparecia e oficiava o culto para os escravos, no celeiro quando estava frio e na alameda quando o tempo estava bom. Ele pregava por cerca de quinze minutos e depois todo mundo cantava duas ou três canções. O dia em que Robbins pegou Elias foi um dia de tempo bom, não muito quente, embora o pastor gostasse de dizer que todo dia era um dia bom para a palavra de Deus. O pastor era um homem grande que sofria de gota e reumatismo, que, ele se apressava em dizer às pessoas, "Deus colocou em mim da mesma maneira que colocou a cruz em nosso salvador Jesus Cristo". Em algumas manhãs ele levava mais de uma hora para sair da cama e se vestir. Tinha uma esposa e uma escrava, mas a esposa, Helen, era uma mulher pequenininha e a escrava também, Pauline, irmã da esposa, e as duas juntas mal podiam com um homem grande com uma cruz a carregar. O pastor

---

*"Eu estou aqui, eu estou acolá, eu não estou em nenhum lugar..." (*N. do. T.*)

O MUNDO CONHECIDO

estava um tanto atrasado naquela manhã de domingo depois que Elias fugiu, mas não tão atrasado quanto no dia em que Henry foi enterrado.

Moses acabara de dizer a Henry que Elias havia fugido quando ouviram a voz de Robbins e ambos deram a volta na casa, até a parte da frente. Robbins acordara naquela manhã e não se recordava do encontro com Elias na noite anterior, que havia levado Elias de volta à sua plantação e o acorrentado à varanda dos fundos. Foi sua cozinheira quem apareceu e o lembrou disso na mesa do café.

Robbins disse a Henry:

— Bom-dia. Que dia bom, hein? Você e Caldonia vão bem? — Elias, acorrentado, estava em pé ao lado de Robbins, a apenas centímetros da botina do outro no estribo.

— Sim, sr. Robbins, vamos muito bem — disse Henry.

— Tenho uma coisa que lhe pertence — disse Robbins e chutou Elias. O escravo caiu no chão. — Peguei ele na estrada ontem à noite. Ele está com uma ferida em algum lugar na perna, mas não vai morrer, e não vai prejudicar em nada se você decidir vendê-lo um dia. Só se ele acabar mancando muito. — Deu uma gargalhada, uma piadinha entre eles, porque naqueles dias Robbins andava ainda menos inclinado a vender um escravo, e era sobre isso que ele sempre aconselhava Henry. Um dia ele chegara a dizer: "Crioulos têm muito valor, então dê valor a eles."

— Sei — disse Henry. Moses estava atrás dele. — Ajude ele, Moses. Queira entrar, sr. Robbins. — Moses pegou Elias pelos ombros, deu-lhe um pequeno sorriso e lembrou a Elias com esse sorriso e seu olhar que jamais gostara dele.

— Não, hoje não, Henry. Hoje não, mas diga a Caldonia que voltarei por estas bandas em breve, prometo. — A terra na qual estavam havia pertencido um dia a Robbins, vendida a Henry a um preço bem mais barato do que Robbins já havia vendido a alguém, a não ser os escravos Toby e sua irmã Mindy. Robbins olhou uma vez para a lateral da cabeça de Elias e assentiu para Henry. Henry lhe desejou um bom dia. Robbins levantou as rédeas, puxou-as com suavidade e o cavalo, em um lento e belo movimento de sua grande cabeça e pescoço, o freio reluzindo na boca uma espécie de acentuação de toda aquela grandeza, virou-se, e partiram, trotando até a estrada, onde disparam num galope. O brilho ficaria para sempre na mente de Elias. Na noite em que seu segundo filho nasceu, ele o seguraria, ainda úmido da luta pela vida, e o fogo da lareira refletiria aquela umidade e aquele brilho voltaria novamente até que, piscando os olhos, ele o fizesse desaparecer.

Henry foi até Elias e lhe deu um tabefe na cara.

— Você me decepcionou muito. O que é que vou fazer com você? O que diabos vou fazer com você? Se quer uma vida dura, eu posso lhe fazer esse obséquio. — "Eu posso lhe fazer esse obséquio" era uma das expressões favoritas de Fern Elston durante suas aulas, ouvida por Henry pela primeira quando ele se sentou com ela em sua sala de visitas dominada por árvores, um pessegueiro e uma magnólia, que ela e suas criadas haviam conseguido domesticar. Seu marido jogador vira isso ser feito por estrangeiros num prostíbulo de Richmond e levou a técnica consigo para o condado de Manchester. — É isso que você quer? — perguntou Henry.

— Eu posso lhe fazer esse obséquio e lhe dar uma vida dura. — As árvores da casa de Fern desorientavam a maioria das pessoas, aquelas que estavam acostumadas com as coisas que eram de dentro de casa ficando sempre dentro de casa, e as coisas de fora de casa ficando sempre fora da casa. As pessoas diziam coisas bonitas sobre as árvores para Fern mesmo quando suas mentes ainda estavam zonzas. Essas pessoas eram todas negros livres, pois gente branca nunca ia à casa de Fern. Henry tinha medo de que Caldonia pudesse querer fazer isso com a sala de visitas deles.

— Não, sinhô. — Elias ainda estava acorrentado, Robbins esquecera que as correntes lhe pertenciam. Outros escravos haviam saído e estavam vendo a cena. Celeste estava logo atrás da primeira fileira de pessoas, e Stamford girou um pouco o ombro para que ela pudesse ver.

— Mas você não age de acordo — disse Henry. Quando você vira dono deles, quando você vira dono de um sequer, você nunca mais fica só, Robbins tinha dito a Henry quando Henry comprou Moses dele. Sabendo como a solidão podia ser dolorosa, tendo sido separado quando criança de Augustus e Mildred, Henry pensara que isso era uma coisa boa, nunca estar só, sempre ter alguém. Henry disse a Elias: — Se você quer uma vida boa, posso lhe fazer esse obséquio também.

Alimentadas pelas luzes que desciam das janelas que iam do chão a cerca de trinta centímetros do teto, as árvores do salão de Fern cresciam a uma altura de cerca de dois metros e meio a três, e então paravam, como se obedecessem a alguma ordem. Os pêssegos que nasciam da árvore eram muito pequenos, do tamanho do polegar de um homem, e eram muito doces, doces o bastante para uma torta se a cozinheira conseguisse apanhar um número suficientemente grande. As flores de magnólia também eram pequenas, tão lindas que o marido jogador de Fern disse que iria emoldurá-las se fossem quadros.

— Moses — disse Henry —, pegue ele e o deixe acorrentado até eu decidir se ele deseja uma vida boa ou uma vida ruim.

Como o dia estava bonito e o pastor Valtims Moffett faria o culto na alameda, Moses acorrentou Elias no celeiro grande.

— Você quer uma vida boa ou uma vida ruim? — Moses fez pouco dele e o deixou.

As primeiras horas que Elias passou na baia foram pensando em como ele poderia matar todo mundo ao seu redor, primeiro todos na plantação, depois todos no condado, na Virgínia, de cor ou brancos. Ele tentava não mexer as correntes porque o som do chocalhar delas doía em seus ouvidos, espalhava uma secura por sua boca. Podia ficar confortavelmente de pé, se quisesse ficar o tempo todo de frente para aquele pedaço de parede do celeiro, o pedaço que não tinha nenhum buraco pelo qual ele pudesse ver o lado de fora. Quando Elias se sentou, descobriu que podia se afastar ligeiramente da parede, mas suas mãos ficavam suspensas no nível do rosto, e era impossível se deitar. Por um longo tempo ficou olhando para as vigas de madeira do teto, para os pardais que iam e vinham no ninho que estavam construindo. Engajados na simples tarefa de viver: levar palha até o ninho, voltar para buscar mais. Ele ficou se perguntando se ficaria ali tempo o bastante para que os passarinhos pusessem ovos, e esses ovos produzissem filhotes, e esses filhotes crescessem e depois fizessem seus próprios ninhos. Levar palha para o ninho, voltar para buscar mais. Ver os netos dos pardais virarem eles próprios pais. Ele podia torcer o pescoço de todos na plantação, era apenas uma questão de começar por Moses ou pelo patrão. O pescoço de Moses era mais grosso. Os pescoços das crianças seriam os mais difíceis. Mas se quebrariam num estalo. Ele podia fechar bem os olhos na hora delas, das crianças, e dos velhos. As mulheres seriam as que gritariam mais alto, mas Deus, sendo o tipo de Deus que era, lhe daria forças.

Ele estava muito cansado, pois não havia dormido na propriedade de Robbins. Quando inclinou a cabeça para a frente e fechou os olhos, seu pescoço num instante enrijeceu e finalmente teve de inclinar a cabeça para trás o máximo possível e aceitar o pouco de alívio que esse movimento proporcionava. Fechou os olhos, mas não havia sono, nem mesmo os cochilos cheios de sobressaltos que chegara a ter na propriedade de Robbins.

Pouco antes da chegada de Moffett, Elias abriu os olhos e viu um garoto olhando para ele. Quando o garoto o viu abrir os olhos, chegou mais perto e perguntou:

— Você quer um pouquinho d'água?

Elias tornou a fechar os olhos e não respondeu porque não queria poupar o pescoço de ninguém.

— Você quer um pouquinho d'água?

Ele fez que sim com a cabeça sem abrir os olhos, e ouviu o garoto saindo. Como ele não voltou, Elias achou que o garoto estava fazendo troça dele, e encontrou um pouco de paz nessa ideia. Dali a pouco, ouviu a voz de pastor de Moffett, mas não conseguia distinguir as palavras. Quando abriu os olhos novamente, o garoto estava em pé à sua frente, segurando numa das mãos uma xícara de porcelana lascada e descartada e um pedaço grande de bolo de farinha de milho na outra.

— O pastor tá aqui — o garoto disse com um sorriso, como se essa fosse a notícia que Elias mais precisasse ouvir. — Eu ouvia ele quando estava lá no outro lugar.

Três dias antes, Henry havia comprado o Lote Número Quatro, um grupo de três escravos, e o garoto fora um deles. Elias pegou o bolo e comeu, e entre uma mordida e outra o garoto colocou a xícara em seus lábios para ele beber.

O MUNDO CONHECIDO

— Meu nome é Luke — ele disse quando a água acabou.

— Eu sei — disse Elias, olhando uma mosca pousar na sua mão e ir na direção do bolo. O garoto sorriu, virou a xícara de cabeça para baixo e sacudiu-a. — Eu sei.

O garoto se levantou, saiu correndo e voltou rápido com mais água. Ficou sentado à frente de Elias e como o bolo havia acabado, Elias ficou segurando a xícara nas mãos.

— Quer mais bolo de farinha de milho? — perguntou Luke. O homem balançou a cabeça negativamente. — Eu conheço uma canção que fala de Jesus. Quer ouvir? — Elias tornou a balançar a cabeça.

Todos os domingos, Moffett tinha apenas um tema: o céu estava mais próximo do que qualquer um podia perceber e que um passo para fora do caminho dos justos podia afastar o paraíso para sempre. "Aguentem mais um pouco", ele costumava dizer. "Aguentem mais um pouquinho, porque o paraíso está logo ali adiante. Vejam lá. Vejam lá. Fechem os olhos e vejam." Suas palavras finais eram de que eles deveriam obedecer aos seus patrões e patroas, pois o paraíso não seria deles se desobedecessem. "Um dia eu quero estar sentado com todos vocês comendo pêssegos com creme de leite no céu. Não quero ter que me inclinar a olhar lá para baixo e ver vocês todos queimando nas fogueiras do inferno." Luke e Elias não conseguiam entender as palavras dele e então ficaram simplesmente ouvindo a maneira como essas palavras entravam no celeiro e ricocheteavam pelas paredes. Os pardais não estavam mais voando, só chilreando em algum lugar acima das cabeças deles. Elias podia vê-los arrumando a palha, virando-a para um lado e para o outro para fazer um lugar confortável o bastante para ser um lar para os ovos. Por fim, Luke disse:

— Eu nasci na casa do sinhô Colfax... Você conhece lá?

Elias respondeu:

— Eu sei, eu sei disso. — Deixando a xícara cair no colo, ele levou as mãos ao rosto e começou a chorar. Nos piores dias que já tivera, ele sempre fora capaz de ver a si mesmo como um dia vivendo livre. Mas agora...

— Tá tudo bem — disse Luke. — Vou ficar aqui com você. Tá tudo bem. Vou ficar sentado aqui com você até esse pesadelo deixar você em paz. Tenho medo de pesadelo não.

DEPOIS DOS CULTOS, Moffett se sentava com Henry e Caldonia na sala de jantar deles, comendo pão com queijo e tomando um chá que era mais mel do que outra coisa. Ele afirmava que tudo o que era doce aliviava seu problema de gota. De vez em quando em suas vidas, Caldonia e Henry iam assistir aos cultos com os escravos, mas geralmente aquela conversa com Moffett sentado ali representava em suas cabeças uma espécie de culto, uma comunhão com Deus. Depois da refeição, Moffett se sentava com os pés apoiados em uma banqueta que a cozinheira Zeddie trazia dos fundos para ele. A banqueta almofadada quase não era usada, e acabou ficando conhecida como a banqueta do reverendo Moffett.

Henry não falava muito, pensando no que iria fazer com Elias.

— Você está distante de nós hoje, Henry — Moffett acabou dizendo a certa altura. Ele recebera seu pagamento de um dólar pela realização do culto no instante em que entrou na casa. Nos seus primeiros dias de pregação, antes da gota, ele recebia três centavos por cada escravo para o qual pregava, mas naquela época o condado era mais rico. Hoje, poucos donos brancos de escravos o empregavam; a maioria preferia simplesmente ler passagens da Bíblia para seus criados. Os poucos donos negros de escravos começaram a acreditar que sua própria salvação seria transmitida também para seus escravos; se eles próprios fossem à igreja e dessem um bom exemplo de vida, então Deus os abençoaria e também ao que eles possuíssem. E um dia todos iriam para o paraíso, e seus escravos junto. Então para que pagar a Moffett para ajudar a fazer o que eles mesmos poderiam fazer de graça?

— Ele não tem dormido direito — disse Caldonia. — Acredito, reverendo Moffett, que ele tem trabalhado demais, e essas dores de cabeça todas estão mostrando isso. Noites sem dormir. "Descansa, Henry!", estou sempre dizendo a ele. "Descansa." Talvez o senhor pudesse complementar minhas palavras, reverendo Moffett. Lembrá-lo de que Deus não ficaria feliz de nos ver morrer de tanto trabalhar. — Ela e Henry estavam casados havia três anos e sete meses.

— Certamente não gostaria — disse Moffett. — Preguiça é pecado, Henry, mas trabalhar em excesso também. Por que você acha que Deus colocou tanta ênfase no domingo para descansar? Manter o Sabá sagrado é apenas a maneira de Deus nos dizer para não nos sobrecarregarmos. Faça Deus feliz, Henry, e trabalhe apenas o suficiente para pagar as contas.

— Exatamente — disse Caldonia.

— Mas eu descanso — disse Henry. — Eu descanso sim. É que a minha esposa não vê todas as vezes em que descanso. — Lembrando de Moses lhe contando que Elias havia fugido, ele decidiu que uma chibatada não seria o bastante, que só uma orelha daria certo desta vez. Ele só não decidira se seria a orelha inteira ou apenas um pedaço, e se fosse um pedaço, de que tamanho seria?

— Ah, por favor, Henry! — disse Caldonia. — Você pode até convencer o reverendo Moffett disso, mas a mim você não engana.

Moffett se ajeitou na cadeira e pôs um pé em cima do outro sobre a banqueta. Ele ainda tinha mais dois cultos para conduzir naquele dia e se atrasaria para ambos. Henry o usava porque lembrava dele em seus dias de escravo na propriedade de William Robbins. Tinha gostado de ouvi-lo depois que seus parentes partiram e só restara Rita, sua segunda mãe, para tomar conta dele.

Moffett foi embora.

Henry o viu saindo em sua carruagem e decidiu então que chamaria Oden Peoples, o cherokee, no dia seguinte. Disse isso a Caldonia quando voltaram ao salão.

— Isso — disse ela — me parece um castigo grande demais. Muita coisa para um crime tão pequeno. — Ela estava sentada no canapé e ele estava em pé à janela do lado esquerdo do aposento.

— Não é tão pequeno assim não, Caldonia. É uma maçã podre no barril, bem lá no fundo, não está nem sequer na parte de cima, onde você pode pegá-la e jogá-la fora. Alguma coisa precisa ser feita — disse ele. Às vezes ele falava da maneira que Fern havia tentado ensinar-lhe e às vezes não. Ele estava especialmente "malvado e preguiçoso", como ela dizia quando ele estava cansado e inseguro. Agora Caldonia sentia a exaustão dele, e foi até onde ele estava, abraçando-o pelas costas, mas Henry não havia dito nada a respeito.

— Deixe-o tentar mais uma vez fazer o que é certo, Henry.

— Posso não. Posso não. — Quando criança, na plantação de Robbins, ele havia conhecido um homem cuja orelha direita havia sido cortada depois que ele fugira pela segunda vez. Quando o homem, Sam, que não tinha esposa nem filhos, ficou velho e fugir nem lhe passava mais pela cabeça e ele tinha tempo de ruminar sua infelicidade, ele gostava de agarrar criancinhas para apavorá-las, colocando o lado sem orelha da cabeça perto do rosto da criança até ela gritar para que ele a largasse. A ferida havia florescido no formato de um horrível cogumelo de tecido cicatrizado e era tão diferente do outro lado de seu rosto quanto o inferno era diferente do céu. "Vai procurar minha orelha!", o velho gritava e sacudia a criança. "Vai procurar minha orelha, estou mandando, e vai rápido!" Um garoto desmaiou. O pai de outra criança deu uma surra em Sam, mas mesmo assim ele não parou de agarrar as criancinhas. O próprio Henry fora agarrado algumas vezes, mas um dia, quando ele tinha 12 anos, percebeu que não tinha mais medo, ficou se perguntando para onde o medo havia ido quando Sam o puxou para perto da lateral de sua cabeça e o cogumelo mais uma vez ameaçou se abrir e crescer o suficiente para puxá-lo para dentro. O homem o segurou por tempo suficiente para que ele estudasse a maciez amarronzada da cicatriz que o convidava a estender sua mão e tocá-la. Henry chegou até mesmo a olhar no buraco do ouvido parcialmente coberto por pêlos brancos e a maciez marrom e se perguntar quanto som uma orelha daquelas poderia aguentar.

— Dê a ele mais um dia no celeiro para reconsiderar — disse Caldonia. Ela tirou os braços de cima dele e deixou-os caídos ao lado do corpo, mas ainda continuava recostada nele.

— Um dia é tempo demais, Caldonia.

O MUNDO CONHECIDO   103

CONFORME HAVIA SIDO planejado, eles jantaram cedo na casa de Fern Elston. Seu marido jogador, Ramsey, estava lá e começara a beber muito antes que seus convidados tivessem chegado. Ramsey não estava bêbado, mas, como frequentemente acontecia, ficava agressivo no meio da refeição e acusava outro convidado de estar lhe devendo dinheiro. O convidado da vez, Saunders Church, estava ali com sua mulher, Isabelle, duas pessoas de cor livres e sem escravos em seus nomes. No começo, Saunders deu uma gargalhada, achando que Ramsey estava tentando caçoar dele.

— Ramsey — disse Fern depois que seu marido pedira o dinheiro pela terceira vez. — Vamos deixar as questões financeiras para outro dia.

Henry havia ficado em silêncio durante toda a refeição. Ele não quisera ir no começo, mas Caldonia insistira, dizendo que poderia melhorar seu humor.

— Eu não te devo nada — Saunders disse finalmente, vendo que Ramsey não estava de brincadeira. — Não te devo nada. — Era verdade; a bebida costumava fazer com que Ramsey achasse que o mundo inteiro lhe devia alguma coisa. Os três homens e as três mulheres eram a totalidade dos convidados do jantar. Ramsey estava à cabeceira da mesa.

— Por que não deixa pra lá, Ramsey, como Fern disse? — perguntou Henry. — O Saunders é seu convidado. — Ele estava sentado à esquerda de Ramsey e Isabelle à direita de Ramsey.

— Eu não perguntei a nenhum crioulo de homem branco como é que devo viver minha vida — disse Ramsey. — Você perguntou ao Robbins o que é que tinha que dizer aqui esta noite?

Henry olhou para seu colo e então estendeu a mão rapidamente antes que Ramsey conseguisse se mover e apertou com força a garganta de Ramsey, sacudiu-a uma ou duas vezes e continuou a apertar. Ramsey começou a afundar na cadeira. Ele era um homem negro arruivado, mas lentamente, à medida que Henry apertava, toda a cor desapareceu de seu rosto e sua boca abria e fechava bem devagar, como a de um peixe, enquanto ele tentava puxar o máximo de ar que conseguia. Ramsey conseguiu olhar para sua esposa, do outro lado da mesa. O casamento dos dois estava descendo a ladeira, e Fern olhou em seus olhos e não se moveu.

— Henry, pelo amor de Deus! — Caldonia gritou e agarrou seu braço com as duas mãos. — Por favor, Henry! — Saunders se levantou e conseguiu desgrudar a mão de Henry do pescoço de Ramsey, que afundou ainda mais na cadeira. Caldonia puxou Henry para longe e seu marido se sentou na cadeira e pousou ambas as mãos na borda da mesa, em cada lado de seu prato. Henry olhou para Fern e disse:

— Lamento ter estragado uma tarde tão boa. — Isabelle, Saunders e Caldonia foram cuidar de Ramsey. Fern fez que sim com a cabeça e disse:

— Eu sei que você lamenta, Henry. Eu sei.

NAQUELE DIA, os Townsend e Valtims Moffett voltaram às suas respectivas casas mais ou menos na mesma hora. Moffett subiu a pequena alameda de sua residência e antes mesmo de chegar a cinco metros da casa já podia ouvir sua esposa e a irmã dela brigando. O cachorro morrera, por isso não havia ninguém para cumprimentá-lo. Ainda havia um bom pedaço de sol, e seu corpo, alimentado e azeitado pelo longo dia, tinha energia e força suficientes para fazer algum trabalho. Levou a carruagem até o celeiro e foi para casa, chegou à beira da varanda e apurou o ouvido. A briga das duas já durava dois meses; começara dois dias depois que ele dormira com sua cunhada. Sua esposa infeliz havia deixado claro para a irmã que não se importava que ela dormisse com Moffett. Mas quando a irmã fez isso de fato, uma raiva inesperada tomou conta da esposa e as duas discutiram o dia inteiro e até tarde da noite.

Moffett ficou ali parado, escutando. Tinha um prazer perverso em escutá-las, deixava-se adormecer pelo som das discussões delas. Ele sabia que Deus não ficava feliz com isso, mas sentia que tinha muitos anos de vida à frente, apesar de suas doenças, e por isso haveria tempo de forçar seus joelhos a se dobrarem perante Deus e pedir-lhe perdão. As mulheres trabalhavam para satisfazê-lo, para mostrar a ele que cada qual era a melhor para ele e que a outra deveria ser posta de lado. Mas Deus negou isso a Davi ou a Salomão? Moffett foi até o celeiro. Ainda conseguia ouvi-las dali. Em breve o sol iria se pôr e levaria com ele suas forças. Preparou o cavalo para a noite e pegou seu arado. Tirou o dinheiro da bolsa e contou o que havia ganho: quatro dólares e cinquenta centavos. Ainda vestindo as roupas da pregação dominical, pegou as ferramentas necessárias para afiar o arado.

HENRY E CALDONIA foram dormir cedo naquela noite, e ele fez amor com ela duas vezes, sempre buscando o filho que poderia temperar o coração de Augustus Townsend. Quando acabou, ele se deitou, ela repousou ao seu lado e pôs o braço sobre o peito dele.

— Nunca me importei com o que as pessoas diziam — disse ela depois de algum tempo, pensando no que o jogador Ramsey dissera. Henry estava suando, e ela passou a língua pelo lado do rosto dele onde o suor brotava, pegando um pouco desse suor com a ponta da língua.

— Eu sei — disse ele.

— Ponha mais armadura ao redor desse seu coração com relação a essas coisas — disse Caldonia.

— Estou tentando — disse ele, e sorriu. — Espero ter essa armadura completinha até depois de amanhã. — Fechou os olhos e ela se aproximou mais e o suor parou e ela fechou a boca.

Sam, o homem de uma orelha só, vivia na plantação dos Robbins. Ele tinha uma cabana para si, na qual Robbins permitira que morasse mesmo depois que o capataz dissera que isso iria estragá-lo. "Depois que aprendeu a diferença entre o certo e o errado, ele trabalhou bem para mim", Robbins disse ao capataz. Sam ainda estava agarrando e metendo medo em criancinhas. Os adultos sabiam que era um hábito sobre o qual nada podiam fazer, então tentavam ensinar as crianças a evitá-lo. "Não dê a ele nem mesmo bom-dia ou boa-noite. Acene de longe quando ele falar com você e siga seu caminho."

NO SEU CAMINHO para a propriedade dos Townsend na manhã de terça, Oden Peoples, o cherokee, encontrou o xerife John Skiffington e lhe contou que havia sido contratado por Henry depois que um de seus escravos fugira. Skiffington tinha em seu alforje uma carta de um mês atrás, escrita por seu primo Counsel Skiffington, na Carolina do Norte. A carta jurava que havia uma mulher no condado de Amélia que tinha a cura para doenças estomacais, das quais John Skiffington sofria desde garoto. Counsel sempre mexera com John por causa do seu "estômago de mulher", mas jamais pensara que a dor do primo não fosse real. John partiu para uma viagem que iria durar a noite inteira, até a mulher lá em Amélia, mas quando soube que Elias fugira, decidiu ir com Oden Peoples, um de seus patrulheiros. Um escravo fujão era, na verdade, um ladrão, já que havia roubado a propriedade de seu dono — ele mesmo. Chegaram por volta das nove e meia. Moses e outro homem tiraram Elias do campo e Oden cortou cerca de um terço de sua orelha na frente de todo mundo na alameda, inclusive Henry. Elias teve sua cabeça abaixada o tempo todo, menos quando Oden a puxou para que a navalha fizesse um trabalho melhor. O lobo inteiro e mais um pouquinho. Oden sempre levava consigo um saquinho com um cataplasma de pimenta, que ele misturava com vinagre, mostarda e um pouco de sal — um remédio comprovado para deter o sangramento mesmo daqueles que pareciam ter mais sangue do que os outros homens. "Os sangradores", era como Oden os chamava. Elias abaixou a cabeça mais uma vez e ficou com as mãos ao lado do corpo, recusando-se a colocar o cataplasma. No final, Oden teve de amarrar o cataplasma na cabeça de Elias com um trapo que Moses trouxera de sua cabana.

Henry mandou Moses levar todo mundo de volta ao campo. E ali, na alameda, ele pagou um dólar a Oden por ter feito o serviço na orelha de Elias.

— Você acha que isso vai resolver? — perguntou Henry depois que ele, Oden e Skiffington saíram da alameda e estavam se aproximando do cavalo sem sela de Oden e da égua ruiva de Skiffington.

— Não sei — respondeu Oden. — Vai depender do tipo de coração que ele tiver. Mas — ele pegou as rédeas — eu volto e faço o resto daquela orelha sem cobrar nada.

Henry concordou.

Skiffington disse:

— Vou dar uma passadinha por aqui quando voltar de Amélia para garantir que está tudo bem. Mas você, Henry, tem que ter alguma responsabilidade. Assim como todo mundo tem com servos que botam na cabeça que têm que fugir. Você precisa ficar atento. — Pouco tempo antes, depois que ele havia contratado os patrulheiros, contou a um homem branco cujo escravo tinha o hábito de ir e vir como lhe aprouvesse: — Meus homens não são anjos, que podem voar lá para o alto e ver alguma coisa errada sendo cometida, descer e corrigir os malefícios. Eles não podem fazer muita coisa. Então você precisa ajudar e tomar conta dos seus criados também.

— Vamos cuidar dele, sr. Skiffington — disse Henry.

Oden disse sobre Elias:

— Se ele fugir novamente, o resto da orelha eu faço de graça, mas vou ter que cobrar a você por qualquer trabalho feito na outra orelha. — Montou no cavalo. Pegou parte da crina do cavalo e passou os dedos por ela, colocou-a para descansar no lado esquerdo do pescoço do animal. Skiffington montou e disse:

— Nunca vi um escravo sem as duas orelhas.

— Eu já — disse Oden —, mas não fui eu que fiz isso.

Henry disse:

— Isso seria uma vergonha. Ficar sem as duas.

Oden, sendo um cherokee, não teria merecido um "senhor" se Henry o tivesse chamado pelo nome.

— Sim, seria mesmo — disse Oden. — É só se lembrar que eu preciso cobrar pela outra orelha. É justo. Mas o resto da outra eu faço de graça. Não vai te custar um centavo.

Henry não disse nada, e os dois homens saíram cavalgando na direção da estrada e lá eles se separaram, Skiffington para Amélia, com esperanças de que a mulher pudesse ajudá-lo a curar seu estômago e Oden, o rabo de cavalo balançando, de volta para descansar em casa depois de uma noite de patrulha. Oden não teria conseguido seu negócio com orelhas se não fosse pela morte de um escravo no condado de Amherst. Um branco havia cortado a orelha de seu "fujão de sempre", e o escravo sangrara até morrer.

Ninguém entendia o que havia acontecido: as pessoas cortavam orelhas ou partes delas havia mais de duzentos anos. No século XVII, por toda a colônia da Virgínia, até servos brancos sob compromisso tinham as orelhas decepadas. Mas de algum modo a sorte daquele homem do condado de Amherst havia se acabado, e seu escravo de 515 dólares havia morrido com a perda de sangue. Algumas pessoas brancas queriam indiciá-lo por homicídio, mas o grande júri declinou, por achar que o homem sofrera o suficiente com a perda da propriedade.

As pessoas ficaram apavorados pelo que havia acontecido com o escravo que sangrara até morrer, e começaram a acreditar que mesmo depois de duzentos anos fazendo isso, poderia haver uma ciência verdadeira de cortar orelhas, assim como havia uma para aleijar escravos e para matar porcos no outono. Prometendo um trabalho bom e eficiente e sem mortes, Oden havia se oferecido após a morte do escravo do condado de Amherst, um canhoto de 27 anos chamado Fred. Mesmo depois que Oden assumiu a tarefa, alguns donos continuaram a usar a morte do homem como meio de assustar possíveis fujões. "Você mexe comigo e vai ter o que aquele crioulo do Fred teve. Então vou jogar sua carcaça pros porcos." Isso não era verdade: porcos comiam de tudo, mas os porcos da Virgínia jamais comeriam seres humanos. No quarto ano de Skiffington no ofício, Oden praticamente tinha o monopólio de cortar orelhas em aproximadamente cinco condados, sem contar com Manchester.

LUKE DORMIU AO LADO de Elias naquela noite de terça depois que Oden cortou parte de sua orelha. Luke conhecia um garoto que havia conhecido Fred e achava que se Elias começasse a sangrar durante a noite, estaria ali para ajudá-lo, poderia correr rápido o bastante para chegar até Loretta antes que Elias perdesse todo o sangue. Elias lhe disse no começo que não queria nem uma alma perto dele, e que o mataria se ficasse ali. Luke nada disse, e fez uma cama de palha a poucos centímetros de onde Elias estava acorrentado.

Caldonia e Loretta apareceram no celeiro antes que o homem ou o garoto adormecessem. Loretta retirou o cataplasma de Oden e colocou sua própria bandagem, sem dizer uma só palavra o tempo todo.

— Por favor, tente se comportar — disse Caldonia antes de ir embora. — Por favor, tente. — As duas mulheres haviam se ajoelhado perto de Elias e Loretta havia jogado o cataplasma de Oden na palha e Caldonia o apanhara. Não havia sangue suficiente nele para preocupar; uma hora do seu sangue mensal produzia mais do que aquilo. O cheiro de pimenta era forte. Caldonia disse para Elias antes de se levantar: — É tão fácil fazer coisa boa quanto coisa ruim. — Elias permaneceu em silêncio.

Caldonia olhou para Loretta cuidando dele e Luke olhando para o homem e a mulher. Tudo aquilo, cada minúscula parte, era uma sujeira horrível. Aqueles eram tempos que a faziam querer repensar a estrada que eles estavam tomando. Uma estrada tão longa para uma herança daquelas, para escravos. "Minha herança", sua mãe Maude costumava dizer. "Precisamos proteger nossa herança."

Loretta se levantou e pegou o cataplasma das mãos de Caldonia.

— De manhã eu venho ver como você está — disse Loretta. Elas saíram do celeiro e Caldonia disse a ela para subir até a casa, que ela queria fazer uma visitinha antes de se recolher. Ela costumava visitar muito as pessoas da alameda, e algumas delas tinham vergonha de que ela entrasse nas cabanas, conhecendo a maravilha de casa em que ela vivia. — Eu vou com a senhora — disse Loretta.

Caldonia balançou a cabeça. Disse:

— Diga ao seu patrão que eu já vou. — Caldonia lhe deu as costas e foi até a alameda. Onde havia luz se derramando por baixo da porta, ela bateu e bateu até que alguém abrisse ou perguntasse "Quem é que está aí? Quem é que tá na minha porta?"

CERCA DE DUAS SEMANAS mais tarde, em outro domingo, depois que Moffett veio, pregou e foi-se embora, Elias se aproximou de Celeste, que segurava Luke em seus braços. Eles estavam perto dos campos e o garoto estava soluçando. Ela levantou a cabeça, viu Elias e não ficou feliz ao vê-lo, lembrando-se da maneira como ele ficava olhando-a mancar.

— Luke, garoto, o que é que houve com você? — perguntou Elias. Por um breve momento, ele pensou que Celeste pudesse ter lhe dado um tapa e depois se arrependido. Mas o jeito como os braços dela engolfavam o garoto lhe diziam que ela não havia feito mal nenhum a ele. O tempo que ele passara com o garoto havia colocado Luke tão perto dele quanto um ser humano poderia estar do coração daquele homem. — Luke, garoto, conta pro Elias o que houve. Quem foi que te machucou? Conta pro Elias, quem foi?

Celeste disse:

— Acho que ele está só sentindo saudades da mãe. Um garoto pode sentir saudades da mãe. Achei ele embaixo daquela árvore chorando que só. — Ela não queria que Elias, o observador, chegasse muito perto deles, mas foi o que ele fez, e colocou a sua mão na cabeça do garoto e a mão dele ficou perto de um dos pulsos dela. — Luke... — Vou ser sua mãe — ela disse. — Vou ser a mãe que eu puder ser pra você.

Dali a pouco, o garoto sossegou. Celeste olhou para a mão de Elias e depois olhou para ele. Uma tempestade estava chegando, e por isso Elias tinha ido procurar Luke. O garoto gostava de brincar na chuva, e não estava nem aí se um raio podia matá-lo. A chuva chegou agora, um tipo moleque de chuva, com gotas suaves e intermitentes. Um pardal com sede poderia ter inclinado a cabeça para trás e se deleitado com as gotas sem nenhum medo de se afogar. Celeste olhou para uma gota enorme nas costas da mão de Elias que cobria a cabeça de Luke, viu quando duas outras se juntaram a ela. Ouviram um som de trovão, mas ainda estava muito distante, do outro lado da montanha. Celeste disse:

— É melhor a gente tirar ele dessa chuva. — Ela conseguiu olhar na cara do homem. — É, é melhor a gente tirar ele daqui.

ELES, CELESTE E ELIAS, continuaram a não ter nada a dizer um ao outro depois disso, e Elias voltou a planejar sua fuga. Tarde da noite, após Moses ter garantido a Henry que Elias aprendera a lição, Elias testava as águas e saía para a estrada e esperava para ver o que poderia lhe acontecer.

O MUNDO CONHECIDO

Quando começou a gostar de Celeste, ele não seria capaz de dizer, apenas que acordou certa manhã com uma quietude e um silêncio no mundo que ele nunca vira antes. Os pássaros não cantavam, o fogo da lareira não crepitava, os camundongos não iam nem vinham, e até os roncadores com quem ele dividia a cabana estavam em silêncio. Foi num momento desses que ele sempre havia imaginado que escaparia de mansinho para a liberdade, um momento em que o mundo inteiro tinha a cabeça voltada para o outro lado. Mas ele se sentou no catre, ficou ouvindo o nada e queria estar com ela. Lentamente, foi como se o mundo voltasse a si e a primeira coisa que pensou foi que achou ter ouvido o som dela mancando pela alameda, a barra da saia dela roçando no chão, o pé ruim arrastando naquele segundo antes que ela o levantasse.

Quando tentou chegar perto dela, caminhar um pouquinho ao seu lado, esperando que essa proximidade dissesse o que ele não tinha palavras para dizer, ela saía apressada, acreditando que ele só queria ver a vida dela com um terrível manquitolar. Dia após dia, ficava consternado ao vê-la fugir dele. Então, no fim de um certo dia, cerca de dois meses depois que Oden passou-lhe a navalha na orelha, depois de todo o trabalho do dia e quando os escravos estavam naqueles momentos em que se preparavam para dormir, Elias chegava à cabana que ela dividia com duas outras mulheres e batia até uma das mulheres atender a porta. Celeste levara Luke para morar com ela, mas ele não estava lá.

— Você se importa de dizer a Celeste que eu queria dar uma palavrinha com ela? — Elias perguntou à mulher.

A mulher deu uma gargalhada, mas quando percebeu que ele não iria embora, virou-se e chamou Celeste:

— Aquele tal de Elias tá querendo você.

Parecia que um longo tempo havia se passado até que ela chegasse à porta. Ele cumprimentou-a com um aceno de cabeça e ela retribuiu o gesto.

— Eu só queria uma palavra com você, é só isso — disse ele.

— Tudo bem — disse ela.

Ele a olhou direto no rosto, a luz de dentro da cabana fazendo uma silhueta com o corpo dela.

— Por que é que você tá o tempo todo me tratando mal quando eu só quero te tratar bem?

— O que é que tu tá dizendo?

— Por que é que você tá o tempo todo me tratando mal quando eu só quero te tratar bem? É isso o que eu tô dizendo.

— Eu num achava que tava te tratando mal não.

— Mas tava sim, e eu só tô te pedindo pra parar com isso.

Ela colocou uma das mãos na maçaneta da porta para se segurar e descer o único degrau até onde ele estava, e ele a pegou pelo outro braço. Depois de mais ou menos um minuto, ela disse:

— Eu não fiz por mal.

Ele acreditou nela e ficou novamente sem palavras. Encontrou-as quando ouviu uma das mulheres dentro da cabana rir de alguma coisa que a outra mulher falou.

— Então eu falo com você depois. Amanhã, se tiver bom pra você. Eu falo com você amanhã.

— Sim. — Ela se virou, a mão novamente na maçaneta da porta, e subiu com ele segurando seu cotovelo. Ela entrou e fechou a porta.

UMA SEMANA DEPOIS, ele estava na porta dela novamente, e ela estava na porta, e ele abriu um pedacinho de pano e lhe presenteou com um pente que esculpira de um pedaço de madeira. O pente era tosco, certamente um dos instrumentos mais crus e feios na história do mundo. Não havia um dente igual a outro; alguns dos dentes eram grossos demais, mas a maioria deles era muito fina, o resultado dele ficar desbastando o material por muito tempo com a esperança de estar se aproximando de algum tipo de perfeição.

— Ah — disse Celeste. — Ah, meu Deus. — Ela o pegou e sorriu. — Meu bom Deus.

— Não é muita coisa.

— Mas é o mundo inteiro, ora se é. Você tá dando ele pra mim?

— Tô sim.

O MUNDO CONHECIDO 113

— Ora, meu bom Deus. — Ela tentou passar o pente nos cabelos, mas o pente fracassou em sua missão. — Ai, meu Deus — Celeste disse enquanto lutava com ele. Vários dentes se quebraram. — Ai, meu Deus.

Ele estendeu a mão e, pegando a mão dela que estava com o pente, conseguiram juntos desembaraçá-lo dos cabelos dela.

— Eu quebrei ele — ela disse quando conseguiram puxá-lo. — Meu bom Deus, eu quebrei ele.

— Faz mal não — disse Elias.

— Mas você me deu ele, Elias. — Tirando a comida na barriga dela, as roupas que ela vestia e um pouquinho de nada num canto de sua cabana, o pente era tudo o que ela tinha. Uma criança de três anos poderia brincar com tudo o que ela possuía o dia todo e não se cansar.

— A gente podemos fazer outro. — Ele estendeu a mão e pegou os dentes do pente que haviam se quebrado nos cabelos dela.

— Mas...

— Vou fazer pra você um pente para cada fio de cabelo da sua cabeça.

Ela começou a chorar.

— Isso é fácil de você dizer hoje, porque o sol tá brilhando. Amanhã, talvez na semana que vem, não vai haver sol, e você não vai tá nem pensando mais em pente nenhum.

Ele tornou a dizer:

— Vou fazer pra você um pente para cada fio de cabelo da sua cabeça.

— Deixou os dentes quebrados caírem no chão e ela fechou a mão com força no que havia restado do pente.

Ela levou a outra mão ao rosto e chorou. Na plantação de onde ela tinha vindo, havia um escravo que aparecera diante dela em um milharal e lhe dissera que uma mulher assim como ela devia ser morta a tiros, como um cavalo com a pata quebrada. E então ela também chorou.

Elias tentou abraçá-la, devagar e com cuidado, pois aquela era a primeira vez. Ele tremia, e o tremor aumentava quanto mais perto ela chegava de seu corpo. Ele beijou o lado da cabeça dela, perto da linha do cabelo, e os lábios dele encontraram não apenas pele e cabelo, mas um dente do pente que ele de algum modo havia esquecido ali.

JANTARAM JUNTOS NO dia seguinte na beira do campo, e quando acabaram, ele disse a ela que precisava falar com o patrão, e se levantou e saiu. Moses não lhe perguntou o que estava fazendo nem para onde estava indo. Nos fundos da casa, ele bateu à porta. A cozinheira Zeddie a abriu.

— Zeddie, preciso falar com o patrão Henry. Posso falar com o patrão Henry, por favor?

— Vou lá chamar ele — disse Zeddie. — Você pode entrar aqui. — Ela abriu a porta mais um pouco e ele entrou, sua primeira vez na casa. Ele sentiu o cheiro que a árvore tinha quando era cortada pela primeira vez, o sangue da primeira ferida que o machado fazia na madeira. Elias fechou a porta. Ela voltou em instantes com o patrão, e Henry perguntou antes mesmo de entrar inteiramente na cozinha:

— O que é que está havendo, Elias?

Elias olhou para Zeddie e então disse:

— Eu gosto da Celeste, patrão, e eu tô gostando dela a cada dia que passa. Isso não vai parar amanhã, que eu estou vendo.

— É mesmo, Elias?

— É sim sinhô. Eu quero me casar com ela. Eu quero estar com ela. Não tem nada que eu quero mais do que isso, a não ser viver. — Ele sonhara novamente na noite passada que havia fugido para sua liberdade. Ele ficara seguro como um anjo no colo de Deus, seguro na estrada para a liberdade, e aí se lembrou de que havia alguma coisa lá de volta na escravidão que ele esquecera, e aí retornou à escravidão, passando por milhões que corriam em direção à liberdade. Ele vasculhou os aposentos vazios dos escravos em busca do que tinha esquecido, e na última cabana das centenas que vasculhou, encontrou Celeste, sem uma perna sequer para se levantar. Ela o viu e virou a cara para ele.

— E você quer que eu diga "sim" pra isso?

— Patrão, vou ser um bom marido pra ela e vou ser um bom trabalhador todo dia se Deus me dar força. Eu ia odiar, patrão, se a gente fosse separado depois dela se tornar minha esposa. Eu ia ficar me sentindo mal se a gente fosse vendido separado. Eu ia me sentir mal. — Elias sabia do que estava falando, e sabia que se o seu patrão abençoasse a união, ele nunca mais sonharia em percorrer aquela estrada. — Eu detestaria perder uma boa esposa e Celeste iria detestar perder um bom marido. A gente ia detestar se separar.

— Quero ver você feliz, Elias. E quero fazer Celeste feliz. Então volte agora e que os dois sejam felizes.

— Obrigado, patrão.

Zeddie estava atiçando o fogo no fogão, mas saiu de onde estava e foi abrir a porta para Elias. Ele saiu. Henry atravessou sua casa por dentro e saiu pela porta da frente a tempo de ver Elias descer até os campos. Elias era o único ser humano ali por perto, e o caminho até a estrada era mais próximo do que o caminho até os campos. Henry desceu as escadas e acompanhou Elias, que foi direto até os campos e continuou seu trabalho, justo como fizera antes do jantar, que agora já havia acabado para todos os escravos do campo. Henry podia ver Celeste subindo as fileiras mancando, mancando mas rápida no trabalho, e ela era em parte dos campos e em outra parte de seu futuro marido. Elias não olhou para ela e ela não olhou para ele. Moses acenou para Henry e Henry retribuiu o aceno.

Henry ficou ali parado, observando Elias por algum tempo, e durante todo aquele tempo Elias não olhou para Celeste. Seus sentimentos eram todo o olhar de que precisava, Henry percebeu. E percebeu também que o que estava acontecendo era melhor do que correntes. Ele estava com os dois juntos, um homem forte unido a uma mulher com uma perna deformada, e não havia uma corrente sequer à vista. Mal podia esperar para contar isso a William Robbins. Henry voltou por onde viera, para dentro de casa, e escreveu em seu livro grande o dia em que havia decidido que Elias e Celeste se casariam, escreveu isso na letra cursiva que Fern Elston lhe ensinara quando ele tinha 20 anos.

MOFFETT CASOU-OS, e enquanto ele esteve fora sua cunhada espancou a irmã quase até a morte. Alguns ajustes foram necessários, mas Celeste e Elias conseguiram uma cabana só deles e levaram Luke para viver com eles. Skiffington prendeu a cunhada de Moffett, mas não deu em nada porque sua irmã não quis prestar queixa. Ela voltou para casa e os três continuaram como antes.

O garoto Luke era feliz. Quando Shavis Merle, um homem branco com três escravos em seu nome, procurou alugar Luke durante a colheita, Elias disse a Henry que ele iria no lugar do garoto, pois todo mundo sabia como Merle era duro. Mas Henry não queria dar a Elias dois desejos realizados em um ano, e alugou Luke por dois dólares por semana. Merle acreditava dar aos seus trabalhadores bastante comida, mas eles devolviam toda essa comida trabalhando no campo do nascer ao pôr do sol, e ninguém aquele ano deu mais do que Luke. Depois que Luke morreu no campo, Merle protestou sobre pagar compensação, mas William Robbins fez com que ele pagasse a Henry cem dólares pelo garoto.

— Negócio é negócio — Robbins teve de ficar repetindo para Merle.

Moffett chegou cedo ao enterro do garoto, ao qual Merle compareceu, e Moffett disse algumas palavras à beira do túmulo, mas ninguém disse mais do que Elias, e finalmente sua esposa nova precisou abraçá-lo para trazer um fim a todas aquelas palavras.

4

Curiosidades ao sul da fronteira.
Truques com barbante em uma cidade condenada.
A educação de Henry Townsend.

Começando em meados da década de 1870 e continuando pela maior parte da de 1880, um branco do Canadá, Anderson Frazier, teve uma boa vida em Boston publicando panfletos de dois centavos sobre a América e sua gente, especialmente o que ele chamava de suas "peculiaridades". A maior parte do que publicava era retirada de jornais e revistas, mas ele alterava tudo em seus panfletos de forma bastante colorida, deliciando milhares de leitores. Ele chegara à América em 1872 e se frustrara ao perceber o quão pouco tivera no Canadá. Era um dos filhos do meio de sete crianças e não queria entrar no comércio que seu pai e seu avô haviam estabelecido e com o qual seus irmãos mais velhos estavam tão à vontade. Ele também estava cansado do que via como uma certa rudeza canadense que servira bem ao país nos dias em que os europeus se assentaram para tornar o lugar seguro para os brancos; mas agora ele acreditava que essa rudeza, antes necessária, tão evidente nos seus irmãos, estava se tornando a qualidade definidora do país. E ele queria se ver livre dela. Não tornou a ver o Canadá até 1881. O país continuaria mais ou menos do jeito que ele o deixara, mas sua família estaria diferente, para pior, e havia uma parte dele próprio — enquanto ele sentava em uma cozinha cheia de sobrinhos e sobrinhas, conversando com uma de suas irmãs — que sentia que ele não

118 EDWARD P. JONES

fora embora, a maioria dos membros de sua família teria continuado a seguir aquele caminhozinho bom no qual ele os vira pela última vez.

Quando começou a trabalhar com publicação de panfletos em Boston, ele passou a viajar, subindo e descendo a Costa Leste da América, até Washington, D.C., e até o meio do país, reunindo material adicional para a The Canadian Publishing Company. Em 1879, ele conheceu em Nova York uma jovem chamada Esther Sokoloff, que voltou com ele para Boston mas se recusou a casar com ele, embora jamais soubesse por quê. Ele amou Esther mais do que achava que jamais poderia amar uma americana, escreveu a um amigo no Canadá que não sabia ler e precisou arrumar alguém para ler as cartas de Anderson. Durante o primeiro ano e meio deles juntos, ela o deixava de tempos em tempos sem dizer uma palavra e voltava para sua gente em Nova York, recusando-se a vê-lo quando ele ia àquela cidade. Certa vez ele arrumou uma moça como intermediária para ir à casa dela e pedir que ela fosse se encontrar com ele, e quando Esther se recusou, Anderson decidiu visitar a América abaixo de Washington, D.C., uma área do país sobre a qual ele não tinha curiosidade antes da dor que Esther lhe provocara.

Foi no Sul que Anderson encontrou material que mais tarde colocaria em uma série de panfletos que chamou de *Curiosidades e estranhezas sobre nossos vizinhos do Sul*. "A economia do algodão." "Comida boa feita com quase nada." "A flora e a fauna." "A necessidade de se contar histórias." Esta foi a série de Anderson que fez mais sucesso, e nada fez mais sucesso dentro dessa série que o panfleto de 1883 sobre os negros libertos que compraram outros negros antes da Guerra entre os Estados. O panfleto sobre negros senhores de escravos teve dez edições. Apenas sete desses panfletos em particular sobreviveram até o século XX. Cinco deles estavam na Biblioteca do Congresso até 1994, quando os dois últimos panfletos foram vendidos como parte de uma coleção de *memorabilia* negra de propriedade de um homem negro de Cleveland, Ohio. Essa coleção, na época da morte do proprietário, em 1994, foi vendida por 1.700 mil dólares para um fabricante de automóveis na Alemanha.

O MUNDO CONHECIDO   119

Anderson Frazier começou a série sobre o Sul três meses antes de Esther
voltar de Nova York num certo dia de março e lhe dizer que não o deixaria
mais. Ele se converteu ao judaísmo dois meses mais tarde. Ficou adiando a
circuncisão até que o rabino, um homem muito baixinho com cabelo indomável, disse a Anderson que ele corria o risco de abandonar sua fé e sua
aliança com Deus. Os dois se reuniram no estúdio do rabino. "Deus é tudo",
o rabino lhe disse. Ele conhecia o rabino havia muitos anos, já o procurara
em busca de conselhos e de consolo na primeira vez em que Esther retornara
a seu povo. Antes de Anderson encontrar o rabino naquela primeira vez,
ouvira dizer que um rabino daquela região havia perdido recentemente
seu filho, sua nora e três netos em um incêndio. Anderson foi até a casa do
homem naquele primeiro dia procurando consolo, sem saber que entrava
na casa do rabino que sofrera a tragédia. Anderson achara que as mortes
de cinco pessoas acontecera com outro rabino, em outra vizinhança.

Então, depois que o rabino lhe disse que ele corria perigo de abandonar a aliança, Anderson foi circuncidado e em seguida se casou.

O panfleto sobre negros libertos que eram donos de outros negros tinha 27 páginas, não incluindo as seis páginas de desenhos e mapas. Sete
páginas eram dedicadas a Henry Townsend, sua viúva Caldonia e seu segundo marido, Louis Cartwright, filho de William Robbins. Cartwright era
o sobrenome que a mãe de Louis, Philomena, escolhera para si e seus filhos. Em uma das sete páginas do panfleto havia dois longos parágrafos
mencionando a professora Fern Elston, que "também possuía ela própria
alguns negros", Anderson escreveu.

Andersou conheceu Fern num dia de agosto de 1881. Chegara até ela
sentado em sua varanda com um copo de limonada e um chapelão, e per-
guntou-lhe se poderiam conversar. Fern jamais gostara muito de brancos,
e essa condição só fizera piorar com o tempo.

— Acho que sim — disse ela, sob a sombra de uma amoreira que não
era tão velha quanto ela. — Acho que sim, se você não tomar muito do
meu tempo. Não temos tempo para conversa fiada, não você, e certamente
eu não.

Para Anderson, Fern podia tanto ter 16, 39, 55 ou 78 anos. Como jornalista, ele achava que deveria ter sido capaz de acertar sua idade sem lhe perguntar. Ele nunca perguntou, e em seu relatório para o panfleto sobre negros libertos que eram donos de escravos ele jamais mencionava idades.

Ele entrou na varanda de uma casa aprazível numa vizinhança negra de casas aprazíveis. No começo achou que o homem de pele escura na esquina lhe havia indicado o lugar errado, pois a mulher que estava vendo era certamente uma branca, pudesse ele determinar a idade dela ou não.

Assim que ele entrou na varanda, ela foi cordial, e depois de meia hora ali sentados, Fern lhe ofereceu um pouco de limonada. Um homem que antes fora escravo dela e que era agora o amigo mais íntimo que tinha no mundo trouxe a limonada para Anderson.

A primeira vez que Anderson ouvira falar de negros livres donos de escravos fora apenas cinco meses antes, e ele achara que era a coisa mais estranha de todas as coisas estranhas que ele encontrara. E disse isso a Fern.

— Não sei — disse ele perto das onze horas. — Seria para mim como possuir minha própria família, as pessoas da minha família. — Ele só vira sua família uma vez desde que deixara o Canadá em 1872, e isso já fazia muito tempo. Enquanto falava com Fern, seus irmãos vieram à mente, e desejou estar com eles, nunca ter saído do Canadá a primeira vez, e agora outra vez. O nome de cada irmão e irmã marchou lentamente pela sua cabeça, e ele teve todo o tempo do mundo para traçar cada letra dos nomes deles com o dedo de sua mente.

— Bem, sr. Frazier, não é a mesma coisa que possuir gente da sua própria família. Não mesmo. — Fern ajeitou o vestido, embora não precisasse. — Você não deve sair daqui hoje pensando que é a mesma coisa, porque não é. — Sempre que ela olhava para ele, e isso era raro, o chapéu de abas largas obscurecia parte de seu rosto. Pelo lado, com ela olhando para a rua, ele tinha uma visão muito melhor. — Todos nós fazemos apenas o que a lei e Deus nos dizem que podemos fazer. Nenhum de nós que acredita na lei e Deus faz mais do que isso. E o senhor, sr. Frazier? O senhor faz mais do que é permitido por Deus e pela lei?

— Tento não fazer, sra. Elston.

O MUNDO CONHECIDO   121

— Bem, então é isso, sr. Frazier. Nisso nós somos parecidos. Eu não possuía minha família, e você não deve dizer às pessoas que eu fiz isso. Não fiz. Nós não fazíamos. Nós possuíamos... — ela suspirou, e foi como se suas palavras saíssem de uma garganta muito mais seca do que apenas segundos antes. — Nós possuíamos escravos. Era isso o que era feito, e por isso foi o que fizemos. — Ela lhe contou que seu sobrenome era Elston, mas esse era o nome de seu primeiro marido. O mundo ao redor dela a conhecia pelo sobrenome de seu terceiro marido. Esse marido era ferreiro, ex-escravo, um homem com pele cor de pecã com o qual ela tivera dois filhos numa época em que achava que seu corpo não poderia mais fazer isso. Seu marido a chamava de "Mãe" e ela o chamava de "Pai". Ela disse para Anderson: — Nós, nenhum de nós negros, teríamos feito o que não nos fosse permitido fazer.

Fern olhou a palma da própria mão. Se Anderson não fosse branco nem homem, se o dia não tivesse começado quente e ficado cada vez mais quente, se ela e seu marido não tivessem brigado naquela manhã sobre uma coisa tão banal que não merecia nem a alcunha de banal, se o jogador não tivesse partido para Baltimore há muito tempo sem uma perna, se tudo isso não tivesse acontecido, Fern poderia ter aberto o coração a Anderson. *Esta é a verdade como a conheço no meu coração.* Se o jogador tivesse ido embora com ambas as pernas, se tivesse apenas perdido um dedinho, um dedinho ali no finzinho da mão.

Os nomes da família de Anderson permaneceram com ele ali, sentado com Fern, e era um consolo estranho.

— A senhora já sentiu saudades de casa, sra. Elston? — Os negros, que sempre davam bom-dia a ela, passavam por sua casa, subindo e descendo a rua empoeirada de uma cidadezinha da Virgínia onde os trilhos da ferrovia diziam muito claramente aos nativos: todos os negros de um lado e todos os brancos do outro. Anderson, que não era nativo, e estava a caminho de ser um judeu piedoso, se perdera no começo.

— Não, eu ousei viver além do controle de uma moléstia dessa natureza — Fern disse, afastando uma mosca com a mão. — Embora eu compreenda que ela não é tão debilitante e não tão ameaçadora quanto todas as outras doenças. Aquelas de que se fala nos livros — ela se virou para ele — e nos panfletos. — Virou-se novamente.

— Não — disse Anderson. — Não, não é tão ameaçadora. Na verdade, pode ser bastante agradável. — Ele olhou para o terreno à frente deles, a grama, as árvores de cada lado do caminho tortuoso que levava até a varanda dela, a luz do sol cobrindo tudo, e então ele viu seus irmãos e suas irmãs ali em pé, lado a lado. Ele ficara sabendo três meses antes de sua visita ao Canadá que uma de suas irmãs, Sheila, a segunda à esquerda ali no jardim de Fern, havia morrido. Todos os seus irmãos agora estavam em pé no jardim de verão de Fern vestindo as roupas de inverno mais pesadas, casacos, botas, chapéus de pelo. Estava nevando. Seus irmãos e irmãs acenavam para ele, cada um com uma das mãos, mas tirando os acenos, estavam totalmente imóveis, do jeito que estariam se estivessem posando para uma foto. — Sim, bastante agradável.

Fern se virou para ele, um homem talvez abalado pelo calor inclemente do Sul.

— Sei — disse ela, desviando o olhar. — Terei de aceitar a palavra de um jornalista.

Um homem passou pela casa e desejou um bom dia a Fern, dizendo que parecia que ia ser outro dia quente.

— Você provou aqueles quiabos que lhe mandei, Herbert? — ela perguntou ao homem.

— Sim sinhora — ele disse, levantando o chapéu —, e gostei muito mesmo. Adele preparô eles bem mesmo. Do jeitinho que eu gosto. Vou terminar a cerca dos fundos da sinhora amanhã. Adele queria saber quando é que a senhora vem fazer uma visitinha pra gente.

— Diga a ela que eu a verei em breve. Por favor, dê minhas recomendações a ela. E, Herbert, você vai ganhar mais quiabos. Prometo.

— E eu agradeço a sinhora desde já.

Ela e Anderson viram o homem descer até a esquina, olhar para a esquerda e para a direita, e depois seguir para a esquerda.

— Às vezes acho que deposito muita fé no meu jardim — disse Fern. — Um dia ele vai me decepcionar e vou ficar conhecida de todos como mentirosa.

O MUNDO CONHECIDO 123

— Sra. Elston, a senhora poderia me falar do sr. Townsend?

Ela tomou um gole de limonada mas não olhou para ele. Ela levou muito tempo para engolir, e depois que acabou ficou olhando para o copo. Copos gelados de limonada choram, ela pensou. Algum poeta devia colocar isso num poema para sua amada, a não ser que a amada já tivesse dito isso duas vezes em uma de suas cartas para ele.

— Henry ou Augustus? Eu posso dizer que conheci Henry. Acho que conheci Henry muito bem. Mas não posso dizer que conheci Augustus, de jeito nenhum. — Enquanto falava, ela tentava se lembrar de Augustus, mas a lembrança dele estava cheia de buracos, assim como a lembrança do jogador de uma perna só. *Tal obrigação, tal esposa.* Em sua vida, ela não vira Augustus com frequência, e muito do que guardara na memória era do dia em que ficara em frente a ele no enterro de Henry. Era um homem bonito, ela dissera a respeito de Augustus. — Nunca fui de exagerar — ela disse para Anderson. — Então, quando digo que ele era um homem bonito, é porque ele era mesmo. Henry também era, mas nunca chegou a ficar velho o bastante para perder aquele rostinho de garoto que homens de cor têm antes de se transformarem em bonitos e destemidos, antes de aprenderem que a morte está perto como uma sombra e seguirem para viver suas vidas de acordo. Quando eles aprendem isso, tornam-se mais bonitos até mais do que Deus poderia imaginar, sr. Frazier.

ALÉM DE SER CRIADO de William Robbins, o garoto Henry Townsend fora aprendiz do sapateiro da plantação de Robbins. Ele se tornou melhor do que o homem que lhe ensinou.

— Não tem mais nada pra eu colocar na cabeça dele, patrão — o homem, Timmons, disse a Robbins cerca de dois anos antes de Augustus e Mildred comprarem a liberdade do filho. — Ele devorou tudo o que eu tinha e agora tá é procurando mais.

Pouco tempo depois, Robbins permitiu que Henry o medisse e fizesse botas para ele pela primeira vez. Ele ficou muito satisfeito com o resultado.

— Se a sra. Robbins permitisse, Henry, eu dormiria com ela. — Isto foi pouco antes que ele e a esposa começassem a dormir em camas separadas, ela em uma parte da mansão que a filha dos dois, quando criança, chamava de Leste, e ele na que a filha chamava de Oeste.

À medida que o calendário se encaminhava para o dia em que os pais de Henry o buscariam para a liberdade, Robbins ficou surpreso ao saber que perderia o garoto. Ele não ficara tão surpreso assim quanto aos seus sentimentos por um ser humano negro desde que percebera que amava Philomena. Ele havia se acostumado a ver Henry em pé na alameda, esperando enquanto voltava de algum negócio ou das visitas a Philomena e seus filhos. O garoto tinha um jeito tranquilizador, e ficava ali parado com toda a paciência do mundo enquanto Robbins, muitas vezes se recobrando de um episódio de tempestade na cabeça, voltava lentamente da estrada até a alameda e subia na direção da casa. Pais esperavam assim pelos filhos pródigos, Robbins pensou um dia.

— Bom-dia, sinhô Robbins — o garoto dizia, pois Robbins invariavelmente retornava para casa na parte da manhã.

— Bom-dia, Henry. Há quanto tempo você está aqui fora?

— Não faz muito tempo não — o garoto dizia, embora ele normalmente estivesse esperando por horas, começando no escuro, não importava como estivesse o tempo. Robbins apearia do cavalo, e às vezes precisava de ajuda para chegar até a porta. Assim que o homem entrava, o garoto ia cuidar do cavalo.

Quando Henry foi libertado, Robbins fez o garoto voltar várias vezes para fazer botas e sapatos para ele e seus convidados do sexo masculino. Naturalmente, Henry não tinha permissão de tocar em uma mulher branca, mas usando uma das escravas de Robbins para medir os pés delas, ele fazia o mesmo para a esposa de Robbins, Ethel, a filha deles, Patience, e qualquer convidada na plantação. Essas medidas feitas por escravas não ficavam tão perfeitas quanto ele gostaria, e ele logo aprendeu a fazer as medidas delas e dar uma olhadela nos pés das mulheres para calcular medidas mais exatas. Robbins comentava o nome de Henry onde quer que fosse, e com os elogios de Robbins e os elogios dos convidados que retornavam

O MUNDO CONHECIDO 125

às suas casas, Henry se tornou conhecido pelo que um convidado de Lynchburg chamou de "os calçados que Deus quis que os pés usassem".

Henry começou a acumular dinheiro, que, com algumas terras que ele acabaria recebendo de Robbins, seria a base do que ele era e do que tinha na noite em que morreu. Foi Robbins quem lhe ensinou o valor do dinheiro, o valor de seu trabalho, e a jamais hesitar na hora de dar um preço ao seu produto. Muitas vezes ele viajou com Robbins enquanto o branco trabalhava para criar o que ele um dia esperava vir a ser um império, "uma pequena Virgínia dentro da grande Virgínia". Certa vez, em Clarksburg, Robbins estava conversando com o dono da casa enquanto Henry media o homem para lhe fazer um par de botas de cavalgada. O homem começou a ficar inquieto e chutou Henry, dizendo que o crioulo estava machucando seus pés. Robbins, um homem que tinha cinco pares das botas de Henry naquela época, mandou Henry sair, e quando voltou, o homem, com o rosto vermelho, estava bem mais tratável, mas nunca mais comprou nada de Henry.

Augustus Townsend teria preferido que seu filho não tivesse mais nada a ver com o passado, além de visitar seus amigos escravos na plantação de Robbins, e ele certamente teria preferido não ter nada a ver com o homem branco que um dia fora seu dono. Mas Mildred o fez ver que, quanto maior Henry pudesse tornar o mundo em que vivia, mais livre seria.

— Esses papel de alforria que ele leva com ele pra tudo que é lugar não agarante liberdade a ninguém — dizia ela ao marido. Com a escravidão para trás, ela queria que seu filho ganhasse o mundo e visse o que sempre lhe fora negado. O fato de que era Robbins que frequentemente o levava para ver o mundo, era um preço pequeno para eles e, além disso, era ele que havia limitado seu mundo em primeiro lugar. — Todo esse leva pra lá e leva pra cá é apenas ele se redimino aos olho de Deus — disse Mildred.

No final de aproximadamente duas semanas viajando com Robbins, Henry voltava para seus pais, os olhos brilhando e o coração ansioso para contar sobre qualquer parte da Virgínia em que tivesse estado. Ao ouvirem a aproximação do cavalo de seu filho, Mildred e Augustus saíam para a estrada e esperavam que ele aparecesse, com a mesma paciência com que

Henry esperava que Robbins aparecesse na alameda que dava para a mansão. Robbins havia lhe dito que confiasse no Banco Nacional de Manchester, e Henry colocava parte do que ganhava ali. O restante, ele e seu pai, assim que descia do cavalo, enterravam no quintal dos fundos, cobrindo tudo com pedras para que o cachorro não cavasse ali. Seus vizinhos eram todos bons e honestos, mas o mundo também tinha estranhos, e alguns deles haviam se desviado do caminho da bondade e da honestidade. Então os três levariam o cavalo até o celeiro, o acomodariam e entrariam em casa, dando forças uns aos outros.

Assim Henry passou o fim de sua adolescência.

O DESEJO DE MORAR em Richmond havia tomado conta de Philomena Cartwright desde pequena, muito antes de ela se tornar livre. Havia nascido na plantação de Robert Colfax, que foi onde Robbins a vira pela primeira vez quando ela tinha 14 anos. Quando ela tinha 8 anos, Colfax comprara dois escravos de um homem que viajava pelo interior vendendo sua propriedade, humana ou não, porque estava indo à falência. Ele tinha o objetivo de começar uma nova vida, o homem disse a Colfax, e começou essa nova vida oferecendo a Colfax um bom preço pelos escravos. Um deles era Sophie, uma mulher de 35 anos que gostava de dizer à jovem Philomena que lugar enorme era Richmond, embora na verdade não tivesse chegado mais perto de Richmond do que um pontinho chamado Goochland. Em Richmond, dizia Sophie, os donos e suas esposas viviam como reis e rainhas e tinham tantas coisas que seus escravos viviam como os donos e donas brancos que viam em Manchester. Os escravos de Richmond possuíam tanta coisa para comer que estavam sempre tendo que conseguir roupas novas porque seus corpos mudavam praticamente toda semana. Havia escravos de Richmond que possuíam escravos, e alguns escravos dos escravos também tinham escravos, contava Sophia. E havia fogos de artifício toda noite para comemorar qualquer coisa sob o sol, até quando uma criança perdia o primeiro dentinho ou dava o primeiro passo. Se fosse uma parte feliz da vida, Richmond comemorava. As histórias sobre

O MUNDO CONHECIDO   127

Richmond começaram quando Philomena tinha 8 anos, e ainda eram contadas quando Robbins a viu pela primeira vez.

Naquele dia, Robbins subia para a casa de Colfax montado em Sir Guilderham e viu a garota descendo dos fundos da casa e indo em direção às cabanas. Levava na cabeça uma trouxa de roupa para lavar. Ele desmontou e andou com o cavalo até as cabanas, e viu em qual ela entrou. Ele tinha de ir a Richmond com frequência, mas pensava tão mal daquela cidade quanto se fosse Sodoma.

Ele mencionou a garota a Colfax, e em duas semanas ele a vendeu para ele. Robbins tinha dois filhos com uma escrava que vivia com as crianças numa cabana no final de sua plantação, mas havia quase um ano desde a última vez em que estivera com ela. Seis meses depois do início de seu relacionamento com Philomena, depois que ele a colocara numa casa um pouco distante da cidade com uma criada que levou da plantação, ela disse a Robbins que queria a mãe e o irmão com ela, e Robbins também os comprou, embora Colfax não fosse tão generoso com o preço quanto fora no caso de Philomena. Robbins libertou Philomena como presente pelo seu aniversário de 16 anos, e alguns meses depois lhe deu sua mãe e seu irmão. Ela fez com que ele comprasse Sophie — a que contava histórias sobre Richmond — dois meses depois disso, no seu primeiro mês de gravidez de Dora. O irmão de Philomena logo conseguiu fugir com Sophie, e Philomena proclamou sua ignorância a respeito do que eles tinham tramado, e declarou isso de tal maneira que Robbins acreditou nela. Robbins fez tudo o que pôde para mandar encontrá-los e trazê-los de volta, mas eles haviam desaparecido. Ele ofereceu uma recompensa de 50 dólares por cada um, e um mês depois elevou o preço para 100 dólares, dando ao valor o maior tamanho nos cartazes de "procura-se". Philomena não parecia se importar por ter perdido duas peças de sua propriedade. Ela contou à mãe que achava que eles foram parar em Richmond, e em certos dias ficava feliz por Sophie, pois a amara por muitos anos, mas em outros ela a desprezava por ter agora a vida que ela quisera para si em Richmond. Um dia, depois que já havia passado mais de um ano do desaparecimento de

Sophie, ela se perguntou se os fogos de artifício acabariam antes que ela própria pudesse ver Richmond.

O nascimento de Dora aproximou Robbins ainda mais de Philomena do que ele poderia imaginar. Ela o chamou de "William" pela primeira vez quando a criança tinha uma semana de vida e ele não a corrigiu, chegou até a gostar da maneira como seu nome fluía da boca daquela mulher e parecia rodopiar no ar como alguma canção sem sentido antes que seu cérebro registrasse e lhe dissesse que aquele era o nome dele. Ele gostava de estar com ela mesmo quando fazia beicinho e agia de modo muito infantil.

— Você num tá me tratano direito, William. Não tá mesmo, William.

A necessidade de estar em Richmond voltou com força total depois do nascimento de Louis, três anos após o de Dora. A necessidade nunca fora embora, mas o nascimento de Dora havia ajudado a transformá-la numa mulher que podia fazer as coisas no seu tempo. Até mesmo sem fogos de artifício. A Richmond de Sophie era uma cidade eterna e esperaria Philomena chegar. Mas a chegada de Louis a fez ficar morosa, e com a dureza dos dias que passavam, ela entregou o cuidado das crianças à mãe e à criada, que agora também era sua propriedade.

Ela fugiu para Richmond pela primeira vez quando Dora tinha seis anos. Robbins mandou seu capataz buscá-la e esse homem a encontrou dormindo nas ruas, onde passara a morar depois de gastar o pouco dinheiro que havia levado consigo para Richmond. O capataz deixou claro, de maneira indireta, que não gostava de ser usado para transportar a parceira de cama de seu empregador. Na segunda vez em que Philomena fugiu para Richmond, ela levou seus filhos e tinha mais dinheiro do que da primeira vez. Dora tinha 8 anos, e Louis 6. O próprio Robbins foi atrás dela e levou Henry, que tinha 16 anos na época. Era a segunda vez que Henry ia a Richmond.

No fim de um longo dia, Robbins encontrou os três em uma pensão a menos de dez quadras do edifício da Assembleia Estadual, o mesmo lugar em que Philomena ficara da primeira vez em Richmond. O homem e a mulher que possuíam o lugar, gente que nascera livre, abriram a porta e

O MUNDO CONHECIDO

levantaram as velas para ver o rosto do alto Robbins e lhe disseram em que quarto no andar de cima ele poderia encontrar Philomena.

Robbins ficou parado em frente à porta fechada por um longo tempo, e Henry ficou a menos de meio metro, desejando, pela primeira vez na vida, não estar perto do branco que era tão importante para ele agora. Por fim, Robbins se virou e olhou ligeiramente para Henry na penumbra do saguão. Henry segurava um lampião que os donos da casa lhe deram, mas o lampião fumegava e não lançava muita luz.

— Que dia é hoje, Henry?

— Quarta-feira, sr. Robbins.

— Sei. E ainda é longe da meia-noite para chegarmos à quinta.

— Sim sinhô. Falta muito pra meia-noite.

Robbins abriu a porta.

Henry ficou olhando da entrada, com medo de ir e com medo de ficar onde estava. Philomena estava sentada na cama, um chinelo no pé e o outro do outro lado do aposento, e não parecia surpresa ao ver Robbins. Ela estava sozinha no quarto, e os dois lampiões ali, um em cima da mesa ao lado da cama e o outro em cima do armário, lançavam bastante luz no aposento. Henry podia ver o rosto dela quase tão bem quanto se fosse debaixo do sol do meio-dia.

— Não quero voltar. Tá me ouvindo, William? Não quero voltar não! Não me obriga. — Ele foi até onde ela estava e a segurou pelos ombros; ela deu um safanão para se livrar dele e caiu na cama.

— Onde estão as crianças? — perguntou Robbins e ela conseguiu, depois de um tempo, levantar o dedo e apontar com fraqueza para a parede, para o aposento do outro lado da parede. Ele olhou para a parede como se pudesse ver o outro quarto através dela, e quando tornou a olhar para ela, estava mais zangado do que antes. Pegou-a pelos ombros e quando ela começou a querer se soltar, ele a esbofeteou. Ela lhe deu um tapa, a primeira vez apenas um tapinha, mas o segundo teve a força de um soco e chegou a virar a cabeça dele. Ele soltou um dos ombros dela e lhe mostrou o punho, e então lhe deu um soco, e imediatamente se sentiu mal. Ela deixou os braços caírem e desabou na cama. Ao ver Philomena se desmanchar toda, Henry gritou, e então Robbins se lembrou de que não tinha vindo sozinho.

Henry continuou a gritar até que Robbins se aproximou dele e o mandou ficar quieto.

— Pare com isso! Estou mandando parar!

— Mas ela morreu — disse Henry, olhando para trás de Robbins e apontando para Philomena, que estava imóvel.

— Ela está morta que nem você ou eu. — Robbins o segurou suavemente pelo pescoço. — Agora pare com essa zoeira. — Robbins voltou até Philomena e a sacudiu, e a cada momento, o mal-estar foi passando. Henry ficou olhando sem dizer nada. — Vá procurar as crianças — disse Robbins. — No quarto ao lado. Vá pegá-las e cuide delas. — Viu Henry sair e desejou não tê-lo mandado ir. Eu estou nesta casa de crioulos, pensou ele, cercado de crioulos. Ficou vendo a veia que pulsava no pescoço dela, contando as batidas. Quando o número se aproximou de 75, ele fechou os olhos mas continuou contando.

Henry não viu a porta entreaberta à esquerda que dava para o quarto onde as crianças estavam. Foi até o saguão à direita, sem nunca pensar em bater e simplesmente abriu a porta e só viu a escuridão. Não sentiu as crianças ali dentro e foi até a porta do outro lado do quarto de Philomena, e a abriu. Dora e Louis estavam na cama e a garota estava abraçando o irmão. Tinham ouvido a mãe gritar e depois o pai gritar e depois Henry gritar.

Ele foi até onde eles estavam e lhes disse que tudo ia ficar bem e, em alguns minutos, começaram a acreditar nele. Ele havia feito os sapatinhos deles, que estavam em uma pequena pilha no canto. Deu-lhes água e eles beberam como se há muito não bebessem. Este foi o início do motivo pelo qual Louis desceu à cova sem pensar duas vezes e cavou por um tempo para ajudar a fazer o túmulo de Henry. Sem nem mesmo saber por quê, Henry começou a cantar para eles e aos poucos Dora conseguiu soltar o irmão.

Robbins encontrou Henry ajoelhado ao lado da cama, ainda cantando. Henry encontrara um pedaço de barbante em algum lugar e com ele começou a fazer e desfazer a Escada de Jacó, a única coisa que Rita, sua segunda mãe, sabia fazer com barbante.

O Mundo Conhecido   131

— Eu sou só uma pessoinha de nada e não me importo com isso —
ele não parava de cantar. — Eu sou só uma pessoinha de nada e não me
importo com isso. Um pequeno alguém... — Robbins ficou ouvindo parado na porta. — Eu sou só uma pessoinha de nada e não me importo com
isso. — Ficou se perguntando se sua esposa lá na sua casa já estava dormindo. Do outro lado do saguão, alguém deu uma risada, e ele se lembrou
do riso de um escravo que trabalhava em seus campos. Robbins tocou a
porta com o punho e a viu se abrir cada vez mais.

Dora foi a primeira a vê-lo, e pulou da cama para abraçá-lo. Ele beijou o
rosto dela. Ela ficou abraçando até ele levá-la de volta à cama e colocá-la ali.
Ele tocou o rosto de Louis, mas o garoto não respondeu porque Henry lhe
dera o barbante, e isso era tudo o que o garoto conhecia naquele momento.

— Quero que você fique com eles esta noite, Henry — disse Robbins,
puxando as cobertas até o pescoço de Dora e apagando o lampião na cabeceira da cama do lado dela. — Fique com eles e acalme-os. É só ficar
com eles.

— Sim sinhô.

Ele foi até o lado de Louis, deitou-o e puxou as cobertas até seu pescoço.

— Vocês dois façam o que Henry mandar — disse a eles. Pegou alguns
cobertores que estavam empilhados em cima de uma cadeira e mandou
Henry deitar do lado da cama. Henry tirou os sapatos que ele fizera e se
deitou, e Robbins soprou a vela do lado da cama de Louis e saiu do quarto.

Os donos da pensão estavam com Philomena quando ele voltou ao
quarto dela. Um dos lados do rosto estava ficando inchado, arroxeando a
olhos vistos, mas ele não sabia de que cor era porque o lampião daquele
lado do quarto havia se apagado.

— Quero que alguém trate disso — Robbins disse para o marido e
depois repetiu para a mulher, o tempo todo acenando com a cabeça na
direção do machucado.

— A gente vamos — disse a mulher, ecoada pelo marido.

Ele foi para a cama e pensou pela primeira vez que o que sentia por
Philomena poderia ser sua perdição. Sua esposa gostava de se recolher cedo,

mas sua filha ficava no salão para ler ou manter em dia a correspondência. A parte de baixo de sua mansão a filha chamava de Sul, e a de cima de Norte.

— Vá para o Leste, mamãe — a filha, Patience, diria anos mais tarde no dia em que Dora foi à mansão. Foi o dia em que Patience achou que William Robbins estava próximo da morte. — Vá para o Leste e vou buscar a senhora lá depois. Por favor, mamãe. Por favor, minha querida. — Dora ficaria esperando na porta de entrada da mansão. As duas filhas nunca haviam se visto antes desse dia. — Vá para o Leste e eu vou buscar a senhora depois, mamãe.

Robbins sabia que Philomena não seria capaz de viajar de manhã e decidiu então que teria de deixá-la. E ele não queria que seus filhos vissem o rosto dela. Disse aos donos da pensão que queria providenciar a volta de Philomena para Manchester.

— Vou cuidar disso — o homem falou. — Eu tenho uma pessoa que vai ajudar a gente a cuidar disso. — Robbins não depositava fé na palavra do homem, mas não havia outro jeito.

— Ela vai tá pronta em um dia ou dois — disse a mulher, segurando o queixo de Philomena e inspecionando o ferimento. Enquanto falavam e o homem e sua esposa tentavam assegurá-lo de que levariam Philomena até ele, ele começou a temer que não a veria mais. Olhou para ela e não conseguia desviar os olhos. Esperava que o amor que tinha pelos filhos a levasse de volta a Manchester. Não ousava esperar que o amor por ele, se houvesse algum, fosse capaz disso.

Retornou ao hotel de brancos no qual havia se registrado antes e bebeu bastante, embora essa não tivesse sido sua intenção quando entrou na pensão dos negros. Acordou por volta das oito, mais tarde do que gostaria, e retornou com seu cavalo até a pensão. Ficou surpreso ao ver que Henry já fizera os preparativos para a viagem. Havia garantido uma charrete para si mesmo, as duas crianças e Philomena, uma vez que não sabia que ela não voltaria com eles. A charrete seria puxada pelo cavalo no qual Henry viera e outro cavalo que conseguira em um estábulo próximo, usando o nome de William Robbins como moeda, porque chegara a Richmond com pouco dinheiro no bolso. Depois de ver Philomena, Robbins encontrou as

O MUNDO CONHECIDO   133

crianças no quarto delas, alimentadas, descansadas e bem animadinhas. Levou-as até Philomena, pois o inchaço no rosto havia diminuído, e depois as levou para fora, até a carruagem. Philomena estava dormindo durante a visita deles.

Partiram para Manchester por volta das dez da manhã. Às cinco da tarde pararam em uma casa perto de Appomattox, a cerca de metade do caminho do seu destino, e passaram a noite naquela casa. O dono da casa, um homem branco de 49 anos então casado com sua quarta esposa, que era irmã de sua falecida segunda esposa, estava acostumado a muito tráfego na estrada, e ganhava a vida servindo os passantes. Conhecia Robbins bem o bastante para deixá-lo ficar com três negros no quarto ao lado e não lhe cobrou nenhum extra por deixar negros dormirem na casa em vez de no celeiro.

Henry conduziu a carruagem durante todo o caminho até Manchester, Louis ao seu lado e Dora atrás, com uma boneca de pano lhe fazendo companhia, e durante um bom bocado do caminho Robbins cavalgou Sir Guilderham ao lado deles. Uma vez, já bem depois de Appomattox, Dora levantou a cabeça e olhou para ele. Ele sorriu para ela e então, depois de quase um quilômetro, mandou Henry parar, amarrou as rédeas do cavalo na parte de trás da carruagem e entrou nela com Dora, que pulou para seus braços sem dizer uma palavra. Robbins olhou para a nuca de Henry, e para a maneira como Louis o observava, como se tudo aquilo fosse uma lição para a qual mais tarde lhe seria cobrado um exame. Dora cochilou e Robbins pensou que aquela seria uma boa maneira de morrer, bem ali, na estrada para casa com seus filhos. A única coisa que faria isso melhor ainda seria ter sua filha Patience do seu outro lado. Olhando para as costas de Henry absorto em seu trabalho, subitamente pensou em algo que há muito vinha evitando, que o mundo não seria muito bom para as crianças que ele tivera com Philomena, mas, fosse qual fosse esse mundo, ele queria que Henry estivesse lá para cuidar deles.

Chegaram à casa que ele comprara para Philomena pouco depois do pôr do sol do segundo dia de viagem. A mãe de Philomena estava esperando na porta. Ela andava vendo um homem de uma plantação próxima, e ele acabara de sair depois que ela lhe dera de comer. Aquele homem gostava do banjo, e o tocava para ela o tempo todo, mas o instrumento fazia um som estranho porque faltava uma corda. A avó das crianças desceu até a carruagem e fez muita festa com elas, a quem chamava de seus cachorrinhos. Sua filha era dona dela, mas isso não significava nada entre as duas.

QUANDO HENRY, aos 20 anos, comprou seu primeiro pedaço de terra de Robbins, contou aos pais no mesmo instante. A terra ficava a quilômetros de onde eles moravam, mas a cavalo ficava bem perto da plantação de Robbins, embora as terras não estivessem ligadas. Quando ele morreu, possuiria toda a terra entre ele e Robbins, de forma que não havia nada separando o que eles possuíam. No dia da compra, ele jantou com Mildred e Augustus. Mas no dia em que comprou de Robbins seu primeiro escravo, Moses, ele não foi à casa deles, e deixou de vê-los por muito tempo. Ele passou aquele primeiro dia de propriedade com Robbins, e Moses, ele e o homem branco fizeram planos de onde ele iria construir sua casa. Ele não tinha esposa, nem estava cortejando ninguém. Quando contou sobre Moses aos seus pais, a casa — que tinha dois andares e era uma vez e meia maior que a de Robbins — estava a um terço de ser finalizada, e ele ainda não tinha esposa.

Quando a casa estava pela metade, Robbins, certa tarde no início do outono, cavalgou em um cavalo que era filho de Sir Guilderham e parou, observando Henry e Moses brincando de brigar na frente da casa inacabada. Henry e Moses não o haviam notado chegar, e o cachorro, tão acostumado a ver Robbins, nem se dera ao trabalho de latir.

— Henry — ele finalmente disse, ainda no cavalo. — Henry, venha cá. — Ele se virou e se afastou alguns metros ainda montado. Henry foi atrás, seguido por Moses. Quando Robbins, ainda trotando, virou a cabeça e viu Moses seguindo, a raiva transpareceu no seu rosto. Ele gritou para Moses: — Eu disse "Henry, venha cá". Se eu quisesse você, tinha mandado você vir.

Moses parou e Henry olhou para ele. Robbins cavalgou devagar mais um pouco, e depois um pouco mais rápido, e Henry finalmente teve de

O MUNDO CONHECIDO 135

correr para acompanhá-lo. Quando Robbins chegou novamente à estrada, parou mas não se virou. Quando Henry alcançou Robbins, mal tinha fôlego. Inclinou-se atrás de Robbins, as mãos nos joelhos.

— Sim sinhô? — Henry ficava dizendo. — Sim sinhô? — Robbins ainda não tinha se voltado para ele, e foi Henry quem deu a volta para encará-lo, colocando a mão na testa do cavalo, que era uns bons sessenta centímetros mais alto que sua própria cabeça.

— Sim sinhô?

— Quem é aquele ali? — perguntou Robbins, levantando a mão enluvada e apontando com o polegar por sobre o ombro. — Quem é aquele ali com quem você está brincando feito criança na terra?

— Aquele ali é o Moses. O senhor conhece o Moses, sr. Robbins. — Moses fora escravo dele por menos de seis meses.

— Eu sei que você comprou um escravo meu para ele fazer o que um escravo tem a obrigação de fazer.

— Sim sinhô.

— Henry — disse Robbins, olhando não para ele, mas para o outro lado da estrada. — A lei irá proteger você como um dono de escravos, e na hora de proteger você, ela não vai pensar duas vezes. Essa proteção vale daqui — e apontou para um lugar imaginário na estrada — até a morte dessa propriedade — e apontou para um ponto a poucos metros do primeiro lugar. — Mas a lei espera que você saiba o que é um dono e o que é um escravo. E não faz diferença se você não é muito mais escuro do que seu escravo. Para isso a lei é cega. Você é o dono e isso é tudo o que a lei quer saber. A lei virá até você e ficará atrás de você. Mas se ficar rolando no chão e ser coleguinha da sua propriedade, e sua propriedade se virar contra você e mordê-lo, a lei ainda assim virá até você, mas não virá com todo o coração e toda a velocidade deliberada de que vai precisar. Você terá fracassado em sua parte do acordo. Você terá apontado para a linha que te separa de sua propriedade e dito a ela que a linha não faz diferença. — Henry tirou a mão da testa do cavalo. — Agora você está brincando e rolando, com uma propriedade sobre a qual você tem um documento. Como é que vai agir quando tiver dez documentos, cinquenta documentos?

Como é que vai agir, Henry, quando tiver cem documentos? Ainda vai ficar rolando na terra com eles?

Robbins esporeou o cavalo e não disse mais nada. Henry ficou olhando os dois, homem e cavalo, e então olhou para Moses, que acenou, pronto para voltar ao trabalho. Moses com um serrote na mão, fez uma dancinha. Henry foi até ele.

— A gente ainda podemos trabalhar um pouco mais antes do escuro — disse Moses, e levantou a serra bem acima da cabeça.

— A gente não vai mais trabalhar hoje.

— Como é que é? Mas por que não?

— Eu disse que chega, Moses.

— Mas a gente temos uma luz boa aqui. A gente temos um dia bom aqui, sinhô.

Henry foi até ele, tomou-lhe o serrote e lhe deu um tapa. Quando a dor começou a se espalhar pelo rosto de Moses, ele lhe deu outro tapa.

— Por que é que você nunca faz o que eu mando? Por que isso, Moses?

— Mas eu faço sim. Eu sempre faço o que o sinhô me manda fazer.

— Não faz não, crioulo. Nunca faz.

Moses se sentiu começando a afundar na terra. Levantou um pé e colocou-o em outro ponto do chão, esperando que melhorasse, mas não melhorou. Queria mexer o outro pé, mas isso teria sido demais — ainda mais porque havia mexido o primeiro pé sem pedir permissão.

— Você só tem que fazer de agora em diante o que eu te mandar fazer — disse Henry. Ele deixou o serrote cair no chão. Curvou-se e apanhou a serra. Ficou olhando para a ferramenta por um longo tempo, para os dentes todos enfileirados, para a maneira como eles marchavam bonitos até o cabo de madeira. Tornou a largar o serrote e olhou para ele no chão.

— Vai pegar o meu cavalo com a sela em cima — disse Henry, ainda olhando para a serra. — Vai buscar meu cavalo.

— Sim sinhô, eu vou sim. — Moses voltou logo com o animal. Henry montou.

— Eu volto mais tarde. Talvez eu volte amanhã. Mas quero você aqui direitinho quando eu voltar, direitinho. — O cavalo foi. Henry estava a

O Mundo Conhecido 137

muitos metros de sua propriedade quando se lembrou de que deixara o chapéu, mas o dia estava muito agradável e ele achou que podia passar sem ele. Poucos metros depois disso ele ouviu os sons de Moses trabalhando. Os pássaros do dia começaram a chilrear, e em quase dois quilômetros, a música dos pássaros havia substituído por completo o som do homem trabalhando lá atrás. Então, em pouco mais de outro quarto de milha, uma mula estava zurrando, acompanhada pelo mugido de uma vaca, e, mais adiante, o barulho dos grilos, e depois os pássaros e a vaca mugindo e os grilos e o ar da noite todos juntos.

Moses acabou o piso da cozinha antes de se deitar para dormir. A escuridão chegou, mas ele sentiu necessidade de completar o trabalho; acendeu velas e alguns lampiões ao redor do aposento e ficou trabalhando com a luz baça e uma certa percepção interna de onde deveria estar. Era uma sensação que teria lhe servido bem, mesmo que ele tivesse trabalhado em total escuridão. E, aos poucos, à medida que a noite foi caindo, ele esqueceu tudo a não ser o que estava fazendo. Não existia o tempo e não existia escuridão lá fora além do aposento. Não havia estômago vazio. Só havia trabalho. O suor escorria pela sua face e ele lambia o suor que chegava perto da boca e o bebia. Quando o trabalho daquele dia — o trigésimo terceiro desde que o primeiro prego foi martelado na madeira — acabou, comeu alguns biscoitos e três maçãs e bebeu toda a água que seu corpo podia aguentar. Saiu para a cabana que ele e Henry tinham dividido, e ele sabia que agora a cabana seria só sua. Amanhã, ou quando seu patrão voltasse, eles dois, ele e Henry, poderiam passar da cozinha para a frente da casa. Poderiam até chegar a fazer o começo do segundo andar, e num daqueles quartos do primeiro andar, fosse a sala de jantar finalizada ou a sala de visitas, Henry dormiria. Moses parou na porta da cabana e olhou o céu da noite. Sua avó, ou uma mulher que dizia ao mundo que era sua avó antes de ser vendida e afastada dele, lhe contou sobre as estrelas ("As estrela pode te guiar"), mas ele não tinha cabeça para saber de estrelas. Agora olhava para elas e levava a mão aos olhos para cobri-los, justo como faria se estivesse no meio do sol mais quente. Ele estava a menos de três metros do local exato onde certa manhã viria a morrer.

138   EDWARD P. JONES

AO DEIXAR A PROPRIEDADE de Henry naquele dia, Robbins foi até a casa de
Fern Elston antes de retornar para sua mulher e sua filha. O que sempre o
surpreendera era que nunca vira tantos defeitos em Henry quanto havia
visto em homens brancos que tinham posses suficientes em suas vidas para
provocar a ira e a inveja dos deuses. Robbins sempre acreditara que, quanto menores os defeitos de um homem, menos portas havia para que os deuses entrassem na vida de um homem e o reduzissem a nada. E, por não ver
tantos defeitos, Robbins havia pensado que Henry abriria um caminho para
si até onde alguns bons e honestos homens brancos erraram bastante no
caminho no qual Henry às vezes se deixava levar para preocupá-lo. E nenhum defeito o preocupara mais do que o dia em que ele levou Henry para
sua vida do que brincar de brigar com o escravo Moses como um crioulo
qualquer no campo depois de um dia duro de trabalho. Como é que alguém, branco ou não, poderia pensar que podia se apegar à sua terra e aos
seus servos e a seu futuro se não se considerasse superior ao que possuía?
Os deuses, os deuses volúveis, detestavam um homem com tanto, mas detestavam ainda mais um homem que não apreciasse o quão alto eles o
haviam levantado da poeira.

Robbins chegou à casa de Fern, viu uma criada e disse que ela mandasse dizer à sua dona que ele queria vê-la. Robbins não desmontou do cavalo
e se não tivesse visto a criada teria permanecido sobre o cavalo, esperando
até que alguém reparasse que ele estava ali e perguntasse se precisava de
alguma coisa. Fern saiu de casa e foi até a beirada da varanda. Robbins tirou o chapéu mas não desmontou mesmo assim. Fern não desceu os degraus, e assim ficaram mais ou menos à mesma altura dos olhos.

— Bom-dia, Fern.

— Bom-dia, sr. Robbins.

— Tenho uma pessoa que precisa ser educada, a começar por escrever
e tudo o mais. Ele não sabe escrever nem mesmo o próprio nome. Ele devia
saber isso e mais alguma coisa. Ele devia saber como se portar na Virgínia.

— Sei — disse Fern. Ela não soubera que ele tivera mais filhos com
Philomena Cartwright, então achou que ele apanhara outra mulher de cor
e agora o filho dessa união precisava receber uma educação. Ela gostava de

O MUNDO CONHECIDO

pegar crianças aos quatro anos de idade; quanto mais velhos fossem além disso, mais suas cabeças estavam cheias de bobagens que seu ensino não podia extrair.

— É Henry Townsend. Acho que você o conhece.

Ela deu uma gargalhada, mas Robbins não a acompanhou, e ela parou.

— O Henry que eu conheço é um homem — ela disse. — Um *homem*.

— E ela se certificou de que ele estava olhando para ela quando repetiu.

— É esse aí mesmo — disse Robbins. — Está muito longe de ser um menino. Mas está começando a andar com as próprias pernas e não quero que ele se machuque por tudo o que não sabe.

— Um homem não aprende muito bem, sr. Robbins. Mulheres sim, porque estão acostumadas a se curvar para qualquer lado que o vento sopre. Uma mulher, não importa a idade, está sempre aprendendo, sempre se tornando algo. Mas um homem, se o senhor me perdoa a franqueza, para de aprender aos 14 anos mais ou menos. Ele se fecha todo, sr. Robbins. Um tronco de árvore é capaz de aprender mais do que um homem. Ensinar um homem seria uma batalha, uma guerra, e eu perderia.

— Não com Henry, Fern. Ele estaria aberto ao que você tivesse para ensiná-lo. Eu não procuraria você para tratar de nenhum outro negro. — Ele pagara vinte dólares por mês a ela para educar Dora e Louis. Ficara até tentado a pedir que ela fosse à sua casa e desse aulas particulares à sua filha branca, de tão satisfeito com o que ela havia feito com seus filhos negros, mas havia algumas coisas que sua esposa não aceitaria, e essa teria sido outra porta para os deuses entrarem. Patience, a outra filha, fora educada bem o bastante, mas não tão bem quanto Dora por Fern. — Ele não seria tão teimoso ou rude como um tronco de árvore.

— A criança mais velha que me trouxeram tinha 10 anos — disse Fern. — Foi uma guerra, mas eu venci. Mas eu também era mais nova. — Ela olhou Robbins na cara, e depois para o lado, além dele, para o lugar onde o jogador Jebediah Dickinson montava acampamento. — Então mande avisar Henry Townsend para vir aqui às dez da manhã amanhã. Se ele se atrasar, já terá fracassado na primeira lição. — Ela não disse que ele próprio deveria dizer a Henry, pois sabia que ele não iria entregar uma mensagem de uma mulher que não era de sua classe para um homem que não era de sua classe.

— Ótimo — disse Robbins. — Vamos esperar uma semana e ver qual será o preço disso.

— Não vai ser o preço de uma criança. Uma criança eu posso praticamente ensinar dormindo.

— Não conte nada disso a ele e pagarei o preço de um homem. Até mesmo o preço de três crianças — disse Robbins. Ele colocou seu chapéu de volta à cabeça. — Bom-dia, Fern. — Ele ainda queria que Henry estivesse em qualquer mundo que seus filhos tivessem de habitar, mas aquela brincadeira de luta com Moses o mostrara o quanto Henry estava despreparado. Fern cuidaria disso e faria o que tivesse de ser feito. Naquele dia de agosto, o escritor canadense de panfletos Anderson Frazier foi visitá-la, Fern disse: "Não, Henry nunca viveu para ser totalmente bonito. Augustus sim, mas seu filho ficou para trás."

— Bom-dia, sr. Robbins — disse Fern.

Ela o viu cavalgar até a estrada e virar à esquerda. Tinha ouvido de Maude, mãe de Caldonia, que poderia estar acontecendo alguma coisa que não era natural entre ele e Henry. Se não, porque é que um homem branco da estatura dele passaria tanto tempo de sua vida com um jovem do qual havia sido dono um dia? Agora ela sabia que não tinha nada a ver com não ser natural. Robbins tinha um medo nos olhos, o mesmo medo de um homem que teria enviado seu filho mundo afora para caçar ursos com apenas uma arma favorita que falhara tantas vezes nas mãos do pai.

Ela desceu os degraus da varanda. Ramsey, seu marido jogador, partira há uma semana e prometera voltar naquele dia. Zeus, o escravo em quem mais confiava, deu a volta na casa e perguntou o que podia fazer por ela.

— O jardim — disse ela, apontando com o queixo na direção das azaleias. — Não cuido do meu jardim desde ontem. — Zeus seria o homem que traria a limonada para Anderson Frazier naquele dia de agosto. Ele estaria então ganhando um salário de Fern e de seu marido ferreiro, os chamaria de seus empregadores, embora fosse, na verdade, o melhor amigo de Fern.

O MUNDO CONHECIDO   141

— Sim, sinhá — disse Zeus, olhando de relance para o jardim. Ele foi
até o galpão para pegar o chapéu de jardinagem dela e tudo o mais de que
ela fosse precisar.

O som da partida de Robbins já havia desaparecido. Ela deu um suspiro e olhou para a estrada por onde o branco viera. Um mês para ensiná-lo
a escrever o nome. Não, talvez duas semanas. Era uma ótima professora e
Augustus e Mildred não eram pessoas brutas, então talvez as coisas não
fossem tão difíceis quanto cortar um tronco de árvore com um machado
sem fio. Ela foi ao jardim, e só de vê-lo seu coração bateu mais rápido. Ela
não havia tomado banho desde que o marido partira, mas seus dias de ficar tão longe da água estavam chegando ao fim, embora ela própria não
pudesse enxergar esse fim. Zeus chegou com o equipamento e ajustou o
chapéu na cabeça dela; fez isso tão bem que não precisou ajustar nada.

— Precisamos comprar um novo, patroa — ele disse a respeito do chapéu. Seu marido havia aceitado Zeus como parte de uma dívida de jogo com
um homem branco quando ele tinha 12 anos de idade. Ele havia chegado
com um nome de que ela não gostava e assim, então recém-casada, ela o reba-
tizara. Dera-lhe o nome de um deus que teria venerado caso fosse do tipo de
venerar. Nem Fern nem Zeus se lembravam mais do nome antigo dele.

Então Fern disse:

— Ah, Zeus, este chapéu ainda vai nos servir bem por enquanto. Pelo
menos até o fim do mês. E aí eu e você vamos ver.

Foram para o jardim, evitando os brotos mais frágeis. Ela própria não
se curvava para as flores, mas apontava para o que queria que fosse feito, o
que precisava ser podado, o que precisava ser cortado, e Zeus se ajoelhava
e fazia direitinho. Ele tinha seu próprio chapéu, e era tão velho quanto
aquele que Fern estava usando. Ele jamais se aposentaria de seu emprego
junto a Fern e seu marido ferreiro. No dia em que o escritor de panfletos
Anderson Frazier veio fazer a visita, Fern estivera mais cedo naquela manhã em seu jardim, trabalhando ajoelhada ao lado de Zeus, seu emprega-
do. Sentada com Anderson em sua varanda, ela reparou num pouco de terra
dentro de uma das unhas da mão e silenciosamente se castigou por não
ter visto o que até uma criancinha teria visto na hora de se lavar.

FERN ELSTON HAVIA escolhido não seguir seus irmãos e muitos de seus primos para uma vida de branquidão. Ela permaneceu no condado de Manchester, onde todo mundo sabia o que ela era: uma negra livre, embora fosse tão branca quanto qualquer pessoa branca. Parte do motivo pelo qual ficou foi Ramsey Elston, um negro livre que viera do norte de Charlottesville. Se ela tivesse ido para qualquer outro lugar e passado por branca, a cor de seu marido teria feito com que suspeitassem dela. Embora a pele dele fosse bastante clara, ele não era tão claro quanto ela, e era bastante evidente que ele era de cor. Ela teria sido uma mulher branca no restante do mundo com um marido negro, e isso teria limitado seu mundo quase tanto quanto viver simplesmente sendo uma mulher de cor com seu marido de cor. E ser uma esposa branca poderia até ter matado seu marido.

Mas nunca ocorrera a Fern se passar por branca. Sem ligar muito para os brancos, ela não via motivos para se tornar uma deles. Era conhecida por todo o condado de Manchester como uma mulher formidável, e ser educada havia apenas acrescido mais formidabilidade àquela com a qual já havia nascido. Os patrulheiros do xerife John Skiffington chegavam até a ter medo dela quando a viam na estrada depois do escurecer, o que para ela era raro.

Nos primeiros dias dos patrulheiros, a primeira coisa que saía da boca de Fern quando eles a paravam era "Eu não vou abusar de vocês nem em palavra nem em gesto, e espero que façam o mesmo. E não quero abuso com meu criado", sendo esse criado qualquer um de seus escravos que a estivesse conduzindo no momento. Então ela apresentava documentos mostrando que era uma mulher livre e isso era acompanhado por uma nota de compra do escravo. Ela aguardava pacientemente que eles lessem os documentos. Alguns dos patrulheiros não sabiam ler, e ela era simplesmente muito paciente com eles, esperando enquanto os homens incultos faziam seu espetáculo, fingindo ler. Ela sabia que as pessoas não nasciam sabendo ler. Ela não dizia "bom-dia" quando eles a detinham, e não dizia "adeus" quando a deixavam seguir. "Passe", era o que dizia ao criado.

Se acontecesse algo de "desagradável" com os patrulheiros, ela contaria a William Robbins, não a John Skiffington, no dia seguinte. Certo dia,

O MUNDO CONHECIDO   143

um patrulheiro, Harvey Travis, que sabia ler, não ficara satisfeito com a frieza dos modos dela: amassara os papéis e os jogara no colo dela. "Agora pode ir", ele disse. "Passe", ela disse ao criado, com o mesmo tom que falava quando não havia sido maltratada. Foi até Robbins no dia seguinte. Ela jamais entrara pela porta dos fundos da casa de uma pessoa branca e não fez isso naquele dia. O criado que a levou foi até os fundos, achou uma escrava que estava lavando roupa e disse a ela que a patroa Fern queria dar uma palavrinha com o patrão Robbins. Quando o criado de Fern voltou para ela em sua carruagem, Robbins já descia os degraus da varanda.

— Sr. Robbins — disse ela. — Tive um episódio desagradável com um dos patrulheiros e receio que se algo não for feito, haverá mais episódios do tipo. — Ela continuou na carruagem o tempo inteiro com Robbins em pé ao seu lado. Ambos pagavam impostos para manter os patrulheiros, mas esse tipo de coisa nada significaria para eles.

Ele a conhecia bem demais para saber por que ela não tinha ido procurar Skiffington.

— Vou cuidar disso, Fern. Vou ver o que posso fazer.

— Se puder fazer alguma coisa, o senhor terá minha gratidão.

— Então me esforçarei ainda mais para conseguir que algo seja feito.

Nenhum patrulheiro jamais a maltratou novamente. Sempre depois disso, quando via os patrulheiros na estrada à noite, ela parava e estendia os documentos antes que eles os pedissem. Com o tempo, todos os patrulheiros vieram a conhecê-la e não pediam mais os papéis. Mas ela os estendia assim mesmo. "Sabemos quem a senhora é", diziam. Ela não dizia nada. E então, quando ficou claro que nunca mais precisaria parar novamente em sua vida, mesmo assim ainda parava e fazia o que sempre fizera.

A JOGATINA DE RAMSEY Elston os estava tornando mais pobres, embora fosse uma pobreza com a qual a grande maioria do condado, brancos e negros livres, teria ficado com bastante conforto. Ele não jogava no condado: ia pelo menos a dois condados de distância para encontrar homens brancos que fossem esportistas suficientes para jogar com um negro. E tinha de ter certeza de que, se vencesse, eles não ficariam ressentidos a ponto de descontar as perdas na sua pele, e depois da surra ainda pegar o dinheiro de volta. Frequentemente ficava fora por três ou quatro dias, uma semana no máximo, e no começo do casamento deles isso era algo que ela podia suportar. E, além do mais, ele normalmente ganhava. As terras que tinham eram produtivas, e também havia o dinheiro de parentes em Richmond e Petersburg. O dinheiro entrava há anos sem que jamais se chegasse a alguma conclusão a respeito. Um banco em Richmond ou Petersburg se comunicaria com um banco em Manchester e entraria dinheiro na conta de Fern. Ela suspeitava que os parentes estavam enviando isso como dinheiro do tipo Fern-você-conhece-nosso-segredo, mas a última coisa que ela teria feito seria contar ao mundo que tinha parentes que se passavam por brancos. Ela os conhecia a todos, havia brincado com alguns deles quando criança, dormido ao lado deles em suas camas, mas não pensava mais neles como pessoas que tinham o mesmo sangue que ela.

Ramsey, especialmente nos dias antes da chegada do colega de jogo Jedediah Dickinson, retornava e era o mais atencioso dos maridos por semanas a fio até voltar a sentir a necessidade de sentar a uma mesa de carteado e dinheiro com homens e charutos. Esse mundo do jogo a dois condados de distância o atraía fortemente, e ela podia ver isso na maneira como ele ficava andando a esmo em casa, a maneira como afastava os cachorros da sua frente com os pés. Ele precisava voltar àquele mundo, àquele mundo inteirinho, até para ver aquele criado cuja única função era abanar a fumaça dos charutos com um jornal que nenhum dos jogadores havia sequer se importado em ler.

Fern não era mulher de esperar pelo marido na janela. Mas esperava por ele. Dizia a si mesma o dia exato em que ele estava voltando.

— Não tome banho — dizia ele antes de partir. — Não se atreva a tomar banho até eu voltar.

Isto foi duro para ela no começo, pois ela fora educada com a ideia de que a falta de limpeza aproximava a pessoa daquelas que trabalhavam nos campos.

O MUNDO CONHECIDO

— Eu preciso tomar banho, sr. Elston — disse ela. — Eu *quero* tomar banho.

— Faça isso depois que eu voltar.

— Mas vou transpirar todinha nesse meio tempo, até meus pobres tornozelos.

— Pode suar um rio inteiro que não me importo. Eu nado nesse suor. Só não tome banho.

Ela tentava evitar seus alunos nessas épocas, pois havia lhes ensinado, de Dora a Caldonia, a mesma ideia de limpeza. Ramsey voltaria, geralmente no fim da tarde, e a encontrava na cama.

— Eu cumpri com minha obrigação de esposa, sr. Elston.

Ele riria.

— E eu com minha obrigação de marido, sra. Elston — e ela acreditaria nele, noite após noite, até a chegada de Jebediah Dickinson. Então Ramsey começaria a despi-la, peça por peça, lentamente, a única vela do aposento queimando cada vez mais rápido até só restar um toco. Muito antes que terminasse de despi-la, ela já estava louca de desejo por ele e sentia como se fosse desmaiar no chão, e era nesse instante que ele beijava seu pescoço, fazendo o primeiro contato com sua pele, provando pela primeira vez o acúmulo de sal. O beijo a reanimaria e ela viveria até se tornar pesada mais uma vez e ele beijasse seu pescoço novamente.

— Você tomou banho, sra. Elston?

— Não tomei banho, sr. Elston. — E cada palavra era um esforço tão grande e ao mesmo tempo tão necessário. — Cumpri com minha obrigação de esposa.

Isto foi na primavera e no começo do verão de suas vidas juntos. Havia um ditado naquela região da Virgínia que dizia que as velas queimavam com mais força na primavera e no verão por causa do jeito como o vento descia das montanhas e dava às chamas mais ar para respirar. Outras pessoas diziam que não, que elas haviam visto velas queimarem com o mesmo brilho no outono, e mesmo no inverno, quando o ar não estava tão bom. Fern Elston concordava com a segunda opinião.

146   EDWARD P. JONES

OS ELSTON RARAMENTE tinham mais de treze escravos, embora o jogador Jebediah Dickinson, durante o tempo que passou ali, tivesse elevado o número para quatorze. Treze escravos eram o bastante para servi-los na casa e para cultivar os poucos hectares que atenderiam a todas as suas necessidades. Os escravos do campo moravam em cabanas mais próximas aos seus donos do que qualquer um em qualquer plantação ou fazenda na Virgínia. Por que isso era assim, ninguém sabia. Certamente havia terra o bastante para colocá-los mais longe. Aqueles Elston não tinham escravos, as pessoas de cor diziam, eles tinham vizinhos que por acaso eram escravos.

FERN NÃO CONTOU a Anderson Frazier, o homem branco que escrevia panfletos, que Henry Townsend era o aluno mais escuro que ela já teve, mas lhe contou que ele foi o primeiro escravo livre e era provavelmente o mais brilhante de todos os seus alunos.

— Pode ser que, de algum jeito, o sangue dele não fosse impuro — ela disse quase ao meio-dia daquele dia com Anderson. Ela estava preparada para não dar resposta alguma se ele perguntasse o que ela queria dizer com isso, mas Anderson não disse nada. Ela ouviu a palavra *impuro* ecoar na cabeça, e pensou que era a primeira vez que a usava em um bom tempo.

— Quando ele aprendeu a ler e escrever, abri minha biblioteca para ele, mas a maioria dos livros não causaram nele o impacto que achei que causariam. Ele era um homem, claro, e não uma criança dada a luxos. Ele leu, gostou e se apresentou para pegar o próximo. Ele levava um livro de volta à sua terra. De onde ele tirava o tempo para ler, não sei, porque as notícias que eu recebia eram de que ele estava trabalhando na casa o dia inteiro. — Naquele dia de agosto com Anderson, um homem e uma mulher, de mãos dadas, passaram por ali; ela acenou para eles e o casal acenou de volta. — De vez em quando algum livro o pegava de jeito e ele falaria sobre ele por dias. Você conhece Milton, sr. Frazier? Conhece *Paraíso perdido*, Sr. Frazier?

— Conheço, sra. Elston.

— Henry também conhecia. "Isso num é uma coisa boa de se dizer?", era o que ele dizia do Diabo que proclamou que preferia governar no in-

O MUNDO CONHECIDO   147

ferno a servir no céu. Ele achava que apenas um homem que se conhecesse bem poderia dizer uma coisa daquelas, poderia dar as costas a Deus com uma finalidade justa. Tentei fazê-lo ver que escolha horrível era aquela, mas Henry havia decidido e eu não consegui demovê-lo disso. Ele adorava Milton e adorava Thomas Gray. Não sou parcial com nenhum dos dois, mas preciso ensiná-los aos meus alunos mesmo assim. — Ela se virou para Anderson e inclinou um pouco a cabeça para que todo o seu rosto ficasse visível. Ela prosseguiu: — Eu não conseguia modificar sua dicção. Às vezes ele falava da maneira que eu queria que ele falasse, mas houve tantas vezes em que ele falava do jeito que um homem tinha que falar quando já trabalhava há vinte anos no campo. Seu próprio pai também falava assim.

NO DIA EM QUE ROBBINS o viu brincando de lutar com Moses, Henry Townsend chegou à casa de seus pais um pouco depois das sete da noite. Mildred e Augustus estavam acordados e ele ficou feliz. Ele havia ficado longe, e não lhes havia contado sobre a aquisição de Moses nem que havia começado a construir uma casa. Parte dele simplesmente queria surpreendê-los sobre a casa nova. Parte dele tinha medo de lhes contar a respeito de Moses. Mas a cabeça de Henry estava cansada depois do que Robbins havia lhe dito, e achou que compartilhar a história de sua casa e de Moses seria uma boa maneira de passar a noite antes de dormir. Ele os encontrou na mesa da cozinha, e Mildred se levantou e cobriu seu rosto de beijos. Augustus estava brincando com um dos cachorros, puxando suavemente suas orelhas.

— Agora vá embora — ele disse ao cão quando se levantou, e o cão saiu de banda. Augustus e Henry se beijaram na boca, um hábito nascido nos dias em que Henry e Robbins viajavam, um meio de puxar Henry de volta para a família. No dia da brincadeira de luta com Moses, a família não se reunia havia quase dois meses.

Sentaram-se à mesa da cozinha. Mildred colocou uma fatia de torta de maçã à frente do filho, mas em seguida pegou o prato de volta e colocou uma segunda fatia bem ao lado da primeira. Como sempre, eles ficaram em silêncio por momentos muito longos. A época em que os três haviam passado separados nos primeiros anos havia construído uma estranheza que transparecia em momentos como aquele: Augustus sendo o primeiro a conseguir a liberdade e trabalhando para libertar a esposa e depois mãe e filho vivendo juntos como escravos e depois pai e mãe trabalhando para libertar Henry e depois os três juntos forjando uma vida justo quando a seiva estava começando a fluir no garoto. Mas então, no meio do silêncio, Mildred ou Augustus dariam um pigarro e as palavras voltariam a fluir entre eles.

— Estou trabalhando numa casa — Henry disse entre mastigadas do segundo pedaço de torta. — Estou construindo uma casa. Uma casa grande.

Mildred e Augustus sorriram.

— E depois, uma esposa? — perguntou Augustus.

— Talvez. Talvez. Vai ser uma casa bonita, papai. Até as pessoas brancas vão dizer, "Olha lá que casa bonita que aquele Henry Townsend construiu".

— Por que é que não me contou, Henry? — perguntou Augustus. — Tu sabe que eu ia fazer tudo o que pudesse. Eu podia ter ido lá pra te ajudar. É pra isso que eu tô aqui.

— Eu sei, papai. Eu só queria deixar bastante coisa adiantada pro senhor e pra mamãe poderem admirar. Talvez vocês possam vir quando a gente começar a fazer o segundo andar.

— Dois andares — disse Mildred. — Olha só, Augustus, ele está construindo uma coisa maior do que a que você fez. — Piscou para o marido.

— Quando "a gente" chegar ao segundo andar. Quem é essa "gente" que tu tá falando?

Henry descansou o garfo ao lado do restinho da torta.

— Esta é a outra parte da notícia. Eu consegui ajuda.

Augustus balançou a cabeça, entre surpreso e contente.

— Quem você conseguiu? Você contratou o Charles e o Millard lá da plantação do Colfax. Eles são homens bons com as mão, eu tenho que dizer isso. Homens bons e que vale o que você pagar. Tira o teu dinheiro do quintal e faz bom proveito com eles. E Colfax vai deixar eles ficar com um pouco do que ganharem. Aquele Charles podia usar o dinheiro pra tentar se comprar do Colfax. É o Buddy? O Buddy livre, não o Buddy da plantação do Dalford. Não sei do trabalho do Buddy escravo. Mas o Buddy livre é outra história.

— Não, papai. Eu consegui meu próprio homem. Eu comprei meu próprio homem. Comprei ele baratinho do sinhô Robbins. — A torta o havia deixado mole, e ele estava pensando como seria bom subir e dormir. — Ele é trabalhador. Tem muitos anos de estrada. E o sinhô Robbins me emprestou o resto dos homens pro trabalho.

Mildred e Augustus olharam um para o outro e Mildred baixou a cabeça.

Augustus se levantou tão rápido que sua cadeira tombou para trás e ele estendeu a mão para pegá-la sem tirar os olhos de Henry.

— Tá querendo me dizer que comprou um homem e ele é seu agora? Você comprou ele e não libertou ele? Você é *dono* de um homem, Henry?

— Sou. É sim, sou sim, papai. — Henry olhou do pai para a mãe. Mildred se levantou também.

— Henry, por quê? — ela perguntou. — Por que você fez isso? — Ela vasculhou sua memória em busca do momento, do dia, em que ela e seu marido lhe disseram tudo o que ele devia e tudo o que não devia fazer. Nada de sair para a floresta sem que seu pai ou eu fiquemos sabendo. Nada de pôr o pé pra fora desta casa sem a carta de alforria, nem para ir ao poço ou à privada. Rezar toda noite.

— Fiz o quê, mãe? O que foi?

Pegue as amoras mais próximas do chão, filho. Descobri que elas são as mais doces. Se um homem branco disser que as árvores podem falar, podem dançar, diga sim o tempo todo, que você mesmo já viu isso muitas vezes. Não olha essas pessoas nos olhos. Se você ver uma mulher branca cavalgando na tua direção, sai da estrada e fica atrás de uma árvore. Quanto mais feia a mulher branca for, mais longe você vai e maior a árvore. Mas, em tudo o que ela ensinara ao filho, onde ela ensinara que não possuirá ninguém, depois que tu próprio já tiver sido possuído por outro? Não volte ao Egïto depois que Deus tirou você de lá.

— Você não tá vendo como isso é errado, Henry? — Augustus perguntou.

— Ninguém nunca me disse que isso era errado.

— Por que é que alguém devia te ensinar o que era errado, filho? — perguntou Augustus. — Você não tem olhos para ver isso sem eu te dizer?

— Henry — disse Mildred —, por que fazer as coisas da mesma maneira ruim?

— Num tô fazeno, mamãe, num tô fazeno.

Augustus disse, baixando o tom da voz:

— Eu prometi pra mim mesmo quando consegui este pedacinho de terra que nunca ia permitir um senhor de escravos botar os pés aqui. Jamais. — Por um momento, levou a mão à boca e ficou puxando a barba. — De todos os seres humanos na terra de meu Deus eu nunca pensei nem um instante só que o primeiro dono de escravo que ia mandar sair da minha casa ia ser meu próprio filho. Nunca pensei que fosse ser você. Por que a gente comprou você do Robbins se era pra fazer isso? Por que se preocupar em te libertar, Henry? Você não teria me magoado mais se tivesse cortado meus braço e minha perna. — Augustus saiu para a porta da frente, querendo com isso que Henry o acompanhasse. Mildred tornou a se sentar, mas se levantou logo em seguida.

— Papai, eu não fiz nada que não fosse direito. Eu não fiz nada que nenhum homem branco não faz. Papai, espera.

Mildred foi até onde o filho estava, pôs a mão na nuca dele e esfregou.

— Augustus...? — Henry seguiu o pai e Mildred seguiu o filho. — Papai, papai, espera.

Na sala da frente, Augustus se voltou para Henry.

— É melhor você ir, e é melhor ser agora — disse Augustus. Ele abriu a porta.

— Não fiz nada que nenhum homem branco não fosse fazer. Não desobedeci lei nenhuma. Não mesmo. Me escuta. — Ao lado da porta, Augustus tinha várias prateleiras com bengalas, uma embaixo da outra, cerca de dez no total. — Papai, só porque o senhor não fez, não quer dizer que... — Augustus apanhou uma bengala, uma que tinha uma fileira de esquilos caçando uns aos outros, da cabeça ao rabo, do rabo à cabeça, uma fileira

O Mundo Conhecido   151

de criaturas esguias dando voltas na bengala até o topo, onde uma bolota perfeita estava esperando, com caule e tudo. Augustus bateu com força no ombro de Henry com a bengala, e Henry desabou no chão.

— Augustus, pare agora! — Mildred gritou e se ajoelhou para cuidar do filho.

— É assim que um escravo se sente! — Augustus gritou para ele. — É assim que um escravo se sente todos os dias.

Henry saiu com jeito dos braços da mãe e conseguiu se levantar. Pegou a bengala do pai.

— Henry, não! — gritou Mildred. Com duas tentativas, Henry quebrou a bengala no joelho.

— É assim que um dono se sente — ele disse e saiu porta afora. Mildred foi atrás.

— Por favor, meu filho, por favor. — Ele continuou andando, e nos degraus percebeu que ainda estava segurando os pedaços da bengala; virou-se e entregou-os à mãe. — Henry. Espere, filho.

Ele continuou andando até o celeiro. Havia chegado lá para passar a noite, e por isso havia preparado um lugar para o seu cavalo, mas agora aproveitou a pouca luz do luar que se infiltrava pelo celeiro para encilhá-lo. O cavalo resistia.

— Vamos! — ordenou Henry. — Vamos agora! — Sua mãe apareceu no quintal e o viu ir embora na escuridão. Por muito tempo ela ainda ouviu o cavalo trotando num arremedo de estrada que passava onde eles estavam, e os sons de sua partida lhe deram uma imagem dele em sua cabeça que ficou com ela por dias.

A dor no seu ombro não lhe permitiu cavalgar rápido, e ele levou cerca de três horas para chegar à casa de Robbins. Mildred e Augustus queriam um lugar que fosse o mais distante possível da maioria dos brancos. Henry temia que Robbins não estivesse em casa. Pensou que simplesmente dormiria no celeiro até de manhã. Mas Robbins estava bebendo sozinho na varanda, e nenhum dos dois disse uma só palavra quando Henry subiu lentamente o caminho do quintal. A lua lhes proporcionava uma boa iluminação. O cavalo de Robbins estava no quintal e levantou a cabeça da grama para olhar para Henry. Henry desmontou. Ele levou o cavalo do branco para longe dali e, depois de algum tempo, voltou para pegar seu próprio cavalo.

Quando voltou, ficou em pé no quintal, olhando para Robbins, que estava bebendo pelo gargalo de uma garrafa, coisa que Henry jamais o vira fazer assim abertamente.

— Posso subir e me sentar perto do senhor, sr. Robbins?

— Claro. Claro. Eu não lhe negaria o direito de se sentar, assim como não negaria a Louis. — Robbins era um dos poucos homens brancos que não se sentia mal em se sentar ao lado de um negro. Tirando os grilos e o som de uma ou outra criatura estranha da noite, as palavras deles eram tudo o que havia. Henry ficou sentado no primeiro degrau. A esposa de Robbins estava observando de uma janela lá no lado leste. Robbins não estava em sua cadeira de balanço costumeira, pois o balançar começou a lhe provocar dores nas costas. — Eu lhe ofereceria alguma coisa, Henry, mas existem algumas estradas que é melhor você não tomar. Pelo menos não agora, quando você tem todos os seus sentidos.

— Sim sinhô.

— Hoje é terça-feira, Henry?

— Sim sinhô, hoje é terça. Pelo menos até daqui a pouquinho.

— Hmm... — Robbins murmurou e tomou mais um trago da garrafa, dois goles rápidos. — Minha mãe nasceu numa terça-feira, em um lugar bonito logo depois de Charlottesville. Sempre pensei na terça-feira como sendo meu dia de sorte, muito embora eu próprio tenha nascido numa quinta-feira. Nada pode dar errado para mim numa terça. Eu me casei numa terça, embora a sra. Robbins tivesse preferido um domingo.

— Sim sinhô.

— Você sabe em que dia sua mãe nasceu, Henry?

— Não sei não, sr. Robbins.

— Eu peguei o livro grande na semana passada. Não a minha Bíblia. O outro livro. O livro com todos os meus escravos e tudo o mais. Não, não

O MUNDO CONHECIDO   153

sei se foi semana passada. Talvez tenha sido duas semanas atrás, ou quando
você começou a construir a sua casa. E eu procurei o nome dela. Ela nasceu
numa terça, Henry. Lembre-se disso. Case-se numa terça e você será feliz.
Você nasceu numa sexta, é o que diz o livro. Mas não preste atenção nisso.
Henry disse que não prestaria.

— Está feliz com sua casa, Henry? — Ele podia ver Henry se ajoelhando
diante da cama, quando distraía seus filhos naquela noite em Richmond.
Seus filhos ficariam melhor se tivessem Henry no mundo deles, mas só se
ele pudesse parar de brincar com crioulos.

— Estou sim sinhô. — Ele não parava de se mexer, para tentar aliviar
a dor no ombro.

— Não se contente só com uma casa e um pouco de terra, garoto. Pegue
tudo. Existem brancos lá fora, Henry, que não têm nada. É melhor você ir
lá e pegar o que eles ainda não estão pegando. Por que não? Deus está no
céu e na maior parte do tempo ele não se interessa por estas coisas daqui.
O truque da vida é saber quando Deus se interessa e fazer tudo de que você
precisa pelas costas dele.

— Sim sinhô.

— Eu sei que você tem sangue de quem quer, de quem quer pegar isso
tudo para você, não tem, Henry?

— Tenho sim, sr. Robbins. — Ele não sabia o quanto queria até aquele
instante.

— Então vá pegar e deixe que o mundo se dane, Henry.

Henry esperou até aquele momento para dizer a Robbins que achava
que seu ombro estava quebrado, e que poderia precisar de alguma ajuda
para sair da escada.

FERN ELSTON DISSE a Anderson Frazier, o homem dos panfletos, naquele
dia de agosto:

— Uma mulher que nasceu para lecionar acorda pela manhã deses-
perada para estar perto de seus pupilos. Eu era assim, eu sou assim. Eu disse
aos meus próprios filhos e ao meu marido para colocarem na lápide do

meu túmulo "Mãe" e "Professora". Isso antes de todo o resto, até mesmo do meu próprio nome. E se o homem que esculpir as palavras achar espaço, aí então ele colocará "Esposa". "Esposa" vem depois do meu nome. "Esposa Fiel", se puder. — Ela fez uma pausa por algum tempo, e depois retornou ao tema de Henry Townsend. — Eu não tinha nada em mente além de uma tarde e um começo de noite agradáveis quando convidei Henry para jantar com alguns de meus ex-alunos. Acredito que menos de um ano se passara desde que comecei a lhe dar aulas, e ele ainda era meu aluno. Ele apareceu metido num terno de lã, quente demais para aquele dia. Suspeito que se alguém tivesse batido naquele terno para tirar a poeira, ela teria sido suficiente para engoli-lo todo. Acredito que ele próprio já era dono de três escravos na época. Talvez quatro, um era uma mulher que cozinhava para ele...

— Como foi que ele se comportou naquela noite, sra. Elston? — perguntou Anderson.

— Muito bem. Dora e Louis já o conheciam, claro, e o adoravam. Ele era uma espécie de irmão mais velho para eles, por isso não ia ser uma reunião desconfortável. Calvin, irmão de Caldonia, há muito tempo não ficava à vontade consigo mesmo, e assim vivia para colocar todo mundo à vontade. Eles dois ficaram conversando pela maior parte da tarde e entrando pela noite. Então, lá pelo final, tendo se sentado em frente a ela o tempo todo mas sem nunca lhe dirigir a palavra, Henry disse a Caldonia: "Eu vi você cavalgando e às vezes você fica com a cabeça abaixada." Ele não pediu licença a Calvin, com quem falava, nem a Frieda, com quem Caldonia estava conversando. Eu ainda não havia lhe ensinado boas maneiras. Com as crianças essa teria sido uma das primeiras lições, claro, mas ao ensinar um homem, as prioridades fundamentais mudam. — Ela prosseguiu, descrevendo o restante da noite. Estava claro que era um de seus momentos favoritos.

Caldonia olhara para Henry, à sua frente, como se não o tivesse notado antes.

— Ah — disse ela depois que ele fez o comentário sobre a cavalgada.

— Você fica com a cabeça abaixada e isso não está certo — disse Henry. Ele pegou a pimenteira na mão direita, estendeu o braço à sua frente e o

O MUNDO CONHECIDO

moveu da direita para a esquerda. — É assim que todo mundo cavalga — disse Henry. — Eu e todo mundo.

Henry colocou a pimenteira na mão esquerda, inclinou-a e moveu o braço com menos graciosidade da esquerda para a direita. E, quando fez isso, derramou pimenta sobre a toalha branca de mesa de Fern. Ele disse:

— Lamento dizer isso, mas é assim que você cavalga. — Henry fez isso com a pimenteira várias vezes: indo da direita para a esquerda, a pimenteira estava para cima, mas ao ir da esquerda para a direita, a pimenteira virava para baixo. Fern achou que havia algo de triste na pimenta caindo, e era mais triste ainda porque realmente não precisava ser daquele jeito.

Ela disse para Anderson:

— Foi o modo desajeitado dele de dizer a Caldonia que ela estava perdendo alguma coisa não olhando para cima.

No fim, Henry reparou na linha de pimenta sobre a toalha de mesa e olhou para Fern.

— Desculpe — ele disse a ela.

— Não é um problema tão grande assim — disse Fern. — O sr. Elston já provocou estragos muito maiores na minha toalha de mesa.

Caldonia não havia tirado os olhos de Henry, e ela finalmente sorriu para ele.

— Vou tentar fazer melhor de agora em diante — disse. — Eu sei que vou conseguir fazer melhor. — Henry colocou a pimenteira de volta sobre a mesa e usou o dedo para varrer a pimenta em pó formando uma minúscula pilha.

Calvin, irmão gêmeo de Caldonia, disse a ela:

— Há anos que te falo que você cavalga assim e você nunca me escutou.

Os olhos dela ainda estavam em Henry, e naquele momento ela se esquecera de onde Calvin estava sentado. Ele estava duas pessoas à esquerda de Henry, mas Caldonia começou a procurar por ele à direita, sem se concentrar muito bem porque sua concentração estava toda em Henry.

— Bem, querido irmão — ela disse enquanto os olhos iam da direita para a esquerda, tentando direcionar as palavras para o irmão. — Querido irmão, você nunca, em todo esse tempo, me falou como se minha vida dependesse do que você estava dizendo.

Todos riram e Frieda disse:

— *Touché.*

Fern disse para Anderson Frazier:

— O pai de Caldonia ainda estava vivo nessa época, então ele estava lá para dar permissão para que Henry a cortejasse. A criada da mãe ia junto com os dois, porque garotas de bem não saem por aí sozinhas com homens de quem não fossem parentes. Se o pai dela tivesse morrido, acho que a mãe não teria lhe dado permissão, e Caldonia então não teria tido a coragem de se voltar contra a mãe.

— Por que — perguntou Anderson — ela não teria lhe dado permissão?

Fern se lembrou novamente de que ele era branco. Se ele tivesse que descobrir as coisas sobre as pessoas negras, sobre que tipo de pele era considerada valiosa ou não, isso ele não aprenderia com ela.

— Não sei por quê — respondeu ela. — Maude, a mãe dela, tinha um jeito todo particular de lidar com certas coisas.

O FUNERAL DE HENRY durou pouco mais de uma hora. Todos os escravos que ele possuía cercaram sua família e seus amigos e o buraco onde o puseram. Como Valtims Moffett estava atrasado, começaram sem ele. Sem saber a que horas Moffett chegaria, Caldonia decidiu que ali, no fim, Deus não ficaria contra Henry Townsend por não ter um condutor apropriado em seu último trem. Mildred falou por um longo tempo. Ela começou a divagar, e todo mundo aceitou isso bem, e Caldonia ficou de braços dados com Mildred o tempo todo. Fern cantou uma canção sobre Jesus que havia aprendido em criança. Começou a cantar acreditando que ainda sabia a letra, mas no meio da canção sua memória lhe falhou e ela continuou com palavras inventadas. Augustus não disse nada. Robbins, com Dora e Louis cada um de um lado, não falou. Uma tempestade passou por sua cabeça e ele perdeu uma boa parte do serviço. Aquele era o segundo enterro negro de Robbins em menos de um ano. Um dos primeiros escravos

O MUNDO CONHECIDO   157

que ele comprara morrera, estava em pé no campo, parou de trabalhar e lentamente afundou e caiu sobre um dos joelhos, depois baixou o outro. O escravo estava sozinho na sua fileira, seu saco cheio pendurado no pescoço, e por muito tempo as pessoas continuaram a trabalhar e não repararam que Michael havia desaparecido.

— Prepare um lugar bonito pra mim enquanto isso, meu filho — disse Mildred na beira do túmulo do filho —, que eu já estou indo.

Moses, Stamford e Elias encheram o buraco. As pessoas do campo tiveram aquele dia de folga, mas os criados da casa trabalharam até muito tarde, cuidando daqueles que haviam chegado para chorar e lembrar de Henry. Robbins não ficou. Ele havia chegado montado em um cavalo, não na charrete da véspera.

DEPOIS DA NOITE em Richmond quando Robbins bateu nela, Philomena Cartwright não tornaria a ver a cidade por muitos, muitos anos. Seu maxilar nunca se curou adequadamente e ela nunca mais conseguiu comer comida sólida daquele lado da boca. A única vez em que ela ameaçou fugir e voltar para Richmond, Robbins disse a ela que a venderia de volta como escrava.

— Você não pode fazer isso — disse ela. — Não pode, William. Tenho meus papéis de alforria.

Ele disse a ela que, em um mundo onde as pessoas acreditavam em um Deus que não podiam ver e fingiam que o vento tinha sua voz, papéis não significavam nada, que eles só tinham o poder que ele, Robbins, lhes desse. Quando ela viu Richmond naquela terceira e última vez, foi num dia não muito depois que o exército do Norte queimara a maior parte da cidade até o chão. Ela tinha 44 anos então, e faziam trinta anos desde o dia em que Robbins a vira pela primeira vez com a trouxa de roupa para lavar na cabeça, praticamente dando pulinhos, a cabeça cheia do que Sophie estava lhe dizendo sobre Richmond. As brasas dos incêndios ainda queimavam em Richmond quando Philomena chegou lá naquela última vez, e ela comentou com Louis, Dora, Caldonia e seu neto que os fogos no chão eram um substituto muito fraco para os fogos de artifício no céu.

5

Aquele negócio lá em Arlington.
Uma vaca pede emprestada a vida de um gato.
O mundo conhecido.

Como o condado de Manchester era em grande parte um lugar tranquilo, meses e meses se passavam sem que o xerife John Skiffington não tivesse mais nada a fazer além de mandar um bêbado para casa, e frequentemente esse bêbado era Barnum Kinsey, um de seus patrulheiros. Uma ou duas vezes no decorrer de alguns meses, Skiffington e sua esposa Winifred aceitavam um convite de alguma família para jantar, e talvez permanecer uma ou duas noites quando o local era muito longe para se retornar no mesmo dia. Eles adoravam a companhia de outras pessoas, especialmente Winifred, mas Skiffington também sabia o valor que havia no fato de os eleitores o conhecerem como um homem bom e um bom marido, além de ser a boa face da lei. Se eles ficassem com uma família de meios semelhantes aos seus próprios, a ceia poderia incluir casais da mesma classe e talvez um, mas geralmente apenas um, da classe de William Robbins. Eles também ficavam com pessoas da esfera da de Robbins, mas quando comiam com eles, Skiffington e Winifred eram os únicos que representavam sua classe. Quanto à classe que produzia os patrulheiros, eles eram um povo que vivia da mão para a boca, e convites para qualquer coisa eram muito raros.

Na primavera de 1844, um bom número de brancos do condado de Manchester ficou preocupado com notícias de outros lugares sobre uma "inquietação" de escravos que havia acontecido alguns anos antes. No Norte, as pessoas chamavam isso de levantes de escravos, mas na maior parte da Virgínia a palavra levante tinha um subtom abolicionista e era considerada forte demais para o que muitos donos de escravos preferiam caracterizar como "uma briguinha de família", instigados por desconhecidos que não eram parte da família. Um daqueles que não conseguia deixar o desconforto de lado era uma prima de 54 anos de Winifred, Clara Martin. Ela vivia na parte mais oriental de Manchester, tão longe a leste quanto Augustus e Mildred Townsend viviam no oeste. Clara tinha uma parenta distante em Arlington que tinha uma vizinha cuja cozinheira escrava havia sido apanhada, depois de muitas refeições do tipo, colocando vidro moído na comida da vizinha. A parenta distante escreveu para Clara dizendo que isso era "especialmente odioso" porque a vizinha havia criado a cozinheira, Epetha, desde que era um bebê negro, ensinado-lhe tudo o que se podia saber sobre uma cozinha, "de cima para baixo, e de lado também". Clara leu e releu a carta, tentando imaginar como o vidro poderia ter sido moído tão fino que a pobre mulher inocente não tivesse percebido o que estava comendo. Se tivesse comido verduras aquele tempo todo, Clara ficou pensando, teria se enganado pensando que o vidro não era nada além de sujeirinhas porque as verduras não haviam sido bem lavadas? Será que uma vez sequer ela teria repreendido a cozinheira sobre verduras mal-lavadas? Será que o vidro ainda estava dentro dela, cortando suas entranhas porque, ao contrário de comida de verdade, não sabia o jeito certo de sair?

Clara Martin tinha apenas um escravo em seu nome, um homem de 55 anos chamado Ralph, um homem magro com cabelo caindo nos ombros e que sofria de reumatismo no inverno. Ao longo de todos esses meses, mancando, ele se movia através de um mundo que parecia feito de melado grosso, prendendo um gemido a cada passo. Ralph estava na família de seu marido desde o nascimento, e viera junto quando ela, aos vinte anos, se casara com "meu doce e querido sr. Martin". Seu marido morrera há quinze anos, e o único filho dos dois partira para encontrar uma felicidade que se escondia eternamente dele na indomável Califórnia, "do outro lado do mundo", como Clara certa vez comentou numa carta à sua

O MUNDO CONHECIDO   161

parenta de Arlington. Assim, por anos Clara vivera sozinha, em paz, com Ralph, que cozinhava e fazia também outras tarefas para ela. Seu vizinho mais próximo ficava a uma longa caminhada de distância em outro condado. E aí os escravos ficaram inquietos em seus condados na Virgínia, seguidos daquela carta medonha sobre uma escrava outrora fiel em Arlington que não queria mais fazer as velhas receitas de sempre.

Numa sexta-feira daquela primavera de 1844, Skiffington e Winifred foram passar um tempo com Clara. Deixaram Minerva — que na época tinha 12 anos e sabia se virar sozinha — em casa; Winifred, e mesmo Skiffington, podiam pensar nela como uma espécie de filha, mas todos sabiam quem era convidado para um jantar e quem não era. Só havia um preso na cadeia, e o pai de Skiffington concordou em vigiá-lo e dar-lhe de comer. O prisioneiro, um francês amigável de nome Jean Broussard, havia assassinado seu sócio escandinavo, o primeiro homicídio de uma pessoa branca no condado em 26 anos. Broussard gostava de conversar. E gostava ainda mais de cantar. Skiffington ficara cansado de Broussard chamá-lo de "Monsieur Xerife". Indiciado apenas três dias antes de Skiffington ir para a casa de Clara, Broussard estava esperando que as autoridades da Virgínia encontrassem um juiz que largasse o que estava fazendo e fosse até lá para um julgamento. Broussard dizia que era inocente, e dizia que a justiça americana acabaria proclamando isso também.

Por volta das dez da manhã daquela sexta-feira, Skiffington e Winifred haviam chegado à plantação de Robert e Alfreda Colfax, uma família branca que possuía 97 escravos, e foi lá que eles participaram de um almoço ao meio-dia e meia. Robert tinha uma coleção de antigas pistolas europeias que adorava mostrar a qualquer um que achasse que era capaz de apreciá-las sem deixar a inveja tomar conta. O problema era que a maioria dos homens tinha inveja, por isso não podia mostrar as pistolas do jeito que queria. Robbins, um bom amigo de Colfax, não tinha essa inveja e eles frequentemente as apreciavam juntos, às vezes até tarde da noite. Skiffington também não tinha inveja. Os filhos de Colfax achavam que as pistolas não eram mais do que brinquedos. Então ele adorava quando Skiffington lhe fazia uma visita porque podiam, juntos, com muito cuidado, tirar as pistolas uma por uma do gabinete que Augustus Townsend fabricara e admirar o que algum alemão ou italiano havia criado tanto tempo atrás como se sua vida dependesse disso.

NA SEXTA-FEIRA, NAQUELA primavera de 1844, Skiffington e Winifred chegaram por volta das três da tarde, e Clara Martin estava esperando no jardim. Ralph veio por trás e pegou o cavalo e a carruagem.

— Bom-dia, sr. Skiffington. Bom-dia pra senhora, sra. Skiffington — ele disse. Seu longo cabelo estava amarrado para trás com uma corda.

Skiffington e Winifred lhe deram boa-tarde. Ralph se virou e olhou para ambos, então fez que sim com a cabeça.

— Sim. Sim, boa-tarde — disse. Clara o viu levar o cavalo e a carruagem, e quando ele desapareceu, ela deu a Skiffington um olhar sabido:

— O que é que vou fazer com ele, John? — perguntou.

Ele sorriu.

— Ele é um bom homem, Clara. Um pouco lento, mas é bom. — Skiffington mandava seus patrulheiros olharem por ela de vez em quando, mas isso não foi o bastante.

— John, ela é arredia feito um potro — Barnum Kinsey disse a Skiffington depois de uma visita a ela. — E, pra lhe dizer a verdade, John, num vi nenhum motivo pra ela ser assim arredia. Procurei, mas não achei nada.

Comeram um pouco depois das cinco, com Ralph tendo preparado a refeição e em seguida se recolhendo ao seu quarto, que fora construído adjacente à cozinha, não muito depois do casamento de Clara. Clara beliscou a comida. Winifred e Skiffington comeram com gosto, esperando que seus bons apetites mostrassem a ela que não havia nada a temer. Ela não disse nada, mas Winifred podia ver que Clara havia perdido peso desde a última vez em que a vira. Winifred tivera uma tia que virara pele e osso mas isso fora por causa da tísica, e a mulher havia vivido em Connecticut.

— Eu gostaria que você falasse com ele — disse Clara a Skiffington depois do jantar. Eles estavam na sala de visitas. Ralph apareceu para levar os pratos e em seguida desapareceu novamente antes de trazer o café, cerca

O MUNDO CONHECIDO   163

de quinze minutos depois. A corda do seu cabelo havia sumido. Certa vez, uns cinco anos antes, ele entrara no salão e encontrara Clara pelejando para pentear e escovar seu cabelo.

— Ai, meu Deus — ela não parava de falar. — Preferia não ter cabelo algum a esta barafunda toda.

— Num diz isso, sra. Martin.

— Bom, está uma barafunda, não é, Ralph? Decerto que está. — Havia chovido o dia todo e era verão, então os ossos dele não lhe davam motivos para reclamar. — Minha irmã — continuou ela — tem o cabelo que Deus devia ter me dado. E ela nunca lhe deu a devida atenção, isso eu te digo. Que cabelo ruivo maravilhoso. O cabelo de uma rainha. Em nenhum dia ela agradeceu a Deus por aquele cabelo, e mesmo assim Ele permite que ela fique com ele.

— A irmã da sinhá não tem nada da sinhá, sra. Martin. Deixa eu cuidar disso, se a sinhá não se incomodar — disse ele, de pé atrás dela, tocando as costas da mão dela. Ele jamais havia tocado nela antes de maneira deliberada, apenas de maneiras inocentes e acidentais que nenhuma testemunha jamais teria pensado nada demais.

Com hesitação, ela levantou bem alto a mão e depois de alguns segundos ela a abriu e ele pegou a escova. No começo do dia houve raios e trovões, mas agora só havia a chuva, caindo sobre a varanda, batendo na janela, regando as plantas no jardim que haviam ficado tanto tempo sem água.

— Deixa eu ver isso, se a sinhá não se incomodar — e ele trabalhou com suavidade no cabelo dela. Quando a escova já havia feito seu trabalho, ele, sem pedir permissão, pegou o pente, que estava no centro exato do colo dela. Havia alguns fios de cabelo no pente, e ele os retirou e eles caíram lentamente no chão. Ela se recostou na cadeira e fechou os olhos, pensando. Ele passou uma hora fazendo isso, penteando, escovando, aplicando um pouco de óleo doce, e antes que terminasse, ela havia adormecido, o que era incomum para ela, porque sempre dissera que a cama era o único lugar onde seu corpo conseguia descansar.

Acordou horas depois para descobrir que Ralph não estava mais lá e seu cabelo estava em tranças, o toque suave aos seus dedos, ossudos e cheios de calos. Ela o chamou, uma, duas vezes, e quando viu a vela, dançando com uma luz fraca, e se deu conta de um silêncio que parecia ter voz própria, pensou que havia alguma coisa errada em chamá-lo daquele jeito e calou a boca. Deu um suspiro e se recostou na cadeira. Logo adormeceu novamente e passou a maior parte da noite na cadeira. A chuva continuou por mais dois dias, e ele fez o cabelo dela em cada um desses dias, mas depois disso nunca mais.

— Assim está bom, Ralph — ela disse naquela última vez. — Por enquanto já está bom.

— Sim sinhá.

Enquanto bebiam o café, Clara tornou a dizer a Skiffington:

— Gostaria que você falasse com ele.

— Mas o que eu deveria falar com ele, Clara? — perguntou Skiffington.

— Não sei. Alguma coisa assim do tipo que os xerifes falam. Alguma coisa que um xerife diria a um celerado. Um possível celerado. "Estou de olho em você, seu possível celerado."

Winifred deu uma gargalhada. Ela estava tomando café, e teve que colocar a xícara na mesinha ao seu lado. O riso veio do que Clara dissera, mas também porque a palavra *celerado* a lembrava dos dias de escola e dos testes de soletração na Filadélfia. Seu marido já era xerife há cerca de um ano. Ele a chamava de "sra. Skiffington", e ela o chamava de "sr. Skiffington", a não ser quando ele a desagradava em alguma coisa ou a fazia infeliz, e aí ele era "John" por dias e dias.

— Tudo isso é tão sério, John — disse Clara. — É sim. Você não tem criados dos quais falar, só uma criança que vocês criaram. Mas Ralph não é criança, e o mundo está mudando, está deixando de ser o que era antes.

— Mas você conhece ele há muito tempo, não conhece? — perguntou Skiffington.

Winifred se virou para Skiffington.

— Provavelmente desde que Deus mandou o dilúvio para Noé.

Clara disse:

— Tempo hoje não faz mais diferença, Winnie. A lealdade também não. O mundo está virando de cabeça para baixo.

O MUNDO CONHECIDO

165

— Ele disse alguma coisa que tenha deixado você assustada? — perguntou Skiffington. — Alguma coisa — e ele piscou para a esposa. — Alguma coisa pela qual eu pudesse prendê-lo?

— Não, não, meu Deus, não. São só... — e Clara levantou a mão à sua frente e a abanou algumas vezes. — É apenas o miasma. O miasma que ele e eu temos.

Winifred pensou: *M-I-A-S-M-A.*

— O que é isso? — perguntou Skiffington. — Que palavra é essa? Ele certamente não havia encontrado essa palavra na Bíblia.

— É o ar, sr. Skiffington — disse Winifred, e então ficou batendo a ponta do indicador nos lábios fechados enquanto lutava com a memória à procura de uma definição melhor. — É a atmosfera. É o ar.

— Ar ruim — disse Clara. — Ar ruim.

— Eu vou lá falar com ele antes de ir embora — disse Skiffington.

— E o que vai dizer? — perguntou Clara. — Não diga nada que magoe os sentimentos dele. Por favor, não diga nada de ruim, John.

— Clara, ou ele é um celerado ou não é. Não sei o que vou dizer. A coisa só vai me ocorrer na hora em que estiver em pé diante dele. Mas não vai ser nada severo porque acho que ele é um bom criado. E uma coisa tenho que lhe dizer ou não seria honesto com você. Ele serviu você todos estes anos, e vai continuar servindo você, apesar de todas essas bobagens que você anda ouvindo de outros lugares.

Clara suspirou.

— Metade de um pão é melhor do que nada.

— Uma fatia de pão é melhor do que nada — disse Winifred.

DEPOIS QUE AS MULHERES haviam se recolhido para dormir, Skiffington permaneceu no salão, lendo a Bíblia, como costumava fazer em casa, depois que Winifred e Minerva já tinham ido para a cama. Seu pai fumava um cachimbo à noite antes de dormir, e embora o filho tivesse tentado fazer o mesmo, não havia apreciado do jeito que o pai fazia. Era uma pena, ele costumava pensar, pois as palavras de Deus às vezes colocavam sua mente num turbilhão tamanho que um cachimbo poderia acalmá-lo.

Ouviu Ralph nos fundos e se levantou, deixando a Bíblia aberta sobre a cadeira, na página que estava lendo. Na cozinha, Ralph estava nos últimos estágios da limpeza antes de ir para a cama.

— Posso fazer alguma coisa pro sinhô esta noite? — perguntou ele quando Skiffington parou na porta. — Temos mais um pouco daquela torta que o sinhô gosta tanto. Coloco um pedacinho num prato pro sinhô e o sinhô vai dormir feito um bebê.

— Não, Ralph. Eu só queria vir e dizer boa-noite. Queria me certificar de que estava tudo bem com você. Sei que cuidar da sra. Clara pode ser uma tarefa difícil. Você a tem servido muito bem e ela sabe disso.

— Noite? Boa noite?

— Sim. Eu só queria dizer boa-noite.

— Sim sinhô. Muito obrigado. E boa-noite, sinhô.

— Sim, bom... Boa-noite.

— E boa-noite pro sinhô também. Uma boa-noite. — Seu cabelo estava novamente amarrado com a corda. — O sinhô num quer torta? A torta está muito boa, se é que eu posso dizer isso.

— Não, obrigado. Mas boa-noite. E obrigado pela ótima refeição. E pela torta também.

— E obrigado também, sinhô. Uma boa-noite. E bom-dia quando o dia nascer.

— Boa-noite. — Skiffington saiu, ainda sentindo a estranheza no ar. Ele voltou ao salão e pegou a Bíblia onde a havia deixado. Mas aquele capítulo não era o que ele achava que precisava naquele momento, então folheou o livro e parou em Jó, depois que Deus lhe dera tanto, bem mais do que ele tinha antes de devastar sua vida.

No DIA SEGUINTE, ele disse a Clara que havia conversado com Ralph e que estava tudo bem, que ela não tinha mais com que se preocupar.

— Preocupe-se com a chuva no seu jardim, e não suba mais alto na escada da preocupação — disse a ela. Ela sorriu.

O MUNDO CONHECIDO   167

Ele tinha negócios a tratar com dois patrulheiros — Harvey Travis e
Clarence Wilford — a vários quilômetros dali, e depois do almoço, perto
de uma da tarde, ele partiu em um cavalo que Ralph encilhou para ele. O
sábado estava coberto de nuvens, mas ele tinha confiança de que conseguiria chegar lá e voltar antes da chuva, se chuva houvesse.

QUANDO O GRUPO DE patrulheiros foi formado, Barnum Kinsey e Oden
Peoples, cunhado de Harvey Travis, eram os únicos patrulheiros que possuíam escravos. Os patrulheiros ganhavam 12 dólares por mês, em grande
parte da taxa dos donos de escravos, um tributo de 5 centavos por escravo
mês sim, mês não (a taxa chegou a 10 centavos por escravo com o começo
da Guerra entre os Estados, e foi reforçado pela maior parte do ano de 1865).
Barnum Kinsey foi anistiado da taxa enquanto seu único escravo, Jeff, estava vivo, e Oden Peoples nunca foi taxado.

Oden era um cherokee puro-sangue. Tinha quatro escravos negros.
Uma era sua "sogra". Outra, sua "esposa", que era meio-cherokee, e os outros dois eram os filhos deles. Sua esposa pertencera ao pai de Oden, e a
sogra também. Quando Oden pegou Tassock como sua mulher, o pai lhe
deu a mãe também porque ele achava que a mulher de Oden podia se sentir sozinha tão longe da aldeia onde ela fora sua escrava. O pai de Oden
gostava de sair pelo mundo dizendo que era um chefe cherokee, líder de
mil homens, mas isso não era verdade, e as pessoas, brancas, negras e índias, o ridicularizavam sobre essa mentira, na sua cara e nas suas costas.
Chamavam-no de "Chefe Conta-Mentira".

A esposa de Oden era meia-irmã de uma mulher com a qual o patrulheiro Harvey Travis se casara. Ela também tinha sido escrava, embora fosse
totalmente cherokee, mas Travis essencialmente a havia comprado do "Chefe
Conta-Mentira" e a libertado, dizendo que jamais se casaria com uma escrava.

De muitas maneiras, Travis se tornou o patrulheiro mais difícil de
Skiffington. Mas Travis era bom no que fazia, e Skiffington o via como um
gato-do-mato que não podia ser domado, mas que já havia matado ratos
suficientes para garantir seu status de fora da lei.

Naquele sábado nublado depois do almoço na casa de Clara, Skiffington saiu de lá a cavalo por causa de uma disputa que Travis tinha com o patrulheiro Clarence Wilford. Travis tinha uma vaca que estava morrendo e que decidiu vender para Clarence e sua esposa Beth Ann. Harvey conseguiu 15 dólares e afirmou para Clarence que a vaca era boa de dar leite. Clarence tinha oito filhos, que estavam chegando a ponto de esquecer como era o gosto do leite de vaca. Na verdade, seus três mais novos só haviam provado do leite da mãe. Então, Beth Ann e Clarence compraram a vaca e esperaram e esperaram pelo leite.

— Nunca vi tetas mais secas do que aquelas — Clarence disse à esposa.

Isso prosseguiu por semanas, e Clarence foi ficando cada vez mais zangado com Harvey. A coisa ficou tão feia que durante as patrulhas eles discutiam e brigavam, e nenhum outro patrulheiro queria trabalhar com eles.

Então, uma semana antes daquele sábado, John Skiffington apareceu, Clarence saiu de sua casa, determinado a matar a vaca e ficar com toda a carne que pudesse. Ele sabia o problema que teria, pois seus filhos haviam se afeiçoado à vaca, e até deram a ela uma série de nomes de bichinhos de estimação durante o tempo que ela ficou com eles. Clarence saiu do celeiro e achou sua esposa Beth Ann agachada ordenhando a vaca. Ela olhou para ele e o seu rosto inteiro estava molhado de lágrimas.

— Meu Jesus, meu Jesus — ela dizia. Estava usando o balde de água para apanhar o leite que ordenhava com as duas mãos, ao mesmo tempo tentando secar as lágrimas do rosto com as mangas da blusa para que não caíssem no leite. — Ela estava mugindo aqui e só vim ver qual era o problema.

Clarence foi até sua mulher e beijou-a no rosto.

— Chama eles — ela disse para ele, referindo-se às crianças. — Chama eles tudo aqui. — Ele se levantou e deu um, dois, três passos para trás, depois virou de costas para ver se o leite ainda estava ali. Como se pudesse ler sua mente, ela pegou uma das tetas e a apontou para um gato que estava do lado dela. O gato fechou os olhos, abriu a boca e bebeu. A cauda do gato estava em pé, mas, à medida que ele foi bebendo, a cauda foi baixando cada vez mais até finalmente repousar no chão.

O MUNDO CONHECIDO 169

As crianças chegaram, as grandes carregando as pequenas. Todos beberam do balde, e quando ele esvaziou, a mãe tornou a enchê-lo. Então ela tornou a enchê-lo mais duas vezes. Dali a pouco, as crianças todas estavam dormindo no chão do celeiro. Clarence se sentou ao lado da esposa e depois de algum tempo levou a mão que não estava suja de leite à sua nuca e fez um carinho no seu cabelo. A vaca balançava o rabo e mastigava seu feno. Soltou um peido.

No fim, os pais tiveram que levar no colo todas as crianças para dentro de casa e até suas camas porque elas não queriam acordar e ir sozinhas.

— Você sabe o que isso significa? — Beth Ann perguntou enquanto levavam os últimos filhos.

— O quê? — perguntou ele.

— Significa que a gente vai ter que comprar um balde novo.

HARVEY TRAVIS QUERIA a vaca de volta, porque uma vaca cheia de leite não era aquilo que ele havia vendido por 15 dólares. Clarence contou a Skiffington que haviam atirado duas vezes contra ele, e embora não tivesse visto quem foi, acreditava que fosse Harvey. Beth Ann mandou avisar Skiffington pelo patrulheiro Barnum Kinsey:

— A gente mata ele ou ele mata a gente.

Skiffington foi até a casa de Clarence e encontrou Beth Ann com duas das crianças no jardim. Clarence estava na floresta e ela mandou uma das crianças ir buscá-lo. Skiffington enviou a outra criança para buscar Harvey, e aí ele e Beth Ann entraram no celeiro para que ele pudesse ver a vaca.

— Que bom que você está aqui, John — disse ela, esfregando as mãos para tirar a sujeira delas. Skiffington sabia que, dos dois, ela era a mais feroz. — Quem sabe vocês conseguem dar um jeito nessa confusão toda? Eu sei que não posso, e Clarence pode ainda menos que eu. — Algumas galinhas passaram correndo na direção do celeiro. O longo cabelo negro dela estava ligeiramente despenteado, e ele viu que não precisava de mais do que algumas escovadas para ele ficar agradável de se ver. Os Wilford eram pobres, mas não tão pobres quanto a família de Barnum Kinsey.

— Eu não sairia daqui, Beth Ann, sem um regimento inteiro.

— Quero que você saiba que quando eu falei em matar o Harvey Travis, falei sério. Se depender de escolher entre ele ou o pai dos meus filhos, eu não hesitaria.

Barnum havia dito a Skiffington que essa história de matar tinha vindo do marido e da esposa. Agora ele percebia que a esposa era a única autora, e ele podia ver por que Clarence, um homem que buscara paz a vida toda, iria querer uma mulher como Beth Ann como esposa.

A porta do celeiro estava entreaberta, e ela forçou-a com uma das mãos e um pé.

A vaca era mais magra do que Skiffington havia imaginado, de um ama-relo-escuro com manchas marrons do tamanho de bandejas. Olhos amare-lo-escuros também. Alguma coisa do tipo com o qual José poderia ter sonhado e alertado o Faraó. Durante toda aquela semana, as crianças Wilford começaram a chamar a vaca de Smiley.

Quando saíram do celeiro, Clarence estava chegando até eles corren-do e suando, e pouco mais de um minuto depois, Harvey apareceu do outro lado do morro com dois de seus filhos e o garoto de Clarence que Skiffington havia mandado para trazê-lo. Nenhum dos filhos de Travis se parecia com ele. Todos tinham a cara de sua esposa cherokee, embora tivessem a pele mais clara do que ela, e essa pele clara era o único presen-te de Trairs para eles.

— Você vendeu essa vaca para o Clarence e a Beth Ann? — perguntou Skiffington a Travis. O jantar de Skiffington não tinha lhe caído bem e ele estava agora subitamente impaciente.

— Vendi sim, John.

— Bom, então acho que isso já chega, Harvey — disse Skiffington. — A lei está do lado de Clarence. Foi um negócio honesto. Um trato limpo.

— Agora espere um minuto, John — disse Travis. — Talvez eu deves-se falar contigo antes e justificar meu caso, em vez de ser o segundo a tes-temunhar aqui.

— John, você pode ver com o que a gente tem lutado por aqui — dis-se Beth Ann. — Esse tipo de conversa e balas de companhia.

O MUNDO CONHECIDO

— As únicas balas foram do lado de vocês — Travis olhou para Skiffington. — Ou você acredita no lado dela da história também? Talvez se Clarence fosse um pouco mais duro...

— Eu não fico do lado de ninguém, fico do lado certo — disse Skiffington. — E se você não acredita nisso então pode dar meia-volta e ir para casa. — Ficou esperando. — Não tenho tempo a perder nesse negócio de vaca, Harvey. Não quero meus patrulheiros agindo assim. — Ele e Harvey estavam agora se encarando. Beth Ann era vivida o bastante para saber quando as coisas estavam ficando a seu favor, então se manteve calada. Skiffington deu um passo na direção de Travis; ficaram a menos de meio metro de distância. — Me diga uma coisa, Harvey: se aquela vaca tivesse morrido um dia depois que você a vendeu para ele, um dia depois. Não, um dia não, nem mesmo um dia. Uma hora depois que você a tivesse vendido a ele, apenas tempo o suficiente para Clarence levar o bicho da sua casa, subir e descer o morrinho da sua propriedade até as quatro patas do animal estarem inteiras na terra dele e ele fosse o dono dela sem qualquer dúvida e aí ela caísse morta na frente dele, você lhe devolveria o dinheiro? Devolveria?

— Eu acho que seria a coisa certa a se fazer... Quero dizer, afinal, a vaca não viveu o suficiente...

Skiffington ficou decepcionado com a resposta, mas sabia que não devia ter ficado. Pôs a mão no ombro de Harvey e eles se afastaram de todos.

— Você vendeu a vaca para ele, Harvey, e não tem uma coisa sequer que eu possa fazer. Nem mesmo o presidente Fillmore pode fazer alguma coisa. Você sabe que, se eu achasse que havia alguma coisa errada, que se Beth Ann e Clarence tivessem enganado você de algum jeito, eu ficaria do seu lado. Eu moveria céus e terra para compensar você, Harvey. Está me entendendo?

— Estou sim, John.

— Desculpe. Eu não quero mais coisas ruins entre vocês dois, nem uma sequer. Está me entendendo, Harvey?

— Estou sim, John.

— Então eu vou dizer uma coisa: duas vezes por semana, você pode mandar dois amigos seus para cá com o que eles puderem carregar para levar de volta um pouco de leite. Mas só dois sujeitos, Harvey, e só duas vezes por semana. No dia em que eles vierem, é só uma vez, nada de voltar. Uma viagem e é só. E você e sua mulher não venham aqui nunca.

Travis enxugou a boca com a mão, depois limpou a testa com a manga da camisa. Seus olhos estavam molhados porque ele havia levado a pior depois de armar um plano cinco semanas antes que deveria tê-lo deixado por cima com 15 dólares. Ele concordou.

— Fique aqui — disse Skiffington e voltou a Clarence e Beth Ann, que concordaram com o que ele havia dito a Harvey.

— John, vou ter mais problemas com ele, problemas de tiros? — perguntou Beth Ann.

— Será que isso vai acabar, John? — perguntou Clarence.

— Não vai haver mais nada disso. Acabou.

— Pela palavra de quem, John? — perguntou Beth Ann. — A palavra dele ou a sua palavra?

— Primeiro a palavra dele, e depois apoiada pela minha palavra — disse Skiffington.

— Ótimo — e ela apertou a mão de Skiffington, que depois apertou a mão de seu marido.

Skiffington voltou até onde Travis estava.

— Se as coisas continuarem em paz, então você vai poder ter mais dias de leite, Harvey, mas isso vai ter que ser decidido pelo Clarence e pela Beth Ann. Eles podem te dar mais dias porque é a propriedade deles. — Harvey assentiu. Virou-se para ir embora. — E, Harvey, se alguém atirar novamente no Clarence, eu vou atrás de você, e vai ser um mundo diferente para você, sua mulher e seus colegas.

Travis não disse nada, mas apertou a mão de Skiffington, pegou seus filhos e foi embora, subindo o morrinho. Ele ainda tinha um pouco dos 15 dólares que havia recebido pela vaca, mas isso não lhe daria o prazer que tivera antes de saber que a vaca tinha outra vida. Skiffington ficou observando-o. Travis andava com um filho de cada lado, ambos com seu cabelo

O MUNDO CONHECIDO 173

negro cherokee caindo comprido, quase tão escuro quanto o da mãe. Um dos filhos de Travis olhou para cima e disse alguma coisa para Travis, e Travis, antes que todos desaparecessem, olhou para baixo para responder à criança. A cabeça do homem parecia descer em pequenas etapas, pesada de amargura. O garoto assentiu para o que seu pai lhe dissera.

VOLTANDO PARA A CASA de Clara, ele ficou surpreso por tudo ter corrido bem. Podia dizer, pelo jeito como Harvey se afastara segurando os filhos pelas mãos, que manteria a palavra e não haveria mais problemas com a vaca. Seu estômago continuava a incomodar. Costumava dizer a Winifred que era um homem em vias de se desmontar inteiro — estômago ruim, dentes ruins, uma fisgada na perna esquerda antes de dormir. Uma fisgada na perna direita para acordá-lo de madrugada.

No meio do caminho para a casa de Clara, ele decidiu ir andando, ao perceber que não ia chover e achando que a caminhada abrandaria o mal-estar estomacal. Sentiu que o cavalo de Clara não ia sair em disparada, e então soltou as rédeas. O cavalo seguiu atrás dele, como um cachorro. Então, o sol saiu mais brilhante, depois mais brilhante ainda, e ele parou, tirou a Bíblia do alforje e se sentou embaixo de um corniso. Antes de abrir a Bíblia, olhou ao seu redor, para a maneira como o sol se derramava sobre dois pessegueiros e por sobre as colinas. O cheirinho de bebê balançava de vez em quando na sua direção, e ele ficou feliz. Foi isto o que meu Deus me deu, pensou.

Em momentos como aquele, gostava de pensar que todas as pessoas em sua vida eram tão contentes quanto ele, mas sabia como esse pensamento era tolo. Clara era boa, Winifred também, e até a menina Minerva, que crescia a cada dia e deixava a infância para trás. Talvez o patrulheiro Barnum Kinsey tivesse tido uma boa noite de sono e não tivesse desperta-do com a cabeça doendo de uma noite de bebedeira. Um garoto que morava um pouco depois de Skiffington queimara a perna na lareira, e Skiffington esperava que ele estivesse melhor. Ele e o garoto gostavam de pescar jun-tos; o garoto sabia como ficar quieto, algo que não era muito fácil de ensinar a um pescador-mirim. Ele gostava muito do menino, mas sonhava com o dia em que poderia ter seu próprio filho.

Skiffington folheou as páginas da Bíblia; queria alguma coisa para fazer companhia ao seu temperamento. Chegou à passagem no Gênesis onde dois anjos disfarçados de estranhos são convidados na casa de Lot. Os homens da cidade foram até a casa e queriam que Lot mandasse os estranhos para fora a fim de que eles pudessem usá-los como usavam as mulheres. Lot procurou proteger os estranhos e ofereceu em vez disso suas filhas virgens. Era uma das passagens mais perturbadoras da Bíblia para Skiffington, e ele ficou tentado a pular, a folhear até achar os Salmos, o Apocalipse ou o Evangelho de Mateus, mas sabia que Lot, suas filhas e os anjos disfarçados de estranhos eram todos parte do plano de Deus. Os anjos cegaram os homens quando estes tentaram invadir a casa de Lot, e depois, na manhã seguinte, os anjos arrasaram a cidade. Skiffington levantou a cabeça e achou um cardeal macho voando da esquerda para a direita e pousando num dos pessegueiros, um ponto vermelho num verde reluzente. A fêmea, de um marrom-escuro, foi atrás, pousando num galho logo acima da cabeça do macho. Winifred sempre sentira muita pena da mulher de Lot e do que acontecera com ela, mas Skiffington não tinha opinião formada sobre isso.

Então continuou lendo a passagem, e não pela segunda vez, e não pela terceira, e nem pela quarta. Então passou para os Salmos, e depois de ler quatro deles, achou que era melhor voltar para a casa de Clara. O cardeal macho ainda estava ali, mas a fêmea havia desaparecido.

ELE NUNCA TRABALHAVA nos domingos, o dia do Senhor, mas levar a carruagem de volta à cidade com Winifred estava longe de ser um trabalho. Depois do café da manhã, Ralph trouxera a carruagem para a frente da casa e Skiffington, Winifred e Clara saíram.

— Desejo a todo mundo um bom dia — disse Ralph antes de desaparecer atrás da casa. — Está um dia bonito pra passear. Um dia bonito pra qualquer coisa que uma alma queira fazer.

O MUNDO CONHECIDO   175

— É — disse Winifred. — Um dia muito bom para tudo.

Clara passara a última noite em silêncio, e naquela manhã estava igualmente calada. Agora, de braços cruzados, viu Skiffington ajudar Winifred a subir na carruagem e ele dar a volta, beijá-la no rosto e entrar na carruagem.

— Vou aceitar sua palavra de que tudo vai ficar bem — e ela inclinou a cabeça na direção dos fundos da casa, onde estava Ralph. Eles, Clara e Ralph, viveriam mais 21 anos juntos. Muito antes disso ele se tornou um homem livre porque a Guerra entre os Estados veio e os encontrou. Skiffington entrou na carruagem. Com a liberdade, Ralph meteu na cabeça que iria a qualquer lugar. Tinha parentes em Washington, D.C. Mas Clara chorou sem parar e disse que aquela velha casa, aquela velha e maldita casa, não seria mais a mesma se Ralph não estivesse andando de manhã, de tarde e de noite por ela. Então ele optou por ficar; seus parentes em Washington também não eram pessoas agradáveis mesmo — um deles era bêbado por natureza.

— Você tem a minha palavra — disse Skiffington, pegando as rédeas de Winifred. — Isso e mais.

— John. Só não sei o que eu faria se Ralph acabasse me matando. O que eu faria, John? — E, depois daqueles 21 anos, Clara seria a primeira a morrer, dormindo em sua cama, uma faca embaixo do travesseiro e outra ao lado dela na cama, mais perto que um amante. Seu cabelo caía em cascatas por sua cabeça, não preso mas solto, do jeito que ela às vezes gostava de usar quando dormia, do jeito que o cabelo de Ralph era quando não estava preso pela corda.

Skiffington sorriu.

— Eu viria aqui e prenderia ele. Seria a primeira coisa que eu faria.

Naquele domingo, o dia em que Skiffington e Winifred foram embora, Clara já comia o que Ralph cozinhava há mais de 24 anos. Mas depois daquele dia, muito embora não soubesse cozinhar nada, ela começou a preparar suas próprias refeições e se sentava em frente a ele na mesa enquanto Ralph comia o que ele mesmo havia cozinhado e olhava para ela e falava de tempos felizes enquanto Clara comia o que ela mesma havia feito.

— O sr. Skiffington viria para cá, prenderia ele e o levaria num minuto, Clara — disse Winifred. — Mais rápido do que você poderia dizer Jack Rabbit.

Por alguma razão, isso acalmou a mente de Clara mais do que qualquer outra coisa que ele ou Winifred haviam dito naquele fim de semana. Ela sorriu sem parar e não deixou de sorrir nem mesmo quando Skiffington pegou a bochecha dela e deu dois beliscões. Quando ela não desceu para preparar o próprio café no dia em que morreu, Ralph subiu e bateu à porta. Depois de mais de meia hora batendo e chamando o nome dela, ele saiu, seu próprio café da manhã esfriando na mesa da cozinha, e caminhou quatro quilômetros até a fazenda mais próxima, até entrar no condado vizinho de Hanover, de onde trouxe um branco e o primo desse branco, que tinha apenas um braço, e os dois homens brancos abriram a porta à força. Havia anos que a porta era mantida fechada todas as noites por dois pregos.

— Clara, nós vamos ver você em pouco tempo, certamente antes do final de junho, a não ser que você vá à cidade — disse Winifred.

— Bom, vocês sabem como eu gosto do sr. e da sra. Skiffington. Os Skiffington sempre têm um lugar reservado na minha mesa. — Ralph iria viver com seu pessoal em Washington, pois com a morte de Clara os parentes dela começaram a surgir do nada e então ele ficou sem casa. Os parentes venderam a terra para William Robbins, o que irritou Robert Colfax. O pessoal de Ralph em Washington não era tão ruim quanto ele sempre achara. O bêbado havia encontrado Deus uma semana depois de um 4 de Julho e dissera adeus à garrafa para sempre. Washington fez bem para os ossos daquele velho.

Voltaram para casa sentados juntinhos na carruagem, ela de braço dado com ele e Skiffington cantando algumas canções que sua mãe cantava quando ele era criança na Carolina do Norte, na casa do primo Counsel. Então, pela primeira vez, falaram sobre a vida que queriam ter na Pensilvânia dali a alguns anos, quando ele deixasse o emprego de xerife do condado de Manchester. Ela queria ficar mais perto de parentes, em especial

O MUNDO CONHECIDO   177

de sua irmã, na Filadélfia. Ele não gostava muito da Filadélfia, mas, ao fazerem uma visita àquela região um ano antes, eles encontraram uma bela área ao redor de Darby, logo na periferia. Havia até um lugar para ele pescar, um bom lugar para ensinar um filho a como ser paciente, ficar em silêncio e apreciar o que Deus havia feito para eles.

— Será que seu pai virá conosco? Não gostaria de pensar nele por aqui sem nós.

Skiffington sorriu e Winifred deitou a cabeça em seu ombro.

— O Sul é tudo o que ele conhece, mas ele pode pescar almas lá com a mesma facilidade que aqui — disse ele. Seu pai havia se tornado um evangelizador, mas não falava a respeito; era diplomático, nunca queria forçar sua religião pela garganta de ninguém, a menos que lhe dessem permissão.

— É. Bem, tenho a sensação de que ele vai gostar do desafio das pessoas na Pensilvânia — disse Winifred. — Se você apresentar o caso do jeito certo, eles vão aceitar.

— Assim como você fez comigo.

Ela riu, levantou a cabeça e olhou para ele.

— Eu diria, sr. Skiffington, que foi o contrário. Eu estava parada num canto e você se aproximou de mim. Não fui criada para viver de outro jeito.

Ele não disse nada.

— E Minerva? — perguntou Winifred.

— Também viria, quero dizer, se ela não estiver crescida e vivendo sua própria vida quando nós formos embora. — Ele já podia ver Minerva, nos fundos da casa deles, perto do galinheiro, esticando a mão para pegar maçãs, as que ainda não estavam maduras o suficiente e que eram as melhores para fazer tortas. — Podemos dar um jeito para ela na Pensilvânia. E se ela estiver crescida, então não há o que dizer. Ela poderá fazer o que bem entender de sua vida.

— Também quero ela lá comigo — disse Winifred. — Eu detestaria ficar em casa sem ela. Quero todo mundo que amo lá em cima, como num grande jardim onde não iríamos precisar de mais nada.

— Acho que Adão e Eva poderiam ter tirado isso de nós — disse Skiffington. — E a Pensilvânia pode não estar tão perto assim do Paraíso.

— Hmf.

— Vamos chegar lá do nosso jeito. Eu te dou minha palavra.

— Então eu retiro o "hmf". — Ela estendeu a mão. — Volte aqui, hmf.

— Abriu a mão, abriu a boca e tapou a boca com a mão. — Pronto, o hmf já voltou pra dentro. — Um pouco mais adiante ela bocejou e fechou os olhos com a cabeça encostada no ombro dele. Ele voltou a cantar. Em pouco tempo estava adormecida, mas ele continuou cantando mesmo assim, só um pouquinho mais baixo do que antes.

MINERVA ESTAVA esperando no portão quando eles pararam. Ela acenou e eles acenaram de volta. Ela estava quase da altura de Winifred. Isso foi antes de Skiffington começar a pensar nela de um jeito diferente.

— Pai Skiffington foi até a cadeia para dar de comer àquele homem — disse Minerva. Carl Skiffington, pai de John, não deixava de trabalhar no domingo, e além disso, ele disse, alimentar um prisioneiro era uma necessidade, não uma tarefa que pudesse ser posta de lado até a segunda-feira. Minerva subiu ligeira os degraus da frente da casa e abraçou o poste. Virou-se, abriu a porta e os três entraram.

Minerva não era uma criada no sentido que os escravos ao redor dela eram, pois eles não acreditavam que eram seus donos. Ela servia, era encarregada da limpeza da casa, dividia a tarefa de cozinhar as refeições com Winifred. Mas eles não a teriam chamado de serva. Se ela fosse capaz de se afastar deles, distinguisse o norte do sul e o leste do oeste, Skiffington e Winifred teriam ido atrás dela, mas não teria sido do jeito que ele e seus patrulheiros perseguiriam um escravo fujão. Uma criança estaria perdida, e os pais fariam o que deve ser feito numa hora dessas.

O mundo não lhes permitia pensar em termos de "filha", embora Winifred fosse dizer, anos mais tarde na Filadélfia, que ela era sua filha.

— Preciso ter minha filha de volta — ela dizia ao gráfico que estava fazendo os cartazes com a foto de Minerva. — Preciso ter minha filha de volta.

Então ela era filha, mas ao mesmo tempo não era filha. Ela era Minerva. Simplesmente a Minerva deles. "Minerva, venha cá." "Minerva, prove esta

O Mundo Conhecido

comida aqui." "Minerva, vou pegar o tecido para a sua roupa quando eu voltar da cadeia." "Minerva, o que eu faria sem você?" Para as pessoas brancas do condado de Manchester, ela era uma espécie de bichinho de estimação. "Essa aí é a Minerva do xerife." "Essa é a Minerva da sra. Skiffington." E todo mundo estava feliz desse jeito. Quanto a Minerva, ela nunca conhecera outra vida. "Tu cresceu", diria a irmã de Minerva anos depois na Filadélfia.

John Skiffington chegou à cadeia por volta das oito horas daquela manhã de segunda.

— Ah, ah, bom-dia, *monsieur* xerife — disse Jean Broussard assim que Skiffington apareceu na porta. — Senti falta da sua companhia, embora deva dizer que seu *père* é um substituto encantador e bastante adequado. Ele diz o tempo todo que Deus está comigo, mas isso eu já sabia há muito tempo. Deus está em toda parte na América, especialmente aqui comigo.

— Bom-dia, Broussard.

— Não quero apressar o andar do mundo, mas estou começando a achar que não vou sair em liberdade antes de estar tão velho quanto seu *père*.

— Você afirma ser inocente, e se isso for verdade, a lei verá isso e o libertará.

— Eu *sou* inocente. Eu *sou* inocente, *monsieur* xerife — Broussard havia alegado o tempo todo que estava se defendendo quando matou seu sócio, um homem da Finlândia, Noruega ou Suécia, dependendo do humor que aquele sócio estava quando lhe perguntavam de onde era. Quando o sócio estava de maus bofes, dizia que era da Suécia. No dia em que morreu, ele era sueco.

— Muita coisa vai depender de quando o juiz do distrito chegar aqui para julgar seu caso — disse Skiffington, pendurando o casaco em um pregador perto da porta. O casaco de Broussard era a única outra coisa pendurada, e estava ali havia duas semanas. — Ele chega aqui, o júri ouvi você e o mundo inteiro lhe pertencerá novamente. A França e qualquer outro lugar para onde você queira ir. — Skiffington foi até a sua mesa e se sentou, começou a procurar papéis para escrever mais uma petição pedindo que o juiz do distrito viesse. A cidade não tivera necessidade de um juiz desde que um homem branco, um ano antes, fora acusado de ferir sua esposa. Ele foi inocentado depois que a mulher, uma costureira que era amante de Robert Colfax, testemunhou que, de algum modo, ela havia atirado em si mesma pelas costas.

— Talvez nunca mais na França. Eu amo a França. A França me deu o berço, mas eu sou América agora, *monsieur* xerife. Eu levanto a bandeira! Eu levanto bem alto a bandeira sobre a minha cabeça e sobre as cabeças de todos vocês, *monsieur* xerife!

— Ótimo para você, Broussard. Que ótimo para todos nós. — Um homem de Culpeper havia concordado em ir até lá e defendê-lo. Skiffington encontrou um pedaço de papel para escrever a petição, e em outra gaveta ele achou a lista de perguntas que precisavam ser respondidas no papel em branco para que alguém em Richmond pudesse confirmar a vinda do juiz. Cada pergunta tinha de ser escrita no papel da petição, acompanhada pela resposta. E cada pergunta da lista tinha de ser escrita, mesmo que não houvesse resposta para ela. *Natureza do Crime Alegado.*

— Estou começando a achar que vou viver aqui para sempre, ficar neste lugar e ser feliz. — Broussard era cidadão dos Estados Unidos há três anos. Não via a França e sua família desde que os deixara, oito anos antes. Ele ainda fazia planos de trazer a família para a América. Apenas dois dos seus filhos mais velhos ainda se lembravam do rosto de Broussard. — Ficar e buscar a felicidade, eh-eh, como é do direito seu e do meu. — A esposa de Broussard havia arrumado um amante dois anos depois da partida dele. A esposa e cada um dos filhos de Broussard estavam apaixonados pelo amante. Era um amor do qual ele não teria sido capaz de recuperá-los. — Eu canto a América. Eu canto a felicidade da América.

— Sim — disse Skiffington, abrindo o vidro de tinta —, busque o que seu coração manda. — *Nome da Vítima ou Vítimas Alegadas.*

— Vou trazer minha esposa para cá e seremos fortes como você e a sra. Skiffington. Vou ter uma casa maior do que a sua, *monsieur* xerife. Você tem uma casa grande, *monsieur* xerife? — Broussard e seu sócio, Alm

O MUNDO CONHECIDO   181

Jorgensen, haviam chegado a Manchester com dois escravos para vender, Moses, o homem que se tornaria o capataz de Henry Townsend, e uma mulher chamada Bessie. Eles haviam ouvido dizer que Robert Colfax estava procurando novos escravos, mas Colfax não estava satisfeito com o modo pelo qual Broussard e Jorgensen haviam tratado os escravos. "Nós temos o pessoal em Alexandria, que se dane o mundo", Jorgensen vivia dizendo a Colfax. Ele também disse a Colfax que era finlandês. Mas não tinham notas de compra de Moses ou de Bessie, e como Broussard e Jorgensen eram estranhos, e ainda por cima estrangeiros, Colfax os expulsou.

— Minha casa é grande o bastante para mim e minha família é tudo o que posso colocar nela. Eu já lhe disse que pode me chamar de John — disse Skiffington.

— Sim, sim, John, você é John como eu, não é? — Broussard havia planejado usar sua parte do dinheiro da venda de Moses e Bessie para trazer sua esposa e seus filhos. Depois de uma noite de bebedeira, ele e Jorgensen haviam brigado na varanda da pensão onde estavam hospedados e o sueco acabara morto.

A porta da cadeia se abriu e William Robbins entrou, acompanhado por Henry Townsend, que na época tinha 20 anos. Henry estava a pouco mais de um ano de comprar Moses, pouco mais de três anos de se casar com Caldonia. Mais da metade de seu tempo era passado na plantação de Robbins, em uma cabana separada dos aposentos dos escravos. Ele era um homem livre, sapateiro e fazedor de botinas, e ia e vinha como lhe aprouvesse, desde que levasse sempre os papéis de alforria consigo.

— John — disse Robbins. Ele esticou a mão por sobre a mesa e apertou a mão de Skiffington. Terminaram o cumprimento antes mesmo de Skiffington acabar de se levantar.

— Bill.

— Bom-dia — disse Broussard, embora não conhecesse Robbins.

— John, nós tivemos um probleminha desagradável com o Henry aqui. Harvey Travis o tratou muito mal há duas noites, quando ele estava saindo da minha propriedade. Bateu uma vez em Henry e poderia ter feito mais se Barnum Kinsey não tivesse se metido para ficar do lado de Henry. Coisa ruim, John, coisa bem ruim essa. Henry só estava indo ver seu pessoal. Henry não saiu de perto da porta.

— Bom-dia, *monsieur* Bill. — Broussard estava atrás das grades, como estivera sempre desde que Skiffington entrou.

Robbins se virou.

— Foi Travis, certo? — perguntou ele a Henry.

— Sim sinhô.

— Travis — disse Robbins a Skiffington.

— Acabei de vê-lo no sábado, Bill. Vi o Harvey no sábado.

— Sobre essa questão?

— Não, sobre outro assunto — disse Skiffington. — Vou vê-lo de novo esta noite antes da patrulha. Vou falar com ele. — Ele sabia de Henry, o negro dos sapatos e das botinas conversara algumas vezes com ele ao longo dos anos. Skiffington, Winifred e Minerva estariam no enterro de Henry. Ao olhar para Henry parado em pé na porta, Skiffington se lembrou que ele era o filho do carpinteiro construtor de móveis Augustus e da mulher Mildred que, no finzinho do condado, era como se estivessem morando no fim do mundo.

Broussard e Jorgensen obtiveram o nome de William Robbins através de Colfax, e lentamente ocorria a Broussard que aquele era o homem que Colfax dissera que poderia estar interessado em adquirir Moses e Bessie.

— *Monsieur. Monsieur* Bill, por favor um momentinho. Três momentinhos.

— O quê? — perguntou Robbins.

— Por favor, nós temos escravos para o senhor. Dois bons humanos para o senhor.

Skiffington explicou tudo.

— Não vim aqui para comprar escravos, diabos — disse Robbins a Broussard. Ele ouvira falar no francês que matara o próprio sócio.

— Por favor. Por favor. Quero trazer minha esposa e meus bebês aqui para a América.

O MUNDO CONHECIDO 183

Skiffington e Robbins olharam um para o outro e depois Skiffington deu de ombros. Robbins olhou por um segundo para Henry e depois perguntou a Broussard:

— Onde está essa propriedade?

— Sawyer está com eles nos fundos da sua casa, e o pouco dinheiro que Broussard tinha para mantê-los lá está se acabando — disse Skiffington. — Ele consegue viver aqui de graça, mas não sei o que será deles quando o dinheiro acabar.

Robbins se virou para Henry.

— Vá dizer ao sr. Sawyer para trazer a propriedade aqui, e diga a ele que quero voltar para casa antes do jantar.

— Sim sinhô — Henry disse e saiu.

— Bons humanos. Excelentes escravos — disse Broussard.

— Só "excelentes" não basta — Robbins disse e deu as costas a Skiffington e Broussard, olhando para a janela que dava para a rua. — Só os melhores vão me tirar da cama pela manhã.

— Então os melhores eles serão, *monsieur* Bill.

Sawyer foi o primeiro a entrar. Era um homem gordo e estava sem fôlego. Então apareceu Moses, que se virou para ajudar Bessie porque havia alguma coisa errada com os pés dela. Ela mancava e fazia caretas de dor a cada passo. Ambos estavam sem correntes, mas Sawyer estava segurando uma pistola. Então chegou Henry, que ficou na porta depois que todos entraram na sala.

— Está vendo, está vendo, *monsieur* Bill? Os melhores humanos.

Moses e Bessie olharam para Broussard, depois para Skiffington e finalmente para Robbins, que os havia visto descer a rua. Ele já sabia que a mulher não daria. O ferimento poderia até não ser permanente, mas ele viu uma espécie de inclinação desconcertante no andar dela, como se Deus tivesse curvado o corpo dela só um pouquinho para o lado quando a fez e mandasse ela andar inclinada para a esquerda pelo resto de sua vida. E ele podia ver que ela andara chorando e isso não tinha nada a ver com o pé. Esse choro, também era uma condição permanente, ele havia deduzido.

Robbins foi até onde Moses estava.

— Tire essas coisas fora — disse a Moses, apontando para os trapos que ele vestia.

— Sinhô, patrão, sinhô, esta mulher, eu e ela a gente tamo junto — disse Moses.

— Faça o que estou mandando — disse Robbins. Num instante Moses estava nu. Robbins deu a volta nele e depois de apertar braços e pernas e olhar dentro de sua boca, perguntou a Broussard: — Quanto?

— Oitocentos dólares, *monsieur* Bill.

Robbins disse:

— Quando eu lhe fizer uma pergunta simples e objetiva, não vou esperar menos do que uma resposta simples e objetiva.

Henry deslocou o peso do corpo de um pé para o outro. Broussard se agarrou com mais força às grades da prisão.

Sawyer ainda estava tentando recuperar o fôlego. Pegou um trapo e se recostou na parede. Skiffington estava usando a única cadeira em sua mesa. Ele havia estado em pé ao lado da mesa, mas aí deu dois passos e agora sentava na cadeira. Sawyer enxugou o rosto e a nuca. Skiffington pegou a lista de perguntas. Agora teria que começar tudo de novo. *Natureza do crime alegado. Existem testemunhas do crime alegado? Será que se pode acreditar nessas testemunhas?*

— Mas, *monsieur* Bill, eles são excelentes seres humanos. Por favor, por favor, minha linda esposa está esperando.

— Cavalheiro, eu nunca vi a sua esposa e não sei se ela é linda ou não, e ela também nunca me viu.

— Sim. Sim. Então setecentos dólares, *monsieur* Bill. E quinhentos pela mulher. Ótimos preços. Eles vieram de Alexandria. O senhor já ouviu falar em Alexandria. Alexandria, Virgínia, é conhecida pelos humanos que vende. Vá até Alexandria pelos melhores humanos para vender, as pessoas me disseram. Alexandria. Antiga como o Egito.

Skiffington escreveu. *Nome da vítima ou vítimas alegadas. Nome do criminoso ou criminosos alegados.*

Robbins disse a Bessie a respeito dos trapos dela:

O MUNDO CONHECIDO

— Tire fora essas coisas. — Henry deu meio passo para trás até sentir a maçaneta nas costas.

— Por favor, patrão, sinhô — disse Moses. — A gente tamo junto, ela e eu. Não separa a gente não. A gente tamo junto. — Era verdade que ele e Bessie haviam vindo de Alexandria, onde se conheceram em um cercadinho. E agora, depois de dois meses, ele não conseguia sequer suportar o pensamento de estar distante dela. — Por favor, patrão, sinhô, ela e eu somo família. — Robbins o ignorou. Bessie tornou a chorar, e continuou a chorar enquanto se despia. Robbins a tocou da mesma maneira como havia tocado Moses. — Por favor... — disse Moses.

— Se você disser mais uma palavra para mim — disse Robbins a ele —, vou comprar você só pra te levar lá fora na rua e te matar a tiros. Só uma palavrinha a mais.

Skiffington levantou a cabeça de seus papéis. *Você está preso pelo assassinato deste negro bem diante dos meus olhos.*

Robbins foi até as grades e disse a Broussard.

— Eu lhe dou 525 pelo homem e nem um centavo a mais. Se disser outra coisa que não seja "sim", eu vou embora.

— Sim, *monsieur* Bill. Sim. — Broussard tirou as mãos das grades e as colocou nos lados do corpo. — Sim, *monsieur.*

— O que eu faço com a mulher, Bill? — perguntou Sawyer.

— Não sei, Reese. Não sei mesmo.

Onde o crime alegado aconteceu? Esta era a pergunta mais fácil de todas, e ele escreveu: Condado de Manchester, Virgínia. — *Data do Crime Alegado.* Ele havia esquecido o dia exato do assassinato e teria de perguntar a Broussard. Ele sabia que lá no fim da lista havia uma pergunta sobre testemunhas. Teria de perguntar isso a Broussard também.

— A gente tamo junto, patrão — Moses disse para Skiffington. — Eu e Bessie junto. Ela é tudo o que eu tenho neste mundo. A gente somos um só, que nem família.

— Eu sei — disse Skiffington, tentando escrever. — Você acha que eu não sei? — Ocorreu-lhe que uma mulher branca poderia passar pela janela e ter sua sensibilidade ofendida vendo um escravo nu, e ele se levantou e foi até a janela, como uma espécie de distração para qualquer mulher que passasse.

— Por favor, agora a gente somos um, ela e eu. A gente somos um só.

Skiffington viu a sra. Otis passeando no outro lado da rua. Ela parou para conversar com a sra. Taylor, que estava obviamente no caminho de casa. A sra. Otis segurava o filho mais novo pela mão, um garoto que não havia se desenvolvido tão rapidamente quanto seus outros filhos. A sra. Taylor riu de alguma coisa que a sra. Otis disse e colocou sua mão enluvada por um instante na frente da boca. Ela segurava sua sombrinha aberta abaixada e para o lado. O garoto Otis estava fascinado pela sombrinha. Skiffington gostava do garoto, e achava que ele só precisava de alguns anos, e depois não seria mais diferente de nenhum outro garoto de sua idade. "Dê-lhe tempo", ele disse mais de uma vez ao sr. Otis. Não diria isso à sra. Otis porque ela não acreditava que houvesse algo de errado com o filho. O garoto esticou a mão para tentar pegar a sombrinha e a sra. Taylor, sabendo o que ele poderia fazer se a pegasse, levantou-a para fora de seu alcance. Embora Skiffington tivesse esperanças quanto ao progresso do garoto, ele não era cego. Tinha de haver algum problema com um garoto que ficava chupando três dedos de uma vez aos 12 anos e tinha medo de sair de perto da mãe porque senão os demônios iriam comer suas partes privadas. Foi esse garoto, com seu irmão mais velho e um garoto escravo de nome Professor, que pegaria fogo na frente do armazém de secos e molhados. O garoto branco mais novinho foi o primeiro a se incendiar, acompanhado pelo irmão. O escravo Professor iria cinco minutos depois, assim que um homem com um balde de água vinha correndo pela rua.

Moses disse mais uma vez que eles estavam juntos e Sawyer o mandou calar a boca porque estava fazendo os ouvidos dele doerem.

— Eu só tenho ela, patrão. A gente somo família.

Em alguns momentos estavam todos fora da cadeia, a não ser por Skiffington e seu prisioneiro, que ficou em silêncio por tempo suficiente para Skiffington completar a petição. Depois assinou o nome e deu seu título e terminou colocando a data.

O MUNDO CONHECIDO

— Vou recompensar o senhor pela sua ajuda, *monsieur* xerife — Broussard disse depois de um tempo. Estava deitado em seu catre, e bastante satisfeito com o resultado final da negociação, muito embora ainda precisasse vender Bessie.

— Eu não quero nada, Broussard. Eles me pagam pelo que faço aqui.

Broussard deu um pulo e foi até as grades.

— Não é isso. Quero mostrar minha gratidão. — Apontou para a parede esquerda onde Skiffington havia pendurado um mapa, um entalhe marrom e amarelo de cerca de 2,40m x 2m. O mapa fora criado por um alemão, Hans Waldseemuller, que vivera na França três séculos antes, segundo uma legenda no canto inferior direito. — Eu vivo onde eles fazem esse lindo mapa. Sei quem faz eles, *monsieur* xerife, e posso conseguir para o senhor mapa maior e melhor. Posso fazer isso para mostrar como sou grato.

— Este aqui me serve bem — disse Skiffington. Um russo que afirmava ser descendente de Waldseemuller passou pela cidade e Skiffington comprou o mapa dele. Queria dá-lo de presente a Winifred, mas ela o achou feio demais para deixar em casa. Encimando a legenda estavam as palavras "O Mundo Conhecido". Skiffington suspeitava de que o russo, um homem cuja barba branca descia até a barriga, era judeu, mas ele não sabia distinguir um judeu de nenhum outro homem branco.

— Eu consigo melhor pro senhor — disse Broussard. — Consigo mapa melhor, e mais mapa de hoje. Mapa de hoje, como o mundo está junto hoje, não ontem, não muito tempo atrás. — O russo havia dito a Skiffington que era a primeira vez que a palavra *América* havia sido posta em um mapa. A terra da América do Norte era menor do que era na realidade, e onde a Flórida deveria estar, não havia nada. A América do Sul parecia do tamanho certo, mas só ela, dos dois continentes, era chamada de "América". A América do Norte não tinha nome.

— Estou feliz com o que tenho — disse Skiffington. O mapa viera do russo em doze partes, cada qual pesando cerca de um quilo e meio, e Skiffington levara um bom tempo montando tudo. Fez isso enquanto Winifred e Minerva estavam visitando Clara, e quando Winifred voltou e lhe disse que não queria aquilo na casa dela, ele teve de desmontar tudo e remontar na cadeia.

— Sabe, *monsieur* xerife — disse Broussard. — Eu consigo melhor para o senhor. Eu consigo mapa melhor.

JEAN BROUSSARD FOI condenado por homicídio doloso, levado para Richmond e enforcado. O cunhado imprestável do carcereiro da prisão conseguiu encontrar em Richmond um padre da Igreja Católica Romana — um homem que era de um tempo em que todas as pessoas em seus sonhos falavam latim — e esse padre, procurando fugir desses sonhos, ficou noite e dia com Broussard até o fim. Os 525 dólares que Broussard teria recebido pela venda de Moses foram enviados por Skiffington para Richmond, que os enviou para Washington, D.C., que os enviou para a embaixada da França. E em cinco meses, o dinheiro, agora em francos, chegou até a viúva de Broussard. A sra. Broussard jamais teve uma ideia formada a respeito da América, nunca foi capaz de compreender que a América era um lugar de estados separados e ao mesmo tempo um único país. E com essa ideia na cabeça, ela nunca conseguiu compreender que o dinheiro veio do governo do estado da Virgínia. Ela, com seus filhos e seu amante, sempre acharam que o dinheiro viera do governo dos Estados Unidos da América, e que era um pagamento pelo que o governo fizera a seu marido, um cidadão americano.

Os 385 dólares por Bessie, que foi vendida duas semanas depois de Moses para um cego e sua esposa piedosa em Roanoke, seguiram o mesmo caminho a partir do condado de Manchester, mas em algum lugar entre o condado e o navio que levava correspondência, com imigrantes descontentes e saudosos do lar de volta à Europa, esse dinheiro se perdeu, ou foi simplesmente roubado. Alguém aproveitou esse dinheiro, mas não foi a viúva Broussard nem seus filhos nem seu amante em Saint-Etienne.

Talvez tivesse sido melhor que Jean Broussard chegasse ao fim pelo que fez na América. Sua família nunca teria se separado do amante; ele seguiria com a família, ou ninguém teria ido. Não, tudo para ele estava acabado

O MUNDO CONHECIDO

189

na França. Alguém havia até, por acidente, quebrado a caneca preferida de Broussard. Sua família podia até ter feito pior do que o homem que sua esposa pegou para viver. O amante era, à sua maneira, um homem bastante religioso. E sabia usar bem a faca. Podia arrancar o coração de um homem no tempo que levava essa máquina humana ir de uma batida à batida seguinte; e com a mesma faca o amante era capaz de descascar uma maçã, sem sacrificar nada da polpa da fruta, e presenteá-la fresquinha e inteira a uma criança que esperava.

Se Alm Jorgensen, o homem assassinado, tinha herdeiros, ninguém sabia nada a respeito deles.

Os registros do julgamento de Jean Broussard, como a maioria dos registros jurídicos do condado de Manchester no século XIX, foram destruídos em um incêndio em 1912 que matou dez pessoas, incluindo o zelador negro do edifício onde os registros eram guardados, e cinco cães e dez cavalos. O julgamento de Broussard durou um dia; na verdade, parte de um dia: o julgamento propriamente dito a manhã inteira, e as deliberações do júri, uma parte da tarde de verão. Um dos jurados era um homem que estudara Direito na Faculdade de William e Mary, onde seu pai e seu avô haviam estudado. Quando esse homem, Arthur Brindle, voltou da faculdade para Manchester e começou a praticar a profissão, descobriu que o Direito fazia dele um homem pobre. Então entrou no ramo de secos e molhados e ganhou a vida muito bem. Sofreu de insônia a maior parte de sua vida, esse comerciante/advogado. Ele e sua mulher descobriram que se ele conversasse com ela sobre o dia antes de tentar dormir, conseguiria pelo menos duas horas de sono toda noite, o que era melhor do que a meia hora que normalmente conseguia quando não conversavam. E assim, na noite do dia em que ele e os outros onze homens condenaram Jean Broussard, ele se deitou ao lado da esposa e contou tudo a respeito. No púlpito, Broussard, disse o comerciante, ficou repetindo o tempo todo que era um orgulhoso e empreendedor cidadão americano, e que jamais machucaria outro orgulhoso e empreendedor cidadão americano se pudesse evitar. Não foi tanto essa repetição de quem era que prejudicou sua defesa, disse o comerciante, bocejando e apurando o ouvido para escutar o zumbido silencioso de seus dez filhos dormindo pela casa. Não foi o fato de que o advogado de defesa de Culpeper ficava toda hora dizendo aos jurados que o sócio escandinavo de Broussard não era um cidadão americano de verdade, embora isso também não colaborasse para sua defesa. Foi o sotaque. O sotaque lhe deu "o fedor de um dissimulado". Tudo o que Broussard dizia saía distorcido por causa do sotaque, mesmo quando dizia o próprio nome. Os jurados, o comerciante contou à esposa, até teriam sido capazes de aceitar o motivo pelo qual o sócio fora assassinado se Broussard tivesse ficado sentado no púlpito e contado toda a sua história sem sotaque.

6

Uma vaca congelada e um cachorro congelado.
Uma cabana no céu. O gosto da liberdade.

No domingo, o segundo dia em que Henry Townsend estava debaixo da terra, Maude Newman, sua sogra, entrou no quarto da filha na casa que Henry e Moses haviam construído, sentou-se à beira da cama de Caldonia, pegou a mão dela, sem parar de suspirar.

— Coitadinha da minha filha viúva — suspirou Maude. Apenas alguns momentos antes, Loretta, criada de Caldonia, havia perguntado à patroa se queria que trouxesse algo para ela comer ou beber. Caldonia disse a Loretta que não estava com cabeça para comer nem beber; mal conseguia, disse à mulher que estivera com ela durante a maior parte de sua vida de casada, abrir os olhos e respirar. Loretta respondeu "Sim, sinhá", sabendo como isso devia ter soado verdadeiro, e recuou para ver Caldonia lentamente se levantar da cama. Loretta havia conhecido a escrava de uma mulher que tinha de fazer praticamente tudo para sua patroa, até mesmo limpar as partes de trás dela após cada evacuação. Caldonia sempre fora forte, preferia fazer muita coisa sozinha, e ao longo do tempo Loretta se tornara mais uma companheira que uma criada. "Ela faz tanta coisa que até podia ser escrava", Loretta brincou uma vez com Celeste, mulher de Elias, sabendo que Celeste sabia guardar segredos.

Assim que Caldonia se sentou na cama e se recostou nos travesseiros, ficou olhando para Loretta como se perguntasse o que mais o mundo esperava dela. Caldonia olhou o armário aberto, cuja porta estava quebrada e por isso nunca fechava direito, olhou para o vestido preto pendurado ali. Ele parecia ter vida própria, tanta vida que podia ter descido, andado até ela e se colocado sobre seu corpo. Ajeitado-se sozinho. Sua mãe usara o vestido por apenas um mês após a morte do pai de Caldonia.

— Não aguento ficar nem mais um dia com esse vestido — Maude havia dito ao pô-lo de lado. — Usar preto faz minha pele coçar. O sr. Newman era um homem de Deus, mas por que eu tenho que sofrer agora que ele está sentado ao lado de nosso Senhor? — E o luto de Maude havia chegado ao fim.

— Coitadinha da minha filha viúva — repetiu Maude.

— Mamãe, por favor. Por favor, não me venha com essa conversa de novo hoje. Amanhã. Depois de amanhã até, mas hoje não.

— A herança é o seu futuro, Caldonia, e isso não pode esperar. Gostaria que pudesse, mas não pode. O resto todo pode, mas sua herança não. — Para Maude, a herança significava escravos e terra, a base da riqueza. O medo dela era que Caldonia, em seu luto, considerasse a possibilidade de vender os escravos, e a terra, como se para realizar algum desejo que Henry, ligado a vontade e a necessidade de um mundo material, tivesse tido medo demais para tentar realizar em vida. — Não quero que você seja igual ao seu pai, atolado em tanta tristeza que não conseguia distinguir o certo do errado.

— Aprendi com Henry a não deixar a tristeza me desviar do certo para o errado, mamãe. — Com essas palavras ela podia vê-lo, no jardim de sua mãe saturado pelo cheiro das rosas, ainda usando roupas muito pesadas para a estação, falando sobre como seria um dono diferente de todos os outros, o tipo de pastor que Deus havia pretendido. Ele não fora muito específico, falava de comida boa para seus escravos, nada de chibata, dias curtos e felizes nos campos. Um patrão que olharia por todos eles como Deus no seu trono olhava por ele. Ele era um jovem sapateiro, um fazedor de botinas, que mais de um ano antes havia completado o acordo generoso de Moses com William Robbins. Mas as palavras não importavam para Caldonia; ela era jovem, infeliz com as perspectivas de corte ao seu redor, e por isso, mesmo que ele falasse a tarde toda sobre plantio e colheita de

O MUNDO CONHECIDO   193

tabaco, teria sido uma serenata. Isto acontecera mais de um ano depois que Augustus lhe havia quebrado o ombro com o cajado de bolota e esquilos. Caldonia levou em conta as palavras da mãe. Henry havia sido um bom dono, sua viúva decidira, dos melhores. Sim, às vezes precisou racionar a comida que dava a eles. Mas não era culpa dele: se Deus lhes tivesse enviado mais comida, Henry certamente teria dado tudo a eles. Henry era apenas o intermediário naquela transação particular. Sim, ele precisou mandar bater em alguns escravos, mas eram os que não faziam a coisa certa e adequada. Poupa o teu cajado... avisava a Bíblia. Seu marido fizera o que de melhor podia, e no Dia do Juízo seus escravos estariam perante Deus e testemunhariam esse fato.

— Henry me ensinou bem — disse Caldonia para a mãe.

Caldonia tornou a se deitar na cama e fechou os olhos. O que seus escravos teriam dito naquele mesmo dia sobre o tipo de dono que Henry havia sido? Seriam tão generosos quanto no dia do Juízo Final, quando tudo tivesse acabado e eles pudessem ser generosos? Ela abriu os olhos e Maude estava sorrindo para ela. Um dia, na classe de Fern Elston, quando Caldonia tinha 10 anos, seu irmão Calvin socou outra criança no braço e o menino chorou.

— Eu não bati nele com muita força não, sra. Elston. Eu bati nele bem de leve, bem de levinho. Não machuquei ele.

Fern fora até onde Calvin estava, deu-lhe um tabefe e o sacudiu pelos ombros até Calvin chorar.

— Está chorando por quê, Calvin? Eu só bati em você de levinho.

Quando os dois garotos haviam parado de chorar, Fern disse suavemente para Calvin:

— Quem bate não pode nunca ser o juiz. Só quem recebe o golpe pode lhe dizer se foi forte ou não, se mataria um homem ou se faria um bebê apenas bocejar.

— Não tenho dúvida de que Henry lhe ensinou tudo o que você precisa saber — disse Maude e apertou a mão de Caldonia. — Mas, assim como seu pai, você tem melancolia demais no sangue para o seu próprio bem.

A morte de seu filho mais novo treze anos antes levara Tilmon Newman a acreditar que Deus queria que ele libertasse seus escravos, que somavam doze na época da morte da criança. Deus, Tilmon disse para Maude, não conseguiu fazê-lo entender isso com as mortes dos pais dele e de seus irmãos — todos cativos —, então ele começou com os filhos para fazer com que a lição ficasse mais perto de casa.

— Ninguém está a salvo de Deus — disse Tilmon, dias depois de enterrar seu filho, que tinha 4 anos. — Nem sequer você, Maude. Ele virá, atravessando cada montanha, para pegar você.

Agora Loretta havia recuado até dar com as costas numa parede do quarto. Então ela se esgueirou de modo a ficar totalmente coberta pela sombra no canto. Precisava estar por perto caso Caldonia precisasse dela, mas não ficaria bem se Maude pensasse que ela estava ouvindo cada palavrinha das questões das vidas delas e entendendo errado o que estava ouvindo. Algumas patroas brancas não se importavam com o que a criadagem ouvia; achavam que os criados tinham uma capacidade de ouvir semelhante a das xícaras e dos pires. E algumas, como Caldonia, viam alguns criados como confidentes. Mas outras, como Maude, achavam que Deus jogara o mundo contra eles e ninguém podia ser mais contra eles do que propriedade que podia ouvir, falar e pensar. Eles jamais cometeriam o erro de acreditar que um escravo era menos que uma xícara ou que um pires. Parecia a Loretta que Maude se levantava todas as manhãs com um calor no sangue e uma espada em cada mão, e até os próprios filhos dela tinham a todo instante de deixar clara sua lealdade. Patroas como aquela podiam ser bem mais brutais com os escravos, fossem donas deles ou não, e fariam tudo para separar uma escrava intrometida da pouca vida a qual ela estava acostumada. Anos servindo Caldonia podiam não significar nada para Maude. Em alguns momentos, enquanto a conversa prosseguia, Loretta saiu sem ser percebida até o saguão.

— Mamãe, me deixe um pouco em paz. Meu marido ainda nem esfriou. Só um pouquinho de paz antes que você me sufoque. Moses está cuidando de muita coisa. E Calvin está aqui. Eu posso sentir meu luto um pouco mais. Calvin está aqui.

— Calvin, Calvin — disse Maude. — O sangue dele tem ainda mais melancolia do que o seu. Deixe as coisas por conta dele e sua herança vai sair porta afora antes do dia nascer. — Caldonia escorregou ainda mais para dentro da cama, retirando sua mão do contato com a mão da mãe. — Não aja como uma garotinha, Caldonia.

— Não estou agindo como uma garotinha, mamãe. Estou sendo apenas uma coitadinha de uma viúva.

— Não vou aceitar mais essas bobagens de você, Caldonia. — Loretta estava onde Caldonia e Maude não podiam vê-la, mas onde ela podia ver todo mundo que subisse as escadas. — Não vou passar por isso novamente.

Tilmon Newman, assim como Augustus Townsend, trabalhara para adquirir sua própria liberdade. Seu plano fora o de comprar a liberdade de toda a família, cerca de quatro pessoas, incluindo os pais. Mas nos primeiros dias de sua liberdade, o jovem conhecera Maude e se casara, e eles começaram a construir uma vida para si mesmos, um pedacinho de terra aqui, um ou dois escravos ali. Um filho. Maude não parava de lhe recordar que homem bom era o dono dos pais dele, e que por isso a servidão de sua família não era o fardo que era para tantos outros escravos.

— Você esteve lá — ela disse. — Você sabe que tipo de homem era Horace Green. Seus pais e irmãos irão esperar até estarmos bem e com os dois pés firmes no chão, até termos bastante de tudo para que eles possam ser libertados e não ter necessidade de nada. — Mas em menos de três anos todos morreram antes que ele pudesse comprá-los: sua mãe se afogou, seu pai foi morto numa briga com outro escravo, seu irmão mais velho morreu de envenenamento alimentar de um porco roubado da fazenda vizinha, e seu irmão mais novo, mandado pelo dono para encontrar uma vaca perdida no meio de uma nevasca, foi descoberto quatro dias depois, garoto e vaca encolhidos e congelados juntos. O garoto e o animal tiveram de ser descongelados para que pudessem ser enterrados em separado.

Caldonia tornou a se sentar na cama.

— Mamãe, Henry trabalhou muito duro para me dar tudo isso. Eu não dilapidaria isso, de nenhuma maneira que você pudesse imaginar. Conheço meus deveres para com o que ele me deixou. Por mais que eu seja filha de meu pai, também sou em igual medida filha sua.

— Você tem que lembrar que é muito fácil falir. — A própria família dela fora livre por gerações, mas nunca tiveram dinheiro suficiente para comprar um escravo sequer. — Eu não iria querer isso para você. Uma falência provocada pelo luto. — Olharam uma para a outra. — Você devia comer alguma coisa, Caldonia.

— Não estou com espírito para comer, mamãe.

— Faça seu espírito comer, Caldonia. Um pouco de leite. Um pedacinho de pão. Tente colocar seu espírito para fazer alguma coisa.

Tilmon Newman havia planejado um jeito de libertar todos os seus escravos, entrara em contato com um branco da Carolina do Norte que achava que eles podiam ser todos carregados e levados para a liberdade. "Precisamos nos apresentar perante Deus prestando contas apenas dos filhos que pusermos no mundo", Tilmon disse a Maude. Mas ela havia envenenado Tilmon antes que qualquer coisa do gênero pudesse acontecer. Torta com arsênico. Café com arsênico. Carne com arsênico. Os criados pensaram que ela havia ficado maluca querendo cozinhar tudo sozinha para o marido. "Ele tem feito tanto por mim, por que é que eu não deveria cuidar do meu marido de vez em quando?", disse ela para eles. O arsênico devorou Tilmon, comeu toda a carne e músculo dos seus ossos. "Juro pela minha vida", disse o médico branco, "que não consigo descobrir que moléstia é essa." Anos mais tarde, Maude ainda tinha um pouco de arsênico sobrando, guardado numa garrafa em um canto ao lado de sua cômoda. Os criados que limpavam o quarto achavam que era algum remédio para as frequentes dores de cabeça de Maude. Os criados da casa jamais mexiam na garrafa quando tinham dores de cabeça, pois acreditavam que o que funcionava para Maude jamais funcionaria para um escravo, nem com um mês inteiro de trabalho aos domingos.

— Então um pouquinho de conserva com pão — pediu Caldonia.

Loretta já estava à beira da cama.

— Um pouquinho de leite? — perguntou ela.

— Água. Só água fresca, Loretta. Por favor.

Maude se levantou.

— E depois que ela tiver comido, Loretta, ajude-a a se vestir.

— Sim, sinhá.

— Eu sempre me visto sozinha, mamãe.

O MUNDO CONHECIDO

— Você não precisa continuar agindo como antigamente, Caldonia.

— Como antigamente está bom por enquanto.

Loretta e Maude saíram juntas. Loretta foi até a cozinha e Maude saiu para a varanda, onde sabia que encontraria Calvin.

— Espero que a senhora não tenha começado a implicar com ela logo cedo, mamãe — disse Calvin. Ele estava recostado em um poste com os braços cruzados. Fora ele quem trouxera o branco da Carolina do Sul para ver seu pai. — Com toda essa conversa de herança. Ela não devia ser obrigada a ouvir isso logo depois de enterrar Henry.

— Calvin, a cada dia da sua vida você vai me dando mais e mais desgosto — disse Maude, de pé ao lado do outro poste. Ela percebeu, depois da morte de Tilmon, que seu marido havia conhecido o branco da Carolina do Sul, o abolicionista, somente por causa do filho. Poucos meses depois daquele dia, Maude ficaria terrivelmente doente e continuaria assim por anos. Calvin ficaria ao seu lado, uma espécie de enfermeiro para uma mãe que realmente não gostava mais dele. "Juro pela minha vida", disse o médico branco para Calvin no terceiro ano da doença de sua mãe, "que não consigo descobrir que moléstia é essa."

— Me perdoe por isso, mamãe — Calvin disse para Maude. — Por todo esse desgosto. — Estava ficando cada vez mais difícil para ele pensar em algum motivo para permanecer na Virgínia. Ao cavar o túmulo de Henry, ele tinha pensado que falaria com Caldonia sobre a libertação dos escravos, mas agora sabia que a cabeça dela não seguiria esse caminho. Além do que, sua mãe era formidável.

Maude foi até onde ele estava.

— Não é culpa sua, Calvin. Nós somos o que Deus coloca em nós. — Ela tocou no braço dele e ele olhou para ela por um momento. — Não quero que você fale a Caldonia sobre vender a herança dela. Nem que diga que ela pode ser feliz em outro lugar sem tudo isto aqui. — Ele colocou a mão sobre a dela, a que estava em seu braço. — Não tente colocar seus sonhos na cabeça dela.

— Longe de mim tal coisa, mamãe.

Maude tornou a entrar, mas pouco depois voltou.

— Quero que você saiba que eu tenho uma herança para você, queira ou não queira.

— Para falar a verdade, não quero. — Esperou que ela o lembrasse de que ele vivia em sua casa, que era cuidada por escravos. Comia a comida que eles preparavam. Dormia numa cama que eles faziam. Vestia as roupas que eles lavavam.

— Mesmo assim eu tenho, Calvin. Com Caldonia por sua própria conta, não tenho ninguém a não ser você para dar. Todo mundo morreu. Vou deixar tudo para você. Podem não me deixar levar a herança para o céu, então vou simplesmente deixá-la para você.

Ela voltou para dentro de casa.

MAIS TARDE NAQUELA MANHÃ, os escravos do campo voltaram à sua labuta. Somente os menores de 5 anos eram poupados, e vigiados na cozinha de Caldonia por Delores, de 7 anos. Em algumas semanas, Tessie, a filha de 6 anos de Celeste e Elias, cuidava das criancinhas. Embora fosse domingo, um dia que Henry sempre lhes dera para descansar dos outros seis, o capataz Moses decidiu por conta própria colocá-los de volta ao trabalho. Valtims Moffett chegou muito cedo para pregar para eles e ficou surpreso ao vê-los no campo. Simplesmente gritou algumas palavras para eles e foi embora sem pedir pagamento. Quando Calvin — menos de duas horas depois que os escravos, incluindo Celeste, com quatro meses de gravidez, foram para os campos — soube o que Moses havia feito, falou com Caldonia e ela disse que não queria trabalho naquele dia. Calvin saiu e mandou todo mundo sair dos campos e voltar às suas cabanas.

— Caldonia não quer que você faça mais nada por sua conta — Calvin disse a Moses. Moses o perturbava de um jeito que ele nunca fora capaz de compreender, e ele sentia prazer em implicar com Moses. — Não faça nada sem antes falar com ela. Ou comigo.

— Sim sinhô, sr. Calvin — disse Moses. — Agora entendi.

Calvin ficou em pé na entrada da alameda e viu os escravos voltarem em grupos de dois e de três, as crianças seguindo junto saltitantes. Ele ha-

O MUNDO CONHECIDO   199

via se esforçado para conhecer os nomes de todos, pois conhecia os nomes de todos os escravos nos lugares que visitava com frequência. Falava com pessoas quando elas passavam por ele, e a maioria parava para falar e o chamavam de "sr. Calvin". As crianças sempre ficavam tímidas ao seu redor e ele mais uma vez se perguntou o que poderiam ter contado a respeito dele e de pessoas como ele.

— Agora o senhor pode dizer à patroa pra ela não se preocupar — Stamford, o homem que vivia atrás de coisinhas novas, o homem que Glória havia recusado, estava dizendo a Calvin. — O senhor diga a dona que Stamford falou pra não se preocupar.

— Não, não deixa ela ficar preocupada não, sinhô — disse Priscilla, esposa de Moses. — Num seria bom ela se matar de tanto se preocupar. — Os outros escravos se juntaram ao redor dos três; eles sabiam como Stamford e Priscilla poderiam ser.

— O senhor pode dizer pra patroa — disse Stamford — que o patrão Henry foi direto pro céu. Ele chegou lá nos portões e o Senhor abriu eles na hora e disse: "Sinhô Henry, há muito tempo eu esperava você. É só entrar. Eu tenho um lugar especial para você, sinhô Henry, bem aqui do meu lado." Pode dizer à patroa que Stamford disse isso, sinhô Calvin.

— Vou dizer a ela — disse Calvin, tentando se lembrar se Caldonia sabia os nomes de todos. Uma vez, aos 20 anos, ele passara uma semana com um amigo perto de Fredericksburg e conheceram um homem, um escravo de um branco, no caminho de casa ao cair da noite. O escravo conhecia o amigo de Calvin, um homem livre cuja família tivera um escravo mas o vendera porque não tinha condições de mantê-lo. Calvin e seu amigo estavam bêbados.

Alice apareceu e meteu a cabeça entre Priscilla e Stamford e ficou cantando para Calvin.

— Sinhô morreu. Sinhô morreu. Sinhô tá morto na cova.

— Como vai, Alice? — perguntou Calvin.

Havia algo de estranho no jeito como o escravo na estrada de Fredericksburg havia tirado o chapéu tão prontamente para o amigo de Calvin e depois para Calvin. "Olá, como vai o senhor esta noite, sr. Ted?", dissera o homem ao amigo de Calvin antes de colocar o chapéu de volta. Calvin, enquanto o amigo e o homem falavam sobre nada e os morcegos partiam para a noite, finalmente estendeu a mão e derrubou o chapéu da cabeça do homem. Não sabia o que havia acontecido com ele. A bebida, disse a si mesmo depois. Ele sempre ficava mais intratável quando bebia. Ele nunca mais vira esse escravo, e o melhor que Calvin pôde fazer à guisa de desculpas foi nunca mais voltar a beber.

— Ah, sai daqui agora, você. Leva essa maluquice daqui pra longe — Priscilla disse para Alice, que recuou e começou a se afastar aos pulinhos.

— Quando essa lua vai aparecer? — ela cantarolou. — Quando essa lua vai aparecer? O sol quer saber quando essa lua vai aparecer.

Calvin voltou para a casa. Passava muito do meio-dia e ele achou que ainda havia um bom pedaço de domingo para todos eles desfrutarem.

O homem na estrada de Fredericksburg havia ficado atordoado, bem como o amigo de Calvin. "Vem cá, vem me bater por eu fazer isso contigo", Calvin dissera, as mãos bem abaixadas. "Bate em mim. Bate com força por eu fazer isso com você." Ele sabia que o homem jamais teria feito isso, e se odiava por saber por que o homem não poderia. Se o homem lhe tivesse batido com força, Calvin não teria reagido, teria simplesmente deixado que ele o derrubasse de pancada no chão.

Calvin deu as costas ao caminho que levava até a casa-grande e olhou os escravos se dispersando entre as cabanas, pensando alto de modo que qualquer um que estivesse bem perto dele teria ouvido: "Nosso Henry morreu." Desejou que Louis estivesse com ele, embora soubesse que nada teria sido dito ou feito. Não havia solução por gostar do homem com o olho viajante. Quem sabe Nova York pudesse afastar o amor, e também outras coisas. Foi até os degraus da casa e parou, contando cada passo pela primeira vez. Os sentimentos por Louis já estavam ali há algum tempo, mas fazia dois meses que ele sabia que era tudo sem esperança e que para se salvar era melhor ir para algum outro lugar.

Eles haviam ido nadar num riacho, da maneira como foram tantas vezes em crianças depois das aulas na casa de Fern Elston. Em pouco tempo ficaram cansados e saíram da água, Louis atrás de Calvin, e se deitaram na

O MUNDO CONHECIDO 201

margem, a menos de dez centímetros um do outro. Louis falava de alguma mulher na qual estava interessado, descrevendo o que havia nela que primeiro atraíra seu olhar. Há muito tempo era assim que ele se comportava com Calvin, falando de todas as coisas que atraíam seu olhar. Estavam estendidos no chão, e Calvin, ao seu lado, olhava para Louis, que estava reclinado, apoiado nos cotovelos. Calvin notou uma minúscula poça d'água e suor que havia se formado numa pequena depressão na base da nuca de Louis. A poça d'água ficou ali por um longo tempo, por toda a conversa sobre aquela mulher, com ligeiras vibrações na superfície da água enquanto as palavras do amigo saíam de sua boca. Muito antes de Louis chegar ao fim da história, Calvin teve o desejo de se curvar e beber daquela poça com sua língua. Ele teria feito isso, logo no finzinho da última palavra, mas Louis virou ligeiramente a cabeça e toda aquela água desceu pelo seu peito. Calvin se levantou e disse que queria ir para casa. Um dia, disse a si mesmo, chamarei Nova York de meu lar e tudo isso ficará para trás. Mesmo depois dos muitos anos passados como enfermeiro de Maude, ele jamais veria Nova York.

Calvin subiu as escadas da casa de Caldonia e se deixou ficar na varanda, em pé perto do poste da direita. Se tivesse tentado beber daquela poça, ele sabia que Louis teria tentado matá-lo ali mesmo. Nova York, conforme escreveu em uma carta para o amigo, ajudaria. Ele não conhecia ninguém ali, nenhuma alma, a menos que o cachorro congelado contasse. Em suas posses ele tinha uma das primeiras fotografias tiradas da vida na cidade de Nova York: uma família branca sentada na varanda de sua casa. Eles pareciam viver numa fazenda naquela cidade, e de cada um dos lados da casa Calvin podia ver árvores e espaço vazio se descortinando até o que parecia ser um vale, pelo menos do lado esquerdo da fotografia. Alguns dos rostos estavam borrados, onde as pessoas tinham se mexido justo no instante em que a foto fora tirada. No jardim, sozinho, estava um cão, voltado para a direita. O cão estava em pé, a cauda totalmente esticada, como se ele estivesse pronto para correr à primeira palavra que alguém da varanda lhe lançasse. Não havia nada de borrado no cachorro. Desde o primeiro segundo em que Calvin tinha visto a fotografia, ele ficara intrigado com o que poderia ter chamado a atenção do cachorro e o congelado para sempre. Ele tinha uma ínfima esperança de que, quando chegasse a Nova York, pudesse encontrar a casa, aquelas pessoas e aquele cão que o havia transfixado. Existia um mundo inteiro à direita que a fotografia não capturara. Fosse o que fosse, esse mundo devia ser muito poderoso, maravilhoso, para esperar até que Calvin pudesse chegar lá e conhecê-lo pessoalmente.

NAQUELE DOMINGO, Stamford saiu da cabana de Priscilla e foi até a de Cassandra, filha de Delphie, para implorar mais uma vez que ela fosse sua mulher. Agora que Glória o estava tratando com frieza, Stamford sabia que precisava de outra coisinha nova para substituí-la. O inverno chegaria antes que ele se desse conta. O homem que lhe havia dito aos 12 anos que coisinhas novas o ajudariam a sobreviver à escravidão tinha a boca cheia de dentes mais feia do mundo. Mas parecia ter todas as coisinhas novas em que conseguia pôr as mãos. "Coisinhas novas", o homem disse uma vez, "vão deixar você maluco se você permitir. Dome essa coisinha nova para que ela não deixe você maluco."

Stamford bateu à porta da cabana de Cassandra.

— Cassandra, você está aí? — Alguns meses antes, ele havia aberto a porta depois de bater por cinco minutos; Cassandra apareceu na sua frente e lhe deu um soco na cara. Ele tentara ser paciente desde então, mas para ele paciência era uma coisa que nunca aprendera realmente. — Cassandra, meu benzinho, você está aí? É eu, Stamford. — A porta da cabana se abriu e Cassandra se postou ali com as mãos nos quadris. Celeste olhou para ele de sua porta e balançou a cabeça. A história de Stamford perseguindo Cassandra, de cômica havia ficado triste, e agora estava voltando a ser cômica.

— Estou cansada de ouvir você, home. Me deixa em paz. Cansei de ouvir o que tu tem pra dizer.

— Ah, meu docinho, você me conhece. É o Stamford. O doce do seu Stamford.

Ela deu um passo para dentro da cabana e voltou com um pedaço de pau.

— Se você não me deixar em paz, vou te bater bem na cabeça. Juro que vou, Stamford.

— Mas, docinho, sou eu, seu doce Stamford. Você não está falando sério.

Ela lhe deu duas pancadinhas no topo da cabeça e a serragem e poeira da madeira voaram e depois se acomodaram em cima da cabeça dele.

— Docinho é isto aqui, ó — ela disse. — Isso aí é todo o doce que tu vai conseguir de mim. Agora pega isso e dá o fora. — Ela lhe deu mais duas pancadinhas e ele recuou rápido, bem a tempo de evitar mais poeira e terra se acomodando em cima dele.

— Isso num é uma coisa bonita de se fazer pro seu homem, docinho.

Ele voltou na noite seguinte, depois que Moses havia liberado todos dos campos. Ele chegou mais tarde que o normal, pois esperara até estar tudo vazio para roubar flores do jardim de Caldonia.

— Docinho, eu te trouxe uma coisa, meu doce. — Ele ouviu Cassandra, Alice e Delphie na cabana. Ouviu Cassandra dizer a uma das outras mulheres para ir ver o que ele queria, e Alice escancarou a porta. Ela arregalou os olhos ao ver as flores, algumas rosas vermelhas e duas begônias não muito vivas. Alice começou a dançar.

— O que foi, Alice? O que é que ele tá fazendo contigo? — perguntou Cassandra. Ela chegou até a porta a tempo de ver Alice se apoiar no umbral da porta, se curvar e morder as rosas. Ela mastigou, engoliu e foi em busca de mais quando Stamford se desviou.

— Ô, garota, pra que é que tu fez isso? Misericórdia — ele disse. — Deus que te perdoe.

— Bem feito pra você — disse Cassandra. — Roubar e depois querer que eu participe do roubo contigo. Vem cá, Alice — e fechou a porta.

O que restava das flores estava na porta às duas da manhã quando Alice voltou de seus vagares. Ela as levou para dentro da cabana e colocou o pequeno ramalhete ao lado de Cassandra, que dormia em seu catre.

Ele poderia ter voltado novamente na noite seguinte, mas na noite em que roubou as flores, despertou de um sonho do qual não conseguia se lembrar. O sonho se partiu em pedaços assim que se sentou no seu catre, mas o que veio à sua cabeça foi o pensamento em seu pai e sua mãe. Ele não os via há mais de 35 anos. Chamou por eles na escuridão, mas ninguém respondeu. Ele tinha 40 anos. Sentou-se em seu catre e começou a pensar que jamais teria coisinhas novas novamente, que enrugaria e morreria na escravidão. Ali, no escuro, percebeu que sequer se lembrava dos nomes de seus pais. Será que eles tinham nomes?, perguntou a si mesmo enquanto a cabana subia e descia com o ronco dos dois outros homens. Eles deviam ter, respondeu a si mesmo. Todos os filhos de Deus têm nomes. Deus não permitiria que fosse diferente. Se seus pais não tivessem nomes, então talvez não tivessem existido, e assim não poderiam tê-lo criado. Talvez ele nem sequer tivesse nascido, mas simplesmente aparecido um dia como um garotinho e alguém, vendo que estava sozinho e nu em alguma alameda, tivera pena dele e lhe dera um lar. Nem pai nem mãe deram àquele pobre garoto um lar.

Stamford se deitou de novo e tentou achar uma posição confortável na palha. Ele se virou para um lado e para o outro e acabou se ajustando em um ponto na lateral. Não lembrar dos nomes deles era uma coisa que o preocupava muito. Talvez se tivesse pensado mais neles durante sua vida. Fechou os olhos, pegou seus pais pelas mãos e os colocou na plantação onde os vira pela última vez, a mãe na mão esquerda e o pai na direita. Mas isso não parecia correto, e então ele colocou o pai na mão esquerda e a mãe na direita, e isso sim ficou melhor. Ele os colocou fora da casa de fumaça, que tinha um buraco na parte de trás do telhado. "Os fantasma desce por aquele buraco e te leva pro demônio", um garoto mais velho lhe dissera um dia. Stamford estava com 5 anos e seus pais tinham sido vendidos há pouco tempo. "Diz o nome de Jesus três vez e os fantasma te deixa em paz." "Jesus Jesus Jesus." "Você tem que dizer mais rápido que isso pros fantasma te deixar em paz." "JesusJesusJesus." "Ah, agora sim."

Stamford colocou seu pai e sua mãe na frente da cabana que haviam dividido com outra mulher, mas mesmo assim os nomes não vieram. Saiu por um momento para tocar o umbigo e isso lhe dizia que ele um dia havia sido o bebê de alguém, parte de uma mulher real que se deitara com um homem real. Ele tinha o umbigo e isso era prova de que ele havia um

O MUNDO CONHECIDO   205

dia pertencido a uma mãe. Em sua cabeça, Stamford pegou novamente os pais e os colocou na frente da casa-grande do patrão, colocou-os na frente do patrão e da patroa, colocou-os na frente dos filhos do patrão, grandes, ruivos e altos como três touros raivosos. Colocou-os nos campos, colocou-os no céu, e por último os colocou na frente do cemitério onde não havia nome nenhum. E assim se deu: o nome de sua mãe era June, e aí ele abriu a mão direita e a deixou partir. O nome de seu pai não lhe ocorreu, por mais que ele tentasse colocá-lo em toda a plantação. Talvez Deus tivesse cometido apenas esse errinho. Stamford adormeceu, e logo antes do amanhecer ele despertou e disse para a escuridão: "Colter."

Entrou numa espécie de luto pelos pais e não voltou para Cassandra. Mas estava com medo da morte e, assim, depois de quatro dias, meteu na cabeça que Glória poderia recebê-lo de volta, muito embora ela tivesse dito que não queria ter nada com ele. Ele a viu por lá cuidando da vida, e na noite de quinta-feira, depois dos campos, ele se aproximou dela quando ela voltava da cabana de Celeste e Elias e perguntou:

— O que você tem feito, docinho?

— Nada que te interesse, diabo.

— Mas me interessa por causa do que eu sinto por você.

— Bom, então vá sentir em outro lugar, porque eu não quero que você fique sentindo isso por aqui não.

Ele estava tentando ser paciente, então deixou-a em paz por dois dias. Na hora do jantar, Stamford encontrou Glória em uma parte distante do campo no qual ela estava trabalhando, e ela estava comendo com Clement, o último escravo que Henry havia adquirido antes de morrer.

— O que é que tu tá fazendo aqui com a Glória? — ele perguntou a Clement.

Glória deu uma gargalhada e isso deu a Clement licença para ignorar o homem mais velho. Os dois continuaram a comer, alguns biscoitos e um pouco de melado.

— Eu perguntei o que é que tu tá fazendo aqui com a Glória? Ela não tá contigo.

— Me deixa em paz — disse Clement.

— E me deixa em paz também — disse Glória.

Stamford se curvou e empurrou Clement pelo ombro esquerdo.

— É melhor sair agora, Stamford, se sabe o que é bom pra você — disse Clement.

— Vamos parar por aí, Stamford — disse Glória, colocando a comida sobre seu pano.

— Me deixa quieto, se sabe o que é bom pra você — disse Clement. Ele dividia a cabana com Stamford e eles sempre se deram bem.

— Ah, eu sei o que é bom pra mim. — Tornou a empurrar o ombro de Clement, que deu um tabefe na mão dele. Quando tornou a empurrar, Clement se levantou.

— Vou chamar o Moses pra cuidar de você, Stamford — disse Glória, também se levantando.

Stamford deu um tapa na cara de Clement, e Clement lhe deu um soco na cara, primeiro com um dos punhos e depois com o outro. Glória deu um grito e as outras mulheres por perto começaram a gritar também. Stamford começou a cair com o segundo soco e foi como se toda aquela gritaria o estivesse empurrando ainda mais para baixo. Clement caiu em cima dele e começou a socar.

— Eu só quero que tu me deixa em paz — disse Clement. — Só me deixa em paz. Me deixa em paz. Me deixa me deixa me deixa. — Glória correu para buscar Moses, Elias e os outros homens, e as mulheres tentaram puxar Clement de cima de Stamford, que estava agora todo cortado e ensanguentado e muito quieto.

— Stamford — gritou Celeste —, não se atreva a morrer! Não ia ser correto da tua parte —, e Tessie repetiu o que a mãe acabara de dizer, palavra por palavra.

As mulheres levantaram Stamford antes dos homens chegarem. Então quatro homens o carregaram de volta à cabana e Moses, que não tinha sido um dos quatro, mandou todo mundo voltar ao trabalho. Ele não queria levar essa notícia para a casa-grande, para Caldonia: um capataz devia lidar com essas questiúnculas, como Henry um dia lhe dissera. Mas quando ele chegou à cabana e viu a condição em que Stamford se encontrava, percebeu que não poderia esconder isso dela. Celeste e Delphie o acompanharam até a cabana e começaram a cuidar das feridas de Stamford.

— Senhor, o que foi que deu na cabeça deste velho tolo? — perguntou Delphie. Ela era três anos mais velha que Stamford.

— Vocês acha que consegue colocar ele bem de novo? — perguntou Moses às mulheres. — Eu já volto.

Stamford estava piscando, e quando não estava piscando, seus olhos se concentravam em uma teia de aranha que pendia num canto do teto. Ele queria dizer às pessoas que tocavam nele que a teia era a mão do fantasma, sinalizando que ele estava a caminho. Abriu a boca e, através do sangue e dos dentes frouxos, disse para a teia:

— JesusJesusJesus...

Moses chegou à casa-grande e viu um homem branco subindo as escadas com um livro grande debaixo do braço. Nos fundos da casa, Moses bateu à porta e Bennett, o marido da cozinheira, abriu.

— Stamford se machucou — disse ele a Bennett. — Alguém aqui tem que saber disso.

— Ele se machucou feio? — perguntou Bennett. Era amigo de Stamford.

— Talvez esteja quase morrendo — disse Moses.

— Meu Jesus. Deixa eu ir lá na frente dizer pra eles.

O homem branco na porta da frente era da Atlas Life, Casualty and Assurance Company, sediada em Hartford, Connecticut. A conversa dele com Calvin na porta foi o que fez Bennett demorar tanto. Calvin acabou voltando com Bennett, e quando Moses lhe falou, foi para dentro e retornou com Caldonia, acompanhada de Maude e Fern Elston. Calvin dissera ao homem da Atlas que sua irmã não estava interessada em fazer seguro para seus escravos.

— Ele tá muito mal, patroa — Moses disse a Caldonia. — Pelo menos foi o que eu vi.

Caldonia lhe disse que viesse com ela e todos seguiram Caldonia para dentro da casa, com Maude perguntando duas vezes a Moses se seus sapatos estavam limpos e Caldonia dizendo à mãe:

— Deixe ele em paz, mamãe. — Henry, seguindo o conselho de William Robbins, jamais fizera seguro pelos escravos, e sua viúva, pelo menos naquele dia, estava agora seguindo o marido morto.

Maude e Fern ficaram na casa e num instante Moses, Caldonia e Calvin estavam na cabana de Stamford. Sua patroa foi até onde ele estava e se ajoelhou ao lado de seu catre. O homem da Atlas Life, Casualty and Assurance Company já estava na estrada com sua charrete. O pessoal em Hartford, Connecticut, havia ensinado que uma mulher era mais propensa a comprar seguros para seus escravos do que um homem.

— Stamford? — perguntou Caldonia. — O que foi que deu em você agora? — pegou o trapo que Celeste tinha nas mãos e enxugou o resto de sangue do rosto do homem. — Celeste, me arrume mais desses panos, por favor.

Loretta, que havia curado muitas almas na plantação, entrou com uma caixa de trapos limpos que usava como bandagens e se ajoelhou ao lado de Caldonia.

— O que é que vou fazer com você agora? — Caldonia perguntou a Stamford quando pegou trapos da caixa de Loretta. Stamford parou de piscar e estava se concentrando na teia de aranha, tentando levantar um braço para alertar todas as pessoas que estavam na cabana. "Os fantasma tá chegano, os fantasma tá chegano", ele achava que estava dizendo a eles. Seus olhos e bochechas estavam inchando rapidamente; ele não relacionou isso aos socos que havia levado. Achava que o inchaço era obra dos fantasmas. A porta da cabana estava aberta, e com o vento chegando, a teia se moveu furiosamente. Olha aquele fantasma, Stamford pensou que estava avisando. Você deixa a gente em paz. A gente não te fez nada. JesusJesusJesus...

Depois que elas o limparam, ele adormeceu. Despertou por volta das três da tarde, e Delphie estava ali com um pouco de sopa que Caldonia mandara a cozinheira Zeddie trazer da casa. A porta estava fechada quando Delphie o alimentou, e de algum modo no tempo durante o qual ele estivera adormecido a teia de aranha fora desmanchada. Seu rosto era uma bola inchada, mas Delphie conseguiu enfiar sopa dentro dele. Ele comeu e continuou pensando que dizer o nome de Jesus rapidinho havia funcionado. Ele estava com a cabana toda só pra si naquele dia e naquela noite, porque Moses mandou

O MUNDO CONHECIDO   209

Clement e os outros homens pra algum outro lugar para dormir. Delphie dormiu num dos catres deles. Loretta apareceu mais três vezes para ver o estado dele: às sete da noite, às dez da noite e às cinco da manhã seguinte. Foi a visita das dez horas que disse a ela que ele tinha chances de sobreviver. A das cinco da manhã definiu a situação de uma vez por todas.

NENHUMA APÓLICE da Atlas teria pago a Caldonia pela semana e meia que Stamford ficou sem trabalhar. Apólices para escravos machucados durante o trabalho ainda levariam mais algumas semanas para ser criadas. (Como aconteceu no campo, ela poderia ter se safado classificando o incidente como um ferimento relacionado ao trabalho, desde que o agente não viesse ver Stamford por conta própria.) Essas apólices de ferimentos no trabalho seriam criadas porque um agente da Carolina do Sul escreveria a Hartford para dizer a eles que muitos de seus clientes estavam perguntando se existiam seguros para escravos que se machucavam enquanto faziam seu serviço. Homens e mulheres estavam perdendo braços e pernas, adoecendo com uma série de doenças diretamente relacionadas a seus trabalhos, o agente contou em sua carta para Hartford, e seus clientes queriam ter algum desafogo com isso. Na época da surra que Stamford levou, havia uma apólice, para um prêmio de 25 centavos por mês, que teria sido pago a Caldonia caso ele tivesse morrido. Isso não teria pago o preço que Henry pagou por Stamford, 450 dólares, pois Stamford agora estava muito mais velho. Mas o dinheiro teria demorado muito a comprar outra pessoa, alguém mais forte e sem dúvida mais capaz de se defender sozinho.

O homem da Atlas havia chegado no dia do espancamento porque Maude entrara em contato com ele, avisando que sua filha recém-enviuvada precisava de toda a ajuda possível. Maude tinha apólices para todos os seus escravos. Ao ir embora naquele dia o homem da Atlas anotou mentalmente que, da próxima vez, teria de insistir para ver a dona da casa em vez de aceitar um não como resposta de um parente do sexo masculino que não conhecia os benefícios dos produtos da Atlas. Uma resposta negativa, as pessoas de Hartford haviam ensinado, era apenas o alicerce para uma resposta positiva.

STAMFORD NÃO VOLTOU a ir atrás de Glória, nem de Cassandra. Embora o fantasma tivesse sumido de sua cabana, ele começou a achar que não ia demorar muito neste mundo, que nenhuma coisinha nova voltaria a amá-lo novamente. Ele se tornou muito difícil e entrou ainda em mais brigas com outros homens. Chegou a ponto de xingar crianças quando não havia adultos por perto para espantá-lo. As crianças da alameda começaram a dizer que ele era um homem que havia deixado de comer qualquer tipo de comida de gente. Stamford agora só comia pregos, elas diziam, pregos enferrujados, e só bebia água lamacenta, e quanto mais lama tivesse, melhor.

Ele encontrou um escravo de uma plantação vizinha e esse homem lhe dava de tempos em tempos uma infusão que afirmava ser melhor do que o uísque que os brancos bebiam. O ingrediente básico da infusão consistia em batatas que haviam ficado em fermentação por meses. Havia outras coisas dentro também, na maior parte o que o homem simplesmente calhasse de encontrar por perto: folhas, insetos mortos, pés de galinha, jornais, trapos sujos, água parada. Tudo isso entrava na infusão. E durante algum tempo, o corpo que tomasse dessa bebida entrava em um estado gostoso, um lugar que o homem da infusão gostava de chamar de paraíso na terra. O efeito era breve, e se o bebedor não fosse dormir logo em seguida, ficava com uma dor de cabeça que era pior do que se uma árvore lhe tivesse caído em cima do cocuruto, pois só homens bebiam aquele negócio.

Um pouco mais de três semanas depois da surra que levara de Clement, Stamford vinha descendo a alameda. Ele tinha bebido um pouco da infusão na véspera e sua cabeça estava doendo. Sua visão estava borrada. Era domingo de tarde e chovia. Ele não se lembrava de onde havia estado, mas agora estava se dirigindo para a cabana de Delphie. A alameda enlameada estava vazia, a não ser por Stamford e um dos três gatos do lugar que não se incomodava de ficar na chuva.

Ele bateu à porta de Delphie e ela abriu antes que precisasse bater pela segunda vez.

— Eu andei quebrando a cachola pra estudar por que é que eu e tu não ficamo junto — disse Stamford. Sua cabeça, embora doesse, estava mais

O MUNDO CONHECIDO   211

clara do que naquela manhã, mas ainda não clara o suficiente para que ele soubesse toda a diferença entre o certo e o errado.

Delphie perguntou:

— Como é que é? — Ela o havia ajudado a se curar depois da briga com Clement da melhor maneira possível, e quando o viu melhorar, foi cuidar da vida.

Stamford deu um sorriso. A estrada para as coisinhas novas leva você pela floresta dos sorrisos largos, o homem havia aconselhado quando Stamford tinha 12 anos. Mas as coisinhas novas valem a pena. Stamford abriu ainda mais o sorriso.

— Tu e eu. Juntinho. Eu e tu se juntano e seno uma família só, é isso o que eu tô dizendo. — Se ele não podia mais conseguir coisinhas novas, ia arrumar o que pudesse. O inverno estava para chegar antes que ele se desse conta.

Delphie saiu da cabana. Ela não estava sorrindo porque não estava muito feliz. Homens como ele nunca viviam muito tempo. Morriam e eram esquecidos em duas semanas.

— Eu não quero uma coisa dessa não, Stamford. Não quero mesmo.

— Claro que quer. Tu quer sim. Estou te dizendo que tenho o que pode te curar, meu docinho. Tenho isso e tenho de sobra. — No inverno, o homem havia aconselhado o garoto, você pode se envolver em toda aquela coisinha nova, e aí você não vai precisar sair até a primavera. Fica lá hibernando que nem os ursos. — Só me dá uma chance de te mostrar o que eu tenho, docinho. Só uma chance.

Delphie olhou para os lados na alameda. A chuva agora estava caindo suave, não com força, e ela podia ver isso pela maneira como os trechos esparsos de grama não se inclinavam nem se amassavam quando a chuva os atingia. Seus olhos voltaram para Stamford e ela percebeu que tinha mais pena dele do que já tivera de qualquer ser humano. Mais do que até de uma criança morta e sem mãe na estrada. Ela se lembrou das coisas que ele gritava nos sonhos nos dias depois que Clement o surrou.

Stamford esticou a mão e tocou-lhe o seio. A tetinha, o homem havia aconselhado o garoto, é o que realmente fala numa mulher, entende o que eu digo? Você tem que dizer pra tetinha o que você quer mesmo quando a maldita boca da coisinha nova está dizendo o contrário do que tu quer. Fala primeiro com a tetinha, e a porta vai se abrir num instantinho.

Delphie pegou a mão dele e tirou-a com firmeza do seio. Stamford deixou a mão cair pelo corpo. Seu sangue havia encharcado sete trapos de tamanho grande. Com a outra mão, Stamford enxugou a chuva do rosto, mas de nada adiantou, porque estava parado do lado de fora e mais chuva rapidamente cobria seu rosto. Por fim, viu o que ela estava vendo. A chuva parou por cerca de dez segundos e, com a boca ainda travada num sorriso largo, Stamford olhou ao redor para ver por que esse novo silêncio. Quando voltou a olhar para ela, ela estava esperando.

— Eu jamais ficarei com você — disse ela. A chuva voltou. Delphie se aproximou dele e por um pequeno instante ele teve esperanças, esquecendo-se das palavras dela e sentindo o seu cheiro. Delphie pôs as mãos nos ombros dele, segurou-os firme, medindo-o por inteiro. — Tu é um homem muito pesado pra eu carregar, Stamford. Já carreguei homens fortes, e sei que eles podem quebrar as costas. Eu só tenho estas costas aqui e não quero quebrar elas de novo, pelo menos não antes de eu chegar aos 50 anos. — Ela recuou, deu-lhe as costas e entrou em casa. Estava acostumada a cuidar de pessoas, tentando curá-las, e por isso um longo momento se passou antes que ela fechasse a porta, e quando a bateu, a porta não fez som algum.

Stamford saiu inteiramente para a alameda, pisando na lama. O homem, o conselheiro, estava calado em sua cabeça. Ele caminhou ausente para longe de seu objetivo inicial e atravessou a lama na direção da casa de Caldonia. A chuva foi ficando mais forte, e ele então entendeu que estava na verdade se afastando de sua própria cabana, e virou as costas e, através da chuva pesada, tentou distinguir simplesmente qual era a sua cabana. Desceu a alameda. A lama o puxava. Continuou caminhando e pouco a pouco foi percebendo onde estava. Passou pela cabana de Celeste e Elias. Parou. Está chovendo, ele pensou. Diabo de chuva forte.

Ficou muito tempo parado ali em pé, e quanto mais tempo ficava, mais afundava. Toda a vontade que tinha de estar no mundo começou a abandoná-lo. Ele podia sentir a vida começando a escorrer pelo seu peito, braços e pernas, fazendo uma coisa pelo chão que nunca fora capaz de fazer antes. Se Deus tivesse lhe perguntado se estava pronto naquele instante, só teria uma resposta.

— É só me levar pra casa. Ou me cuspir no inferno. Não me interessa mais. Só me tire disso aqui.

Ele deu um passo à frente, devagar, por causa da lama.

Quando foi chegando perto de sua cabana, outra porta se abriu e Delores, de 7 anos de idade, saiu de dentro com um balde na mão. Assim que pisou na alameda, com Stamford a apenas um metro de distância, ela escorregou e caiu na lama.

— Sua idiotinha — disse Stamford, ajudando a criança a se levantar.

— O que é que tá fazendo aqui fora nessa sujeirada?

— Vou pegar umas amora — disse Delores. Numa parte do mundo, bem à direita das cabanas, um relâmpago apareceu e desapareceu rapidamente, antes que o homem ou a garota tivessem se dado conta do que aconteceu.

— Como é que é? — perguntou Stamford. — Onde é que tá o juízo que Deus te deu, menina? — Se ele sabia o nome dela, já havia esquecido há muito tempo.

— Vou sim — disse Delores —; então é melhor tu me deixar em paz. — Ela e Tessie, as filhas mais velhas de Celeste e Elias, eram as únicas crianças na alameda que não tinham medo de Stamford, não ligavam para suas unhas nem para sua dieta de água com lama. — Me deixa em paz.

Stamford devolveu-lhe o balde.

— Ô, diabo, pelo amor de Deus, onde é que tu tá indo nesta chuva toda, menina?

— Eu já disse: vou pegar amora — ela repetiu. Nem o Stamford nem a garota repararam que o irmão de Delores, Patrick, que tinha 4 anos, estava na porta da cabana deles. Sua irmã o havia mandado ficar em casa com a porta fechada até ela voltar. — Vou pegar amora — repetiu Delores. — Agora me deixa em paz pra eu poder ir. — Ela enxugou a chuva dos olhos e piscou para Stamford.

— Amora? — ele olhou para as cabanas ao redor como se a amoreira estivesse apenas a alguns passos de distância. — Cadê sua mãe?

— Lá em cima na casa, ajudando.

— E cadê seu pai? — perguntou Stamford.

— Ajudando lá no celero aquele cavalo doente.

— Senhor, Senhor — disse ele. — Me dá esse diabo dessa coisa aí. Me dá esse balde aqui.

— Eu preciso dele pras minhas amoras. Eu e meu irmão queremos amora. — Ela olhou para a cabana e viu o irmão. — Eu num falei pra tu ficar dentro de casa? — gritou para Patrick, que curvou os ombros e em seguida mostrou a língua para ele, uma coisa que seu pai dissera para ele jamais fazer. Patrick bateu a porta.

— Vou pegar as maldita amora e você entra dentro de casa — disse Stamford. Os raios e trovões estavam chegando perto, e Stamford agora estava ciente de que havia mais coisa do que chuva pela frente. Olhou para a garota e para o balde. — Vou pegar essas maldita. — Sabia que estava indo morrer, mas pensou que aquela coisinha poderia lhe dar um banquinho num cantinho do céu que ninguém ligasse. O cantinho do céu reservado para os tolos, as pessoas muito burras para sair da chuva. As pessoas chegavam àquele cantinho pela porta dos fundos do céu.

— Tu promete? — perguntou Delores.

— Se eu disse, é porque eu prometo, oras. Agora entra na casa antes que tu acabe morreno. — A garota entrou.

Stamford esvaziou a chuva que havia caído no balde depois que a garota entrou em casa. Caminhou até onde sabia que estavam as amoras, voltando a ser a única pessoa na alameda. Tinha ouvido falar de uma planta envenenada que um homem havia comido para ir para o outro lado, mas como Stamford nunca achara que iria morrer com todas as coisinhas novas da terra, não havia guardado na memória que tipo de planta era nem onde poderia ser encontrada. Uma mulher de uma plantação no condado de Amélia afiara uma pedra e cortado os dois pulsos. Sangrou no chão. Ele ouvira dizer que era uma mulher muito bonita, então devia ter sido um desperdício de coisa boa. Talvez ela fosse uma aleijada que nem a Celeste. Se fosse bonita era bom. Se fosse aleijada não era tão bom. O homem, o conselheiro, ainda estava quieto na sua cabeça, e Stamford foi até além da

O MUNDO CONHECIDO   215

alameda e entrou em um lugar amplo que não ficava longe da floresta inútil
onde Moses saía para ficar sozinho consigo mesmo. Os raios e trovões estavam agora ainda mais próximos, a cerca de quatro ou cinco quilômetros
além de onde ele acreditava que os frutos mais doces podiam ser encontrados. Melhor correr, pensou ele. Melhor sair deste tempinho. Ele queria
morrer, mas não queria pegar um resfriado para que isso acontecesse.

O arbusto que ele encontrou não tinha preço, era um trecho de chão
que ficava em parte na plantação dos brancos do lado. Stamford nem ligou. Ele subia na cerca quando via alguma coisa que queria. Trabalhou
concentrado e acabou em menos de meia hora. Levantou o balde. Sim, isso
ia matar a fome de dois bebês até a hora do jantar. Afastou-se do arbusto,
voltou para a plantação Townsend. Em pouco tempo a floresta inútil estaria
à sua direita, e a alameda e as cabanas a mais de um quilômetro de distância. Ele estava em um belo pedaço de terreno aberto que algumas mulheres diziam que tinha as mais bonitas flores-do-campo e campainhas-roxas.
Ele havia colhido algumas quando estava fazendo a corte a Glória. Flores
lindas nas mãos suadas de um homem. Mas elas fizeram o trabalho delas.
Sim, senhor. Talvez ele pudesse matá-la antes de morrer. Isso lhe ensinaria
uma lição. Mandar o rabo dela pro inferno para que pudesse ficar sentada
numa daquelas banquetinhas de duas pernas difíceis de equilibrar do diabo pelo resto da eternidade só para que pudesse ponderar o que fizera com
ele. Matá-la e depois ele próprio se sentar em uma colina e vê-la sofrer pelo
resto da eternidade. Então começou a pensar que conversa ruim e amoras
de crianças não combinavam. A chuva continuava e os raios e trovões estavam chegando mais perto.

Ele não prestou muita atenção no primeiro estalo do trovão, mas o segundo fez com que ele virasse a cabeça. Ele chegou a tempo de ver a árvore
mais próxima na floresta estremecer, parar e depois voltar a estremecer.
Um carvalho. Momentos depois, ele podia ver o primeiro corvo voando
como se de cabeça para baixo, na direção do chão, duas ou três penas flu-
tuando depois do corpo. O segundo corvo voando de cabeça para baixo
lhe disse que ele não estava voando, mas que a morte havia apanhado os
dois. Ele levou menos tempo para piscar a chuva fora dos olhos do que o

segundo corvo se juntar ao primeiro no chão, acompanhado de mais penas. Se eles fizeram algum som ao cair, a chuva estava muito alta para ouvir.

O topo do carvalho era agora uma gloriosa chama de luz amarela, como se um milhão de velas tivessem sido colocadas no alto dela. O raio atingira os pássaros e Stamford pôde ver que o alto da árvore estava agora pegando fogo, com fome de mais coisas. Ocorreu-lhe que a árvore era muito alta, e que se um homem conseguisse subir até o alto, poderia pular e morrer. Muito devagar, diante de seus olhos, a luz do milhão de velas se juntou para formar uma linha pulsante de dois metros de fogo azul que dava para ver por entre os galhos e as folhas. A luz começou a se espalhar árvore abaixo, ficando mais próxima do tronco enquanto queimava tudo em seu caminho, ramos, galhos e qualquer coisa que pudesse ter feito sua casa na árvore. Por último, a luz chegou à base da árvore, ainda azul, ainda pulsando, ainda com dois metros.

Stamford depositou o balde no chão e foi na direção do raio, na direção de sua morte.

Antes de se afastar demais, ele se virou e olhou para o balde de amoras, que estava tombando porque ele sem perceber o colocara sobre um monturo de terra. Se alguém o encontrase e soubesse a quem ele pertencia, então o balde deveria estar retinho e mais perto da cabana das crianças. Ele voltou e empurrou o balde cerca de três metros mais perto das cabanas. A chuva não cedeu.

A luz não havia se movido, e enquanto Stamford corria em sua direção, a luz fluía até o chão e agora formava uma linha de fogo espalhada pela grama, que não queimava. Stamford correu mais rápido. Quando estava a menos de dois metros da luz e da floresta, a luz disparou para longe dele e empalou outra árvore, dividindo essa árvore ao meio. Stamford chegou bem na hora de ver a árvore se desfazer e as duas partes iguais decidirem ir para caminhos diferentes. Uma tristeza miserável tomou conta dele. Todo dia era uma desgraça atrás da outra.

A chuva continuou e a tempestade se afastou dele, indo na direção das cabanas. Os corvos estavam aos seus pés. Stamford se ajoelhou. Embora os pássaros tivessem caído naquele amontoado bagunçado da morte,

O MUNDO CONHECIDO 217

alguma coisa havia passado por ali e os colocado bonitinho no chão — penas recolhidas de toda parte e colocadas de volta às suas asas, seus olhos fechados, corpos e asas pretos reluzentes como se tivessem vida. Nada queimado. Eles se deitaram lado a lado, como deveriam estar empoleirados lado a lado antes que a morte se esgueirasse sobre eles. Jamais foram bonitos em vida, pensou Stamford. E mesmo que voltassem a viver, aquilo, naquele momento, era o melhor que poderiam ficar. Agora tudo de que precisavam era que alguém chegasse e desse a cada um deles um pequeno caixão.

Stamford lambeu os dedos e os esfregou em cada pássaro.

— Eu só preciso de um pouquinho pra passar pro outro lado — disse para o primeiro corvo. Fechou os olhos e esperou a morte chegar. Começou a falar com o segundo pássaro: — Agora, não vá reclamar do que tu conseguiu. — Continuou a esfregar os dedos neles e a lamber a mão. Falava com cada pássaro em separado, como se a história que tivesse com cada um fosse distinta e diferente da que tinha com o outro. Falar dos dois como um casal, como uma unidade, seria desrespeitar a história que ele compartilhava com ambos. Continuou a lamber os dedos e tocar nos pássaros, mas nenhum dos dois parecia muito interessado em compartilhar seu pedacinho de morte. — Está certo, passarinho velho, não vou te incomodar — ele disse ao primeiro corvo. — Já entendi, tu já viveu muito — disse ao segundo pássaro. — Não vou te culpar por isso não. — Sentiu alguma coisa pesada e diferente da chuva caindo sobre ele e tocou o alto de sua cabeça. Puxou o que começou a perceber que eram gemas de ovos. Então, pedacinhos de cascas de ovos caíram em sua mão aberta, pedacinhos verde-claros com pintinhas marrom-escuras. Olhou para o alto e mais ovos e cascas estavam caindo, com gravetos e palitos que foram o ninho dos corvos. Ficou olhando as cascas e as gemas por algum tempo, e durante todo esse tempo a chuva continuou. Ele olhou ao redor como se alguém o tivesse chamado pelo nome. Então apanhou algumas das cascas de ovos e as enfiou embaixo da asa esquerda de cada um dos pássaros. Esfregou as gemas em seus corpos. E quando acabou, a terra se abriu e tragou os pássaros. Ele chorou.

Este foi o começo de Stamford Crow Blueberry, o homem que, com sua esposa, fundou a Casa Richmond para Órfãos de Cor. Em 1909, as pessoas de cor de Richmond rebatizaram extraoficialmente uma rua muito comprida para ele e sua esposa, e durante décadas, todos os anos essas pessoas enviaram petições aos brancos que estavam no governo de Richmond para que tornassem o nome oficial. Em 1987, após um novo pedido de renomeação encaminhado por uma das bisnetas de Delphie, a cidade de Richmond cedeu e colocou novas placas ao longo de todo o caminho para provar que era oficial.

Stamford voltou até o balde de amoras, ajoelhou-se e imediatamente começou a achar que o balde não tinha frutas suficientes. Mas as crianças ficaram esperando muito tempo, e ele não queria decepcioná-las. Balançou o balde, achando que isso poderia fazer com que ele parecesse mais cheio. Ajudou, mas não muito. Talvez o garoto pudesse ser tapeado e achar que era um balde cheio, mas a garota sabia das coisas e saberia que ele havia fracassado em trazer um balde cheio. Curvou os ombros e a chuva continuou. Ele viu uma amora rolando um morrinho no balde e pegou-a. Segurou a amora entre os dedos, começou a espremê-la. Agora a amora estava imprestável para qualquer criança, e ele lamentou ter de espremê-la. Para não deixar que ela fosse desperdiçada, colocou-a na boca. Não estava ruim, mas ele jamais conseguiria viver comendo aquelas coisas. Deus lhe dera uma boca cheia de dentes bons, mas sem apetite por coisas doces. Que diabos havia acontecido àquele balde cheio? Ele mastigou e engoliu a amora, e depois levantou a cabeça para ver uma cabana voando pelo ar chuvoso. Ela não estava se movendo de modo ameaçador, e por isso Stamford não ficou com medo. Mas se levantou.

A cabana continuou a voar e pousou no chão a menos de cinco metros dele. A porta se abriu e Delores estava na porta, mãos atrás das costas, bastante feliz consigo mesma como fazem as garotinhas que têm um segredo que estão morrendo de vontade de contar. Ela abriu a boca, os dentes e a língua manchados de azul, uma garota contente com suas amoras. Seu irmão Patrick apareceu ao seu lado, e ele também abriu sua boca azul para mostrar sua felicidade. Então, sem mais nem menos, o garoto bateu a porta com força. Não foi um comentário para Stamford: apesar do que sua irmã sempre dissera a seu respeito, ele não precisava que lhe repetissem três vezes a mesma coisa. A cabana subiu, subiu e voltou do jeito que havia ido. A porta fechada devia ter agido como uma espécie de olho, porque a cabana se virou para que a porta pudesse ver o caminho de volta.

Em 1987, a cidade de Richmond havia acabado de contratar uma jovem do Holy Cross College, e a primeira tarefa dessa mulher foi desenhar uma placa que pudesse conter os nomes do sr. e da sra. Blueberry. A bisneta de Delphie, que fazia parte do conselho municipal, queria ambos os nomes nas placas das ruas, e não só algo do tipo "Blueberry Street". A mulher negra de Holy Cross fez um ótimo trabalho, e na noite em que completou a tarefa, ligou para sua mãe em Washington, D.C., e leu para ela o que havia conseguido colocar em uma placa: Stamford and Delphie Blueberry Street.

Depois de devolver o balde a Delores e Patrick, Stamford ficou em pé na lama da alameda e na chuva e contou as portas das cabanas onde moravam crianças. Deixou de fora as que tinham bebês porque sabia que eles não tinham idade suficiente para morder e saborear amoras. E ele nunca ouvira falar numa teta doce com gosto de amora. Tentou contar, mas sempre errava o cálculo, e teve que repetir a operação várias vezes. Quando terminou, percebeu que tinha um novo problema — como achar baldes suficientes para todas aquelas malditas amoras.

A chuva parou no dia seguinte, mas voltou três dias depois. Era bem pior, e todos os que andaram debaixo dela sentiram as agulhadas. "Foi uma chuva muito dolorosa", escreveu Kim Woodford, historiadora do Lynchburg College, em 1952. A chuva provocou uma grande enchente, e a historiadora de Lynchburg reparou, sem exagerar, que aquela podia ter sido a pior que qualquer condado havia sofrido desde que a Virgínia se tornara um estado. Vinte e um seres humanos perderam suas vidas, incluindo oito escravos adultos, cinco homens e três mulheres. Todas as crianças, brancas, negras ou índias, livres ou em cativeiro, foram poupadas. Ninguém contou o gado, os cães e gatos que foram mortos porque o número era gigantesco. A terra ficou coberta por corpos de animais por semanas.

TRÊS SEMANAS DEPOIS do dia em que Clement espancou Stamford, o homem da Atlas Life, Casualty and Assurance voltou pela terceira vez em sua carruagem alugada e recebeu de Caldonia a notícia de que ela não queria seguro algum. Maude olhava por trás, dando suspiros de desagrado.

— Bom-dia, sra. Townsend — o homem branco disse para Caldonia antes de ela mandá-lo embora, o livro grande em uma das mãos e o chapéu na outra. Foi sua primeira chance de falar com ela diretamente. — Lamentamos profundamente sua perda infeliz. Minha empresa, a Atlas Life, Casualty and Assurance, e todos os seus empregados, enviam suas condolências eternas.

CUIDAR DE STAMFORD depois de seu espancamento convenceu Caldonia a tentar colocar sua tristeza de lado o mais que pudesse e se voltar para o trabalho na plantação. Ela decidiu, depois de conversar com Celeste, Glória e Clement, que Clement não seria castigado. Enviou por Moses uma mensagem para Stamford, dizendo que ele deveria tomar cuidado com o que fizesse dali por diante.

— Não quero mais ninguém brigando — disse a Moses, embora Stamford ainda fosse levar muitos dias para obedecer, depois dos corvos, das amoras e da cabana.

Por sua própria conta, Moses exigiu que Stamford e Clement trabalhassem algumas horas a mais em três domingos. Eles poderiam ter recorrido a Caldonia, mas acharam que tudo o que Moses estava fazendo vinha direto das ordens dela. O primeiro domingo foi pouco depois que Stamford voltara aos campos após a surra, e Elias trabalhou por ele depois que Celeste disse que não achava que Stamford conseguisse fazer sete dias seguidos.

No rastro do espancamento, Caldonia agora fazia com que Moses viesse fazer um relatório para ela todas as noites, após o término do trabalho. Ele ficava de pé no salão e lhe dizia tudo o que havia acontecido durante o dia, desde o momento logo depois do desjejum, quando ele encontrava os escravos na alameda, até o momento da noite quando lhes dizia que o dia terminara. No começo, o relatório era feito e concluído em minutos. Mas,

O MUNDO CONHECIDO

à medida que os dias desde a morte de Henry foram se acumulando, ele falava cada vez mais, pois havia percebido que Caldonia queria as palavras dele. Maude, e às vezes Fern, saíam antes que tivesse terminado, mas Caldonia e Calvin ouviam cada palavra. E quando Caldonia finalmente ficou sozinha na casa, e sua mãe, seu irmão e Fern haviam partido, ela continuava a ouvir o relatório dele, que ia ficando ainda maior, às vezes durando até uma hora. Em pouco tempo, ele começou a parar de falar do trabalho do dia e a criar histórias do nada sobre os escravos. Loretta ficava sentada numa cadeira num canto, sabendo o que era e o que não era verdade, mas jamais revelando isso à sua patroa.

Na noite do dia em que Fern foi embora, Caldonia disse a Moses que se sentasse. Ele olhou para Loretta em sua cadeira, e, depois de um longo momento de hesitação, sentou-se. Caldonia disse a Loretta que ela podia se recolher, e Loretta saiu.

— Você estava aqui desde o começo, não estava? — perguntou Caldonia.

— Como, sinhá?

— Você estava aqui com Henry desde o começo, desde o primeiro dia?

— Estava sim, sinhá.

— O que você fazia?

Moses tirou os olhos do próprio colo e começou a inventar os primeiros dias, em que estavam construindo a casa e não havia muita coisa na terra, a não ser o que Deus tinha colocado lá. Caldonia estava sentada na beirada do canapé, com seu vestido de luto.

— O sinhô Henry sempre soube que tipo de casa que ele queria construir, patroa. Eu nem sei se ele sabia da sinhá naquela época em particular, mas acho que devia ter alguma ideia de que a sinhá estava por aí em algum lugar esperando do seu jeito, porque ele começou a construir uma casa que a sinhá ia querer morar. Ele construiu ela todinha do nada. Eu estava lá, mas eu não estava lá que nem ele. Ele me disse no primeiro dia, disse assim: "Moses, a gente vamo começar pela cozinha. Uma esposa precisa de um lugar pra cozinhar as refeição da família. É por aí que a gente vamo começar." E o patrão se abaixou e pregou o primeiro prego. Pam! Isso foi numa segunda-feira, patroa, porque o patrão Henry não acreditava em começar nada no domingo, que é o dia de Deus.

Caldonia, apertando as mãos pousadas sobre o colo, recostou-se e fechou os olhos. A história do primeiro prego veio um pouco mais de um mês depois que Henry já estava na sua cova. Era um evangelho entre os escravos que a maneira mais fácil de ir para o inferno era contar mentiras sobre gente morta, mas Moses não pensou nisso enquanto falava do primeiro prego, não pensou que os mortos precisavam que se dissesse a verdade sobre eles. Não pensou nisso até o dia em que Oden Peoples, o patrulheiro cherokee, disse aos homens ao seu redor sobre Moses:

— Levantem ele até aqui em cima. Vou levá-lo. Ele não vai ficar sangrando por muito mais tempo.

BARNUM KINSEY, o patrulheiro e o homem branco mais pobre do condado de Manchester, estava até bastante sóbrio quando se encontrou com Harvey Travis e o cunhado de Travis, Oden Peoples, certa noite no começo de setembro, um pouco mais de cinco semanas depois da morte de Henry Townsend. Barnum estava sóbrio havia três semanas e meia, e sabia por experiência própria que se conseguisse sobreviver à quarta — quem sabe até a quinta — semana sem beber, poderia seguir pelo restante do ano sem o desejo que tantas vezes o tomara naquelas primeiras semanas, o desejo que o aguilhoava até naquele momento em que cavalgava para se encontrar com Travis e Oden sob a lua mais brilhante que já vira nos últimos tempos. Depois daquela quinta semana de sobriedade, ele seria capaz de olhar esse desejo nos olhos, dizer não e mandá-lo embora. Então, com forças renovadas, poderia colher o que sua terra lhe desse naquele outono e pelo restante do ano poderia trabalhar sob contrato para que ele e sua família pudessem sobreviver com um pouco de conforto durante o inverno.

Ele tinha um medo desesperado de não ter nada no inverno, via a estação como o desafio de Deus para ele parar de beber e caminhar sobre as duas pernas sem titubear. Seu avô, que também fora um bebedor, havia morrido no inverno; saíra para uma bebida e morrera congelado na

O MUNDO CONHECIDO 223

quarta noite mais fria daquele inverno. O pai de Barnum não havia sido bebedor, então Barnum havia pensado por um longo tempo que a maldição tendia a pular gerações, pois nenhum dos seus filhos do primeiro casamento mostravam precisar daquilo. Os garotos do segundo casamento ainda não tinham saído dos cueiros, por isso a bebida ainda não era um problema. Quanto às mulheres através das gerações em sua família, a maldição havia evitado todas elas, e elas caminhavam pelo mundo imaculadas, as cabeças limpas sem a necessidade de um desafio a cada inverno que Deus mandasse.

Se aproximava das dez da noite quando Augustus Townsend apareceu na estrada com sua carroça puxada por uma mula que estava tão cansada quanto seu dono. A mula era mais velha do que a outra que Augustus tinha, e ele não trabalhava com ela tanto quanto com a mais nova, mas de vez em quando ele a pegava para mostrar à mula que ainda confiava nela. A mula e seu homem entregaram um baú, uma cadeira e uma bengala a um homem a dois condados de distância, um branco que havia casado recentemente a última de suas três filhas e portanto tinha um dinheirinho para gastar consigo mesmo.

— Faça-me feliz com alguma coisa — ele dissera a Augustus —, antes que o meu próximo neto venha para este mundo. — Augustus, como de costume, havia subestimado o tempo da viagem para lá e a volta, e então ele e a mula estavam um dia atrasados para chegar à sua esposa Mildred em casa. Augustus andava pensando em Henry o dia todo, e o dia todo tentara não fazer isso.

— Pare aí — Travis disse para Augustus. — Pare aí agora e mostre quem é você. — A carroça de Augustus trazia um lampião pendurado no banco. A mula gostava da luz. Parecia lhe dar alguma paz de espírito em seu trabalho. O lampião e a lua ofereceram luz suficiente para que Travis pudesse ver que Augustus era alguém que ele já havia parado muitas vezes antes.

Augustus parou e pegou seus papéis de alforria. Estava cansado demais para falar, mas também sabia que falar com eles seria desperdício, pelo menos com o branco Travis e provavelmente o cherokee Oden.

— Noite, Augustus — disse Barnum. Augustus não o havia visto no começo.

— Sr. Barnum, boa-noite. Como vai a família?

— Vão bem, como Deus quer.

— Isto aqui não é reunião social de igreja, diabo — disse Travis, arrancando os papéis de alforria de Augustus. — Isto aqui é negócio da lei.

— Travis sabia ler e levantou os papéis para pegar luz emprestada do lampião de Augustus, virando os papéis para um lado e para o outro. Não os leu, porque já os havia lido muitas vezes antes. Você e eu, Augustus pensou ao observar o homem branco, já conhecemos tudo isso agora, palavra por palavra. Incapaz de ler, o próprio Augustus, no começo de sua liberdade, dera a um homem de cor livre uma bengala só para que ele pudesse ler os papéis para ele cinco vezes por dia durante duas semanas, e no decorrer dessa leitura ele havia memorizado cada palavra.

— Esses papéis são bons — disse Augustus. — Já sou um homem livre há muito tempo, sr. Travis.

— Tu não é livre até que eu e a lei diga que é livre — disse Travis.

— O que é isso, Harvey? A gente conhecemos o Augustus há muitos anos — disse Barnum.

— Não vem me dizer o que eu conheço e o que eu não conheço. Você fique com sua boca fechada. Diga o que você sabe pra garrafa, se ela quiser te ouvir. Não é isso, Oden?

— Fico do seu lado — disse Oden —, se é o que você está dizendo. Barnum, John não iria querer que a gente deixasse qualquer um passar só porque a gente já fez isso muitas vezes antes. Isso é ilegal.

Travis sacudiu os papéis e disse para Augustus:

— Eu odeio o jeito como você sobe e desce por estas estradas sem cuidado, sem dizer um "sim sinhô, não tá um bom dia, sinhô?" Sem um "Posso puxar seu maravilhoso saco hoje, sinhô?"

— Só estou fazendo o que é meu direito — disse Augustus.

Travis começou a comer os papéis, começando com os cantos inferiores direitos, mastigou dos cantos para cima e engoliu.

O MUNDO CONHECIDO

— É isto aqui o que eu acho que é seu direito de fazer o que você tem direito.

— Agora espere um minuto — disse Augustus. — Pare agora mesmo. — Ele se levantou na carroça, as rédeas na mão esquerda. A mula não dera um passo desde que Augustus parara.

Travis começou a comer o resto dos papéis, fazendo muito barulho, e quando acabou de comer, lambeu os dedos.

— Sabe onde foi que esses dedos andaram? — perguntou Oden. Travis riu e soltou um arroto.

— Harvey, pelo amor de Deus, os papéis pertencem a ele — disse Barnum. — O que é que ele vai fazer? — Ele olhou além de Augustus e viu alguma coisa vindo na direção deles. Torceu para que fosse Skiffington. — Isso não é direito, Harvey. Não é direito mesmo.

Travis enxugou a boca com as costas da mão.

— Isso não tem nada a ver com o que é direito — disse. — Foi a melhor refeição que já tive em muitos domingos. — Um pedaço de papel ficou preso nos seus dentes e ele os chupou, tirando o papel com facilidade.

— Eu não ia querer estar na sua pele amanhã quando você cagar isso — disse Oden.

— Não sei não — disse Travis. — Acho que vai descer bem. Não pode ser pior do que o que as verduras fazem comigo.

Uma carroça com o dobro do tamanho da de Augustus chegou até os quatro homens. Em sua direção estava um negro, e ao seu lado um homem branco muito menor, coberto em peles de castor. O calor de setembro não parecia incomodá-lo. Na parte de trás da carroça havia quatro adultos negros e uma criança negra. O branco na carroça pegou duas patas de castor e cheirou-as profundamente.

— Não tem nada igual ao cheiro do Tennessee — disse.

— Darcy, Darcy — disse Travis. — Pra onde tá indo? Vai se casar de novo? Você troca de mulher mais rápido do que eu troco de tapete.

— Só estava de passagem com os meus antes que o seu xerife me descubra e fique farejando muito o meu negócio. John Skiffington devia se chamar John Sniffington.* — Darcy tinha 42 anos, mas com a barba desalinhada que ia até os joelhos e a maior parte do corpo coberta por peles, podia passar por um homem de 75.

Travis deu uma gargalhada e Oden fez a mesma coisa. Barnum ficou em silêncio. A criança na traseira da carroça tossiu.

— Pois é, Darcy — disse Travis —, acho que você chegou na hora certa. Eu achava que você não ia saber que horas eram, mas esta noite, sem saber, parece que você chegou na horinha. Deus trabalha de maneiras misteriosas.

— Louvado seja. Nasci com um relógio na cabeça — disse Darcy.

— Tique-taque, tique-taque. De noite a noite. Tique-taque.

— Bom, não era exatamente o que pensei quando parei este crioulo, mas vai dar na mesma — disse Travis.

— O que é que você tem pra mim, Harvey?

— Um negro que não sabia o que fazer com a liberdade que tinha. Acho que ele pensava que estava livre.

— Aquele ali — e Darcy apontou para Oden. Darcy deu uma gargalhada e cutucou o negro ao seu lado com o cotovelo. — Faz muito tempo desde que vendi um índio. Cinco meses, talvez. Não me deu o dinheiro que eu estava esperando. Lembra daquele, Stennis? — E deu outra cotovelada no negro.

— O sinhô ganhou o suficiente, se me lembro corretamente, patrão — disse Stennis.

— Bom, então eu me curvo à sua lembrança porque a sua sempre foi melhor que a minha. Esse relógio na minha cabeça não gosta de dividir espaço com nenhum poder de memória. Egoísta filho da puta. Eu levo o índio e o negro juntos.

— Ele não — Travis disse a respeito de Oden. — Ele é meu parente. Somos da mesma família. Você conhece o Oden. Estou falando do crioulo da carroça.

Barnum disse para Darcy:

— Cavalheiro, esse Augustus Townsend é um homem livre. O senhor não pode comprá-lo. Deixe ele em paz.

---

*Trocadilho com o verbo *to sniff* (farejar). (*N. do T.*)

O Mundo Conhecido 227

Travis se inclinou para a frente, empurrou Barnum e cuspiu nele.

— "Esse Augustus é um homem livre. Esse Augustus é um homem livre." Eu gostava mais de você quando estava tão bêbado que mal conseguia ficar em pé, Barnum. O que você dizia fazia mais sentido na época. Um crioulo está à venda se eu disser que ele está à venda, e este aqui está à venda.

— Cavalheiro — disse Augustus para Darcy —, eu sou um homem livre há muitos anos. Fui libertado pelo sr. William Robbins.

— Sim, sim, sim. Feliz Natal, Feliz Natal — disse Darcy. — Quanto você quer hoje, Harvey?

— Estou lhe dizendo que ele é livre — disse Barnum.

— Me dê duzentos e vou dormir bem esta noite — disse Travis e apontou sua pistola para Barnum.

— Diabos! Isso aí vale um mês de noites boas de sono, Harvey. Você está tentando me transformar no seu colchão e também no seu travesseiro.

— Cem.

— Experimente vinte e cinco dólares. Os dois aí estão dizendo que ele é livre, Harvey. Isso pode me dar problemas mais adiante.

— Ei, Darcy. Este crioulo faz móveis. Ele esculpe madeira, e se você não conseguir encontrar madeira, tenho certeza de que ele tem um bom corpo para o que quer que você precise. Me dê esses cem aí.

— Mesmo assim, ele está dizendo que é livre, Harvey. Isso é arriscado pra mim. Trinta dólares.

Augustus pegou as rédeas e se preparou para sair dali. Oden puxou a pistola, olhou por um segundo para Travis e apontou a arma para Augustus.

— Você devia ficar. Eu acho que você devia ficar — disse Oden. Augustus parou.

— Fique sim — disse Travis. — Barnum pode pegar o banjo e a gente vai se divertir. Agora, Darcy, eu também tenho meus riscos. Cinquenta dólares, então. Fecho em cinquenta.

— Hmm — disse Darcy. — Eu devo dizer que você é um negociador e tanto. Stennis, será que a gente pode colocar cinquenta dólares no bolso daquele homem?

— Não pergunte a esse crioulo assunto de branco — disse Travis.

— Eu vivo e morro com Stennis — disse Darcy. — Harvey, você não sabe as coisas que ele já fez por mim.

— Patrão — disse Stennis —, a gente pode com cinquenta dólares, mas acho que não pode muito mais não.

Travis gritou:

— Setenta e cinco dólares! Pelo amor de Deus, Darcy. Não deixa o seu crioulo me tapear. Não deixa um crioulo fazer negócio de branco.

— Então ficamos nos cinquenta dólares — disse Darcy e cheirou as patas de castor mais uma vez.

— Merda! Então dez dólares pela mula — disse Travis.

— Que mula? — perguntou Darcy.

— Aquela logo ali. — Alguém na parte de trás da carroça grande se mexeu e Augustus ouviu um barulho de correntes. A criança voltou a tossir.

— Isso você pode me dar de graça, Harvey. Acho que não é uma mula muito boa. Ela canta e dança à luz do luar?

— Não brinque comigo desse jeito — disse Travis. — Você pode dizer, como já fez antes, que eu não conheço carne de crioulo. Vou deixar você seguro com esse daqui, mas das minhas mulas e meus cavalos entendo eu. Disso eu entendo, Darcy. Quero dez dólares. Mereço dez dólares.

— Está bem, Harvey. Mas é melhor que essa mula dê conta do recado. É melhor que ela valha cada centavo, porque se não valer, vou colocar a lei atrás de você. — Darcy soltou uma gargalhada e Stennis se juntou a ele num instante. Então Travis riu, acompanhado por Oden. Stennis enfiou a mão no chão entre seus joelhos e apanhou uma caixa-forte. Abriu-a com uma chave que trazia num cordão pendurado no pescoço, pegou algumas moedas, colocou-as num saquinho e jogou o saco para Travis.

Darcy mandou Augustus descer da carroça e Augustus disse não.

— Sou um homem livre, cavalheiro.

— Sim, sim, sim. Feliz Natal, Feliz Natal. Agora desce já daí.

Augustus disse que não ia descer.

— Stennis — disse Darcy —, por que é que somos ameaçados por todos os lados pelos incorrigíveis? Por que é que eles nos ameaçam para cada lado que nos viramos? Será que desagradamos nosso Deus de algum jeito?

O MUNDO CONHECIDO

— Não sei, patrão. Eu já pensei, pensei e pensei nisso e ainda não sei.

— Mas, Stennis, você concorda que estamos sendo ameaçados por todos os lados?

— Essa é uma frase correta que o senhor está dizendo — disse Stennis.

Travis colocou a pistola no coldre e desmontou, seguido por Oden, que ainda apontava sua arma para Augustus. Mas antes que qualquer um dos dois tivesse descido ao chão, Stennis havia pulado da carroça em cima de Augustus em um único movimento sem o menor esforço. Puxou Augustus de sua carroça e começou a socá-lo.

— Não machuque meu fruto — disse Darcy. Stennis e Travis arrastaram Augustus até a traseira da carroça de Darcy, e dali a pouco ele já estava acorrentado ao homem negro mais próximo da traseira da carroça. Augustus queria dizer novamente que era um homem livre, mas estava sentindo dor demais, e as palavras não teriam saído de qualquer maneira porque sua boca estava cheia de sangue; ele cuspia e a boca tornava a se encher.

Stennis tirou os arreios da mula de Augustus e a amarrou à traseira da carroça.

— Agora eu me vou — Darcy disse para Travis quando ele e Oden voltaram a montar em seus cavalos e Stennis já estava de volta à carroça ao seu lado. — Agora vou deixar que o vento leve a mim e aos meus. — Darcy puxou as peles mais para perto do pescoço. — Ah, estar no Tennessee, que bom seria. Este é o meu sonho, Stennis.

— O meu também.

— Peço a Deus que me garanta meu sonho, Stennis. — A carroça tinha dois cavalos, e Stennis pegou as rédeas e sem uma palavra os cavalos começaram a trotar e a mula seguiu e num instante a carroça já havia desaparecido.

Eram quase onze da noite. Barnum olhou para a direção para onde Augustus fora e disse:

— Você não devia ter feito isso, Harvey. Você sabe que não devia. Você sabe disso e eu também sei. — Ele se virou para Oden. — Até o Oden sabe disso.

— Eu não sei nada — disse Oden.

— Então devia. Vocês dois não deviam ter feito isso. Por quê?

— A pergunta não é essa — disse Travis para Barnum. — Não é por que ele e eu fizemos, mas por que é que *você não fez*. Esta é a grande pergunta. Por que um homem, mesmo um homem inútil que nem você, vê o que é certo e mesmo assim se recusa a fazer? — Travis olhou com desdém e cuspiu na estrada. Ele disse: — Essa é a única pergunta que a gente precisa fazer. — Ficou em silêncio por alguns minutos. Depois disse: — Tudo bem. — E entregou uma peça de ouro de 20 dólares a Barnum e jogou outra do mesmo valor para Oden, que havia colocado a arma no coldre depois de voltar a montar no cavalo e foi capaz de pegar o dinheiro com as duas mãos.

— Eu não quero — disse Barnum. — Não aceito. — Estendeu a mão para devolver a moeda de ouro para Travis.

— Você vai ficar com ela e vai gostar — disse Travis, tirando a pistola e voltando a apontá-la para Barnum. — Está do lado dos negros agora? É isso? Está deixando o lado do homem branco e ficando do lado dos crioulos? É isso?

— É, é isso mesmo — disse Oden. — Está do lado do negro contra os brancos?

— Eu só não quero o dinheiro, é só isso — disse Barnum.

Travis levou seu cavalo até ficar ao lado de Barnum, voltado para o sul, enquanto Barnum estava voltado para o norte. Ficaram tão perto que suas pernas se tocaram e os cavalos, desconfortáveis por estarem tão próximos, começaram a estremecer. Travis colocou a pistola na têmpora de Barnum.

— Eu disse que você vai ficar com ela e gostar. — Colocou o dinheiro dentro da camisa de Barnum. — Feliz Natal, Feliz Natal — disse ele.

Barnum pegou o cavalo e foi embora.

— E nem uma palavrinha de agradecimento, hein, Barnum? — Travis gritou para ele. — Eu devia fazer um relatório de você pro Skiffington por não levar a sério suas tarefas de patrulheiro. Nem uma palavrinha de agradecimento, Oden.

— Não — disse Oden. — E nem um boa-noite.

— A gente pode dar a noite por encerrada — disse Travis. — Encontramos, julgamos e condenamos o único criminoso aqui esta noite. O único verdadeiro fugitivo. Podemos fechar a conta, Oden.

O MUNDO CONHECIDO 231

— Até que podemos — e Oden virou seu cavalo para ir embora. — Cumprimente Zara e os garotos por mim, ok? Diga que penso neles sempre.

— Vou dizer. E cumprimente Tassock e os garotos por mim — disse Travis. — Vou cuidar da carroça do crioulo. Boa-noite.

— Boa-noite — disse Oden.

Travis o viu ir embora, e depois de alguns minutos desmontou e usou o fogo do lampião de Augustus para incendiar a palha da traseira da carroça que protegia a mobília no seu caminho até os novos donos. Quando o fogo ficou bom e forte, Travis pegou gravetos na beira da estrada e jogou-os em cima da carroça. Então montou no cavalo mais uma vez e ficou olhando para o cavalo, sem se mexer. Estava determinado a ver o fogo até o fim. O cavalo recuou à medida que o fogo foi ficando mais quente, e Travis deixou. Depois de quase uma hora, Travis desmontou do animal e, caminhando com as rédeas na mão, foi até a beira do fogo. O cavalo ficou ligeiramente desconfortável, mas ele se virou para o animal e o reconfortou, dizendo que estava tudo bem, e ele se acalmou. Era o animal mais inteligente que já havia conhecido. Ele o havia ensinado a recuar quando dissesse a palavra "Fogo". E a avançar quando ouvisse a palavra "Água". Agora o cavalo estava em pé, quieto, atrás dele, e Travis achou que podia ouvir seu coração batendo no silêncio, apenas com o crepitar do fogo e os insetos se comunicando uns com os outros como os únicos outros sons no mundo. De vez em quando a respiração do cavalo despenteava os cabelos de Travis.

Ele ficou até o fim com o fogo, vendo enquanto o metal da carroça caía depois que a madeira de sustentação cedeu. Por volta de uma da manhã, o fogo começou a diminuir, e depois, quase uma hora mais tarde, morreu, com apenas algumas brasas mais fortes aqui e ali. Deixou cair as rédeas e pegou pó da estrada e o derramou sobre o que havia restado do fogo. Uma fumaça cinzenta e fraca começou a se elevar, quase inútil, porque subiu por apenas uns trinta centímetros e depois se dissipou.

Ele conhecera Augustus Townsend muitos anos através de uma cadeira que Augustus havia feito para um branco na cidade de Manchester. O homem pesava mais de duzentos quilos. "Mais de vinte e sete pedras", era como o homem dizia. Era um solteirão, mas isso não tinha nada a ver com seu peso. Harvey Travis fora ver o homem um dia a respeito de um serviço de corte de lenha. No salão do homem estava a cadeira de Augustus, simples, nem sequer pintada, mas suave ao toque, e quando o homem se sentou nela, a cadeira não reclamou, não emitiu um guincho sequer. Ela simplesmente suportava o peso e fazia seu trabalho, esperando que o homem ganhasse mais 150 quilos. Quando o homem saiu da sala para pegar o dinheiro de Travis, ele examinou a cadeira, olhando toda a sua superfície tentando descobrir seu segredo. A cadeira não revelou nada. Era uma cadeira muito boa. Era uma cadeira que valia a pena roubar.

Agora, enquanto o fogo da carroça morria, Travis se virou e limpou as duas mãos nas calças e pegou as rédeas. Ele ensinara o cavalo a acenar uma vez com a cabeça quando ouvisse as palavras "Bom dia".

— Bom-dia — ele disse ao cavalo e este acenou uma vez com a cabeça. O cavalo também fora ensinado a acenar duas vezes ao ouvir "Boa-tarde", e três vezes ao ouvir "Boa-noite". Travis tornou a dizer "bom-dia", mas sentiu a necessidade de mais e continuou a repetir isso e o cavalo continuou a acenar com a cabeça. Então, como se "bom-dia" não bastasse, ele continuou a dizer todas as saudações de um dia e de uma noite e o cavalo continuou acenando com a cabeça até que, finalmente, confuso e exausto, o animal abaixou a cabeça e não respondeu mais. Travis ficou parado em pé por um longo tempo e esfregou a testa do cavalo. Ele também havia ensinado o cavalo a levá-lo para casa. Quando a estrada era reta, ajudava, reta como o voo dos corvos. Caso contrário, o cavalo às vezes descia por uma estrada que não ia na direção de casa. Travis montou. — Me leva para casa — ele disse ao cavalo, que havia acabado de passar por um dos dias mais longos de sua vida. O cavalo o levou para casa.

7

Trabalho. Vira-latas. Últimos tiros.

Em algum lugar entre a cidade de Tunck, perto do rio Waal, nos Países Baixos, e o condado de Johnston, Carolina do Norte — onde Counsel Skiffington, primo do xerife John Skiffington, e seu pessoal haviam prosperado por três gerações —, Saskia Wilhelm, uma recém-casada, contraiu varíola, embora jamais viesse a ficar doente por causa disso em toda a sua vida. Com três meses de casada, ela e seu marido, Thorbecke, que também contraíra a doença, levaram dois meses para atravessar a Europa até chegarem à Inglaterra. Thorbecke não era um homem bom, não daria um marido ou um pai bom, uma coisa que o pai de Saskia lhe havia dito pela décima primeira vez num único mês antes que ela fugisse com Thorbecke. O amor que ela tinha por Thorbecke, entretanto, era febril. Sua mãe disse que esse amor se queimaria se ela lhe desse tempo, mas Saskia desapareceu com Thorbecke e o amor só fez crescer. Depois do que aconteceu a eles, na Europa, na América, ela jamais amaria outro ser humano da mesma maneira.

O jovem sabia que ao longo do rio Waal ele tinha uma reputação que não valia de nada, e durante a viagem pela Europa ele jurou, não para Saskia mas para si mesmo, que iria melhorar e um dia voltaria a Tunck e todas as outras cidades ao longo do Waal e faria com que todo mundo dissesse na sua cara como tinham estado errados a respeito dele. Isso ele jurou na França, mas a jura se perdeu em vários incidentes complicados, e ele jurou isso na Inglaterra, mas foi expulso de lá também. Seu castigo não seria a prisão, os ingleses decidiram, mas a dor de jamais poder desfrutar novamente da Inglaterra. Thorbecke fez o juramento novamente no navio para Nova York, onde ele e Saskia se instalaram mais de cinco anos antes da morte de Henry Townsend. Thorbecke viveria até os 73 anos, mas jamais retornou ao Waal, e tampouco Saskia, que viveu até os 71. Morreram em lugares distantes quase sete mil quilômetros um do outro. Ela não tinha filhos quando morreu. Nada jamais acontecera que lhe mostrasse, como seu pai e sua mãe lhe disseram, que havia um amor além de Thorbecke.

Saskia percebeu o erro que cometera no meio da jornada para a América. Ela poderia ter voltado à sua gente em Tunck, mas ainda sentia algo por ele e achou ao longo do caminho inteiro que jamais seria perdoada, poderiam até mandá-la de volta para o marido. No começo, Thorbecke trabalhou como pescador no rio Hudson, mas o capitão e sua tripulação puseram na cabeça que Thorbecke dava azar e ele foi mandado embora. Depois disso virou vendedor em Nova York, vendendo roupas, brinquedos, frutas e legumes. Novamente fracassou, pois tinha um temperamento irascível e afastava os consumidores. Em pouco tempo começou a viver apenas do que Saskia ganhava como empregada com a prosperidade da cidade. Uma dessas famílias era a que estava na foto que Calvin Newman possuía. O cão congelado na foto se chamava Otto, o mesmo nome do cachorro que Saskia tivera em Tunck.

Ela não ganhou muito como empregada. Casa e comida eram parte do que ganhava, e isso não podia ser transformado em dinheiro para Thorbecke. Ele a colocou na prostituição, e depois de mais de um ano, a vendeu para um homem que a levou com outras três mulheres, todas da Europa, primeiro para o sul, na Filadélfia, e finalmente para a Carolina do Norte, onde o pai e a mãe daquele homem tinham um bordel. Nesse bordel, Saskia trabalhou e afastou Thorbecke da cabeça, depois afastou seu pessoal e toda a cidade de Tunck da sua cabeça também.

Foi ali que Manfred Carlyle se apaixonou por ela. Quando se conheceram, um pouco menos de três anos antes da morte de Henry, Saskia não estava interessada no amor. Ela o recebia bem a cada vez que ele aparecia, lhe dizia tudo o que ele queria ouvir, e embora ele se esquecesse, durante o decorrer de tudo aquilo, que ele estava pagando pelas pala-

O MUNDO CONHECIDO   235

vras, ela não esquecia. Ele a procurou com frequência, sempre desesperado para estar perto dela.

— Fiz a viagem até aqui em menos tempo do que achava que faria — disse ele uma vez, o rosto suado e vermelho da cavalgada.

— Então vou preparar sua recompensa — disse Saskia.

Carlyle tinha vinte anos mais que ela, e era um dos credores de Counsel Skiffington. O primo de John Skiffington permitia que Carlyle "se recuperasse", em sua plantação, de todo o uísque e o sexo no bordel. Counsel sempre ficava feliz em acomodar um homem a quem devia dinheiro, e disse a seu capataz, Cameron Darr, que ficasse perto de Carlyle e o agradasse. Em um pequeno chalé no canto noroeste da plantação de Counsel, Carlyle se recuperava, dormindo cerca de quatorze horas por dia. No que seria sua última visita, Darr o agradou bebendo com ele. Depois de três dias se recuperando, Carlyle percorreu os quarenta quilômetros até sua propriedade, até sua família, que eram coisas cinzentas depois das horas coloridas com Saskia. Assim como Thorbecke e Saskia, Carlyle não sofreria um só dia de varíola, e sua família e seus escravos também seriam poupados. Naquela última viagem da plantação de Counsel, alguém roubou seu cavalo quando ele parou para urinar às margens de um rio. "Eu devia ter percebido esse aviso", ele disse a um amigo meses depois, lá no bordel.

COUNSEL SKIFFINGTON havia sofrido colheitas fracassadas por três anos, e depois, no quarto ano, o ano em que Saskia chegou ao condado de Johnston, ele começou a prosperar novamente. Ele considerava um bom ano se cada escravo produzisse 250 dólares em colheita, mas naqueles três anos terríveis, ele só conseguiu 65 dólares com cada escravo. Aquela época foi tão difícil que os criados da casa, pessoas com a pele impecável e mãos que não haviam conhecido bolhas, foram mandados para trabalhar no campo com a esperança de que mais mãos pudessem tirar mais coisas da terra. Carlyle era um de quatro credores, sendo que apenas um deles era um banco, e os credores foram generosos para com ele durante aqueles anos, embora o banco enviasse um homem a cada dois meses para verificar a saúde da plantação. Naquele quarto ano, o ano da recuperação, o lucro de cada escravo foi de 300 dólares, e o homem do banco parou de aparecer. Counsel estava a caminho de um quinto ano ainda melhor quando, no meio de uma noite tranquila, o capataz Darr acordou com uma tosse tão alta que acordou a esposa de Counsel, Belle, na mansão que eles tinham a quinhentos metros de distância. Seu marido continuou a dormir, pois era o tipo de homem — como Belle um dia reparou em uma carta para sua prima emprestada Winifred Skiffington — que continuaria dormindo até se Jesus batesse à porta. A tosse de Darr despertou os quatro filhos dos Skiffington, mas Belle e dois dos escravos dos filhos conseguiram fazer com que voltassem a dormir. Ela mandou as criadas voltarem para a cama e fez a mesma coisa, mas custou a encontrar o sono depois que a tosse do capataz cedeu, cerca de uma hora mais tarde.

Darr não tossiu mais depois daquela primeira noite, mas um escravo atrás do outro começou a cair doente com dores de cabeça, tremores, náusea e uma dor devastadora nas costas, braços e pernas.

— Eles num tão fingindo — o capataz disse para Counsel. — Eu conheço fingimento e sei que não é isso não. — Darr, que tinha cinco filhos, não possuía muita coisa além da vida que levava na plantação, e ele gostava tanto de ouvir Carlyle falar de todos os lugares em que havia estado, de todas as mulheres que lhe deram o paraíso e de como ele finalmente resolvera ficar com Saskia. Darr não era homem de beber, mas havia bebido naquela última vez com Carlyle, porque isso fazia com que as histórias dele ficassem mais doces de ouvir, mais doces de lembrar. Ele disse a Counsel sobre o fato de os escravos não fingirem um dia ou dois antes que os pontos vermelhos começassem a aparecer nos escravos e em seus filhos. Counsel decidiu trazer o médico branco, sabendo que o que os escravos tinham não era um obstáculo de apenas uma semana no caminho para um quinto ano de lucro.

O médico colocou o lugar em quarentena, e em pouco tempo correu a notícia pela região de que "Um Sonho de Criança", como Belle havia batizado a plantação, estava caindo aos pedaços. O homem do banco, temendo que seu empregador o fizesse ir à casa de Counsel mesmo com a quarentena, pediu demissão.

O MUNDO CONHECIDO

Quando Manfred Carlyle já estava em casa com sua família há quatro semanas, mais da metade dos escravos da plantação de Counsel havia morrido, cerca de 21 seres humanos, com idades que variavam desde 9 meses a 49 anos; esse número incluiu Becky, de 1 ano, cujos dentes estavam começando a nascer, mas cuja mãe lhe havia amamentado o máximo que pôde com a esperança de que a doença passasse despercebida pela filha; Nancy, de 17 anos, que dali a poucos dias se casaria com um homem que achava que amava, um homem que tinha músculos suficientes para dois homens; Essie, de 39 anos, que havia acabado de cometer adultério pela oitava vez; e Torry, de 29 anos, que tinha lábio leporino mas que quatro dias antes de morrer engoliu duas moelas de galinha cruas, porque um curandeiro lhe havia dito que aquilo curaria sua "moléstia". Então, depois que esses escravos morreram, a esposa de Darr morreu, e três de seus filhos também. Mais dez escravos morreram, e naquele mesmo dia o primeiro dos filhos de Counsel morreu, a filha mais velha, Laura, que tinha sardas e que tocava piano tão bem. Nos três dias que se seguiram à morte dela, a doença varreu quase todo o restante deles, até a escrava mais nova, Paula, de dez semanas, cuja mãe morrera no parto. Só Counsel sobreviveu, saudável como a chuva da noite em que sua mãe dera à luz.

Os animais sobreviveriam também, imaginando de algum modo continuar vivendo mesmo com todos os seus tratadores mortos. Os credores, muitas semanas depois, não iriam querer muito um gado de um lugar para o qual Deus virara as costas. A propriedade de um comprador poderia ser a próxima se ele comprasse uma vaca ou um cavalo; se Deus podia fazer aquilo com Counsel Skiffington, observou um comprador em potencial, o que ele faria então comigo, ai de mim?

No fim, depois que Counsel tentara afastar os animais, não sobrara muita coisa além da terra, e mesmo ela, mais de um ano depois, quando os credores e outras pessoas tomaram coragem bastante para voltar lá, seria vendida por pouco menos de 45% do que valia. Belle foi a penúltima pessoa a morrer, poucas horas antes que uma escrava, Alba, de 53 anos, saiu delirante de sua cabana e se sentou para morrer em frente ao chalé de recuperação de Carlyle. Com a morte de Belle, Counsel queimou a mansão.

Desde a primeira morte ele não havia queimado ninguém, e todas as pessoas de sua família, incluindo os corpos de nove criados, foram queimados com a construção. Então, ele foi até o chalé onde Carlyle havia ficado e a casa de Darr, e queimou-os. Os celeiros. O defumadouro. A ferraria. Tudo foi queimado até o chão. As cabanas dos escravos, muitas com os corpos dos mortos ainda dentro, resistiram ao fogo e a maioria permaneceu de pé, queimada mas pronta para mais inquilinos. As estruturas de tijolo barato e barro ainda estariam de pé quando o contador do primeiro credor chegasse para ver aquilo com que teria de lidar. Oito meses depois, na Geórgia, Counsel repararia numa cabana de duas portas construída para duas famílias de escravos, e ele perceberia que as cabanas em sua terra permaneceram de pé porque elas, assim como a casa de duas portas, não tinham quase nada nelas. Até a mansão de Deus queimaria fácil se houvesse um piano no salão e trezentos livros na biblioteca do teto ao chão e móveis de madeira que vieram da Inglaterra, França e de mundos de distância.

As colheitas escapariam do fogo e floresceriam, sem ninguém para cuidar delas. Os campos não tinham tanta fartura havia mais de sete anos. Não haveria colheita no sentido tradicional, porque não apareceu ninguém para colher o que os escravos haviam plantado. Se alguém tivesse contado a colheita que os campos tinham para dar, o total teria sido de mais de 325 dólares por escravo.

O INCÊNDIO EM Um Sonho de Criança ardeu por três dias. Counsel foi embora no segundo dia, sentindo um peso imenso, com a maior tristeza do mundo, e foi para o oeste e depois para o sul do condado, evitando todos os seres humanos da melhor forma possível. Não se importava, mas na Carolina do Sul ele se dera conta de que o que fizera era crime, pois muito do que ele tinha pertencia a outras pessoas. Seguiu em frente, sem rumo, com as lembranças de seus entes queridos e do fim de uma plantação que até alguns homens em Washington, D.C., conheciam. Ele tinha parentes na Carolina do Sul, e Belle tinha um pessoal na Geórgia, na costa, mas decidiu não ir a essas cidades. Quem poderia compreender o que havia

O MUNDO CONHECIDO   239

acontecido com ele? E ele tinha o primo com quem crescera no condado de Manchester, na Virgínia, mas sempre tivera tantas coisas mais que John Skiffington e Counsel nunca perdera a chance de deixar isso claro a ele. Ele não podia ver a si mesmo de pé na porta de John, sem um centavo no bolso, muito embora sentisse que John teria lhe aberto os braços e lhe dado tudo o que tivesse. Então ele continuou cavalgando, sem sequer se dar conta de que só queria um pouco de paz, e sem saber, até muito tempo depois, que queria de volta tudo o que havia perdido.

CERCA DE TRÊS MESES após deixar sua plantação, Counsel chegou a Chattahoochee, Geórgia, ao sul de Columbus, achando que já estava longe o bastante da costa onde alguns dos parentes de Belle moravam. Ele havia cavalgado quase todos os dias, a não ser por um período de duas semanas em Estill, Carolina do Sul, onde um resfriado forte o deixara de cama. Jamais tivera um resfriado igual, e suspeitou de que era mais do que isso, de que a varíola, da qual ele não estava tentando sequer fugir, o havia finalmente alcançado. Ele levara algum dinheiro da Carolina do Norte, e isso lhe garantiu um lugar num quarto de fundos da pensão de um casal de velhos. Pagou por uma semana de estada, achando que ao fim daquela semana estaria morto. A velha pode ter suspeitado do que ele tinha em mente, pois lhe dissera, no terceiro dia, enquanto lhe dava de comer, que nunca alguém morrera na casa dela, e ele não seria o primeiro. Ele se recuperou e deixou a casa deles de noite, levando o cavalo e a sela que havia lhes dado.

Em Chattanoochee, um mês depois de deixar Estill, a doença tornou a encontrá-lo, assim que ele conseguiu ser contratado para trabalhar com um homem que tinha uma fazenda grande. O homem não tinha escravos, apenas negros livres que contratava quando precisava deles. Counsel achou que era estranhamente desconfortável ficar perto de negros que trabalhavam mas não eram escravos, pessoas que iam e vinham conforme quisessem. Ele não disse nada, pois precisava do dinheiro para conseguir seguir em frente. Trabalhou três dias e então desabou no quarto.

— Estou morrendo e não há nada a fazer — ele disse aos negros e ao fazendeiro branco quando foram tirá-lo do campo.

— Então vamos achar um lugar pra você logo ali — disse o branco, apontando para um cemitério pelo qual Counsel havia passado no seu primeiro dia. Ele ficou no quarto da casa do branco e foi cuidado em grande parte por Matilda, a negra que cozinhava e limpava para eles. Se ela sabia falar, jamais disse uma palavra para ele, nem mesmo bom-dia, nem mesmo boa-noite. Ele começou a se recuperar lentamente, e dia após dia amaldiçoou Deus por brincar com ele.

— Decida-se — ele dizia a Deus. — Não me importa morrer. Só quero que decida logo.

Certa noite, bem tarde, três semanas depois que ficou doente, esperou até que todos dormissem na casa, pegou dinheiro de uma mesa no salão do homem, encilhou um dos cavalos dele e partiu. Queria ir para o Alabama e depois chegar até a Califórnia. Não conhecia nada a respeito da Califórnia, só que ficava bem longe da Carolina do Norte. Em novembro, em Carthage, Mississippi, comprou uma pistola para substituir a que ele não fora capaz de achar na casa da fazenda em Estill. Aquela *pepperbox* Allen de 1840 havia pertencido ao seu pai e a levara durante todo o seu trajeto pelo Alabama, e pensou em voltar ao fazendeiro e lhe devolver o dinheiro para não ficar sem a pistola do pai. Mas tantas outras coisas que haviam sido de seu pai foram queimadas na Carolina do Norte, que ele percebeu, quando se aproximava de Carthage, que tolice era se apegar a uma simples arma.

Fora de Merryville, Louisiana, na paróquia de Beauregard, ele chegou a uma ampla vastidão de terra que parecia não ter fim, trechos de grama e um solo cheio de rachaduras enormes que em certos lugares chegavam a cerca de trinta centímetros. As árvores pareciam não ter crescido do chão, mas terem sido colocadas sobre a terra, como um móvel num salão. Seu cavalo começou, por conta própria, a andar mais devagar, e Counsel sentiu que o animal poderia a qualquer momento virar as costas e voltar. Ele não teria discordado dessa decisão. Então, pouco a pouco, a terra foi ficando mais verde e começaram a aparecer vários ciprestes e o cavalo avançou mais confiante. Counsel viu pelicanos e achou que estava sentindo o cheiro do mar. Mas ainda não via nem sinal de seres humanos.

A terra verde começou a ficar mais nivelada e por fim ele conseguiu ver uma casa e uma estrutura menor a distância, um lugar que poderia alcançar em aproximadamente duas horas, dependendo da velocidade de seu cavalo. Não teve pressa: pensou que o que estava vendo era algum truque criado por uma mente esgotada, e chegou à casa em cerca de uma hora. Mas depois de cavalgar durante aquela hora, retornou a um lugar desolado novamente. A terra parecia incapaz de fazer qualquer coisa crescer a não ser a tristeza, mas Counsel olhou ao redor e podia ver que algum esforço para cultivar a terra havia sido realizado ali. E em alguns pontos viu um certo sucesso, embora não desse para perceber o que estava crescendo. As colheitas tinham quase um metro de altura. A casa estava inclinada para a direita, e a construção que parecia um celeiro estava inclinada para a esquerda.

Uma mula saiu do celeiro, olhou para o lado oposto de onde Counsel e seu cavalo estavam e depois olhou para Counsel e se dirigiu lentamente até ele. A mula fez um carinho no focinho do cavalo e o cavalo retribuiu.

Counsel havia visto a fumaça da chaminé cerca de meia hora atrás; desmontou e foi até a porta. Antes de bater, deu uma última olhada ao redor. Tudo parecia melhor visto da varanda; era um lugar que bem poderia sustentar um homem e sua família, se ele quisesse simplesmente o sustento. Peles e animais de caça, esquilos, coelhos e animais maiores que Counsel nunca havia visto, estavam pendurados de uma ponta a outra do teto da varanda.

A porta estava entreaberta. Ele bateu uma vez e uma mulher escancarou a porta, olhou para ele como se estivesse decidindo se ele merecia o sorriso dela. Ela não sorriu, mas se virou para alguém no aposento e disse:

— É alguém.

Counsel achou a mulher atraente, especialmente depois que ela moveu a cabeça e ele viu a maneira como o pescoço dela subia até encontrar seu cabelo. A beleza estava indo embora, e estava indo embora rápido.

— Alguém quem? — perguntou um homem.

Um garoto, com cerca de 12 anos, foi até a porta e mandou Counsel entrar. Chamou a mulher de "Mãe" e mandou que ela fechasse a maldita porta depois que Counsel entrou, e ela obedeceu. Um homem estava à mesa, em uma área que parecia uma cozinha. O chão era de terra batida. A sala tinha um cheiro forte de fumaça e muita umidade. A casa era muito maior do que parecia pelo lado de fora, mas não era uma casa de quartos, mas de um aposento gigantesco, e cada área parecia ter uma função do jeito que os quartos numa casa normal teriam. Camas na extremidade direita, fogão e mesa nos fundos à esquerda, e perto da frente da casa havia uma área de estar onde duas meninas menores que o garoto estavam brincando no chão com bonecas feitas de palha de milho. Counsel podia ver, pelo jeito que uma das garotas estava falando, que a brincadeira não era amigável.

O homem estava comendo na mesa e disse para Counsel:

— Eu sou Hiram Jinkins.

Counsel disse a ele quem era e que estava de passagem, e gostaria muito de um lugar para passar a noite, e quem sabe alguma coisa de comer. Jinkins apontou para uma cadeira do outro lado da mesa e indicou que Counsel podia se sentar. A cadeira tinha uma perna mais curta que as outras, e Counsel percebeu que era necessário ficar se equilibrando o tempo todo. Ele tinha a sensação de que o homem não ia querer que ele ficasse se movimentando em outro lugar. A única outra cadeira vazia ficava ao lado do homem e o garoto se acomodou nela assim que Counsel se sentou.

— Aquela é Meg — disse Hiram, apontando para a mulher que apareceu e tirou a panela de metal vazia na qual Hiram estivera comendo. — E este aqui é o Hiram número quatro — e fez um gesto de cabeça para o garoto ao lado. Counsel deu bom-dia a ambos. — Você disse que não comeu? — o homem Hiram perguntou.

— É isso mesmo — respondeu Counsel.

— Bem... — e a mulher logo voltou com a mesma panela de metal, agora cheia até a borda com um cozido que dividia a panela com gordura congelada. O cozido tinha pedaços generosos de carne. Counsel estava faminto demais para perguntar de que era a carne. A mulher colocou uma colher ao lado da panela.

O MUNDO CONHECIDO

— Biscoitos também — o garoto disse para a mãe. — Não esquece os malditos biscoitos.

Meg trouxe os biscoitos e Counsel comeu. As garotas ainda estavam brincando em um canto distante da sala e a garota que falava de um jeito grosseiro havia ficado quieta.

— De onde você é? — perguntou o garoto. — Você é da Louisiana? — Embora ele parecesse ter cerca de 12 anos, sua voz era grossa, e num ambiente escuro ele poderia muito bem se passar por um homem.

— Geórgia — disse Counsel, tentando se lembrar de tudo o que pudesse sobre a fazenda de Estill.

O aposento estava ficando escuro com o cair da noite, e Meg e as garotas começaram a andar ao redor, acendendo velas e dois lampiões. O garoto viu uma das meninas com um lampião. Virou-se rápido em sua cadeira e disse:

— Poupe o maldito lampião. Você sabe disso. Poupe os malditos lampiões.

— De onde ele disse que era? — o homem perguntou baixinho ao garoto.

— Geórgia. Cadê suas malditas orelhas?

O homem tocou os dois lóbulos ao mesmo tempo e disse:

— Onde sempre estiveram.

— Bom, então se comporte direito. Ele disse Geórgia, claro como o maldito dia, e você nem ouviu ele. Você está mais perto dele do que eu e mesmo assim não ouviu. — Pela primeira vez, Counsel sentiu saudades das noites com sua família, Laura tocando piano, Belle lendo para as crianças mais novas. Decida-se, Deus, é tudo o que peço.

— Vá comer merda, garoto — disse o homem. — Pega essa sua maldita colher e vá comer merda.

— Eu já estou fazendo isso há muito tempo.

O Hiram adulto disse:

— O que você faz na Geórgia, sr. Skiffington? Dá pra dizer que o senhor é um homem lido. Isso eu posso dizer.

— Como é que você pode dizer isso? — perguntou o garoto Hiram.
— Como é que você pode dizer qualquer coisa sobre ele se tudo o que ele disse foi o nome e Geórgia, e entrou aqui e comeu nossa comida? Como é que você pode dizer isso, pai?

— Agora chega — disse o homem. Pelo canto do olho, Counsel viu Meg em pé próxima à janela. Ele sentia uma corrente de ar que vinha de algum lugar e a vela naquela parte do aposento tremeluzia, e de vez em quando, com a luz intermitente, ela parecia desaparecer. As garotas estavam conversando, mas ele não fazia ideia do local, no imenso aposento onde estavam. — O que você faz na Geórgia? — o homem tornou a perguntar.

— Trabalhei em fazendas. Cheguei até a ter uma lojinha, vendi uns secos e molhados e quejandos.

— Um homem que faz tudo — disse o homem Hiram. — Eu gosto de homens que fazem tudo.

— Não foi isso o que ele falou, pai. Ele não fez de tudo e eu não sei por que é que você faz parecer isso.

O homem bocejou.

— Eu tive três filhos que morreram, e só depois você nasceu — ele disse. Ele cruzou os braços e disse a Counsel: — Podemos colocar você no celeiro. Acha que aguenta?

— Sim — respondeu Counsel. — E agradeço por isso. — Ele se levantou.

— Eu sei que agradece — disse o garoto.

— Hiram — disse o pai. — Cuide pra que o sr. Skiffington se acomode no celeiro. Mostra a ele onde fica a casinha.

O garoto retrucou:

— Cuida você pra ele se acomodar no maldito celeiro.

O homem ergueu o punho para Counsel.

— Três deles vieram e se foram. — Ele abriu um, dois, três dedos. — Três deles e só depois apareceu este. Deus e seus mistérios. — Balançou a cabeça. — Meg, cuida pra que este homem se acomode no celeiro.

Meg tinha uma vela e dois cobertores nas mãos, e foi na frente; Counsel seguiu-a até o celeiro, levando o cavalo.

O Mundo Conhecido 245

— Você segura a vela — disse ela assim que mostrou um ponto confortável para ele se deitar —, mas por favor não toque fogo no lugar. Isso a gente não aceitaria.

— Vou tomar cuidado — ele disse quando ela se foi.

Ele cuidou para que seu cavalo ficasse confortável e se deitou em frente à mula que parecia estar andando em sua própria baia.

— Pare — Counsel disse para a mula assim que se acomodou. — Pare com isso. — A mula fez uma pausa, como se tivesse parado para levar em consideração o que o homem havia dito, e então voltou a andar.

Counsel se virou para o outro lado e puxou o cobertor até as orelhas. Estava dormindo a sono solto quando sentiu alguma coisa tocar seu ombro. No começo, pensou que a mula tinha se desgarrado e o estava empurrando com o focinho, mas o toque se tornou mais insistente e ele estendeu a mão para pegar sua pistola. Virou-se e engatilhou a arma.

— Ai — disse Meg, recuando com o som da arma.

— O que foi? O que você quer? — perguntou Counsel. Tentou ver o rosto dela na escuridão, tentou se lembrar do pouco dele que havia visto ao cair da noite, mas só conseguia se lembrar do rosto de uma mulher no Alabama que passara por ele em sua carroça com seus pertences e sua família.

Novamente ajoelhada, Meg levantou o cobertor, se meteu ali debaixo com ele e começou a beijar seu rosto. Levantou o vestido e colocou a mão dele entre suas pernas. Ele ficou se perguntando se aquele garoto havia saído de dentro dela. Por fim, ele a deitou no chão e continuaram a se beijar e ele ainda podia ouvir a mula andando. Seu cavalo estava quieto. A mulher puxou-o para cima dela e abriu ainda mais as pernas, sem em momento algum descolar seus lábios dos dele. Ele ficou surpreso por estar dentro dela, como se todos os toques e os beijos não devessem levar naturalmente a isso, mas a alguma coisa um tanto inocente, alguma coisa que eles pudessem fazer na mesa, na frente do garoto. Em todo o tempo que ela estava ali, aquele "ai" foi a única coisa que ela disse.

246 EDWARD P. JONES

PELA MANHÃ, ELE ACORDOU e ficou deitado algum tempo para se recuperar. Ouviu a mula urinar em sua baia. Percebeu na hora que a visita de Meg não fora um sonho. Às vezes ele tinha esse tipo de problema com acontecimentos desde que deixara a Carolina do Norte, a sensação ao despertar de que o lugar onde ele estava não era mais do que um sonho, que a Carolina do Norte era a realidade e não podia confiar em nada depois disso. Olhou para seu cavalo. Ele estava olhando para a porta quebrada do celeiro. Counsel descobrira que, se ficasse deitado por algum tempo, o mundo se ajeitava e ele ficava sabendo onde estava e que era a Carolina do Norte o lugar em que ele não podia confiar.

Ao sair do celeiro, olhou para a lateral da casa e calculou que as dimensões eram bem menores do que o interior real da casa. O que via do lado de fora — a parede que não tinha mais de sete metros — não tinha como conter tudo o que ele havia visto lá dentro a noite passada. E a frente da casa não tinha mais de cinco metros. O interior tinha tranquilamente uns 25 x 15m. Counsel achou que devia voltar para o celeiro e tentar recomeçar o dia, mas ao pensar no garoto sentiu vontade de ir embora.

Ficou em pé na porta da casa por um tempo antes de bater. Contava que a mulher guardasse o que haviam feito para si. Parecia ser do tipo que sabia como fazer a coisa. Ainda estava parado de pé quando a porta se abriu e uma das garotinhas lhe disse bom-dia. Ele disse bom-dia e ela disse que havia um pouquinho do que comer na mesa.

Do lado de dentro, ele viu os mesmos 25 x 15m da noite anterior. Os dois Hirams estavam comendo à mesa e Meg estava de pé atrás do homem.

— Venha comer um pouco — disse o homem, apontando para uma panela à sua frente. Counsel sentou-se na mesma cadeira da noite anterior. Havia uma porção de ovos mexidos e um pedaço grande de bacon bem torrado dividindo a panela com dois biscoitos grandes. Counsel se sentou e só então viu a arma do homem ao lado da panela. Ela estava a uma distância igual da panela do homem e da panela do garoto, por isso era difícil dizer a quem a arma pertencia. Mas, para deixar isso claro, o homem colocou a arma no colo e fez um barulho com os dentes.

— Dormiu bem? — o garoto perguntou a Counsel.

O MUNDO CONHECIDO

— Melhor do que em muitos lugares — ele disse. — E agradeço a vocês por isso. — Ele havia deixado sua própria arma lá fora no celeiro com o cavalo, e embora tivesse entrado ali com fome, a comida à sua frente começou a revirar seu estômago. Ele se perguntou: será que uma bala na barriga dói mais quando a bala não tem que se misturar com ovos, bacon e biscoitos? Será que a gente leva mais tempo para morrer de estômago vazio?

Deu uma boa olhada na mulher. Tinha uma mancha azul-escura bem ao lado do olho esquerdo.

— A gente não temos nada de hotel — disse o garoto.

— O que ele quer dizer é que nós procuramos tratar bem dos estranhos.

— Eu sei o que eu quero dizer, pai. Ele sabe o que quero dizer. Estou falando o inglês de Jesus.

O pai continuou:

— Nunca se sabe quando um estranho é um anjo que veio para testar se você está andando do lado do bem ou do lado do mal. Deus ainda faz isso com as pessoas, não importa o que alguns homens, até pastores, possam dizer. Ele ainda manda anjos para nos testar. Eu não quero fracassar.

— Não — disse Counsel. — Eu também não gostaria de fracassar.

O pai pegou a arma e apontou para a comida à frente de Counsel.

— Coma, coma — ele disse. — Minha esposa trabalhou feito uma escrava a manhã toda para fazer isso. — Colocou a arma ao lado da panela, desta vez muito mais longe da panela do garoto.

— Não estou com tanta fome assim esta manhã — disse Counsel. — A verdade é que só vim me despedir.

— Ah, vamos lá. Coma. Tenho certeza de que você está com muita fome. O trabalho dos anjos deve ser pesado, eu acho. Os anjos fazem um trabalho muito pesado para Deus e o mínimo que a gente pode fazer é dar de comer pra eles da melhor maneira possível. — Ele havia apanhado a arma e disse as últimas palavras batendo no próprio peito com o cano. — Eu sei que *eu* estaria com fome se estivesse fazendo todo esse trabalho.

— Escute... — começou Counsel.

— Você está dizendo que a comida da minha mulher não é boa o bastante para um dos anjos de Deus?

— Foi exatamente o que ouvi — disse o garoto. — Você chega aqui sem cerimônia, dorme na nossa casa e depois vira as costas para a comida da minha mãe. E você, pai, não sei por que ainda está chamando ele de anjo.

Counsel disse:

— Eu só vim agradecer a vocês e dizer que preciso ir embora. É tudo o que quero fazer. — Levantou-se devagar e olhou do homem para a mulher, que não parecia nem um pouco infeliz, apesar do calombo no rosto. — Só quero seguir meu caminho, é tudo o que eu quero. — A cadeira do pé ruim se desequilibrou e Counsel soltou um palavrão por dentro. — Eu só quero ir embora. — Ele se afastou, indo na direção da porta, sem nunca dar as costas para o homem. O garoto bebia de uma xícara do lado da panela. Era leite, e Counsel viu o branco no lábio superior do garoto. Onde eles haviam guardado a vaca?, pensou, recuando cada vez mais para a porta. Onde é que a vaca estava antes? Onde é que ela estava agora? E as galinhas para os ovos, onde estavam as galinhas? E o porco para o bacon? — Eu só quero ir embora em paz.

O homem se levantou, sem pressa, como se Counsel fosse a última coisa em sua cabeça. — Vamos ficar tristes de ver você partir, anjo. Mas quando se tem que fazer o trabalho de Deus, se tem que fazer o trabalho de Deus.

O garoto disse:

— Eu devia cobrar a você tudo o que nós te demos. Eu devia tirar de você cada centavo que tem. E depois ainda tirar a sua pele. — Ele estendeu a mão para pegar a arma, mas o homem se virou para ele. — Não faz eu ficar zangado — ele disse ao pai. — Você sabe o que acontece quando me faz ficar zangado.

Counsel abriu a porta e saiu. Será que ela havia dito ao homem e depois apreciado com o marido o desconforto e o medo de Counsel?

Ele foi até o celeiro, encilhou o cavalo e, ao sair, o garoto estava na varanda, pernas separadas, ambas as mãos dentro das calças. Counsel montou e foi embora devagar, porque sabia que velocidade era mais uma coisa no mundo de que o garoto não gostava.

O MUNDO CONHECIDO 249

ELE LEVOU O DIA INTEIRO para chegar ao Texas. Não sabia mais nada da Califórnia. Havia tanta civilização no leste, perto do oceano Atlântico, tantas certezas. Ali, distante do que ele sempre conhecera, estava um mundo com o qual ele não acreditava que poderia ficar algum dia em paz. Continuou cavalgando e evitou vilarejos, fazendas, qualquer sinal de gente.

Três dias depois da Louisiana, uma floresta apareceu do nada ao longo das cercanias de Georgetown, e ficou feliz ao vê-la depois de tanta terra plana e uniforme. Muito antes de chegar à floresta, ele ouviu o trovão ao longo do chão, mas achou que fosse algum fenômeno atmosférico — o céu enviando uma mensagem até o chão sobre a tempestade que estava chegando. Na Carolina do Norte, ele havia certo dia ficado em pé na varanda durante a chuva, só para descer os degraus e andar alguns metros até um ponto onde não estava chovendo. E muitas vezes ali havia raios e trovões enquanto a neve caía. Então ele estava acostumado aos truques do tempo. As árvores da floresta pareciam grossas o bastante para fornecer um pouco de abrigo para ele e o cavalo durante a tempestade. Os trovões no chão foram ficando mais altos à medida que se aproximava da floresta.

Estava a menos de quinze metros da margem da floresta quando os cães emergiram dentre as árvores, andando devagar, mas caminhando com algum objetivo. Era um bando grande e estranhamente disciplinado de viralatas. Ele não conseguia ver nenhum cão de raça pura no bando, cerca de 25 cães no total. Estava perto demais deles para correr; eles não levariam muito tempo para alcançá-lo e ao cavalo. Primeiro um dos cães reparou nele, e depois todo o resto reparou casualmente. Quando saíram da floresta, sentaram-se todos ao mesmo tempo sobre as patas traseiras. A uma distância segura, pensou, ele poderia ter admirado como eram maravilhosos, em sua variedade de cores e tamanhos, e a sensação de que estavam todos compartilhando da mesma mente. Eles haviam parado, mas os trovões no chão continuaram. Ele tirou a arma do coldre e segurou-a junto com as rédeas. Talvez apenas a visão de um ou dois deles morrendo apavorasse o restante.

Algo lhe disse que seria melhor seguir em frente; talvez eles dessem a ele e ao cavalo algum crédito pela coragem de não sair fugidos. Achou estranho que o cavalo não tivesse mostrado nem um pouco de hesitação ou de medo. Entrou devagar no meio da matilha, e os cães, uma fileira atrás da outra, saíram do caminho e depois que ele havia passado voltaram a se sentar. Estava bem dentro da floresta quando o trovão ficou mais alto, e ele achou que isso acontecia porque os sons ficavam aprisionados no teto formado pelas copas das árvores. Então, como se fossem invisíveis até aquele momento e tivessem decidido reaparecer, havia dez homens e mulheres montados a cavalo encarando-o, e Counsel podia ver além deles ainda mais pessoas e cavalos, bem como seis ou sete carroças, todos passando com facilidade pela floresta do mesmo jeito que passariam por uma estrada boa. Enquanto ele olhava de um rosto para o outro, a multidão de humanos e cavalos foi reduzindo o passo e parou. Sua mão tremeu e a arma caiu no chão da floresta quase sem fazer barulho. Um homem negro, a menos de noventa centímetros de Counsel, se aproximou em seu cavalo, inclinou-se até o chão, pegou a arma e a devolveu a Counsel com alguns gravetos sobre os quais a arma havia caído.

O negro, à sua direita, começou a falar num idioma estrangeiro e apontou para o bolso do casaco de Counsel e seus alforjes. Counsel conseguiu entender algumas palavras em inglês, mas o conjunto não fazia sentido para ele. Counsel tirou os gravetos da arma e a descansou sobre o arção da sela. O negro continuou falando, e sua fala, pouco além de um sussurro, soava muito alta na floresta, mesmo com todas as pessoas e todos os animais. As pessoas e os cavalos pareciam ter se aquietado só para ouvir o que ele tinha a dizer. O homem estendeu a mão, sacudiu a ponta do casaco de Counsel e pareceu decepcionado por não ter ouvido o que esperava. Counsel usou a arma para afastar a mão do homem. Uma mulher que para ele parecia mexicana veio cavalgando num cavalo amarelo e parou ao lado do negro, acenando com a cabeça para Counsel. Ele achava que ela era mexicana porque parecia com uma pintura em um dos livros lá na sua biblioteca na Carolina do Norte.

— O que é que esse crioulo está dizendo? — perguntou Counsel. — O que ele está falando? — perguntou à mulher mas também dirigiu suas perguntas a um homem branco que reparou atrás do negro e a outro branco que apareceu à sua esquerda. — O que este crioulo quer de mim? — perguntou ao branco na esquerda. — O que ele está dizendo?

— Ele está falando em americano — disse a mexicana, o rosto sem sorrir, como se para transmitir a seriedade do que o negro estava dizendo. Ele sabia que ela estava mentindo, e queria que ela fosse embora.

— Ele está perguntando se você tem algum tabaco aí — o branco à esquerda disse. — Acho que você não é americano, ou então teria entendido ele. — O homem levantou o chapéu pela coroa e depois o deixou cair de volta à cabeça. — Ele é ruim de ouvido, ou então ia começar a discutir por você não chamar ele pelo nome. As discussões com ele podem ser muito dolorosas, pelo que me disseram.

— Diga que não tenho nada para ele. — O negro deu de ombros, aparentemente porque entendeu o que Counsel havia dito. Ele começou a cavalgar, passando por Counsel e então parou e pegou o último graveto da arma de Counsel. Será que iriam todos enforcá-lo em uma das árvores se ele matasse o crioulo ali na hora?

— Precisa de uma arma mais limpa — o negro disse com a mesma voz clara com que havia pronunciado todas as outras palavras. E passou por ele.

O branco à esquerda parecia para Counsel alguém que tinha alguma sensatez, apesar das besteiras que haviam saído de sua boca.

— Eu só quero seguir meu caminho. — Será que ele havia dito aquilo apenas uma hora atrás? Alguns dias atrás? Ou isso seria o resquício de uma conversa que tivera em um sonho?

— Nós não seguramos ninguém — disse a mexicana, e seguiu o negro.

— Pelo menos não de propósito — disse o branco atrás dela.

Counsel começou a avançar e as pessoas e seus cavalos lhe deram passagem. Ele havia subestimado a quantidade de pessoas pela metade e, enquanto seguia, achou que aquela quantidade, com seus cavalos e carroças, não tinha fim. Em um determinado momento, ele se virou, olhou para a traseira de uma carroça e viu duas mulheres grávidas, uma branca, outra negra, sentadas olhando para ele. A negra acenou, mas a branca estava com cara de azedume; usava uma boina verde-clara e um dos cordões de amarrar estava na boca. Ele havia visto um velho escuro conduzindo uma das carroças; não chegava a ser de fato um negro, não chegava de fato a ser de nenhuma raça que estivesse registrada em nenhum dos livros em sua biblioteca destruída. Quando ele olhou entre as duas grávidas, viu um menininho de cabelo louro de pé com os braços no pescoço do velho escuro, pendurado em busca de apoio. O garoto se virou e olhou para ele. Counsel ficou se perguntando se as autoridades sabiam a respeito de toda aquela gente. Havia algo de errado ali e o governo do Texas devia fazer alguma coisa a respeito daquilo.

Quando ele se virou do vagão com a mulher grávida, um garoto sorrindo com dentes perfeitos o estava encarando. Ele conhecia as origens desse garoto por outro de seus livros destruídos — era alguém do Oriente. Poderia ser da China, se o livro havia lhe dito a verdade. O garoto não tinha mais de 15 anos, e sua longa e grossa trança estava em cima de seu ombro esquerdo com a tranquilidade de um bichinho de estimação. O garoto estava no seu caminho e Counsel parou. O garoto, a mão estendida, se desviou ligeiramente para a direita e Counsel continuou, e quando passou pelo garoto, a mão deste, sem nunca ameaçar, sem nunca agredir, fez uma pausa na orelha do cavalo de Counsel e desceu pelo pescoço do animal, ao longo da sela de Counsel e sua coxa, passando pelo traseiro do cavalo e por fim segurando suavemente a cauda antes de deixar cavalo e homem seguirem seu caminho. O garoto não parou de sorrir em nenhum momento, e o sorriso, mais do que o toque, deixou Counsel apavorado.

As pessoas de uma cor ou de outra e seus cavalos passaram por ele num fluxo constante, o chão trovejando e o sol sarapintado descendo sobre todos. No fim, ele tinha a impressão de que ele e seu cavalo não estavam se movendo, mas eram simplesmente levados para a frente por alguma força contrária que os cavalos, as carroças e as pessoas estavam criando quando passavam por ele. Ele estava no meio de um rio composto por eles, e não tinha querer. Fechou os olhos.

— Melhor abrir os olhos ou vai cair do Texas. — Counsel abriu os olhos e viu uma mulher branca ruiva olhando para ele. Além dela, ele podia ver o que achava ser o fim de tudo.

O MUNDO CONHECIDO

— Eu me lembro de quando você fez isso e caiu do Alabama dentro do Mississippi. — Um homem louro apareceu ao lado dela. O cabelo parecia semelhante ao do garoto que segurava o crioulo no vagão, e Counsel, tentando entender alguma coisa de tudo aquilo, achou que o homem podia ser pai do garoto. O homem e a mulher montavam cavalos pretos, embora o cavalo dela parecesse estar ficando azul com o passar dos segundos.

— Eu não — disse a mulher, dando um chute na perna do homem. — Aquilo foi a Jenny caolha. — Agora eles estavam no caminho de Counsel, e ele tornou a parar.

— Você está entrando no Texas? — o homem perguntou a Counsel.

— É o que estou planejando fazer. — Ele sentia que tudo atrás dele, cavalos, pessoas e carroças, havia parado como se o que ele, a mulher e o homem brancos estavam dizendo fosse mais importante do que o lugar para onde quer que estivessem indo.

— Hmm — fez a mulher. — Já vi o resto do Texas, e agora vi você, e não acho que os dois vão casar bem. — Onde é que estava a lei do Texas com aquela gente toda circulando em liberdade?

— Você podia se juntar a nós — disse o homem branco. Sim, Counsel decidiu, o garotinho era filho dele. — Nós já vimos o Texas e podemos lhe dizer o que você está perdendo. Os rios, a terra, o pó. Quando a gente acabar de contar tudo, você vai achar que já esteve em todas as partes do Texas.

— Nós somos tão bons quanto livros de figuras — disse a mulher.

— A única coisa que pedimos é que você não machuque crianças — disse o homem.

— Isso é difícil — disse a mulher, tornando a chutar o homem.

— Eu aprendi. Ele pode aprender também.

— Eu quero ver com meus próprios olhos — disse Counsel, tornando a avançar com o cavalo.

— Você aprendeu isso depois de aprender a não mentir mais — disse a mulher, estendendo a mão e esfregando as costas da mão na barba loura do homem. Ele fechou os olhos e sorriu, e se fosse um gato teria se enroscado todo e ronronado.

— Não — disse o homem, abrindo os olhos —, esse problema de mentir era com a Jenny. Mentir e cair no Mississippi.

Counsel virou o cavalo para a direita.

— Texas — disse ele.

— Como queira — disse o homem.

— Como quem quiser — disse a mulher, e assim que ela falou isso o movimento de trovões começou e o casal de brancos se separou, e Counsel passou no meio dos dois. — É só não mentir nem machucar crianças. Jenny aprendeu isso da maneira mais difícil.

Counsel conseguiu ver a luz do sol por inteiro pela primeira vez desde que havia entrado na floresta, mas depois de alguns metros, sentiu um trovão que vinha pela frente e dezenas de cavalos apareceram. Nenhuma pessoa, apenas cavalos que pareciam estar seguindo todas as pessoas com a obediência dos cachorros no começo da floresta. Ele entrou no meio da confusão e fechou os olhos. A pele dos cavalos tinha um cheiro doce e almiscarado, e em outro dia, em algum outro lugar, ele até poderia ter apreciado como isso era maravilhoso. Um homem atrás dele começou a assoviar. Quem sabe, pensou Counsel, o Texas estivesse sendo esvaziado de sua sujeira e fosse agora um lugar melhor para um homem como ele.

Em mais ou menos cinco minutos, ele havia se livrado de tudo, e a terra e o ar pertenciam somente a ele. Mas ele ainda podia ouvir os trovões, e eles ficaram com ele mesmo depois que se afastou ainda mais da matilha. Num riacho, ele parou e bebeu, com o cavalo, e mesmo depois de ter colocado a cabeça inteira na água, os trovões continuavam. Ele e o cavalo atravessaram o riacho, e do outro lado ele montou, e ficaram bem por quase cinco quilômetros. Então apareceu um matagal. Ele desmontou, e no começo as plantas saíram fáceis com alguns cortes de sua faca aqui e ali. Pensou que a qualquer momento eles voltariam a encontrar uma clareira. Mas a vegetação continuava, e os trovões em sua cabeça também. Counsel olhou para a esquerda e para a direita, torcendo para que houvesse um jeito de evitar o mato, mas só havia longas linhas de verde que ele achava que levaria dias para atravessar. O cavalo começou a hesitar. Counsel o puxou e continuou cortando o mato com a faca.

O MUNDO CONHECIDO

255

— Vamos lá — disse ele ao cavalo, imaginando se poderia estar sentindo alguma cobra espreitando dentro do matagal. — Vamos. — Soltou as rédeas do animal e foi adiante para abrir uma picada. Voltou para pegar o cavalo, que parecia satisfeito, mas quando ele avançou, ainda segurando as rédeas e ainda cortando, o cavalo tornou a parar. — Eu disse vamos. Estou mandando você vir.

O cavalo começou a puxá-lo de volta. Counsel parou, suando, a cabeça cheia de trovões, o peito arfando, e olhou nos olhos do cavalo.

— Vamos — disse ele, na voz mais calma que conseguia articular. — Quando eu mandar você vir, você não acha que eu estou falando sério? — O cavalo não se mexeu. — Vamos — ele disse mais uma vez com calma. Ele levantou a pistola e deu um tiro entre os olhos do cavalo. O cavalo afundou em dois joelhos, soltou um gemido, Counsel disparou mais uma vez e o cavalo desabou. A respiração do animal era pesada, e ele se preparou para atirar de novo, mas num instante a respiração parou. — Por que isso é tão difícil? — perguntou ao cavalo.

Em um dos livros destruídos lá em sua casa, havia um homem num lugar escuro que comandava o poder de um tapete mágico. Counsel havia colocado uma de suas filhas sentada no seu colo e lera histórias para ela. Como fora fácil para aquele homem e seu tapete.

Enfiou a arma no coldre e os trovões pararam pela primeira vez desde que entrara na floresta. Algumas moscas apareceram imediatamente sobre o cavalo.

— O que é que você quer de mim? — Counsel perguntou a Deus. Ele se sentou, a menos de um metro e meio do cavalo, e mais moscas, maiores do que qualquer uma que já tinha visto na Carolina do Norte, apareceram para o cavalo em uma nuvem negra. Ele tirou o chapéu e tentou espantá-las, mas outras tantas apareceram, como se o acenar com o chapéu tivesse sido um sinal para que elas aparecessem. — O que é que você quer de mim? — ele perguntou a Deus. — Me diga o que é. — Levantou a cabeça e ficou surpreso ao ver urubus rondando tão rapidamente. Atirou em um deles, mas errou, e assim que o som do disparo sumiu os urubus começaram a pousar. Talvez ele não devesse estar no Texas; talvez ele ainda estivesse cheio de crioulos e gente que ninguém conseguia identificar porque não estavam nos livros, e ainda cheio de mulheres brancas más e homens brancos que permitiam isso. — Me diga o que fazer e eu faço — disse a Deus. — Não é assim que sempre funcionou? Você diz, eu faço. Você diz e eu faço. — Pensou no homem da grande Bíblia da família na biblioteca destruída que falava do jeito que ele estava falando agora. Às vezes Deus ouvia e agia, tinha pena de suas criações, e às vezes ouvia e ignorava as criações que falavam com ele. Suas filhas gostavam das histórias da Bíblia, a Bíblia com os nomes delas e os dias de seus nascimentos escritos com uma letra grande e uma tinta que o homem do armazém geral dissera que iria durar gerações. — Primeiro — disse o homem — a tinta vai marcar o nascimento de seus filhos, e depois o dia do casamento deles. A tinta vai durar mais que o senhor, sr. Skiffington. — Counsel continuou falando com Deus, e os urubus desceram e se juntaram às moscas, e todos se banqueteando no cavalo e ignorando o homem que ainda tinha um pouco de vida em seu corpo.

8

Homônimos. Xerazade. Esperando o fim do mundo.

Desde o dia em que Fern Elston chegou, quando Henry Townsend morreu, até o dia em que ela encerrou sua estada estendida com Caldonia, passaram-se um pouco mais de cinco semanas, embora ela tivesse voltado para sua casa por períodos de um ou dois dias nesse tempo. Ela vivia a cerca de dezesseis quilômetros de Caldonia. Fern, assim como Maude, a mãe de Caldonia, e seu irmão Calvin, achavam que ela podia ser de mais consolo e utilidade para Caldonia se ficasse com ela sob o mesmo teto, dia após dia. Fern sabia como a morte e o luto que a ela se seguia podiam deixar uma vida desorientada e como era importante para a família e os amigos guiar uma alma de volta à margem, de volta para casa. No começo da quarta semana, Fern podia ver que Caldonia havia se mantido firme no seu barco, havia colocado a mão no ombro do capitão para firmá-lo e estava se decidindo por onde seria melhor desembarcar.

— Ela veio de boa gente, então nunca temi por ela — Fern contou a Anderson Frazier, o escritor de panfletos, naquele dia de agosto em 1881.

— E a senhora foi professora dela — acrescentou Anderson.

Ela respondeu, ignorando o elogio:

— Eu recebi crédito do que não devia. E houve momentos em que negaram o crédito que me era devido. Mas este é o destino de muitos professores, tanto bons quanto ruins.

Maude foi a primeira a voltar para casa. Ela podia ter ficado mais tempo, mas sabia que toda aquela conversa sobre herança teria endurecido Caldonia contra o que ela estava dizendo. E Maude estava ansiosa para voltar ao seu amante, o que ela havia tomado para si após assassinar o marido. Esse amante, um escravo chamado Clarke, ficara encarregado de sua propriedade, e ela confiava nele talvez tanto quanto confiava em seus próprios filhos. Clarke havia aprendido a ler e a escrever sozinho, e a confiança de Maude nele vinha do fato de que ele havia, apenas algumas semanas antes da morte de seu marido, Tilmon Newman, chegado e contado a ela sobre o que era capaz de fazer agora. Não coube a ela descobrir sozinha, flagrá-lo de modo inesperado com a cabeça enfiada num livro e Clarke tentando às pressas explicar, virando o livro de cabeça para baixo e fingindo que na verdade não sabia o que estava fazendo. Isso acontecera com um casal de brancos, conhecidos de Maude, no condado de Amélia. O fato havia apavorado a mulher branca, ver a incongruência de uma negra com um livro, ela dissera a Maude depois que a escrava, Victoria, fora chicoteada e ordenada a esquecer o que sabia. Isso a apavorou mais do que entrar no celeiro e ver uma mula cantando hinos ou dizendo as palavras do Senhor, a mulher disse a Maude.

— Você sabia — Maude dissera na primeira vez em que ela e Clarke haviam se deitado juntos — que se eu fosse uma mulher branca, eles entrariam aqui dentro e esquartejariam você?

— E o que é que eles vão fazer com você, sendo de cor? — perguntou ele.

Maude, encantada por ter dado um passo daqueles na vida, recostou-se, o suor em seu corpo ainda secando.

— Eu desconfio que, já que sou sua dona, já que eu tenho seus documentos, eles poderiam fazer a mesma coisa se eu levantasse e começasse a gritar. Não seriam tão rápidos, suponho, mas eles viriam, Clarke.

Ele não disse nada.

Calvin seguiu sua mãe dois dias depois, embora não tivesse muito para o que voltar. O lugar que Maude possuía havia ficado menor e menor ao longo do tempo à medida que ela foi alugando partes de sua terra. Ela também alugava muitos de seus escravos; cada escravo alugado podia render até 25 dólares por ano, e o locatário era responsável pelas refeições e por cuidar do escravo enquanto este estivesse alugado, então quase todos os 25 dólares eram lucro. Calvin não era um homem preguiçoso, e trabalhava nos campos que restaram com os servos de sua mãe. Mas a labuta, mesmo antes da morte de Henry Townsend, não o preenchia como antes. E quando voltou para casa após a morte de Henry, recolheu-se e saiu para os campos que cada vez degringolavam mais, apenas porque sabia que se não o fizesse morreria. Ele colocava a culpa de tudo isso na escravidão. Se ele e Clara Martin, prima de Winifred Skiffington, tivessem algum dia conversado, ele poderia ter compreendido o que ela queria dizer quando falava em miasma. Uma dor gerada pelo próprio ar ao redor dele se infiltrava em seus ossos e se acomodava bem ao lado da dor de gostar em silêncio de Louis.

Então Fern foi embora. Seu marido ficou na casa deles durante todo o tempo em que ela estivera fora, abandonando por algum tempo sua ânsia de jogo. Mas ela havia descoberto, nos breves retornos dele para casa, que ele estava se tornando cada vez mais errático e ela não podia mais depender dele para administrar as coisas do jeito que sabia que elas tinham de ser administradas. A propriedade dela não era tão grande quanto a de Caldonia, mas, como dissera aos seus alunos, o tamanho não determinava a vulnerabilidade ao apodrecimento. Ela ensinara que a ruína de um império podia começar não com rebeliões nos cantos mais distantes desse império, mas no sótão, no quarto ou na cozinha do palácio do imperador, onde ele permitira que o caos doméstico proliferasse e acabasse derrubando o palácio, e com o palácio o império inteiro podia ir junto. Seu marido não era um homem dado a beber o tempo todo, ela dissera uma vez para Caldonia, mas frequentemente agia com a irresponsabilidade de um beberrão. Teria sido melhor se ele fosse de fato um beberrão, continuou, porque pelo menos ele ganharia o benefício da alegria que vinha com a bebida.

Caldonia ficou de pé na varanda e viu Fern ir embora, Loretta logo atrás dela, à sua esquerda. Elas entraram, e Caldonia ficou lendo a maior parte da tarde, e depois costurou com Loretta. Moses apareceu naquela noite, e contou a Caldonia sobre o primeiro prego que Henry havia martelado em uma tábua na cozinha, quando a casa não passava de um sonho na cabeça dele.

O CRIADO QUE LEVOU Fern para casa naquele dia viu o homem primeiro, e disse a ela que havia alguém adiante na estrada. O crepúsculo estava chegando, o céu incendiado com tons vermelhos e alaranjados. Os patrulheiros já haviam passado por eles, por isso Fern supôs que, quem quer que fosse, tinha um motivo legítimo para estar ali.

— Não consigo ver quem é — o criado Zeus disse a ela. — É só uma coisa grande lá na frente.

A coisa era grande porque o homem estava montado sobre um cavalo, mas com o sol que se punha atrás dele, tornando-o uma grande silhueta, o que Zeus conseguia ver era uma única figura, que não era nem bem um homem nem bem um cavalo.

— A senhora é a sra. Elston? — perguntou o homem, tirando o chapéu quando chegaram perto dele. Era negro, e Fern podia ver com o fim da luz do dia que ele tinha a cor de uma noz-pecã escura. — Eu sou Jebediah Dickinson — disse o homem.

— Está procurando por mim, sr. Dickinson? — perguntou Fern.

— Estou e não estou, madame.

— Estou cansada, sr. Dickinson, e não quero charadas a esta hora do dia.

— Seu marido me deve 500 dólares, e só quero que ele me pague para que eu possa seguir meu caminho.

Ramsey Elston, seu marido, havia partido na véspera, porque a necessidade de jogar havia finalmente tomado conta dele depois de tantas semanas.

— Suponho que tenha estado em minha casa e que o sr. Elston não esteja lá. Além disso, não posso ajudá-lo. Vamos em frente — Fern disse a Zeus, e ele levantou as rédeas, mas quando o homem começou a falar, deixou-as cair novamente.

— Um homem haveria de pensar que a dívida de um é a dívida do outro quando duas pessoas são uma e a mesma como marido e mulher.

— O homem não se mexera. Estava mais ou menos no acostamento da estrada, embora de maneira nenhuma ameaçadora, e Zeus podia ter passado direto se sua patroa tivesse lhe ordenado. O cavalo de Jebediah parecia do tipo nervoso, balançando sempre a cabeça para cima e para baixo e

O MUNDO CONHECIDO

261

sacudindo a cauda, que havia sido encurtada, mas apenas Zeus, que não vivia muito perto de cavalos, reparou nisso.

— É mesmo? — perguntou Fern. Jebediah desceu do cavalo, foi até onde ela estava e a cauda do cavalo parou de sacudir. Alguns instantes depois, a cabeça parou de balançar. — O senhor está muito enganado, sr. Dickinson. O que o sr. Elston faz no mundo é problema dele. Não tem nada a ver comigo, não mais do que o que o senhor faz na vida. — *Cumpri meu papel de esposa.*

— Só estou dizendo, madame...

— Não me interessa nem um pouco o que você está dizendo. As dívidas dele pertencem somente a ele. Se você é jogador, e suponho que seja, saberia disso. — Ela se peguntou quando Ramsey havia começado a jogar com negros. Ela se perguntou se ele ainda jogava com gente branca. — Siga em frente — ela disse a Zeus.

ELE AINDA ESTAVA LÁ no dia seguinte e em todos os dias depois daquele por quase uma semana. Ela ia e vinha — uma vez foi à casa de Caldonia — e ele não lhe disse nada, apenas levantou o chapéu quando ela passou e tornou a levantá-lo quando ela retornou. À noite ainda estava lá, pois ela conseguia ver uma pequena fogueira. E havia movimento, embora até onde ela pudesse ver, aquilo podia ter sido até um urso. Volta e meia os patrulheiros iam até onde ele estava, e ele tirava seus documentos de dentro da camisa e eles seguiam em frente. Fern podia vê-lo de sua janela caminho acima. Ela não deveria ter sido capaz de vê-lo: queria ter plantado árvores logo antes da entrada, árvores que agora já estariam altas o bastante para bloqueá-lo. Mas Ramsey sempre quis deixar aquela vista sem obstrução.

O que ele comeu, Fern não ficou sabendo, e os escravos dela não podiam lhe contar. Sete dias depois que se acomodou por lá, ele bateu à porta. Zeus a abriu e disse a Jebediah que sua patroa não gostava de pessoas, escravos e estranhos negros como ele, batendo à porta da frente dela.

— É pra isso que inventaram a porta dos fundo — disse Zeus.

— Então pra que é que inventaram a porta da frente? — perguntou Jebediah. Zeus fechou a porta gentilmente, como se não quisesse criar caso.

Em menos de dois minutos, Fern apareceu à porta, e Zeus, sem sorrir, estava logo atrás dela.

— Srta. Elston, minha égua está morrendo e não tenho arma, por isso não posso sacrificar ela — disse Jebediah. Ele havia colocado o chapéu na frente do peito e o segurava com ambas as mãos. — Se eu fosse forte o bastante, podia torcer o pescoço dela, mas isso ia levar tempo e ela ia sofrer e eu também. Eu tenho uma faca, mas isso também ia trazer o mesmo sofrimento pros dois.

— Zeus — disse Fern —, por favor, peça a Colley para vir aqui. Diga a ele que traga o rifle e uma pistola.

Quando ela se casou pela segunda e pela terceira vez, Zeus estava com ela. Na verdade, enquanto conversava com Anderson Frazier naquele dia em 1881, ele estava dentro de casa, dando uma olhada ocasional às costas deles por entre as cortinas. Ele levou limonada para Anderson depois que Fern ofereceu um pouco a ele.

— Sim sinhá — disse Zeus.

— Você está planejando fazer daquele lugar lá adiante sua casa, sr. Dickinson? — ela perguntou enquanto aguardavam.

— Seu marido tá me devendo quinhentos dólares, é só isso.

Ela teria dado um suspiro, mas não era de seu feitio. Suspirar era sinal de rendição, de se mostrar indefesa. Ela cruzou os braços.

Zeus contornou a casa, trazendo uma pistola, e era acompanhado por Colley, um homem ainda maior do que Jebediah. Colley levava um rifle apoiado no ombro. Os três homens foram até o cavalo, e depois que Jebediah disse uma coisa a Colley, o homem lhe entregou o rifle e Jebediah deu dois tiros na cabeça do cavalo e devolveu o rifle a Colley. Fern ficou observando da varanda, e podia ver como o cavalo simplesmente desapareceu em um, dois segundos, de sua vista sem árvores, sem deixar um sinal sequer de que um dia estivera ali, a não ser por um pouco de poeira incômoda. Zeus havia simplesmente ficado ali parado com as mãos nas costas, a pistola na mão esquerda. Eles voltaram, e Jebediah pediu a Fern uma pá emprestada para enterrar o animal, e quando ele acabou o buraco, Colley chegou com outro homem e duas mulas, e os três homens e as duas mulas conseguiram arrastar o cavalo morto até o buraco. Dickinson cobriu o buraco. Zeus não participou porque só trabalhava na casa, a não ser por um pouquinho de ajuda no jardim de Fern.

Depois disso, sempre que Fern saía, encontrava Jebediah sentado em sua sela, quando não estava em pé. Ele erguia seu chapéu como de costume. E em todos aqueles dias seu marido jamais apareceu nem mandou notícias de onde estava.

ODEN PEOPLES, O PATRULHEIRO cherokee, se cansou de ver Jebediah ali entra dia, sai dia, e disse isso para o xerife John Skiffington. Aquela era a segunda semana em que Jebediah estava lá.

— Dê a ele um pouco mais de tempo — disse Skiffington. — Serei paciente com vadiagem, mas não até o fim dos meus dias.

E assim, quase ao fim da segunda semana, em plena luz do dia, quando não devia estar em patrulha, Oden cavalgou até Jebediah e apontou sua arma para ele. Fern os viu de sua janela.

Jebediah levantou as mãos sem dar trabalho. Ele devia ter dito alguma coisa a respeito de ser um homem livre, porque Oden gritou alguma coisa com severidade para ele. Oden estava em seu cavalo e desceu, sem em nenhum momento deixar de apontar a arma para Jebediah. Amarrou as mãos e a cintura de Jebediah com uma corda de uns bons três metros, e depois tornou a montar em seu cavalo e começou a cavalgar, uma das mãos segurando as rédeas e a outra segurando a ponta da corda que prendia Jebediah, que seguiu andando. Ele havia enfiado a arma no coldre porque achava que não precisaria mais dela.

Fern saiu para a estrada, com Zeus atrás, e ficaram ali juntos olhando. Ficaram olhando os outros dois por um bom tempo. A cidade ficava a mais de quinze quilômetros, mas a mulher e seu escravo não conseguiam ver assim tão longe, apenas cerca de dois ou três quilômetros, e depois as árvores e os morros se metiam no caminho. Ela disse a Zeus para mandar alguém pegar a sela do sr. Dickinson.

ATÉ ONDE ALGUÉM PODIA se lembrar, nunca houve um homem de cor na cadeia do condado de Manchester. Nenhum deles, livre ou escravo, jamais fizera algo que garantisse uma estada ali. Os homens livres de Manchester sabiam como suas vidas eram tênues, e sempre se esforçavam para superar limites; sabiam que eram apenas escravos com outro título. A maioria dos crimes e das contravenções cometidos por escravos eram resolvidos por seus donos; eles podiam até enforcar um escravo se ele matasse outro escravo, mas isso seria jogar dinheiro fora depois de o escravo já ter jogado um tanto de dinheiro fora, como William Robbins um dia dissera a Skiffington.

Skiffington relutou muito em colocar um negro numa instalação que um dia teria de ser usada novamente por um homem branco, um criminoso branco. Lamentou que Oden o tivesse colocado naquela confusão. Ele podia ter acorrentado Jebediah no celeiro de Sawyer lá nos fundos, mas Sawyer queria um braço e uma perna a troco de qualquer coisa, e Skiffington achava que a lei não devia pagar tanto assim. Além do mais, a lei exigia que o xerife de um condado tivesse controle sobre um prisioneiro a todo momento, o que não teria acontecido no celeiro de Sawyer. Então ele colocou Jebediah na cela da cadeia e decidiu que todo mundo teria de viver com isso.

Os papéis de liberdade de Jebediah diziam que ele havia sido alforriado pelo reverendo Wilbur Mann, de Danville, Virgínia. Os documentos pareciam corretos, mas Skiffington telegrafou para o xerife de Danville dizendo que tinha um negro suspeito e o xerife telegrafou de volta dizendo que Jebediah era propriedade de Mann. "Rev. Chegando", acrescentava o telegrama. Em quatro dias, Mann chegava à prisão. Apareceu um dia bem de manhã, antes que Skiffington tivesse sequer chegado à cadeia. O xerife encontrou Mann olhando pela janela, rindo. O reverendo era um homem alto, muito magro, e tinha o cabelo louro comprido mais bonito que Skiffington já tinha visto em um homem.

— Ele pertence a mim — Mann não parou de dizer desde que entraram. Retirou uma nota de compra que mostrava que Jebediah fora comprado em Durham dezesseis anos antes por 250 dólares.

— Como foi que ele conseguiu aquele documento de alforria? — perguntou Skiffington.

O Mundo Conhecido

Mann parecia bestificado.

— Foi ele quem o escreveu. Ele sabe ler e escrever melhor do que você ou eu. — Mann tirou seu belo chapéu cinza e o colocou com ambas as mãos na mesa de Skiffington, perto da Bíblia. — Foi obra de minha esposa, Deus a abençoe. Eu disse a ela para não fazer uma coisa dessas, mas nunca consegui dizer não a ela. Ele era só um filhotinho na época. Ela era uma doçura, a não ser por fazer coisas que eu não aprovava.

— O senhor devia ter mandado sua esposa parar de fazer coisas assim — disse Skiffington. — Ela devia saber que não pode fazer isso. Ela sabe como é a lei com relação a ensinar escravos a ler e escrever?

— Eu sei — disse Mann. — Mas ela já morreu, morreu há dois anos, nos deixou não muito antes deste maldito Jebediah aqui ir embora. Deus abençoe o nome dela. Agora tenho uma esposa muito inteligente: ela não sabe ler nem escrever, e por isso não pode ensinar a ninguém o que não sabe. — Contou a Skiffington que Dickinson era o nome de solteira de sua primeira esposa. — O senhor não acha isso um absurdo? — perguntou o pregador.

— Não sei — respondeu Skiffington. — Vou aceitar o que o senhor está me dizendo.

— Bom, é sim. É um belo de um absurdo — disse Mann.

— Se o senhor não o libertou — disse Skiffington —, como foi que ele obteve aquele papel de liberdade?

— Eu lhe disse que ele sabe ler. Ele sabe ler e escrever. Sabe fazer isso melhor do que eu, não sabe, Jebediah? E também sabe fazer contas que nem o capeta. — Foi até as grades. — Quando morrer você vai pro inferno por me dar tantos problemas. — Jebediah continuou em silêncio. — E por que você quer sujar a boa lembrança da minha esposa por usar o nome dela para cometer um crime? Hein? Quer me dizer? Diabos o levem.

— O senhor pode levá-lo para casa quando quiser — disse Skiffington.

— Quero comer alguma coisa antes. Trouxe meu vizinho e ele está comendo agora. Nós dois podemos levar ele para seu lugar de direito.

— Por mim está muito bem.

Mann havia se virado para falar com Skiffington, mas agora se voltava para Jebediah.

— Vou arrancar seu couro preto de tanta chicotada, até Deus me mandar parar, está me ouvindo? — Jebediah deu um passo para trás e se sentou na palha no chão. O catre dos prisioneiros brancos havia sido retirado. — Sim, senhor, você pode descansar agora, porque vou lhe tirar o couro bonito, rapaz. E depois vou deixar você se recuperar, deixar teu couro crescer de novo e depois tirar esse couro na chicotada de novo. Depois deixar crescer de novo e tirar mais uma vez. Saindo por aí manchando o bom nome da minha esposa e cometendo Deus sabe quais crimes. Esse é todo o trabalho que você vai ter que fazer de agora em diante, Jebediah, só deixar crescer o couro e me ver arrancar ele de você. — Mann pegou o chapéu, inclinou a cabeça para trás alguns graus, ajeitou a parte da frente da cabeleira loura e colocou o chapéu na cabeça com a mesma gentileza que usaria para colocar o chapéu em uma caixa. — Volto já — disse a Skiffington e saiu porta afora.

Aconteceu que Ramsey Elston retornou para casa duas noites antes. Disse à mulher que não conhecia nenhum Jebediah Dickinson, e se um Jebediah Dickinson não existia para ele, então certamente uma dívida de quinhentos dólares também não podia existir. Fern sabia que ele não estava contando a verdade. O dom que Deus dera a Ramsey em sua maturidade era a facilidade de mentir. Eles já contavam 11 anos de casados. Ela não conseguira tirar Jebediah da cabeça desde o dia em que Oden fora embora com ele.

A intenção dela era ir até a cidade para procurar saber notícias de Jebediah no dia depois que seu marido lhe disse que não o conhecia, mas Ramsey se levantou naquela primeira manhã e foi carinhoso como sempre. Naquela noite ele ficou azedo e ela foi para a cama determinada a ir saber de Jebediah. *Cumpri meu papel de esposa.* Ela não sabia de Mann, e chegou com Colley à prisão bem na hora em que Mann devia estar colocando na boca a primeira garfada de comida na mesa com seu vizinho.

Skiffington lhe contou toda a história de Jebediah e ela se sentou em sua carruagem esperando que Mann terminasse a refeição. Quando ele voltou subindo a rua, estava acompanhado de um homem branco da mesma altura, mas o homem ficou do lado de fora depois que Mann entrou.

O MUNDO CONHECIDO

Mann tirou o chapéu novamente com as duas mãos e o colocou de volta sobre a mesa de Skiffington ao lado da Bíblia. Fern entrou.

Ela lhe disse que queria comprar Jebediah. Ele perguntou na hora:

— Quanto?

Quando ela disse 250 dólares, ele fez um som de estalo com a boca para indicar que não estava satisfeito com a cifra.

— O senhor há de concordar que ele não é muito confiável, devido ao seu histórico — disse Fern.

— Paguei 350 dólares por ele quando ele era filhote — disse Mann.

Skiffington tinha visto a nota de compra marcando 250 dólares, mas não contradisse Mann. O único homem de Deus em cuja palavra ele confiava era seu pai, e seu pai não fora ordenado por nenhum ser humano. Fern disse 300 dólares. Mann caminhou até a cela onde Jebediah ainda estava sentado na palha. Uma venda certamente ia ser realizada naquele dia e isso estava evidente no rosto de Mann. O que também estava evidente era sua decepção, porque ele não poderia fazer nada do que estivera planejando desde que viera de Danville. Talvez fosse melhor assim, pensou ele, colocando as duas mãos nas grades da cela, porque, afinal, quantas surras ele conseguiria aplicar antes que Jebediah desabasse e morresse em suas mãos? Fern e Mann ficaram quietos por alguns minutos, e finalmente Fern disse 375 dólares, "um bom lucro para qualquer homem em qualquer dia". Mann concordou.

Mann e o homem branco com o qual viera escoltaram Fern, seu cocheiro Colley e Jebediah até a propriedade dela. Jebediah estava amarrado novamente, sentado no banco da frente ao lado de Colley, que nunca lhe dirigiu uma só palavra. Na propriedade de Fern, Mann e o homem branco levaram Jebediah para o celeiro e ali o acorrentaram a uma parede.

— Se por acaso ele se levantar e sumir durante a noite... — Mann disse antes de sair com seu companheiro —, não tenho nada a ver com isso, o dinheiro é meu.

— Eu sei — disse Fern —, mas não espero nenhum sumiço.

Durante todo esse tempo Mann pensou que estivesse fazendo negócios com uma mulher branca, e jamais lhe disseram o contrário.

Ela mandou Colley cuidar para que Jebediah ficasse confortável, fosse alimentado e coberto, e ele ficou o mais confortável que podia com menos liberdade para se mover do que tivera na cela da prisão de Skiffington. O marido dela, que não estava por perto quando ela retornara com Jebediah, fora levado para o celeiro no dia seguinte e, na mesma hora, Jebediah começou a gritar enfurecido.

— Cadê meu dinheiro, Ramsey? Diabos, você me deve quinhentos dólares, e eu quero cada centavo! — Ele forçava as correntes e chutava palha para cima de Ramsey. — Me solta, tá me ouvindo? — gritava para Fern.

— Não conheço você e não sei nada dessa história de quinhentos dólares — disse Ramsey, os pés separados, ignorando a palha que se acumulava em suas botas. — Por que comprou uma coisa que só vai te dar trabalho? — ele perguntou à esposa. Os pais dos dois haviam se encontrado e discutido o casamento deles antes que ambos tivessem sequer posto os olhos um no outro. Ramsey havia comido seu frango com as mãos na noite de seu primeiro encontro. Ela não ficara impressionada com ele e levaria um tempo até que isso acontecesse.

— Agora você está aí todo amoroso, hein? — Jebediah perguntou a Ramsey. Colley se aproximara de Jebediah, e toda vez que ele forçava as correntes tentando alcançar Ramsey, Colley pegava as correntes e o puxava de volta. — Tem muita gente em Richmond e outros lugares que ficaria bastante surpresa ao saber que você tem uma esposa, diabos. — Então disse para Fern: — Eu não sabia que ele tinha uma esposa até ele acordar uma noite gritando com aquela maravilha no quarto em frente ao meu. Me acordou e acordou um monte de outras pessoas também. — Um pouco de palha havia grudado no vestido e nas botas de Fern, e ela começou a retirá-la. — Eu quero meus malditos quinhentos dólares, Ramsey, e quero cada centavo agora.

Ramsey deixou o celeiro. Fern ainda ficou tirando palha e se aproximou de Jebediah.

— Você vai ficar aqui até aprender modos, até aprender que não pode levantar e sair por aí como um homem livre.

— Eu sou livre — disse Jebediah. — Mann não sabia do que estava falando. Eu sou livre.

O MUNDO CONHECIDO   269

— Não é o que diz a lei. — Poucas horas antes, a intenção dela fora a de libertá-lo, permitir que o que ela havia pago por ele servisse de troca pelo que Ramsey lhe devia. Ela havia esperado que Jebediah aceitasse isso porque, afinal, ficaria livre de uma vez por todas. Mas saber da infidelidade do marido fora algo muito pesado para ela, que bloqueara tudo o mais. Ela teve raiva do marido, e teve raiva do mensageiro, o companheiro de seu marido. Ela tinha 34 anos. — Este celeiro existe há muitos anos, e vai suportar mais anos ainda com você, se não aprender modos.

— Não preciso de modos, dona. Preciso do meu dinheiro.

Fern disse para Colley:

— Não quero que ele vá a lugar algum até aprender o que é certo e o que é errado, o que é noite e o que é dia.

— Sim sinhá — disse Colley e puxou três vezes a corrente.

— Você e seu maldito marido imprestável podem ir pro inferno! — gritou Jebediah quando ela saiu. — Está me ouvindo? Vocês dois podem ir pro inferno!

Jebediah ficou ali quatro dias, e então disse a Colley que estava pronto para fazer o que ela pagou para ele fazer, e Colley e outro homem levaram Jebediah para os fundos da casa e Fern foi até ele.

— Não quero problemas. Eu não quero nem um minuto de proble-mas — disse Fern.

— Está bem, está bem — disse Jebediah e ela lhe deu um tapa.

— Achei que você disse que ele havia aprendido modos — Fern disse para Colley.

— Ele me disse que sim, patroa. Ele me disse que sim. — Colley agar-rou Jebediah pelo pescoço e o forçou a se ajoelhar. Ramsey não havia saí-do para jogar desde que voltara enquanto Jebediah estava na prisão. Ele não estivera na cama dela desde sua primeira noite de volta. Ela não havia se lavado no dia em que ele voltou; ela se lavou na noite antes de ir com-prar Jebediah.

— Por favor, diga a ele pra deixar eu me levantar — disse Jebediah. — Vou fazer o que é certo. Eu já disse que vou.

ELE ERA UM BOM TRABALHADOR, quando estava ali para trabalhar. Por mais de duas semanas Fern não teve problemas com ele. Colley, que era o mais próximo de um capataz que os Elston tinham, mantinha vigilância sobre Jebediah todo o dia e a noite. Fern havia alertado Skiffington que ele podia fugir, e o xerife garantiu que seus patrulheiros não fossem embora à noite sem saber onde estava Jebediah. Todo mundo se acostumou com o fato de que ele era um bom trabalhador. Então, perto do fim da terceira semana fazendo tudo o que lhe mandavam, ele simplesmente parou. Não criou caso. Simplesmente deixava de lado o que quer que tivessem lhe mandado fazer e se afastava para pescar, ou colher amoras e se banquetear no próprio local onde as tinha colhido, ou encontrava um pasto para tirar um cochilo, afastando as vacas se elas estivessem onde ele queria ficar.

Eles o levavam de volta com pouco alarde, mas logo ele voltava a fazer aquilo, talvez não no dia seguinte nem dois dias depois, mas não demorava muito a agir.

Na quarta semana começou a escapulir à noite e voltar antes do amanhecer, aparentemente sem nenhum problema com os patrulheiros. Diversas escravas da região sabiam o nome dele e o conheciam bem; a uma delas, ele disse que era pastor, e que havia sido chamado por Deus Todo-Poderoso. Por uma semana ele passou por Alice e eles não disseram uma palavra um para o outro, mas acenavam como se estivessem passando no mercado. Então, certa noite, ele disse olá e ela começou a dizer suas bobagens, e ele se virou e começou a andar com ela, ouvindo tudo o que dizia. Queria saber por quanto tempo ela continuaria com aquilo e descobriu que ela continuava até bem depois de ele sair de perto dela.

O que Fern e Ramsey ainda não haviam descoberto era que de algum modo ele conseguira pegar um pedaço de papel e fazer um passe para si mesmo, e andava mostrando esse papel para os patrulheiros todas as noites em que o achavam na estrada. Ele teve sorte de não ter cruzado com Oden Peoples. "Este negro", dizia o papel, "está a serviço de seus donos, Ramsey e Fern Elston, na Propriedade Elston. Pode-se confiar em que voltará para casa." Estava assinado "Fern Elston", mas não parecia nem um pouco com a assinatura dela, porque ele jamais a tinha visto. Os Elston

O MUNDO CONHECIDO   271

tiraram esse passe dele, sem saber que tinha outro assinado Ramsey Elston. Neste outro papel ele não estava apenas a "serviço" para os Elston, mas a "serviço urgente".

Mas o pior de tudo era que havia começado a gritar sempre que estava perto da casa que ele queria seu dinheiro.

— Eu não esqueci que vocês ficaram com meu dinheiro. Não esqueci que vocês me devem. Quero meus quinhentos dólares. — À noite, antes de tirarem os passes dele, ele dizia isso. Dizia isso a caminho das amoreiras e dizia isso a caminho de um lugar para tirar um cochilo. — Eu não esqueci que ficaram com meu dinheiro.

Ramsey saiu certa manhã e deu um tiro que passou por cima da cabeça de Jebediah, mas isso não o deteve.

Então, três dias depois que Ramsey voltou a jogar, Fern apareceu e disse a ele que queria que virasse uma nova página nessa história. Ela mandou Colley e dois outros homens segurarem Jebediah em frente à cabana que ele compartilhava com outro homem que vivia sem correntes.

— Isto tudo vai acabar hoje — disse Fern. — Tenho sido paciente, mas minha paciência chegou ao fim. Se você não fizer as coisas direito, vou mandar acorrentá-lo novamente.

Quando ela ia se afastando, Jebediah disse:

— Se tu fosse minha mulher, não estaria dormindo sozinha naquela cama toda noite. — Ela parou, mas não se virou. — Sabe quanto tempo eu levaria pra soltar seu cabelo e tirar a sua roupa? Sabe? — Ele devia saber, com aquele coração e aquela mente que nasceram na escravidão, que havia ido longe demais, e abaixou a cabeça. Sem uma palavra de Fern, os homens o soltaram, Jebediah tirou a camisa e se deitou de bruços no chão. Fern não gostava de dar chibatadas em escravos, pois cada marca de chibata nas costas de um escravo, calculava ela, reduzia o valor dele em cinco dólares. Mas havia certas coisas no mundo que não se podia perdoar.

Deram-lhe quinze chibatadas. As últimas cinco não surtiram muito efeito porque ele havia desmaiado na décima. Levou uma semana para se recuperar, ficou em silêncio durante o trabalho. E não se afastou mais dali. Uma semana depois que voltou a trabalhar, pisou numa tábua com um prego enferrujado no celeiro. No começo ele nem ligou para isso, apenas tratou a ferida com um pouco de lama e teias de aranha. Mas a ferida inflamou e, no fim, tiveram que cortar o pé direito de Jebediah para salvar sua vida, ou pelo menos foi o que o médico branco dissera.

Depois disso, ele não saiu da frente de sua cabana, a não ser para ir à privada ou entrar para comer e dormir. Pouco menos de duas semanas depois que amputaram o pé dele, Fern foi até lá e disse-lhe que o libertaria. Ele não disse nada, simplesmente continuou ouvindo seu pé fantasma falando com ele em voz alta.

No dia seguinte, subiu com Colley até a casa e entrou na cozinha. Estava usando as muletas que alguém fizera para ele. Fern estava à mesa, escrevendo. Quando acabou, passou o mata-borrão no papel e o entregou a ele. Ele o leu e o devolveu para ela.

— *Alforria* tem dois erres — disse.

Ela nunca havia escrito aquela palavra. Escreveu o documento novamente, e depois escreveu outro. Homens eram notórios por viverem perdendo coisas. Entre todos os seres humanos que ela iria conhecer em sua vida, ele seria o único do qual ela chegaria perto de dizer "desculpe". Nada disso ela contou para Anderson Frazier, o escritor de panfletos.

Ela ofereceu a ele um lugar e um emprego na propriedade, mas ele disse a ela que agora via a Virgínia como um estado governado pelo diabo, e não queria nada com ele.

— Se houvesse água do mar logo ali adiante — disse ele —, eu pulava dentro dela e nadava até Baltimore, só pra não ter que andar sobre essa maldita terra da Virgínia.

Ela lhe deu uma carroça e um cavalo velho para viajar. E lhe deu cinquenta dólares.

— Você e seu marido imprestável me devem mais 450 dólares e isso não tem desculpa. Eu dei pra vocês todo o trabalho que fiz e meu pé de graça.

Ele foi embora, ele, a carroça e o cavalo com todos os seus anos atrás de si. Foi tratado com muita gentileza no caminho para o norte porque tinha apenas um pé, mas não importava quantas camas quentes e pratos cheios as pessoas negras e brancas lhe dessem, e não importava o quanto

O MUNDO CONHECIDO   273

tratassem seu cavalo bem, ele nunca parou de pensar que estava atravessando um estado governado pelo diabo. Ele chegou a Washington, D.C., e ali ficou, embora tivesse o coração em Baltimore. O cavalo de Fern morreu seis meses depois que Jebediah chegou a Washington. Ele nunca se incomodou em percorrer os sessenta quilômetros até Baltimore para ver se era tudo aquilo com que havia sonhado. Deu à sua primeira filha, a única do sexo feminino, o nome de Maribelle, que era o nome da égua que ele teve de matar do lado de fora da propriedade de Fern com o rifle dela. Deu ao seu segundo filho o nome de Jim, em homenagem ao cavalo que o havia levado até Washington. Pegou seu filho um dia escrevendo "James" em suas lições, e disse ao garoto sem levantar a voz que se quisesse tê-lo batizado como James, era o que ele teria feito.

CALDONIA E MOSES HAVIAM desenvolvido uma rotina com a ida dele à casa na maior parte dos dias de trabalho e contando a ela o que havia acontecido no dia. Raramente havia alguma notícia de verdade, mas ele contava o que via com uma certa riqueza de detalhes: quantas telhas foram necessárias para consertar o celeiro, a produção que Caldonia poderia esperar para cada colheita, o número de baldes de leite de cada vaca, quanto tempo levaria para se colocar uma nova cerca para substituir a que uma mula sonâmbula havia destruído. No fim das contas, o importante era que as colheitas estavam crescendo bem e isso tudo poderia ter levado menos de cinco minutos, mas perto do fim da recitação ele acrescentava pequenos fragmentos sobre a vida dos escravos. Certa noite, no começo de setembro, por volta da época em que Augustus Townsend fora sequestrado e vendido, Moses estava de pé na sala de visitas, segurando o chapéu com as duas mãos. Ele havia suado a maior parte do dia, e tinha esperado nos fundos até perceber que estava seco e com aspecto mais agradável. Ela lhe pediu que se sentasse e, como sempre, ele hesitou, já que estava vestindo a roupa que usava nos campos. Mas ele se sentou, e ao final da história do dia de trabalho mencionou a Caldonia que a gravidez de Celeste estava indo bem e que Glória havia tido uma queimadura de lixívia e o lado esquerdo do rosto de Radford estava três vezes maior do que o seu tamanho normal, o que talvez fosse uma dor de dente, porque todo mundo sabia que, tirando bigornas, Radford mastigava tudo o que visse pela frente.

Ele estava pronto para começar mais uma história inventada a respeito de Henry quando Loretta entrou na sala e perguntou a Caldonia se havia alguma coisa que ela pudesse lhe trazer, e Caldonia disse que um biscoitinho e meia xícara de café, com mais água que café, acrescentou. Caldonia mandou que ela trouxesse um biscoito para Moses.

Havia um problema, alguém estava roubando comida de uma ou duas cabanas, Moses continuou, mas ele já tinha ideia de quem era.

— Eu tenho aqui pra mim — ele disse —, que pode ser alguma criança. Que foi praticamente só melado que eles roubaram. — Caldonia estava com a cabeça reclinada para trás e os olhos fechados, que era o jeito como ela costumava ficar desde a segunda noite. Ele havia começado a sentir medo de que podia estar dizendo qualquer coisa e isso não fazer a menor diferença.

— Você sabe exatamente quem poderia ser?

— Estou de olho no molequinho da Selma e do Prince, o Patrick. Ele podia estar com Grant, o garoto do Elias e da Celeste. Ou Grant e Boyd. Desde aquele negócio do sonho, eles têm ficado juntos que nem corda e caçamba, onde vai um vai o outro.

— Sonho? — Loretta lhe entregou dois biscoitos, mas ele não comeu.

Ele contou a ela sobre como os garotos compartilhavam sonhos e como isso fizera com que ficassem mais próximos um do outro. Celeste dissera que esperava que os sonhos acabassem com a chegada do outono, mas Moses não acreditava nisso.

— Eles são mais tinhoso do que o normal pra meninos da idade deles. Eles estão com o diabo no corpo, e ele não vai sair porque a estação mudou.

— Você acha que eles passam fome? — perguntou Caldonia. — Será que é por isso que estão roubando? — Ela estava na pontinha do canapé novamente, vestida de preto.

— Fome? — Na maioria das vezes, Henry sempre dividira o que achava que eram provisões suficientes aos sábados para cada escravo, incluindo um quartilho de melado preto. Essas provisões diminuíam ou aumentavam de acordo com os lucros dele, dependendo do ano; o quartilho de melado jamais havia mudado, e se acreditava que aquilo era o suficiente para cada escravo, a não ser para escravos com crianças.

— Não, sinhá, eu não diria que eles passam fome não. O patrão Henry não ia deixar nenhum escravo passar fome se pudesse.

— Sei que não — disse Caldonia. Ela bebeu de sua xícara e depositou-a com grande cuidado no colo. A mão de Moses que segurava os biscoitos começou a suar, e ele passou os biscoitos para a outra mão. Ele não estava olhando diretamente para ela, mas para um ponto no centro do canapé. — Eu sei que o seu garoto Jamie é grande. Você acha que ele poderia ser o culpado? — Ela deu uma risada para tranquilizá-lo caso ele ficasse magoado com a acusação.

— Meu garoto? Jamie? Roubano? Bom, ele gosta de comer e isso não posso negar, mas ele sabe que eu ia esfolar ele vivo se pegasse ele tocando o que não lhe pertence. — A cada palavra que dizia, ele afastava mais um pouco os olhos do ponto no centro do canapé e os aproximava na direção dela. Lembrou-se da primeira vez em que a viu: uma mulher magra demais para dar uma boa esposa para qualquer homem que fosse.

— Sei. Poderia ser uma boa ideia aumentar a porção de melado para um quartilho e meio — disse ela.

— Sim sinhá, vou começar este sábado.

— Ótimo. Vejo você amanhã. — Ela abriu os olhos e se levantou.

Moses se levantou e disse:

— Boa-noite, patroa.

Ele se lavou antes de ir lá na noite seguinte, ficou em pé na beira do poço, jogou água sobre o corpo e se esfregou com as mãos enquanto sua esposa Priscilla olhava e ria.

— Vai ter que tirar essa sujeirada toda de cima de você tudo de novo amanhã.

— Você cale a boca — disse Moses. Secou-se com a camisa que havia vestido no campo e colocou-a novamente.

— É que você não pode subir lá na casa e deixar que a Loretta veja como você andou trabalhando feito um escravo naquele campo o dia todo.

— Como Moses não era um bom marido para ela nem um pai muito atencioso para o filho deles, Priscilla pensou que não era de todo impossível que Loretta fosse o motivo pelo qual ele estava indo tanto à casa. Afinal, ele era o capataz, e embora também trabalhasse no campo, era um homem de certo poder, e qualquer mulher, até uma mulher da casa-grande, poderia achar tentador se engraçar com ele. — Não, você não pode mesmo deixar a Loretta ver o que é que a gente realmente somos, todos os dias. Tem que limpar um pouco desse fedor antes.

Ele lhe deu um tapa. Não foi um tapa forte, mas ela caiu de joelhos mesmo assim, pois junto com o tapa vinham anos de abuso e rejeição.

— Por que você me trata assim, Moses? Por que é que você não pode me trata direito?

— Eu te trato direito como tu merece — disse ele.

Tessie, a filha de Celeste e Elias, passou por ali naquele instante, levando Alice até a cabana dela.

— O patrãozinho tá dano tapa. O patrãozinho tá dano tapa. O patrãozinho tá com a doença de dar tapa — cantarolava Alice.

— Por que tu tá chorando? — perguntou Tessie.

— Vocês entra logo — Moses disse para elas. E, para Priscilla: — Você entra naquela cabana.

Ela se endireitou e foi para sua cabana. Não havia segredos entre as cabanas e, muito mais tarde, quando o xerife viesse investigar os desaparecimentos, ele ficaria sabendo como Moses batia em Priscilla.

— A gente ouvia tudo — as crianças contaram a Skiffington, embora os adultos não dissessem muita coisa para o branco. — Não era toda noite não, mas era quase toda noite. Ele batia nela e as paredes até balançavam. Faziam assim: bum bum bum.

Priscilla chegou à sua cabana, empurrou a porta de leve e ela se abriu, e o fogo da lareira que seu filho havia acendido para eles a iluminou, e ela entrou e fechou a porta atrás de si.

— E ele algum dia machucou o filho dele? — Skiffington perguntaria mais tarde às crianças. — Ele já machucou aquela Alice?

— Ele fazia isso com todo mundo — diria Tessie, uma declaração confirmada por todas as crianças que sabiam falar.

O MUNDO CONHECIDO

— Moses — disse Caldonia depois que ele lhe contou sobre o dia —, quanto tempo você e Henry levaram para construir esta casa?

— Quanto tempo, patroa?

— Sim, quanto tempo? Semanas? Meses?

— Eu diria que talvez uns quatro meses, trabalhando todo dia. Sim sinhá, em muitos dias a gente estava trabalhando e ele dizia: "Moses, você acha que a srta. Caldonia vai gostar desta sala aqui? Você acha que o coração dela vai ficar contente quando ela der uma olhada nisto?" E eu respondia: "Sim, patrão Henry, ela vai gostar disto aqui." — A cabeça dela estava recostada para trás novamente, e se ela lembrava que a casa havia sido terminada muito antes de Henry conhecê-la, ela não disse nada. — Sei — ela disse depois de algum tempo.

— Agora eu quero dizer pra sinhá que havia alguns quarto que ele não me deixava trabalhar dentro com ele. Havia quarto que ele só queria fazer sozinho.

— Quartos?

— Este quarto, patroa. A sala de visitas. Ele sabia que ia ter dias e mais dias que ele ia querer ficar sozinho aqui com a senhora, e acho que ele não queria que eu pusesse minha mão aqui não. E... e o quarto de dormir lá em cima. Aquele ele queria só pra ele. Era assim que ele era, patroa.

Ela podia ver o homem que ainda amava trabalhando. O que ela fazia naqueles dias em que Henry estava trabalhando ali, quando eles ainda não se conheciam? Será que ela já sonhava acordada com alguém, será que já andava planejando o futuro com algum outro homem pelo qual passava na estrada?

Ela o dispensou depois de quase uma hora e meia, o tempo mais longo que passaram juntos. Loretta estava sentada no hall quando ele foi embora. Loretta se levantou de sua cadeira e ela e Moses não se falaram, e Loretta bateu na porta ligeiramente aberta que dava para a sala de visitas e ele desceu pelo saguão até a cozinha. Ele não se demorou por ali, mas caminhou mais devagar do que normalmente fazia. Na cozinha ele mentiu e contou para Bennett, o marido da cozinheira Zeddie, que a patroa queria que ele tivesse outra camisa e par de calças. Se fosse outra pessoa, um escravo que não fosse o capataz e que não estivesse conversando há tantas noites com a patroa deles, Bennett teria ficado desconfiado. Bennett disse que providenciaria as roupas para ele na manhã seguinte.

Moses encontrou Elias sentado no toco de árvore, esculpindo um pássaro para seu filho mais novo, Ellwood.

— A gente precisamos achar aquela mula amanhã de manhã — disse Moses. Ela tinha que ter algum homem, então por que não ele? — É melhor tu ir dormir um pouco. — Seria possível que ele se atrevesse a levantar seus olhos tão alto? Será que ele se atreveria, será? — Eu não quero precisar vir aqui e te dizer isso de novo.

Elias nem se mexeu. Logo antes de abrir a porta de sua cabana, Moses tornou a dizer:

— A gente precisamos achar aquela mula amanhã de manhã. Você quer que eu diga pra ela que a gente tem alguém aqui embaixo que não faz o que eu mando?

Elias se levantou e levou o lampião para dentro consigo. Carregava o lampião com o mesmo cuidado com que levava o pássaro e a faca de esculpir. Ele havia pegado o lampião emprestado de Clement, que era dono dele com Delphie e Cassandra. A alameda estava escura e silenciosa naquele instante, e Moses entrou em sua cabana. Priscilla havia feito um jantar para ele, mas ele não quis. Na lareira, havia os últimos sinais de fogo, e ele se sentou na beira do catre e comeu os biscoitos. Sua mulher e seu filho ficaram olhando. Uma hora depois que ele entrou, Alice começou o seu vagar, farejando cada porta de cabana e depois seguindo seu rumo. Sua voz estava rouca de tanto falar durante o dia, mas ela cantou mesmo assim. Havia centenas de anjos esperando suas canções.

Mais tarde, depois dos desaparecimentos, Elias seria aquele que Skiffington interrogaria por mais tempo, e de todos os adultos, Elias não esconderia nada. Celeste foi a que menos falou.

— Eu não sei nada de Moses e de nenhum deles — ela disse para Skiffington.

— Não diga coisas pra ele, Elias — Celeste diria depois que Skiffington apareceu na alameda pela segunda vez. — Por favor, marido, não diga não.

O MUNDO CONHECIDO

— Eu preciso dizer — disse Elias. Eles ficavam no seu catre, os filhos dormindo ao redor deles. Estaria frio do lado de fora naquela noite, e o fogo na lareira estava ficando forte. — Está no meu coração e não posso guardar isso aqui dentro. Por ninguém eu posso guardar isso aqui dentro.

— Por favor, Elias...

NO DIA DEPOIS QUE Bennett lhe deu a camisa e a calça novas, Moses voltou para a floresta para ficar consigo mesmo pela primeira vez desde que seu patrão morreu. Quando acabou, ele se deitou e ficou olhando as estrelas piscarem entre as folhas das árvores que balançavam ao seu redor. O mundo estava nos últimos dias do verão e emanava uma fecundidade que fazia com que ele sentisse vontade de dormir. Era um momento de tamanha paz que ele disse, num murmúrio, que se tivesse de morrer agora, não teria ódio de Deus por isso. Estava pronto para se levantar e se vestir quando ouviu um som de graveto quebrando, e percebeu na hora que não era um animal passando por ali sem se importar com ele e com o que estava fazendo. Ergueu-se sobre um dos cotovelos e ficou esperando. Consciente demais agora de que estava nu, tapou a região do tronco com as calças. O peso de um ser humano liberou o graveto quebrado e Moses ouviu o pedaço de madeira emitir um suspiro quase imperceptível.

— Quem está aí? — perguntou. — Priscilla? É você?

Ele se levantou e se vestiu, e ao fazer isso sentiu a pessoa se afastando. Ele foi na direção do movimento, e então começou a correr. Quando saiu da floresta, estava sozinho, e não havia nada a não ser as colheitas e os grilos lhe dizendo coisas que ele não queria ouvir.

Quando chegou à alameda, encontrou Alice no meio do caminho, ajoelhada e rezando. Ele disse:

— Vá pra casa se tu sabe o que é bom. — Aproximou-se por trás dela e cutucou sua perna esquerda com o dedão do pé. — Tá me ouvino, garota? — Ele não conseguia entender o que ela estava dizendo, porque eram mais bobagens que o normal. — Tu vai pra casa ou eu te dou uma chibatada. — Ele seguiu seu caminho e, quando chegou à sua porta, olhou para

280   EDWARD P. JONES

trás e viu que ela estava agora em pé. Ela se virou e parou, e ele percebeu que a pessoa na floresta havia sido ela. Ela se aproximou dele e passou direto, desaparecendo na área que a levaria na direção da estrada. Agora ele ouvia as palavras dela com clareza:

> *I met a dead man layin in Massa lane*
> *Ask that dead man what his name*
> *He raised he bony head and took off his hat*
> *He told me this, he told me that.**

ELE PENSOU NA HORA em ir atrás dela e lhe dar uma surra, mas quando chegou à clareira além das cabanas ela havia sumido. Ele ainda ouvia o canto, mas quanto mais tempo permanecia ali, menos certeza tinha do que estava ouvindo — se era o canto real ou a lembrança do canto dela. E o som da voz dela parecia vir de todas as partes.

Ele a seguiu na noite seguinte, resistiu à necessidade de voltar à floresta e se escondeu atrás do celeiro até vê-la deixar sua cabana. Poucos minutos depois de chegar à estrada, ela desapareceu. Ele desceu pelo caminho que achou que ela havia tomado e depois de mais alguns minutos, ocorreu-lhe que ele estava mais longe da plantação Townsend do que jamais estivera em muitos anos. Ele sabia tudo sobre a plantação, mas o que havia depois dos limites da propriedade de Caldonia para ele era desconhecido. Moses olhou as terras estranhas ao seu redor e chamou baixinho:

— Alice? Tu tá aí? — E chamou mais alto. — Alice, tu vem pra cá que é pra eu te ver. Vem cá agora, menina.

O som do galope de cavalos se fez ouvir adiante, e ele correu de volta para a plantação, mas sentiu os cavalos chegando mais perto e mergulhou num monte de arbustos à margem da estrada. A poeira grossa de verão que eles levantaram o cobriu e aos arbustos, e ele se sentiu sufocar. Meteu a boca nos arbustos e mordeu com força as folhas cheias de espinhos, com medo de que, mesmo com o barulho do galope, os brancos montados nos

---

*Ver tradução na p. 24.

O MUNDO CONHECIDO   281

cavalos o ouvissem tossindo poeira. Sua boca começou a sangrar. Os cavalos e seus homens passaram, mas quando ele tossiu a poeira e o sangue e voltou para a estrada, não conseguia mais saber ao certo para que lado ficava a plantação. Estava numa espécie de encruzilhada e estremeceu ao perceber que havia se colocado ali, que havia seguido uma mulher cujo pescoço devia ter sido torcido há muito tempo. Virou-se. Uma estrada parecia ser a correta, mas quando olhava para as outras três, elas também pareciam as corretas. As estrelas e a lua brilhavam tanto quanto na noite anterior, mas, como Elias diria a Skiffington depois, ele era "um imbecil com as coisas do mundo", e por isso o céu não significava nada para ele.

— Meu Jesus — ele disse, caminhando na direção em que os cavalos haviam seguido. Mas essa direção lhe deu um pequeno bosque pelo qual ele não havia passado antes. — Meu Jesus.

Ele parou, tentando clarear a cabeça e cuspindo sangue. O som dos cavalos e de seus patrulheiros era agora um suave murmúrio no chão.

— Alice, tô dizeno, vem cá. — Ele ouviu um graveto quebrar ao longo de uma estrada, um som quase idêntico ao da noite passada, e ele desceu por aquela estrada.

Chegou à plantação meia hora depois, a boca inchando por causa dos espinhos que havia mordido. Na cabana de Alice, ele colocou as duas mãos na porta, pronto para empurrá-la, e percebeu imediatamente que ela já estava ali dentro, adormecida ou quase isso. Deu um passo para trás, para a alameda, e olhou ao redor. Se ela viu aquilo, então por que outros não poderiam tê-lo visto na floresta? O que eles iriam pensar e o que diriam à patroa? Moses fica lá sozinho no meio do mato brincando com as coisa dele. Eles fica falano da Alice, patroa, mas a sinhá tem que se preocupar é com o Moses. Moses foi para sua cabana. Nenhuma das cabanas tinha janelas, porque Henry não queria pagar pelas vidraças, mas ele sentia os olhos de todo mundo vigiando-o por entre as portas, por entre as frestas das paredes. Eu tô veno Moses desceno a alameda. Eu tô veno Moses desceno a alameda. Eu tô veno Moses se deitano na alameda. Quando ele chegou à própria porta, mal conseguia abrir a boca.

— Moses? — perguntou Priscilla quando ele entrou. Ela andara sonhando que estava em uma casa estranha, que não era a cabana dela, não era a casa de sua patroa, e alguém batera à porta e ela fora abrir e recebera o estranho no que, só então ela percebia, era sua própria casa. "Bem-vindo à minha casa", ela dizia ao estranho. Moses fechou a porta da cabana, soltou um grunhido e Priscilla se virou e tentou voltar a dormir.

Pela manhã, a maior parte do inchaço havia diminuído e ele levou os escravos para os campos. Alice não estava diferente dos outros dias: uma boa trabalhadora que não sassaricava e que subia e descia por uma fileira de plantação mais rápido do que a maioria das pessoas. Vez por outra, ele levantava a cabeça de seu trabalho e olhava para ela, mas, como sempre, ela estava em seu próprio mundo. Quando o vento estava certo ou quando ninguém cantava, ele podia ouvi-la: "*I'm gonna pick you. I'm gonna pick you. I'm gonna leave you be till you say my name just right.*"*

Naquela noite, ele mudou de roupa e se banhou no poço, colocou sua camisa e calça novas para fazer seu relatório a Caldonia. Mais um dia de trabalho havia corrido bem, ele contou a ela. Recostou-se na cadeira e ela lhe perguntou pela primeira vez se ele também queria café. Ele disse que sim, e Loretta lhe trouxe café em uma xícara idêntica à que Caldonia estava usando.

— Eu fico preocupado com aquela Alice zanzano por aí toda noite — ele disse perto do fim do encontro. — Ela precisa ser trancada toda noite pra que os patrulheiro não faça nada com ela.

— O xerife e seus patrulheiros nunca me disseram nada. Alguém contou alguma coisa a você, Moses?

— Ora, não, patroa. Mas ela já faz isso há muito tempo. Uma mulher maluca pode perturbar a paz e a harmonia, é o que eu digo. Todo mundo vai querer ficar agindo igual maluco também.

— Há quanto tempo ela tem feito isso?

— Desde o dia que o patrão Henry comprou ela.

— Então talvez ela não fique mais maluca que isso.

---

*"Eu vou pegar você. Eu vou pegar você. Eu vou te deixar até você dizer meu nome direito." (*N. do. T.*)

O MUNDO CONHECIDO

— Ah, ela pode ficar mais maluca sim, sinhá. Eu aposto que fica.

Ela depositou a xícara na mesinha ao lado dela e reclinou a cabeça para trás, fechou os olhos e ficou em silêncio. Ele pensou que ela tivesse dormido, mas ela descruzou os braços depois de alguns instantes e repousou as mãos abertas uma de cada lado do corpo. Ele seguiu com os olhos a linha do pescoço dela desde o queixo até desaparecer dentro da blusa. Ela estava parada, mas seu peito arfava, e ele ficou ali observando-a por tanto tempo que ele começou a arfar no mesmo ritmo. Ela havia engordado com o passar dos anos. Ele estivera em pé na porta de sua cabana na noite em que ela e Henry se casaram, e olhara para a casa com uma leve curiosidade. Agora ele estava apenas a um pulinho de coelho de distância dela, de tudo aquilo que Henry fora capaz de ter a qualquer noite da vida que vivera com ela.

— Você não vai se esquecer dele — ela disse, finalmente.

— Perdão, sinhá?

— Você não vai se esquecer de Henry Townsend, vai?

— Eu preferia esquecer meu próprio nome, patroa.

— Boa-noite, Moses. Mande Loretta entrar.

Ele esperou o máximo que pôde e então levou consigo a imagem dela sentada no canapé para a floresta. Ele não pensava numa mulher de verdade, uma mulher que tivesse conhecido na carne, desde os primeiros dias, quando ia lá para fora e pensava em Bessie, a mulher que Jean Broussard e seu sócio escandinavo haviam adquirido com ele em Alexandria. Moses se levantou sem ficar muito tempo ali na floresta quando acabou, e apurou o ouvido em busca dos sons de Alice.

Quando voltou à alameda, ela estava saindo de sua cabana e ele se meteu na frente dela. Ela tentou dar a volta, mas ele foi atrás.

— Me deixa em paz ou eu te mando pro inferno — ele disse, erguendo os dois punhos na cara dela.

— Ah, patrão, eu só tô indo dar de comer pras minha galinha — disse ela.

— O quê? — perguntou Moses. — O que foi que tu disse?

— Só tô indo dar de comer pras minha galinha. Aqui, galinhazinha. Aqui, galinhazinha, deixa eu te dá um milho.

Ele a empurrou com o máximo de força que pôde.

— Eu te disse pra me deixar em paz. — Alice começou a chorar. — Eu te disse pra me deixar em paz. — Ele a deixou caída no chão. Alice ficou ali deitada, abriu os braços e as pernas e chorou ainda mais forte.

Delphie saiu e foi pegá-la.

— Moses, o que é isso? Está tudo bem, criança. Eu estou aqui. Moses, o que foi que aconteceu com ela? Você sabe que isso não é direito.

— Eu disse pra ela pra me deixar em paz. Tu manda ela me deixar em paz ou da próxima vez eu mato ela. Eu mato ela bem mortinha. — E foi para casa.

O dia seguinte era domingo e ele não saiu, mas na noite de segunda ele esperou perto da casa e viu Alice emergir da área das cabanas e caminhar com vontade até a estrada. A noite estava bem quente, e os insetos o irritavam. Ele não sabia o quanto a seguiria, mas a cerca de um quilômetro da plantação ele ouviu os cavalos galopando na direção deles. Mergulhou numa ravina e pôde vê-la e aos cavalos e seus homens a muitos metros de distância. Alice levantou a anágua, dançou e tentou montar no cavalo de um dos homens. O homem a empurrou e o cavalo ameaçou um coice. Os cavalos e os homens saíram em disparada e Moses ficou deitado na ravina até eles irem embora, mantendo os olhos e a boca fechados e cobrindo o nariz para não aspirar a poeira.

Quando se levantou, Alice estava se afastando. Então ela parou e olhou ao redor e inclinou a cabeça. Recomeçou a cantar, suavemente no começo, hesitante. Parou de cantar diversas vezes para apurar o ouvido e registrar tudo ao seu redor. A cada vez que ela voltava a cantar, era com menos confiança do que nas noites anteriores. Esperou mais de uma hora que ela voltasse, e quando não voltou, ele foi para casa. E mesmo depois de uma hora esperando do lado de fora de sua cabana, ela não apareceu. Ele entrou e sentiu uma certa satisfação ao se lembrar de como ela olhara ao redor e apurado o ouvido para procurar escutar os passos dele. Talvez uma pessoa pudesse ser louca fingindo ser louca por muito, muito tempo. Ele se deitou, e antes de adormecer vasculhou sua memória, tentando se lembrar se algum escravo já havia conseguido fugir da plantação Townsend. Não, nunca.

O MUNDO CONHECIDO   285

ELE NÃO LEVOU ALICE até Caldonia novamente. Os patrulheiros cuidariam dela de um jeito ou de outro, ele pensou. Na noite de quarta, o calor dos últimos dias havia amainado, e Caldonia e Loretta levaram bolo para ele com o café. Ela pediu que ele contasse mais uma vez sobre como Henry construiu a casa, falasse sobre como ele havia construído a sala de visitas e o quarto sozinho.

— Diga-me o que ele fez — pediu ela, recostando-se e fechando os olhos.

— Sabe, agora eu estou surpreso como esta casa não levou anos pra ser construída, do jeito que o patrão Henry trabalhou nela — disse Moses. — Olhando cada prego, eu me lembro disso. Pesando cada tábua, cada tábua desta mesma sala aqui. Patroa, esta casa vai ficar de pé até o dia em que Jesus voltar pra nos levar todos pra casa, com todo o trabalho que o patrão Henry colocou aqui, todo o tempo e o cuidado. Eu vejo ele como se fosse ontem.

— Moses, você não vai se esquecer dele, vai? — Antes que ele pudesse responder, ela se inclinou e levou as mãos ao rosto, chorando. Ele se levantou. Será que Loretta iria ouvir isso e pensar que ele havia machucado a patroa? Ele olhou para a porta e ela não se abriu. Apurou o ouvido, esperando alguma grande movimentação na porta, a convergência de dezenas de pessoas para cima de um escravo que dera um passo a mais, e tudo o que ele podia ouvir era a casa se acomodando em um canto ou outro, e o som de uma mulher chorando e preenchendo o restante do silêncio. Ele foi devagar até onde ela estava e se ajoelhou.

— Eu não vou me esquecer do patrão Henry, patroa. Eu já disse pra senhora que eu não ia me esquecer e não vou me esquecer, até eu não estar mais aqui nesta terra. — Ela continuou chorando, e então, enquanto a casa se acomodava em outros cantos, ele pegou a mão dela e abriu-lhe o punho fechado, um dedo de cada vez, terminando com o polegar, que tinha ficado preso pelos outros quatro dedos. Ele beijou a mão aberta, e seu mundo não se acabou. Ela apertou uma mão no rosto dele e quando ele olhou para ela, ela se curvou e o beijou, e mesmo assim o mundo não chegou ao fim.

Eles ficaram em pé e se abraçaram, e então, como se pensassem a mesma coisa, se separaram e ela levou a mão ao peito, contando as batidas de seu coração. Ela ainda estava chorando. Ele tocou a face dela e disse a si mesmo para ir embora, que aquilo já era o bastante para aquela noite. As batidas do coração dela chegaram a 109 quando ele foi até a porta e disse para Loretta que a patroa queria a presença dela, e desceu o saguão até a cozinha e a porta dos fundos.

Na noite seguinte, os dois ficaram em seus lugares. Durante o dia inteiro pensou que ela não iria querer que ele voltasse, mas quando se dirigiu à porta dos fundos e Loretta o escoltou até a sala de visitas e ele a viu sentada do jeito que estava na noite anterior, ele deixou de se preocupar. Naquela noite ele criou a história mais imaginativa sobre como Henry Townsend havia domado aquela terra e feito o lugar para o qual levaria sua noiva.

— Eu soube no instante em que ele pôs os olhos na senhora, patroa, que a senhora era que ia fazer o patrão Henry feliz. Ele tinha um bocado de coisa, mas o que ele precisava de verdade era de alguém para colocar tudo certinho, fazer tudo brilhar e ficar numa boniteza só. — Ele prosseguiu, criando a história de seu patrão, começando com o garoto que tinha o suficiente em sua cabeça para dois garotos. Ele esteve presente no nascimento de Henry, esteve ali no dia em que ele foi libertado, deu testemunho de como as melhores pessoas brancas estendiam seus pés e pediam que Henry lhes fizesse sapatos e botas nos quais pudessem caminhar até o paraíso.

Na noite seguinte ela tornou a chorar e ele se sentou no canapé e a abraçou. Então ela permitiu que ele a pusesse em seu colo, com ele preenchendo cada momento com palavras a respeito de Henry. O amor que eles fizeram ainda levaria mais uma semana para acontecer, com ambos ainda em grande parte vestidos e a casa muito quieta, pois tudo o que havia sido preparado para o dia já havia sido feito.

9

Estados de decomposição. Uma modesta proposta.
Por que os habitantes da Geórgia são mais espertos.

Darcy e Stennis e o pessoal — incluindo Augustus Townsend — que eles haviam roubado alcançaram a Carolina do Sul em menos de duas semanas. Stennis havia jogado a criança morta, Abundance, na margem da estrada muito antes de chegarem à Carolina do Norte, a criança que vinha tossindo desde Manchester.

— Nós devíamos enterrar aquele pobre bebê — disse Augustus acorrentado, enquanto Stennis voltava à carroça depois de jogar o corpo da menina no mato. Augustus segurara a criança morta por quilômetros; não queria acreditar que ela estava morta. — Não deixa o coitadinho daquele bebê lá fora desse jeito. — Darcy e Stennis haviam sequestrado Abundance Crawford, uma menina livre que estava resfriada, enquanto ela descia uma estrada nos arredores de Fredericksburg com seus sapatos novos. Ela completaria 9 anos de idade dali a duas semanas.

— Será que a gente deve enterrar ela, Stennis? — perguntou Darcy.

— A gente não temos pá, patrão — disse Stennis.

— Eu faço isso — disse Augustus. — Cavo uma cova pra ela com as mãos. É só me dar um pouco de tempo.

As pessoas que estavam na traseira da carroça com Augustus disseram que o ajudariam a cavar um túmulo com as próprias mãos. Essas pessoas eram dois homens e uma mulher. Todos eles, exceto Augustus, seriam vendidos antes que a carroça chegasse à Geórgia. Os dois homens eram Willis, um oleiro de 37 anos com uma perna mais curta do que a outra, e Selby, um padeiro de 22 anos que cinco semanas antes havia se casado com uma mulher cujo cabelo descia a sessenta centímetros abaixo do pescoço. Aqueles dois homens haviam sido homens livres, como Augustus. A mulher era Sara Marshall, uma costureira de 29 anos cujos donos lhe deram o próprio sobrenome dez anos antes.

— Não envergonhe nosso nome, Sara — disseram numa espécie de cerimônia na cozinha deles. — Sempre honre o nosso nome. O nome Marshall vale alguma coisa nesta terra.

— Não sei se é bom enterrar não, patrão — Stennis disse sobre a criança Abundance — Tem que tirar as correntes deles. Ficar vigiano pra eles não fugir. É muito trabalho pra uma coisa que não causa mais problema neste mundo.

— Bom — disse Darcy—, se você não sabe, como é que eu vou saber? Siga em frente, Stennis. Siga em frente.

Na Carolina do Norte, ao se aproximarem de Roxboro, Augustus perguntou se Darcy não poderia enviar um telegrama para Mildred, "minha esposa, que está preocupada", e avisá-la de que ele estava vivo. Darcy perguntou a Augustus se ele sabia que o envio de um telegrama significaria prejuízo para seu bolso e disse a ele que um homem de negócios cauteloso tentaria cortar o máximo de despesas possíveis. Um telegrama era prejuízo, disse ele, acrescentando que era melhor que a "coitada da Mildred" pensasse que ele havia simplesmente subido aos céus devido à sua boa índole. Em Roxboro, o oleiro Willis gritou para um homem branco que passava que ele era livre e havia sido sequestrado. Darcy sorriu para o branco e disse:

— Estamos com um probleminha com ele desde a Virgínia. — O homem assentiu.

Foi na Carolina do Sul, em Kingstree, no rio Negro, que Augustus decidiu que faria o mínimo que pudesse para ajudar seus sequestradores, mas tirando isso ele estava indefeso. Àquela altura, muito antes de Kingstree, o padeiro Selby fora vendido por 310 dólares e Sara Marshall por 277 mais uma pistola do começo do século XIX que Darcy descobriria depois que só funcionava quando bem entendia. O comprador de Sara achou divertido que ela tivesse um sobrenome.

— Isso mostra que ela foi bem criada — disse Stennis para o comprador. E ali, em Kingstree, Willis começou a ficar curvado o tempo inteiro, o peito batendo nas pernas e o rosto enterrado nas mãos.

— A gente vamos sair disto — Augustus não parava de dizer a ele.

Em Kingstree, Darcy abordou um homem que saía de sua casa. A casa ficava na única rua do local.

— Será que o senhor não estaria interessado em comprar uns negros bons? — Darcy perguntou e levou o homem até o fim da estrada, num beco onde a carroça estava estacionada. Darcy levou o homem pelo braço o tempo todo e o homem não protestou. Stennis tirou Augustus da carroça. Willis não levantou a cabeça das mãos.

O homem tinha cara de alguém que não tinha nada melhor para fazer naquele momento. Ele disse para Augustus:

— Abre a boca. — Ele não possuía nenhum escravo, mas havia frequentado um número suficiente de leilões para saber que mandar um escravo abrir a boca era uma das primeiras coisas que um comprador em potencial fazia.

Augustus resmungou e levou a mão aberta em concha ao ouvido. Resmungou mais alguma coisa.

— Ora, diacho, este crioulo é surdo-mudo.

— Mas que diabo você está falando? — perguntou Darcy.

— Mas que diabo ele tá falando, patrão? — perguntou Stennis.

— Estou lhe dizendo que ele não ouve e não fala. Você fala? — o homem perguntou a Augustus, que olhou para ele sem expressão no rosto, ainda com a mão em concha no ouvido. — Mas que tipo de negro o senhor está tentando me empurrar?

— Não, não. Ele ouve, ele fala — disse Darcy. — Ele estava falando e ouvindo na Virgínia. Estava falando e ouvindo na Carolina do Norte. Ele ouve e fala, estou lhe dizendo. — Então, para Augustus: — Abra sua boca e diga alô para este homem, diga a ele boa-tarde, diabo.

Augustus resmungou e levou a outra mão em concha à outra orelha. O branco olhou de Augustus para Darcy e depois para Stennis.

— Bom, não deve ser uma boa tarde, porque ele não está me dizendo isso.

— Ele não é surdo nem mudo. Eu lhe dou minha palavra — disse Darcy. — Ele não sabe falar, Stennis?

— Sabe, patrão. Ele sabe falar sim. Ele sabe falar melhor que um passarinho cantando numa árvore, que nem...

— Está bom, Stennis, já chega. Eu não mentiria para o senhor, cavalheiro.

— Eu não quero um crioulo surdo-mudo. Quero um crioulo inteiro, da cabeça aos pés.

O homem se virou para ir embora e Darcy o puxou pela manga. O homem disse:

— Tire a mão de mim, cavalheiro, ou vou colocar o senhor nas mãos de Deus.

Stennis grunhiu alto. Darcy deu um passo para trás e o homem foi embora. Darcy disse para Stennis:

— Você sabe que não deve gritar com um branco, mesmo quando é um cliente difícil. — Virou-se para Augustus e o cutucou no peito com dois dedos. — O que é que há contigo, crioulo? Você é tão surdo e mudo quanto o Stennis. O que é que há contigo? — Augustus não respondeu. — Você perdeu sua audição aqui na Carolina do Sul, foi? Perdeu a língua também, é? O que foi que você perdeu na Carolina do Norte? Seu pau? E na Virgínia, seu cérebro, o pouco cérebro que tinha? E o que é que vai perder na Geórgia? Os braços? E depois as pernas no Alabama e no Mississippi, se a gente chegar até lá? Vai se desfazer a cada estado que a gente for? É isso? — Darcy olhou para Stennis. — Aposto que se a gente levar ele até o Texas, ele vai desaparecer completamente, Stennis. Vai fazer puf e virar fumacinha quando a gente tiver chegado ao Texas. Isso não seria uma pena? Seria muita pena. Porque ninguém paga muito por um crioulo fantasma no Texas.

— O que é que a gente vamo fazer? — perguntou Stennis.

— Vamo seguir em frente, Stennis. Vamo seguir em frente até todos os passarinhos cair das árvores. — Ele cuspiu, e depois pegou a pata de

O MUNDO CONHECIDO   291

um dos castores mortos que pendiam de seu peito e inalou-a profundamente. — O Tennessee é um bom lugar para se estar nesta época do ano, Stennis. O ar leva você para onde quer que você queira ir. — Largou a pata de castor e tornou a cutucar Augustus. — E a gente vamos vender este crioulo aqui, mesmo que eu tenha que colocar meu pai e meu avô pra vender junto. Vamo embora. — Stennis deu um puxão na corrente de Augustus, levantou-o e jogou-o dentro do vagão. Darcy apanhou mais uma pata de castor com a maior parte da perna e tornou a inalar profundamente. — O ar do Tennessee cura tudo o que atormenta a gente, Stennis.

— Já posso sentir o cheiro daqui, chefe.

EM CHARLESTON, ELES venderam Willis por 325 dólares. Darcy quase conseguiu 400, mas o branco e sua esposa, ambos professores, suspeitaram dos documentos de Willis que Darcy tinha consigo. Segurando os papéis, a mulher disse que o pai dela trabalhara no negócio de escravos e por isso ela sabia que nenhum preço era eterno.

— Trezentos e vinte e cinco — disse ela e o marido repetiu o que ela disse. — Eu era um homem livre na Virgínia — Willis disse baixinho para os professores depois que o preço havia sido acordado. Darcy deu uma gargalhada.

— Ele vive dizendo isso — disse ele, com um risinho cínico. — A Virgínia é um belo lugar. Nós todos nos sentimos livres lá. É a sala de visitas de Deus, mas ele se esquece de que aqui não é a Virgínia. — Com isso ele queria dizer coisas que não eram gentis a respeito da Carolina do Sul, mas os professores aparentemente não haviam notado. Enquanto Darcy e os professores estavam do lado de fora do banco e Darcy contava o dinheiro, Willis disse para Augustus: — Eu te vejo por aí. Eu te vejo por aí um dia desses.

Augustus respondeu:

— E eu vejo você por aí, Willis. Eu te vejo por aí um dia desses. Eu juro.

NA SALA DE VISITAS de Winifred e John Skiffington havia uma estante de livros muito bonita, de um carvalho muito bom, um rosto feroz de leão em cada ponta das extremidades superiores, três prateleiras, um artigo de segunda mão feito por Augustus Townsend não muito tempo depois de Augustus ter comprado sua liberdade. Primeiro ele havia pensado em ficar com ela para si e para a família que compraria da escravidão, embora nenhum deles soubesse ler naquela época. (Ele e Mildred jamais aprenderiam a escrever.) Ele a guardaria como uma espécie de símbolo de sua determinação em pegar sua família de volta. Mas aí ele percebeu que o dinheiro que poderia obter pela estante traria sua esposa e seu filho para mais perto dele, então ele colocou um preço naquele objeto. Quinze dólares. Ela fora vendida originalmente para um homem de dois escravos que perdera a visão e que portanto, conforme este dissera a Skiffington, perdera a fome e a sede de livros. Skiffington a comprou por cinco dólares.

Tirando a Bíblia, Skiffington não era lá um grande leitor, mas não era o caso de Winifred. Ela havia lido tanto, seu marido disse um dia, que podia até virar professora. Todas as prateleiras dessa estante de segunda mão estavam cheias, basicamente com livros trazidos por ela da Filadélfia. Skiffington havia pedido que ela não ensinasse Minerva a ler, mas ela não conseguira evitar. Só pedira a Minerva que não deixasse ninguém vê-la lendo.

Entre os tesouros de Winifred da primeira prateleira da estante estavam as peças completas de Shakespeare em dois volumes, presente de seus pais, e o *Sketch Book*, de Washington Irving, um presente de Skiffington quando ele a pediu em casamento. O livro de Irving estava encadernado em couro vermelho, uma bela segunda edição publicada em Londres em 1821. Depois do jantar, os Skiffington, incluindo o pai de John, se reuniam na sala de visitas, Winifred pegava alguma coisa da estante e lia. O próprio Skiffington gostava muito de *Rip Van Winkle*, de Irving.

— Você vai acabar gastando o livro, John — dizia Winifred. — Vai tirar todo o frescor dele.

Para brincar com ela, ele começava:

— Rip Van Winkle, um escrito póstumo de Diedrich Knickerbocker.

O MUNDO CONHECIDO 293

Skiffington pensou no "velho Rip" quando viu o homem na escada que levava da rua para a cadeia. Os pelos no rosto do homem eram selvagens e abundantes, e quando Skiffington chegou mais perto conseguiu distinguir os olhos, o nariz e a boca despontando por entre os pelos. Apenas o cabelo lhe dizia que era um homem branco, porque a pele estava suja demais para dar testemunho disso com certeza. Ele podia ter sido um daqueles homens da montanha que viviam sozinhos e desciam de vez em quando só para ouvir vozes humanas. O homem se levantou vários metros antes de Skiffington chegar à cadeia e ficou firme sobre os dois pés, testemunhando que, o que quer que a sujeira e o cabelo dissessem a seu respeito, havia um coração e uma mente prontos para dizer alguma coisa de diferente.

— John — disse Counsel Skiffington.

Skiffington parou com um pé na escada e o outro ainda na rua. Ele ficou estudando o homem por mais de um minuto e quando o homem repetiu seu nome, Skiffington disse:

— Counsel, é você? — Ele sorriu e estendeu uma das mãos. Ouvira dizer por terceiros que Counsel havia caído no incêndio que ele próprio provocara em Um Sonho de Criança, na Caroiina do Norte, logo depois de ter dado um tiro na cabeça. Na verdade, quem espalhou essa história foi o banco ao qual ele devia dinheiro, numa tentativa de fornecer alguma conclusão a todo esse episódio de Counsel Skiffington. Entre dezenas de corpos queimados, quem saberia que algum ali não era o do senhor da plantação?

— Sou eu — disse Counsel. — Sou eu, e acho que posso dizer isso com certeza. — Eles continuaram apertando as mãos e teriam até se abraçado, mas os primos nunca se gostaram tanto assim. Counsel havia chegado tarde da noite com um homem que o havia apanhado em Roanoke. O homem levava duas carroças cheias de suprimentos — de roupas até balas de revólver e livros — para o norte da Virgínia. A intenção inicial de Counsel era aceitar passagem livre até o destino daquele homem, mas o Deus que ele encontrou no Texas lhe disse que ele podia muito bem dar uma parada e saber como estava John Skiffington.

— Counsel, pensei que você estivesse morto — disse Skiffington. — Winifred e eu achamos que você e todo mundo estivessem mortos, foi o que a gente ouviu.

— Todo mundo morreu, John. Acho que eu também morri. Mas agora eu estou de pé aqui e dizendo a você que não.

— Vamos ver Winifred em casa, e aí você vai se lavar.

— Acho que eu não estou adequado para encontrar mulher alguma — disse Counsel. — Especialmente uma da qual não sou aparentado.

— A sra. Skiffington não iria se importar.

— Mas eu iria, John. Eu iria. — E Counsel se lembrou de que o mundo sempre chamara sua esposa de sra. Skiffington. — Eu me importaria. Quem sabe se você pudesse me emprestar alguma coisa para que eu pudesse passar na pensão, aí eu estaria apresentável em um ou dois dias. Um banho, algumas refeições e serei um homem pronto para a sociedade civilizada novamente.

— Não há nada de errado com você, mas se a pensão é o que você quer, então é isso o que vou lhe dar. — Desceram mais duas ruas e Skiffington pagou três noites para ele na pensão.

Ele apareceu por volta do meio-dia e ele e John jantaram na minúscula sala de jantar da casa. Counsel havia tomado banho e se barbeado, e enquanto comia, o homem que John Skiffington adorava mas com o qual tivera tantos problemas começara a emergir. Durante a refeição, Counsel disse que estivera praticamente em toda parte e que agora não sabia o que fazer consigo mesmo. Ao final da refeição, Skiffington estava perguntando a Counsel se ele queria ser seu assistente.

— Você sempre me passou a impressão de um homem que queria o emprego só para si mesmo — disse Counsel, tomando café. — Ou era o que eu entendia quando Belle lia as cartas de Winifred para mim. John Skiffington podia fazer tudo sozinho.

— Há mais coisas por fazer. Não seria mau ter alguém vigilante às minhas costas. A família serve para isso. Serve para dar apoio.

— Farei o que puder.

O MUNDO CONHECIDO   295

COUNSEL FOI MORAR na casa de Skiffington, dividindo quarto e cama com Carl Skiffington, pai de John. Embora não dissesse nada a ninguém, Counsel se achava no direito de ocupar o quarto que sempre fora de Minerva. Ele não entendia por que uma garota escrava deveria ser posta acima dele. Uma escrava que ele próprio havia possuído um dia. Suspeitava de que havia mais alguma coisa entre ela e Skiffington, e que o próprio quarto dela era apenas uma coisa que a garota conseguiu arrancar de seu primo. Ele vira outros homens caírem vítimas disso, então por que não um homem que vivia afirmando caminhar com Deus? Após o primeiro mês de pagamento, Counsel se mudou de volta para a pensão, e a proprietária do lugar lhe cobrou menos do que aos outros moradores, porque ele era a lei, e porque havia sofrido tragédias na Carolina do Norte.

MILDRED TOWNSEND SAÍA para a estrada toda manhã e toda noite desde que levaram Augustus, e esperava por cerca de meia hora. Ela sabia que Augustus às vezes aceitava serviços inesperados quando estava longe de casa e se esquecia de mandar avisar que não demoraria muito para voltar. No final de cada meia hora ela erguia os braços ao céu, os dedos estendidos, e sentia o espírito de Augustus fluir para as pontas de seus dedos e sabia que ele estava a caminho. Ela não se preocupou durante a primeira semana nem pela maior parte da segunda semana.

— Vou fazer picadinho daquele homem quando ele aparecer — ela dizia ao cachorro deles, que saía para a estrada com ela e ficava o tempo todo ao seu lado, esperando. — E você vai me ajudar, né? Você vai me ajudar a fazer picadinho dele.

Ela e Augustus estavam casados há mais de 35 anos, e ela confiava em que ele estivesse seguro em algum lugar. Ela sabia que, com o filho único deles morto, seu marido não faria nada para colocar mais sofrimento no coração dela. Seria ao final da segunda semana que ela iria até Caldonia, e elas, com Fern Elston, iriam procurar Skiffington, que estaria fora. Mas Counsel, seu novo assistente, estaria ali na cadeia.

CERCA DE UMA SEMANA após a Carolina do Sul, nas cercanias de McRae, Geórgia, eles acamparam, e depois que Stennis amassou um pouco de comida para Darcy, que só tinha dois dentes na boca, ele deu de comer a Augustus e o acomodou aos pés de uma macieira. Augustus disse para Stennis antes que o outro voltasse para Darcy:

— Eu estou te devendo as mesmas chibatadas que você me deu lá na Virgínia. Quero que saiba que eu estou te devendo pra valer.

— Eu acho que tudo na vida tem seu preço, até algumas chibatadas lá atrás na Virgínia.

— E quando eu for pegar você, você vai ficar sabendo — disse Augustus.

— Eu achava que era esse também o preço do meu negócio.

— Eu quero ir para casa — disse Augustus. — Eu quero ir pra casa e acho que você sabe como me ajudar.

— Nós todos queremos ir para casa.

— Eu quero ir para casa.

Stennis reparou que essas eram as primeiras palavras que Augustus pronunciava desde o golpe do surdo-mudo na Carolina do Sul.

— Estou vendo que tu tá falando de novo.

— Antes eu num tinha nada pra dizer.

Stennis tornou a verificar as correntes.

— Tenha uma boa noite.

— Deixa eu pelo menos escapar de mansinho — disse Augustus.

— Ele ia saber que foi eu que abriu a porta pra você.

— Então venha comigo. Juntos nós podemos. Nós juntos.

— Num tenho poder pra isso não.

— Pois eu digo que tem.

— Num tenho não. Ele é o meu pão e minha manteiga. E geleia também.

— Lá em casa — disse Augustus —, eu sou meu pão e minha manteiga.

Stennis suspirou.

— Isso eu sei. — Levantou-se. — Posso ver isso com os meus dois olhos.

Darcy gritou.

O MUNDO CONHECIDO   297

— Stennis! Stennis! Cadê você?
— Aqui, patrão. — Stennis começou a se afastar.
— Deixa eu pelo menos escapar de mansinho.
— Stennis!
— Estou indo, patrão!
— Então venha logo. Venha cá fazer uma massagem nos meus pés.

NA MANHÃ DEPOIS que Caldonia Townsend fez amor com seu capataz
Moses pela primeira vez, ela despertou ao amanhecer, sentou-se na cama e
ficou vendo o sol nascer. Ela havia pensado que não dormiria muito bem,
mas a noite lhe havia sido generosa, e ela dormiu por muitas horas sem
uma perturbação. Tivera um sonho pouco antes de acordar: estava em uma
casa menor do que a sua, uma casa que ela tinha de compartilhar com mil
outras pessoas. Sentada na cama vendo o sol, tentou se lembrar de mais
detalhes do sonho. Não conseguia se recordar de nada, a não ser da lembrança de alguém no sonho dizendo que as pessoas no sótão estavam queimando outras pessoas. A casa que Henry havia construído não tinha sótão.
Ela sempre dormia com as cortinas abertas, uma coisa com a qual Henry
havia se acostumado. Quem mais naquele mundo podia aceitar dormir com
as cortinas abertas?, ela pensou, apoiando o queixo nos joelhos. Não sentia culpa com relação a Moses, o que a surpreendeu. Lá embaixo nos campos, uma mulher estava cantando. Num instante ela percebeu que a mulher
era Celeste. Não era uma canção triste que Celeste cantava, e também não
era uma canção alegre, apenas palavras melodiosas para preencher o silêncio que, caso contrário, seria reclamado pelas canções dos pássaros. O
quarto estava escuro quando ela abriu os olhos, mas com o nascer do sol,
era como se ele tivesse apanhado a canção de Celeste e transportado-a com
sua luz a cada canto do quarto, e pouco a pouco a rigidez do sono desapareceu de Caldonia e ela se espreguiçou, bocejou e se perguntou o que faria
a respeito de Moses afinal. Ela não pensava dele o que pensou de Henry
Townsend na manhã seguinte após conhecê-lo. Naquela manhã, ela saíra
da cama enfraquecida pelo medo de que nunca mais teria o prazer de ver

Henry novamente. Se ela soubesse que ele tinha sentimentos parecidos, teria tido a força que tivera naquela manhã quando a canção de Celeste a alcançou com toda a clareza inegável de cada palavra.

Ela se vestiu e foi até o saguão, onde o sol, mesmo com uma janela de cada lado, estava demorando a chegar. Caldonia ouviu Loretta andando em seu próprio quarto perto das escadas, mas não bateu, nem foi dizer à criada que a acompanhasse. Na cozinha, a cozinheira Zeddie estava no fogão, e seu marido Bennett empilhava lenha na caixa de lenha.

— Sinhá — disse Zeddie. — O que é que a sinhá quer pro seu café?

— Ainda não quero nada — disse Caldonia e abriu a porta dos fundos.

— Este ar de hoje de manhã parece que tem dentes — disse Bennett. — A senhora quer que eu pegue um casaco?

— Não, estou bem — disse Caldonia, saindo e fechando a porta.

O ar tinha mesmo dentes, mas ela começou a sentir um pouco mais de calor enquanto caminhava para o cemitério, com seu único ocupante. O morrinho de terra havia assentado ainda mais desde sua última visita. Ela encomendara uma lápide, mas o homem dissera que podia levar um mês para entregá-la. Aos pés do túmulo de Henry, ela desejou ter trazido flores de seu jardim.

— Estou perdoada? — ela perguntou. As flores de sua última visita, apenas dois dias antes, ainda tinham um certo vigor, e em baixo delas havia flores de quatro dias que estavam ficando marrons e se misturando ao solo. — Ainda sou sua esposa. E então, estou perdoada?

Moses foi vê-la naquela noite e ela não lhe deu nenhuma indicação de que ele pudesse se levantar da cadeira e ir até onde ela estava. Então ele falou sobre o trabalho dos escravos sentado na poltrona, o cabelo penteado e a camisa e a calça já não tão novas grudadas em seu corpo porque começara a suar antes mesmo de pôr os pés na cozinha. Ele havia temido que, se fosse possuí-la de novo, isso pudesse cruzar um limite irreversível. Mas não havia lágrimas e nenhuma pista de que ela o quisesse novamente, então ele ficou sentado suando, se atrapalhando todo com uma recitação das preparações deles para a colheita. Se ele não fosse escravo dela, poderia ter se levantado e ido até onde ela estava com a autoridade que a noite

O MUNDO CONHECIDO

passada lhe havia investido. Mas o sol não se levantava muito alto na vida de Moses, e quando isso acontecia era só um dia de vez em quando, e os dias não eram iguais uns aos outros.

— Mande Loretta vir aqui — disse Caldonia e ele se levantou e saiu da sala. Ainda não havia descido os degraus dos fundos quando ela lamentou tê-lo mandado embora. Que mal teria feito deixá-lo me abraçar?, pensou ela quando Loretta perguntou se ela não gostaria de um café e de um pedacinho de torta antes de dormir.

Conforme combinado anteriormente, ela recebeu Fern, seu irmão Calvin, e Dora e Louis, os filhos de William Robbins, para cear na noite seguinte. Galinha assada, uma das especialidades de Zeddie, e a sopa de abóbora de que Fern gostava. Fern, que àquela altura já era dona de Jebediah Dickinson havia algumas semanas, não tinha muito a dizer, o que era incomum para a professora loquaz entre três de seus ex-alunos que a viam como uma das principais influências em suas vidas. Quando ela falou, foi geralmente sobre seus problemas com um escravo "estrepitoso" que insistia em chamar a si mesmo de Jebediah Dickinson, muito embora seu ex-dono tivesse dito que ele na verdade se chamava apenas Jebediah e somente Jebediah. "O Dickinson", dissera o ex-dono, "foi roubado da minha finada esposa." Todos na mesa repararam que Fern não estava sendo ela mesma, mas deixaram isso de lado porque a amavam.

— Com ele ali — disse ela após a ceia — eu me sinto como se pertencesse a ele, como se eu é que fosse sua propriedade. — Os jovens riram ao ouvi-la dizer algo tão extraordinário. Todos eram membros de uma classe de negros livres que, embora não tivesse o poder de alguns brancos, havia sido criada acreditando em líderes esperando ocultos nas sombras. Eles eram muito melhores do que a maioria dos brancos, e era apenas uma questão de tempo até que aqueles brancos percebessem isso.

— Por que você não o vende? — perguntou Dora.

— Tenho medo de que toda a Virgínia o conheça como eu o conheço e que vendê-lo me custe mais do que já paguei. — Isso não fazia sentido para a maioria deles, e puseram a culpa no cálice de vinho do Porto que Fern tomara, o que também não era de seu feitio.

— Venda-o rio abaixo, como dizem — disse Louis.

— Ele voltaria — disse Fern. — Repetindo a si mesmo como uma refeição ruim. Esta é apenas minha pobre metáfora para esta noite, Caldonia querida. Não é uma declaração sobre a grande noite que tivemos hoje. Acho que você entende meu estado de espírito, Caldonia querida.

— Entendo — disse Caldonia. — Zeddie não erraria com a comida mesmo que fosse cega e não tivesse as mãos.

— Precisamente — disse Fern.

— Sra. Elston — disse Calvin —, por que não libertá-lo e mandá-lo seguir seu caminho? Será que isso não seria mais barato a longo prazo?

— Já pensei nisso. Mas acredito que ele se tornou uma espécie de dívida herdada de meu amado marido. Agora ele é meu, e libertá-lo parece fora de questão. — Ela não disse que libertar um escravo não estava na natureza dela. Alguém um dia lhe contara de uma mulher branca na Carolina do Sul que havia libertado seus escravos após a morte de seu marido, e um deles havia voltado e assassinado a mulher.

— Fern, as coisas irão se resolver — disse Caldonia. A mais velha dos alunos, ela se tornara confidente de Fern, e só ela tinha permissão de chamá-la pelo primeiro nome. Não era um privilégio que os outros cobiçassem.

— Receio que sim — disse Fern e tomou a última gota de sua taça. — Será que tomei mais vinho do Porto do que tenho permissão, Caldonia querida? Será que já tomei a parte que me cabia?

— Nesta casa você pode tomar todo o vinho do Porto que sua alma aguentar. Você sabe disso.

— Nós nos esquecemos quando a mente fica cheia de coisas.

— Bennett? — chamou Caldonia.

Bennett apareceu e encheu a taça de Fern. Ele se posicionou ao lado de Caldonia e lhe sussurrou que Moses estava esperando na cozinha "pra contar pra senhora umas coisas aí".

Ela pensou que podia ir ter com ele e lhe dizer que o veria amanhã, mas o que Fern dissera sobre aquele escravo com dois nomes não lhe saía da cabeça, e ela mandou Bennett dizer a Moses que as notícias do dia podiam esperar, a menos que houvesse algo que exigisse a atenção dela com urgência. Ela acrescentou que estava recebendo convidados. Bennett repetiu isso a Moses ao seu jeito, e Moses foi embora para sua cabana. Priscilla, sua esposa, disse que tinha alguma coisa para ele comer, mas ele lhe disse da maneira mais gentil possível que não estava com fome, e torceu que ficasse nisso. Ela o conhecia o bastante para ler sua mente, e ela e seu filho ficaram sentados diante da lareira brincando de jogar pedrinhas para o alto e depois apanhá-las com uma mão só com a coleção de seixos que tinham. O garoto estava ficando bom naquilo; tinha descoberto que, se jogasse as pedras para o alto de modo que caíssem sempre perto umas das outras, tinha mais chances de vencer a mãe. Ao ouvi-los jogar, Moses quase saiu para a floresta, mas teve medo de estar dividindo o lugar com Alice agora. Em vez disso, foi até o galpão de equipamentos e ficou afiando enxadas até que a luz do lampião começou a enfraquecer e seus braços começaram a doer.

O humor de Fern começou a melhorar com a segunda taça de vinho do Porto, e não se falou mais do escravo Jebediah Dickinson.

— Eu tenho recebido — disse ela, logo depois de Bennett substituir as velas — tantos panfletos sobre esse negócio de abolição. Onde conseguiram meu nome, jamais saberei.

— O que acha, sra. Elston? — perguntou Dora.

— Percebi que se estivesse em regime de servidão rasgaria a garganta de meu dono no primeiro dia. Fico me perguntando como é que eles todos não se ergueram e fizeram isso. — Ela tomou um gole do vinho.

— O poder do estado os transformaria todos em pó — disse Louis. Ele falava, como sempre, não porque tivesse alguma ideia bem formada sobre determinado assunto, mas para impressionar as mulheres ao seu redor, e ele estava agora em um ponto em que a mulher que mais queria impressionar era Caldonia. Ele tinha começado a frequentar as aulas de Fern depois que Caldonia havia completado muitos anos de sua educação, por isso ela não teve muito tempo para fazer amizade com ele. E Calvin falara muito pouco dele para ela, pois eram estranhos um para o outro de muitas maneiras. — A Comunidade daria rapidamente um fim a isso.

— O estado hesitaria — disse Calvin. — Ele não iria querer perder sua própria gente, tanta boa gente branca, assim como todas as pessoas das quais o estado depende para cultivar os campos e fazer todos os outros trabalhos que ajudam tornar a Virgínia a grande Comunidade.

— Vocês dois estão falando de guerra? — perguntou Dora.

— Você tem outro nome para isso? — perguntou Louis.

Dora riu.

— Escravos contra senhores. Tente colocar essa imagem em sua cabeça, e depois coloque nela a imagem de todos os escravos caídos por terra, mortos.

— Eu já fiz isso — disse Fern. — Fiz sim. — Ela estava pensando na valentia com que Jebediah fugia sempre que lhe dava na cabeça. — A única questão para nós, ao redor desta mesa abençoada, é que lado devemos escolher. Acho que é isso que esses panfletos querem que eu faça. Escolher meu lado.

— Você escolheu? — perguntou Caldonia.

— De maneira muito humilde, acho que sim — disse Fern. — Eu acho que não me sairia muito bem como aprendiz de costureira. "Sim sinhô" e "Sim sinhá" são palavras que não saem facilmente da minha boca. Minhas mãos, meu corpo, eles têm medo da terra dos campos.

— Você poderia ensinar ainda mais — disse Louis. — Você poderia ensinar o tempo todo.

— A luz dos ensinamentos está lentamente se apagando em mim.

— Isso é o resultado de se ter pupilos ruins — disse Caldonia, e os cinco riram.

Fern pensou em tomar uma terceira taça de vinho do Porto, mas ao segurar a taça vazia na mão, os efeitos das duas primeiras se fizeram sentir com força, e ela sorriu para o copo e disse a si mesma que dois naquela noite já estavam de bom tamanho. Desde a chegada de Jebediah seu marido não saíra de casa, mas tudo havia mudado. *Eu cumpri... com meu dever de esposa esta noite. Esta noite...*

— Eu deixaria isto tudo com qualquer guerra — disse Calvin.

— Você não iria ajudar os preciosos escravos? — perguntou Louis.

— Bem, agora que você mencionou, agora que você colocou a questão, acho que ajudaria sim.

O MUNDO CONHECIDO   303

Caldonia riu.

— Você acha que mamãe o deixaria ficar contra ela? — Nas mentes deles, todos viram Maude, os braços cruzados, batendo com o pezinho de maneira exagerada, e todos riram.

— Eu faria isso pelas costas dela — riu Calvin.

— Uma bala nas costas de sua pobre mãezinha, Calvin, mas que bonito! — disse Dora.

— Foi você quem disse "bala". Eu a amo demais para fazer algo de ruim a não ser desobedecê-la. Além disso, minha mãe vive com um muro de tijolos enorme nas costas. Nada conseguiria penetrar aquilo. — Quando sua mãe ficou doente por todos aqueles anos, Calvin dormiu muitas noites no chão ao lado de sua cama.

— Uma bela conversa para a hora da digestão — disse Fern. — Que escola ensinou tudo isso a vocês?

— Um estabelecimento difícil em Manchester, Virgínia. — Louis estava olhando para sua irmã do outro lado da mesa, e ao fazer isso seu olho viajante capturou uma partícula flutuante de poeira e a seguiu por um instante antes de piscar.

OS CONVIDADOS DELA dormiram ali naquela noite. Pela manhã, não muito depois do desjejum, Caldonia e Calvin levaram Dora e Louis até a varanda, onde Louis a abraçou inesperadamente.

— Sua hospitalidade não tem igual — ele disse, sem tentar impressioná-la.

— O crédito — disse Caldonia — é todo dos meus convidados.

Muito, muito depois, no dia em que Louis lhe pedisse para se casar com ele, ele diria que teve medo de fazer o pedido porque achava que não era digno. — Somos todos dignos uns dos outros — diria Caldonia.

Dora e Louis foram embora montados em seus cavalos. Fern dormiu até mais tarde e só partiu no fim da tarde. Calvin ficou mais um dia e noite e por isso estava lá quando Moses apareceu naquela noite. Bennett entrou na sala de visitas para dizer a Caldonia que seu capataz estava ali. Ela se levantou.

— O que foi? — perguntou Calvin.

— Nada demais — ela disse, pedindo licença e indo à frente de Bennett até a cozinha.

— Sinhá, eu só queria dizer pra senhora como foi o dia, só isso — disse Moses assim que ela entrou. Ela não dispensou Bennett.

— Eu estou recebendo meu irmão — disse ela, caminhando até ficar a menos de meio metro dele. Ela queria vê-lo, diziam suas palavras e sua postura, mas por ora aquilo era o melhor que ela podia fazer. — Você pode me contar tudo amanhã. Agora vá para casa e tenha uma boa noite de descanso. Eu sei como é duro o trabalho de vocês. — Ele assentiu e foi embora.

— As responsabilidades estão começando a pesar em você, ao que parece — Calvin disse quando ela retornou.

— Uma por uma — disse ela.

— Você poderia ser feliz comigo em Nova York. Uma nova terra, um novo ar. Poderíamos ser felizes lá. O peso cairia de seus ombros, Caldonia.

— Calvin, você só tem a si mesmo e o que quer que esteja nas suas costas. Eu tenho a responsabilidade de cuidar de muitas pessoas. Adultos e crianças. Não posso escolher não fazer isso. Meu marido construiu uma coisa aqui, e essa coisa agora é minha e não posso abandoná-la por uma terra estrangeira.

Calvin não disse nada. Estava sentado na poltrona em que Moses sempre se sentava. Desejava dizer que ela podia abandonar tudo, mas naquele momento ele estava perdendo a fé em sua capacidade de convencer qualquer pessoa de qualquer coisa. Ela não conseguia ver nenhum daqueles trinta e tantos seres humanos vivendo como gente livre, assim como não conseguia ver da Virgínia tudo aquilo que o cachorro congelado da fotografia de Nova York estava vendo.

Ela não queria que ele fosse no dia seguinte e disse isso. Havia descoberto que, com seu pessoal por perto — e ela contava Fern, Dora e Louis também —, ela era mais capaz de enfrentar o mundo. Calvin respondeu que tinha negócios em Richmond, mas quando voltasse ficaria com ela por mais tempo.

O MUNDO CONHECIDO

Ela contou a Moses naquela noite que não queria ouvir nada a respeito dos labores tediosos do dia, e ele ficou ali sentado tentando inventar mais uma historinha a respeito de Henry. Ela se levantou depois de um longo tempo, sentou-se no colo dele e o beijou. Não permitiu que ele fizesse amor com ela naquela noite, mas quando ele retornou na noite seguinte, ela permitiu.

— Tem sido duro sem você — ela disse a ele.

— Foi duro pra mim, sinhá — ele falou.

Quando ele disse isso, já haviam acabado e estavam deitados no chão, parcialmente vestidos, e as palavras dele fizeram com que ela pensasse se o estado da Virgínia tinha alguma lei proibindo coisas desse tipo de acontecerem entre uma mulher de cor e um homem de cor que era seu escravo. Será que aquilo seria algum tipo de miscigenação?, ela se perguntou. Uma mulher branca em Bristol recebera chibatadas por uma ofensa dessas, e seu escravo foi enforcado em uma árvore num arremedo de praça principal da cidade. Trezentas pessoas foram até lá assistir tudo, às chibatadas e ao enforcamento, as primeiras na parte da manhã e o último à tarde. As pessoas levaram seus filhos, seus bebês, que dormiram durante a maior parte das atividades. Tudo havia acontecido um ano antes, mas a notícia só recentemente chegara a Manchester.

— Você volta amanhã? — perguntou ela depois de se levantar do chão.

— Sim, sinhá. Volto sim, sinhá.

Ele foi embora, e ela disse a si mesma no momento antes de Loretta entrar: "Eu amo Moses. Eu amo Moses, mesmo ele tendo apenas um nome só." Mas quando viu Loretta, as palavras não fizeram muito sentido.

— Estou pronta para dormir — disse, e isso fez o maior dos sentidos. Antes de ir para a cama, ela se lavou por dentro com vinagre e o sabão que seus escravos faziam para todos. O dela, entretanto, era feito com um quê de perfume que Loretta fornecia aos fabricantes de sabão. Em Bristol, as autoridades afirmaram que a mulher branca estava esperando uma criança. Nenhum relato de jornal nem um boato sequer diziam o que fora feito da criança.

AQUELA NOITE FOI a primeira vez em que Moses pensou que sua esposa e seu filho não podiam viver no mesmo mundo que ele e Caldonia. Se eles tivessem feito amor em silêncio, como antes, ele não teria começado a pensar além de si mesmo. Mas ela havia falado sobre amanhã, e isso significava que haveria mais amanhãs depois. Onde é que uma esposa escrava e um filho escravo se encaixavam com um homem que estava a caminho de ser libertado e depois se casar com uma mulher livre? A caminho de se tornar o sr. Townsend?

Naquela noite ele saiu da casa de Caldonia e parou na entrada da alameda. Onde é que um homem coloca uma família da qual ele não precisa?

Alice saiu de sua cabana, e se ficou surpresa ao vê-lo, não deixou isso transparecer. Mas ela não cantou e nem dançou.

— Onde é que tu tá indo? — perguntou ele. Sabia mais sobre ela do que três semanas antes, e embora ela não tivesse reconhecido nada, ele sentiu que ela sabia que tinha agora uma parte menor do mundo para si do que antes. A noite agora não continha somente a ela própria em seus vagares; continha Moses indo atrás dela. Alice passou por ele, e ele se virou e a pegou pelo braço. — Tu me responde quando eu tiver falando contigo.

— Pra lugar nenhum — disse ela. A simplicidade de uma resposta clara chocou os dois, e eles não disseram nada até ouvirem Elias e Stamford rindo ao saírem do celeiro e seguindo para suas cabanas. Ambos levavam lampiões.

— Assim que eu gosto — disse Moses para Alice e a soltou. Ela foi embora para o caminho que a levaria até a estrada.

Ele torceu para que ela morresse naquela noite, e que seu corpo fosse entregue pelos patrulheiros antes do amanhecer, mas ela estava em sua cabana no dia seguinte.

NA NOITE SEGUINTE, ele esperou na frente da porta da cabana dela até ela sair.

— Tenho um trabalho pra você — disse. — E se fizer ele direito, não vai precisar mais ser escrava de ninguém. — Ele não havia feito amor com Caldonia naquela noite, mas estava muito excitado.

O Mundo Conhecido

Ela queria cantar, mas os anjos poderiam não entender o que ela estava dizendo com aquele capataz de testemunha. *Encontrei um morto na alameda do patrão...* Talvez se ela levantasse os braços agora, eles a recompensassem por toda aquela cantoria no passado e a levassem para cima, para a liberdade. *Um morto... Um morto é o que ele é... Como você pôde esquecer aquele homem morto?* Toda a cantoria dela devia valer de alguma coisa. Se ela levantasse os braços e mexesse os dedos, os anjos poderiam vê-la mesmo na escuridão com aquele capataz e pegá-la como se ela fosse a joaninha de alguém. *Encontrei uma morta deitada no meio do caminho na alameda do patrão...*

Moses disse:

— Pode ir, porque eu tô de olho em você. Tô com os dois olho em você. — Ele a viu partir. — Aquela mula vai tá esperano você de manhã — ele disse.

Era verdade, ela pensou ao colocar os pés na estrada de modo hesitante, que o mundo tinha olhos para vê-la, e mesmo que os anjos a levassem agora, o mundo simplesmente estenderia seus braços e a puxaria de volta. *Eles não querem você lá, garota, então volte para nós aqui...* Ela não foi longe naquela noite e deu meia-volta logo depois de passar pela encruzilhada. A alameda estava toda silenciosa, mas não tão silenciosa quanto em todas as outras noites em que sua voz estava rouca e os pés cansados de tanto caminhar e dançar. Entrou em sua cabana e esperou do lado de dentro que o som de tudo aquilo acabasse. Talvez se ela tivesse se importado o suficiente com todo mundo; talvez se ela tivesse compartilhado; talvez se ela sequer tivesse acreditado que Delphie e Cassandra quisessem sair e cantar para os anjos com ela. Nada apareceu, a não ser os sons de seu próprio coração; ela caiu de joelhos e se arrastou até seu colchão de palha, a poucos metros de onde estavam Delphie e Cassandra. Talvez ela tivesse esperado demais, e ao esperar o trem as pessoas passaram por ela acenando. Quem sabia quanto tempo ainda restava? Quem sabia se Deus havia dividido o tempo em porções como Bennett e Moses dividiam em porções as refeições, a farinha e o melado? *Isto aqui tem que durar, então cuidem pra não comer demais e não acabar...* Na última plantação em que ela estivera, uma mulher havia pulado dentro do poço, jurando que nadaria até voltar para sua casa. E ela também havia feito isso, sem as bênçãos de um coice de mula. Por que ela não conseguira simplesmente voltar para sua casa caminhando? Agora, aquela mula poderia querer tomar de volta seu coice. *Tu não tá usando, então me devorve...*

Duas manhãs depois, numa quinta-feira, Caldonia disse a Loretta, que por sua vez diria a Zeddie, que cearia com Moses na cozinha. Loretta não era mulher de pedir à patroa que repetisse o que havia acabado de dizer, mas Zeddie queria saber se Loretta não havia lavado as orelhas direito ultimamente e tinha ouvido certo. Loretta não fez nenhuma brincadeira com ninguém, e quando Zeddie viu que ela estava com a mesma cara de toda manhã, respondeu:

— Diz pra ela que vou aprontar tudo pra ela e o capataz.

A refeição até que acabou rápido, pois não conversaram. Ele nunca havia se sentado a uma mesa como aquela nem tivera um prato cheio posto à sua frente. Ele não sabia o que fazer, e ela viu isso e o tirou da mesa.

Eles não fizeram amor, mas ele voltou para a alameda com a mesma alegria. Bateu à porta da cabana de Alice e levou-a para fora, para o lado do celeiro, e disse a ela que a estava pondo em liberdade, que ele tinha o poder para fazer isso. Ela não disse nada, e ele riu porque sabia que ela estava pensando que aquilo era um truque do capataz.

— Você precisa estar pronta pra ir na noite de sábado. Não é um dia bom pra ir embora, sábado? Com aquele domingo preguiçoso inteirinho pela frente? Não é não?

— Eu não sei nada disso de ir embora não — disse ela. — Eu sou Alice, da plantação do sinhô Henry, é só isso que eu sei. O sinhô Henry e a sinhá Caldonia Townsend do condado de Manchester, na Virgínia.

Ele tornou a dar risada.

— Henry tá morto. Fui eu mesmo que colocou ele embaixo da terra e cobri. — Ela viu então que ele não era aquele homem que ficava mexendo com as coisas dele no meio da floresta, apenas mais uma coisa triste de se ver enquanto ela mapeava seu próprio caminho através da noite. Nenhum escravo, nem mesmo o capataz, dizia o nome do patrão sem chamá-lo de

O MUNDO CONHECIDO

patrão primeiro, e Moses estava fazendo aquilo e nem se importando com quem na noite pudesse ouvir. Então ele disse: — E eu quero que você leve minha mulher e meu garoto contigo. — E ela começou a sentir que ele não estava apenas tentando tapeá-la.

— Levar Priscilla e Jamie? Levar eles também? — O garoto era gordo e a mulher estava arrasada com o peso de venerar seu marido e sua patroa. Ele assentiu.

— É só levar eles contigo. Não diz que você não sabe o que tá fazendo. Tu não me engana não, menina. Eu te conheço. Eu sei o que tu tá aprontando.

— Eu não tô aprontando nada. Eu sou só Alice, eu já disse. Aqui na plantação do sinhô Henry no condado de Manchester, Virgínia.

Ninguém nunca mais bebeu do poço em que a mulher mergulhou pra voltar nadando pra casa. Era o poço usado pela gente branca, e mesmo depois que eles cavaram o poço novo, não deixaram os negros usar o poço em que a mulher escrava nadou pra casa. Todos os escravos da região queriam provar a água que deu à mulher o poder de um peixe, mas os brancos cobriram o poço com tijolos. Houve quem dissesse que eles envenenaram a água antes disso.

— Tu escuta o que eu tô dizeno ou eu vou cuidar pra você nunca mais correr por aí do jeito que tu faz.

Naquela noite, Moses disse à sua família que a estava mandando para a liberdade, e que ele iria logo em seguida.

— Eu não sei como ir pra liberdade — disse Priscilla.

— Eu também não — disse o garoto.

— Alice vai levar vocês, e vocês tudo prepara um lugar pra mim lá. — Moses estava em pé do lado de dentro, encostado na porta fechada.

— Alice? Mas que Alice, Moses? Quem é ela? A mão esquerda dela se perde só de tentar achar a direita. O que é que a Alice pode fazer? — Priscilla estava se preparando para alimentar o fogo da lareira quando seu marido entrou. Agora ela estava parada em pé com os pedaços de madeira nos braços. O fogo ondulou um pouco, e depois se inclinou na direção da mulher quando o vento desceu pela chaminé e foi na direção da parte de baixo da porta.

310 EDWARD P. JONES

— Ela sabe mais do que você pensa, mulher. Ela sabe sim. Agora você vai ter que confiar em mim nisso, Priscilla. Você vai ter que confiar que eu posso levar vocês tudo pro outro lado.

Priscilla disse:

— Meu Deus, Moses, por que é que você tá jogando a gente fora assim?

— Não é isso não — disse Moses. — Só estou preparano o caminho bom pra vocês tudo no lado de cá, é só isso que eu tô tentano fazer. — Priscilla estremeceu e a madeira caiu de seus braços. — Basta confiar na Alice que ela sabe o que faz — ele disse.

— Por que é que tu não pode vir com a gente agora, Moses? — Havia um abismo e ele estava dizendo a ela que era fácil para ela pular, que ela devia simplesmente dar o pulo para essa liberdade que no começo não o incluiria. Ele não era um bom marido, mas era tudo o que ela tinha. Algumas mulheres não tinham marido ou o marido estava fora em outra plantação, e não ficava do lado delas a noite toda, respirando e lutando com o mundo nos seus sonhos.

— Papai, o senhor vem depois? — perguntou Jamie.

— Vou sim — disse Moses.

Não disseram mais nada, mas durante o dia seguinte inteiro Priscilla atrasou seu trabalho no campo, e por isso Moses precisou ir atrás dela e lhe mandar fazer seu trabalho direito.

— Não quero ir atrás de você de novo — disse ele.

A quase dois quilômetros da plantação, naquela noite de sábado, os quatro chegaram até uma extensão de bosque que terminava seis quilômetros depois, na plantação de William Robbins. Alice não havia dito nada a Moses, mas sábado era um dia em que muitos dos patrulheiros costumavam beber. Ela não sabia, mas o xerife os pagava no sábado, e embora ele não proibisse, não gostava que eles trabalhassem nos domingos, pois o domingo era o dia do Senhor, um dia de descanso. Então os patrulheiros tendiam a iniciar seus domingos muito antes da meia-noite de domingo.

Na floresta, Priscilla começou a chorar.

— Moses, por que é que você não pode vim agora? Por favor, Moses, por favor.

O MUNDO CONHECIDO   311

Alice foi até onde ela estava e lhe deu dois tapas. Moses e Jamie não disseram nada. Quem era aquela nova mulher, quem era aquela Alice agindo daquele jeito na noite? Ela disse:

— Para com essa choradeira agora mesmo. Não vou admitir isso. Uma lágrima nunca regou a minha sede, e não vai regar a sua também não. Então pare com isso agora mesmo.

— Não é tão ruim, mamãe — disse Jamie. — A gente consegue. Olha só. — E o garoto correu vários metros e voltou, depois correu de novo e voltou mais uma vez. Ficou correndo sem sair do lugar. — A gente consegue, mamãe.

— Presta atenção nesse garoto — Alice disse a Priscilla. — É melhor tu escutar esse garoto. Moses, tu segura essa língua por mais tempo que tu puder. — Na escuridão do bosque, eles não conseguiam ver os rostos direito, então a única maneira que alguém podia ver uma pessoa era olhando para alguma coisa logo ao lado dela. Só então um rosto ficava mais claro. Alice olhou para a árvore ao lado de Moses. — Se eles disser que tão vendo você do outro lado, então eles sabe mais do que eu.

Para ver Alice, ele olhou para seu filho ao lado dela.

— Então logo logo eu vejo vocês.

— Tchau, papai.

— Moses — disse Priscilla —, não esquece de mim.

Alice pegou Priscilla pela mão e os três desapareceram na floresta, e Moses não conseguia vislumbrar um quadro deles nem olhando para a esquerda nem para a direita. Ele ouviu o que achava que eram eles, mas havia ouvido os mesmos sons quando estava sozinho consigo mesmo naquela outra floresta. Quando havia silêncio, ele começava a imaginar o que aconteceria se eles fossem apanhados. *Foi o Moses que ajudou a gente a fazer isso...* Ele olhou para trás, e os sons recomeçaram. *Moses, por que você fez isso se confiei em você?* Ele fechava e abria os punhos. Sabia o caminho de volta para casa, mas será que ele conseguiria encontrá-los em algum lugar e ainda achar seu caminho de volta? *Ah, Moses, por quê? A gente tinha isto e aquilo e aquilo mais outro, então por que, Moses?* Ele os seguiu, no

312   EDWARD P. JONES

começo caminhando, depois correndo, um braço à frente para evitar que os galhos baixos o atingissem no rosto.

ELE ESPEROU ATÉ LOGO depois do meio-dia para fazer o relatório na casa-grande. Seu coração havia batido furiosamente durante toda a noite, e ele esperara algum alívio quando o sol se levantou, mas seu coração se recusava. Na cozinha, ele disse a Caldonia, na presença de Loretta, Zeddie e Bennett, que Priscilla e o garoto fugiram durante a noite enquanto ele dormia. Ele fora até a cabana de Alice, dissera, e descobriu que ela não voltara de suas errâncias.

Caldonia não ficou preocupada e disse a ele que os patrulheiros iriam atrás deles e os devolveriam.

— Eles se perderam — disse ela. Alice era maluca o bastante para se perder.

Quando não apareceram ao cair da noite, ela disse a Bennett que queria que ele fosse ao xerife no dia seguinte, segunda-feira, e reportasse o "desaparecimento" de três escravos. Fuga era uma coisa que estava em uma parte muito distante de sua cabeça, dadas as três pessoas — e nenhum homem — envolvidas, mas talvez elas tivessem se machucado de algum jeito. Os patrulheiros poderiam ter se aproveitado das mulheres e matado a todos para encobrir o crime. Mas por que matá-los se o crime fosse apenas estupro? Estuprar uma escrava não faria a lei cair em cima deles. Para muitas pessoas, estuprar uma escrava não era sequer um crime. Matar propriedade era o maior crime. Escreveu um passe para Bennett, e em seguida escreveu uma carta explicando para o xerife Skiffington o que sabia. Disse a Moses para ficar de olho em todos até que a questão fosse resolvida. No começo ela chegou a culpá-lo, já que a esposa e o filho dele eram dois dos desaparecidos, mas a decepção dela não durou muito.

Bennett encontrou Skiffington conversando com Counsel na frente da cadeia, e quanto mais Bennett acrescentava coisas às que já estavam na carta, mais Skiffington suspeitava de Moses. Ele não conhecia muita coisa da propriedade Townsend e, como era o xerife de todo aquele reino, se culpou

O MUNDO CONHECIDO   313

por isso. Deixou Counsel e cavalgou com Bennett até a plantação. Tinha fé nos seus patrulheiros, em que eles não deixariam três peças de propriedade passarem por eles. Então os escravos estavam em algum lugar do condado. Se estivessem vivos, poderiam estar de volta antes do anoitecer. E se estivessem mortos, poderiam ter sido por lobos, ursos ou pumas.

Bennett tomou conta do cavalo de Skiffington e Zeddie o levou até a sala de visitas, onde Caldonia estava de pé quando ele entrou no recinto. Tirou o chapéu e disse, como havia dito no funeral, que lamentava quanto ao marido dela.

— Não sei pra onde eles podem ter ido — disse Caldonia. Ninguém se sentou.

— Eu soube que a Alice não estava muito bem da cabeça.

— Não, e Priscilla gostava tanto desta plantação quanto eu, xerife.

— Quanto eles valiam?

— Perdão?

— Quanto os três escravos valiam? Quanto a senhora obteria se fosse vendê-los? No mercado.

— Ah, não sei. Meu marido saberia, mas eu não entendo desses assuntos. Desculpe.

— Não faz muita diferença. Há quanto tempo aquele capataz e ela estavam casados?

— Eu diria que há uns dez anos — disse Caldonia. Foi a primeira vez que ela se deu realmente conta de que estava fazendo amor com o marido de outra mulher. Priscilla sempre estivera lá e mesmo assim era como se estivesse no outro lado da terra, casada com outro homem.

— Dez anos é muito tempo — disse Skiffington. Caldonia não disse nada, mas tinha um ar ligeiramente intrigado. Quando ele perguntou sobre Moses, ela ofereceu mandar buscá-lo, mas Skiffington disse que iria até ele.

Dirigindo-se para os campos, ele se lembrou do escravo e da escrava em seu escritório; o homem fora vendido naquele dia para William Robbins, e a mulher dias depois para outra pessoa. *A gente estamo junto*, o escravo não parava de repetir. *A gente estamo junto...* Ele chegou a uma pequena elevação que dava para os campos e não conseguiu ver o capataz porque não estava montado em um cavalo olhando para baixo, mas era apenas mais um entre os escravos que trabalhavam. Desceu a elevação e gritou, dizendo que queria ver Moses. Moses levantou a cabeça no meio da plantação e foi até Skiffington.

Moses tirou o chapéu e disse bom-dia a Skiffington, e o xerife respondeu bom-dia.

— Você sabe onde eles podem estar?

— Não, senhor. Eu acordei ontem e eles tinha sumido, todos os três tinha sumido.

— Onde eles estavam quando você foi dormir? — Cada vez mais detalhes do dia em que Moses foi vendido na cadeia estavam voltando à mente de Skiffington.

— Sim, senhor. Mas essa Alice costuma sair vagando por aí, não fica mais em um lugar só do jeito que ficava antes. Isso nunca fez mal nenhum. Ficar andando assim por aí não faz mal não. E às vezes minha Priscilla e meu Jamie simplesmente iam pra fazer companhia a ela. Eles gostavam bastante da Alice. — Elias desmentiria a maior parte disso na segunda visita de Skiffington. Moses continuou construindo uma história que Elias e os outros desmontavam com apenas algumas perguntas de Skiffington.

Por fim, Skiffingon mandou que ele voltasse ao trabalho. Moses colocou o chapéu na cabeça e voltou. Poucos dias depois, Skiffington já não se lembraria de que Moses e sua patroa haviam ceado — "que nem marido e mulher" — logo antes do sumiço dos escravos. Ele se lembraria de que ninguém jamais relataria ter visto urubus no céu que servisse de evidência de morte por lobos ou ursos. Ficou convencido de que os três estavam mortos e que alguém tinha de ter os enterrado para afastar os urubus. Ficou observando Moses, que superou a necessidade de se virar e olhar para o xerife, e Skiffington sabia que qualquer escravo iria querer deixar o campo e nunca mais voltar. Foi ao observar Moses se afastar que começou a suspeitar que ele tinha sido o assassino. Não conseguia entender por que isso até ouvir que ele jantara com Caldonia. Mas por que matar quando lhe bastava sair da cabana, se desobrigar da mulher e do filho e entrar na casa-grande? E por que machucar uma criança e uma mulher que não estava em seu juízo perfeito?

Ficou observando enquanto Moses retornava à fileira da plantação na qual havia estado antes, apanhar sua sacola e se misturar a todos ao seu redor, a terra, seus frutos e os escravos se curvando, coletando e caminhando. Os corvos planavam sobre eles. Skiffington pôde ver que os pássaros estavam alto o bastante para evitar tabefes, mas não o suficiente para escaparem de uma pedrada. Moses o havia olhado no olho o tempo inteiro, sem piscar ou desviar o olhar uma vez sequer. Havia um motivo pelo qual Deus havia colocado o ato de dizer a verdade entre seus mandamentos; mentir tinha o poder de se tornar uma muralha bem alta e esconder todas as outras transgressões. Skiffington pensou em Caldonia. Ele havia ouvido falar naquela branca em Bristol que havia dormido com seu escravo. Negócio ruim. Mas o que os de cor como Caldonia e Moses faziam uns com os outros não era propriamente um crime. Matar um escravo sem motivo era sempre um crime, perante os homens e perante Deus.

DOIS DIAS DEPOIS, Skiffington ouviu uma comoção na rua e foi ver o que era.

— Ei, John — Barnum Kinsey, o patrulheiro, disse do alto de seu cavalo, aquela coisa velha que seu sogro havia lhe dado. Mesmo antes de chegar até onde ele estava, Skiffington percebeu que Barnum andara bebendo, e bebendo um bocado. Mais de duas semanas haviam se passado desde que Augustus Townsend havia sido vendido de volta à escravidão. A esposa de Barnum já tinha tido muitos arrependimentos, mas nunca lamentara o fato de ter se casado com ele.

— Barnum? — perguntou Skiffington.

O comerciante de secos e molhados havia tentado, sem sucesso, afastar Barnum da frente de seu estabelecimento, mas agora que Skiffington estava ali, ele entrou para fechar o armazém para a noite. Assim que o comerciante entrou, a rua ficou vazia, a não ser pelos dois homens, o cavalo no qual Barnum estava montado, o cavalo de Skiffington, amarrado em frente à cadeia, e um cachorro do outro lado da rua que havia perdido o rumo.

— Ei, John. Uma bela noite, não é?

— Nada má, Barnum. Está indo para casa?

— Sim, John, acho que estou. Daqui a pouco. Mas tenho que fazer minha patrulha. — Ficou quieto por um tempo, e enquanto isso o cão se levantou de onde estava e partiu na direção oeste. — Eu queria te dizer uma coisa, e eu tenho ficado aqui pensando para que as palavras saiam da minha boca em linha reta. Você sabe como isso pode ser, John.

— Eu sei, Barnum. É só dizer as palavras uma por uma e elas saem direito, e daí a gente vê para onde a gente vai.

— Harvey Travis e Oden Peoples pegaram Augustus Townsend e venderam ele. Harvey comeu os papéis de alforria dele, e depois vendeu ele, John. É isso.

— Venderam Augustus? Quando foi isso?

— Há uns dias atrás, eu acho. Talvez uma semana. O tempo e eu não somos mais amigos, por isso um dia pode parecer um mês. Ou um minuto. — Barnum soltou um arroto e parecia estar ficando sóbrio a cada palavra que dizia. — O nome do homem era Darcy, aquele especulador de escravos que você nos avisou para ficar de olho. Venderam ele por mais dinheiro do que eu vejo de uma vez só. Venderam a mula dele também, John. Venderam a mula daquele homem. Ele tinha crioulos no fundo da carroça que ele provavelmente estava tentando vender. Não disseram a quem eles pertencem.

— Se tivesse me dito isso antes teria sido bom, Barnum. Vender um homem livre é um crime, e você devia ter impedido isso.

— Eu sei, John. Eu sei tudo isso. Você não tá me dizendo nada que eu já não saiba. — O cão voltou e ficou parado no meio da rua, depois olhou ao redor. Saiu trotando na direção leste. Barnum soltou outro arroto. Remexeu-se na sela. — Eu queria ser mais corajoso, John. Eu queria ser corajoso que nem você.

— Você é, Barnum, e um dia as pessoas vão saber disso.

O MUNDO CONHECIDO

— Será? Será? — Ele se inclinou para a frente. — Agora, eu não quero que você ache, só porque estou te contando isso, que eu gosto de crioulo ou coisa assim. Não é isso não. Você me conhece, John. Mas eles venderam aquele Augustus e venderam a mula dele. — Anoitecia, e as estrelas estavam bastante evidentes no céu. A lua, ainda baixa, estava atrás de Skiffington e só Barnum conseguia vê-la.

— Eu conheço você, Barnum.

— Mas ele era um homem livre, e a lei dizia isso. Augustus nunca me fez mal, nunca falou mal de mim. O que o Harvey fez foi errado. Mas contar isso pra você não me coloca do lado dos crioulos. Eu ainda estou do lado do homem branco, John. Ainda estou do lado do homem branco. Deus me ajude se você pensa outra coisa de mim. — Remexeu-se mais uma vez na sela. — A lua estava logo acima do horizonte agora, um ponto laranja grande e empoeirado, mas Barnum não levantou a cabeça o bastante para vê-la. — É que devia haver uma maneira de um sujeito dizer o que as coisas são sem que alguém tenha que dizer que ele está do lado dos crioulos. Um sujeito devia ser capaz de ficar de pé embaixo... embaixo de alguma luz e declarar o que sabe sem que se vinguem dele. Devia haver algum tipo de lampião, John, debaixo do qual a gente pudesse ficar e dizer: "Eu sei o que eu sei e o que eu sei é a verdade, juro por Deus", e depois sair debaixo da luz e ninguém fazer nenhum tumulto por causa do que ele falou. Ele podia dizer isso e continuar vivendo a vida dele, e ninguém ia dizer: "Esse aí tá do lado dos crioulos, tá do lado dos índios." O lampião da verdade não ia diminuir eles porque disseram isso. Devia existir esse tipo de luz, John. Eu lamento o que aconteceu com o Augustus.

— Sim, Barnum, eu sei. — O comerciante saiu da loja, levou as pontas dos dedos ao chapéu cumprimentando Skiffington, Skiffington lhe deu um aceno de cabeça e o comerciante foi para casa.

— Um homem podia ficar embaixo dessa luz e dizer a verdade. Você podia segurar o lampião com a luz bem daí de onde você tá, John. Segurar ela pra eu poder ficar embaixo. E quando ninguém estivesse falando, estivesse dizendo a verdade daquilo que eles sabem, você podia guardar o lampião na cadeia, John. Guardar ele bem seguro na cadeia, John. — Barnum

fechou os olhos, tirou o chapéu, abriu os olhos e ficou estudando a aba.
— Mas não guarde o lampião muito perto das grades, John, porque você
não vai querer que os criminosos toquem nele e sei lá mais o quê. Você devia
de escrever pro presidente, devia escrever pro deputado e fazer eles apro-
var uma lei pra ter esse lampião em cada cadeia dos Estados Unidos da
América. Eu ia apoiar essa lei. Deus sabe que eu ia. Ia mesmo, John.

— Eu também, Barnum — disse Skiffington. Barnum colocou o chapéu de volta. — Agora quero que você vá para casa. Não quero você patru-
lhando esta noite. Vá descansar. Volte para a sra. Kinsey e os rapazes. Vá
direto para casa. — O cachorro voltou, foi na direção oeste e não voltou
mais naquela noite.

— Eu vou, John. Vou voltar pra sra. Kinsey e os rapazes. — Barnum
podia ver um lampião ardendo sobre a mesa em que ele e sua família faziam as refeições. Viu mais dois sobre a lareira, e quando se virou naquele
aposento, viu sua esposa, e os dois lampiões sobre a lareira estavam refle-
tidos nos olhos dela. — Eu vou, John. — Alguns dias antes que ele e sua
família deixassem o condado para sempre, um de seus filhos, Matthew,
encontrou um mapa da América em um jornal de dois anos de idade.
Matthew mostrou ao pai para onde estavam indo, pegou o dedo do pai e
traçou a rota da Virgínia para o Missouri. "Um longo caminho", disse
Barnum. "É", disse o garoto.

— Aqui — disse Skiffington. — Espere um instantinho aí. — Ele entrou na cadeia e retornou com um saquinho de aniagem do tamanho da
cabeça de um filhotinho de cachorro. — Uns doces para os rapazes,
Barnum. Um pouco de marroio. Um pouco de hortelã para os rapazes.

— Muito obrigado, John.

— Vá direto para casa agora, Barnum. — Ele viu Barnum se afastar
em seu cavalo. Os doces eram para Winifred e Minerva, e talvez para seu
pai, se por acaso ele estivesse na casa. Agora que o comerciante havia ido
embora, Skiffington só poderia comprar mais amanhã. Quanto a si mesmo, seu estômago não lhe permitia comer coisas doces.

Na manhã seguinte ele disse a Winifred que talvez tivesse de passar a
noite na casa de Robbins e que ela não se preocupasse. Então ele foi para o

O Mundo Conhecido

escritório do telégrafo e enviou longos telegramas sobre Darcy e a carroça para os xerifes das cidades entre Manchester e a divisa da Carolina do Norte. Ele conhecia a cara de Darcy e mencionou as peles de castor e que ele viajava com um negro que podia ou não ser um escravo. Ele também mencionou Augustus Townsend, "um homem livre e cidadão correto do condado de Manchester".

— Tem certeza de que quer dizer isso tudo? — o telegrafista perguntou a ele.

— Tenho certeza. Mande cada palavra. O condado vai pagar.

— Não estou preocupado com isso, John.

Foi até a cadeia e disse a Counsel que estaria fora pelo restante do dia e que ele deveria cuidar das coisas ali até que ele retornasse no dia seguinte.

— Quer que eu vá junto? — perguntou Counsel.

Skiffington disse:

— Acho que posso cuidar disso sozinho. É só cuidar direito das coisas aqui, certo, Counsel?

Cavalgou o mais que pôde. Ficou se perguntando por que Mildred nem ninguém mais haviam ido até ele para falar do desaparecimento de Augustus. Chegou à propriedade de William Robbins por volta da uma, e até que uma boa refeição teria lhe caído bem, mas ele seguiu em frente. Se ele próprio fosse de cor e tivesse sido de algum modo vendido, iria querer que alguém avisasse a uma Winifred de cor, deixá-la saber que havia esperança para ela. Passou pelos restos da carroça de Augustus que Travis havia queimado, mas não sabia que aquilo era o que havia restado de Augustus. Por volta das três, chegou à propriedade de Mildred e bateu à porta, mas não obteve resposta. Ela não estava no celeiro nem na pequena oficina que Augustus havia montado ao lado do celeiro. Ele a encontrou nos fundos, chegando de seu jardim. O cachorro estava com ela, e ele foi até Skiffington, cheirou e depois voltou na direção da casa.

Ele tirou o chapéu.

— Mildred...

— Meu marido tá morto, xerife? — ela estava com uma cesta de tomates, colocou essa cesta no chão e limpou o suor de um lado do rosto, e quando limpou o outro perguntou: — Meu marido morreu?

320   EDWARD P. JONES

— Não, não que eu saiba. Ele foi vendido a um especulador. — Ainda havia gente no condado que acreditava que tomates eram venenosos, mas Mildred e Skiffington não acreditavam nisso.

— Como é que se pode vender um homem livre, xerife?

— Fora da lei, Mildred. Você vende um homem livre fora da lei.

— Fora. Dentro. Fora. Dentro. — Ela apanhou a cesta. — Eu acho que Augustus não estava fora da lei. Augustus não faria uma coisa dessas.

— Vou tentar encontrá-lo, Mildred, e trazê-lo para você. O que aconteceu foi um crime, e a lei vai cuidar disso.

— Eu sei que vai.

— Por que você não me falou que ele estava sumido?

Ela estava mexendo nos tomates e olhou rapidamente para ele.

— Eu, Caldonia e Fern fomos até a cadeia e seu assistente disse que ia falar com o senhor sobre isso. Ele me disse que ia informar ao senhor que Augustus estava sumido.

Ele não gostava de falar a negros sobre os erros de outros brancos, mas disse:

— Ele não me contou nada, Mildred. Só ouvi a notícia ontem à noite.

— Dele? Ele só contou agora?

— Não, quem me contou foi Barnum Kinsey. — Ele podia ver Counsel sentado à sua mesa, limpando a arma e assoviando. — Eu não sabia de nada. Posso lhe jurar.

— Nada disso importa mais não, xerife. — Ela passou por ele e foi até a porta dos fundos. O cachorro queria entrar e ela abriu a porta para ele e se virou para Skiffington. A porta se fechou sozinha. — Eu tinha fé que ele voltaria para casa. Ele podia às vezes ficar retido num lugar fazendo consertos, perder a hora e demorar dias e dias pra chegar. Eu deixava estar porque sempre soube que ele estava bem. Mas o senhor vir até aqui é outra história. Eu esperaria meses até ele voltar, então o senhor me chega aqui com o que é uma notícia muito ruim.

— Vamos fazer o que pudermos, Mildred.

— Eu tenho a sensação de que não importa mais, xerife. Ninguém se importa. Seu assistente parece que não se importa.

— A lei se importa, Mildred. A lei sempre se importa.

Ela olhou para ele e ele pestanejou porque sabia que ela estava mais perto da verdade do que ele.

— A lei se importa — ele tornou a dizer.

Mildred não disse mais nada, e abriu a porta e entrou. Skiffington colocou seu chapéu, deu a volta na casa e retornou ao seu cavalo. O cavalo estava comendo grama, e Skiffington precisou puxá-lo. Levou-o até o bebedouro, mas ele não queria água, e então Skiffington deixou-o comer grama novamente.

Mildred atravessou a casa e estava agora na varanda.

— Augustus não ia me perdoar se eu não oferecesse ao senhor um pouco de comida.

— Não, não vou aborrecer você mais — disse Skiffington. — Preciso voltar antes que fique muito tarde. — Pensou nos tomates bonitos; talvez houvesse pão também. — Obrigado pela oferta.

— Não seria trabalho nenhum. Eu tenho bastante comida.

— Vou me sentar e passar mais tempo quando vier lhe trazer boas notícias sobre seu marido — ele disse. — Da próxima vez.

Ela lhe deu bom-dia e voltou para dentro da casa. O cachorro tinha ficado olhando, mas não se moveu do umbral da porta.

Skiffington não parou na propriedade de Robbins no caminho de volta para a cidade, mas parou duas vezes para ler sua Bíblia. Ele começava a pensar em Minerva mais uma vez e queria que a Bíblia o ajudasse a tirar isso de seu coração. Não se sentou. Ficou simplesmente em pé na estrada e leu o livro enquanto o cavalo, em ambas as vezes, ficou vagando por perto. Já havia comido seu quinhão de grama na propriedade de Mildred, e por isso foi para um lado e para o outro com a curiosidade de uma criança. Ele lia e lia, mas não conseguia se concentrar.

Três semanas antes, na manhã depois do 15º aniversário de Minerva, Skiffington, saindo para o trabalho, a tinha visto se vestir em seu quarto. Ela aparentemente colocara a roupa para lavar e voltara para terminar de se vestir e deixou a porta entreaberta, do jeito que sempre fizera desde garotinha. No instante em que a viu, a camisola dela estava colada no corpo, e todo esse corpo, dos seios aos joelhos, se revelou através do tecido. Ela não o viu e ele foi embora sem dizer uma palavra, mas ela não saiu de sua cabeça desde então. Ele conhecia muitos homens brancos que haviam tomado mulheres negras como se fossem suas próprias, e entre esses homens, ele teria sido considerado normal. Mas ele viu a si mesmo vivendo na companhia de Deus, que havia casado ele com Winifred, e ele acreditava que Deus o abandonaria se tomasse Minerva para si. E Winifred descobriria o que ele havia feito, mesmo que Minerva nunca dissesse uma palavra.

Ele pôs de lado a leitura da Bíblia, pois não estava lhe fazendo bem nenhum, e chegou à cadeia por volta das sete daquela noite, e o lugar estava escuro até ele acender os lampiões. Não havia recados de Counsel, e por isso ele suspeitou que o dia havia se passado sem nenhum acontecimento. Desde o começo tivera dúvida a respeito de Counsel. Agora sua fé nele havia desmoronado ainda mais. Apeou do cavalo, deixou-o no celeiro nos fundos e caminhou até sua casa. Minerva estava sentada no balanço da varanda, ela acenou para ele e ele tornou a sentir aquele sentimento que sentira na manhã em que a vira depois do aniversário dela. As preces não haviam adiantado de nada? Por que um homem devia sentir isso por alguém que em seu coração era como uma filha?

— Oi — ele disse.

— Está com fome? — ela perguntou.

— Não. Onde está Winifred?

— Lá dentro, costurando.

Ele entrou e foi subitamente puxado pelo peso do dia e da longa cavalgada. Os tomates da cesta de Mildred eram grandes e estavam bem maduros. Ele teria gostado de comer um naquele momento, mas sabia que seu estômago iria protestar. O peso do dia o puxou para Winifred em sua cadeira e ele se sentou no chão ao lado dela. Ela colocou a costura no colo.

— Acho que o seu estômago precisa de alguma coisa para comer — disse ela.

— Não. Nada.

— Pois eu digo que sim, sr. Skiffington.

— Então me deixe começar com um pouquinho de leite — disse ele.

O Mundo Conhecido   323

— Ótimo — disse ela. — Leite, e depois todo o restante.

Ele se lavou. Ainda havia a possibilidade de alguma notícia dos xerifes das outras cidades. Ainda havia isso. Mas, enquanto ele ia bebendo o leite, a esperança ia se dissipando. Como ele poderia castigar Counsel, Harvey e Oden? Colocou o copo na mesa e pensou como algumas fatias de tomate com um pouco de sal e vinagre lhe dariam o que ele precisava agora. Alguns tomates fatiados colocados bem bonito num dos pratos preciosos de Winifred.

Ele foi até a pensão e entrou no quarto de Counsel sem bater e encontrou a dona sentada na cama de Counsel. Ela estava sem sapatos, e embora estivesse completamente vestida, levou a mão ao pescoço, que estava inteiramente coberto. Disse a Skiffington que Counsel estava lá fora nos fundos fazendo suas necessidades. Calçou os sapatos e o acompanhou até o andar de baixo.

Counsel estava saindo da privada.

— John.

— Você recebeu a notícia de que aquele homem livre, Augustus Townsend, estava desaparecido? — Skiffington perguntou antes que seu primo pudesse fechar a porta da casinha. — Counsel, você disse à esposa e à nora dele que ia me dizer que ele estava desaparecido e não me disse?

— Augustus?

— Augustus Townsend é o nome do homem.

— Posso ter ouvido isso, John, e me esqueci. Crioulos contam histórias desse tipo daqui até o fim do mundo. Quem é que pode acreditar neles? — A dona da pensão estava em pé no terceiro degrau da escada. Havia um pouco de luz atrás dela na cozinha, mas não era forte, e fazia dela uma silhueta fraca. — Pode ir agora, Thomasina — disse Counsel. Ela lhes deu as costas. A mulher disse:

— Estarei lá em cima se precisar de mim, Counsel.

A quantia que ela lhe cobrava por quarto e alimentação agora era quase nenhuma. Ela era uma boa mulher, mas não poderia um dia lhe dar filhos e ficar ao lado dele do jeito que Belle um dia ficara. Ela sempre chorava e estremecia depois que faziam amor. Uma mulher que estava seca há muito tempo e agora voltava a viver. Ele poupara algum dinheiro sendo bom para ela, mas não o bastante para comprar o que Deus havia tomado dele na Carolina do Norte.

— Além do mais, John, eram três crioulas falando de outro crioulo. Eu pensei que você tinha me contratado para cuidar de gente branca.

— Você foi contratado para cuidar da lei. — Não era adultério, o que quer que estivesse acontecendo entre seu primo e a mulher da pensão, Skiffington pensou. O pecado da fornicação estava somente nas almas deles, mas ele sentiu que a mentira sobre Augustus estava pesando sobre sua cabeça também, porque ele havia contratado Counsel. Ele havia jurado pelo amigo perante Deus. — Não quero essa história de não me contar coisas das pessoas deste condado. Você só vai ter mais uma chance. Está me ouvindo, Counsel?

— Estou ouvindo, John. Mas ainda digo...

Skiffington lhe deu as costas e foi embora.

Cavalgou até fora da cidade e pouco mais de uma hora depois encontrou Harvey Travis e Oden Peoples cavalgando e conversando em voz alta na estrada escura. As regras diziam que devia haver três deles, mas Skiffington não reparou.

— Vocês dois venderam aquele homem livre Augustus Townsend de volta para a escravidão?

Travis deu uma gargalhada, mas Oden ficou em silêncio.

— John, quem colocou essa caraminhola na sua cabeça? — perguntou Travis. — Quem faria uma coisa dessas com você, John?

— Diga-me se você fez isso, Harvey. Você e Oden.

— Ora, com os diabos que não, John. Eu não sou de fazer esse tipo de coisa. Não é verdade, Oden?

— É verdade sim, xerife.

— Quem contou isso a você, John? Barnum Kinsey?

Esse, pensou Skiffington, era o homem que tentou vender uma vaca morta e depois a quis de volta quando ela voltou à vida. Mas aquele também era o homem que pegou três dos escravos de Robert Colfax que tentaram fugir. Ele e Oden colocavam medo em qualquer pessoa que tentasse fugir.

O MUNDO CONHECIDO

— John, não dê trela pro que o Barnum diz.

— Eu não quero ouvir essas coisas sobre vocês novamente. — Ele pensou em José e seus irmãos: *Pois eles te fizeram mal: e agora, nós te rogamos, perdoai os erros dos servos do Deus de teu pai.* E Augustus Townsend ainda podia ser encontrado e trazido de volta à sua esposa e ao seu lar. Deus ainda tinha o poder de fazer isso. — Se eu ouvir alguma coisa desse tipo mais uma vez...

— Ora, você sabe que não vai ouvir, John, e o caso está encerrado.

Ele não foi para casa satisfeito consigo mesmo. Ele havia ficado satisfeito quando Colfax o elogiara para William Robbins e outras pessoas. Ele foi até a cidade e queria apenas continuar cavalgando, mas não podia fazer seu cavalo passar por tanto esforço. Pediu a orientação de Deus. Ele sonhou com Minerva naquela noite. Estava caminhando por um campo, e durante toda essa caminhada um bando de corvos voava acima dele, e ele chegou a uma tenda no deserto, uma tenda cuja abertura drapejava ao vento. Ele sabia que ela estava lá dentro, esperando por ele, porque podia ouvi-la chorando, e ele estava pronto para entrar, mas ficou ali parado, vendo a abertura drapejar. A tenda era de um azul esmaecido que não deveria ter chamado a atenção de ninguém, mas ele não conseguia desviar o olhar dela. Então o vento parou, mas a tenda ainda drapejava, e quando o vento voltou, a abertura ficou parada.

Ele escreveu para Richmond no dia seguinte, contando às autoridades que o estado da Virgínia devia tomar ciência de um especulador de escravos que estava vendendo negros livres de volta para a escravidão. Em uma folha separada de papel ele respondeu às perguntas do formulário costumeiro sobre o crime alegado, a vítima ou as vítimas alegadas e o criminoso ou criminosos alegados. Quando ele começou a escrever, tinha certeza de que vender Augustus Townsend era um crime, mas foi ficando cada vez menos certo pouco antes de assinar seu nome embaixo de todas as respostas. Será que a Virgínia de fato declarava tal tipo de venda um crime? Será que a corda de um homem nascido na escravidão poderia algum dia ser cortada para sempre e completamente, mesmo que ele tivesse sido livre por alguns anos? Será que ele não estava condenado em virtude da cor de sua pele? E o que ele faria com Travis e Oden com apenas Barnum para testemunhar que um crime havia sido cometido? A palavra de um homem branco contra as de outro homem branco e de um índio. A palavra de Barnum contra a de Travis seria uma luta justa; Barnum era um bêbado, mas Travis era conhecido como um trapaceiro e um brutamontes. O episódio da vaca morta havia sido amplamente discutido. Mas a palavra de Travis era apoiada pela palavra de Oden, que só valia a metade porque ele era índio. Mas essa metade era uma metade que Barnum não tinha. Skiffington colocou a folha com as respostas dentro de uma gaveta e continuou a carta.

Ele escreveu, como sempre, para um certo Harry Sanderson, que era uma espécie de contato na capital, e geralmente era de grande ajuda quando Skiffington precisava que um juiz de distrito passasse por ali e julgasse um assunto. "O governador é todo ouvidos para mim", Sanderson escreveu em uma curiosa confissão numa carta. Agora, disse Skiffington, havia alguma coisa errada com o homem Darcy, mas ele precisava de ajuda para determinar o que era essa coisa. Ele queria saber o que a lei queria que ele fizesse.

Dois dias depois, em resposta a um de seus telegramas, ele recebeu notícias de um xerife perto da divisa com a Carolina do Norte. Darcy havia passado por ali, disse ele. Não houve problemas, "sem perturbação do clima", foi como ele escreveu, mas depois que Darcy deixou o condado o xerife havia descoberto uma criança negra morta à beira da estrada, "mas não era membro de nossa comunidade, até onde sabemos".

Ele recebeu uma carta de Sanderson três dias depois disso. Um crime havia sido de fato cometido, ele escreveu, e Sanderson incluiu material que havia copiado de livros que assim o diziam. Skiffington tornou a receber notícias de Richmond quatro dias mais tarde. Numa grafia que ele não reconheceu, uma certa Graciela Sanderson o informou de que seu marido, Harry, estava morto, e que ela agora estava encarregada de cuidar da correspondência dele. Ele leu a carta de oito páginas duas vezes, mas não encontrou nada nela sobre o que a Virgínia estava fazendo a respeito do crime de vender negros livres. A viúva lhe contou de seu marido, de como ela o conhecera quando ele passava férias na Itália, de como ele a cortejara, trazido-a para os Estados Unidos depois do casamento e fizera dela uma mulher feliz em Richmond, "onde o governador tem sua residência". Ela encerrou a carta com dois parágrafos sobre o recente clima "nada incentivador" em Richmond, e depois perguntou a Skiffington se deveria voltar para sua casa na Itália, "onde o sol não é tão caprichoso", ou se deveria ficar na capital, onde seus filhos e netos estavam prosperando. "Estou em dúvida, e aguardo alguma resposta do senhor quanto ao que devo fazer."

Ele receberia mais cartas dela ao longo dos próximos dias, mas não teria tempo para respondê-las.

EM HAZLEHURST, GEÓRGIA, logo depois do rio Altamaha, Darcy e Stennis conheceram um homem do lado de fora de um *saloon*. O homem andava meio torto, mas ainda estava bem alerta e tinha um negro ao seu lado. Anoitecia, mas havia luz suficiente para que o homem branco visse Augustus na parte de trás da carroça.

— Ele é carne boa — disse Darcy.

— Carne boa — disse Stennis.

— Eu não tô comprano escravo agora — disse o homem, uma das mãos no piso da carroça.

— Quatrocentos dólares — disse Darcy. — Só quatrocentos dólares, melhor que isso não fica.

O homem soluçou.

— Sempre pode ficar melhor outro dia. — O negro que estava com o branco havia ficado perto do *saloon*, mas nesse momento ele desceu a rua e olhou para Augustus. Ambos cumprimentaram-se com um aceno de cabeça.

— Com este aqui não fica — disse Darcy. — Quatrocentos dólares é tudo o que estou pedindo, e vou voltar para casa esta noite e chorar porque você me tapeou.

— Esse preço parece um pouco demais pra mim — disse o homem.

— Não para mim, e sei o que estou dizendo. Paguei quinhentos dólares por este crioulo na Virgínia.

— A gente é bem mais esperto com nosso dinheiro na Geórgia.

— É, vocês são sim — disse Darcy. — Com certeza. Ora, ainda outra semana, quando eu estava lá na Carolina do Norte, eu disse a um cavalheiro e sua graciosa e inteligente esposa: "Não se pode vencer o pessoal da Geórgia em termos de conhecimento e inteligência. Não se pode passá-los para trás." E eles concordaram.

— Não mesmo — disse Stennis. — Não sinhô.

— Ora, eu disse, a Geórgia é que nos deu nosso melhor presidente.

— O quê? — perguntou o homem. — Que presidente? — Ele parecia estar ficando sóbrio.

— Eu disse que não se pode vencer o pessoal da Geórgia pelo que eles deram, dão e continuarão a dar a este país, a começar com aquele bom presidente.

— O quê? Mas de que presidente tá falando? — Colocou a outra mão no piso da carroça e depois sacudiu a corrente de Augustus. — Mas de que presidente tá falando, diabo?

— Ora, o presidente dos Estados Unidos, é claro. Que outro tipo de presidente existe?

— Nenhum outro tipo — disse Stennis.

— Nunca houve nenhum presidente dos Estados Unidos vindo da Geórgia até onde eu sei. — Ele soluçou. — Eu ainda não ouvi falar em nenhum.

Augustus e o negro com o homem branco não haviam tirado os olhos um do outro.

— Mas é claro que houve, senhor. Ele foi um bom presidente também. Qual era o nome dele, Stennis?

— Deixa eu ver. Num era presidente Bentley? Acho que era sim.

— Sim, presidente Bentley da Geórgia. Um viva para o presidente Bentley! Viva! Viva!

— Eu tô lhe dizendo que nunca houve nenhum presidente da Geórgia, diabo.

— Não houve? — perguntou Darcy. — Não houve? Bom, mas que diabo, devia ter havido. E vou lhe dizer uma coisa: vai haver um presidente da Geórgia e daqui a pouquinho.

O MUNDO CONHECIDO

— É sim — disse Stennis. — Vai haver sim. Pelo menos cinco, até onde eu posso dizer. Talvez dez. Talvez dez. Vai haver dez se depender de mim. Pode até ser vinte ou trinta.

— Está bom, Stennis, assim também já chega. Sabe, cavalheiro — e Darcy pegou a mão dele —, estou tentando dar ao senhor uma boa pechincha neste crioulo aqui. Apenas quatrocentos e cinquenta. É tudo o que eu tô pedindo.

— Eu achei que você tinha acabado de dizer quatrocentos dólares há um minuto atrás.

— Eu disse? Eu disse isso? Bem, isso só serve para mostrar como este crioulo aumenta de valor a cada minuto que passa. Meu Deus, meu Deus! Ora, em mais uma hora este crioulo poderá ser tão valioso que o senhor não poderia comprá-lo nem se fosse o rei da Inglaterra.

— Eu preciso ir embora — disse o homem. — A rainha da Inglaterra está me esperando.

— Por favor, cavalheiro — disse Darcy. — Quem sabe trezentos e cinquenta? E eu vou chorar em cima da minha sopa hoje à noite por causa desse preço.

— Não. — O homem começou a se afastar. Darcy o seguiu e Stennis também. O negro permaneceu com Augustus.

— Trezentos? Duzentos e cinquenta. Duzentos. — Darcy puxava a manga do homem.

— Não. Venha, Belton — ele disse ao negro, mas o escravo não se mexeu.

— Por favor. Duzentos dólares. O que você quer que eu faça, quer que eu dê ele de graça?

— Essa seria uma boa ideia. Venha, Belton — e ambos os homens desapareceram na esquina.

— Diabo diabo diabo — disse Darcy, olhando o espaço que o homem havia acabado de ocupar. — Você achou que eu fui muito duro na barganha, Stennis?

— Não, sinhô. Acho que o sinhô tava certo no dinheiro.

— Hmm. Bom, é melhor a gente se deitar com esse sujeito. Eu detesto pensar em ter que ir pra Flórida. Não vejo sorte na Flórida, mas amanhã é outro dia.

— E outro dólar, patrão.

10

Um apelo perante a Corte. Chão sedento. Mulas são realmente mais inteligentes que cavalos?

No dia em que Skiffington foi pela primeira vez à propriedade de Caldonia para tratar do desaparecimento de Alice, Priscilla e Jamie, Moses estava esperando cear novamente com Caldonia naquela noite, mas ela não estava com fome e o jantar seria a única refeição do dia dela. Durante todo aquele dia ela havia pensado que os três voltariam antes do cair da noite, achando difícil crer que duas mulheres e um garoto abandonassem aquilo que ela e Henry haviam construído. Um homem talvez, alguém como Elias ou Clement, não uma maluca e uma mulher que parecia adorá-la. Ela havia informado Skiffington como uma espécie de cortesia para a lei, mas quando ele apareceu e se colocou à frente dela, toda a questão dos desaparecimentos se tornou mais importante do que o incômodo que ela achava que seria. Era como se um dos touros dela tivesse escapado e, antes que algum criado conseguisse encontrá-lo e trazê-lo de volta, ele não só tivesse invadido os campos de outra pessoa como também tivesse atropelado uma ou duas crianças. Uma simples contravenção que poderia ser corrigida com dinheiro havia se tornado um crime. O que a salvava é que ela era a vítima.

Moses disse a ela na sala de visitas que tudo havia corrido bem, mesmo sem Alice, Priscilla e Jamie. A colheita seria boa. Ela estendeu a mão para ele, esperando que ele se sentasse ao lado dela.

— Onde você acha que eles estão? — perguntou ela. Havia procurado no grande livro de Henry depois da visita de Skiffington e estimara que os três poderiam render até 1.400 dólares, dependendo do potencial que alguém pudesse enxergar num garoto rechonchudo e numa mulher que podia trabalhar, mas que saía vagando de vez em quando. — Você acha que aconteceu alguma coisa com eles?

— Não, sinhá — disse Moses. Sentindo os olhos de Skiffington em cima dele depois que voltou ao trabalho, ele havia se perguntado quanto tempo levaria até que todo mundo percebesse que os três não iam voltar, até que todo mundo passasse a tratar de outros assuntos.

Ele a abraçou, mas ela disse que estava cansada, e como ele não se afastou, ela saiu de perto. Ficaram sentados por vários minutos até ela dizer novamente que estava cansada e precisava de Loretta, e ele se levantou e foi embora.

Ela foi para a cama logo depois, mas não conseguiu dormir e se levantou por volta das duas da manhã, foi até a janela e imaginou os três subindo pelo caminho, exaustos e felizes por estarem em casa. O que Henry diria da bagunça que estava acontecendo em sua propriedade? Se mais três fossem embora no dia seguinte e depois mais três e outros três em seguida, em pouco tempo não haveria mais ninguém a não ser ela, Zeddie, Bennett e Loretta. Será que Moses ficaria ali? Será que ele iria também? Ela encontrou consolo na maneira como Skiffington havia chegado de modo tão rápido. Ele levou a sério o que estava acontecendo e havia esperança nisso. Ela ficou tentada a ir até o túmulo de Henry mas não queria sair cambaleando no escuro até o cemitério. Acordando todo mundo só por causa de uma missão pessoal.

Ela ouviu batidas suaves na porta, e um medo momentâneo de que pudesse ser Moses se apossou dela. A porta se abriu e Loretta estava de pé ali, com uma vela na mão.

— Eu sabia que a sinhá tava de pé e não tava dormino — disse Loretta. Será que Loretta a deixaria algum dia? Em que grupo de três ela ficaria? Henry havia pago 450 dólares por ela, o grande livro lhe dissera aquela manhã. — Eu sinto quando a casa não tá indo bem.

— Mesmo que eu não consiga dormir, você tem que dormir — disse Caldonia.

O MUNDO CONHECIDO

— A sinhá quer que eu traga alguma coisa? — Loretta não sabia tudo o que se passava atrás da porta fechada da sala de visitas, mas sabia que provavelmente não era bom nem para a mulher nem para o homem.

— Por favor, encontre alguma coisa para mim naquela sua bolsinha, Loretta.

Cinco minutos depois, Loretta voltou com uma bebida, e Caldonia bebeu tudo. Ela foi para a cama. Loretta se sentou à cabeceira. Não falaram nada. O homem com quem um dia Loretta se casaria iria querer saber por que ela não adotou o sobrenome dele, por que ela não queria nenhum sobrenome. "É isso que casar com você vai me trazer?", ela lhe perguntou. "Uma pergunta atrás da outra pro resto da minha vida? Hein? É isso?" O homem com quem ela se casaria seria um homem livre que havia passado a maior parte da vida no mar. Num dia extraordinariamente calmo no mar, ele estava conversando com um homem, e atrás daquele homem ele havia visto dois outros marinheiros que conversavam simplesmente desaparecerem, tornarem-se nada no tempo que ele levou para terminar uma frase que dizia para o homem e começar outra. Os marinheiros não estavam no mar, e não estavam em parte alguma do navio. "Não", o homem diria a Loretta, "não vou te fazer mais pergunta nenhuma."

— Eu estou preocupada — disse Caldonia, a bebida começando a fazer efeito no seu organismo.

— Não devia se preocupar — disse Loretta. O capitão e os marinheiros do navio acabaram atribuindo os desaparecimentos a mais um mistério em suas vidas marítimas. O homem com o qual Loretta iria se casar não teve mais muito espírito para o mar depois disso. Quando sua nova esposa lhe pediu para não lhe fazer muitas perguntas, foi uma coisa fácil de cumprir.

Caldonia cobriu a boca ao bocejar. Loretta se levantou, ajeitou as cobertas, pegou a vela e, antes que passasse pela porta, Caldonia já estava dormindo.

NO DIA SEGUINTE, Moses fez todo mundo trabalhar, inclusive as crianças, até bem depois de escurecer. Por fim, Delphie gritou com ele, dizendo que estava todo mundo com fome e muito cansado, e que Moses devia prestar atenção no que estava fazendo.

— A gente nem pode ver o que tá fazeno — disse ela. — Este trabalho todo vai se perder por causa de que a gente vai ter que fazer tudo de novo amanhã.

Moses cedeu. Ele ficou de pé no meio do campo, e viu todos se afastando esgotados. Ele tinha nas mãos as rédeas de uma mula, e a mula, vendo todo mundo ir embora, começou a segui-los também. Distraído, Moses foi com a mula. Ele havia ouvido alguém dizer depois do jantar naquele dia que sua família o havia odiado tanto que preferiu ser chicoteada e morta pelos patrulheiros do que sofrer com ele. Esperem vocês todos, ele havia pensado, é só esperar até essa confusão toda passar.

Ele guardou a mula e subiu até a casa, ainda com as roupas e o suor dos campos. Caldonia achou sua aparência encantadora. Ela mesma foi lhe buscar café e um pouco de pão e queijo, e ficou vendo-o comer até um sorriso lentamente se abrir pelo seu rosto.

— Eu estava precisando disso — disse ele quando terminou.

— Por que você trabalha tanto se é o capataz? — perguntou ela. Ela tirou a bandeja do colo dele e a depositou sobre a mesinha ao lado da cadeira dele. Tirou o lenço perfumado debaixo de sua manga e o passou devagar nos cantos da boca, e ele ficou desconfortável com um ato que era tão distante do sexo, mas quando ela acabou, dobrou o lenço e o colocou em cima da bandeja, ele ficou triste porque esse ato havia acabado. — Conheço capatazes que ficam montados em seus cavalos e supervisionam todo mundo.

— Eu não ia saber fazer de outro jeito — disse ele, e num instante percebeu como aquela resposta fora inadequada. Mas sua incapacidade de explicar também era cativante. A conversa dela trouxe mais do mesmo desconforto, e ele teve medo de que, se não soubesse a resposta certa, pudesse de algum modo dar uma resposta errada. — Eu fiquei mal das costas no ano passado, e não trabalhar doía mais do que a dor nas costas. Minha mulher diz que isso é do sangue. — Ele não parou ao mencionar Priscilla, mas ela se lembrou de que os três estavam desaparecidos, e pela primeira vez, com as palavras "minha mulher", ela teve um pensamento momentâneo de que ele poderia estar envolvido. Ele estendeu as mãos à sua frente

O MUNDO CONHECIDO

como se elas pudessem fazer um trabalho melhor para explicar do que suas palavras. Ela pegou as mãos dele e sentiu a dureza de couro envelhecido. Eram menores que as de Henry, que costumava massagear as próprias mãos com unguento para cavalos.

Ela deu palmadinhas nas mãos dele e colocou cada uma em um joelho dele mesmo.

— Eu trabalho desde os três anos de idade, só arrastando aquele saco de algodão — ele disse, falando de um jeito que não falava desde os primeiros dias com Priscilla. — Talvez até antes, se eu conseguisse lembrar — e olhou para o próprio colo. — O corpo começa a se curvar pro trabalho do jeito que você curva uma árvore e faz ela crescer pro lado que você quiser. Ela não sabe nada. A senhora sabe, sinhá, que tem cavalo que você pode trabalhar e trabalhar com ele e ele fica trabalhando até cair morto no chão? As mulas não costumam fazer isso, mas o cavalo costuma. A mula é mais inteligente.

Ela tinha medo de que ele fosse contar mais coisas, e se levantou e torceu para que isso pusesse um ponto final, mas ele continuou dizendo a ela que certas canções de trabalho tornavam o trabalho um pouquinho mais fácil, que arrastavam o corpo junto, de modo que "é só escolher com cuidado as canção, cantarolar e pronto". Henry cantava quando ela se enroscava nos braços dele. Moses reparou que ela havia ficado de pé e se levantou também. Ele se calou, e ela o beijou, por nenhum motivo além do fato de que ele estava em silêncio agora. Quando ela parou de beijá-lo, ele percebeu que devia ir. Ele queria sexo porque precisava ser capaz de passar por aquela porta dos fundos novamente sem bater.

SKIFFINGTON APARECEU no dia seguinte para dizer a Caldonia que ninguém no condado havia visto Alice nem Priscilla nem Jamie. Ele a havia encontrado prestes a entrar na casa depois de ter estado no jardim, e ficaram conversando na varanda, uma fina película de suor cobrindo o rosto dela.

— É um mistério — disse ele —, e a lei não gosta desses tipos de mistério.

— Eu também não gosto — disse Caldonia. — Você acha que eles poderiam ter simplesmente fugido do condado?

Ele segurou o chapéu de lado e pensou em Travis e Oden vendendo Augustus. Não acreditava que fossem vender mais três negros tão pouco tempo depois de Augustus e depois que ele os alertara. E ele também tinha uma forte sensação de que, o que quer que havia acontecido, Moses estava envolvido.

— Estou começando a ver isso como uma possibilidade — ele disse, erguendo o chapéu e passando a mão pela borda. Quando mais nova, Minerva havia colocado um dos chapéus dele e ele e Winifred riram com isso, e o pai dele também. Ela ainda tinha 9 anos de idade então.

— Eles fugiram, ou... e você tem que ver que isso é possível... estão mortos em algum lugar.

— Por que não apenas se escondendo?

Ele passou a mão pela borda do chapéu.

— Mandei meu pessoal procurar em cada lugar deste condado e, a não ser que eles tenham vivido dentro de troncos de árvore ou embaixo da terra, então...

Ela se perguntou se três escravos teriam sido cobertos pelas apólices da Atlas Life, Casualty and Assurance. Pagamento por escravos fugidos.

— Preciso ver Mildred Townsend — disse ele. — Eu direi que você mandou um alô, se quiser.

— Sim. Sim — disse Caldonia. — Por favor, diga a ela que vou sair amanhã. E você não ouviu falar nada de Augustus? — Ele balançou a cabeça. — Poderiam ser as mesmas pessoas que pegaram meus três que pegaram Augustus.

— Pensei nisso — disse ele —, mas aqueles calhordas já foram há muito tempo. Pode ser que se passem meses até que retornem. Ele foi para o sul. Se os seus fugiram, foram para o norte, a não ser que as estrelas e o sol os confundissem e eles fossem em outra direção. — Colocou seu chapéu. — Estou indo, Caldonia. Mas quero perguntar umas coisinhas aos seus criados antes.

— Sim — disse ela. — Tenha um bom dia, xerife.

O Mundo Conhecido

— Você também, Caldonia. — Ela entrou.

Ele levou seu cavalo até os campos e procurou por um longo tempo até encontrar Moses entre os demais escravos. Moses o viu logo depois, mas fez que não o viu e continuou trabalhando. Skiffington montou no cavalo. Estava começando a achar que as coisas estavam fugindo ao seu controle, e que se ele não encurralasse as coisas, ele e tudo o que havia construído se perderiam. Augustus. Três escravos muito possivelmente assassinados. Foi assim que começou com Gilly Patterson, um fracasso para encurralar e depois a perda de confiança de William Robbins nele. Uma vez ele perguntara a Deus se o fato de querer que Robbins confiasse nele fazia com que Deus pensasse mal dele, e a resposta foi que não.

Ele viu uma criança saindo de uma privada e indo para os campos, e perguntou a ela se conhecia os três escravos desaparecidos e ela respondeu que sim. Tessie, a filha de Celeste e Elias, pareceu levar um tempo para responder, e ele achou que ela estava pensando em alguma espécie de inverdade quando na verdade estava se perguntando por que ele perguntava aquilo já que a resposta era tão fácil quanto dizer o nome dela. Ele também perguntou quem morava na cabana do lado da de Moses, e ela disse a ele que eram Elias, Celeste e os filhos deles. Ele a mandou dizer a Elias que queria vê-lo. Ela lhe disse que Elias era o pai dela.

— Diga ao seu papai para vir até aqui.

Elias não teve muito a dizer, mas cinco dias depois ele tinha, e sua esposa implorou a ele para que ficasse quieto, mas ele disse que não podia mais segurar isso. Se fosse com outra pessoa, ele teria segurado a língua, disse a Celeste.

— Tenta então segurar a língua por mim — retrucou ela.

Skiffington bateu à porta de Mildred e ouviu o cão latir. Ela o convidou a entrar, mas ele sabia que não tinha boas notícias, e por isso não entrou para não tomar muito do tempo dela. Ele disse:

— Eu estou sempre com pressa, e hoje é um daqueles dias.

— Meu marido ainda está sumido — ela disse.

338 EDWARD P. JONES

— Sim, Mildred. Não posso dizer mais do que isso.

— Obrigada por ter vindo.

Ele passou a noite na propriedade de William Robbins e colocou a culpa por seu estômago revoltado na manhã seguinte na galinha dura — incomum para a mesa dos Robbins — que lhe deram para a ceia. Será que eles de algum modo haviam batido no bicho antes de lhe torcer o pescoço? Será que haviam irritado a carne?

Na ceia, Robbins havia dito:

— John, quero oferecer uma recompensa de quinhentos dólares pela cabeça daquele especulador que levou Augustus Townsend. Pago para quem o trouxer para mim ou para você. Preciso dizer que não importa se ele estiver morto quando o trouxerem?

— Acho que, quando um homem vir essa cifra de quinhentos dólares, vai pensar "morto" mesmo que o cartaz não diga isso.

— Ótimo — disse Robbins e comeu com gosto a galinha, o milho, tudo o que havia na mesa, e quando Skiffington molhou o rosto na bacia de água na manhã seguinte, ficou feliz por Robbins não ter lhe perguntado sobre os três escravos. Mas isso não teria sido típico de Robbins: ele dava a um homem um tempo para provar se era capaz de fazer o trabalho. Os escravos não tinham uma semana de desaparecidos.

Em seu caminho de volta à cidade, ele parou na plantação de Caldonia e foi até os campos e ficou sentado no cavalo até Moses perceber que ele estava ali. A coisa educada a se fazer seria informar à dona da plantação que ele estava ali, mas achou que Caldonia não iria se importar. Ficou tanto tempo ali que pegou sua Bíblia e leu, ainda sentado no cavalo. Seu estômago se aquietou.

NAQUELA NOITE, Caldonia permitiu que Moses fizesse amor com ela pela primeira vez desde que os três escravos desapareceram. Ele andava querendo uma noite com ela na cama dela e disse isso, mas ela ficou simplesmente deitada nos braços dele no chão depois e não disse nada. Então ele perguntou:

O MUNDO CONHECIDO

— Quando tu vai me libertar?

— O quê?

— Eu perguntei quando tu vai me libertar. — Ela se afastou dele e se levantou. — Eu achei que você ia me libertar. — Ele não poderia ser marido dela sem antes ser livre, pelo menos não um marido apropriado, com autoridade sobre tudo e todos. Havia mulheres de cor livres casadas com escravos, mas eles não tinham terra nem escravos.

— Por favor, Moses... — Nem os boatos nem os jornais disseram quantas chibatadas aquela mulher branca de Bristol havia recebido por ter se deitado com seu escravo. Será que a branca havia sido forçada pelo escravo, forçada todas as vezes? Será que isso teria atenuado o castigo? Ele me forçou e fez o que quis comigo, seu meritíssimo da corte do tribunal, será que isso não devia valer menos cinco chibatadas? E além disso, seu meritíssimo do tribunal, eu não sou ainda branca? — Por favor, Moses, não quero falar sobre isso. — Libertá-lo era uma coisa em que ela havia pensado, mas nunca planejara um momento específico para fazer isso.

— Eu quero uns papéis de alforria — ele disse, e depois acrescentou — Sinhá. — Levantou-se e se aprumou. Ela própria já estava abotoada. Ele achou que havia mais a perguntar, mas Loretta bateu à porta e entrou depois que Caldonia disse "Sim". Moses partiu calado e com raiva.

POR VOLTA DAS SEIS da manhã do dia seguinte, Celeste contou a Elias que não estava se sentindo muito bem. Estava no sexto mês de gravidez.

— Acho que é um probleminha de digestão — disse ela. — Você sabe como os seus bebês ficam quando vai chegando essa hora: querendo ver o mundo antes do tempo.

— Vou dizer pro Moses que você não pode trabalhar — disse ele.

— Talvez eu posso sim — disse Celeste.

— Mamãe, você não pode? — perguntou Tessie.

— Não se preocupa com isso não, meu neném.

Estavam todos na alameda, e Moses abriu a porta da cabana querendo saber por que Elias e sua família estavam demorando.

340   Edward P. Jones

Celeste estava mais próxima dele, e disse que estava um pouco lenta.

— Eu quero você nos campos já já, com todo mundo — disse Moses. Pegou Celeste pelo braço.

— Ei, pera aí — gritou Elias e deu um soco no braço de Moses, e o capataz soltou Celeste. — Não encosta a mão na minha mulher, Moses. Eu já te falei que ela não tá bem hoje. Eu vou fazer a parte dela, talvez no domingo, talvez de noite. Já te falei que ela não tá bem. Deixa ela em paz. — Ficou entre a esposa e Moses. Esse foi um dos motivos pelos quais seria tão fácil conversar com Skiffington depois.

— Ninguém tá fazendo a parte de ninguém mais aqui.

— Pergunta pra patroa se eu posso fazer a parte dela. Pergunta pra ela.

— A gente conversamos sobre isso ontem à noite — disse Moses, recuando um passo. — A gente conversamos sobre isso o tempo todo. O que é que tu tá pensando, hein? — recuou mais um passo, chegou até a porta, e as pessoas na alameda estavam olhando para dentro, e ele sabia que estavam olhando. — Eu pergunto pra ela, ela pergunta pra mim, e a gente acertamos esta coisa aqui de que todo mundo trabalha antes mesmo do sol levantar. O que é que tu tá pensando, hein?

— Elias, eu tô bem — disse Celeste. — Vê só. Eu tô bem. — Ela colocou a mão no ombro dele e ele se virou para ela. Ela havia penteado o cabelos antes de sentir a dor, e ele via como o cabelo dela, de cada lado da linha divisória, havia caído alinhado com a vontade do pente. — O que é que tu pensa? Que tu casou com uma fraquinha? Eu tô aqui. Eu tô aqui. — Ela passou por ele e disse a Moses: — Tô indo. Já tô saindo.

Elias já havia apanhado o mais novo, Ellwood, e as outras crianças com menos de cinco anos para subir até a casa e agora Tessie e Grant iam atrás da mãe. Ela deixou os dois homens em pé na sala e saiu para se juntar aos outros que já se dirigiam para os campos. May e Glória a acompanharam, uma de cada lado. Era um dia límpido, tanto sol quanto qualquer pessoa gostaria, o tipo de dia pelo qual algumas pessoas rezariam.

Celeste ficou bem até depois do jantar. Voltou à sua fileira semicompletada e, assim que se curvou, a dor que sentira de manhã cedo retornou

O MUNDO CONHECIDO

e ela caiu de joelhos. Gritou e cravou as unhas nas plantas até agarrar uma delas, arrancá-la do solo e espremê-la.

— Meu Jesus, faz essa dor ir embora — disse ela. Antes que Elias conseguisse alcançá-la, o bebê dentro dela já estava saindo. Ele já estava abaixado ao lado dela, abraçando-a, quando o bebê chegou e se acomodou em uma poça de sangue na valeta, ainda ligado à mãe. As mulheres chegaram até onde Celeste estava e disseram a Elias para se afastar, se afastar. Os filhos de Celeste foram até ela também, mas dois homens os pegaram e os levaram para longe. Celeste desmaiou.

— Pra trás, Elias — disse Delphie para ele. — Tô te dizendo, pra trás.

— Deixa ela em paz — disse ele para Delphie, chorando e acreditando, de alguma forma louca, que somente abraçando sua mulher ele poderia consertar as coisas.

Delphie pegou o pescoço de Elias com as duas mãos e o sacudiu, e ele soltou Celeste. Glória então segurou Celeste, mas nem um pouco do jeito como Elias a havia segurado. O chão não via chuva há vários dias, e por isso estava pronto para a poça de sangue.

No fim, Elias a apanhou e levou-a de volta para a cabana. Ela acordou ao longo do caminho, e não sabia onde estava ou, por um momento, não se lembrou do que havia acontecido. Ela sabia que o sol estava batendo em cheio no seu rosto, e que tanto sol assim significava que ela não teria nenhuma água da chuva para lavar o cabelo.

Ele a deitou no catre da cabana e assim que Glória e Delphie apareceram para cuidar dela e trocar suas roupas, Elias pensou em Moses.

— Vou matar ele — disse, as palavras saindo sibilantes de sua boca.

— O que é que tu vai fazer, marido? — perguntou Celeste. — O que é que tu tá pensando?

Elias se levantou.

— Vou machucar ele como nenhum homem foi machucado antes.

Delphie disparou até a porta, fechou-a e colocou a mão no peito de Elias.

— Você num tem nada o que fazer lá fora agora — disse ela. — Deixa ele lá. Por favor, Elias, deixa ele.

— Você sai da minha frente, Delphie. Não quero machucar você pra ir até onde ele tá. Você sai da minha frente agora. — Ele não estava gritando. Havia ouvido Tessie na porta e queria que sua filha soubesse, através de uma voz calma, que seu pai estava chegando. Na sua cabeça, ele conseguia vê-la em pé ao lado de Grant, e ele também conseguia ver Grant olhando para sua irmã enquanto ela chamava primeiro a mãe e depois o pai. Ele havia se esquecido de que o pequeno Ellwood estava lá em cima, na casa. Uma voz calma era do que sua filha precisava. — Eu te conheço há muito tempo — disse ele para Delphie —, mas você vai fazer eu passar por cima de você, e eu não quero fazer isso não.

— Marido, venha cá — disse Celeste e tentou se levantar apoiando-se no cotovelo. Glória gentilmente a empurrou de volta.

— Fica aí — disse Glória.

Delphie colocou a mão na garganta de Elias, mais para atrair a atenção dele, e falou:

— Deixa esse negócio pra lá.

— Marido, eu quero que você vem cá. Não tá me ouvindo não, marido?

Lá fora, no campo, Moses estava praticamente no mesmo ponto em que Celeste caiu. Estava esperando o momento certo de mandar todos voltarem ao trabalho. Clement, o homem que havia roubado Glória de Stamford, havia subido até a casa não muito depois de Elias levar Celeste embora. Agora, enquanto Moses pelejava com as palavras em sua cabeça, Caldonia estava indo para a cabana de Celeste, e Loretta atrás dela. Loretta havia se esquecido de trazer o sachê com bandagens e remédios de raízes.

Caldonia tentou abrir a porta, mas quando ela não cedeu, ela chamou Celeste pelo nome, e depois chamou Elias.

— Eles tão aí dentro — disse Tessie. Delphie abriu a porta com uma das mãos e mantinha o outro braço esticado para conter Elias.

— Moses fez ela perder o bebê — ela disse para Caldonia. Delphie continuou na porta e Elias abaixou os ombros, e Delphie disse para Tessie e Grant: — Sua mamãe e seu papai precisam ficar aqui dentro por enquanto.

— Antes que as crianças pudessem dizer alguma coisa, Delphie fechou a porta.

O MUNDO CONHECIDO 343

— Isso não acabou, Delphie — disse Elias enquanto Caldonia e Loretta se ajoelhavam à cabeceira de sua esposa. — Mas não acabou mermo.

— Eu nunca disse que tinha acabado, Elias — disse Delphie.

MOSES PERMANECEU distante naquela noite, e na noite seguinte a casa estava silenciosa quando ele chegou pelos fundos. Ele bateu e ficou esperando até Zeddie aparecer e deixá-lo entrar.

— Ela tá lá na sala de visita — disse Zeddie. Moses tirou seu chapéu e entrou. Estava usando sua calça boa, mas não havia se dado ao trabalho de lavá-las, pois sentiu que isso não tinha importância.

Loretta estava de pé à janela, e Caldonia estava sentada no meio da namoradeira.

— Por que você colocou uma mulher de família em perigo, Moses? — perguntou Caldonia.

— Ela estava de fingimento — disse ele. — Eles todos ficam de fingimento de vez em quando. Nunca vi um que não fingisse de vez em quando. — Loretta estava de costas para ele, e ele disse algumas de suas palavras para as costas dela e outras para o relógio de carrilhão ao lado da janela.

— Ela perdeu o filho, Moses. Você não sabia disso? — perguntou Caldonia.

— Ouvi dizer.

— De agora em diante, me avise quando alguém disser que está passando mal. Primeiro você vem falar comigo.

— Isso pode fazer as coisa ficar ruim. Muito ruim. — Ele queria dizer o nome dela, mas não estavam sozinhos. Este sou eu, ele queria dizer a ela. Sou eu dizendo isso tudo pra você.

Loretta se afastou da janela. O que quer que ela estivesse vendo, não estava mais interessando. Ela descruzou os braços. Esse aí poderia ter sido meu marido, ela pensou, e eu poderia ter sido a esposa dele. Casados, juntos, um só. Será que ela agora estaria onde Priscilla e Alice estavam, lá fora em Deus sabe onde, com o filho dos dois?

— Não tenho mais nada a dizer, Moses. Estou muito decepcionada. Não tenho mais nada a dizer hoje.

Loretta deu dois passos, fazendo um sinal para Moses de que ele deveria se retirar.

Ele saiu pela porta dos fundos, mas não foi para as cabanas. Ficou parado a muitos metros de distância delas, vendo a fumaça saindo de todas as chaminés exceto a sua própria. Ouviu um zumbido e achou que isso podia ser todas as conversas da noite subindo sobre as cabanas como uma coisa só e fazendo um ruído para o universo. Uma gargalhada saudável se esgueirou para fora da alameda, mas quando o alcançou não havia mais vida nela. Ele queria ir para a floresta lá fora e ficar consigo mesmo, uma coisa que ele não fazia há dias, mas para isso precisaria atravessar a alameda de uma ponta a outra, e não queria ver nenhum rosto vendo o seu. Havia um caminho comprido se ele quisesse dar a volta, mas ele preferiu não fazer isso.

Depois de ficar ali de pé por quase duas horas, a vida ao longo da alameda silenciou e ele desceu e entrou em sua cabana. Nenhum som vinha da cabana ao lado da sua, a cabana de Celeste e Elias. Moses tirou os sapatos. Sentou-se no chão, no escuro, recostando-se contra a porta. Por volta das três da manhã ele simplesmente se deitou e dormiu em frente à porta. Pouco depois, Elias apareceu e tentou forçar a porta, mas, encontrando-a bloqueada, retornou à sua cabana.

NA NOITE SEGUINTE, Moses entrou pela porta dos fundos sem bater, simplesmente abriu-a e passou por Bennett e Zeddie, que estavam sentados na mesa da cozinha, e entrou na sala de visitas, onde Caldonia estava em pé, falando com Loretta.

— Eu preciso falar com você — disse ele. — Preciso sim.

— O quê? — fez Caldonia.

Ele apontou para Loretta.

— Você sai daqui.

— Espere aí, Moses. Espere aí — disse Caldonia. Loretta deu a volta por ele e se dirigiu para a porta, e Moses deu um passo na direção de Caldonia.

O Mundo Conhecido 345

— Por que é que você tá dando volta em mim assim, como se eu fosse filho de alguém? Por que é que você não me libertou? — Ele levantou o punho no ar entre os dois. — Por que é que você tá fazeno isso?

Deu mais um passo e, ao fazer isso, Loretta se aproximou bem devagar e enroscou o pescoço dele com o braço, uma faca na mão apertando a garganta dele de tal modo que ele precisou abaixar o pé no meio do passo.

— Eu num tô brincano com você — disse Loretta. Ele também a tinha visto, um dia, antes de acabar se casando com Priscilla, mas sempre achara que uma mulher da casa estava além dele. O que ela teria visto nele? Mas Priscilla havia labutado nos mesmos campos que ele. Era uma parceira muito melhor. — Eu num tô brincano com você, Moses.

Ele e Caldonia estavam olhando um para o outro. Ele tremia, e se viu de volta à floresta, nu, deitado de costas. Os pássaros noturnos estavam vigiando, e Alice estava vigiando. Ele ouviu Priscilla se aproximando, fazendo muito barulho, pisando num graveto atrás do outro. Ele abaixou a cabeça, e a faca ficou mais próxima do que antes.

Quando ele foi embora, Loretta arrumou uma pistola e deu outra para Bennett. Loretta queria sair e buscar os patrulheiros, para fazer com que eles levassem Moses embora, mas Caldonia disse a ela que ele estaria de volta ao normal pela manhã.

— A morte de Henry — disse ela por fim — nos transtornou a todos. — Antes de ir ver Celeste naquela noite, Loretta, por conta própria, chamou Clement para passar a noite na porta dos fundos.

— Toma cuidado — Glória lhe disse antes de ele sair.

Moses podia sentir que o mundo havia mudado antes mesmo de se levantar na manhã seguinte. Quando abriu a porta, estavam todos esperando que ele os levasse para os campos. Celeste e Elias não estavam lá, porque Loretta havia dito a Elias que ficasse com sua mulher e que Zeddie iria lhes trazer comida. Os escravos do campo estavam murmurando, como fizeram no outro dia, mas ele sabia que era diferente, e sentiu uma secura na boca toda.

Ele foi até a porta dos fundos por volta das oito daquela noite. Loretta estava lá, e lhe disse que a patroa deles não estava disposta a ouvi-lo naquela noite.

— Amanhã pode ser — disse ela, e levantou a pistola, de modo que ela ficou a centímetros do rosto dele.

— Eu tenho muita coisa pra contar pra ela — disse ele. — Eu tenho uma coisa pra contar.

— Isso pode esperar. Pra que pressa? — perguntou ela, e Bennett apareceu atrás dela. — Ninguém está indo a lugar nenhum.

Ele foi embora, e ficou parado no mesmo lugar da noite anterior, esperando que a vida na alameda silenciasse para que pudesse ir para casa. Ficar na floresta nem lhe passou pela cabeça. Ficar lá fora só era bom quando ele conseguia voltar a alguma coisa que não fosse dor a cada segundo. Mais de um dia inteiro havia se passado desde que ele comera pela última vez, percebeu, mas não estava com fome. E esse pensamento lhe ocorreu mais ou menos no mesmo instante em que Celeste estava em pé ao lado do marido enquanto ele afofava a palha do catre dos dois. Seus filhos estavam dormindo agora, e a lareira emanava o que havia restado do calor e da luz do dia. Eles, toda a família, haviam saído antes pela primeira vez para visitar o novo túmulo do bebê Lucinda, e todos ficaram arrasados pela agonia dessa visita. Quando Elias terminou com o catre, pegou a mão de sua mulher, levou-a ao seu rosto e depois a ajudou a se acomodar na cama.

— Será — ela disse pela primeira vez desde então —, será que Moses já comeu?

ELE PODIA OUVI-LOS se reunindo na alameda antes do primeiro galo cantar. Alguém bateu uma vez na sua porta e chamou seu nome, mas ele não respondeu. Estava sentado com as costas apoiadas na porta, como na primeira noite. E, assim como naquela noite, ele se sentou lá não para impedir a entrada de alguém, mas porque isso era o máximo até onde ele conseguia prosseguir quando entrava na cabana. Alguém tornou a chamá-lo. Uma mulher cantou:

Come on outa there, Mr. Moses man
Come on out and lead us to the Promise Land.*

As pessoas riram, até as crianças. "Seu capataz, você tá aí? Seu capataz, você tá aí?", a mulher tornou a cantar. Moses pensou: será que alguém conseguia plantar uma fileira de algodão com aquela música? "Deixa ele em paz", disse um homem. Ele achou que poderia ser Elias, porém quanto mais pensava nisso, mais Moses percebia que podia ser qualquer um dos homens. Então ele os ouviu se afastarem na direção dos campos, a primeira manhã em um ano que não estava entre eles. Será que eles saberiam que aquela terra do fundo tinha que ser deixada para descansar por pelo menos mais cinco dias? Ele havia comido um bom bocado de terra dois dias atrás e ela simplesmente ainda não estava pronta; uma boa chuva era tudo de que ela precisava, e dali dava para se ir aonde se quisesse. Mas agora não, hoje não... "Estou contando com você para administrar este lugar", Henry lhe havia dito depois que a plantação tinha quatro escravos e três mais estavam para chegar a qualquer momento do condado vizinho. "Você vai ser o chefe deste lugar. Primeiro mando eu, depois manda minha mulher, depois manda você." "Sim sinhô, patrão Henry." Seu dono havia aberto o livro grande um dia para fazer alguma anotação e apontou para algumas palavras que estavam escritas nele, dizendo: "Este aqui é você, Moses. Aqui diz, 'Capataz Moses Townsend'."

Estava tudo em silêncio. Assim, pensou ele, era que esse lugar devia soar quando não existisse vivalma por perto. Ele se levantou e mijou na lareira sem fogo. Tornou a se sentar na frente da porta. Sua cabana estava escura, a não ser pela linha grossa de luz no fundo da porta, a linha interrompida no meio pelo seu corpo. Priscilla tivera muito trabalho para impedir que o vento passasse por baixo daquela porta. "É um milagre que a gente não morra tudo congelado, Moses. Você não pode me arrumar mais panos pra essa porta não?" Priscilla não fora uma esposa tão ruim. Deus sabe que se ele e Loretta tivessem ficado juntos, ele já teria tido que matá-la a esta

---

*Venha cá para fora, sr. Moses / Venha para fora e nos leve para a Terra Prometida. (*N. do T.*)

altura. Apontar uma arma e uma faca nele daquele jeito. É, ele teria tido que matá-la a esta altura. Ou ela o teria matado. Um ou outro. Será que aquelas palavras realmente diziam "Capataz Moses Townsend"? Talvez elas apenas dissessem que este homem pertence a mim para sempre e sempre. E depois que eu morrer, ele pertence à minha esposa, sra. Caldonia Townsend. Não está vendo a marca que eu queimei logo ali no traseiro dele?

Alguma coisa bateu de leve na porta. Moses ouviu o bater de asas e um galo ciscando, e se perguntou quem deveria estar cuidando das galinhas. O galo tornou a bater na porta. "Vai embora", disse Moses. "Sai de perto dessa porta." Sua voz simplesmente parecia incentivar a ave e ela ciscou um pouco mais. Não, Priscilla não fora uma esposa tão ruim. E o garoto poderia ter se saído muito bem se tivesse um pouquinho mais de tempo. Um pouquinho menos de gordura. O galo bateu de leve na porta. "Você quer que eu vá até aí pra torcer teu pescoço? É isso o que tu quer?" Então o silêncio retornou.

Tudo o que ele realmente havia desejado nesta vida, o que era? Ele poderia ter feito melhor pelo lugar do que Henry Townsend. As pessoas teriam dito: "Aquele patrão Moses, ele tem alguma coisa mágica nele pra fazer aquela plantação do jeito que ela é. Eu trabalhei com o patrão Robbins um tempo e também com o patrão Fulano e o patrão Sicrano. Trabalhei um tempo em todos esses lugares e eles não têm metade da magia que o patrão Moses tem. É outro Éden, diz o pregador, e mais do que isso eu não posso dizer."

Ele ficou sentado ali o dia inteiro, cochilando e falando consigo mesmo, e então ouviu todo mundo retornar dos campos, ouviu Elias, Celeste e sua família na porta ao lado preparando a ceia. As crianças riam muito alto. Bom, você não pode culpar elas. Eles estão só se divertindo, é isso, ora. Quem é que pode culpar elas neste mundo? Por volta das oito e meia Celeste bateu à sua porta.

— Eu trouxe uma coisa pra você comer, Moses. Abre já essa porta e pega aqui a comida, Moses. — Ele podia ouvi-la de pé do outro lado da porta, podia vê-la tão completamente quanto se ela estivesse de pé à sua frente, inclinada só um pouquinho para a esquerda por causa daquela perna

O Mundo Conhecido   349

ruim, o cabelo penteado com um daqueles muitos pentes que seu marido havia feito para ela. — Moses? — Ele testemunhara aquele escravo dizendo para ela que um dia devia ser sacrificada feito um cavalo manco, ele a tinha visto chorar. Será que ela havia chorado por causa do que o escravo tinha dito ou porque ela o tinha visto ali em pé parado e o vira dar as costas para ela? Onde estava aquele escravo agora? Tu escuta aqui: tu vai retirar cada maldita palavra que tu disse pra pobre dessa mulher. Retira tudo ou este capataz vai te comer com a chibata até tu ficar em carne viva. Esta mulher vai ser de família um dia e não precisa desse palavreado não. — Moses, abre logo esta porta um pouquinho e pega esta comida pra se alimentar. Você precisa se alimentar, Moses.

Ela foi embora e voltou cerca de uma hora mais tarde, e então voltou meia hora depois disso. Pouco antes da meia-noite, ele se levantou e abriu a porta e saiu, pisando direto na comida que Celeste havia finalmente deixado na porta. Ele se ajoelhou e comeu o pão e a carne e colocou a espiga de milho no bolso das calças que Bennett tinha lhe dado há muito tempo. Assim que tornou a se levantar, pensou novamente no milho e no que sentira na calça quando a vestira pela primeira vez e tirou a espiga de milho do bolso, voltou a se ajoelhar e colocou o milho na panela de metal vazia. Torceu para que ela não ficasse zangada porque ele havia deixado o milho. Levantou-se e pensou ter visto Alice saindo de sua cabana, cantando. *I met a dead man laying in Massa lane. Ask that dead man what his name...* Agora, essa era uma canção com a qual um homem podia arar um campo o dia inteiro. *He raised he bony head and took off his hat. He told me this, he told me that...* Era o ritmo certinho. Subindo uma fileira e descendo outra.

Loretta estava na janela da sala de visitas quando ele saiu para a estrada. Ela não se perguntou o que ele estava fazendo ou para onde ia, mas deixou a pistola sobre a mesa ao seu lado. De manhã, ela poderia colocá-la de volta no armário.

Ele seguiu pelo caminho pelo qual vira Alice ir numa daquelas vezes em que a tinha seguido. E quando chegou a uma bifurcação na estrada, pegou o caminho que achou que ela pegaria. Era um caminho claro, aquela estrada, que lhe permitiria ver os patrulheiros muito antes que eles o vissem. Ele achava que essa era uma das coisas mais importantes. Não sabia o bastante do mundo para saber que estava indo para o sul. Poderia encontrar seu caminho dentro da plantação de Caldonia com os olhos vendados, e até sem as mãos para tocar nas árvores conhecidas, mas onde ele estava andando agora não era esse lugar. As outras três estradas tinham curvas e esquinas, e ele não achava que Alice as tivesse pegado algum dia. Ora, ele perguntou a si mesmo depois de um bom tempo na estrada, por que é que aquele morto ia ficar com o chapéu na estrada? Não fazia o menor sentido. Era uma boa canção pra se cantar trabalhando, mas era só para isso mesmo.

ELE HAVIA DEIXADO a porta entreaberta, e Elias usou as duas mãos para abri-la inteira na manhã seguinte. Elias curvou os ombros para passar pelo pequeno grupamento quando saiu. As pessoas ainda estavam saindo de suas cabanas, e Elias aproveitou esse tempo para levar a panela vazia até a sua cabana, depois andou até a casa e perguntou a Bennett se ele havia visto Moses, disse a ele que o capataz não havia ido trabalhar naquele dia nem no dia anterior.

Elias voltou da casa e disse a todos que parecia que Moses tinha fugido. Algumas pessoas foram trabalhar, outras voltaram para suas cabanas. Glória e Clement fugiram no meio da confusão da manhã. Bennett desceu por volta das oito daquela manhã e mandou Elias colocar todo mundo nos campos, e em seguida foi até a cidade para encontrar o xerife e lhe dizer que a plantação Townsend tinha um capataz fujão nas mãos. Seria muito mais tarde naquele mesmo dia, depois de Skiffington aparecer e ir embora, que as pessoas notariam que Glória e Clement não estavam mais lá. Eles nunca mais seriam vistos.

— Não conta nada pra eles — Celeste disse a Elias depois que Bennett havia ido embora. — Não manda eles pra nenhum campo. Não manda eles pra lugar nenhum. Se ela quer tanto assim que eles trabalha, deixa ela descer e fazer o trabalho ela mesma.

O MUNDO CONHECIDO   351

Estavam na cabana deles, seus filhos brincando do lado de fora da porta. A boneca que ele havia feito para a filha repousava no centro de seu pequeno catre, ao lado do mais novo que dormia, Ellwood.

— Não faz o trabalho por ela, Elias. Por favor, não faz não. — Ele foi até ela e a abraçou. Estava um dia bom lá fora, onde seus filhos brincavam; era o tipo de dia feito para se fugir. Um homem bom e forte sem família podia correr até a liberdade e ficar em pé do outro lado, os braços acima da cabeça, e xingar os patrulheiros, os senhores e os xerifes, simplesmente xingá-los o dia todo e se levantar no dia seguinte e fazer tudo de novo antes de seguir em frente com a vida que Deus quis para ele. Ele beijou a cabeça de Celeste.

OS FILHOS DELES RECEBERAM a companhia de outras crianças, e uma delas gritou de brincadeira:

— Para de me empurrar. Isso doeu.

— Eu te disse que eu tava passando — disse uma criança. — Eu te disse que eu tava passando, então sai da frente.

— Tudo vai dar certo — disse Elias, e assim que disse isso, ela se afastou do abraço dele. — Agora, Celeste, me escuta. — Ele estava pensando: *quando trazerem Moses de volta, Moses vai ver como o mundo passou sem ele.* Elias pegou a mão da esposa. Não era muita coisa, um dia ou até uma semana de bom trabalho para jogar na cara do capataz; isso não valia a vida de um bebê ou a tristeza de sua mulher, mas era o que ele tinha.

— Isso não é certo — disse Celeste. — Simplesmente não é certo ir e fazer o serviço deles. Por que facilitar?

— Agora vê só como é que esta pedra aqui vai longe — uma garota lá fora gritou. — Viu? Viu?

— Ah, isso não é nada — desafiou um garoto. — Eu posso fazer a minha pedra ir direto até lá, olha.

— Você é muito exibido, isso sim.

— Por causa que eu tenho motivo pra me exibir.

Elias disse:

— Essa coisa vai crescer pra virar uma coisa ruim entre eu e você, meu amor?

O filho deles entrou correndo e abraçou a cintura de Elias.

— Vem me ver correr — disse Grant.

Elias disse:

— Só me responda isso: essa coisa vai ficar ruim entre eu e você?

Celeste estava quase às lágrimas. Ela olhou por entre as lágrimas para o garoto.

— Vem me ver correr, papai — disse o garoto.

Elias a viu balançar a cabeça em negativa. Ela estava pensando, agora não, Grant, quando ela balançou a cabeça, mas Elias achou que ela estava dizendo não para aquela coisa crescendo ruim entre os dois, e por isso ficou aliviado.

— Preciso ir trabalhar — disse Elias ao filho. — Eu vou ver você depois, filho. — Ele se sentia encarregado do lugar agora, e isso significava que sua família, certamente não as crianças, não teriam de trabalhar como escravos. — Bom, vou olhar você um minutinho — disse ao garoto —, mas só tenho um minutinho mesmo. — Ele disse a Celeste: — E você fica aí descansando.

Ele saiu da cabana e ela o acompanhou até a porta. Grant saiu correndo para um lado e para o outro, e seu pai bateu palmas e sua irmã Tessie correu para a frente com as outras crianças e todos gritaram para Elias que podiam fazer muito melhor. O garoto disse não, não, melhor que eu não. Elias disse às crianças que elas não deveriam ir para os campos naquele dia e levou os adultos para longe. Grant foi até Celeste e balançou o braço dela como se fosse uma corda pendurada em uma árvore e depois retornou para as outras crianças.

Ela foi mancando até a alameda e olhou para trás, para se certificar de que Ellwood ainda estava dormindo. As crianças passaram correndo, e depois deram meia-volta e passaram correndo outra vez. Era como domingo. O galo que ficara ciscando na porta de Moses saiu correndo de banda quando as crianças passaram em seu caminho, e teria entrado na cabana dela, mas ela o espantou.

O MUNDO CONHECIDO   353

— Vai lá pra tua casa — disse. Estava pensando que um dia tão bonito só poderia significar que iriam matar o pobre Moses quando o encontrassem. O Deus daquela Bíblia, sendo quem era, nunca dava a um escravo um dia bom sem querer alguma coisa grande em troca.

NO MOMENTO EM QUE viu Bennett, Skiffington soube que o homem havia aparecido por causa do capataz. Que crime ele havia cometido agora? O xerife havia acabado de sair do armazém geral e viu Bennett na carroça. Reparou que Bennett conduzia a carroça em grande parte não com os olhos na estrada, mas na cabeça da mula e nos arreios. William Robbins havia passado pela cadeia na noite anterior, fazendo perguntas para ele — e Counsel — a respeito do progresso deles em encontrar os três escravos de Caldonia e Augustus Townsend. Robbins havia levado Louis consigo, mas seu filho só ficou parado em pé perto da porta enquanto o homem branco deixava que o xerife e seu assistente soubessem que escravos fujões punham em risco praticamente tudo o que ele tinha.

— Bill — Skiffington havia dito —, você não está me dizendo nada que eu já não tenha pensado um milhão de vezes.

Bennett fizera menção de descer da carroça, mas Skiffington mandou que ele dissesse o que queria sentado onde estava. Por um momento Bennett pareceu triste, como se sua mensagem fosse perder a urgência se ele tivesse que dá-la de dentro do vagão. E, enquanto Skiffington o via se afastar, viu que o homem não estava acostumado a conduzir uma carroça, porque deixava a mula tomar conta da estrada inteira. Sem dúvida, pensou enquanto continuava a observar Bennett se afastando, se ele não sabia nada sobre conduzir mulas, não sabia nada sobre montar a cavalo.

Alguém caminhando do outro lado da rua lhe deu bom-dia e Skiffington ergueu o chapéu por hábito. Ele e Winifred e seu pai e Minerva deveriam estar na Pensilvânia há muito tempo. Ele deveria ser um cidadão americano se dando bem na Pensilvânia, onde Benjamin Franklin havia vivido. Ele devia estar na margem de um belo rio, mostrando a seu filho como ganhar a vida simplesmente com a recompensa dada por Deus. E Minerva

354   EDWARD P. JONES

devia estar fora, fora com algum negro da Pensilvânia, fora de um modo
em que ele não pensasse nela de um jeito que um pai não deveria pensar a
respeito da filha. Minerva deveria estar mesmo fora, para que ele não pensasse, como pensara na véspera, que uma vez, só uma vezinha, não machucaria ninguém, não perturbaria nada que importasse. Shhh... Não conte a
Winifred, e não conte a Deus. Shhh... Ele viu que Bennett havia parado
para alguma coisa que cruzava a estrada. Ele parecia estar em pé ali há muito
tempo e Skiffington se perguntou o que poderia levar tanto tempo para
atravessar uma estrada. Só uma vez... Foi isso o que Eva disse a Adão, ou
foi Adão quem disse a ela? E se fosse uma vez só, será que Deus permitiria
que ele visse a Pensilvânia?

Bennett recomeçou a subir e Skiffington desceu os degraus que davam
para a estrada, a poeira se erguendo de modo quase imperceptível quando
colocou ambos os pés no chão. Uma boa chuva nos faria um bem... Ele
olhou para trás. A porta da cadeia estava só um pouquinho aberta, mas
não fazia diferença porque não havia prisioneiros naquele dia. Outra pessoa lhe desejou um bom dia e ele tornou a erguer o chapéu. Foi para a esquerda, dirigiu-se para a pensão, para pegar Counsel e lhe dizer que ele e
os patrulheiros não estavam seguindo as razões básicas pelas quais haviam
sido contratados. Quatro escravos de uma plantação. Quem podia viver
com isso? E um desses escravos havia assassinado os outros três. Mas quatro ainda estavam desaparecidos, quatro haviam sumido dos livros. Ele
parou na rua e percebeu que a pensão ficava na outra direção. E se ele se
mudasse para a Pensilvânia e Winifred lhe desse uma filha, e não um filho,
será que ele pensaria nela do jeito que pensava em Minerva?

Deu meia-volta e retornou por onde viera. Escravos, Minerva e agora
Counsel chegando cada vez mais tarde, dormindo com aquela mulher da
pensão como se fosse um cachorro novo que nunca conheceu mulher na
vida. Tudo estava desmoronando. "Como vai você está manhã, John?" Seu
único trabalho era montar tudo de novo, fazer com que tudo voltasse a ser
inteiro e certo do mesmo jeito que Deus havia lhe dado. "John, diga a
Winifred que a sra. Harris apreciou muito o que fez por ela. Diga isso a ela
por mim, está bem?" A sra. Harris era gaga. Vá e não gagueje mais, pois eu

O MUNDO CONHECIDO

os levei para fora do vale dos gaguejos e os trouxe a este lugar que lhe darei e a todas as suas gerações. Conte-os... Sente-se aqui à beira da estrada e conte-os como se fossem as folhas de uma árvore...

Três dias depois, Skiffington estava parado perto do mesmo ponto em que, pela manhã, Bennett veio avisá-lo da fuga de Moses.

— Sinhô xerife — disse Bennett. — A patroa me mandou avisar o sinhô que o Clement e a Glória foram embora também. Sumiro os dois. Ela queria que eu viesse aqui dizer isso. — Bennett novamente teve dificuldades para manobrar a carroça para dar meia-volta.

— Por que é que simplesmente não cavalga um cavalo como todo homem faz? — Skiffington lhe perguntou, contando os números de escravos sumidos.

— Bom, sinhô — disse Bennett, olhando as rédeas em suas mãos —, um cavalo não é nem de longe tão inteligente que nem uma mula, foi o que eu ouvi dizer.

Assim que Bennett conseguiu virar a carroça para o outro lado, Counsel saiu cavalgando na outra direção, e Skiffington lhe disse que homem preguiçoso ele estava se tornando. Counsel não disse nada, mas desceu de seu cavalo, amarrou-o ao poste e entrou na cadeia. Skiffington o acompanhou, o tempo todo chamando-o de assistente preguiçoso, tão alto que até depois de entrarem na cadeia, as pessoas que andavam pela rua podiam ouvir o xerife, que não era coisa do xerife deles, e a mula e Bennett podiam ouvi-lo ao saírem da cidade.

Isso foi numa terça.

11

*Uma mula fica em pé. De cadáveres, beijos e chaves.
Um poeta americano fala de Polônia e mortalidade.*

Antigamente havia um homem branco muito simpático na Geórgia, perto de Valdosta, um homem bastante rico com seus escravos e sua terra e seu dinheiro e sua história. Esse homem, Morris Calhenny, sofria de uma terrível melancolia, particularmente em dias de chuva. Ele montava sua égua que só usava em dias de chuva, e cavalgava e cavalgava até encontrar alguma paz dentro de si mesmo. Essa paz, para falar a verdade, nunca durava muito, mas não havia nada que Morris pudesse fazer a respeito.

Havia também um homem negro, Beau, naquele lugar perto de Valdosta, Geórgia. Seu sobrenome também era Calhenny, mas só porque todos os escravos de Morris tinham seu sobrenome. Quando eles, Beau e Morris, eram meninos, eram quase como irmãos, e Morris procurava Beau quando a melancolia o atacava porque Beau nunca perguntava por que ele sofria assim, por que Morris não conseguia simplesmente se levantar e se afastar do que quer que o estava perturbando. Beau simplesmente ficava ao seu lado até as coisas melhorarem um pouco.

Quando os dois fizeram 14 anos, aconteceu a inevitável separação, e eles nunca mais voltaram a se encontrar da mesma maneira. Mas muitas vezes, quando eram adultos, Beau se lembrou de como os dias tristes tomavam Morris de assalto e ele pegava um dos cavalos de Morris sem pedir a ninguém e saía na chuva à procura de seu dono. Os dois cavalgavam por um longo tempo até que Beau perguntava a Morris: "E agora, já chega?"

A pergunta sempre vinha na hora certa, mesmo quando a chuva ainda estava caindo, e Morris fazia que sim com a cabeça e respondia: "Agora já chega." Então eles voltavam lentamente para o celeiro, aquele que abrigava somente os cavalos Calhenny, e em seguida Morris entrava em sua casa-grande e Beau ia para a sua cabana, onde a família esperava para perguntar o que ele fazia lá fora com aquela chuva toda.

Em um dia chuvoso, Beau e Morris saíram cavalgando até o limite leste das terras de Morris, e então pararam seus cavalos e olharam na direção das colinas até a linha onde a terra do branco terminava. Numa estrada vicinal que não ficava em sua propriedade, eles viram uma jovem mulher branca tentando fazer com que uma mula branca se levantasse na estrada lamacenta. A mula estava puxando uma carroça na chuva, e não ficou claro nem para Beau nem para Morris se o animal havia se sentado porque estava cansado de trabalhar ou porque simplesmente achara bom ficar sentado na chuva.

A mulher branca se chamava Hope Martin, mas só Beau sabia disso. Ainda que branca, ela não era da categoria de Morris.

— Quer que eu desça lá e ajude ela? — Beau perguntou a Morris.

— Não — respondeu Morris. — Dê um tempinho a ela.

No começo, a mulher parecia estar conversando com a mula, tentando convencê-la de que devia se levantar para que pudessem continuar. A mula não se mexeu. Por fim, Hope foi até a traseira da carroça e pegou várias maçãs que estavam em uma cesta coberta. Ela se sentou na estrada na frente da mula e comeu uma maçã, dando outra e depois mais outra para a mula. Ela pegou mais maçãs diversas vezes do vagão. A chuva não arrefeceu, e o homem negro e o homem branco montados nos cavalos não se mexeram.

Depois de cerca de trinta minutos comendo maçãs, a mula se levantou, mas Hope permaneceu sentada na lama, sem pressa, comendo sua quarta maçã. Vendo Hope ali sentada, o animal ficou inquieto, a cauda balançando e a cabeça subindo e descendo, primeiro um casco da frente batendo na lama, e depois o outro. Depois de quinze ou mais minutos nisso, Hope se levantou e se espreguiçou, a chuva ainda caindo. Ela disse uma coisa para a mula e apontou estrada acima, para onde tinham de ir. A mula começou a andar antes mesmo que ela subisse na carroça.

O MUNDO CONHECIDO

— Qual é o nome dela? — Morris perguntou a Beau enquanto olhavam a mulher, a mula e a carroça subirem a colina sem o menor problema.

Beau contou a ele quem era ela, que ela havia vindo do norte da Geórgia para cuidar da tia e do tio enfermo. Tanto a tia quanto o tio eram muito velhos, que não iam ficar muito tempo naquele mundo.

— Ela daria uma boa esposa para um homem — disse Beau, pondo um fim à história da mulher.

Não teria dito isso se não achasse que seu dono já estava pensando a mesma coisa.

— E agora, já chega? — perguntou Beau.

— Agora já chega — respondeu Morris.

MORRIS ERA PAI DE um rapaz — a única criança branca que ele jamais teria — com uma cabeça maravilhosamente complicada. No dia em que viram Hope e a mula na chuva, esse rapaz, Wilson, já estava havia um ano e alguns meses em Washington, D.C., na escola de medicina da George Washington University. Wilson aprendera muita coisa naquela universidade, e sua cabeça teria contido ainda mais, mas no meio do seu segundo ano os cadáveres começaram a falar com Wilson, e o que eles diziam fazia muito mais sentido do que seus professores estavam dizendo. Os professores, por serem deuses, não gostavam de dividir seu paraíso com ninguém, fosse vivo ou fosse morto, e mandaram o rapaz para casa no meio de seu segundo ano.

Mesmo antes que os professores tivessem mandado Wilson de volta para casa, seu pai andara pensando que queria Hope como mulher de seu filho. Embora ela viesse de um lugar diferente na vida, Morris sentia que ela podia ser limpada, do jeito que uma maçã caída na lama podia ser limpa e comida. Morris mandou um emissário até ela e seus parentes e disse que queria vê-la, mas a mulher jamais foi até ele, e no fim Hope se casou com outro jovem, Hillard Uster, pobre a não ser pelo belo lote de terra que havia herdado dos pais. Hillard não era tão bonito quanto ela, mas Hope achava que podia viver com isso, como de fato viveu.

O casamento dos dois deixou Morris zangado, e ele ainda estava zangado quando seu filho voltou de Washington, D.C., para casa em definitivo e tentou contar a Morris e sua mãe o que os cadáveres haviam lhe dito. O pai e o filho ficavam conversando até tarde da noite, e muitas vezes o que os cadáveres diziam começava a fazer sentido para o pai. Mas, pela manhã, Morris pensava com mais clareza e culpava muita gente — especialmente Hope e Hillard — por todas as coisas que os mortos estavam colocando na cabeça de seu filho. Morris dizia às pessoas daquela região da Geórgia que Hope e Hillard iriam sofrer sozinhos e todo mundo estava proibido de prestar ajuda a eles. E foi assim que as coisas seguiram por um longo tempo.

Os filhos dos Uster eram pequenos e de ossos e pulmões fracos, e a terra herdada foi deixada em grande parte para Hope e Hillard tentarem ganhar a vida sozinhos. Então, em 1855, Hillard conseguiu economizar cerca de 53 dólares e conheceu um homem negro chamado Stennis e seu dono branco, Darcy, que estava com medo de levar sua última peça de propriedade para a Flórida, onde nunca tivera sorte. Hillard usou o dinheiro para comprar aquela propriedade humana de Darcy.

Naquele dia em setembro, Darcy e Stennis disseram adeus a Augustus Townsend, que não disse nada, e ele os viu saírem na carroça que havia aguentado o tranco desde a Virgínia. Eles haviam vendido a mula de Augustus na Carolina do Norte. Augustus ficou nas margens do campo de Hillard, livre de seus grilhões pela primeira vez desde o condado de Manchester. Hillard segurava um rifle. De cada lado do homem branco estava um garoto. Na varanda da casinha, Hope segurava um bebê. De cada lado dela estava uma garota.

— Eu num quero pobrema com você — Hillard disse para Augustus. Darcy havia dito que Augustus, ainda novo na Geórgia, podia dar trabalho por alguns dias. — Quero pobrema não.

— Eu só vou te dar trabalho — disse Augustus, olhando ao redor, tentando se dar conta de onde estava.

— A gente temos um crioulo que nem todo mundo, papai? — o garoto à direita de Hillard perguntou.

O MUNDO CONHECIDO 361

— Shhh.

— Eu só quero ir pra casa, e depois eu fico longe do seu caminho.

Hillard levantou o rifle e o apontou para Augustus.

— Então eu e você vamos ter pobrema.

— Vamos ter pobrema, papai — o garoto à esquerda disse.

— Shhh — fez Hillard. Ele levantou mais alto o rifle, até o rosto de Augustus. — Eu só quero que tu trabalhe, que é o que você tem que fazer.

— Eu já fiz todo o trabalho que tinha que fazer.

— Eu quero dar de comer pra minha família e vou fazer tudo pra que isso aconteça. Só quero dar de comer pra minha família. É só isso.

— Eu sei o que é uma família. Eu sei tudo sobre família. Mas, cavalheiro, você não pode criar sua família nas minhas costas. — E Augustus, notando onde o sol estava, se virou e se dirigiu para o norte.

— Nosso crioulo tá indo embora, papai? — perguntou o primeiro garoto.

— Shhh.

Augustus estava a poucos metros de distância quando Hillard disse:

— Tu volta já pra cá. É melhor voltar. Estou mandando tu voltar pra cá.

Augustus continuou andando.

— Você aí, para — gritou o segundo garoto. — Você para aí.

— Hilly? — Hope chamou da varanda. — Hilly, o que é que está acontecendo?

O marido dela levantou o rifle e disparou um tiro no ombro esquerdo de Augustus. Augustus parou, olhou para o chão e levantou a cabeça novamente. O sangue demorou para se espalhar por toda a superfície da camisa, e depois desceu e se espalhou até o alto da calça. Augustus abaixou a cabeça e caiu no chão. Hope deu um grito.

Hillard e os garotos correram até Augustus. As garotas na varanda correram também, e Hope idem, mas com o bebê nos braços ela não era tão rápida quanto as garotas.

— Eu mandei você parar. Eu só queria que você parasse.

Augustus estava deitado de costas, e olhou para cima, para o homem e para os meninos. Não olhou para as garotas e a mulher com o bebê porque quando elas chegaram ali seus olhos estavam fechados, o que ajudava a aliviar a dor.

— Eu mandei você parar, diabos! Seu crioulo, eu só queria que parasse.

Augustus o ouviu, e queria dizer que aquela era a maior mentira que ele já tinha ouvido na vida, mas estava morrendo, e palavras eram coisas preciosas.

HOPE E SUA FAMÍLIA — à exceção do bebê, que fora colocado naquele instante no chão onde Augustus caíra — conseguiram levá-lo até o celeiro, que era onde Hillard havia pensado em colocar Augustus para morar quando não estivesse trabalhando. Hope continuou com ele durante a maior parte do dia e uma boa parte da noite. Hillard não foi vê-lo, e a certa altura a mulher falou para Augustus:

— Espero que você não fique zangado com ele porque ele não veio te ver.

Havia um homem corajoso nas redondezas, uma espécie de curandeiro, um homem que não tinha medo de Morris Calhenny, e esse homem saiu e tentou tirar a bala de Augustus, mas a bala era teimosa, achou um lar e de lá não queria sair.

Quando Augustus Townsend morreu na Geórgia, perto da divisa com a Flórida, ele se ergueu sobre o celeiro onde havia morrido, acima das árvores e da casa de fumaça caindo aos pedaços e da casinha da família ali perto, e ele se afastou rapidamente dali, na direção da Virgínia. Descobriu que quando as pessoas ficavam acima de tudo aquilo caminhavam mais rápido, mais de cem vezes mais rápido do que quando estavam confinadas à terra. E assim ele chegou à Virgínia quase imediatamente. Ele foi até a casa que havia construído para sua família, para sua esposa Mildred e seu filho Henry, e ele abriu e passou através da porta. Achou que ela poderia estar na mesa da cozinha, incapaz de dormir e bebendo alguma coisa para se acalmar. Mas não encontrou sua esposa ali. Augustus subiu e encontrou Mildred dormindo na cama deles. Ficou olhando um bom tempo para ela, certamente o mesmo tempo que ele teria levado, caminhando lá no alto,

O MUNDO CONHECIDO 363

para andar até o Canadá e além disso. Então foi até a cama, inclinou-se e beijou-lhe o seio esquerdo.

O beijo atravessou o peito, passando por pele e osso, e chegou à jaula de costelas que protegiam o coração. Agora, o beijo, assim como muitos beijos, tinha todo tipo de chaves, mas assim como muitos beijos, era fugaz, e por isso não conseguiu encontrar a chave certa que abria essa jaula. Então, no fim, frustrado, desesperado, o beijo passou espremido por entre as barras e beijou o coração de Mildred. Ela despertou imediatamente e soube que seu marido estava morto. Ela perdeu o fôlego e foi arrebatada por uma dor tamanha que precisou se levantar. Mas o quarto e a casa não eram grandes o bastante para conter sua dor, e ela saiu do quarto cambaleante, descendo as escadas, passando pela porta que Augustus, como de costume, havia deixado aberta. O cachorro a observou de onde estava, ao pé da lareira. Só no quintal ela voltou a respirar. E a respiração trouxe lágrimas. Ela caiu de joelhos, no quintal aberto, com sua camisola, uma coisa que Augustus não teria aprovado.

Augustus morreu na quarta-feira.

SKIFFINGTON NÃO HAVIA dormido muito desde o dia em que Bennett apareceu para lhe contar a respeito de Moses. A quinta-feira depois da morte de Augustus trouxera junto uma pequena dor de dente que se tornou devastadora por volta do meio-dia de sexta-feira. Ele ficou deitado na cama ao lado de Winifred naquela noite de sexta só para evitar que ela o aborrecesse por não dormir o bastante; ele ficou deitado e ouviu o sono silencioso dela, pensando em onde Moses podia se esconder em seu condado e se virando na cama de vez em quando, e a dor de dente o assombrou até a manhã de sábado.

Ele andara chamando a atenção de Counsel e dos patrulheiros ao longo de toda a semana, e os mandara sair durante a maior parte dos dias e das noites para procurar o homem que ele começou a chamar de assassino fujão.

— O que é pior? — perguntou o patrulheiro Harvey Travis, brincando pelas costas de Skiffington. — O assassino ou o fujão?

Os cães perdigueiros do condado de Manchester não pareciam nem um pouco eficientes.

— Não conseguem achar nem o fedor num gambá — Oden Peoples reclamou, e mais cães foram trazidos de outros condados. Mas eles também fracassaram. Os patrulheiros e os cães se concentraram em lugares a leste da cidade, os lugares mais próximos do norte. No sábado eles estavam procurando não só Moses mas também Glória e Clement.

— Alguém — disse Travis — devia fechar o portão da propriedade dela, ou então ensinar a ela a ser dona de escravos. Um homem morre e uma mulher consegue destruir tudo o que ele construiu.

Skiffington passou os dias mastigando casca de árvore que uma escrava, uma curandeira vendedora da ervas que morava mais embaixo na sua rua, disse que lhe daria um pouco de alívio para a sua dor de dente. Ela havia olhado dentro de sua boca na terça e lhe disse que não havia muito o que pudesse fazer para aliviar o sofrimento dele.

— Eu acredito — disse ela olhando de um dente para o outro — que essa dor está deixando você abalado e que você só tem é que puxar ela pra fora. Pega ela pela raiz e puxa e puxa até não sobrar mais nada. — Eles não haviam se dado ao trabalho de entrar onde ela vivia e ela usava o pouco de luz do sol que ainda restava para investigar a sua boca. — Abre só um pouco, seu xerife. — Ela tocou o dente ruim com a ponta de um pedaço de casca e ele se encolheu de dor. Ele achava que toda essa conversa de puxar era o jeito dela dizer que podia executar a tarefa. Mas ela lhe disse, depois de puxá-lo de volta para si e fechar-lhe a boca com ambas as mãos, que a boca era uma coisa com a qual ela não gostava de perder tempo pensando. — Se você tem dor nas costas, se você tem dor no coração, se você tem dor no pé, eu posso te ajudar. Mas na boca eu não gosto de mexer. É muito longe do que eu sei sobre ajudar as pessoas. É muito perto do cérebro. — Ele apareceu na quarta-feira e ofereceu a ela uma moeda de cinquenta centavos para que ela arrancasse o dente, mas ela disse não e colocou a moeda de volta na mão dele. O dono dela permitia que ela fizesse trabalho extra para as pessoas para que pudesse comprar sua liberdade. Naquela quarta-feira ela havia economizado 113 dólares depois de três anos de trabalho.

O MUNDO CONHECIDO   365

O preço que seu dono havia estabelecido para sua liberdade era de 330 dólares. — Eu não posso encostar na sua boca, seu xerife. Posso machucar o senhor mais do que curar.

Naquela quarta ele foi mais uma vez com Counsel até a divisa leste do condado, onde a sua prima, Clara Martin, vivia, e atravessou a divisa até o condado vizinho, sabendo que o xerife de lá entenderia sua invasão. No caminho de volta, Counsel reclamou de toda aquela cavalgada e disse que deveriam passar a noite na casa de Clara, mas Skiffington queria voltar para Winifred.

FERN APARECEU COM Dora e Louis na quinta-feira para ver Caldonia. Depois que Robbins ouvira falar da fuga dos escravos, ele os mandou até Caldonia para saberem no que poderiam ajudar. Robbins não contou a ninguém, a não ser a Louis, que ele não tinha mais fé em Skiffington. Ao longo do caminho até a propriedade de Caldonia, os jovens haviam feito uma visita de cortesia a Fern, e ela decidira acompanhá-los. Seria bom estar longe de Jebediah Dickinson, o jogador. Semanas e semanas mais tarde, quando ele estivesse na estrada para Baltimore, ela mandaria Zeus a Manchester todos os dias para saber da correspondência. Ela prometera a Deus que se algum dia tivesse notícias de Jebediah, mandaria a ele os 450 dólares restantes que disse que o marido dela lhe devia.

Cearam cedo e Caldonia pediu licença e se levantou da mesa logo em seguida, e disse aos seus convidados que desde a fuga de seu capataz ela visitava a alameda toda noite, "para me dar paz de espírito". Ela não fazia nada durante as visitas, mas caminhava com Loretta de uma ponta à outra da alameda, como se sua presença pudesse impedir que mais um escravo fugisse. Ela havia colocado a administração do dia a dia da plantação nas mãos de Elias. Quando ela lhe perguntou na manhã de quinta na sala de visitas se ele sabia se outros poderiam fugir, Elias olhou primeiro para Loretta e disse que essa era uma pergunta que só Deus podia responder. Naquela manhã, depois que Elias foi para os campos, ela enviou um pedido para sua mãe, Maude, para que ela fosse até lá, pois precisava dela por perto.

Seus convidados, incluindo Fern, decidiram ir com ela na tarde de quinta. Carregando uma lanterna, muito embora ainda houvesse luz do sol suficiente, Loretta caminhava dois passos atrás do grupo. Elias havia liberado os escravos dos campos mais cedo, e a maioria deles estava em suas casas, comendo sua ceia. Então a alameda estava vazia quando entraram pela primeira vez, mas Elias saiu e depois Delphie e Cassandra saíram de sua cabana. Celeste apareceu à porta mas não atravessou o limiar.

— Olá, Tessie. Olá, Celeste — disse Caldonia. Celeste apenas acenou com a cabeça.

— Oi, patroazinha. Como é que tá a sinhá? — disse Tessie. Ela estava com sua boneca nos braços porque seus irmãos andavam brincando com ela mais do que ela gostaria.

— Eu estou bem — disse Caldonia. — E você, Celeste?

— Bem, sinhá.

— Mas que boneca bonita — disse Fern.

— Meu papai que fez pra mim — disse Tessie. Ela repetiria essas palavras logo antes de morrer, pouco menos de 90 anos depois. Seu pai estivera na sua cabeça toda aquela manhã de sua morte, e ela pediu a um de seus bisnetos que fosse até o sótão e encontrasse a boneca.

— Seu pai tem um toque especial — disse Louis.

— Tem sim sinhô.

Elias estava na alameda e disse boa-noite a todos, dando por último um aceno de cabeça para Loretta. Ellwood, o mais novo de Elias, engatinhou atrás de Celeste até a porta e ela o pegou. Ela ouviu Louis dizer que ele estava saindo para procurar Moses e os outros, e Elias disse que se Moses ainda estivesse desaparecido no domingo, ele participaria das buscas. Elias havia pedido a Delphie para cortar uma mecha do cabelo do bebê morto antes que ela o enterrasse, e ele levava esse cabelo dentro de um saquinho de pano preso do lado de dentro de sua camisa com um alfinete. Celeste então ouviu Elias dizer a Louis que Moses era um imbecil com as coisas do mundo, as mesmas palavras que ele havia dito a Skiffington, e que Moses não sabia a diferença entre o norte e o sul, a menos que alguém mostrasse

O MUNDO CONHECIDO   367

para ele, e mesmo assim ele ainda ia ficar na dúvida. Os dois homens riram. Caldonia não disse nada, e sentiu Loretta às suas costas.

Celeste mudou Ellwood de braço. Tessie e Grant estavam cada um de um lado dela, agarrados em sua anágua, e os quatro estavam ali juntos, olhando a cena. Um perdigueiro de outro condado, que havia vagado até as vizinhanças da alameda três dias atrás, descansava ao lado de Grant. Celeste não sabia o que ia fazer com Elias. Ela o amava e, não importava o que acontecesse, não havia como superar isso. Tudo o mais que se metesse entre os dois — até mesmo o ódio que ele sentia de Moses — teria de lutar com o amor que ela sentia por ele. Ela só podia torcer para que Elias encontrasse o caminho de volta para o que ele havia sido antes.

Ela viu Elias dizer alguma coisa que não conseguiu ouvir, mas notou que Louis e Fern riram em resposta a isso. Dora e Caldonia estavam de mãos dadas, do mesmo jeito que ela e Cassandra costumavam fazer, do jeito que ela fazia com May, do jeito que ela costumava fazer com Glória. Como o mundo seria diferente se Elias não a amasse. Mas ela sabia que ele a amava, ainda que algumas coisas nos dias e noites dos dois o fizessem deixar de ver isso.

Elias se virou e olhou por um tempo muito longo para sua esposa. Esposa, confie em mim, seus olhos diziam, e eu vou tirar nós dois, você e eu, disto aqui. Então Elias olhou para seus dois filhos mais velhos, Tessie e Grant. Eles olharam para seu pai. Elias estendeu a mão e eles correram até ele. O bebê Ellwood se agarrou a Celeste e depois começou a se contorcer, porque queria que o pusessem no chão. Elias olhou mais uma vez para Celeste. Esposa, esposa... Ela baixou os olhos e depois os afastou dele, levou-os na direção da alameda que agora estava se tornando lotada de gente, e depois para baixo, para onde o sol tendia a aparecer pela manhã. As gerações de Celeste e Elias Freemen formariam uma legião na Virgínia.

Ellwood continuou a se contorcer, e quando sua mãe o pôs no chão, ele num instante começou a puxar a anágua dela, querendo que o pegasse novamente.

— Pronto, pronto — ela disse. — Pronto. Nem sempre você quer o que acha que quer. Pronto. Por que é que tu não me escuta de vez em quando?

368   EDWARD P. JONES

— O bebê olhou para cima, implorando: eu aprendi a lição. Me pegue novamente. Sua mãe bateu com o pé da perna boa. Não, disse o pé. Nenhuma lição fica muito tempo na cabeça se durar apenas alguns segundos. Ela bateu o pé. O perdigueiro ao lado dos dois estava mordendo um osso que não largou nem quando uma criança apareceu mais tarde e lhe ofereceu uma coisa maior e melhor. Ellwood estendeu as duas mãos para Celeste, e ela cedeu. Quando estava em cima novamente, Ellwood colocou os bracinhos ao redor do pescoço dela. "Sr. Blueberry", Ellwood Freemen diria mais de vinte anos depois para Stamford Crow Blueberry, em Richmond, "eu vim cumprir minha obrigação, como lhe dei minha palavra de que o faria. Vim ensinar você e os camaradas." O bebê Ellwood, de volta aos braços da mãe, olhou ao redor e soltou um suspiro. Sua mãe beijou-o no pescoço e disse:

— Quem sabe da próxima vez tu me ouve.

Em 1993, a editora da Universidade de Virgínia publicaria um livro de 415 páginas, escrito por uma mulher branca, Marcia H. Shia, documentando que uma entre cada 97 pessoas da Virgínia era aparentada, por sangue ou por casamento, à linha que começou com Celeste e Elias Freemen.

Então Stamford apareceu atrás de Celeste e fez cócegas no ombro dela. O bebê Ellwood, Celeste e Stamford olharam para o ajuntamento de pessoas logo além deles na alameda. As pessoas saíam de suas cabanas e iam até Caldonia não tanto porque ela fosse a dona, mas porque havia sofrido um falecimento não muito tempo antes. Todos eles conheciam a morte, até os muito novos que ainda iriam perder alguém. O bebê Ellwood viu Stamford e estendeu os bracinhos para ele. Há poucas semanas o homem e o bebê sequer sabiam da existência um do outro, mas aí Stamford tinha visto a cabana no céu. Ellwood o agarrou, precisando dele, e Stamford o pegou nos braços. O bebê estudou Stamford, e, quando suas mãos foram para o rosto do homem, Stamford brincou com ele e afastou o rosto, a boca começando a abrir para dizer as palavras que o bebê queria. Stamford ainda estava a um ano de distância de beijar Delphie pela primeira vez.

— Ó, Senhor, eu queria que a gente tivesse dias melhores — Celeste disse para Stamford. — Estou cansada desse tempo doido. Estou mesmo.

Queria que o Senhor enfiasse a mão naquela grande sacola de dias dele e tirasse para nós alguns dias de tempo bom que durassem e durassem. Uns dias belos e gordinhos reservados ali no canto, bem ao lado de anteontem. Deus bem que podia nos dar uns dias bons, Stamford, se Ele quisesse. Podia até emprestar eles pra nós. A essa altura Ele já devia saber que nós somos um povo que toma conta das coisas direitinho e devolve ela do jeitinho que Ele deu pra gente.

Celeste estava praticamente falando sozinha àquela altura, pois Stamford e o bebê estavam num mundo só deles. As mãos do bebê haviam alcançado o rosto do homem e ele estava tateando cada traço dele, fazendo tudo o que fosse necessário para que o homem dissesse as palavras que o bebê começara a esperar na breve história que os dois já tinham juntos. A boca de Stamford se abriu mais e mais. "Você esteve aqui mais cedo hoje", Stamford Crow Blueberry diria a Ellwood Freemen naquele dia, cerca de vinte anos mais tarde, em Richmond. Ellwood estaria subindo a rua com as rédeas do seu cavalo, e Stamford estaria caminhando com um bebê descansando em seu ombro, o mais novo membro do Lar Richmond para Órfãos de Cor. Mãe e pai mortos em um incêndio. Caminhar e cantar para o bebê de manhã parecia acalmar a criança para o restante do dia. Ellwood Freemen diria: "Vim cumprir minha tarefa, conforme prometi, sr. Blueberry. Esse será um dos meus pupilos?" Stamford apertaria a mão dele, fazendo que sim com a cabeça. Ellwood disse: "Parece que o senhor não estava acreditando que eu manteria minha palavra." "Ah", disse Stamford, "eu não estava preocupado. Eu sei onde sua mãe e seu pai moram. Eu sei onde eu podia achar eles e dizer pra eles que o garoto deles não manteve a palavra." Ellwood disse a ele que tinha de cuidar de um negócio em algum lugar de Richmond e voltaria em pouco tempo para se acomodar no lar de órfãos. Montou no seu cavalo e saiu cavalgando devagar pela rua principal, a rua que um dia teria o nome de Stamford Blueberry e sua esposa Delphie. Blueberry, com o novo órfão no ombro, foi atrás. Ficou vendo Ellwood se afastando devagar, e naquele dia Stamford perceberia pela primeira vez o quão longe eles foram. Teria chorado como no dia depois que o chão se abriu e acolheu os corvos mortos, mas ele tinha nos braços um bebê que

370   EDWARD P. JONES

acabara de ficar órfão. Stamford, não importa agora, ele disse a si mesmo, vendo Ellwood e o cavalo se afastarem. Agora não importa. O dia e o sol ao seu redor lhe diziam que era verdade. Não importava quanto tempo ele vagara na vastidão selvagem, quanto tempo eles o mantiveram acorrentado, quanto tempo ele os havia ajudado e permanecido em suas próprias correntes; agora nada disso importava. Deu palmadinhas nas costas do bebê, deu meia-volta e retornou para o Lar Richmond para Órfãos de Cor. Só importava que aquele tipo de grilhão havia desaparecido, e que ele havia se arrastado para dentro da clareira e era capaz de ficar em pé nas pernas traseiras, olhar ao redor e apreciar a diferença entre o que havia antes e o que há agora, mesmo naqueles horríveis dias em Richmond quando o agora vinha disfarçado de antes. Atrás dele, enquanto caminhava de volta para a casa, estava a esquina exata onde, mais de cem anos depois, eles colocariam aquela primeira placa de rua — STAMFORD AND DELPHIE CROW BLUEBERRY STREET.

O bebê Ellwood havia acabado agora o ritual de tocar cada traço do rosto de Stamford. Celeste disse:

— Talvez um bocado de dia seja muita coisa pra se desejar. Quem sabe só uns dois ou três dias seguidos. — O bebê Ellwood agora aguardava e a recompensa veio, Stamford abriu a boca e cantou do jeito que cantaria pouco antes de Ellwood subir a rua naquele dia em Richmond com seu cavalo atrás:

> *Mama's little biddy baby gon git it all real sweet*
> *Mama's little biddy gon git it all nice and sweet...**

O prazer se espalhou por todo o corpo do bebê. Ele começou a bater as palminhas, não como um tipo de aplauso, mas porque havia tanta felicidade em seu corpo que aquela era a única maneira de colocar um pouco dela para fora.

Celeste olhou para o final da alameda, onde havia agora uma multidão maior, seu marido e duas crianças entre eles. Os pequenos gêmeos

---

*O bebezinho da mamãe é um docinho / o bebezinho da mamãe é um docinho bonitinho (tradução aproximada). (*N. do T.*)

O MUNDO CONHECIDO

chamados Henry e Caldonia saíram cambaleantes da cabana deles e Loretta abaixou o lampião só um pouquinho para que todos pudessem ver melhor as crianças. Quando ela colocou o lampião no chão, as sombras dos gêmeos que antes repousavam no chão atrás deles ficaram muito grandes, de modo que, quando todos puderam dar uma boa olhada nos bebês, as sombras eram altas como as crianças.

No dia seguinte, Celeste ficou sabendo que Caldonia, segundo a recomendação de Louis, havia feito de Elias o capataz. Os dois homens se tornariam íntimos ao longo dos próximos dias.

NAQUELA SEXTA-FEIRA também, Ray Topps, o homem da Atlas Life, Casualty and Assurance Company voltou e não teve problemas para entrar e ver Caldonia. Ele chegou com Maude. Viúvo com nove filhos, incluindo três incapazes de andar e um que não via nem ouvia, um homem que havia fracassado em seu negócio de remédios patenteados, Topps tinha muitos papéis, os quais estava ansioso para mostrar a Caldonia. Todos os papéis tinham o nome da empresa escrito "Aetlas".

— Infelizmente — ele explicou, sentado ao lado dela na namoradeira — parece haver uma abundância de letra E nesta impressora em particular. Mas asseguro à senhora que sempre fomos conhecidos como Atlas e sempre seremos. Os seus filhos nos conhecerão por esse nome, e seus netos também. Os filhos deles conhecerão o mesmo nome. — Por um momento, com toda essa conversa de filhos, ele se esqueceu de que estava conversando com uma viúva sem filhos. — A senhora entendeu o significado do que estou tentando transmitir, sra. Townsend — ele disse, percebendo seu erro. E Caldonia disse que entendia.

Topps disse a ela que por 15 centavos a cabeça a cada dois meses, cada escravo acima de cinco anos trabalhando estaria protegido de praticamente tudo o que Deus pudesse imaginar: ser chutado na cabeça por uma mula enquanto estivesse trabalhando em um campo. Morrer de comida envenenada — desde que um médico pudesse se certificar de que a comida não estivesse simplesmente rançosa e que qualquer pessoa normal podia tê-la comido e não ter tido a mesma morte. Quebrar o pescoço em um poço depois de cair nele enquanto o estivesse limpando. Ser mordido por uma cobra de trinta centímetros ou mais enquanto estivesse trabalhando nos campos ou no celeiro ou no defumadouro ou no celeiro de tabaco ou no milharal; a dita cobra, viva ou morta, com a presa ou as presas adequadamente retiradas, teria de ser apanhada para que se pudesse recolher a apólice. Morte de escravo por cachorros loucos no outono, primavera ou inverno era compensável; loucura canina no verão era um "ato comum de Deus", a ser esperada, portanto a apólice não mencionava essa estação do ano. Nada advinha da perda de um braço ou de um ou ambos os olhos, porque essas perdas não eram os melhores indícios da quantidade de trabalho que um escravo podia executar. Ser ferido de qualquer maneira por caçadores de escravos razoavelmente autorizados era compensável; cidadãos comuns, virando caçadores de escravos oportunistas só para ganhar um dólar, machucando um fujão tornariam nula essa cláusula da apólice. Ser morto ou ferido por um vizinho durante a passagem pela propriedade de um vizinho durante alguma tarefa "de monta" para o dono ou a dona ou terceiros por estes autorizados. Nada de dinheiro por um escravo ferido ou morto por alguém enquanto esse referido escravo estivesse visitando sua família em outra plantação. Ser acidentalmente morto a tiros quando ajudasse o dono/a dona/ou terceiros durante caçada ou viagem com as referidas pessoas desde que a viagem fosse de três dias de duração ou mais. Ser atingido por um raio enquanto estivesse trabalhando no campo, desde que a recuperação não passasse de três dias e desde que o escravo não tivesse recebido avisos suficientes de que raios podiam cair. Morte por raios não era compensável; esse tipo de morte era simplesmente mais um "ato comum de Deus" que "a Companhia, em sua sabedoria, não poderia recompensar".

Por um total de apenas um dólar por mês Caldonia receberia três quintos do valor de qualquer escravo fujão que não fosse apanhado dentro de dois meses. Topps afirmou que uma apólice separada para proteger contra "morte natural de velhice pura e simples" valia 10 centavos por cabeça

O MUNDO CONHECIDO

mês sim, mês não, mas Caldonia decidiu ficar apenas com as apólices de 15 centavos, "por enquanto". Fern Elston parara de escutar e saiu da sala muito antes que Maude começasse a ressaltar que a maior parte dos escravos nos cemitérios do condado de Manchester morrera durante o trabalho, então não havia necessidade de se fazer um seguro para morte natural. Ela também reparou que a maioria dos escravos que morreram de causas naturais eram jovens demais para serem cobertos.

— Isto é um fato — disse Maude, com alguma autoridade.

— Então — Topps disse ao finalizar tudo —, não haverá proteção nesse momento quanto ao perecimento de sua propriedade humana. — "Perecimento", ou morte natural, era uma palavra que o pessoal da Atlas usava com muita frequência, e ninguém a usava mais do que o viúvo Topps, que via a si mesmo como alguém que um dia subiria para um importante cargo no escritório central em Hartford, Connecticut, e olharia de cima para a terra e dispensaria sua sabedoria aprendida por anos labutando na vastidão selvagem dos não segurados. A palavra *perecimento* havia sido pensada por um homem no escritório de Hartford para tentar transmitir a fragilidade da vida humana, especialmente a dos escravos, e para tentar passar para o cliente a profunda necessidade das apólices da Atlas sobre aquelas vidas, fossem de escravos ou não. O homem da sede de Hartford, que jamais vira um escravo americano a não ser por jornais e revistas, era meio que um poeta e trouxera dois livros de seus poemas quando emigrara da Polônia. Na época em que ele apareceu com a palavra *perecimento*, um editor em Bridgeport, Connecticut, havia concordado em publicar os livros, mas achou que um deles estava "sufocado demais com a trama" da Polônia. "Esqueça a Polônia", o editor escreveu para o poeta, "Não consigo nem achar essa maldita coisa no meu mapa." Ele prometeu publicar ambos os livros se o poeta do perecimento reescrevesse o livro polonês, e o poeta estava pensando no assunto na época em que Henry Townsend morreu. Não se ganharia dinheiro com nenhum dos livros, o editor de Bridgeport escreveu para o poeta, mas havia a promessa de glória, lembrança e a adoração de um público faminto pela verdadeira verdade da

América. Todos sabiam, até um estrangeiro em uma fortaleza de seguros a quilômetros de distância em Hartford, que de seu cubículo em um escritório em Bridgeport, o editor era tão bom quanto sua palavra.

TODOS OS CONVIDADOS de Caldonia, à exceção de sua mãe, ficariam até o domingo, quando Elias e Louis saíram para procurar Moses, Glória e Clement. Apenas o primeiro, o homem, o ex-capataz, seria encontrado.

12

Domingo. Barnum Kinsey no Missouri.
Encontrando um ente querido perdido.

Naquela manhã, domingo, Skiffington acordou com a primeira ideia de verdade de onde Moses estava. Lembrou-se do que Elias havia dito sobre o fato de que o fujão era "um imbecil com as coisas do mundo". Estava tudo tão claro, e ele se perguntou porque Deus não havia colocado essa ideia na sua cabeça antes. Talvez, ele pensou enquanto se sentava na beira da cama e via o sol aos seus pés, ele próprio colocara Mildred Townsend além de qualquer consideração porque não fora capaz de trazer Augustus de volta para ela. E, além disso, o lugar ficava no caminho sul, o oposto de onde um escravo fujão poderia querer estar. Mas, Deus, trabalhando a seu próprio tempo, havia agora colocado em sua cabeça a ideia de onde o assassino estava. Skiffington tinha uma sensação, com base no que ele sabia de crime e criminosos, que Moses ainda estava lá, mas sentia que se não chegasse logo à casa de Mildred, o escravo fujão teria ido embora. E ele também tinha a sensação, um pouco mais fraca do que a primeira, de que se Moses tinha matado sua própria mulher e filho e a maluca Alice, então ele poderia ter matado Mildred, simplesmente porque a morte estava agora no seu sangue.

Naquele domingo, ele também acordou com a mesma dor de dente que o atormentava há muitos dias. Ele tivera um certo alívio na véspera, mas agora ela estava de volta, uma dor insistente e latejante acomodada no lado esquerdo inferior de seu rosto. Ele disse a si mesmo que podia viver com isso. Segunda-feira seria tarde demais para ir atrás do escravo Moses e dos outros dois. Ainda na beira da cama, ele abaixou a cabeça e rezou. Sua esposa estava no andar de baixo com Minerva e seu pai. Não haveria tempo para cultos na igreja hoje. Normalmente, ele teria saído para arrancar o dente no coveiro, que também trabalhava como o dentista da cidade, mas o coveiro estava passando três dias em Charleston, cuidando de um irmão solteiro que não tinha esposa nem escravos para cuidarem dele. Skiffington podia ter consultado o médico branco, mas ele e o doutor não se falavam há quatro anos. O médico havia reclamado por muito tempo que o cão pastor Shetland de Skiffington andava matando as suas galinhas. Sem ovelhas para correr atrás, o médico disse a Winifred, o cachorro andava descontando nas galinhas dele. Skiffington havia acreditado que treinara o cachorro bem e que o médico deveria procurar o culpado em outro lugar na vizinhança. "Suspeito" foi a palavra que Skiffington havia usado.

Então, numa plácida manhã de segunda, depois que Skiffington fora para a cadeia, o médico saiu para seu quintal e viu o cachorro andando casualmente na direção do seu galinheiro. O cão se virou e, quase hipnotizado, olhou por muito tempo nos olhos do médico, tempo suficiente para que o médico chamasse seu escravo e pedisse a pistola. Deu quatro tiros no cão, dois na cabeça e dois no corpo. Depois mandou o escravo pegar o cadáver e jogá-lo no quintal de Skiffington.

Skiffington se vestiu e saiu de casa sem tomar café. Não comentou sobre a dor de dente para Winifred porque ela teria se intrometido mais. Encontrou Counsel na cadeia limpando sua arma, e a visão de seu primo trabalhando num domingo o deixou zangado. Ele havia mandado que o outro não ficasse na cadeia no domingo quando não houvesse nenhum prisioneiro, mas Counsel era teimoso. Counsel estava assoviando uma melodia, e Skiffington, ao entrar no escritório, achou que a letra que acompanhava a canção devia provavelmente ser composta de palavras indecentes.

— É melhor se aprontar — disse Skiffington. — Estamos saindo.

— Pra onde?

— Pra pegar aquele Moses fujão. — Ele estava andando com o máximo de cuidado possível porque o movimento incomodava a lateral de seu

O MUNDO CONHECIDO

rosto. Ele não estava ansioso por aquela longa cavalgada, nem pelo sacolejo, mas tinha uma tarefa para a qual fizera juramento e não queria confiar em Counsel ou nos patrulheiros lá fora com um assassino. Sem dúvida, Augustus e Mildred tinham armas. Tirou o rifle do gancho.

Por volta das dez e meia eles estavam bem distantes da cidade de Manchester. Era um dia muito quente e eles entraram no que seu pai Carl costumava sempre chamar de "os dentes do sol". Counsel estava mastigando tabaco, um hábito que adquirira no Alabama, e de vez em quando dava uma cusparada na estrada empoeirada adiante e via a distância que o cuspe atingia. Eles não falavam muito, e quando faziam, na maior parte das vezes era apenas Counsel dizendo alguma coisa para quebrar o silêncio. E quando não estava falando ou cuspindo na estrada, estava assoviando a melodia que certamente tinha palavras indecentes.

Skiffington disse, a cerca de meio caminho da plantação de William Robbins, que Counsel devia tentar deixar o hábito do tabaco. Ele falava por entre dentes fechado para tentar evitar o máximo possível que o ar entrasse e se chocasse contra os nervos rebeldes dos dentes.

— Eu nunca vi nada de errado com isso — disse Counsel, fazendo mais uma anotação no seu livro mental sobre a maneira de merda pela qual seu primo via o mundo. — É só um pequeno hábito que Deus não se incomoda.

— Se você acumular muitos hábitos assim — disse Skiffington —, logo logo terá o bastante para um pecado de verdade. Aí você vai ter problemas.

O sol inclemente colocava um peso maior sobre os homens e seus cavalos, e eles chegaram à propriedade de Robbins por volta do meio-dia e meia, um pouco mais tarde do que Skiffington havia desejado. Robbins não estava lá, mas a sra. Robbins e sua filha Patience os fizeram ficar à vontade. Skiffington só queria sopa, morna e o mais parecida com um caldo que a cozinheira pudesse fazer. Patience disse enquanto eles comiam:

— John, você e Counsel deviam simplesmente descansar aqui hoje e sair amanhã. — Counsel achava que Patience o lembrava de Belle, sua esposa, quando ela era jovem.

Quatro anos e um mês depois daquele dia, William Robbins sofreria um derrame. Isto aconteceu em um momento em que sua esposa já havia se tornado incrivelmente amarga pois vivia em uma casa com um homem que não podia mais amá-la. Não satisfeita com os relatos sobre a condição de seu pai que recebia de segunda e terceira mão, Dora decidiu que não poderia esperar mais e foi até a plantação do pai quando ele já estava de cama há três semanas. Seu irmão, Louis, pediu que ela não fosse, mas ela tinha mais de seu pai dentro de si do que ele. Nenhum dos filhos jamais estivera na plantação antes.

Patience disse a Skiffington:

— Passe a noite aqui, John. O descanso vai fazer bem a vocês dois. E seus dentes vão lhe agradecer pelo descanso.

Limpando o bigode com o guardanapo, Skiffington respondeu para Patience:

— Eu gostaria de poder ficar, srta. Patience, mas meu negócio não pode esperar. — Ele a elogiou e à sra. Robbins pela sopa e terminou toda a tigela.

Naquele dia, quatro anos depois, Dora bateria à porta da frente da mansão de seu pai e Patience, a meia-irmã que ela jamais conhecera, a abriria. Atrás de Patience estava sua mãe.

— Eu gostaria de ver o sr. Robbins, por favor — disse Dora, sem contrair o "senhor" como "sinhô", coisa de que Fern Elston teria ficado orgulhosa. Dora não havia montado em nenhum cavalo, e usava um vestido verde que seu pai lhe comprara em Charlotesville. Ela fora até lá numa carruagem. Seu chapéu era amarelo, e as cordas soltas de cada lado do chapéu pendiam por cerca de cinco centímetros, lembrando Patience de um rosto queimado de sol que ela não via no espelho há muitos anos.

A não ser pelo fato de Dora ser mais escura e mais nova, as duas mulheres eram idênticas. Negros diriam que no dia em que Deus fez Patience, ele percebeu que queria fazer outra igualzinha a ela. Na verdade, Deus não queria esperar pelo dia em que Robbins e Philomena iriam conceber Dora, então ele a fez naquele instante mesmo porque sabia que estaria naquele mesmo estado de espírito quando Dora aparecesse anos depois. Então ele fez Dora e a colocou no bolso esquerdo de sua camisa, para ser tirada dali quando estivesse pronta para ser concebida. Estar no bolso esquerdo era necessário,

O MUNDO CONHECIDO

diziam os negros, porque o céu, com todas aquelas pessoas felizes, podia, às vezes, ficar meio bagunçado, especialmente nas noites de sábado.

— Vim ver o sr. Robbins — disse Dora. Patience abriu a porta mais um pouco. Ela soube quase imediatamente que ali em pé, à sua frente, estava a única outra pessoa que amava William Robbins como ela. Ela andara carregando o peso da doença dele sozinha, e vendo a outra ali parada em pé, sentiu seu fardo ficar cada vez mais leve. Os criados a haviam ajudado, mas não porque amassem seu pai. E sua mãe havia parado de amá-lo e não ergueu um dedo para ajudar.

Patience se viraria para a mãe e diria:

— Por favor, querida, vá para o leste — o nome que a filha tinha dado para aquela parte da mansão onde a mãe dela agora vivia, onde a mãe e a filha haviam brincado de esconde-esconde quando Patience era criança. — Vá para o leste e eu já vou ver você. Por favor, faça isso por mim. — Sua mãe saiu e Patience disse para Dora: — Entre. Por favor, entre. — E, quando um criado fechou a porta, ambas as mulheres levantaram as saias e foram para Oeste.

— Sim, John — disse a sra. Robbins a Skiffington — por favor, passe a noite aqui. O domingo é dia de descanso.

— Eu queria muito poder fazer isso.

Após o almoço, um criado fez um emplastro à base de raiz-forte e Skiffington e esse escravo prenderam o emplastro ao seu queixo e ele e Counsel voltaram à estrada por volta das duas e meia.

O emplastro funcionou por uma hora inteira, mas seus poderes começaram a falhar quando o sol baixou no horizonte.

— Não confie em remédio de crioulo — disse Counsel.

— Não confiei — Skiffington disse num sibilar. — Fique quieto.

Faltavam pouco menos de quatro horas para o pôr do sol quando chegaram perto da propriedade de Mildred Townsend. Esperaram a muitos metros de distância. Skiffington achou que estava ouvindo Moses em algum lugar ali.

— É bom a gente entrar logo e pegar ele — disse Counsel.

Skiffington disse:

— Fique sentado aí e escute. — No fim, o cachorro de Mildred saiu para a estrada e latiu para eles, e Skiffington decidiu terminar o serviço. Cavalgaram até a casa e Mildred abriu a porta e apontou seu rifle para eles.

— Veio me dizer o que eu já sei sobre o meu marido, xerife? — perguntou ela. — Veio me dizer o que Deus já disse? — O cão espiava da lateral da casa, e toda vez que Mildred dizia alguma coisa o cão ficava corajoso e latia duas vezes, e em seguida ficava esperando mais palavras de Mildred. Por fim, o cão saiu e ficou ao lado de Mildred.

O rifle dela disse a Skiffington definitivamente que Moses estava ali.

— Mildred, você sabe por que estamos aqui.

— Não sei de nada, xerife Skiffington.

— Entregue a propriedade — ele disse, curvando-se sobre o arção da sela. — Basta entregar a propriedade e tudo isso será esquecido, Mildred. — Ele não conseguia lembrar se já dissera o nome dela antes, por um momento ele questionou o dia inteiro, porque achou que havia dito o nome dela errado. Será que o nome dela era de fato Mildred? — Basta entregá-lo.

— Nunca mais.

— Ouça o que estou lhe dizendo, Mildred. — Ele tentou lembrar o nome do marido dela, para fazer alguma conexão, mas não conseguiu se lembrar do nome do homem. — Quero que você entregue a propriedade.

— Nunca mais. Nunca mais homem nenhum daqui. Nunca mais homem nenhum de nenhum lugar. Nem unzinho mais.

— Faça o que o xerife está mandando — disse Counsel. — Por Deus, entregue essa maldita propriedade, diabos, conforme ele falou.

Skiffington se virou para ele.

— Quantas vezes eu já lhe disse para não usar o nome do Senhor em vão? Quantas vezes, Counsel? — Ele havia aberto a boca e o ar entrou e atingiu os nervos do dente.

Counsel não disse nada; pensou que era bem coisa do John não perceber quando ele estava trabalhando do lado dele.

Skiffington tornou a se virar para Mildred.

— Eu não vim até aqui para me negarem nada. — Os nervos ao redor do dente latejavam, e Skiffington forçava as palavras através de uma boca

O Mundo Conhecido

quase fechada. — Não vim esse caminho todo para uma... para uma crioula me negar nada. Está ouvindo, Mildred? Nenhum crioulo vai ficar entre mim e meu dever. — Ele cerrou completamente a boca para se aprumar, e depois de um minuto voltou a falar. — Eu tenho o direito de fazer o que é certo, e nenhum crioulo pode se opor a esse direito. — Ele sempre tentara ser civilizado, então por que é que ela estava fazendo com que ele fosse maleducado? Counsel não se mexeu, mas continuava de olho em Mildred. — Eu tenho uma missão a cumprir — disse Skiffington. — E é só.

Então Counsel disse:

— Temos uma missão a cumprir.

Skiffington ficou feliz por Counsel ter falado para reafirmar o motivo pelo qual estavam ali. Retirou seu rifle do coldre, o dedo no gatilho.

— Entregue a propriedade — disse Counsel, e Skiffington fez um movimento rápido para puxar o restante do rifle do coldre. Quando ele fez isso, o rifle disparou.

O tiro atingiu primeiro um dos dedos da mãos de Mildred, estilhaçando-o, e em seguida abriu caminho até o peito dela, jogando-a de volta para a casa cerca de meio metro, a arma caindo com estardalhaço na entrada e assustando o cachorro, que saiu trotando para os fundos da casa. Assim que o disparo fez o coração de Mildred em pedacinhos, ela já estava imediatamente em pé naquela porta. Era tarde da noite, e ela estivera em algum lugar do qual não se lembrava. Entrou na casa escura, subiu as escadas e encontrou a porta do quarto de Henry aberta. Caldonia estava ao lado dele na cama, e ela disse a Mildred que Henry custara muito a pegar no sono mas que agora estava repousando muito bem. Henry nem se mexeu quando sua mãe olhou para ele, e Mildred ficou feliz por isso. Ela saiu do quarto e encontrou Augustus na cama, também adormecido, e ela se deitou e se acomodou nos braços dele. O vento soprava pela janela do jeitinho que ela gostava. Era um tempo gostoso para dormir, ela sempre dizia. Mas onde é que ela estivera, afinal? Será que ela andara pelo jardim? Será que estivera no poço? Fechou os olhos e puxou o braço de Augustus mais para perto e fechou os olhos. Não conseguia se lembrar se havia deixado a porta da frente aberta. Não importava, porque todos os seus vizinhos eram boa gente.

382   EDWARD P. JONES

Skiffington e Counsel ficaram em silêncio por um bom tempo e Skiffington rezou, porém uma vez mais as palavras lhe faltaram. Counsel olhou para Skiffington, que deixou cair o rifle, e no tempo que o rifle levou para atingir o chão, o cavalo de Skiffington se afastou alguns passos de Counsel e seu cavalo.

— O que eu pedi a não ser educação e justiça? — perguntou Skiffington.

— John? — perguntou Counsel. — John?

— Eu levanto de manhã — Skiffington continuou sem ouvir Counsel — e não perguntei nada sobre aquele crioulo, só o que é bom e justo. Não mais do que eu peço a nenhum crioulo. Não mais. Quem pode dizer que eu pedi mais do que isso, Counsel? Me diga o nome da pessoa agora mesmo que diz que eu pedi mais do que educação e justiça por amor da justiça. Essa pessoa não tem nome porque essa pessoa não existe. Será que a educação e a justiça são tão caras que eu não posso tê-las?

Counsel perguntou:

— John? Está me ouvindo, John?

— Counsel, quero que você entre lá dentro e traga aquele crioulo assassino cá pra fora pra gente levar ele até sua dona, para sua dona de direito. Isto já foi longe demais. Tudo isso já foi longe demais.

— John?

— Faça o que estou lhe dizendo, Counsel. Mantenha a lei do jeito que você jurou que faria, do jeito que nós juramos que faríamos. Vá e traga aquele assassino cá para fora. Faça o que eu digo ou você estará com um problema miserável. Aja logo, que diabo!

Counsel desmontou e sacou a pistola. Ele devia era se casar com a mulher da pensão e dar suas costas para sempre a essa história de ser assistente de alguém, especialmente assistente de um homem que ele sabia que não era melhor do que ele próprio. Ele ficou a cerca de meio metro do corpo de Mildred e levantou bem alto a cabeça para evitar vê-la. Skiffington falou:

— Counsel, não podemos deixá-la assim. Eu conheço essa mulher. Eu sei o nome dela. Eu conheço o marido dela.

Counsel levantou um pé para passar por cima de Mildred, mas ao fazer isso percebeu que podia pisar em sangue, então precisou olhar para

O MUNDO CONHECIDO 383

baixo. Os olhos dela não estavam fechados, e ele perguntou a Deus por que ele não havia lhe feito um favorzinho e os fechado. Ele deu um passo gigantesco na direção dela. Passou pelo primeiro andar e seus olhos avistaram a cortina verde na janela lateral soprando bonita com uma brisa que ele não havia gostado lá na frente. Essa era a natureza das casas, boas brisas vindas do lado e um nada dos diabos vindo pela frente e pelos fundos. Ele foi até a cozinha. Era uma casa tão limpa que ninguém teria pensado que uma crioula vivia ali. Havia uma tigela de maçãs sobre a mesa, e uma das maçãs estava inclinada de modo que o longo cabo dela estava apontando diretamente para Counsel, uma espécie de sugestão de que ela deveria ser comida primeiro. O cachorro ficou encolhido na porta dos fundos, e quando se virou e viu Counsel, começou a urinar. Ele abriu a boca para latir, mas não saía som nenhum. Counsel olhou para o cachorro por quase um minuto, e depois foi e abriu a porta para ele passar, e depois de fechá-la, pensou pela primeira vez desde que entrara na casa que estava na casa com um homem que havia assassinado três pessoas. Apertou a pistola com mais força.

— Counsel! O que é que você está fazendo? Traga ele para fora!

Counsel retornou pela cozinha, ficando de lado para evitar que Skiffington o visse. O problema era que a mulher da pensão não era rica. Perto das escadas ele reparou na estante de bengalas e achou impossível não admirá-las. Estendeu a mão, tocou uma delas e virou-a para ver melhor o que Augustus Townsend havia esculpido. Se a mulher da pensão não fosse estéril, ele poderia fazer um filho nela. Um garoto era tudo o que ele precisava. Subindo e descendo a extensão da bengala ele viu casas, cada qual incrivelmente diferente das outras, casas grandes e pequenas, casas estrangeiras como nos livros da biblioteca queimada da Carolina do Norte. Onde é que um crioulo havia visto essas coisas? A beleza da bengala o manteve ali parado, e, como se para se libertar do encanto, ele deu uma pancadinha com o cano de sua arma na casa de aspecto mais estranho e então olhou para as escadas. A mulher da pensão disse que tinha 37 anos, mas as rugas no seu lábio superior pareciam dizer a ele que ela era muito mais velha que isso.

— Counsel?

— Vou olhar lá em cima agora, John.

— Então vá logo e traga ele!

As escadas não rangeram. Mais uma coisa estranha na natureza das casas — umas rangiam, outras não, e não havia como pensar que você podia dizer qual era qual só de olhar. Um nada de dois andares no Mississippi tinha escadas que não faziam um ruído sequer. Sua casa destruída era uma das melhores da Carolina do Norte, no Sul, e todas as escadas dela rangiam, até mesmo as que subiam da cozinha nos fundos e que eram usadas principalmente pela criadagem e seus filhos. Todas essas pessoas tinham o pé leve.

No segundo andar ele olhou em cada aposento e, ao chegar perto do último, o quarto de Mildred e Augustus, sua decepção aumentou. Se o escravo não estivesse ali, não haveria como viver com a fúria de John. Ele ficou em pé no meio do quarto do casal e soltou um palavrão.

— Counsel! Não podemos deixar a Mildred deitada assim desse jeito.

Counsel abriu a gaveta de cima do armário ao lado da porta e começou a espalhar as coisas ao redor com o cano da arma, e aí ouviu um tilintar. Nas dobras de um pequeno bolinho de tecido amarelo ele encontrou cinco peças de ouro de vinte dólares. Ele soltou uma gargalhada e olhou ao redor, e depois riu mais um pouco e colocou o dinheiro no bolso. Vasculhou o restante das gavetas, rasgou o colchão da cama, sapateou no chão para ver se as tábuas poderiam conter algum esconderijo. Não encontrou mais ouro, mas sabia que havia mais, sabia que aqueles dois crioulos andavam por ali com as riquezas de um homem branco. Tornou a olhar ao redor do aposento, mas agora com novos olhos, olhos de um homem que sabia que a salvação e o perdão estavam muito próximos. Ele precisava de tempo para vasculhar a casa, a terra, e não tinha esse tempo agora.

— Counsel!

Poderia ter ou não o bastante para dividir com outro homem, mas ele não queria correr o risco de contar a Skiffington. Seu primo poderia dizer que, para começar, o dinheiro não era deles. Poderia ter o bastante para levá-lo para onde ele estava antes da devastação na Carolina do Norte. Não, seria melhor não contar a John. O que é que aquele macaco de Deus do John Skiffington sabia de dinheiro, de necessidade e de perder uma família?

O MUNDO CONHECIDO   385

Ele desceu as escadas e tentou fazer com que as moedas não fizessem barulho, e parou perto da cabeça de Mildred.

— Onde é que ele está, Counsel?

De algum modo, Counsel achou que aquela pergunta era estranha, e respondeu, sem pensar, de um jeito estranho:

— Encontrei não. — Ele colocou a pistola no coldre, abaixou-se e apanhou o rifle de Mildred, agora tão ensanguentado quanto o chão ao redor dela, e apontou-o para Skiffington.

— Para trás, Counsel. É melhor você recuar e se afastar.

Counsel disparou no peito de Skiffington, e embora Skiffington tivesse se inclinado apenas alguns centímetros para a frente, Counsel percebeu que o ferimento era fatal. Mas como John Skiffington era um homem grande, Counsel Skiffington atirou nele novamente. O segundo tiro lascou a orelha do cavalo de Skiffington antes de penetrar nele, e o cavalo recuou de ré, mas o peso do homem o forçou para baixo, e o cavalo, caindo no chão, ficou balançando a cabeça, e Skiffington deslizou para o lado, tentando se segurar porque alguma coisa lhe dizia que se segurar era a única maneira que ele tinha de se salvar.

Skiffington estava entrando na casa para a qual tinha levado sua noiva. Ele subiu correndo as escadas porque achava que tinha algo importante a fazer. Ele se viu num corredor muito grande e o desceu correndo, procurando em todos os aposentos abertos e querendo parar, mas sabendo que não tinha tempo. Ele passou por todos, desde aquele em que sua mãe estava cozinhando a ceia até aquele onde seu pai conversava com Barnum Kinsey. Minerva costurava. Winifred em sua camisola com os braços abertos para ele. Mas ele não parou. No final do corredor havia uma Bíblia inclinada para a frente, uma Bíblia que era cerca de um metro mais alta do que ele. Ele chegou a tempo de impedir que ela caísse, estendendo as mãos para endireitá-la, a mão esquerda espalmada sobre o segundo *B* de *Bíblia* e a mão direita espalmada sobre o primeiro *A* de *Sagrada*.

Counsel não havia saído do lugar. Estava pensando em como iria explicar tudo a todo mundo, e a coisa era simples na sua cabeça: a negra havia atirado em seu primo e o xerife atirara nela em troca, antes que ele, Counsel, pudesse sequer sacar sua arma. E ele estaria certo: seria um caso simples para todos e a maior parte deles aceitaria sua palavra.

Skiffington caiu. Seu cavalo tentou se afastar dele quando ele atingiu o chão, mas não conseguiu ir longe porque o pé direito de Skiffington ficou preso no estribo, e por isso o cavalo ficou preso entre querer sair de perto de um homem morto e querer ficar perto de seu dono. Counsel deixou cair o rifle, e depois limpou as mãos nas partes das roupas de Mildred que não estavam ensanguentadas. Ao som do rifle caindo ao chão, o cavalo de Skiffington parou de andar. O cavalo de Counsel havia permanecido no seu lugar aquele tempo todo, sem se mover um centímetro. Counsel ouviu as escadas rangerem e levantou a cabeça para ver um negro que o observava, com as mãos para cima. Counsel sacou a pistola e acenou para ele com a arma.

— Você é que é o Moses que a gente andou procurando? — perguntou Counsel. Moses se aproximou, fazendo que sim com a cabeça o tempo todo. — Cadê os outros dois? — perguntou Counsel, referindo-se a Glória e Clement, e Moses disse que não sabia de outros dois, que ele estava sozinho, ele e Mildred. Então, pensou Counsel, ele andara se escondendo em algum lugar secreto, e isso fez com que ele ficasse feliz, porque significava que havia lugares onde o ouro podia estar.

A ideia de que Moses havia matado sua esposa Priscilla e seu filho Jamie e a maluca da Alice morreu com John Skiffington, e foi ali que ela ficou por muitos anos.

Counsel perguntou a Moses:

— Tem certeza de que você está sozinho?

— Sim sinhô. — Moses olhou para Mildred e teve de fazer um esforço para não ir até onde ela estava. Ela não lhe havia feito uma pergunta sequer, apenas lhe dera uma casa. "Nós", ela havia lhe dito, "vamos achar um jeito de tirar você dessa confusão."

— Abra sua boca — disse Counsel. Moses abriu e Counsel enfiou a pistola no fundo da garganta do homem e Moses tentou se afastar, mas Counsel não deixou. Pegou Moses pela camisa e o segurou. — Não quero matar dois num dia só, mas não sou incapaz de fazer isso não. — Moses

O MUNDO CONHECIDO 387

tossiu com o cano da pistola na garganta. — Você guarde bem trancado tudo o que sabe assim como as suas palavras estão trancadas agora. Está ouvindo o que eu estou dizendo? — Moses, sentindo dor, engasgando, fez que sim com a cabeça o máximo que conseguiu. — Se você algum dia disser uma palavra sequer, vou te matar a tiros feito um cachorro. E você está vendo que eu posso muito bem fazer isso.

Este crioulo, deduziu Counsel, jamais matou alguém. O que é que John andara pensando?

Counsel retirou a arma e fez um gesto para Moses ir até a porta, e Moses se curvou para ver Mildred, tocou seu cabelo ensanguentado. Moses voltou a se levantar. Counsel, vendo que sua vitória se aproximava após todos esses anos, começou a se sentir generoso. Disse para Moses:

— Pode se despedir dela do jeito que achar melhor. — A morta, afinal, havia aberto a porta para aquela vitória dourada. Não havia uma prece que Jó havia feito a Deus depois que este fizera com que seu servo voltasse a ser um milhão de vezes melhor do que fora antes da devastação? Obrigado, Ó Senhor. Não posso esquecer o que tive um dia, mas não vou me ressentir tanto de vós quando eu pensar naqueles velhos dias e meus entes queridos mortos.

— Não quero deixar a sinhá Mildred aqui fora no chão assim, sinhô — disse Moses.

Counsel suspirou e deu de ombros. Moses se abaixou novamente. Em menos de meia hora, quando Counsel começou a perceber que não tinha todo o tempo do mundo, ele lamentaria a generosidade. Mas agora ele estava com a pistola no coldre e saíra para a varanda. Ele não estava ligando para o rifle ao lado de Mildred porque todo o poder que ele tivera estava agora se absorvendo de John Skiffington.

Em menos de duas horas, descendo vários quilômetros pela estrada onde Mildred e Augustus Townsend haviam vivido, Counsel, montado em seu cavalo, encontraria com Elias e Louis, o filho bastardo de William Robbins e futuro marido de Caldonia Townsend. Counsel também encontraria os patrulheiros Barnum Kinsey, Harvey Travis e Oden Peoples, um autêntico cherokee puro-sangue. Todos esses homens estariam montados a cavalo.

Counsel os cumprimentaria com o rosto adequado de luto de um homem que acabara de ter um parente assassinado. Ao arção do cavalo de Counsel, estava amarrada uma corda que levava a quase dois metros de distância, as mãos atadas de Moses, o escravo e ex-capataz, o único que estaria a pé.

Depois que Counsel lhe contou o que havia acontecido na propriedade de Mildred, Travis ficou repetindo:

— John está morto. É isso o que você tá me dizendo? John está morto. — Quando ele aceitara o que Counsel disse, Travis disse ao grupo: — Não podemos trazer John de volta, mas temos aqui mesmo o motivo de toda essa confusão — e apontou para Moses. — Temos um crioulo aqui que meteu na cabeça que era melhor pra ele fugir. Ele meteu isso na cabeça e agora o xerife deste condado está morto. Um xerife bom e justo. Eu digo que a gente tem que fazer com que ele nunca mais meta na cabeça que tem que fugir novamente.

— O que é que você está dizendo? — perguntou Louis. Ele era um negro, mas os brancos e Oden sabiam todos que ele era o negro de William Robbins, o que o tornava especial.

— Que vamos dar um jeito nele bem aqui na estrada — disse Travis, olhando para Moses. — Para ele se lembrar todo dia o que fez com John Skiffington. Dar um jeito nele pra ele não voltar a fugir.

Louis disse:

— Esse escravo não pertence a vocês para fazerem com ele o que quiserem. Ele não é propriedade de vocês. Ele não é seu.

Travis disse:

— Ele é o motivo pelo qual nosso John está morto. Isso faz dele propriedade de todo mundo.

— Claro que ele nos pertence — disse Counsel. — Você acha que a gente estaria aqui debaixo deste sol quente se ele não tivesse decidido que tinha o direito de fugir?

— Deixem ele em paz — disse Louis. Barnum estava calado; alguma coisa em seu coração lhe dizia que havia muitas mentiras no que Counsel havia dito. Mas John estava morto e essa era a única grande verdade. Elias também estava em silêncio. Ele estava sentado em uma égua cinza, que

O MUNDO CONHECIDO

Caldonia disse que vinha com seu novo cargo de capataz. Celeste nada dissera a ele naquela manhã. Menos de uma hora mais tarde naquela estrada, quando o grupo de homens e cavalos seguiu na direção da propriedade de Caldonia, Elias hesitaria e seria incapaz de cavalgar. Quando ele foi ficando para trás, Louis, surpreso com a intimidade que começaram a ter nos últimos dias, voltou até onde ele estava, desmontou e ajudou Elias a descer do cavalo, e os dois homens caminharam com as rédeas nas mãos, Louis dizendo a Elias o tempo todo que eles não precisavam ter pressa. — Agora não há por que ter pressa. — Naquele ponto da estrada, a maior parte do dia ficou para trás de todos os cavalos e de seus donos, assim como o sol.

Moses, ainda atrás de Counsel e seu cavalo, disse para o homem branco e para Louis:

— Por favor, vocês tudo, não me machuca. Por favor. — Ele gritou para Elias. — Por favor, não deixa eles me machucar. Por favor, diz pra eles me soltar, Elias.

Elias podia ver Celeste em pé na porta da cabana deles, esperando por ele. Ele precisava de Celeste agora. Precisava de Celeste para lhe dizer o que era certo e apontar o caminho de casa para ele. Como ele havia esquecido seu lugar no mundo? Naquele momento teve medo de que alguma coisa lhe acontecesse na estrada com aqueles homens brancos enfurecidos e que ele nunca mais fosse ver sua família. Depois de Moses, Elias sabia que ele seria o próximo, e depois Louis, que era filho de uma mulher negra. E, se eles precisassem de mais, os brancos pulariam em cima do índio, que não era tão branco quanto sempre achou que fosse.

Counsel, Travis e Oden desceram dos seus cavalos. Moses se virou para correr, mas Counsel pegou a corda com a qual havia amarrado Moses e o puxou de volta. Barnum, montado em seu cavalo, disse:

— Não foi ele que machucou John. Não foi ele não. E, além disso, parece que ele já aprendeu a lição. — Oden olhou para Travis e os dois homens riram.

Com Counsel e Travis segurando Moses, que ainda estava amarrado, Oden se curvou e passou sua faca, em dois movimentos rápidos para frente e para trás, no tendão de Aquiles de Moses.

— Por favor — Moses repetia —, me solta. — Ele tentou chamar a atenção de Elias, e tentou chamar a atenção de Louis. — Por favor, me solta. — Momentos depois do corte, Oden aplicou seu cataplasma na ferida de Moses, e o escravo desabou no chão, gritando de agonia.

Barnum foi embora, cavalgando de volta para sua casa e sua família. Não havia mais nada na Virgínia para ele. Toda sua vida na Virgínia fora um barco fazendo água — não o bastante para afogá-lo, mas apenas o suficiente para deixar sempre seus pés e suas calças molhadas. Ele estava a muitos quilômetros de distância quando ouviu Moses parar de gritar.

Uma pessoa manca sempre deixava uma marca na terra para quem quisesse ver, e esse seria o caso de Moses. Uma pessoa que soubesse tudo da ciência de aleijar alguém não prestaria atenção na marca na estrada. Mas uma pessoa ignorante da ciência de aleijar poderia muito bem se curvar e se perguntar por que um homem descalço andaria com um dos pés inteiros sobre o chão e com o outro apenas na ponta do pé.

DE VOLTA À CASA de Mildred duas horas antes, Moses disse algumas palavras sobre o corpo dela, mas sabia que o que estava dizendo não era o bastante. Ele nunca chegara a ouvir inteiramente um discurso fúnebre e por isso não sabia ao certo as coisas certas a se dizer. Se eu tivesse escutado, ele se amaldiçoou enquanto limpava a mesa da cozinha, tirando tudo de cima dela. Ele colocou a tigela de maçãs em cima de uma cadeira e retirou a toalha de mesa. Ele sabia que era grato a ela, e por isso, enquanto trabalhava, agradeceu a Mildred por tê-lo ajudado, e em seguida pegou o corpo dela e o colocou em cima da mesa. Fechou os olhos de Mildred. Uma morte mais lenta teria dado a ela todo o tempo de que precisava para se deitar e fechar os olhos sozinha. Moses cobriu o corpo dela com a toalha de mesa e começou a pensar em mais palavras para dizer. "Sabe, Moses", ela havia dito na véspera, "eu adoro uma boa toalha de mesa. Preferia ter uma boa toalha de mesa do que uma boa colcha. Por mim a cama pode até ficar sem nada que eu não ligo, mas preciso ter a minha toalha de mesa para fazer minhas refeições."

O MUNDO CONHECIDO   391

Pouco depois do assassinato de John Skiffington, Barnum Kinsey levou sua família para o Missouri, onde sua esposa tinha família. Barnum morreu logo após cruzarem o rio Mississippi, numa cidade chamada Hollinger. Seu filho mais velho do segundo casamento, Matthew, ficou acordado toda a noite anterior ao dia em que ele foi enterrado, colocando a história de seu pai em uma lápide de madeira. Começou com o nome do pai na primeira linha, e na seguinte ele colocou os anos de chegada e de partida do pai. Depois, todas as coisas que ele sabia que seu pai havia sido. Marido. Pai. Fazendeiro. Avô. Patrulheiro. Homem de tabaco. Fazedor de árvores. As letras das palavras foram ficando cada vez menores à medida que o garoto, que ainda não tinha 12 anos, ia chegando ao final da tábua porque nunca fizera uma lápide para ninguém antes, e por isso ele não havia compensado no tamanho das letras por tudo o que teria de colocar ali. O garoto preencheu toda a tábua de madeira e no final da última linha colocou um ponto final. O túmulo de seu pai permaneceria, mas o marcador de madeira não duraria até o final do ano. O garoto não sabia colocar um ponto final em uma daquelas frase. Era uma coisa que não era sequer uma frase adequada e verdadeira, com muitos sujeitos, mas sem verbo para reunir todos eles. Uma frase, a professora de Matthew lá na Virgínia tentara martelar na sua cabeça dura de Kinsey, podia viver sem sujeito, mas não podia viver sem um verbo.

NA CASA DE MILDRED no dia em que ela morreu, Counsel saiu para a varanda dela e olhou mais uma vez para o corpo de seu primo, pegou seu tabaco e seu papel e enrolou um cigarro. Não tinha mais tabaco para mastigar. O pé de John Skiffington finalmente saiu do estribo e Counsel ficou olhando enquanto o cavalo de John começou a se afastar. Counsel se perguntou se o animal conhecia o caminho de volta para casa, ou se um urso o apanharia bebendo em um riacho e o mataria. Ouviu alguns movimentos de Moses dentro da casa. Ele devia ter apanhado a arma da morta, afinal. O crioulo poderia pegá-la e bater com ela na sua cabeça. Sabendo que isso era possível, Counsel virou-se inteiramente na direção da porta para estar pronto caso isso acontecesse. Todo aquele ouro significaria que ele poderia comprar uma lápide gigante para o túmulo de John, uma tão grande quanto aquele homem havia sido. Ele visualizou uma lápide tão grande que homens selvagens e loucos desceriam de seus esconderijos nas montanhas da Virgínia para venerar essa lápide, achando que ela estaria sobre o túmulo de alguém que fora um deus.

Na estrada cerca de duas horas mais tarde, depois que Oden havia aleijado Moses, ele tornou a montar em seu cavalo. Olhou para o homem que se contorcia no chão e olhou para seu próprio trabalho. Moses certamente não conseguiria voltar para casa agora, e Oden estendeu a mão para baixo. Ele havia saído sem sela naquele dia. Oden disse:

— Ele não vai sangrar por muito tempo. Levantem ele aqui pra cima. — Todo mundo, menos Elias, ajudou Moses a subir no lombo do cavalo de Oden. Louis estremeceu ao ver Moses sofrendo. Por direito, Oden deveria ter feito o escravo Elias carregar Moses, mas ele não gostava do mal que parecia estar se acumulando em Elias. Ele poderia ter conseguido fazer com que Louis o carregasse se ele não fosse filho de William Robbins. Então era justo que ele escolhesse carregar Moses e não criar caso nenhum por isso.

— Levantem ele aqui pra cima. Eu levo ele. Ele não vai sangrar por muito tempo — disse Oden, embora ninguém conseguisse ouvi-lo com os gritos de Moses. Oden nunca mais encostaria uma faca num homem. Uma coisa era cortar um homem, pegar o dinheiro por um trabalho bem-feito e ir para casa jantar com sua família. Outra era cavalgar por um longo tempo com o homem nas suas costas, agonizando o caminho inteiro na orelha de Oden, os braços do homem enroscados na cintura de Oden porque o homem tinha medo, mesmo em sua grande dor, de cair do cavalo.

DEPOIS QUE MOSES cobriu o corpo de Mildred com a toalha de mesa, ele saiu para a varanda e deu sua primeira boa olhada no corpo de John Skiffington no quintal. Ele não tinha palavras para o morto porque não conseguia pensar em uma coisa boa que Skiffington já tivesse feito por ele. Haveria muita gente para chorar por ele, pensou Moses, talvez até para

O MUNDO CONHECIDO

chorar por Mildred. Counsel olhou para Moses, pisou no chão e jogou seu cigarro na terra. Não havia por que arriscar um incêndio antes que ele conseguisse pegar todo o ouro.

Counsel Skiffington não encontrou mais nenhum ouro na propriedade de Mildred. As cinco peças de vinte dólares eram tudo o que havia. Durante semanas, ele foi à propriedade dela sozinho e escavou toda aquela terra, e depois, por sentir que o tempo estava se esgotando, conseguiu a ajuda de Oden e Travis. Um tesouro dividido era melhor que nenhum, e ele conseguiria se dar bem dando ao índio menos do que teria que dividir com o branco. Eles encontraram compartimentos ocultos na casa que não sabiam que haviam sido projetados para esconder escravos para a Ferrovia Subterrânea. Por frustração, eles queimaram a casa, mas Counsel salvou muitas coisas, incluindo as bengalas. Mas a lei acabou fazendo com que ele desse tudo o que havia pegado para Caldonia Townsend. Por anos e anos, Counsel lutou juridicamente pela terra. Ele usou uma teoria bolada por Arthur Brindle, o comerciante de secos e molhados que um dia fora advogado, e afirmou que havia uma certa base para que ele tivesse a propriedade porque seu primo havia sido assassinado ali. Ele pediu a ajuda de Robert Colfax, mas a lei ficou do lado de Caldonia. Ele se casou com a mulher da pensão. Não tiveram filhos.

William Robbins entraria na pendência jurídica sobre a propriedade dos Townsend porque achava que ela pertencia por direito a Caldonia, que se tornaria esposa de seu filho Louis. Robbins e Colfax não se davam bem desde que Robbins comprara a propriedade da viúva Clara Martin de seus herdeiros, um pedaço de terra que Colfax andava cobiçando havia muito tempo. O fim da amizade dos dois homens mais ricos do condado afetou simplesmente todo mundo em Manchester, porque as pessoas brancas ficaram cada qual de um lado e procuraram alianças nos condados vizinhos. Quatro pessoas brancas acabaram sendo assassinadas por causa da disputa, uma delas do lado de Robbins, o irmão de sua esposa, e os outros três do lado de Colfax, incluindo dois primos. Com o passar do tempo o sangue ruim ajudou a dividir o condado, de forma que, no incêndio de 1912, quando todos os registros jurídicos do condado foram destruídos, a cidade de

394   EDWARD P. JONES

Manchester se tornou a capital do condado de ninguém. Manchester se tornou o único condado na história da Virgínia a ser dividido e engolido pelos outros condados, pelo condado de Amherst, pelo condado de Nelson, pelo condado de Amélia, pelo condado de Hanover... "O condado de Manchester", escreveu um historiador da Universidade da Virgínia tomando emprestada uma citação da Bíblia, "foi rasgado como o véu do templo." O historiador chamou isso de "o grande desaparecimento de terra" da Comunidade desde que grandes partes da Virgínia, historicamente conhecida como "A Mãe dos Estados", foram tomadas para formar outros oito grandes estados, incluindo Michigan, Illinois, Minnesota, Virgínia Ocidental e Wisconsin.

Os homens que sequestraram e venderam Augustus Townsend — o branco Darcy e seu escravo Stennis — foram apanhados sem incidentes perto da divisa da Virgínia com a Carolina do Norte. Eles estavam em uma carroça coberta nova em folha. Na parte de trás da carroça estavam duas crianças, um menino e uma menina, ambos roubados de seus pais livres. As crianças eram Spencer e Mandy Wallace. Mandy se tornaria a primeira mulher negra a receber um Ph.D. em literatura na Universidade de Yale. Também na nova carroça estavam duas irmãs adultas, escravas, que haviam sido apanhadas uma noite no caminho de volta do enterro de uma terceira irmã em uma plantação próxima. Essas irmãs, Carolyn e Eva, podiam não estar na estrada para serem sequestradas se o dono da própria irmã morta de ambas não tivesse decidido que o enterro dela devia ser realizado no final da tarde, depois que a maior parte do trabalho nos campos estivesse terminada, para talvez cortar a extensão de outro funeral de gente de cor.

Stennis e Darcy foram julgados e sentenciados. Darcy a cinco anos na penitenciária, e Stennis a dez. Darcy cumpriu sua sentença na mesma prisão onde o assassino Jean Broussard havia sido executado. Stennis teria ido para uma prisão para negros em Petersburg, mas na véspera em que Stennis iria para lá, as autoridades decidiram que um melhor uso dele seria se ele fosse vendido para ajudar a pagar as famílias dos escravos que eles haviam sequestrado e vendido. Ele teve um histórico interessante, e foi comprado e vendido cinco vezes em seis semanas. Apenas os donos de escravos fo-

O Mundo Conhecido

ram compensados, todos eles brancos; as pessoas que o governo conseguiu encontrar receberam 15 dólares por cada escravo adulto roubado e 10 por cada criança escrava roubada. Todo o dinheiro que sobrou, cerca de 130 dólares, foi colocado no erário público da Virgínia.

Não havia nada que a comunidade da Virgínia pudesse fazer a respeito dos amados roubados de gente livre, já que essas pessoas na verdade não tinham valor monetário aos olhos da lei. Então elas nada recebiam, a não ser uma carta de sinceras desculpas escrita por um assessor sonhador do governador. O governo reconhecia que falhara em sua missão de proteger os entes queridos e por isso lamentava, escreveu o assessor.

Stennis foi finalmente vendido por 950 dólares para um homem branco do Kentucky. No caminho para lá, Stennis perguntou se o Kentucky ficava perto do Tennessee.

— Do lado — disse seu novo dono —, mas a gente do Kentucky gostamos de ficar sozinhos.

Stennis, que conduzia a carroça, continuou falando sobre como o ar do Tennessee não teria que viajar muito longe para chegar até ele no Kentucky. Por fim, seu novo dono achou que já bastava. Sacou a pistola que levava enfiada no casaco e mandou Stennis parar a carroça. Encostou a pistola na têmpora de Stennis e disse:

— Estou cansado de ouvir os seus latidos, então é melhor você calar a boca aqui e agora. A gente do Kentucky não gosta de crioulo falador.

Na varanda de Mildred, na tarde em que ela morreu, Moses olhou para Counsel apagando seu cigarro no quintal. Ele disse para Moses:

— Você já fez seu negócio? — Moses olhou uma última vez para o corpo coberto de Mildred. Logo antes de Moses sair, Counsel estava conversando com Deus e Deus estava respondendo. Deus disse, Jó, não esqueci de você. Eu te ouvi chorar lá fora. Tu foste meu servo digno e fiel, e não esqueci de ti, Jó. Farei o que é certo por você. Eu te colocarei de volta onde o encontrei. Prometo. — Acabou seus negócios aqui? — Counsel perguntou a Moses.

Moses fez que sim com a cabeça. Fechou a porta da casa de Mildred.

— Então tá pronto? — perguntou Counsel.

— Tô sim — disse Moses, sem dizer um "patrão" ou sequer um "senhor", mas simplesmente dizendo novamente, "tô pronto sim". Counsel não reparou que não tinha sido tratado como "patrão" ou "senhor". Ambos olharam para o corpo de Skiffington. Moses achou que o homem branco iria querer levar o branco morto com eles. Informou a Counsel que a propriedade de Mildred não tinha carroça para levar o morto. O cavalo de Skiffington havia se afastado e ido embora.

— É mesmo? — Counsel disse a respeito da carroça que faltava. Ele nunca tivera a intenção de levar Skiffington com eles. Haveria tempo de sobra para voltar e apanhá-lo. — É mesmo? — Moses fez que sim. — Se você já acabou seus negócios lá dentro, então podemos ir. Então vamos embora — disse Counsel enquanto Moses caminhava em sua direção e estendia as mãos para ser amarradas e atadas.

TRÊS ANOS E NOVE MESES depois que John Skiffington foi morto, Minerva Skiffington, a jovem que era como uma filha para ele, saiu de um açougue a oito quadras da prefeitura da Filadélfia e virou à esquerda. Era, como de costume, um dia de multidões na rua. Ela levantou a toalha de chá para ver as compras da manhã que estavam em sua cesta, e teve a impressão de que estava esquecendo alguma coisa. Ela foi até o boticário para comprar o sabão que ela e Winifred Skiffington, a viúva de John, gostavam. A pele dela havia ficado bonita depois de parar de usar o sabão à base de lixívia que era o padrão na Virgínia. Elas viviam com a irmã de Winifred, que também era viúva, e com o pai de John, Carl.

Na esquina, a uma quadra do boticário, Minerva entrou na rua sem olhar e quase foi derrubada por um homem branco em um cavalo.

— Olha por onde anda! — gritou o homem. Minerva deu um grito e foi puxada a tempo por alguém atrás dela. Ela se virou e viu um homem muito negro meio metro mais alto do que ela.

O MUNDO CONHECIDO

— Você podia ter morrido — disse o rapaz. Ele era um homem bonito mais escuro que ela já tinha visto. — Você podia ter morrido atropelada por aquele cavalo — disse ele, e soltou os ombros dela. — Ande com todo o cuidado — disse ele e ela concordou com a cabeça. — Tome todo o cuidado. — Ele levantou o chapéu em despedida, passou por ela, atravessou a rua e desceu a quadra.

Vendo-o se misturar com a multidão, Minerva atravessou a rua e, ao fazer isso, uma matilha de três cães, sentindo o cheiro da compra do açougue, começou a segui-la. Ela passou direto pelo boticário, e perto do fim daquela quadra, o homem negro se virou e ela parou e os cães atrás dela pararam. Ela seguiu o homem por mais uma quadra. Os cães continuaram a segui-la. Os cães sabiam que as pessoas cometiam erros e que a qualquer momento a cesta poderia se tornar vulnerável.

O homem tornou a se virar três quadras antes da prefeitura e não pareceu muito surpreso ao vê-la. Ele foi na direção dela e ela se curvou para colocar a cesta no chão. Os cães se aproximaram e ela os notou e puxou a toalha de chá para facilitar o trabalho deles. O homem caminhou até onde ela estava e as pessoas passaram contornando os dois.

— Está com medo dos cavalos? — ele perguntou.

— Não estou com medo de cavalo nenhum — respondeu ela —, nem de mais nada.

Ela começou lhe contando sua história, e ele a levou até a casa onde vivia com seus pais e duas irmãs, uma mais nova que Minerva e a outra mais velha. Três dias depois, o homem viu um cartaz em um prédio e outro semelhante a apenas duas quadras de onde o primeiro estava. Ele levou o segundo cartaz para Minerva, para o quarto que ela agora dividia com a irmã mais nova dele. Minerva leu o cartaz várias vezes. No dia seguinte, ela e o homem foram até a polícia para dizer às autoridades que ela não estava desaparecida e que não estava morta. Ela não era nada além de, disse ela, uma mulher livre na Filadélfia, Pensilvânia.

Durante muito tempo o homem negro e sua família tentaram fazer com que ela fosse até Winifred para explicar sua vida nova, mas Minerva se recusou.

Os cartazes diziam: PERDIDA OU MACHUCADA DE ALGUMA MANEIRA DES-CONHECIDA NAS RUAS DESTA CIDADE — UM ENTE QUERIDO PRECIOSO. Davam o nome de Minerva, sua altura, sua idade, tudo o que era necessário para identificá-la. Uma foto de Winifred e Minerva fora tirado pouco depois que ambas chegaram à Filadélfia, as duas sentadas lado a lado no estúdio do fotógrafo. O cartaz reproduzia a parte da fotografia que continha Minerva. Mas, na parte de baixo dos cartazes, como uma espécie de ideia posterior, em palavras muito menores do que as demais no cartaz, estava a frase "Atenderá pelo nome de Minnie." E assim Minerva não viu Winifred Skiffington novamente por muito tempo.

Foi o "Atenderá pelo nome de", claro, que havia provocado isso. Winifred não tivera a intenção de fazer mal algum usando essas palavras. Com o pouco dinheiro que tinha, contratou um impressor — um imigrante branco culto, vindo de Savannah, Geórgia — para criar os cartazes e colocá-los por toda a Filadélfia, "onde todos os olhos pudessem ver", ela havia instruído o impressor. Ela só havia desejado transmitir amor com todas aquelas palavras, pois amava Minerva mais do que qualquer outro ser humano no mundo. Mas a viúva de John Skiffington passara quinze anos no Sul, no condado de Manchester, Virgínia, e as pessoas naquela região falavam daquele jeito. Ela e o impressor de Savannah teriam dito a qualquer um que não desejaram mal algum com aquelas palavras.

12 de abril de 1861
A Cidade de Washington

Minha querida e mui adorada irmã,

Pego minha pena neste dia de hoje para escrever-lhe não mais de uma quinzena após haver chegado a uma cidade que, ou bem me mandará de volta derrotado para a Virgínia, ou bem me dará mais Vida do que minh'alma pode conter. É possível que eu adie para sempre minha necessidade de estar em Nova York. Meus pensamentos estão com você e Louis, como sempre estiveram desde o dia em que vocês se casaram, há tanto tempo. Minha promessa de retornar à vossa presença quando o filho de vocês nascer permanece, não importa quanta vida esta cidade venha a me dar.

A cidade é um buraco cheio de lama atrás do outro; e a sujeira se acumula até onde os olhos podem enxergar. O verde da Virgínia foi reduzido a uma lembrança. Somente há três dias reuni coragem suficiente para ir muito além das cinco quadras que compõem o que passei a chamar de meu habitat. Estou ficando perto de casa porque as ruas (treinei-me para evitar chamá-las de estradas), particularmente após o escurecer, não são seguras para homem algum, e até os rufiões têm problemas, e embora eu esteja preparado para usar minha pistola, prefiro não fazer uso dela por ora. Além do medo do homem solto, há também o medo generalizado de uma metrópole tão grande, e tenho muito medo de me perder na cidade.

Minhas acomodações são mais do que adequadas, certamente bem mais do que alguns imigrantes precisam suportar. Como cheguei até essas acomo-

dações é uma história interessante, e acredito que tenhas o tempo, e a fortaleza, para ler como vim a estar situado onde ora me encontro.

O amigo cujo nome Louis me deu morreu há um ano, descobri, para minha decepção. Disseram-me que poderia haver pouso em um hotel na rua C. Disseram-me também que, embora senadores e deputados se hospedassem ali, ele era hospitaleiro a pessoas de nossa raça porque era assim que os donos e proprietários o desejavam. A porta que dava para a rua C me levou para o saloon, que fica no quinto andar do hotel. Embora as pessoas de renome desta cidade comecem a beber bastante a partir de uma hora da tarde, contentei-me com uma limonada no bar. Quando já estava por terminar minha bebida, tomei mais coragem e olhei ao meu redor. O aposento estava vazio, a não ser por mim e dois outros cavalheiros, sendo um deles um homem de nossa raça em uma mesa a um canto.

Eu via pessoas entrando e saindo de uma sala adjacente ao saloon. Supus que fosse a área de jantar do estabelecimento. Terminei de beber o resto de minha coragem e decidi investigar aquele aposento em particular. Era de fato uma sala de jantar, uma sala um tanto grande, com mais de 30 mesas, mas descobri que não era aquele o motivo de tantas idas e vindas, querida irmã. As horas de jantar haviam acabado e a ceia ainda levaria um tempo para ser servida.

Não, as pessoas estavam vendo um imenso tapete de parede, uma grande obra de arte que é parte tapeçaria, parte pintura e parte estrutura de argila — tudo em uma exótica criação, pairando silente e não obstante melodioso na parede leste. Era, minha querida Caldonia, uma espécie de mapa da vida no condado de Manchester, Virgínia. Mas um "mapa" é uma palavra tão pobre para uma coisa tão maravilhosa. É um mapa da vida feito com toda espécie de arte que o homem já pensou em representar. Sim, argila. Sim, tinta. Sim, tecido. Não há pessoas naquele "mapa", mas apenas todas as casas, celeiros, cemitérios e poços em nossa Manchester. É o que Deus vê quando Ele olha para Manchester. No canto inferior direito daquela criação só havia duas palavras costuradas. Alice Night.

Eu fiquei ali paralisado. Por volta de duas e meia da tarde havia pouca gente na sala de jantar, somente aqueles que preparavam a mesa para as refeições da noite. Aproximei-me daquela visão, que era mantida a distância

O MUNDO CONHECIDO   401

de todos por uma corda azul de cânhamo. Levantei minha mão, não para tocá-la, mas para sentir mais do que estava emanando. Alguém atrás de mim disse baixinho: "Por favor, não toque." Virei-me e vi Priscilla, de Moses. As mãos dela estavam postas para trás, mostrando confiança, e suas roupas estavam impecáveis. Naqueles poucos segundos, eu soube que, o que quer que tivesse sido na Virgínia, ela não era mais.

Foi então que reparei, atrás dela, em outra criação feita com os mesmos materiais, tinta, argila e tecido. Eu havia ficado tão cativado com o mapa vivo do condado que não me virara para ver a outra maravilha na parede oposta.

"Como você tem andado, Calvin?", perguntou Priscilla. Pelas suas palavras, ela não tinha medo de que eu pudesse ter ido até ali para levá-la de volta. As palavras dela transmitiam apenas o que ela havia dito, uma necessidade de saber a minha condição.

Eu respondi: "Eu tenho tentado estar bem, Priscilla. Tenho me esforçado muito por isso."

Eu ainda podia ver atrás dela aquela outra criação. Priscilla percebeu isso nos meus olhos e se afastou para o lado. Esta criação poderia muito bem ser ainda mais miraculosa do que aquela do condado. Esta trata de sua casa, Caldonia. É sua plantação, e mais uma vez, é o que Deus vê quando Ele olha para baixo. Não falta nada, nem uma cabana, nem um celeiro, nem uma galinha, nem um cavalo. Nenhuma pessoa está faltando. Suspeito que se eu fosse contar as folhas de relva, o número seria correto assim como o criador desta obra conhecia aquele mundo. E mais uma vez, no canto inferior direito estão as palavras costuradas "Alice Night".

Neste imenso milagre na parede oeste, você, Caldonia, está em pé diante de sua casa com Loretta, Zeddie e Bennett. Conforme eu disse, todas as cabanas estão ali, e em pé diante delas estão as pessoas que nelas viviam antes de Alice, Priscilla e Jamie desaparecerem. A não ser por esses três, cada uma daquelas pessoas está ali, em pé e esperando como se por um pintor e seus apetrechos para capturá-los na glória do dia. O rosto de cada pessoa, incluindo o seu, está erguido como se para olhar nos próprios olhos de Deus. Eu olho para todos os rostos e estou mais do que feliz agora por ter conhecido o nome e o rosto de todos aí na sua casa. Os mortos no cemitério se ergueram de lá e eles também estão em pé nas cabanas onde um dia viveram. Então o cemitério de escravos é apenas um terreno simples agora, grama e mais nada. Está vazio, mesmo os bebês mais novos, que estão vivos e bem repousando nos braços de suas mães. No cemitério onde nosso Henry está enterrado, ele está em pé ao lado de seu túmulo, mas esse túmulo está coberto de flores como se ele ainda o habitasse.

Existem coisas na minha memória que eu não sabia que estavam lá até vê-las naquela parede. Preciso lhe dizer, querida Caldonia, que caí de joelhos. Quando fui capaz de me recompor, levantei-me e vi que não só Priscilla estava olhando para mim, como Alice também.

Eu disse a Alice: "Espero que você tenha andado bem." O que eu mais temia naquele momento era o que ainda temo: que eles se lembrassem da minha história, que eu, não importa o que sempre disse ao contrário, possuí gente de nossa raça. Temi que eles me mandassem embora, e ainda agora, enquanto escrevo a você, ainda tenho medo.

Alice me respondeu: "Tenho andado bem conforme Deus me preserva."

EU ESTOU "LABUTANDO" aqui agora, no hotel, no restaurante, e no saloon, tentando me tornar o mais indispensável possível e ainda assim tentando ficar fora do caminho, para que ninguém se lembre de minha história e não me expulse. Eu ficaria doente e morreria se fosse mandado embora. Depois de passar anos sendo um enfermeiro para mamãe, meu trabalho aqui não me pesa. Fico feliz quando me levanto pela manhã e fico feliz quando coloco minha cabeça no travesseiro à noite.

Tudo o que está aqui é de posse de Alice, Priscilla e de todas as pessoas que aqui trabalham, a maioria delas fugitivas, para dizer a verdade. Meu quarto fica no último andar do hotel onde todo mundo vive. É um quarto bom e me serve bem. Jamie vem e vai como aluno numa escola para crianças de cor. Ele é um jovem tão bom quanto qualquer pai ou mãe gostariam.

Por ora encerrarei esta e rezarei para que você e Louis estejam bem. Quando for capaz de escrever, lembre-se do meu medo de ser mandado embora e por favor escreva meu nome no envelope do modo mais humilde que puder.

O MUNDO CONHECIDO 403

Permaneço
eternamente
seu Irmão
Calvin

CALDONIA RELEU A CARTA várias vezes por dias, aliviada por Calvin ter conseguido passar pelo estado da Virgínia e chegado em segurança em Washington. Ela a compartilhou com Louis, que a alertou que ela ia acabar destruindo o papel de tanto ler, dobrar e desdobrar.

— A essa altura — respondeu ela — eu já terei decorado cada palavra e estarei pronta para a próxima carta.

Omitindo a menção que Calvin fizera a ele, Caldonia até a lera no túmulo de Henry, sabendo que seu primeiro marido havia gostado de Calvin. Ela voltava para a casa naquela noite e subia as escadas dos fundos quando viu, no final da alameda, Moses mancando de volta para sua cabana. Mesmo anos depois de seu último encontro com ele, seu coração parou.

Moses não olhou na direção dela. Ela teve dificuldade de se mexer depois de vê-lo.

Moses entrou em sua cabana escura e não acendeu o lampião. Em menos de uma hora, Tessie e Grant, os filhos de Celeste e Elias, lhe levaram a ceia, iluminando o próprio caminho com um lampião trazido de casa. Ele raramente se dava ao trabalho de preparar as próprias refeições agora. Às vezes comia o que as crianças levavam e às vezes simplesmente ia dormir sem comer, a comida a apenas centímetros de sua cabeça.

Naquela noite Caldonia leu a carta de Calvin no túmulo de Henry, Moses comeu. Pela manhã, as crianças voltaram com o café.

Certo dia, ele tentou se lembrar dos nomes dos filhos de Celeste que lhe traziam comida, mas pareciam ser tantos filhos que ele desistiu. Lembrou-se de que um dia ele próprio teve um filho. Um garoto. Que era gordo demais. Mas ele sabia que a comida vinha de Celeste e sempre rezava por ela. Celeste sempre mancaria, mas seu marido e seus filhos jamais reparavam nisso até que alguém de fora por acaso apontasse isso para eles. "Por que tua mãe é manca?" "Como assim, manca?"

Os filhos de Celeste sempre iam até Moses com um bebê, que olhava fascinado para ele deitado em seu catre. Moses mal conseguia se mover de manhã, resultado, ele sempre pensava, dos tempos que passava consigo mesmo na floresta úmida. Ele gostava de saber que o bebê estava ali, embora não tivesse forças para se virar e tentar brincar ou conversar. Ficava deitado de costas e mantinha o braço sobre os olhos, como se para protegê-los de alguma grande luz.

— Como é que ele tá? — Celeste perguntava a Tessie ou Grant ou a outro de seus filhos quando eles voltavam.

— Parecia bem, mamãe. Mas acho que a luz tá machucando os olhos dele.

— E como é que tá aquele fogo na lareira?

Tessie costumava dizer que ela tivera uma dificuldade danada para acender o fogo.

— Mamãe, aquele fogo não quer acender direito.

— Bom — Celeste dizia —, vou pedir ao seu pai pra dar uma olhadinha lá. Ele é o homem que melhor sabe mexer com fogo e essas coisas.

As refeições que ela faria para Moses seriam até o fim. Celeste nunca terminaria seus dias, nem mesmo depois que Moses já havia morrido, sem pensar pelo menos uma vez em voz alta para todo mundo em geral e para ninguém em particular:

— Será que Moses já comeu?

Este livro foi composto na tipografia
Minion Pro, em corpo 11,5/16, e impresso em
papel off-white no Sistema Digital Instant Duplex
da Divisão Gráfica da Distribuidora Record.